Olof von Dalin

Zwea Rikes Historia

Olof von Dalin

Zwea Rikes Historia

ISBN/EAN: 9783742818249

Manufactured in Europe, USA, Canada, Australia, Japa

Cover: Foto ©Andreas Hilbeck / pixelio.de

Manufactured and distributed by brebook publishing software
(www.brebook.com)

Olof von Dalin

Zwea Rikes Historia

Swea Rikes Historia,

Ifrån de äldsta tider

Til

De närvarande

Första Delen,

Som

Innefattar Rikets öden, ifrån des början til år 1060.

STOCKHOLM,

Tryckt hos Carl Stolpe, och på des förlag,
År 1769.

Kongl. Maj:ts

Och

Sweriges Rikes

Högstbetrodde Man och Råd, Lunds Aca-
demiæ Canceller, Riddare och Commendeur
af Kongl. Maj:ts Orden,

Den Högwälborne *Baron*,

Herr GUSTAF
ADOLF HJÄRNE.

Nådige Herre!

Eders Excellences högt uplysta ögon underkastas denna Första Del af Swea-Rikes Historia, i den wördsamma förhoppning, at min dristighet intet onådigt uptages. Det är wäl ej möjeligt, at anföra något nytt uti så urgamla händelser, om ej det kan anses för nytt, at man intet inbillat sig weta det, man intet wet. Fordna tidens mörker tillåter okunnighet i många mål, som intet bör ursäktas wid andra omständigheter: och den, som intet är med tilförlåtelige underrättelser försedd, då han ärnar skrifwa om nyare tider,

tider, gjör til äfwentyrs långt större upbyggelse, om han skrifwer intet, än då han med stympade underrättelser förställer och wanhedrar sanningen. Det kan ock wara, at jag äfwen gjordt försiktigare, om jag lämnat utarbetandet af Swenska Historien til wärdigare Författare. Ingen ting hade warit lättare, och ingen ting mera öfwerensstämmande med hushålningen. Men åstundan likwäl at göra något, då man utan klander hade kunnat göra intet, torde dock förtjena någon bewågenhet. Och om Eders Excellence täckes anse med nåd detta ringa försök, gör jag mig ock försäkrad om almänhetens bifall. Arbetet är imedlertid öfwerensstämmande med min plikt och syssla. Blifwer frukten därutaf någorlunda swarande emot min önskan, lär jag altid uti Eders Excellence kunna wörda en Hög och Nådig Förman, då jag ock hoppas at städse få den nåden, at blifwa räknad ibland

Eders Excellences

Lund. d. 23 Junii,
1769.

Nådömjukaste Tjenare.
SVEN BRING.

Inne-

Innehållet
Af
Första Delen.

)(3   Cap.

Innehållet.

In=

Inledningen;

Om

Den gamla Swenska Historiens Trowärdighet, och äldsta Tideräkning.

§. 1.

När man aldrig så litet will kasta ögonen på Swenska Historien, finner man, at den stiger til en ganska hög ålder, och at man går tilbaka långt för Christi Födelse, då man wil upteckna Landets och Folkets fordne Märkwärdigheter. Detta kan förekomma en eftertänksam Läsare betänkeligt, och snart sagt otroligt, när man intet har med upmärksamhet pröfwat Trowärdigheten, af de Skrifter och Handlingar, på hwilka deßa berättelser äro grundade. Hos de gamle Greker och Romare finnes ganska litet om wåra Nordiska örter anteknat. Men däremot finnas många Nordiske och i synnerhet Isländske Sagoskrifware, hwilka nog kunna ersätta bristen, af de förras felande witnesbörd. Deras anseende och wärde bör undersökas.

A   §. 2.

§. 2.

Den namnkunnige Lagmannen på Island Sturleson är twifwels utan den förnämste, af alla wåra gamla Häfdeteknare. Tiden, på hwilken han lefwat, är nog bekant, emedan han blef ihjälslagen uti et uppror på Island, wid år 1241. Hans trowärdighet hafwer warit öfwer alt twifwelsmål, så at han icke allenast hos Swenska, Danska och Norrska, utan ock hos andra Auktorer wunnit et oddödeligt anseende (1). När man öfwerwägar hans omständigheter, finner man, at hans ursaga böör äga et wälförtient witsord, i synnerhet uti Swenska, Danska och Norrska saker. Han lefde uti en fri Republik, utan någon förbindelse af undergifwenhet, som kunde förmå honom, at berätta annat, än det han trodde wara sant. Wid år 1219 for han til Norrige, hwar han sig länge uppehållit, och warit så som Skald hos Skule Jarl och andra flera, och utom deß är han brukad af Konung Håkan Håkanson uti wigtiga ärender (2). En mogen insigt lyfer öfwer alt i hans skrifter, så at man har skälig ordsak, at hwila uti en sådan mans witnesbörd. Man tror Livius, som skrifwit Romerska Historien, änskönt han anför omständigheter, hwilka tildragit sig för mer än sjuhundrade år för hans tid, i den billiga förtröstan, at han troget följt äldre skrifter och handlingar, fast de nu intet äro til sängs. Hwarföre får intet Sturleson njuta samma rättwisa.

(1) Om wår Sturleson yttrar sig Th. S. Bayer uti sin Diſſertation om Wa-regerna, uti Acta Petropolitana T. 4. p. 292. De Regibus Suionia Snorro Stur-lzus, quo viro omni in memoria gravior integriorque Autor, meo quidem ſenſu ac judicio, non exſtitit.

(2) Wormius, uti Företalet til Norrska Kröniku, och Peringſkiöld uti Förtalet til Heims Kringla.

§. 3.

Wil man säga, at Livius haft trowärdiga sedate, så är det aldeles sant. Men den äldste Romerske Historieskrifware är Fabius Victor, som lefde under det andra Puniska kriget, och blef skickad til Oraklet i Delphi i Grekland, efter Cannska slaget, 537 år efter Roms grundande, och är han altså nog afskild ifrån de ällsta tiderne; men detta har hwarken betagit Fabius eller Livius sitt wärde. Äldre Skribenter hafwa äfwen wisat Sturleson wägen. Are Frode eller den Wise, född på Island år 1068,

har

har warit den förste af Islands-boarne, som, på gamla Skandiska språket, författat och skrifwit Fornsagor. Sämunder, som är tolf år äldre, än Are, har och skrifwit diskilligt, utom diskilliga yngre. Sturleson gifwer sielf up de källor, utur hwilka han hämtat sin Historia. Han nämner Are Frode, widare beropar han sig på Thiodolfer från den Hwin, som war Harald Harfagers Skald, och lefde i nionde århundrad, därnäst nämner han gamla Släktreaister, Langfedgatal och Rynqwistor, gamla Wisor, och gamle mäns Berättelser, så at han icke en gång kan mißtänkas, för bedrägeri.

§. 4.

Men man bör ock kan hända undersöka, huruwida de ledare, Sturleson följt, kunna gifwa ljus i de längst afflägna tiderna. Med det Langfedgatal, som Sturleson sig här åberopar, förstås egenteligen den Förtekning, på de fordna Swenska och Danska Konungar, hwilken uti diskilliga gamla handskrifna böcker förwaras. Afskrifterna komma allesamman öfwerens, hwad Swenska Konunga-längden beträffar. Are Frode har gifwit oß en aldeles lika förtekning, i anseende til Ynglinga-slägten, uti sina Schedæ p. 76. Thiodolfer lämnar oß en dylik Ätteräkning, hwilken ock stadfästes af Jundin Noregur. Det ser altså ut, som denna förtekning har all den trowärdighet, som kan åstundas. Thiodolfer upräknar en längd af trettio Ätteleder ända til Oden, af hwilka de tjugufyra första ända Swenska Konungarne af Ynglinga-Ätten. Wil man tro, at deßa Konungars släktlinia intet warit skrifwen, utan blott genom minnet bibehållen, kan det ock wara troligt. Större delen af Ynglingarne woro lagde i hög wid Upsala; det war då ingalunda obegripeligt, huru man kunde bibehålla deras namn, när man af sjelfwa högarna därom kunde påminnas. Uti nionde århundrad wiste man, hwar alle Ynglingarne woro begrafne, ty Thiodolfer upräknade dem, och deras Lägerställen, uti sin Skaldesång. Något när wid samma tid gick man neder uti Freys hög, för at söka skatter, som uti denna Konungens lefwerne skal widare omröras. Om man nu wetar, uti hwilken hög Frey war lagd, mer än niohundrade år efter des död, hwarföre skal man då tro, at wårt förfäder bortglömt, uti hwilka högar de andra Konungars aska hwilade. Således kunde åminnelsen af wåra gamla Konungar äfwen utan skrift förwaras uti långliga tider. Men detta oaktadt, är det aldeles obewist, at Skrifkonsten warit aldeles okunnig

B 2   för

för wåra fordna landsmän. Wil man intet tro, at Oden infört Runor, wet man wårkeligen intet, når man börjat skrifwa här i Norden. At man skrifwit bref uti Swerige uti det nionde århundrad, är oemotsägeligit af Rimbertus (1). Så at man därutaf kan och bör sluta, at Skrifkonsten i wår Nord, är äldre än Christendomen. Antingen nian då brukat Runor eller andra bokstäfwer, gör oß aldeles lika mycket. Wåra förfäders urgamla resor til England och andra orter, som woro under Romerskt Herrawälde, hafwa snart nog kunnat gifwa begrep om skrifwande, om man intet wil blifwa wid den gamla meningen, at konsten af Oden blifwit införd.

(1) Rimberti witnesbörd uti Anfgarii Lefwerne C. II. lyder så. Peracto itaque apud eos (Suiones) altero dimidia anno, præfati ferri Dei, cum certo fox legationis experimento, et cum literis, regia manu more ipforum defcemati, ad fereniffimum reverfi funt Auguftum. Här finner man, at Konung Biörn sielf skrifwit bref til Keifer Ludovicus Pius, år 831. Jag wet intet, om mer bewis behöfs i detta mål. Något mer i detta ämne förekommer likwäl uti §. 7

§. 5.

Sedan man förmodeligen bewist, at wåra gamla Langsebgatal äga en tilförlåtelig trowärdighet, wil man ock med några ord betrakta de gamla Sagolitod eller Skaldewäden, som Sturleson följt, uti författningen af sin Historia. Deras sanfärdighet kan först bragas i twifwelsmål; och sedan kan man til äfwentyrs intet föreställa sig, huru de kunnat blifwa bibehålna, uti flere hundrade år; och ändteligen torde äfwen deras witsord därigenom förswagas, at Skalderne uti dem intet brukat en sådan ordning, som Historien kräfwer. Deßa inkast eller twifwelsmål äro dock likwäl til äfwentyrs intet så bindande, som de wid första påseende torde synas. När man fulkomligen förstod deßa wäsor, hölles de för aldeles sanfärdiga. Sålunda dömde Sturleson därom, och annat förståndigt folk den tiden; och jag wet intet, huru wi kunna wara berättigade, at förkasta en ting, som ofanfärdig, hwilken wåre förfäder för fyra, fem, sju eller åttahundrade år tilbakars trodt wara sant; då ödde frågas om någon som skedt och händt är, uti hwilket ingen rydelig orimmelighet wifar sig. Jag medgifwer gerna, det uti många Skaldewäden ingen historisk ordning kan utredas; men när en Skald uti sin sång först faderns bedrifter, sedan sonens och sonsonens m. m.; har han följdt samma ordning, som Historien fortfar. At sådana Skaldesånger kunnat

få

så länge förwaras, är mindre obegripeligt. Werlden war ännu intet så öfwerhopad af stadder och wisor, som nu för tiden. Särdeles långa woro de intet. De 'angligo stora och märkwärdiga män, och woro sammansatte af sådant folk, hwilkas wishet war i stor högaktning hos almänheten. Man finner ock exempel af Skaldeqwäden, som oförnekeligen wero ganska gamla. Thiodolfers Werser woro nästan fyrahundrade år gamla i Sturlesons tid. Bragge den Gamles Sånger woro wäl femhundrade år, til at förtiga flera. Och när en wisa upnådt en så wärdig ålder, kan den förmodeligen lefwa ännu uti flera hundrade år. Den, som är upfödd i de Nordiska länder, och är något underrättad om folkets seder på landsbygden, wet nogsamt, at Almogens Julekar och Sånger äro mycket gamla; och Bönderne sjunga ännu ganska förbråkade latinska wisor, som ofelbart äro minnen af Påfwedömet, och förmodeligen aldrig warit skrifne. Om nu sådant kräck, som hwarken är med smak sammansat, eller innehåller någon märkwärdighet, kunnat bibehålla sig i så långa tider; huru mycket mer bör man medgifwa, at märkwärdiga sånger blifwit i akt hålna och bewarade.

§. 6.

Wil man nu särskildt öfwerwäga de wisor, som Sturleson i synnerhet betient sig utaf i Swenska Historien; så komma wi åter til Harald Harfägers Skald Thiodolfer af Hwine. Utaf hans slägter är Ynglinga Sagan förnämligast tagen. Uti detta Skaldqwäde uprätknas trettio Attleder åtba til Oden, och innehåller således denna sången en längd af tusende år wid pass. Om Thiodolfer intet haft äldre minnesmärken at följa, hade man skäl at twista, om des trowärdighet. Men twifwelsmålet försvinner, så snart wi påminne oß, at äldre Skalder wisat honom wägen. Skalde-konsten låt ofelbart wara införd med Oden. Den högaktning, som denna konst war uti; gjorde, at icke allenast Konungarne sjelfwe och andre store Herrar roade sig med Skaldeqwäden; utan de underhöllo ock wid sina Hof åtskilliga Skalder, som sirade både sjelfwa Herrarnas och deras Förfäders bedrifter. På detta sätt war det intet swårt, at kunna påminna sig de forna tider. Wi hafwe ännu namn på många af deßa gamla Skalder. Och Starkader är wäl den äldste af alla dem, hwars wisor ännu äro i behåll (i). Denne Starkader lefde under Alrik och Erik, Upsala Konungar, hwilkas Regementstid infaller wid trehundrade år efter Christi födelse. At wåre fordne Swear och Göther haft ännu äldre Skaldqwäden, kan slutas af

A 3   af af Jornandes, som berättar, at felfwa Göthernas utgång från Skandien, warit uti deras uråldriga werfar omtröd. (2). Harald Hildetans Skalder nämnas uti Sagebrottet om Bråwalla slag, och sedan den tiden hafwa wi en oafbruten längd af Skalder, ända til trettonde åehundrad. Det är troda, at större delen af deßas Sånger äro förlorade.

(1) Måara af denne Starkaders werfar äro bewarade, och finnas intryfte uti Göt-rik och Rolfs Saga, s. 21 följ.

(2) Jornandes de R. Geticis C. 4. vitrar sig på detta sätt om Göthernae: exinde jam velut victores ad extremam Scythiæ partem, quæ Pontico mari vicina est, properant, quemadmodum & in priscis eorum carminibus pæne historico ritu in commune recolitur. At Jornandes här talar om de Göther, som äth ut från Swerige, är oemotsägeligt. Om man derföre kan påstå, at alla Göther-ne haft sitt ursprung ifrån wår Nord, blifwer en annan fråga, som framdeles på sitt ställe skal widare utredas.

§ 7.

Deßa Sånger äro i almänhet til barn och barnabarn genom minnet fortplantade. Det är dock troligt, at många warit genom skrift från glöm-skan förwarade. Således finne wi uti Eigils Saga, at en Thorgerd bad sin fader Eigil, at han wille göra arfsawae öfwer Bödwar, hwilket hon sedermera wille rista uti trä (1). Om K. Harald Hildtrand berättar Saxo, at han låtit rista Runor uti et berg i Blekingen, til åminnelse af sin fader (2). Wilce förfäder hafwa ock låtit utgräfwa på sina Sköldar, stundom giswarens namn, och understundom andra minneswärda omständigheter. Således intygar Edda, at det war brukeligt, at skrifwa på framsen af Skölden (3). Håkan Jarl gaf åt Eigil Skalaglam en präktig Sköld, på hwilken sägningarne woro ate öfwerskrifne med gamla märkwärdigheter (4). Widare betiene man sig af wäggar och tak i husen, til at på dem uptekna märkwärdiga händelser. En gammal handskrifwen bok, som man kallar Lardåla, gifwer wid handen, at en Olof på Hiardarhult låtit bygga et stort hus, uti hwilket på bielkar och sparrar märkwärdiga förusager wa-rit skrifna (5). På samma sätt häfwer ock Thorkil Hake antecknat på sin stol och på sin säng sina egna bedrifter (6). Hwem kan wäl neka, at ju Forntskare af sådana minningsmärken kunnat hämta upyten hjelpreda, hwars hwarigenom de senare Historieskrifwares arbete med tål hos efterwerlden wunnit all trowärdighet.

(1) Egils Saga C. 79. Nu wilde ek sadir, at in orkir erhqwådi estir Bodwas, en ek mun tista å hestu. Se Bartholino Antiqu. Dan. L. 1. C. 9. p. 151.
(2) Man kan läsa om Runama uti Blekingen, Eccr. Müllels Disputat. om Bråt-ne-Härad.
(3) Edda uti Skaldarhotle. Jfr. Torsäus Ser. R. Danis p. 51.
(4) Torsäus och Bartholin, på de eswanföre andragna ställen.
(5. 6.) Bartholin Ant. Dan. p. 150. Torsäus Ser. p. 51.

§. 8.

Sjelfwa muntliga berättelserna, som Sturleson sig åberopar, kunde ock lämna trowärdig kunskap om ganska gamla händelser. Det är wäl stundom hänt, at nu för tiden wet en son något om sin fader, något mindre om sin faders-fader, men ingen ting om det, som är längre bort i slägten. (1). Men detta kan intet kämpas på andra, än de ringaste af almogen. De, som äro af större slägt, minnas nog sina förfäder, då de warit märkwärdiga, och deras bedrister förtient någon hogkomst. Men när deras hela lefwernesbeskrifning kan innefattas i de orden, at de ätit, druckit, sofwit och dödt, äro deras efterkommande nog ursäktade, om et sådant lefwerne råkat i glömska. Annars är och helfwa Nordiska almogen intet så okunnig, som mången föreställer sig. Wise Konungar och wise förnäme Herrar blifwa i et långt minne, då de antingen för gode eller onde äro namnkunnige. Knapt någon bondgåsse i Dalarne lär wara okunnig om Rankhyttan, och om K. Gustaf; och bönderne i Dalby weta äfwen, at tala, om K. Harald, som där är begrafwen, änskjönt de aldrig läst därom uti någon bok. Man war ock i fordna tiden mera om om muntliga berättelser, innan skriftkonsten blef almän, och deras wärde och angelägenhet har förfallit ganska mycket, sedan man började almänneligare, at, genom skrifwande, förwara de gamla handlingar, från sin föregångelse.

(1) På detta sätt yttrar sig Herr Mallet, uti sin Introduction á l'Histoire de Dannemarc, p. 33.

§. 9.

När man lägger alt detta tilsamman, märker man nog, at Sturlesons arbete bör äga så mycken trowärdighet, som en Historieskrifware kan begära. Det, som, uti Swenska Historien, är äldre än Oden, är

tagit af en gammal Saga, som kallas Sundin Noregur. Man har
swårt för at upwisa en gammal Historia, som år mindre upblandad med
stråcksagor, ån denna. Hon innehåller nåstan intet annat, ån en blott
Genealogisk förtekning, på de gamla Nordiska slåkterna. Och som lederna
slutas med sådana personer, hwilka lefwat uti det nionde. och tjonde år-
hundrad, kan man dårutaf något når gißa, når Auctoren lefwat. Man
kan nog finna, at denne Historieskrifware intet welat med dikter förwilla sin
låsare, utan har han låmnat oß slåktlederna, som han dem funnit, och så-
ledes mycket felande. Han skrifwer på samma sått, som de åldste Nor-
diske Håfdeteknare, utan tideråkning, så at man af andra omståndigheter
måste sluta, når deße personer lefwat, och om de åro åldre eller yngre
ån Oden. Dock detta lilla twifwelsmål förswinner snart, hwad Swenska
Historien angår, når man finner, at Gylfe och Oden warit samtida Ko-
nungar. Ty sedan detta år afgiort, lår det wara oförnekeligt, at Gyl-
fes förfåder böra såttas långre tilbaka. Jag har mig nog bekant, at
Torfåus gör Forniother til jåmnålvrig med Oden. Han medgifwer lik-
wål sielf, at Gylfe och Oden lefwat på en tid, och når Forniother
genom sju leder åre Gylfes stamfader, paßar det intet rått wål, at såt-
ta Oden och Forniother tillsamman. At man sedermera under Ynglinga-
slåkten tråffar Finska Förstar, som haft lika namn med Gylfes förså-
der, lår förmodeligen intet kunna kullkasta det, som nu år påmint; så-
dana lika namn förleda ofta en Historieskrifware at tro, at dår talas
om en och samma person, då likwål andra omståndigheter gifwa ögon-
skenligen wid handen, at personerne måste wara olika. På samma såtte
hafwa wåre Sagoskrifware warit af den tankan, at alt hwad som ta-
las om Starkader, bör tilågnas åt en och densamma. Men den o-
wanliga och otroliga ålder, som Starkader efter den råkningen npnåt,
utwisar tydeligen, at frågan måtte wara om åldres olika och åtskilda
Kjåmpar. Största swårigheten yppar sig, når man jåmför de slåkteder,
som åro yngre ån Gylfe, med Ynglingiska Åtten. De Herrar, som uti
Norrska Genealogierna förekomma, åro alt för få, at kunna upsylla alla
de år, som Ynglinga-slåkten regerat i Upsala. Men de förre åro ock, i
anseende til Upsala Konungar, ganska små personer, och år det intet o-
troligt, at månge af deras förfåder, hwilka intet haft tilfålle at wisa
sig på något utmårkt sått, blifwit bortglömde, då sielfwa Upsala Konun-
ga-såtet bibihållet Ynglinga-slåkten uti et stadigwarande minne; hwilka
likwål någre af dem för sina personliga egenskaper litet eller intet för-
tjent.

rienc.   Skulle wore det gansta betänkeligt, at wilja rätta Swenska Ko-
nungalängden efter någa Norrska Småherrars Langsedgatal och Uträkning.

§. 10.

Af deßa källor har man förnämligast hämtat den äldsta Swenska Hi-
storien, ifrån Forniother til Ingiald Ilråda, den sidste af Ynglinga Ät-
ten, som warit Konung i Upsala. Ifwar Widfadmes och Harald Hil-
detands Historia är hämtad af det gamla Sagobrott, som handlar om
Bråwalla Slag. Det är troligt, at grunden af denna berättelse är författ-
tad af den Starkader, som sielf biwistat detta ryktbara Fältslag, eme-
dan man wet, at han upsatt en omständelig underrättelse derom. Huru
Konungarne af Sigurdska slägten följt efter hwarandra, lär man af Lang-
sedgatal, jämfördt med Herwarar Sagan och Sturleson, så wida han haft
tilfälle, at uti Norrska Konungarnas lefwerne omtala Swenska Handlin-
gar. Men deßa Islåndska häfder förekomma några Forndistare såsom min-
dre pålitliga, och synes det nog besynnerligt, at man skal söka Swenska
Historien på Island (r). Twifwelsmålet kan synas billigt, och bör man
derföre bjuda til at bemöta det. Wid år 870 började Harald Hårfager
at lägga hela Norrige under sitt Herrawälde. Härutaf blefwo åtskilliga
hushåll, som intet wille underkasta sig et sådant öfwerwälde, föranlåtna at
flytta sina bostäder til Island. Så frihets-älskande tankar falla sällan på
ringa och gement folk, och är det säkert, at Island blifwit bebodt af de
hederligaste slägter i Norden. Ibland detta landets första inbyggare finner
man en Oleif af samma stam som Harald sielf, nämligen af Kongliga
Swenska Ynglinga Ätten, och igenom denna Oleif är Are Frode i rätt
nedstigande linie en Ättläg af wåra fordna Konungar (2). Likaledes räk-
nar man en Rollauger, Broder med Rolf första Hertigen af Normandie,
som leder sitt ursprung från Swenska Konungen Gore Gylfes Faderfader
(3). Utom deß finnes ibland Islands äldsta inbyggare en Bodwar, Prin-
seßan Goias, Gores Systers efterkommande, af hwilken Sämunder leder
sin ätt, en Stoke af samma blod, hwilken ock gifwit Island sitt namn,
en Rolf och Ingemunder, Ättlägger af Nore, Gores Broder, en Stäitu-
biörn, en Thor af Hofde, som leda sina anor til Biörn Järnsida i
Swerige (4), utom flera andra af de yppersta slägter i Norden. När
man öfwerwägar denna omständighet, blifwer det intet så förunderligt,
at de kunnat bibehålla en del af den gamla Swenska Historien, emedan
B   de

De då endast påminde sig sin egen ssäkt och förfäder. Island war wäl intet fritt för oroligheter, men så häftiga stormar, som kakat både Swerige och Norrige, woro likwäl i detta landet okände, då många handlingar kunnat blifwa förwarade på Island, som hos oß gådt förlorade. Man har sig widare bekant, at Skalderne, som uppehöllo sig wid Nordiska Hofwen, woro til en stor del Isländare, hwilka genom deras dageliga omgånge och ansende hos sielfwa Konungarna, blefwo mera i stånd, at upsätta Landets och Konungarnas Historier, än sielfwe de inhemske. Och som Skalderne gemenligen til slutet försogade sig hem i sitt fädernesland, är det intet obegripeligt, på hwad grund man bör leta efter Swenska och andra Skandiska häfder ibland Isländarnas. Det blifwer altså lika obetänksamt, at förkasta Isländarnas witnesbörd i gamla Historien, som det wore dåraktigt at rådfråga dem i den nya. Ingen må föreställa sig, at detta Isländarnas ansende är endast upwäxt i de nyare tider. De äldre hafwa dömt om dem på samma sätt som wi. Sveno Aggonis, en Dansk Historieskrifware, af tolfte århundrad, beropar sig på Isländska handlingar (5), och Saxo Grammaticus, som skrifwit på samma tid, talar om Isländarnas flit och insigt med mycken högaktning. (6). Det är skada, at denne senare utan wal och ordning skarfwat tilhopa alt, hwad han öfwerkommit, och tillika oftast låtit påskina en alt för wådid uti de mål, som han inbillat sig röra sitt lands och folks heder. Det är utan twifwel billigt, at wid alla tilsällen söka, at besrämja sitt fädernelands ära. Men sanningen är dock den högsta lag, som förpliktar en Historieskrifware, och det är wäl en nog mager sysla, at liuga för sitt fosterland. Man har fördenskuld sunnit sig nödsakad, at metendels öfwergifwa Saxos berättelser, då han skiljer sig för wida från andra trognare wägledare.

(1) Herr Mallet uti sin Introd. à l'Histoire de Dannemarc p. 33. gör detta infall emot Isländska Sagorna. Hans ord förtiena at införas. Si les Annolistes Islandois n'ont pû savoir avec certitude ce qui seroit passé longtems avant eux en Islande et en Norvege, leur autorité n'est-elle pas encore plus soible pour ce qui concerne un état éloigné comme le Dannemarc, qui n'avoit pas alors sans doute avec ces parties du Nord les mêmes liaisons, qu'il a eu depuis. On sent aisement, que presque tout ce qu'ils ont pû savoir se bornoit à des traditions populaires et à quelques hymnes, qui de loin en loin se repandoient en Islande par le moyen de quelque Scalde Islandois, qui tretonroit dans sa patrie. Män torde kunna märka af det som redan är anfördt, huru wida detta kan förswaga Isländarnas witsbörd, och wet jag intet wäl, huru det kan kallas bruita populaires, som innehåller betydande och förnämt folks berättelser.

(2)

(2) Are Frode p. 7C.

(3) Are Frode p. 12.

(4) Om defias Ätt kan man fe *Torfæi* Hift. Norveg. **T. I.** admligen om Bodvar och Klofe p. 261, om Rolf och Jagemand p. 216, men Slåttubiörne och Thors flätte fåå igen uti *Torfæi* Ser. RR. Dan. p. 370.

(5) *Sveno Aggonis* Opuscula p. 8, a quo (Skiold) primum modis Iflendenfibus Skiöldunger funt Reges nuncupati.

(6) *Saxo* p. 3, *Strphanii* uplag. Nec Tylenfium induftria filentio obliterandæ, qui cum ob nativam foli fterilitatem nutrimento carentes officia continuæ fobrietatis exerceant, omniaqe vitæ momenta ad excolendam alienorum operam notitiam conferre foleant; inopiam ingenio penfant, cunctarum quippe nationum res geftas cognoffe memoriæque mandare, voluptatis loco reputant. Med detta Saxas witnesbörd bör man ock hopfoga Theoderici Monachi utlåtelfe uti fin Hift. **C. I.** Hunc numerum annorum Domini, inveftigatum prout diligentiffime potuimus, ab illis, quos nos vulgato nomine Iflendingos vocamus, hoc loco pofuimus, quos conftat fine ulla dubitatione, præ omnibus aquilonaribus populis in hujusmodi femper et peritiores et curiofiores extitiffe.

§. II.

Det hade likwäl warit bättre, om man kunnat idra Swenfka Hiftorien af Swenfka Skribenter. Men det kan mera önfkas än wäntas, i anfeende til gamla Hiftorien. Det är oförnekeligt, at wåre fordne Konungar haft fina Skalder, hwilka utan twifwel upfatt åtfkilliga qwäden til fina och de förra tidernas minne. Men det är ännu oförnekeligare, at alla deras wittra arbeten nu äro förlorade, undantagandes hwad uti Iflåndarnas fkrifter kan wara förwaradt. Inga Hiftorieſkrifware kunne wi upwiſa äldre än af det femtonde århundrade, då wi hafwe Författarne af fin Arðnikor, fom Meffenius utgifwit, och Ericus Upfalienfis Deffe gå med fina underrättelser ganſka långt tilbaka uti Hedendomen. Det är ofelbart, at de haft äldre handfkrifter, hwarefter de upfatt fina magra berättelser om fordna tiden. Och har wår högtförtiente Ärkebiſkop Erik Benzelius, uti fina Monumenter, låtit trycka (1) en Förtekning på Swenſka Konungarna, hwilken är af det fiortonde århundrad, och i många mål blifwit efterfölgd af de nu nämnda Auctorer. När man jämför denna förtekning med Thiodolfer, Are Frode och Sturlefon, är den aldeles den famma, få länge Ynglinga ſtäkten räcker. Någon tilſaktighet finnes wäl uti namnen, men den är fnart rättad. Som detta Monumente, hwilket är tagit af det gamla Regiſtrum Upfalienſe, mycket beſtyrker Iſlåndſka handlingarnas trowärdi-

wårdighet; är det nödigt, at man gör en omståndelig jämförelse emellan
de Konungar, som denna förteckning utwisar, och dem, som hos Isländska
Auctorerna förekomma.

Regiſtrum Upſalienſe:	Are Frode:
Inge,	Ynguc.
Neroch;	Niordr.
Frey,	Freyer.
Fiolra,	Fioln.
Swerker;	Swegder.
Waland,	Wanland.
Wiſbur,	Wiſbur.
Domald;	Domalder.
Domar,	Domar.
Digwir,	Dygwe.
Dagbir,	Dager.
Alarik,	Alrek.
Ingemar;	Agne.
Ingeld,	Yngwe.
Jorunder;	Jorund.
Haquinus,	Aune.
Elgil Wendelkråka,	Elgel Wendillkraka.
Otar,	Ottar.
Anonymus;	Adils.
Öſten,	Eiſten.
Ingwar,	Ingwar.
Brautamund;	Brautanund.
Ingelder,	Ingiald Ilrada.

Den ſkiljaktighet här finnes i namnen utwisar mera olikheten i afskrifter-
na, än någon ſtridighet i ſielfwa ſaken. Neroch är ofelbart Niorder, hwil-
ken

ten i lilla Rimkrönikan kallas Nordian, och af Ericus Upsaliensſe Ne-
arch, faſt de annars inſtickat en hop andra Konungar, man wet ej
hwarifrån. Ingemar och Agne äro nog olika namn, men at perſonerne
äro de ſamme, kan ſlutas derutaf, at Regiſtrum Upſalienſe ſäger, at
Ingemar blef uphängd af ſin egen gemål med en guldkädja, hwilket hände
Agne. Om Ingiald heter det, at han blef ihiälſlagen af ſin broter för
huſtruns otidighet; detta kommer öfwerens med Hiſtorien om Alf och
Yngue. Som Aſkriſwaren intet känt någon Konung, hwilken hetat
Aune; ſär han trodt, at det borde läſas Akun, då han däraf ſkaffat
fram Haquinus. Om honom beråtas, at han war på ſlutet ſå gam-
mal, at han måtte matas ſom et barn. Sådant war Aunes öde. Den
endamde Konungen är oſtebart Adils. Om honom ſäges, at han föll af
häſten och dödde, då han red omkring Diane Tempel. Man kan ſlu-
ta af Förtekningen, at Auctoren ſedt nämnas Diſar-ſalen, och det utaf
trodt, at här war frågan om Dianas Tempel. På detta ſätt ſpkade
Adils ſina dagar, hwilket ock lilla Rimkrönikan wid handen gifwit.
Af hwad ſom nu är anförde, kan tydeligen intaggs, at den äldſta För-
tekning på wåra fordna Konungar af Ynglinga Atten, hwilken i wåra
egna handlingar är at tillgå, kommer aldeles öfwerens med Iſländarnas
Berättelſer. Men ſom denna Konunga-längd förmodeligen hwarken wa-
rit lång eller gran nog, hafwa wåre Häfdeteknare af femtonde århundrad
ſunnit tienligt at öka antalet, twelfwels utan med några Fylkiskonungar,
ſåſom Gödrik, Filmer, Hernik, Oſantrik och flera, ſom man, til en del,
intet wet ſärdeles reda uppå. Hwilket efterdöme Johannes Magnus
ſedermera tagit ſig til regel, då han hos Saxo ſunnit öſwerflödig til-
gång. Men man lämnar deſſa nyare förbättringar, och ſtadnar ännu
något wid wåre gamla Förtekning, ſom ſätter Ynglinga ſläkten utom alt
twifwelsmål. Men han är ſå mycket enfaldigare uti Sigurdſka Atten.
Iſwar nämnes wäl, men intet ſäges det, at han warit Konung i
Swerige. De andre Konungar intil Olof Skötkonung äro ſöljande,
jämförde med det Iſländſka Langſedgatal.

Regiſtrum Upſalicuſe:	Langfedgatal:
Olaf Trätelja,	Ragnar Lodbrok.
Haldan Switben,	Biörn Järnſida.
Inge,	Erik Biörnſon.
Erik Wäderhatt,	Erik Refilſon.

Erik

Erik Segerfäll,
Erik Årfäll,
Olof Skötkonung.

Emund och Biörn
(på Håga.
Erik Emundson.
Biörn Erikson.
Erik Segerfäll.
Olof Skötkonung

Af denna jämförelse finner man en stor olikhet emellan denna gamla För-
tekning och Isländarnas handlingar. Och är det nog besynnerligt, at
man warit mer underrättad om de äldre än om de nyare Konungar.
Ordsaken til denna okunnighet hos Historieskrifwarne är swår at utgrun-
da. Ty det är oförnekeligt, at man ock i wårt fädernesland fordom haft
et längt redigare begrep om Konungarna efter Ingiald Ilråda, än det
här uti Registrum Upsaliense förekommer. Olof Skötkonung säger sielf
hos Sturleson (z), at han war den tionde af sin Ätt som regerat i Up-
sala, hwilken utlåtelse fullkomligen bestyrker Isländarnas Langsedgatal.
Ty Olof Skötkonung är den tionde ifrån Sigurd Ring, Ragnar Lod-
broks Fader. Thorarin Lagman i Thiundaland upräknar de sidsta af
Sigurdska släkten på samma sätt, som Isländarne, nämligen Erik E-
mundson, Biörn, Erik Segerfäll och Olof Skötkonung (3). Det är
således oförnekeligt, at Isländska handlingarna böra äga mera witsord,
än den Förtekning, som Registrum Upsaliense innehåller, hwilket de si-
nare Historieskrifware afskrifwit. Och måste man medgifwa, at Författa-
tarne af de sinå Krönikor af femtonde århundrad, wisa prof af en
mycket ringa insigt i Swenska Historien, då de likwäl äfwen af Saxo kun-
nat få närmare uplysning om Sigurdska tiden. Ty Sigurd eller Håkan
Ring, Ragnar Lodbrok, Biörn Järnsida, Erik och Styrbiörn nämnas
alle hos Saxo. Man kunde då snart falla på den tanka, at man med
flit gådt förbi deßa Konungar, efter de intet woro af äldsta Konunga Ät-
ten, och til utseende af Dansk härkomst. Man började redan wrida Hi-
storien efter afsigter och Politiska anlägningar. Men til at fylla bristen har
man infördt Olof Trätelias söner, och gjordt Erik Segerfäll och de öfriga
Konungar til Ättlägger af samma stam. Det förtjenar likwäl upmärksam-
het, at ingen af deßa Konungar, som Registrum Upsaliense upfördt i stäl-
le för Sigurdska släkten, äro updiktade. Halfdan Hwitben och Inge til r
Ingiald äro af Ynglinga Ätten, Erik Wäderhatt nämnes hos Sa o
                                                 (+)

(4), Erik Segersäll är almänt bekant, och Erik Årsäll war hedning och lefde efter Olof Skötkonung. Denna omständighet synes witna, at Författaren haft sina egna uträkningar wid förtekningens upsättande, och wärkeligen wetat annat och mer, än det han skrifwit. Man kan ock sluta af hwad som redan är påmint, at här uti Swerige warit gamla förtekningar på wåra Konungar, som med Isländarnas Sagor kommit öfwerens, fast tidernas förwirrade omständigheter nästan gjordt ända på altsammans. Det blifwer då en fullkomlig nödwändighet, at uti Swenska gamla Historien ätilta Isländska handlingar, och några andra utländska Auctorer, såsom Rimbertus, uti Ansgarii Lefwerne, och Adamus Bremensis, hwilka i synnerhet företagit sig, at beskrifwa Historien om Christendomens fortplantande uti Swerige. Jag wet likwäl intet, om brist af inhemska Historieskrifware länder wåra urgamla försäder til så stor afsaknad. Twärt om winner wår gamla Historia så mycket högre grad af sannolikhet, då hon finnes af dem wara uptecknad, som för inga enskilta affigter behöft dölja eller bemantla sanningen. .

(1) Benzelii Mon. Eccl. p. 68.
(2) Sturlefon T. 1. p. . .
(3) Sturlefon T. I. p. . .
(4) Saxo L. IX. p. 175.

§. 12.

När man sålunda med swårighet wil pröfwa de hit intil andragna omständigheter; lär nog gamla Swenska Historien behålla en anständig trowärdighet. Det är icke destomindre ofelbart, at man här och där måste stadna uti någon willråda. Skalldernas konstlade talesätt och tiltagsna måningar, sätta sammanhanget af Historien esomoftast uti oundwikeligt mörker. Men i synnerhet hafwer en owarsamhet hos några Sagoskrifware, som af namnens likhet blandat samman helt åtskilta personer, och en owag idttregenhet förordsakat, at wåra Nordiska Häfder råkat i et lags föraft, så at sjelfwa ordet Saga, som efter gamla språket är det samma som Historia, nu i almänt tal intet betyder anat, än dikt och osanning. Detta kan likwäl med en förnuftig eftertanka hjelpas. Det, som är så inswept i mörker, at ingen redig mening deraf kan hämtas, lämnar man utan afknad uti sin belgare ro och wälförtjenta hwila. Det som åter wärkar willa och oredighet i tiden, kan jämnkas efter Langfedgatal, och Sturlesons bättre sammanhängande berättelser. Utom des råkar man ock
i de

i de gamla Sagor mycken trolldom, Resar, ofantliga djur, ormar och andra widunder, jämte otroliga resor mörk och obegripeliga hjeltedater. Men det- ta är nästan gemensamt med alla gamla Historieskrifware; och man finner exempel derutaf både hos Livius och flera andra. I synnerhet hafwa Munkarne, som merendels woro wåre enda Häfdetecknare i Medeltiden, ut- märkt sig med denna slags witterhet. Alt de trolldom, alt de järtekn och underwärk. Skulle en Prins födas, eller en rik adelig Fru falla i barn- sång; strax woro alle Helige i rörelse med uppenbarelser, syner och dröm- mar. När et Kloster eller Kyrka skulle anläggas, war ingen ända på un- derwärk, som betecknade rummets helighet. När man läser Fransska Hi- storien, finner man en Ängel, som wid Chlodowäi döpelse, från himmelen nederförde icke allenast den heliga Oljan, utan ock Riks-baneret. Ja, äf- wen wåre nyare Historieskrifware äro intet aldeles frie från sådana drä- peliga märkwärdigheter. Spanske Skribenterne förebära med en nitisk och ganska Catholsk alfwarsamhet, at solen stadnade som i Josue tid, på det at Keiser Carl den V måtte få en så mycket större seger öfwer Mohrerna i Saxen. När Hertig Carl I Södermanland i början af Konung Johans regering inföll i Skåne, hade Klockorna i Opngehä- rad, som ringde af sig sjelfwa, haft redan beswärt, at förkunna denna olyc- ka; och när Konung Christian den IV i Dannemark skulle födas, hafwer ock en wälsignad Haf-Fru infunnit sig med moraler och spådomar, m. m. Om nu någon skulle hafwa den olyckan, at intet kunna tro så upbyg- geliga sannsagor, twiflar han derföre intet hwarken om Chlodowäi döpelse, Keiser Carls Seger, Hertig Carls inbrott, eller Konung Christians födelse. Den, som tror sig berättigad at twifla om dessa och flera sådana berättelser, kan ju betjena sig af samma frihet, när han läser gamla Sagorna, och på detta sätt blifwa många stötestenar i gamla Historien af wägen röjde.

§. 13

Sedan man nu pröfwat grunden til Swenska Historien, blifwer det äfwen nödigt, at lämna någon underrättelse om sjelfwa Tideräkningen. Det är ofelbart, at wåre förfäder intet haft någon tideräkning eller wiss Epocha, innan Christna Religionen blifwit rotad i landet. De gamle Sa- goteknare udmna wäl Högåldren, Brännedldren, och Christendoms-äl- dren, men af dessa ord winner tideräkningen ingen ting. Det blifwer der- före nog så swårt, som nödwändigt, at skaffa sig ljus i detta mål. Deri-
genom

genom at wåra Fornsagor gifwit oß en tydelig Utträkning ifrån fader til
son, åt det fått at weta, huru den ene Konungen följt på den andra.
Men när frågan blifwer, huru långt en Konung regerat före eller efter
Christi födelse, yppar sig egenteligen sjelfwa swårigheten. På det man in-
tet aldeles skulle famla i mörker, hafwa wittre Häfdsökare bjudet til, at
skaffa någon slags dager, når man antingen wetat reda på de fordna Ko-
nungars Ättlängder, eller ock haft förtekning på antalet af de regerande.
Wid den förra omständigheten har man trodt, at tre leder swarg emot et
hundrade år, men då man endast haft afseende på de regerandes årtal,
har man hållit före, at fem regeringar utgjöra något når en lika lång tid,
eller hundrade år. Det förra räknings sätt har man följt att ifrån He-
rodotus, ända til Newton, hwilken dock ej eller ogillar det samma (1).
Icke deßo mindre har Newton sjelf öfwergifwet det förra tidmätnings sät-
tet, och aldeles följt det sednare. Den stora Newtons namn har gjordt,
at man ansedt denna wilkorliga sats eller hypothese nästan som en mathematisk
grundsanning, hwilket ock warit förmodeligen orsak, at man betjent sig af
samma tideräkning uti wår nya Swea Rikes Historia, och räknadt sem
Konungars regering, såsom swarande emot en långd af hundrade år. Jag
wet likwäl intet, om Herr Newton ej gjorde lika så wäl, om han blifwit
wid den gamla räknekonsten, efter han sjelf ansedt den för riktig. Uti
hans nya hypothese är likwäl alt wilkorligt och owißt. At en Konung re-
gerar et, twå, fyra, tjugo eller trettio år, är lika naturligt, lika troligt
och lika möjeligt, når man intet wet, huru gammal han war, då han til-
trädde Regeringen. Och ju mera buller, oro och twedrägt är uti en Stat,
ju större blifwer gemenligen Regenternas antal, utan at derföre tiden blif-
wer längre. Uti Constantinopel ifrån år 306 in til år 1453, då Maho-
met intog denna Hufwudstad, hafwa regerat öfwer ottatio Keisare, då, ef-
ter den nya af Newton införda tideräknings lag, detta Riket bort hafwa
ståt i et tusend och sex hundrade år. Äfwen de af honom sjelf anförda
exempel wisa otiträckeligheten och owißheten af hans grundsats; når a-
derton Konungar i Juda hafwa regerat 390 år, aderton i Babylon
209, tio i Persien 208, ellofwa i Egypten 277 och så widare. Om
nu tio Konungar i Persien regerat så länge, som aderton i Babylon,
ellofwa uti Egypten surit wid Regeringen sjuttio år längre, än alla Ba-
bylons aderton; huru kan man då påstå, at antalet af Regenter bör
tagas til grund, når man wil weta, huru länge et Herradöme eller,
Rike warat. Uti hela denna nya tideräkningen är, som redan sagt är,

C   in-

ingen ting stadigt och fast, alt är wilkorligt och waklande. At tre Ko-
nungar kunna följa på hwar andra på et eller twå års tid, är ganska
naturligt och möjeligt, har ock hänt understundom: men at tre nästigande
släktleder blifwa suubordade på et eller två år, är en pur omöjlighet, och
fordras wäl sennio eller septio år der til ätminstone. Men så mycket ti-
diga giftermål, hafwa i fordna dagar intet warit särdeles almänna. Hwem
finner då intet, at här är ätminstone någon naturlig ordning och grund i
den gamla meningen, då detemot är aldeles ingen i den nya. Det är
nog rart, at Prinsar gifta sig förr än de äro tjugo år, och många ägten-
skap skje sedan de äro trettio och flera år gamle: men det är intet rart, at
första frukten af giftermålet äro flickor, hwila uti fordna tiden woro ut-
slutna från Regeringen. Utom deß är det ej owanligt, at de förstfödde
barnen dö bort i sin späda ungdom, då slägten genom de yngre sönerna
fortplantas, så at man i almänhet kan skjäligen utslitja hwar tilled til
33 eller 34 år, hwilket, som förr är nämnt, gör tre leder på hundrade
år. Ingen swårighet är at bewisa wißheten af denna tideräkning genom
många exempel, men som ingen nekar deß riktighet, kan denna widlyftig-
het spaas (2).

(1) At man intet må tro, at jag tildägnar Newton en mening, som han intet
haft, wil jag anföra hans egna ord, som förekomma uti deß Chronologia vete-
rum Regnorum emendata p. m. 43, uti deß Opuscula: Singulæ generationes a
Patre ad filium extendi possunt ad tres aut quatuor annos supra triginta, unam
alia pensando, id est tres generationes ad centum annos circiter. Sed si proce-
deretur per filios natu majores, ex forent breviores, & tres ultra septuaginta vel
octoginta annos non conficerent.

(2) Utom Newton tilstår äfwen Herr Hof-Cancelleren von Dalin, at trettio år
wid paß böra räknas på hwar släktled. Se deß S. R. Historia D. I. p. 558. n. c.

§. 14.

Genom det, som nu korteligen är anfört, synes nästan wara oemot-
sägeligen bewisat, at man bör intet öfwergifwa den räkning, som wisar
tidens lopp genom Ätlederna, när man kan hafwa en asbruten släktlinia.
Men i brist häraf kan man i nödfall asmäta tider genom sem Regerande
på hwart hundrade år, dock för ro skuld allenast. Ty man kan altid wa-
ra wiß, at det är en blott händelse och slump, om sjelfwa tiden träffar in
med denna räknekonsten. Sedan man altså lagt en sannolik grund, hwar-
efter tideräkningen någorlunda kan utstakas, wil man genom alla ledernas
an-

antecknande från Forniother, in til Oluf Skötkonung, som kom til Rege-
ringen, något för än år tusende ifrån Christi födelse, på en gång föreställa
hela Antartalet af wåra fordna Konunga-slåkter, med bifogade siffror, som
både mwisa ordningen emellan de Regerande, och utsätta något när åren
för och efter Christi Födelse, då de lefwat. Denne Förtekning är sådan.

Forniother.

1 **Kare.** (Wid år 360 för Christi Födelse.

2 **Frosse.**

3 **Snår.** 300 f. C. F.

4 **Thor.**

5 **Gore.**

6 **Beiter.** 200 f. C. F.

7 **Grlse.**   **Oden.**

                8 **Yngue.**

                 9 **Niorder.** 100 f. C. F.

                10 **Freier.**

                11 **Fiolner.**

               12 **Swedger.** Christi Födelse.

               13 **Wanlander.**

              14 **Wisbur.**

        C 2   15

15 Domalder. 100 efter C. F.

16 Domar.

17 Dygwe.

18 Dager. 200 e. C. F.

19 Alrik.

20 Agne.

21 Angue. 300 e. C. F.

22 Jorunder.

23 Aune.

24 Eigil. 400 e. C. F.

25 Ottar.

26 Adil.

27 Eisten. 500 e. C F.

28 Anguar.

29 Brautanunder.

30 Ingiald Ilråda. 600   Jwar Widfadme.
e. C. F.
31 Olof Trätelja.   Auda.

32 Randwer.

33 Sigurd Ring. 7co.

34 Ragnar Lodbrok.

35 Björn Jårnſida.

36 Refil. 8co.

37 Erik.

38 Emund.

39 Erik. ço3.

40 Björn.

41 Erik Segersåll.

42 Olof Skötkonung. 1000.

§. 15.

På detta ſått kan man något når finna, når deſſe Herrar lefwat, men man miſtager ſig, om man det af wil utmårka tiden, då de regerat, ſom ej eller någre leder mer eller mindre bör utmårka någon ſårdeles ſkilnad i tiden, wid jåmförandet af ſamtida Konungar, eller ſådana, ſom man finner hafwa lefwat på en tid. Hwem wet intet, at det hånder underſtundom, at en Broderſon år åldre ån deß Faderbroder. En noga och tydelig tideråkning kan aldrig winnas genom ſådana medel. Det år nog, at man på detta ſått kan utan ſårdeles miſtåkning utmårka, i hwilket år hundrad en Herre lefwat, och mer bör man intet begåra i ſådana omſtån- digheter. Man hafwer ock å ſido ſatt i denna tideråkning alla Poetiſka eller Skalde-regeringar, ſom tilågnat år wiſſa Konungar en nu förtiden otroe- lig lifslångd, ſåſom Snår, hwilken ſkal hafwa lefwat trehundrade år, Aune ſom ſkal lefwat nåſtan lika ſå långe, och Harald Hildetand, Konung

C 5   Rand-

Randwers halfbroder, som man tjänkt en tifbrid af hundrade femtio år.
Jag wil derföre intet inlåta mig i någon twist om sannolikheten af en så
lång lefnad. Jag har mig någorlunda bekant, hwad de gamle härom skrif-
wit; i de nyare skrifter finner man ock åtskilligt sådant anmärkt. Uti de
Engelska Bills of Mortality träffar man en för år 1739, som lefwat 138
år. År 1635 dödde uti England den så kallade Old Par wid 152 års
ålder, och år 1671 assomnade Henry Jenkings i Yorkshire, 168 år gam-
mal m. m. hwilket dock wida öfwerträffas af Biskopen i Stawanger,
Auden Einvindson, hwilken dödde år 1440, uti sitt 210 ålders år, som
Ramus berättar (1). Jag har intet så swårt för at tro äfwen detta se-
nare, i synnerhet om Ramus intet funnit denna anmärkning i samma Ar-
chivo, som han kommit öfwer Ulyssis bedrifter, då han agtrade Oden.
Men man kan likwäl umbära alla deßa underwisningar, när man i tide-
räkningen rättar sina omdömen efter släktlederna. Ty deßa kunna wara
de samma, uti en kort och hög ålder. Antingen en man lefwat hundrade
eller såare år, kan han hafwa haft arfwingar, då han war trettio år gam-
mal. Eljest medgifwes gjärna, at tiden kunde ock något förkortas i anse-
ende til lederna, när slägten blifwet bibehållen genom de förstfödda. Men
som uti et långt tidehwarf de yngre Söner äsomoftast blifwa sina Fäders
efterträdare; är en sådan förkortning intet särdeles nödig. Detta har ock
händt åtskilliga gånger, uti wåra Swenska omhwälfningar. Wisburs Son,
som kom på Thronen efter sin Fader, war af andra giftet. Aunt hade
til efterträdare sin tionde Son, Björn Järnsida, som förekommer i Swen-
ska Konungaländgden efter Ragnar Lodbrok, war icke en gång den äldste
Sonen af andra giftet. Detta har kunnat hända flera gånger, ändjönt
det intet finnes antecknat. Utom deß wet man af Cäsars och Taciti witnes-
börd, at wåra Nordiska folkslag intet hastade mycket med sina giftermål.

(1) Ramus Norriges Beskrifwelse, p. 126.

§. 16.

Wil man nu jämföra wår tideräkning med andra omständigheter,
hwilka man med säkerhet kan hänföra til någon wiß tid, skal man ock til
äfwentyrs finna; at han paßar sig wäl nog. Tacitus, som warit Landshöf-
ding i Gallia Belgica eller Nederländerna i första århundrad, och skrifwit si-
na wärk wid år 90 efter Christi Födelse, talar om de Swenska, såsom
om et folk, hwilket under en wäldig Konung war rikt och mägtigt, både til sjös
och

och lands. Wil man följa npa tideräkningen, syftar detta wittnesbörd på Fortiotherska släkten. Men wåra Fornsagor äro aldeles okunniga, om någon särdeles magt och rikedom, innan Odens ankomst. Men efter den här anförda räkning måste Taciti utsaga röra Wanlanders eller Wisburs Regering, hwilka bägge woro mägtiga Prinsar. Hwad senare tiden beträffar, så wet man, at Iwar Widfadme, Harald Hildetand, Sigurd Ring och Ragnar Lodbrok regerat icke allenast öfwer Swerige och Dannemark, utan ock öfwer en del af Tyskland och England. Efter nya räknings sättet har Iwar regerat wid år 780, Harald wid år 800 och så widare, den tid nemligen då Keiser Carl den Store war uti sin högd, och twingade Sararna, hwilka bordt wara til en del Iwars underfåtare. Är det då troligt, at de Franske Historieskrifware kunnat wara okunnige, om en så förfärlig och länge warande magt i grannskapet, så framt den då eller någon tid derefter warit bestånande. Efter den här upgifna Konungalängd, falla Keiser Carls Sariska bedrifter in wid Refil och Eric Refilsons tid, då Dannemark och Swerige woro skilda från hwarandra, och Nordiska magten således war mindre betydande. Uti sielfwa Historien, som seder- mera förekommer, har man gjort samolikt, at Ragnar Lodbrok dödt uti en hög ålder, wid slutet af ottonde århundrad, och är förmodeligen Riket warit delt innan han dödde, och hans widlyftiga länder kingeade någon tid förut. Men ingen ting wisar mer otilräckeligheten af den nya tideräk- ningen, än Sigurd Rings Regering. Det är ofelbart af wåra Sagor, at Sigurd fört krig med Ingiald, West-Sariska Konungen Inas Broder, hwilken oförtruteligen lefwar wid år 730, 740, eller der omkring, ty då blif- wer det aldeles omöjligt, at Iwar Widfadme, som war Sigurds Faders Moderfader kunnat regera wid år 780. Man wet mom deß, at Sigurd Ring och månge af hans förfäder haft rättighet och warit regerande i Northumberland. Efter den här antagna räkning, höra deßa rättigheter til de tider, som gå något när in til Sararnas första inkräkningar. Och i det hänseende kan det wara sant, som wåra Nordiska Sagor berätta, men flyttas Iwars Regering til slutet af ortonde århundrad, blifwer i alla mål Engelska Historien stridande med wåra Sagor.

§. 17.

Den förste Konung i Swerige, hwars döds år man med wißhet kan utsätta, är Erik Emundson. Han dödde tio år efter Harald Hårfager hade

hade underlagt sig hela Norrige, som Sturleson uttryckeligen intygar (1). Harald blef Konung 864, och tio år tilbragtes med Norriges underkufwande (2). Det blifwer altså ostridigt, at Erik Emundson dödde 884. Detta pasar sig nog med wår tideråkning, ty Erik Emundsons tid utsättes til år 900. Men den nya Chronologien ombyter eller förändrar detta, och Eriks Regerings början sättes wid år 900, och således 26 år sedan han wirkeligen war död. Likaledes ändras Harald Hårfagers både födelses och Regements år. Det förra föres fram til 873, och det senare til 883; twärt emot Are Frodes witnesbörd, som säger, at han inträdde Regeringen år 864 (3), då han war tio år gammal. Hwem kan wäl tro, at wi nu äre bättre i stånd, at weta Konung Haralds födelsetid, än Are. Alt denna oreda uti nya tideråkningen kommer derutaf, at en Ragnar Lodbrok finnes wara död år 860. Men denne Ragnar Lodbrok war hwarken Konung i Swerige eller Dannemark, hwilket i sielfwa Historien skal wisas, och således behöfwer man intet på något sätt jämka hwarken Swenska Historien eller Tideråkningen efter honom. Det mäst lysande inkast emot den här antagna tideråkningen, tages af Thorgny Lagmans Tal, hållit på Riksdagen wid Upsala wid 1020; då han säger, det hans Faderfader kunnat minnas Erik Emundson, och berättat, at Konung Erik, då han war i sin ålderstase ålder, giort åtskilliga fälttåg m. m. Konung Eriks ålderstase ålder sättes efter Torfäi mening, som intet särdeles är stridande med den räkning här föllies, wid år 830, och hålles widare före, at Thorgnys Faderfader warit Konung Erik Emundson följaktig i dessa härfärder, och sålunda ärminstone femton år gammal; då han bordt wara född år 815; på hwilket sätt tre åldrar från Faderfader til Son och Soneson intagit öfwer twå hundrade år. Men detta inkast rör hwarken Sturleson eller tideråkningen. At Erik Emundson war gammal, då han besökte Åke Bonde i Wärmeland är klart. Man kan anses för gammal, då man är femtio år, och i synnerhet i jämförelse med en, som ännu intet fylt sina tjugo, hwilket Harald ännu intet giort, och med honom skedde jämförelsen. Om nu Konung Erik war femtio år wid år 870, måtte han wara född 820, då hans ålderstase ålder infaller emellan 840 och 850. Men denna omgång behöfs intet. Där finnes intet spår til hos Sturleson, at Thorgnys Faderfader tient under Erik Emundson, där säges endast, at han kunnat minnas honom. Om man nu wil hålla före, at Thorgnys Faderfader warit tio år gammal wid Konungens död, kunde han nog minnas honom, och sedermera, då han blifwit

wit gammal, berätta för sin Soneson, hwad andre sagt för honom uti des ungdom. På detta sätt skulle Thorgnys Fadersfader wara född 874, och tre åldrar efter den räkningen innehålla 146 år. Men detta är hwarken owäntelig eller ovanligt. Ifrån Henric den Stores födelse i Frankrike år 1553, til des Sonesons Ludwig XIV:des död 1715, äro 162 år förflutne, andra exempel at förtiga; så at äfwen detta, inkast ingalunda försvagar sannolikheten af den tidräkning, som efter Anlederna här är antagen.

(1) Sturleson, T. I. p. 105.

(2) Sturleson, T. I. p. 99.

§. 18.

Undersöker man och jämförer tiden, då Ansgarius kom första gången til Swerige, med wår upsatta tidräkning, passar den sig ock wäl nog. Denna omständighet kan icke wara många twisvorsmål underkastad, ty Ansgarii ankomst skedde 829. Man har aldrig haft någon mistanka, at ju den Koning, til hwilken Ansgarius ankom, detta Björn, och som Emund Eriksons Bror, Björn på Hauga, finnes lefwat wid den tiden, har man trodt saken wara aldeles afgjord. Men detta strider aldeles emot nya tidräkningen. Fördenskuld har man funnit sig föranlåten, at ombyta namnet Björn eller Bero, som han i Ansgarii Lefwerne nämnes, uti Bell, och sätta Ansgarii första predikning i Björkö under Eisten Bellis Regering, förr än Ragnar Lodbrok war Koning i Upsala. At så efter godtycke ombyta namnen, anses med skäl för eftertänkeligt uti Historien. Desutan stämmer denna ändring intet aldeles så wäl öfwer med släktlederna, och än mindre med Eistens sinnelag, ty Eisten war den ifrigaste afgudadyrkare i sin tid. Ansgarius blef däremot wäl emottagen, och man finner äfwen, at Konungen i Swerige genom en ordentelig beskickning til Käiser Ludwig anhåller om Christna Lärare, hwilket man intet wäl kan wänta af Eisten. Man finner således hogsamt, at alla de märkwärdigheter, hwilka man med säkerhet kan föra til wiss tid, aldeles bestyrka den tidräkning, som efter släktlederna är upsatt.

Den

§. 19.

Denna omständighet gör, at man med större trygghet kan bjuda til, at utſtaka rätta tiden för aföagnare händelſer, uti hwilka man intet kan wänta ſig biträdd af Romerſka eller Latinſka Häfdetekware. Man har förnämligaſt afſeende på Oden, och hans ankomſt til wår Göthiſka Nord. Alla wåre Sagoſkrifware komma enhålligt derom öfwerens, at det ſkedt för Chriſti födelſe. Tideräkningen beſtyrker det ſamma. Men nya tideräkningen afwiker äfwen från denna mening, och Odens anländande til Swerige ſlyttes til år 120 efter Chriſti Födelſe. Men ſå wida denna mening grundar ſig aldeles på Newtons tidmätning efter fem Konungar på hundrade år, är i detta målet förmodeligen redan andragit ſå mycket ſom behöfs. Men ſkulle man tro, at nya tideräkningen paſſar ſig bättre med Engelſka Häfder, tager jag mig den friheten at förſäkra, at det förhåller ſig länge annorlunda, och at ſaken derigenom hjelpes på intet ſätt. Engelländarne äro i denna ſaken wärkeligen intet klokare, än annat folk. Slägtlederne från Oden äro uti diſkilliga Familier nog olika, och wil man då tillika följa Newtons räkning, måſte Odens anländande til Norden, ſättas långt ſenare än år 120 e. C. F. Beda Venerabilis, ſom dödde år 735, gifwer oſs et ſådant Slägtregiſter af Hors och Hengiſt, hwilka anförde Angel-Saxarna, ſom år 449 kommo til Engeland (1)

Woden.
|
Wecta.
|
Wetgis.
|
Hors.　　　　Hengiſt.

Nennius ſätter en Gueta, emellan Wieta och Wetgis, och deſſe äro de älöſte Engelſke Skribenter, ſom talas om Oden. Häraf borde man ſluta, at Oden lefwat wid år 300 (2). Munken Simeon från Durham (Simeon Dunelmenſie) går med Odens Slägtregiſter ända til Noachs Son, ſom blifwit född i Arken, och heter Stref, och äro femton leder ifrån Stref

til

til Oden. Efter denna wackra anmärkning hade Oden bort lefwa något
wäl wid samma tid, som Jacob for neder i Egypten, at besöka Joseph.
Men lederne från Oden til Ethelwolf, som regerat wid år 850, äro al-
lenast tjugu en. Följer man nu Newtons räkning och innesluter fem per-
soner i hundrade år, har Oden bordt lefwa wid år 400. Flere slägtlinier
från Oden til de Anglo-Saxonska Konungarna kunna utan swårighet
och möda anföras, och finner man en lång rad utaf dem, uti den så kal-
lade Textus Roffensis, som Thomas Gale utgifwet, och Carl Bertram in-
ryckt uti Företalet til Nennius (3). I almänhet kan anmärkas, at som-
liga Ättartal på närmare, somlige något längre ifrån de här omtalta le-
der. Men ibland alla Engelska Skribenter äga utan twifwel Beda
och Nennius främsta rummet. Men derföre bör man ingalunda för-
kasta wåra Nordiska berättelser. De Engelska Skribenter, då de an-
föra sina Hjeltars Ätträkning, kunna intet beropa sig på annat, än nå-
gra nakna namn, som blifwit bibehållna ifrån en fullkomlig glömska. Men
hwarken underrätta de oss hwad desse Herrar warit, eller hwad de gjort.
Det är då intet underligt, om många leder blifwit förgtömde, och man
således lämnat efterwerlden et ganska felaktigt slägtregister. Efter alt ut-
seende hafwa desse Saxiske Anherrar warit små och ringa folk, som in-
tet warit särdeles namnkunniga. Utan lär det allena kunna slutas af
Engelska Monumenter, at de Saxiske inträktare föregifwit sig alla wara
efterkommande af Oden, fast de warit okunnoge om sjelfwa slägtlederna,
då man ändteligen antecknat så många, som man haft namn uppå, och
de andre blifwit aldeles bortglömde. Hwad deremot wåra Nordiska
Herrar beträffar, hwilka ock leda sina anor från Oden, så woro de
regerande Herrar och widt frägdade personer, som intet så lätt kunna
råka i glömska, och til hwilkas minnes bibehållande hos efterwerlden fle-
re omständigheter kommit tilhopa. Skulle man wilja mäta Historieskrif-
warnas trowärdighet efter tiden, på hwilken de lefwat, blifwer skilna-
den emellan de Engelska och Nordiska Skribenter antingen liten eller in-
gen. Beda lefde i ottonde århundrad, Thiodolfer i det nionde, och
denne hade ofelbart äldre Skalder at följa, som man ock kan wara öf-
wertygad, at Starkader warit äldre, än både Beda och Nennius. Men
hwem Beda kunnat hafwa til ledare uti Anglo-Saxonska Historien,
wet man aldeles intet, ty Gildas, som wårkeligen är äldre, nämner al-
deles intet Oden uti sin Planctu Britanniæ. På detta sätt förmodar
man, at hwar enwdlig lär finna, det intet skäl är at förebraga Engelska

Historieskrifwarne, fram för wåra Åldrigsta Häfder. Skulle någon falla på den tankan, at de Engelske Häfdeteknare tala om en annan Oden, än den, som i Nordiska Handlingarna förekommer; så henar det til swar, at det skal likwäl wara en och samma person. Ty Engellskubate-nas Oden är Frealafs Son: hwarföre ock alla Slägtlinier uti Textu Rosensi slutar med Oden Frealating, eller Frealafs Son, och Alberi-cus witnar uttryckeligen, at den Mercurius eller Oden, som regerat i wåre Nord, är Stamfader för Engelska Prinsarna (4). Hwar af åfwen dy ewdeligt, at Engländarne haft sig bekänt, at Oden warit Konung i Swerige, fast än Albericus satter Odens Regementes tid uti tionde seklet efter Christi Födelse, hwilket hwarken passar sig med den här anförda, eller den nya tideräkningen.

(1) Beda Hist. Eccles. Gentis Anglor. L. I. C. 15. Oper. T. III. p. 14

(2) Nennius Historia Britanom C. 38.

(3) Se Bertram i Företalet til Nennius. Här finnes Jans slägt på detta satt utförd til Oden. Yne, Cenred, Cesswald, Cudwulf, Cudwine, Celin, Cynric, Creoda, Cerdic, Aluca, Giwis, Brand, Balbag, Woden, Frealafing.

(4) Albericus, Monachus Trium Fontium p. 23. yttar sig om Oden således wid år 271: In hac generatione decima ab incarnatione Domini, regnasse in-venitur quidam Mercurius in Gotlandia insula, quæ est inter Daciam et Russiam, extra Romanum imperium, a quo Mercurio qui Wuoden dictur, descendit genea-logia Anglorum et multorum aliorum.

§. 20.

Uti denna undersökning om Tiden, har jag intet följt andra ledare än sielfwa slägtlängderna: och kommer den i wåra Nordiska Sagor upre-ter uplöste Torfäus i tideräkningen här med nog öfwerens. Samma grund är åfwen antagen, och utförd uti en Dissertation som här wid Academien är utgifwen, de Fundamentis Chronologiæ Suiogothicæ. Den, som widare behagar jämföra, hwad som framdeles uti sielfwa Historien är andragit, mrde ock så ännu flera bewis och skjäl, til at bifalla den här antagne grund,

grund-mening, så wäl om Odens ankomst, som angående andra märkwärdiga omständigheter uti wår Historia. At jag har hwarken uptagit eller widterlagt hwad Johannes Magnus, Lyschander, Petrejus, och flere sådane om forkna Nordens Konungar berättat, förmodar jag lär wara skedt med mine Läsares goda minne. Här är endast frågan om gamla Historien, och jag har den oförgripeliga tankan, at desse Herrar icke en gång böra nämnas wid det tilfälle. Men derföre berager man dem intet i andra mål sin wälförtienta heder. Och om jag intet bedrager mig för mycket, lär detta som redan anfört är, kunna wara tilräckeligt, både til at bewisa gamla Swenska Historiens trowärdighet, såsom ock til at skaffa någon reda i tideräkningen. Dock nekar jag intet, at den senare puncten behöfde ännu mera ljus, om det skedt at wänta. Igenom alla de hjelpreder, som man hit til kunnat utstaka, har man dock intet hunnit längre, än at man något når kan utsätta på hwilken tid en Konung lefwat. Men hwarken kan man härigenom göra någon Chronologisk jämförelse i äldsta tiden, med andra Förstar, än de som uti sjelfwa Sagorna omtalas; ej eller kan man utmärka tiden eller Konungen, under hwilken de rykbara utflyttningar af Göther, Longobarder och flera sådana sig tildraget. Sådana gissningar, som wilja uptäcka dessa förborgade hemligheter, äro nästan för kristiga, eller rättare sagt, förmätna. En Historia är ingen Roman, och andra gissningar böra intet inlåtas uti Historien än sådana, som tagas af uppenbar och beslyrkd sanning. Blifwa på detta sättet wåra gamla Häfder mindre rörande och behageliga, blifwa de ock så mycket kortare; och en Läsare, som är intet alt för ömtålig, bör intet låta förskräcka sig, hwarken af en hop owanliga och underliga namn, ej eller af en okonstlad berättelse, uti hwilken intet många stategrep, intet många fjärliks saker, och intet många hofrankor kunna blifwa införda. Det är likwäl oselbart, at sådant händt så wäl i fordna dagar, som nu. Människan är sig nog lik, uti alla tider; men när sådane omständigheter intet äro af de gamla upteknade, gör man säkrast, om man går förbi dem. En naken sanning bör wara uti Historien mera angenäm, än en konstig och prålande dikt.

D 3   Swea

Swea Rikes Historia.

1. Capitlet

Om

Sweriges äldsta Inbyggare, och Forntiothersta Slägten.

§. 1.

Sweriges äldsta In-byggare.

Hr wåra Nordiska och Göthiska länder fått sina för-
sta inbyggare, äre wi aldeles intet underrättade.
Denna okunnighet är oß gemensam, med alla andra
Europeiska Riken. Wåra Sagor gå intet så långt
tilbaka, och om deras berättelser än hade underwist
oß, om en så urgammal märkwärdighet, förtjente de intet at blifwa
trodde. Det är wäl lofgifwit för Johannes Magnus, at för-
säkra oß, det Noachs Soneson Magog funnit tjenligit, at sluta
sina resor i Swerige; men det är twifwels utan ock wara oß til-
låteligit, at intet tro det. At det kostat mycken möda at bewisa,
det Platos Atlantica måste wara Swerige, kan man noga finna der-
af, at man warit twungen, at kapa Elephanter til Wargar, och
göra wår luft så blid, at han kunnat bringa fram Frukt både
winter och sommar. Den, som intet finner sin räkning wid såda-
na förwandlingar, gör säkrast, om han låter Atlantica förblifwa i
sitt wärde, och Swerige i sitt. Deße meningar göra wäl Swe-
rige nog gammalt, dock har Doctor Bång welat bewisa sin Pa-
triotiska nit på et ännu märkeligare sätt, då han förmått wår
Stamfader Adam, at sätta sig neder j Swerige.   §. 2.

§. 2.

Wår tid har förlorat denna sina Ålderdoms smak, och tror man nu, at det afgår wårt Fäderneslands ingen ting, om det blifwer några hundrade år äldre eller yngre. Det är afgjordt, at ingen kan med tilförlåtelig säkerhet bewisa, hwilket land i Europa först blifwit bebodt. Det är troligt, at de emot öster belägna orter först tagit emot wåra wandrande Förfäder. Men det är dock möjeligt, at den wästra kanten genom någon oß obekant händelse kunnat så inbyggare, förr än åtskilliga andra trakter åt öster blifwit bebodde. En nogare ransakning härom skulle fördjupa mig i en stor och onödig widlyftighet, och efter många gißningar, och efter många gamla Auctorers anförda witnesbörd, skulle det ändå blifwa slutet, at wi i detta målet wore lika så kloke förr som sedan, och at wåre ledare intet dro klokare än wi. Förden- skull lemnar man med nöje alla sådana förslags meningar, som intet idka oß annat än Auctorens gißningar, och frågar man helre efter, hwilken af de gamle Historieskrifware först talt om wåra Nordiska orter, och då hafwa wi ingen äldre, än Pytheas från Marseille.

§. 3.

Denne Pytheas har, wid, förabandrade år för Christi Fö- delse, på et fartyg från Marseille, gjordt en widlyftig resa åt Nor- den, och ändteligen sedan han seglat förbi Britanniska Öarna, an- ländt til et land, som han kallar Thule, hwilket låg så långt i Norden, at natten om sommaren intet warade mer än en eller twå timar. Hwad det war för et land, twistas mycket. Men wäl man påminner sig, at Procopius, som lefwat i sexte århun- drad efter Christi Födelse, utan omswep, nämner Swerige eller Skandien med detta namn, synes oemotsägeligen, at med Thule måtte förstås den Skandiska halfön, som iemfattar Swerige och Norrige. Sjelfwa belägenheten kommer wäl öfwerens både med Skandien och Island. Men som detta senare war öde och obe- bodt ännu år 860, och man har ingen särdeles anledning at tro, at det warit bebodt och upbrukat tilförene, synes det osäkbart, at
hår

Sverriges diste In ter byggare. här med betefnas wåre Nordiste orter. Af de Latinsta Stribenter får man ingen redig bestrifning om Thule, och kan man af deras utsagor intet utstafa des belägenhet. De inbyggare, som Pytheas har funnit, woro något sysselsatte med Åkerbruk, lefde ock af grönsaker, rötter och frukter, samt et slags gryn, som Latinerne kallat Millium, och gemenligen öfwerfättes med Hirsgryn. Han fann ock i desa orter säd och honung, hwar af inwånarne lagade sin dryck. Pytheas berättar ock, som en besynnerlig märkwärdighet, at säden tröskades uti der til uplagda hus eller lador. Tama djur woro der ganska få (*). Men det besynnerligaste, som han der sedt, war en slags materia, hwilken han kallar hafs-swamp, som hwarken war jord, wann eller wåter, utan en blandning af alla tre. (**)

(*) Strabo 4. Bol. 139. f.
(**) Strabo 2. Bol. 3 L f.

§. 4.

Denna sista anmärkning, och något mera dylikt, hwarmed Pytheas riktat Naturkunnigheten, har förordsakat, at hela hans resa blifwit ansedd för fabelaktig: i synnerhet har den berömde Polybius bjudit til, at wända alt samman i åtlöje. Men en slags försiktighet är wäl altid nödwändig, när man läser resebeskrifningar, och man måste noga skilja Auctorens aktningar ifrån des andra berättelser. Om Pytheas funnit uti Norden en materia, som han intet kändt, och gifwit henne et besynnerligt namn och egenskaper; bör man derföre intet misstro honom i andra mål, som han genom en orwiswelaktig förfarenhet kunnat märka. Wil man på det sätt dömma om andra resebeskrifningar, måste man åfwen förkasta onekeliga sanningar. Föreställer man sig en främling från Medelhafwet, med intet större kundskap, än man den tiden hade, som af en händelse fått se wåe kraf-is, hwarigenom strömmar icke allenast understundom stadna, utan ock watnet förwandlar sig i en tiock gröt eller wälling (*); och han dertil med, intet haft tid at länge uppehålla sig på stället, ej eller förstådt landsens språk, är han nog ursäktad, om han trodt, at denna gyttja warit en

bland-

blandning af luft, jord, och watten. Den slutsats, han widare **Sweriges**
gjorde, at denna materia torde wara jordens första urämne eller **älsie In-**
Chaos är nog dristig, men dock intet ohörd hos de Philosopher, **byggare.**
som, med en liten kundskap i wißa delar af Natureldran, tro sig i
stånd, at begrepa och förklara alt, som förekommer. Dock antingen
Pytheas af krakßen eller något annat blifwit förledd til denna un-
derliga mening, bör en sådan omständigh:t intet betaga honom sin
trowärdighet i annat, hwarom ögonen allena kunde lemna öfwer-
tygelse. Och derföre bör man intet twifla om det öfriga. Wi
finne således, at wåre forne Thuleboar på et wißt sätt idkadt å-
kerbruk, och at de warit wane, at tillaga sin dryck så af säd som
af honung. Denne senare omständighet tyckes ock wisa, at Thu-
le intet kan wara Island, hwar inga bi finnas, så wida mig de
bekant (**). Hwad det Millium angår, som Pytheas säger, at
Thuleboarne brukat, så de det wäl södet, om icke omöjeliat at
säga hwad det warit. Dock är otwifwelaktigt, at folket i Skå-
ne samlar frö af et gräs, hwilket brukas som gryn, och kallas
af allmogen Managryn. Wår store Naturkännare, H. von Linne, (e-
skrifwer detta gräs i sin Skånska Resa, 349 ndan, hwar man ock
ser, at detta gräs är almänt öfwer hela Riket. Til äfwentyrs
torde det wara samma slag, som Pytheas kallar Millium.

(*) Om krakßen kan man se Döctor Blocks Anmärkningar öfwer Moe-
la ströms sladnande 7. sid. Om någon wille tro, at Pytheas med si-
hafs-swamp meat Medusæ, är det i detta mål et och det samma.

(**) Om Bi finnas på Island, lära de intet blifwit förelömde i den ny-
sta Beskrifning, som Herr Horrebow utgifwit om Island 1752.

§. 5.

Detta är den endaste beskrifning om deßa afsägnare Nordiska
orter, hwilken blifwit bewarad til wår tid, och kan föras til den-
na urgamla ålder. Det är dock troligt, at Carchaginenserna
haft någon kundskap om Thule. Säkert är, at detta mägtiga
och handlande folk, då det war i sin högsta flor, utskickat twänne
flottor, den ena under Hannons, den andra under Himilcons
anförande, til at upsöka obekanta länder. Hannon borde taga
wägen mot söder kring Afrikanska kusten, men Himilco mot

C **Nor**

**Europæi-
ska In-
byggare.** Norden, kring wåstra stranderna af Europa. Hannons resa är
rit en del ånnu i behåll, men Himilcos berättelse är förkommen.
Man wet likwäl, at Phoenicierne, som woro et folk med Car-
thaginenserna, haft mycket at berätta om Thule; och har en gam-
mal Auctor wid namn Antonius Diogenes, hwilken lefwat wid
Alexanders tid, skrifwit et widlyftigt wärk om Thules orroliga
märkwärdigheter, hwilket skal wara tagit af Tyriska Monumenter.
Thule råkade dock strax derpå uti sit gamla mörker. Carthagi-
nensernas handlande ngirighet uphörde med deras lycka, och Ro-
marne, som blefwo omsider måstare af deras länder, hade en lång
tid mer lust, til at underkufwa den bekanta werlden, än at upsöka
någon up. Så at de Romerska missings märken intet kunna gif-
wa någon uplysning i wåra åldradsta Handlingar. Man har
mycket twistat om namnet Thule, hwad det skulle betyda, och
hwad minne här af kunde finnas i Norden. Men jag wet intet,
om ej detta är et onödigt arbete, så länge man intet har sig be-
kant, antingen detta namnet warit i bruk hos Thuleboarna, eller
blifwit tillagt landet af de resande. Man wet nogsamt, at China,
Peru, Amerika och andra Länder hafwa namn, som ländernas
gamla inbyggare äro aldeles okunnige om, så wida de intet lärdt
dem af Europeerna. Det wore således et wådeligt arbett, at sö-
ka sådana namns uprinnelse, uti inbyggarnas egna språk. Det
som hände de nu upräknade Landskap, kan ock hafwa hänt Sweri-
ge. Utomdes förbråkas ofta namnen, genom utländningars beson-
nerliga ljud och utspråk, at de aldeles äro oigenkänneliga. Man
kan allemast påminna sig, huru Chineserne kalla Swerige, nem-
ligen Se-ke-ja-se-co (*), för at märka onödigheten af bekymmer-
samma undersökningar, hwad de hos gamla och utländska Skri-
benter understundom förekommande Namn måtte betyda. Jag wil
derföre intet inlåta mig i widlyftighet med någon härom, utan an-
tingen Thule bör tagas af Phoeniciskan som Bochart menar, el-
ler af Telemarken och Thulesbo, gör det mig lika mycket.

(*) Semling Ruf. Gesch. T. I.

§. 6.

**Fernis-
skrifta
Åkra.** Til at dömma af den stympade beskrifning, man lånt af Py-
theas, skulle man tro, at Nordens inwånare lefwat den tiden uti

en

en naturlig frihet. Wåra gamla Nordiſka håfder drø intet ſtridiga med denna gißning. Och den förſte, ſom hår i Norden år bekant, under heders namnet Kung, år Forniother. Efter Fundin Noregur ſåges han hafwa regerat öfwer Jotaland, Finland eller Quenland, ſom woro gemenſamma namn för de landſkap, ſom grånſade, öſter intil Botniſka wiken. Huru långt Forniothers wålde ſtråkte ſig, år aldeles obekant. Det år ock ſåkert, at wåra gamla Sagor warit nog gifmilda med Konunga-titlar, och ſkulle månge af forbna tidens Konungar kunna warit beåſme nu för tiden med et långt minbre årenamn. Men antingen Forniother warit en widt rådande Herre, eller ock et ſeint Huſroud för en taliſk ſlågt, böre wi nu hwarken miſunna eller betaga honom et namn, ſom hela ålderdomen honom tillågnat. Jag wet ock intet, om jag bedrager mig rått mycket, om jag tror, at ordet Konung utl ſin åldſta bemårkelſe intet betèknade annat ån en huſfader, ſom efter gamla werldens wana ſtyrde ſina barn och husfolk med et naturligt, och efter omſtånbigheterna nödwåndigt anſeende.

Huruban Forniothers regering warit, år nu förtiden ingen underråttelſe. Och om man wil dömma efter det, ſom gamla Sagan gifwer wid handen, kan man tro, at den intet warit beſwårad af annan ſtorm och owåder, ån dem ſielfwa årstiderna föra med ſig. Man finner der ingen mårkwårdighet antèknad, hwilket wil ſå mycket ſåga, at inga ſtora olyckor, och inga ſtora egierningar timat. En ſtilla lefnad, ſom dock utgör en menighets förnåmſta ſållhet, har ſållan eller aldrig ſyſleſatt en Håfdeteknare. Stora omhwålſningar blandade med olyckor och lyſande ogidrningar hafwa, ſnart ſagt, warit de endaſte åmnen, ſom i åldre tider ådragit ſig Sagoſkrifwares och efterwerldens upmårkſamhet: och et ſamfund, ſom hwarken plågat andra eller ſig ſielf, har merendels altid ſtadnat i glömſka.

Det möter, ſom öfwerhöljer Forniothers regering, ſtråcker ſig ock til hans Söner och Söneſöners tid. Hlår ſom ock kallas Åge, Kare och Loge, Forniothers ſöner åro endaſt bekante til namnet. Kare war Froſtes eller Jokuls Fader, och Froſte födde Snår den Gamle. Et qwinnorån och ſåledes en ogåtning har åndteligen fått Hiſtorien i rörelſe under Thor Snårs Son. Den-

E 3   ne

Fornio-cherfta Riten. ne Thor hade efter fordna tidens wana förenat uti sin person Öf-werfta-präftaämbetet med högfta myndigheten. Och war han så-ledes tillika fitt folks Konung och Öfwerfte-präft. Det war hans fed, at om midwintren göra et ftort offer til Gudarna, hwilket man i Norden kallade Thora-blot. Hwaraf förfte månaden i året kallades Thor-månad. Under en sådan högtidelighet hände det, at Gsa eller Goia, Thors dotter faknades. Efter et långt och fåfängt letande, anftäller åter Thor, fedan en månad war förliden, et ftort offer, antingen i tanka at förmå Gudarne til en önfkad uplysning, eller ock at få någon underrättelse, af det folk, fom merendels plägar famlas wid fådana högtider. Men äfwen denne andakt war fruktlös; Gudarne fwarade intet, och fol-ket wifte ingen ting. En forg, fom är blandad med hopp, qwäfwes intet få lätt, fom en obotelig anftöt, hwilken efomoftaft plägar dämpas af fjelfwa tiden. Thor blef otröftelig, och des twänne föner Nor och Gore påtogo fig ändteligen, genom et heligt löf-te, at upföka fin fyfter.

§. 7.

Nor och Gore. På den grund, fom Goia fkulle betyda det famma, fom Tyfka ordet Gau, Land, hafwa någre fallit på den tankan, at en poe-tifk hemlighet här fkulle ligga förborgad. Men man bör intet gö-ra gåtor af enfaldiga och jämna berättelfer. Hwad kan wara fimplare, än at en Fader haft twå Söner och en Dotter, och at en Fader gjerna welat få igen fitt förlorade barn. Utom-des har man fog at twifla, om deffe gamle Finnar någonfin talat Tyfka. Man behöfwer intet leta efter mörka ock gåtaktiga omftändigheter, i gamla Hiftorien, de möta oß nog ändå. Wi-låte derföre wår gamla Thor oförkränkt behålla fina barn, och twifle ej eller på det fäurdig, fom des Söner federmera företo-go i tanka, at föra fin fyfter tilbaka til fin Fader. Men fom de intet wille refa, fom wandrare och peregrimsfarare, förfedde de fig med tilräckeligt följe, och förborgade, under et fådant fken, et kanfke ädlare, men ock tillika et orättfärdigare ända-mål. De fatte fig nemligen före, at med det famma utwidga fitt herrawälde. Männifkliga naturen är fig alleftädes nog lik, och ifrån Arabien ända til wår kalla Nord här lusten, at wins **Fornla-** na land, warit en bedröfwelig driffjäter til mycket öfwerwåld. **therka** Ja sjelfwa Nordska fjällen äro intet fria för en inkräktares be- **klein.** gjärelser, som efter sitt tänkesätt är sjeude både af sitt och an- dras lugn. Det war ock mot Norrige, som Nore satte sig före at leta efter sin syster. Det emer tog Gore wågen til sjös mot Swenska skjären. Han seglade längs åt kusterna til Danmark, och derifrån längre åt Norden, utan at finna sin syster. Resan war dock intet aldeles utan nytta. Alt hwad som bodde sjökanten utföre, blef underlagt hans wälde. Man finner intet spår til, at denna inkräktning warit särdeles blodig. Twärt- om är det troligt, at landsens kringströdde inbyggare, som för- modeligen lefwat utan gemensamt hufwud, intet wågade et samt- tigt motstånd mot en öfwerlägsen magt. Den ädra och kostba- ra friheten war ock intet särdeles inskrukt, genom en sådan un- dergifwenhet, uti dessa hero'ska tider, då blotta äran at bära re- gerande, utan wår uplosta werlds sadighet, war förnämsta dndg- måket af Landwinnares åtrå. Det är ock utomdes sannolikt, at Swenska kusterna och de derwid belägne öar warit bebodde af sådant folk, som lefde sin härkomst från Finland, och således fun- no mindre betänkeligit, at årkänna för Öfwerhet en Prins af samma blod och folkslag. Och bestyrkes denne senare mening äf- wen derigenom, at Sagan berättar, det Gore träffat i Danne- mark, på Läsö, sina förwanter Hlärs efterkommande.

§. 8.

Flere swårigheter mötte Nor uti sitt förehafwande, och blef det genom en blott händelse lyckeligare, i anseende til hufwudprincipen af resan. Nore hade föresat sig at fortsätta sitt sökande på wästra sidan af bergsryggen, som de gamle kallat Kjöln, och som sjelfwa naturen synes hafwa förordnat til gränts emellan Swerige och Norrige. Landet, hwarigenom resan anställdes, är öfwertäkt med höga berg och assturit med strida strömmar, samt kastade i wågen betydande hinder. Men, Nore, wand wid Nor- diska landets art och stränghet, upskjöt sin resa til wintern, då han kunde betjäna sig af Skidföre. Strax i början instälde sig

Lapparne, som från urminnes tider haft sina kojor här omkring, och budo til, at hindra Nore at tåga längre. Men de blefwo snart skingrade. Sedan fördjupar han sig uti en will ödemark, som intet ägde andra inwånare, än foglar och rofdjur. Här wart Nore twungen at blifwa öfwer winteren, utsatt för alla de swårigheter, som en odrägelig köld, faslig yrwäder och brist på lifsmedel föra med sig. Aldrå til et oödeligt namn måste wara nog stor, då man utan trängande ordsaker underkastar sig sådana omständigheter, och det endast för at winna den förmån, at slå ihjäl andra, eller blifwa ihjälslagen sielf. Men det war hwarken den första eller sista gång, som förnuftet fådt tiga för drelpsnaden. Sedan Nore täflat med naturen, fick han ändteligen folk at fäkta med mot wären. Norrige war den tiden bebodt af åtskilliga små samfund, som lefde under sina enskylta höfwidsmän eller Små-Konungar. Landet war ganska skarpt, och wida afskildt från de bequämligheter, som nu kunna minska swårigheten af et hårt Climat. Men derföre war man intet hågad, at öfwergifwa sina hemwist, för en swärm af wådsamma och obudna gäster. Man förswarade sina nakna klippor med samma enwishet, som någonsin Romarne fäktat för de fruktbara fälten i Italien. Konungarne We, Hunding, Hemming och Sokne äro bekante för det de giort motstånd, och sullit för Nores segrande Wapen. Hrolf eller Rolf, en liten Konung öfwer Hedemarken, blef likwäl häraf intet förskräckt, utan manade ut Nore til enwige. Denne Rolf hade tagit Goa, och bägge desse Herrar efter en enwigs kamp, blefwo icke allenast wänner, utan wänskapen blef ock stadfästad med et dubbelt Swågerskap. Rolf behölt Goa, och Nore giftes med Rolfs syster. Hwarpå Nore behöll med frid de länder och folk, som han sig redan underlagt.

§. 9.

Litet för än Nore igenfunnit sin syster, mötte han sin broder i Soknadalen. Bägge bröderne giorde då et förbund sig emellan, i kraft af hwilket Nore borde behålla det han intagit, och Gore förblifwa Herre öfwer hela Swerige och alla öar, som woro med så breda sund afskilda från fasta landet, at det sattyg, som Gore

safarit på, kunde segla derigenom. Historien är öfwerald upblandad med småsaker, så at faringets namn Ellida ännu intet råkat i glömska. Detta år wäl den första Delnings-Tractat, som omtalas i Swenska Historien. Men jag wet intet, om den warit den alrarådtsfärdigaste. Så mycket man kan dömma af sjelfwa Sagan, woro många orter och land i Norden, som deße bröder hwarken sedt eller hört nämnas, mycket mindre intagit. Dock kunde de förmodeligen wara likså wäl besogade, at dela Swerige och Norrige emellan sig, som Påfwarne i Rom warit berättigade, at dela östra och wästra Indien emellan Spanien och Portugal. Hwad del Thor tagit uti sina Söners framgång, finnes intet upteknat; men Gore blef igenom denna förening åtminstone af sin broder åtkänd för Herre öfwer Swerige, en del af Dannemark, och åfwen något af nu warande Norrige. Men om alle landsens inwodnare, utom de som bodde wid stranderna, åtkänt samma öfwerwålde, är ingalunda derföre afgjort. Det ser ock ut, som Gore intet synnerligen bekymrat sig derom, utan tår hans förnämsta omsorg warit wänd på sjösatter, hwarföre han ock blifwit af de gamla kallad Sjökung.

Forniskheriska Atten.

§. 10.

Gore lämnade wid sin död deßa wioftråkta länder åt sina söner Geiter och Beiter, andra lägga til Mäter och Geiter. Denna lilla stridighet kan man ock utan särdeles sakkad lämna orörd: några Barbariska namn mer eller mindre göra intet stort til saken. Et widlyftigt och til en stor del obygt land kunde wäl staffa angelägnare syslor, än at oroa sina åkungar och grannar med inbördes krig. Men det war ännu intet widens snak, at genom upodlingar föröka sin magt och styrka. Wärjan war ännu den förnämsta wägen til heder. Hwarföre ock Gores söner med beständiga inbrott föröldämpade Nores efterkommande uti sin arfwedel, oaktat den emellan föräldrarna träffade Landdelning. Sålunda ser man i detta medlet liten skilnad emellan denna grofwa och wår tids fina smak. Man uprättade Förbund och Tractater då som nu. Man gjorade ock med dem på samma sätt, den mägtigare gjorde sådana förklaringar, som woro mera grundade i
styr-

Geiter och Beiter.

Kornio‑
therfia
Ättle

styrka än rätwisa, och man wille ändå hållas före at lefwa efter aftal. Beiter wiste härpå et tydeligt prof, då han tillägnade sig den delen af fasta Landet i Norrige, som ligger wäster om Raum‑dalen. Detta syntes wara stridande mot den förr omrörde Huf‑wudtractaten; men Beiter lät draga förtiget Eiida öfwer land, sirtiande sielf wid styret; och på detta sätt, äfwen i förmågo af helfwa föreningen, giorde sig mästare af et widlyftigt härad. En enfaldig och halfsofwande Tolfman kan utan möta finna rätwisan af et sådant steg. Men store Herrar hafwa understundom en an‑nan rätwisa, än annat folk. Man gör hwad man lyster, och magten upfyller hwad som brister i rätwisan. Det är wärkeligen en nid för wår upa werld, at så gammalmodiga påfund ännu intet blifwit aflagde. Detta konstgrep de et af Beiters rykbara‑ste storwerk. Om Heiter wet man intet annat, än i almänhet, at han så wäl som des Bror war en mägtig Konung, och eljest en märkwärdig Herre. Annars är Heiter ock derföre namnkunnig, at den berömde Hertigen af Normandie Rollo el‑ler Rolf, leder sina Anor och Härkomst i rätt nedstigande linia från honom, fast åtskilliga af de mellankommande Ättfä‑der, för tidsens längd, äro bortglömde.

§. 11.

Gylfe.

De andre Gores Söner äro endast i anseende til nam‑net bibehåldne i Historien, och denna omständighet kan intet gif‑wa dem något utmärkt ställe ibland Swenska Prinsarna. Bei‑ter lämnade twå söner efter sig, Glamr och Gylfe. Om den förre wet man ingen ting, men den senare är så mycket märk‑wärdigare. Han följde sina förfäders efterdöme, och med sig‑rodsende förwärfwade sig af efterwerlden namn af Sjökonung. Men hans wishet och idraktighet har warit hos wåra Nordi‑ska förfäder i stor högaktning. Man finner här en Prins, som sträckte sin eftertanka til de swåraste och djupaste ämnen. Werl‑dens uprinnelse, människans skapelse, själens ursprung, det on‑das uphof, själens tilstånd, och warande efter. människans död och mera dylikt äro frågor, som röja et dristare tänkesätt, och mognare insikt, än den man fulle förmoda af sådana tider och

am‑

omständigheter. Och skran föreställes likwäl Golfe wid Edda. *Förnie-
En så mogen skraktighet hade förtjent en bätre idromästare, än *chenska
Oden, hwilken under Gylfe anlände til Swerige, och med sina *kiten.
konster förwillade Norden. Men denna rykitvara mannens lefwer-
ne besparas til nästa Capitel. Gores Söner och efterkommande,
som satte sig neder i Norrige, höra intet widare til Swenska
Historien, än at man då och då til äfwentyrs kan finna nödigt,
at nämna något om dem, til mera uplysning uti wåra egna
Häfder.

§. 12.

Det, som redan är anfört, är wäl det hufwudsakeligaste af
alt, som kan sägas om detta äldsta tidehwarfwet i Swenska Hi-
storien. Men wi böre ock något nogare gå igenom folkets lefnads-
art, Religion och andra märkwärdigheter, så wida nemligen wi
kunne finna någon reda härutinnan, af gamla Handlingar. Och
wid detta tilfälle bör man äfwen något följa gamla Häfdetecknares
sedwana, och anställa undersökning, hwad egenteligen det war för
folkslag, som i dessa äldsta tider innehade wårt Nord. Wi haf-
we sedt tilförne, at Forniother warit Konung öfwer Jotaland,
som kallades Finland, hwar af man kan sluta, at Finnar och
Jotar warit et slags folk. Det är nog troligt, at Skandiens
äldste inwånare warit af samma stam. Gissningen bestyrkes af
sjelfwa gamla Sagan. Ty här säges icke allenast, at Gore fann
sina slägtingar af Lär i Dannemark, som förr är nämnt, utan
på åtskilliga ställen kallas ock de gamle landsens inwånare Jotar.
- Således säges, at Rolf Nores swåger war Son af Swada Jo-
run. Sammaledes berättas, at Naumr Nores Son gifte sig
med Bergfins Dotter, och war denne Bergfin Son af Thor
Jotun i Werma eller Wermeland. På detta sätt har man fog
at tro, det Swerigas äldste bebyggare warit Jotar eller Finnar.

§. 13.

Ordet Jote på gamla språket betecknar ock en Jätte eller Re-
se, och lär förmodeligen den gamla sägen, at här i Norden bodt
Jättar, tagit sin första uprinnelse af sjelfwa ordets twetydighet.

                    B   Uti

Fornio-
thersta
Ålten.

Uti wåra gamla Sagor förekomma esomoftast berättelser om Re-
sar, hwilka Sago ganska mycket förökt. Ja om man wil döma
efter Hervara Sagan, hafwer Landet nästan warit öfweralt be-
bodt af Resar och Halfresar, wid Odens ankomst. Om wåre
Nordiske Handlings-skrifware någt sig dermed, at Landet warit
intaget af et folk, som til kroppen warit mycket stort, kunde man
wäl tro deras utsagor; men när de tillagt dem femton ja tiugo
och flera alnars längd, kan man häpna både wid storleken och be-
skrifningen. Det som de mäst undran wärdt, är at man icke alle-
nast funnit sådana berättelser inryckta uti wåra urgamlaste Fa-
belteknare; men man finner ock sådant uti nyare tider, under
Konung Magni Smeks regering wara anmärkt: nemligen at en
femton alnars hög man blifwit ihjälslagen i Norrige år 1338 (*).
Denne kunde likwäl anses som en Dwärg emot andra, såsom
den Boccacio säger blifwit funnen i Sicilien 1342, och warit
åtminstone 150 alnar, och den, som blifwit upgräfwen i Thessalo-
nica 1691, hwilken skal hafwa warit 48 alnar lång m. m. Man
måste hafwa et tilräckeligare förråd på gedirogenhet, än man ge-
menligen denna tiden har, om man skulle hålla sådant för troligt.
Och äro wäl nu för tiden inter många som twista, at de stora
benrangel, som understundom finnas i jorden, äro ben af elephan-
ter och hästdiur (**). Dock synes det swårare, at förneka Norska
Krönikan sitt tilbörliga witsord, om ej förhastet tydeligen wiste-
ondjeligheten deraf. Wid tio års ålder måste denne Norrman
något når wåra halftougen, och således nästan högre än wåra
wanliga wåningsrum, och han skulle icke en gång kunna krypa
innom någon dörr m. m. Derföre måste berättelsen antingen wa-
ra aldeles osann, eller måste införordo uti handskrifna boken wa-
rit förwa?skade; hwilket är troligare. Men derföre nekar man in-
tet, at ju stort folk warit til, fast intet så ofantlige. Den, som
uprät fyra fem eller sex alnars högd, har säkert intet ordsak at
klaga öfwer menyckt, och kan med skäl så namn of Jätte. Så-
dane kunna, kan hända, hafwa warit här i Norden, efter de warit
på andra ställ n. Plinius berättar som åsyna witne, et under
Claudius warit en Araber i Rom, hwilken warit nio fot och nio
tum hög, och at uti Augusti tid lefwat en annan, som warit et
quarter klugre (***). Herr Motyneur anföres åtskilliga personer
af

af förra århundrad, hwilka warit någre fyra, någre sem alnar
höga (****). Man har ock här i Swewige den så kallade Tun-
bopilten, som warit öfwer fyra alnar lång, och långa Finnen,
ännu i godt minne. Archiater von Linné har uti en graf på
Öland funnit människio ben, af hwilkas längd man kunnat sluta,
at den där begrafne warit mot fyra alnar i höjden ('). Jag
förbigår med flit det, som omtalas i Bibeln, och det som be-
rättas om de Americanska Jättar, såsom allmänt bekant (**). Jag
tror mig således befogad at påstå, at hwad i wåra Sagor anfö-
res om Jättar, intet aldeles bör förkastas, utan jämnkas efter en
anständig och lämpelig storlek, emellan fyra och sex alnar, och då
wäl deras senare mått, den högsta längd, som man kan på för-
nuftigt wis unna deßa widunder; hwilket äfwen Herr Mahudel
påmint uti Franska Witterhets Academiens Handlingar Del. 5,
262 sidan.

(') Norrska Krönikan s. 836.

(") Den bekante Hans Sloane har låtit intrycka uti Philosophical
Transactions en artig undersökning om Jättar, som förtienar at lä-
sas. Phil. Transactions abbridgh T. VI. s. 23. 31.

(***) Plinius, L. 7. C. 17.

(****) Molyneux, uti Phil. Transact. obb. T. III. s. 2.

(') Öl. och Gotl. Resa, s. 81.

(**) Man kan eljest läsa om Jättar, hwad Verelius anfört i Herwarar
Sagan, Calmeta Bibliske Unterschungar, och Mosheims Anmärk-
ningar derwid.

§. 14.

Man medgifwer altså, at Skandiens urgamle inwånare wa-
rit Jotar eller Finnar, och at någre af dem warit större til wäx-
ten, än folket gemenligen är: men at alle haft så obilleliga krop-
par behöfwer man derföre intet inbilla sig. At wårt lands äldste
inbyggare warit Finnar, synes ock kunna slutas deraf, at åt-
skilliga lands och byars namn, hwilka ännu äro i bruk, intet wäl
kunna af Swenskan eller Götthiskan förklaras, då man af Finskan
kan hämta et långt tydeligare ursprung. Hwilket så wäl kan mär-
kas af te orter, som äro längre mot Norden belägne, som af
F 2   dem,

Förteck-
ningarna
äkten.

dem, hwilka man finner längst i söder. Sålunda är det nog
swårt, at i Swenskan finna något stamord, hwar af Wermeland
bör ledas, men i Finskan betyder Wuori eller Wari et berg, och
Ma betecknar land, som det ock i de äldsta tider kallades Werma
utan widare tilökning. At förklaringen af ordet pasar helt wäl
med landets beskaffenhet, wet en hwar. Utom des är bekant, at
en stor del af Smaland blifwit i forna dagar kallad Finweden.
Det synes ock sannolikt, at Forniother och des efterkommande
warit en slägt med nu warande Finnar, när man wil undersöka
betydelsen af så wäl hans, som des Söners namn. Forniother
kan ledas af Wuori, berg, och Noita en wis Man eller Trol-
kari, så at des namn skulle utmärka den Wise på berget. Här
kommer nog öfwerens med Laïro, som betyder en wak på isen,
och kan wäl wara troligt, at han blifwit född intet långt ifrån en
sådan öpning, eller ock, at någon annan nu obekant händelse, gif-
wet anledning til namnet. Kare kan swara emot Cari, som be-
tyder en klippa. Wuori betecknar på Finska en ung Man, och
kommet nog öfwerens med Nore. Coria betyder wacker, hwilket
ord intet särdeles skiljer sig från Gore. Med ordet Coi betecknas
Morgonrådnan på Finska, och Goia synes wara et och samma
ord. Den, som wil göra sig möda at söka i Juslens Lexicon,
lär, utan särdeles beswär, finna flere sådana likheter. Det är in-
tet af nöden, at man här drifwer denna etymologiska undersök-
ning widare; det kan wara nog, at man med desza få exempel
wisar, at de uti Fundin Noregur förekommande namn, kunna med
nog lätthet hämtas från Finska spräket, och det åfwen så wäl,
och kanskie bättre, än af något annat. Man bör utom des på-
minna sig, at wåre gamle förfäder, på samma sätt, som andra
folkslag, brutit främmande ord och namn efter sin mundart, så at
det understundom ser ut, som namnen äro Göthiska i grunden, än-
skönt de äro likwäl af en het annan beskaffenhet. På detta sätt hafwa
de giort af Eboracum, York, Jorwik; af Rothomagus, Rouen;
af Ryska namnet Wsewolod, Wisawaldur, och så widare.

§. 15.

Så långt som Historien går tilbaka, finne wi ingen anled-
ning, at något annat Folkslag än Finnar innehaft det Land, som
nu

nu i almänhet kallas Finland. Af Ryßarna kallas Innarne
Tschudi, hwilket namn fones hafwa mycken likhet med Scythä, *Fenni.*
hwarföre ock den lärde Bayer i P:tersburg, fallit på den tankan, *cherßa.*
at Finnarne woro de forna Scythernas afföda. Och tilstår jag *ßirra.*
gierna, at intet hufwudsakeligt kan inwändas mot denna gisning,
fast än inga särdeles bindande Historiska bewis i en så uraammal
omständighet kunna wäntas. Finnarne kalla sig sielf Suomi.
Ordsaken här til wet jag liksä litet, som hwarföre de af oß och
andra åt wäster boende Europeer kallas Finnar. Noj har jag
mig bekant, at Suomus betyder fiskfiäll, men jag kan dock intet
se något skäl, hwarföre en hel Nation skulle fådt namn af en så
ringa omständighet, och det är intet troligt, at de gifwit sig sielf
öknamn. Derföre måtte wäl namnet hofwa någon annan grund,
fast det så wäl, som mycket annat, förlorat sig i ålderdomen. Jag
håller betänkeligt, at begrafwa min läsare i stora ordsökningar och
etymologiskt gräl. At Finnar och Lappar äro et Folk, intyga bå-
de språken och namnen. Lapparne kalla sig sielf Same, och haf-
wa de bodt i deßa Nordiska orter från urminnes tider, ja de tro
ock, at deras förfäder innehaft hela Swerige (*). Hwilket på et
wißt sätt kan medgifwas, så wida man anser dem, såsom af en
stam med Finnarna. Och på denna räkning, skulle både Finnar
och Lappar wara et Scythiskt folk. Den utmärkta skilnad som
annars rönes emellan dem, kan tilskrifwas lefnadssätter och Cli-
matet. Men sedan man något nogare förklarat, så wäl Finnar-
nas som Lapparnas språk, har man uti senare tider fallit på en
annan tanka, och trodt, at deßa folken måtte wara en lämning,
antingen af Cananeerna, eller af de nio eller tio Israels Slägter,
som af Salmanaßar blifwit bortförde. Islåndaren Arngrim Jo-
nas, har i synnerhet trodt det förra, men den senare mening är
af wåra inländska Skribenter med många skäl gjord sannolik.
Olof Rudbeck har i Företalet til sin Beskrifning om Lapland an-
fört wäl 200 ord i Lapska språket, som hafwa mycken gemenskap
med Ebreiskan. Widare hafwer han ock i sit Bref til Profes-
sor Törner (**) anmärkt, at många byar i Finland äro aldeles
lika med namnen af åtskilliga orter i Persien, hwar de bortförde
Israeliter til äfwentyrs någon tid bodt, såsom Hallola i P:rsien,
och Hollola i Tawastland, Ollau i Persien, och Ula i Österboten,

F 3   Thec-

Chemnechec i Persien, och Keckimechi i Finland. Och bjuder han til at bewisa, at Landet Arsareth, til hwilket desse fångne Israeliter andteligen begifwit sig, som berättas hos Esdras i des 4 B. 13 C. skulle wara wårt Finland. J synnerhet har Hans Excellence Riks-Rådet Gref Bonde, far denna gisning i et ganska stort ljus, och Hof-Rådet Herr Arkenholtz, har äfwen uti et Bref til Auctorerne af Journal Encyclopedique med många skjäl sökt at bestyrka det samma. Utom des förekomma hos Lappar och Finnar många urgamla sedwänjor, som synes hafwa mycken gemenskap med Israelitiska inrätningarna. Desse äro til en del samlade af Högström (*), och röja, somliga en större, och somliga en mindre likhet. Framför alt är det nog besynnerligt, at Lögerdagen hålles hos Lappen i stor wördnad och mycket heligare än Söndagen, hwilket man äfwen märkt hos Finnarna. Herr Doctor Mennander har anfört en än besynneligare sed i Karelen; där inwånarne på St. Olufs dag, eller den 29 Jul. steka et Lam helt och hållit med besynnerlig aktsamhet, at intet ben får söderbrytas. Indisworne tagas ut, och gräfwas i jorden, ingen knif får brukas derwid, och ingen främmande smaka steken (****). At detta hafwer någon öfwerenskommelse med Påskalambet, kan wäl intet nekas. Och i mitt tycke bewisa sådana besynnerliga sedwänjor, som af grannarna intet kunnat lånas, mer än sjelfwa språkets öfwerensstämmande, ty man har trodt sig finna den uti alla tungomål. Et folk som Finnarna, hwilke lefwat i sin enfaldighet utan handel, och utan färdeles blandning med andra Nationer, borde til äfwentyrs hafwa bibehållit uti sitt språk en tydeligare öfwerenskommelse med Ebreiskan, än man nu kan finna, om de warit wärkeligen Israeliter. Snarare kan man föreställa sig, at Finnarne äro wärkelige Scyther, men at ibland dem äfwen en flock af flyktige Israeliter kunnat sättia sig neder.

(*) Högströms Beskrifning öfwer Lapmarken. s. 39.

(**) Acta Literaria Sveciæ. T. II. p. 300.

(***) Högströms Beskrifning öfwer Lapmarken. 2 C. 10. §.

(****) Mennanders Præsagia Templorum in Carelia. p. 14.

§. 16.

§. 16.

Om den gunstige Läsaren, efter öfwerwägande af dylika påminnelser, trer sig met wara i stånd, at utrönna Finnarnas äldsta förfäder, än han warit tilförne, är det mig så innefket kiärare, som det nästan skiedt emot förmodan. At wåre Urfäder intet lefwat utan Gudstienst, är tydeligt af hwad, som redan är anfördt. Man gjerde offer til Thor om midwintern, hwilket kallades Thorablot, och hafwer Thormånad eller Januarius hår af sådet sitt namn af Skandens inwånare. At Thor warit ansed som rådande öfwer lust och wäder, kan slutas der af, at man äfwen i wår tid kallar Åskedunder, Thordön. Men hwad namnet egentligen betyder, och antingen under detta namn den rätte Guden, eller någon assonnad hielte blifwit wördad, wet man intet. Uti Chronicon Alexandrinum talas om en Konung hos Assyrierna, Turres benämnd, som blifwit dyrkad som Gud, hwilkens Fader heter Jares (*). Om denna widskieppelse gifwit anledning til de gamla Skandiers Thor, eller om Jares uti annat, än uti bokstafwerna kommer öfwerens med Finnars och Lappars egenteliga namn, Suomi och Same, kan man intet förfäkra. Men det är utan all twifwel, at Thors dyrkan warit wida kringsprid. Ty hans namn har warit wördat af alla Skandiska folkslag, uti Swerige, Danmark och Island. Uti Tawastland har man länge hedrat Thurisas såsom Krigsguden (**). Uti forna Gallien eller Frankrike, nämndes han Taraius. Uti England har han ock warit bekant, som man kan se af en gammal predikan, eller Homilia, som Wheloc anfört wid Bedas Historia Ecclesiastica (*). Ja äfwen i wår tid dyrkas Thor af Heddningar i Ryssland, som kallas Tschuwaski (***). Men i synnerhet kan det förtiena upmärksamhet, at Thors offer skiedt i Januarii månad. Procopius berättar, at de aflägne Thulebosr, som hafwa sträcka dagars natt om winteren, på det trettionde sednare dygnet, wid åskådandet af tekn til solens återkomst, anställa fröjdemåltider. Man wet at det warit Heddniska werldens sed, at sluta deras offer-högtider med gästebud, och sätter Thor offret in wid samma tid, som Procopius utmärker, nämligen, i början af Januarii månad. Så at man kan skiäligen hålla före, at Thulebosrnas fröjdegästebud, uti Procopii tid, warit en påföljd af deras

for-

Förelö-
gherske
Riten.
forna föräldres inrätning. At Thor haft sitt hemwist långt up i
Norden, kan slutas af des Söners tåg, emedan Lapparne woro
de förste, som Nore mötte uti sin resa, och Gore började sin up-
pe i Botniska Wiken. Såsom Thormånads namn bör hämtas från
desa utäldriga tider, så finner man också här ordsaken, hwarföre
Februarius hos Skandierna blifwit kallad Göjemånad. Ty sedan
en månad war förliden, efter Thora blotningen, anställdes et nytt
offer, som warit kallad Goeblot, eller Goias offer, hwilket seder-
mera under hela Hedendomen finnes wara i akt taget.

· (*) St Vossius de Theologia Gentil. L. 1. p. 126.

(**) Bånge Hist. Eccl. p. 208.

(*) Vetus Homilia Saxonica ad Bedam, p. 495. Thor esc and Eouthen
the haethene men herjae Svithi. Det är: Thor och Oden, som
Hedningarne mycket prisat.

(**) Strahlenbergs N. O. Thell 2. Europa s. 347. Gmelins Reise
d. Siberien. T. 1. p. 45.

§. 17.

När man, i sin wilja och twifwelaktighet, wänder sin wörd-
nad emot wanmäktiga ting, är det intet underligt, om man söker
hjelp och rådning på många ställen. Wåra brister äro i sig sjelf
nog stora, och de ökas oändeligen genom wår medfödda oråd-
lighet. Derföre man ock altid sedt, at afguderiet haft i följe med sig
många Gudars tilbediande, eller Polytheismus. De äldste Skan-
dier hafwa i detta målet intet wark klokare, än andra folk. U-
tom Thor, som med et högtideligt offer dyrkades om midwintern,
hafwa de ock wördat flera. Besynnerligen hafwa Fornlothers
Söner efter döden blifwit ansedde som Gudar, och trodde man,
at Kare rådde öfwer wind och wäder, Loge öfwer elden, och Lär
öfwer watnet. Uti denna mening sjstar Thiodolfer på Loge uti
sina wisor, när han säger, at Fornjothers Son förtärde Olof
Träteljus kropp, då han wardt innebränd. Det är ock troligt,
at, som femte dagen i weckan blifwit kallad Thorsdag af Thor,
den sjunde dagen blifwit kallad Lögerdag af Loge. Lärs andra
namn war Ägir, och finner man Egers ibland Kareternas afgu-
dar,

dar, faſt hans förnämſta ſyſla blifwit utſatt, til at wårda fäl och Fornia-
drtet (*). therſta
Ritten.

(*) Bång, Hiſtor. Eccleſ. p. 209.

§. 18.

Detta är förmodeligen det tilförläteligaſte, ſom kan anföras, om deſſa uråldriga Skandiers Gudalära. De öfriga irrmeningar, höra Oden til. Under Gore finner man början, hwad Swerige beträffar, til Borgeliga Regeringens inrätning. De förra Huſſäder blefwo nu uti et ſtörre ſamfund inneſlutne; men at deras frihet blifwit på något ſärdeles ſätt inſkränkt, är ingen eller liten anledning. Deras förnämſta, och kanſke enda plikt, beſtod uti en ſkyldighet, at följa ſin Konung uti krig och härfärder, och deſſa woro wäl intet ſärdeles koſtſame. Och har denna plikt, at följa Öfwerheten i krigstäg, warit almän och länge i bruk. Skatter har man intet wetat af, för än i Odens tid. Efter denna anledning, har en huſfader ägt ſin grund med alla de rättigheter, ſom dermed af ſjelfwa naturen äro förknippade. At Gylfes wäl de warit nog widſträckt, kan ſynas deraf, at han ſkänkt Seland til Gefion Skiölds, Odens Son, Gemål, ty annan mening kan intet tagas af Brage den Gamles Skaldqwäde, ſom innehåller denna omſtändighet. At Konungsliga Högheten följt manliga Linien, ſå at Sönerne i gemen fört Konungslig Titel, kan ſlutas af hwad ſom förr är ſagt.

§. 19.

Hurudan de gamla Skandiers Hushålning warit, kan någorlunda finnas, af det ſom Pytheas berättar. Åkerbruket idkades åtminſtone på många ſtällen. Och ſom ſäden tröſkades i hus och lador, kan man med ſäkerhet ſluta, at folket äfwen bodt i hus, och intet i tjäll, bergsrefwor eller kulor. At inbyggarne brygt öl och miöd, gifwer Pytheas äfwen wid handen, ſå at man nogſamt märker, at Sweriges inwånare warit, i ſin wildhet, mindre groſwe än andra mot Norden boende folkſlag, och äfwen mindre wilde än Finnarne, hwilkas hela lefnad til-

G brag-

Fornio-
cherista-
Alter.
bragtes, efter Taciti utsaga, i jagt och fiskande. Och detta sy-
nes wara ordsaken, hwarsöre Thors barn walde sin boning i
Swerige och Norrige, och således öfwergofwo sitt rätta Fäder-
nesland. Genom alla tiders och Historiers förfarenhet finner
man, at, när Landwinnare blifwit inästare öfwer något annat
Land, som warit mera upodlat, hafwa de merendels i det senare
utwaldt sitt hemwist. Arkebiskopen Erik Benzelius har uti sin
lilla Historia gjort en artig anmärkning, at Upland synes först
blifwit bebygt af wåra Swenska Landskap, emedan de der intil
gränsande orter, fådt namn af belägenheten, i anseende til Upland,
såsom Wästmanland, Södermanland och Norrland. Detta synes
ock någorlunda bestyrkas, af det som sedermera skal berättas om
Oden, at han utwalde sin boning i Upland wid Sigtuna, efter
det war et fruktbärande Land. Om de södra Länder i wår Nord
den tiden warit upbrukade, hade det warit nästan barnsligt, at
för fruktbarheten öfwergifwa Fyn, Seland och Skåne, och sätta
sig neder i Upland.

§. 20.

Om någon til äfwentyrs skulle hålla för otroligt, hwad som
nu är anfört om åkerbruket, han behagar påminna sig, at grunden
til denna berättelse är tagen af Pytheas. Och om man har swårt
at tro, at Thule är Swerige och Norrige, utan wil helre före-
ställa sig, at Island ligger under detta namn förborgadt: så kan
man, utom hwad tilförne är påmint, föreställa sig en sjöresa långt
lättare til Swerige eller Skandien, än en dylik til Island. De
gamle, utan Compaß, följde i sina sjöfarter hälst stranderna, så
framt nöd och storm intet kastade dem i wilda hafwet: och när
man sålunda tog kosan längs åt kusterna, skulle man nödwändigt
omsider komma til wåra Skandiska strander. Phoeniciernas hand-
landes försikrighet, lämnade intet många orter obesökta, som man
kunde komma til, utan alt för mycken swårighet. Och har wid
et sådant tilfälle lätt kunnat ske, at inbyggarne fådt säd af deßa
sina gäster. Men det är förmodligen onödigt, at länge uppehål-
la sig med gißningar om möjligheten, då waraktigheten är bewist.
Wåra urgamla försäders hushålswett, är för öfrigt intet bekant.

At

At de haft sina samqwäm och gästebud, kan man wäl intet draga i twifwelsmål. Atminstone finne wi, at Julen hos dem warit i akt tagen med någon högtidelighet. Således hafwer Raum Nores Son, haft sambrycko eller gästebud med sin Swärfader Bergfin om Julen. Ordet Sambrycko, som fullkomligen uttrycker Grekernas συμποσιον, synes bestyrka hwad som förr är sagt. Hade de hwarken haft öl eller mjöd, wet jag intet, hwad de den tiden skolat dricka. Ty det är långt owissare, om de haft särdeles förråd på mjölk, och deraf kunnat laga någon stärkande dryck. Et godt rus war wäl då som sedermera, det bästa bewis på en anständig wälfägnad. Julen firades likwäl intet i gamla dagar på samma tid som nu, utan i Februarii månad, som är tydeligt af Herwarar Sagan (*), och är dess högtidelighet, så mycket man wet, först lämpad efter de Christnas sed i det tionde århundradet af Konung Håkan i Norrige (**).

(*) Herw. Sagan c. 14.
(**) Sturleson, T. I. p. 140.

§. 21.

Men ingen ting kan förekomma en läsare mera otrolige, än hwad som berättas om Gylfes eftertänkeliga nyfikenhet, at lära sådana saker, som nästan aldrig kunna falla på Barbarer. Atminstone finner man ingen anledning til sådant hos Tyskarna, och flere nästgränsande folk. Men jag wet intet, om detta är et tillräckeligt skäl, at förkasta hwad de gamla underrättelser oförnekeligen gifwa wid handen. Utom des är det ofelbart, at wåra gamla förfäders lefnadsart, war wida åtskild från andra Nationers upförande. Et uphörligt farande til sjös, hwilket sysselsatte äfwen sjelfwa Konungarna, utwidgar altid wår kunskap, och begrep, man får se och tala med mycket folk, af hwilka några äro klokare, några okunnigare. En widsträktare kunskap om werlden och des inwånare, upwäcker merendels en annars sofwande eftertanka, och et någorlunda upmärksamt snille, är gierna benägit at wilja weta ordsak, til hwad man ser och hörer. En sådan åstundan är äfwen begripelig hos en, hwars förnuft ännu intet är särdeles upstådat. På detta sätt bör man föreställa sig Gylfe, ty hade hans

G 2

Fornis-
thriska
Allen.

hans förstånd warit något mer upbrukat, hade han wäl aldrig
låtit sig nöja med sådana swar, som honom understundom gifwas
i Edda. När man ock något närmare betraktar de omtalta frå-
gor, ser man, at en sådan omhugsamhet warit nästan almän, hos
wåra Nordiska folkslag. Lapparne, som säkert från inga andra,
än sina gamla stamsäder, leda sina Fornsagor, bråka äfwen sin
tränga hjerna med sådana spörsmål. De föreställa sig et ständigt
täflande emellan det goda och onda, och hafwa många berättelser
om Jubmel, som ursprunget til det goda, och Perkel, ursprun-
get til det onda, och sträcka de denna stridighet ända til werlde-
nes skapelse (*). Hwem ser inte, at desse äro qwarlefwor af
gamla Chaldeiska Philosophien, och de Österländska Wisas beskrif-
ningar på Oromasdes, och Arimanius. Så at äfwen denna om-
ständighet synes röja Lapparnas forna ursprung, från desse Öster-
länder. Men huru man ock wil anse Gylfes eftertänksamhet,
antingen som prof af et owanligt, eller måtteligt förstånd, måste
man medgifwa, at han är wärd större högaktning, än många
så kallade tänkande i wår tid, som hwarken fråga efter källan
til det goda, eller onda, och anse werlden såsom upkommen af
sig sjelf, då icke en gång den uslaste bondkoja, eller föraktelig-
aste sophög kan upkomma af sig sjelf. Men Odens ankomst til
Norden öpnar för oss et nytt lysande tidehwarf i Swenska Hi-
storien, då äfwen Gylfes Handlingar något widare warda ut-
förda.

(*) Man kan läsa härom Högströms Beskrifning om Lapland. 11 C.
§. 175.

2 Capitlet.

Om

Odens Ankomst til Swerige.

§. 1.

Om
Oden.

Sedan Gylfe delte sin tid emellan sjöfarten och andra syslor,
nalkas småningom mot war Nord, en swärm af wandran-
de Scyther, under sin ryktbara Höfding, och anförare
Oden.

Oden. Sedan han tågat genem RySland, Preußen, och en del af Tyska orterna, anländer han ändteligen til Fyn i Dannemark, hwar orten, på hwilken Oden någon tid uppehållit sig, ännu bär namn af honom, och kallas Odense, men efter gamla språket Odenvi, och betecknar namnet et sådant ställe, där Oden förrättat sina offer. Af Edda ser man, at Gylfe under namn af Gangler, giorde en resa til Asgård, Odens gamla Hufwudstad, för at hämta wishet och underrättelse i den fordna Nordiska Philosophien. Men antingen denna resa skedt förr, eller efter Odens ankomst i Norden, wet man intet. Det finner man, at Oden afsände från Fyn, en af sina Hof-Fruar, eller Fröknar til Gylfe, som med sin behagelighet och qwickhet, så intagit denna Herren, at han skänkt henne Seland. Et land mer eller mindre, war intet något betydande föremål för en Herre, som regerade öfwer flera ödemarker, än han kunde, och wille upodla. Ja, Gylfe fan så mycket behag uti deßa främlingar, at han tilböd Oden, och hela hans följe, at sättia sig frit neder uti sitt Rike, hwar dem behagade. Oden intagen af landets godhet kring Mälaren, utwalde sig säte derfammastädes, och bygde gamla Sigtuna. Hans son Skiöld, som blef gift med Gefion, blef qwar på Seland, och bygde Dan nacks gamla Hufwudstad, Leyre eller Lethro. De andre Odens söner, som intet redan sat sig neder, dels i Rysland, dels i Tyska orterna, stgttade med Oden til Swerige. Thor bodde på Thrudwanger, och Baldur på Breida Blick. Hans förnämste Herrar togo sig ock boningar här i landet, Niorder i Noatun, Freyer i Upsala, Heimdaller på Himleberg. m. m. Kom Upsala och Lethro är nog swårt, at utmärka hwar deße orter warit belägne. Och lämnar man denna undersökning, som mindre oumbärlig, så wida framdeles sielfwa Historiens sammanhang intet gifwet någon anledning til sannolika gisningar.

§. 2.

På detta sätt blef Oden bofast i wår Götthiska Nord, utan wåld, utan krig, och hårsmagt. Wåra gamla Sager komma alla derutinnan öfwerens, at han war Konung öfwer Asahem,

et

Oden. et land som war beläget i Scythien, eller Stora Tattariet, öster om strömen Don eller Tanais, hwilken wåra Nordiska Häfder kalla Wanaquisel. Han hafwer ock warit rådande öfwer en stor del af det Land, som gamle Turkarne innehade. Denna berättelse, som intet är tagen, hwarken af Grekiska eller Latinska skrifter, wisar nogsamt, at den af inhemska källor leder sitt ursprung. Och lär det wara onödigt, at swara på Eccards och andra utländningars inkast, hwilke af någon likhet, som finnes i några Tyska orters namn, utaf egit wälbehag göra Oden til Tysk. Sådane Grammaticaliska eller Etymologiska hemligheter, äro blinde ledare i Historien, när de sättas emot tydeliga witnesbörd af gamla och trowärdiga Historieskrifware. Men oaktadt wåra Nordiska Häfder i detta mål, intet kunna hämtas från andra sansagor, är dock berättelsen sådan, at den kan lätt bestyrkas, uti wissa omständigheter, af andra Auctorer, uti hwilka wåre äldste Skalder och Sagoskrifware aldeles intet woro bewandrade. Asiemanni sättias af Ptolemäus öster om Tanais emot, och i Siberien. Och är förmodeligen så wäl namn som folk de samme, som Hervarar Sagan kallar Asiemän, som tillika med Turkarna kommo hit i Odens sällskap. Asarne omtalas ock af Plinius (*) då han upräknar Asci bland de förnämste af Scythiska folkslagen, wid berget Caucasus, i de är Norden belägna Länder. Strabo nämner Asborg (ασκιπυργιον) i samma negd, och andre gamle jordbeskrifware och Geographi, gå ej heller förbi detta folkslag (**). Efter alt utseende äro ock dessa de samne, som Chineserne kalla Oussoun (***). Men jag wet intet, om Aorsi böra blandas med Asarna, åtminstone hedrar man intet hwarken Swerige eller Asarna med detta släktskap, ty Aorsi woro Scythiske trälungar (*) At Turkarnas söderesland, eller Tyrkialand, som wåra Sagor det nämna, warit fordom i dessa tracter, är lika wemotsägeligt. Plinius talar om Turkarna, som bodde i negden af Tanais (**). Deras deltagande uti Persiska och Romerska oroligheter, wisar tydeligen, at de ej bodt långt från Caspiska hafwet, som man kan se af Paulus Diaconus och andra (***). Desse sidstnämnde Auctor berättar ock, at en stock af Turkar warit kallade Chasarer. Om desse warit et slags folk med Asarna, eller ock om de warit et särskilt folkslag gör intet til saken. Det är nog, at man wist,

at

at Turkar och Asar bebodt de orter i gamla tider, som wåre Oden-
fordne Skalder och Hiftorieffrifware dem tildgna.

(*) Plinius H. L. 6. C. 17.

(**) Man kan se, hwad Doct. Celfius låtit inflyta uti AA. Literar. Sue-
ciæ 1736 p. 193; och jämföra hwad H. C. v. Dalin anm. f. 101.
Mallet Int. à l'Hift. de Dannemark p. 37, och de där anförda Au-
ctorer.

(***) Deguignes Hift. Generale des Huns. T. I.

(*) Plinius L. 4. C. 12. Hamaxobil aut Aorfi, alias Scythæ degeneres
& a fervis orti.

(**) Plinius L. 4. C. 7.

(***) Paulus Diaconus Hift. Mifc. L. 18. C. 28.

§. 3.

Öfwer detta folk war Oden, innan han kom til Swerige,
en wåldig och anfedd Konung. Naturen hade begåfwat honom
med befynnerliga förmåner. Här war et ftort förftånd och myc-
ken förfarenhet fammanfogade, med et fördelaktigt utfeende, och
han fyntes wara flapad, at bedraga och ftyra andra i okunnig
och mörk tid. Hans förnämfta fäte och Hufwudftad war As-
gård, hwardft den tidens Gudstienft, fom förmodeligen beftod
uti offer, idkades. Oden, fom Konung och Öfwerfte-Präft, ha-
de til bifittiare tolf af de förnämfta i landet, hwilka kallades
Hof-Gudar, Drottar och Diar, och utom fina offer-åmbeten,
äfwen woro fofelfatte med Lag och rådwifans fkipande. Et åre-
girlgt finne är fällan nögt med det närwarande, ehuru godt
det än är. Oden fann ock fitt tilftånd alt för trångt för fin
gåfande åtelyftnad. Derföre började han förft med krig, at ut-
widga fitt anfeende. Lyckan fogade fig gierna efter ftörfta för-
ftåndet, det makten intet är alt för olika delad. Hans wapn
woro ock merendels altid fegrande. Des underhafwandes förtro-
ende gick härigenom få långt, at han åkallades nåftan fom Gud
i all flags fara, och fegren förmentes wara i hans hand. O-
den Mandade uti alt fitt förehafwande, widfkiepelfe med för-
fiktighet, hwarföre han ock twifwelsutan, fom Öfwerfte Präft,
då

Oden. då des förnämare Ämbetsmän utskickades i Krig, eller andra för-
rättningar, lade händer på deras hufwud, och wälsignade dem,
hwilket gyckeri troddes wara af en dråpelig wärkan.

§. 4.

Et sådant anseende hade kunnat wara tilräckeligt, om något
kunde wara nog, för et widtsyfgt och tiltagset snille. Oden wille
altså än mer utwidga sin kundskap, och företog sig långa och af-
lägsna resor, uti hwilka äfwen tilbraktes understundom många år,
då Odens bröder, Wi och Wiler, imedlertid förwaltade Rege-
ringen med en trohet, som man nu förtiden intet altid skulle kun-
na wänta. Men under en sådan Resa, då Oden war utom
wanligheten länge borta, delte ändteligen hans Bröder, både Ri-
ket och hans Gemål Frigga emellan sig. Oden kommer dock om-
sider hem, och hans Bröder, som wore tillika hans trognaste un-
dersåtare, lämna honom, utan motstånd, altsammans tilbakars,
så at hwarken dregtighet, eller andra retelser kunde förswaga
wänskapen emellan deßa släktingar. Ärlighet war altså räknad
hos detta folk för den största heder, mot hwilken både Krona och
Spira förlorade sitt anseende. Sålunda blef ro och stillhet bibe-
hållen i riket, men kunde intet så någon boning uti Odens huf-
wud. Wanerne angripas derföre med krig. Orsakerne der til
så wäl som krigets egentliga omständigheter äro obekante. Man
wet endast, at Oden fann här wärdiga fiender, och at segren,
som tilförne följt Oden, utan omwäxling, war nu twetydigare,
så at de tilstånde ledsnade på bägge sidor wid kriget, och gjorde
frid, och friden bekräftades med gislan.

§. 5.

Hade Oden kunnat inskränka sin höghet inom de gränsor,
at blifwa hållen för en stor Konung, hade han förmodeligen kun-
nat wara til freds med sin förwärfwade högaktning, och tiden ha-
de kunnat blifwa wäl anwänd, at stadga undersåtarnes lycksalig-
het. Men alla des göromål utmärka en kanske högre, men tilli-
ka bårakiigare åtrå. Oden wille nödwändigt blifwa wördad, som

et

et Gudomeligit wäsende. Han hade någorlunda wunnit sin önskan, **Oden.**
i anseende til sitt egit folk. Men det war dock swårt, at bringa
dem fullkomligen på sådana tankar, hos hwilka menniskligheten,
oaktat all förståning, twiflwels utan förråde sig alt för ofta.
Derföre war det angeläget, at söka denna wördnad hos andra,
och där låta lysa sina förnämer med all den glants, som konster
och behändiga idrotter kunde åstadkomma. Om han welat uprång=
Ja sådant fram för Greker och Romare, hade tilbudet förordsa=
kat åtlöje, och arbetet warit fruktlöst. Desse woro mera skapte
at bedraga andra, än at låta bedraga sig i sådana mål. Wa=
. nerne kände honom för grant at blifwa hans dkäare, och Par=
therne med Chineserne woro ej heller särdeles idittrogne. De Nor=
diska folken i Europa lofwade en lyckeligare fortgång för kenstiga
Gyckelwärk; och stadnade fördenskuld Odens wal egenteligen på
dessa, och i synnerhet på wårt Swerige. I detta ändamål öf=
werlämnar åter Oden Riket åt sina Bröder, We och Wiler,
tager med sig alla Diar, eller Rikets högsta Nämd, och et stort
antal af folk med hustrur och barn, och deras förnämsta egen=
dom, så at magten borde utföra, hwad kenst och behändighet in=
tet kunde åstadkomma. Man måste intet föreställa sig, at denna
flyttande menighet kommit farande, såsom en swärm af landstry=
kande Zigener. Twärtom, de förde med sig mycken egendom, och
stora rikedomar, så at äfwen deras prakt skaffade dem an=
seende ibland enfaldigt folk. Hade de kommit framkrypandes ur
ussla och starkwiga skinpelsar, hade twiflwelsutan upmärksamheten
blifwit liten, och högaktningen där efter. Det hade ock warit
mindre lätt för Oden, at öfweralt, hwar han for fram, inslita
sina Söner til Regenter, om ej någon utwärtes glants injagadt
wördnad hos folken, hwars upmärksamhet merendels fastnar wid
det yttra, och tränger sällan längre igenom. Wi finne således,
at Odens Son Sigurlam blifwit Konung i Gardarike, eller
Rysland. Oden uppehöll sig något längre i Tyska orterna, hwil=
ket Land i wåra gamla Skrifter kallas Saxland, hwar tre an=
dre hans Söner blifwit rådande. Weldeg, nemligen öfwer Östra
Saxland, Beldeg öfwer Wästra Saxland, som sedermera he=
tat Westphalen, och Sigge länger i Söder mot de trakter som
nu nämnas Franken, eller Frankland, efter wåra Sagors talesät.

H §. 6.

§. 6.

Oden.

Så wida man i Odens upförande, wil söka anledning til hans Resa; lär förmodeligen åtegirigheten, och en omätteig åtrå til högt och Gudommeligt anseende, warit des förnämsta ögnemärke. Denna åstundan lyser fram utur alla des gärningar; hwilka ock lära wara de tryggaste medel, at utgrunda stora Herrars egenteliga afsikter. Så hos Sturleson som i Företalet til Edda berättas, at Oden warit begåfwad med spådoms anda, och sedt förut, at hans efterkommande, i synnerhet i wår Nord, skull komma til et högt och långwarigt wälde. Man kan utan möda tro, at han sagt det; men som ingen nödwändiah t förpliktar oß at föka, eller sinna Gudommeliga egenskaper hos Oden, kan det wara nog, at man anser hans Prophetie, som en wäl grundad, och sanwolik uträkning. Man gör tryggast, när man sätter lagom tro til hwad stora Herrar säga, men mer til hwad de göra. At Oden spfiadt undan för Romarna, finnes ingen särdeles anledning hos Sturleson. Han säger allenast i almänhet, at månge Höfdingar spfiade undan för deras magt. Men om Oden förebäres den ytligen andragna Prophetien. Företalet til Edda sätter likwäl ut både tiden och anledningen til des tåg, nemligen, at Oden flyttade, då Pompejus härjade eller förde krig i Asien. Om denna utlåtelse bör åga witsord, kan intet särdeles twifwelsmål wara om början til denna Resa, emedan efter denna räkning, den bort ske wid år 66 eller 65 för Christi födelse. Wä man åter hålla före, som ock är sannolikast, at Auctoren efter egit hufwud pakat tiden tilsammans, är åga ändå intet skäl, at sytta Odens Resa efter Christi födelse. Atminstone är ingen tid mera oskämpeliga än är 125 efter Christi födelse, så framt Oden flydt för de Romare; ty då regerade Adrianus i Rom, som på intet sät orcade Septhiska Prinsarna, som bodde Norr om Caucasus. Oden hade wist en alt för nedrig och nesslig rådhåga, om han allena bäfwat, då ingen annan fruktade. Men hwarföre han utsedt Upland förnämligast til sin egen boning, är swårt at utgrunda. Sturleson gifwer wid handen, at Landets godhet i synnerhet förmått honom där til. Om så är, måtte Upland warit mera upbrukat än de andra Länder han igenomfarie, hwilket ock intet kan hållas för otro-

otroligt. At jag intet upp-håller min Läfare med uprepande af
de gamla Scythiska Konungar, förmodar jag lär blifwa få
mycket mera ursäktadt, som jag intet kunnat finna, at deßas
Historia har någon särdeles förbindelse med wår Swenska.
Jag går ock förbi all beskrifning om Geterna; ty så mycket
man af wåra gamla Sagor kan sluta, war Oden ingen Gete.
Och det är och blifwer mycket owist, om Afars och Turkars
författningar warit särdeles öfwerenskommande med Geternas.
Alle woro wäl Scyther til sitt ursprung, men deras tänkesätt
och lefwernes beskaffenhet, kunde icke destomindre wara wida åt-
skilde.

§. 7.

Sedan man följt Oden något tilbaka uti des förra Fä-
dernes-bygd, förfoge wi oß til des nya hemwist i Sigtu-
Et af hans förnämsta gåromål blef här, at på Asarnes
inrätta en mera insande och präktigare Gudstjenst. Et
Asgudahus, eller Hof uprättades, och offten blefwo ordentligare.
Derjämte blefwo alla de konster, och heliga bedrägerier utöf-
wade, som någonsin af en Afgudisk Offer-föreståndare dro bru-
kade. Alt gick derpå ut, at inbilla folk, det Oden och hans
Diar woro af et högre och Gudommeligare wäsende, än andra
menniskor. En besynnerlig förmån, eller egenskap, som han ägt,
at draga olika upsyn, gjorde, at folket trodde, det Oden efter
behag kunde skapa sig, i hwad djur han wille. Och på denna
wackra öfwertygelse, inbillade man sig, at han på kort tid kun-
de inhämta underrättelse från fierran aflägsna Orter, änskjönt krop-
pen låg imedlertid stilla som halfdöd, eller sofwande. En egen-
skap, som man äfwen i senare tider, twifwelsutan med lika grund
tildgnat Lapparna. Med några ord, at släcka eld, stilla et bru-
sande haf, och wända wind och wäder efter behag, blefwo då
ansedde som småsaker för Oden. Det är dock troligt, at han
ganska sparsamt lämnat prof af denna undergörande kraft, och
en liten behändighet, med någon slags insikt i wädergisningar,
lär warit hela grunden til denna sälsamhet. At han efter gam-
la Sagan kunnat upwäcka döda, och med några ord öpna de

Oden. dödas högar, och förmera gifwa sig i samtal med dem, war et annat konstgrep, hwartil något nyt gykleri, utan twifwel gifwit anledning. Oden hade godt förråd på sådant, hwilket den tiden uträttade mycket, men hade nu gjordt ingen ting. Historien näm- ner ock nudnure tama korpar med wördsamt åtminne, hwilka ef- ter et widlyftigt kringflygande, altid återkommit til sin Herre med wiktiga tidningar, förmodeligen på samma sätt, som Sertorii rå- gat. Utom des förde han med sig et människohufwud, som han genom starka kryddor förwarat för förrutnelse, med hwilket han esomoftast höll samtal. Alla brödlösa konster nu för tiden, men då mycket betydande idrotter. En af Odens minst betydande un- dergäfwor är wäl den, at han hade en besynnerlig skickelighet et upleta neogräfna skatter. Om en sådan förmån warit särdeles riktande i de tider, kan man skäligen twifla, och är det troligt, at om han uphittat några sönande fynd, har han sielf, eller hans medhållare lagt dit dem.

§. 8.

Alt detta, som någor hwar lär medgifwa, war et blot för- blindande gycklewärk. Men derföre nekar man intet, at Oden kunnat äga åtskilliga wärkeliga konster, som nu dels kunde wara mindre nyttiga, dels obekanta. At han haft et slags saring, hwar- med han kunnat i hast sätta öfwer sidar och wikar, och hwilket warit lätt, och kunnat läggas tilhopa som en duk, är intet så för- deles otroligt. Detta saring kallades Skibbladner. Hans wäl- talighet har ock warit efter all utseende mycket intagande, och har denna konst i alla tider haft en besynnerlig wärkan, efter den ta- landes skickelighet, och åhörarnas mer eller mindre ofimnighet. Wältaligheten syntes så en ny högd genom et slags orankia takt, och wersaktig klang, som wåre gamle Häfdeteknare kallat Skald- skap. Detta talesätt infördes med Oden, och hafwer warit i lång- warigt anseende i Norden, fast dn nu des egenteliga smak och wigt är obekant. Med Oden och Asarne infördes ock et besynnerligt läke- och skademedel, som kallades Seid, och lagades med kokan- de, och många widskjeppeliga åtbörder. Med detta skal man kun- nat betaga både förstånd och krafter, samt tilskynda och bota siuk-

                                                              do;

domar efter omſtåndigheterna. At ſådant intet år öfwernaturligt, Oden
wet en hwar. Hans oförſkräckta och rådiga tapperhet, lår gifwit
anledning at tro, det han funnat döfwa ſina fienders wapn.
Men ſom alla deſſa konſter, blandades med Runor och ſång,
blef åfwen Oden hållen för trolkprl. Denna konſten förſtår jag
intet, men det år nog bekant, at ſtore mån bland oförſarit ſelf
blifwit hållne för Hårmdiſtare. Och år denna tilwitelſe ſnarare
prof af owanlig inſikt, ån på någon wårkelig förbindelſe med An-
darna. Den ſom eljeſt wil tro, at Oden funnat håxa, årnar jag
intet inlåta mig i någon twiſt med. Wore jag öfwertygad, at
han wårkeligen gjordt de gjårningar, ſom honom tilldggas, funde
jag åfwen tro det ſamma. Men det mpckna ſom pratas, och det
lilla ſom finnes i ſjelfwa wårket, gör at med all fog fan twiflas
om, hwad ſom i gamla Hiſterien om dplika ſaker beråttas.

§. 9.

Den enſaldige hop, ſom trodde ſig wara oiåfåktiga witnen
til alla de ſållſamheter, ſom Oden ſyntes utöfwa, funde ſnart fal-
la på den tanfan, at han war något mer du månniſka. Och
denna wirſkeppeliga förundran öktes mpcket genom et annat konſt-
grep, hwarigenom Oden låmpade på ſig och ſina Aſar alt det,
ſom meniaheten tilförne wördat, ſom högt och Gudommeligt. Af
Förtalet til Edda ſer man od, at Oden warit mpcket mån om,
at tilldgna ſig Trojanernas namn och bedrifter, hwaraf man fun-
de ſluta, at deſſas ſabelblandade ören, måtte warit befanta i wår
Nord. Denna anledning år tilråcfelig för et ſpndigt hufwud,
at göra de åldſta Skandier til Trojaner. Men ehuru upbyg-
gelig denna updagning torde wara i Hiſtorien, unnat jag helre
en annan den heder, at utföra et ſå wiktigt åmne. Jag wil
ånnu uppehålla mig något litet wid Oden, ſom genom deſſa up-
råfnade och dplika andra påfund, lade grund til ſin och ſina
efterfommandes Regering, på et mpcket betpdeligare ſått, ån lan-
dets forna Regenter funnat åſtadfomma. Ja, han wann åfwen
den förmån, om det år någon, at han mördades ſåſom Gud
medan han ånnu lefde. Sedan ſaken war ſå wida braft, blef
det lått at införa en np Gudalåra bland menigheten. Uti denna

H 3

ful-

Oden. finnas wäl många dyra fanningar, men merendels illa sämpade, och med osmakeliga tilsatser förökta. Werldens skapelse af Alfa⸗ der, sjålens åtskilda wäsende från kroppen, och dets odödlighet blefwo wäl satte utom alt twifwelsmål: men deßa grundsanningar blefwo intet anwände til sitt rätta bruk, som bestdr uti upriktigt sökande efter den rätta och waraktiga lyksaligheten; twärt om blef alting wridit efter Politiska afsikter. Tapperheten hopsogad med föragt för döden fick högsta rummet bland dygderna, och den som dödde uti krig och härnad, utlåswades en utmärkt lyksalighet hos Oden i Walhal. Men jämte denna slags ädelmodighet, inplan⸗ tades äfwen hos folket en outsläckelig törst efter rikedomar, uti hwilken begärelse icke senare efterwerlden wanslåktats från sina forde⸗ na Ättfäder. Ty efter Odens förordnande, skulle de dödas för⸗ nämsta egendom med dem läggas på bålet och upbrännas. Och ju flera dyrbarheter, som den aflådne på bålet förde med sig, ju mera wälkommen war han i andra werlden. Inrätningen hade wäl den nytta med sig, at föräldrarnas förwärfwade egendom intet kunde förslänka barnen i wekligh:t, men härigenom utpriktes dock en slags wanmagt til hela Rikskroppen, då rikedom altid sam⸗ manskrapades, men aldrig nyttiades. Denna stadga hade sitt för⸗ nämsta affeende på den dödas wälstånd i andra werlden: men til upmuntring för efterkommande besaites tillika, at högar skulle up⸗ resas efter förnämt folk, men stenar efter dem, som giordt sig be⸗ römda för mod och tapperh:t. Det lämnades eljest fritt, at sätta den dödas aska i jorden, eller ock at kasta den ut i sjöar, eller annat watten. Dat förra synes likwäl wara mäst bibehåll:t wid de förnämares jordsåtning, ty sällan kan man nu upkasta någon grafhög, uti hwilken kruka och aska intet finnas. Bägge deßa stadgar blefwo i långliga tider efterlefwade. Ätteh:gar och graf⸗ backar träffas öfwer alt i landet, och på m:nga ställen ser man en odndelig hop upresta stenar, som synes witna om et almänt grafställe för dem, som med utmärkt tapperhet giordt sig förtjen⸗ ta af efterwerlden, och når någon förnäm man äfwen genom dråpeliga giärningar giordt sig älskad, hedrades han både med hög och bautasten.

§. 10.

§. 10.

Deſſa lagar ſyftade egentligen på, at inblåſa folket et ådel- Odens.
modigt föraft för döden, och en mannlig tapperhet. At hålla
menigheten altid uti en kropp och ſamhälle, inrättades trenne ſto-
ra Högtider, ſom hwart år med offer firas ſkulle. Den ena
Feſten ſkulle hållas om efterhöſten, mot winteren, eller höſtdagjäm-
ningen, ſom nu efter Aſiatiſka årsräkningen blef årets begynnelſe.
Denna högtidelighet förrättades för et godt och lyckeligt år i al-
mänhet. Den andra Feſten ſkulle hållas om midwinteren för ön-
ſkelig årswäxt, men den tredje urſattes til ſommaren, då man
blotade för lncka i krig, hwarföre det egenteligen wardt kallat
Sigurblot. Men til at än widare ſtadfäſta bandet emellan rådan-
de och lydande, drog ſig menigheten at betala en penning för
hwart hufwud eller näſa, och Oden deremot förplikfade ſig, at
wärja landet för ofrid, och waka för offrens wid makt hållande.
Detta är näſtan alt hwad man wet om Odens inrättningar i
wår Swenſka Nord. Och kan jag inter wäl begripa, hwad an-
ledning detta kan gifwa at tro, det Oden med owilforlig och oin-
ſkränkt magt, herſkat öfwer landets inwånare (*). Troligt är, at
han genom ſin förwärwade högaktning, kunnat förmå folket til
hwad han wille, men däraf kan man intet ſluta til något ſådant
enwälde. En Konung, ſom äger folkets förtroende, är ofta mera
i det hänſeende enwäldig, äfwen i en fri Regering, än en annan,
ſom har magt at befalla efter godtycko. Til ſlut bör man ihog-
komma, at Oden inrättade en Domſtol af ſina tolf Diar eller
Drottar, ſom tillika med honom ſkulle icke allenaſt wårda offren,
utan ock afgöra alla förekommande twiſtemål ibland menigheten,
ſom intet med kämprätten afgiordes.

(*) Om Odens makt yttrar ſig likwäl Herr Mallet uti ſin Introd. à l'
Hiſtorie de Dannemarc p. 4. på följande ſätt: Odin gouverna avec
un empire abſolu.

§. 11.

Ändteligen ſlutade Oden ſina dagar i Swerige på ſamma ſätt,
ſom han lefwade. Och den regerſiuka förſtälnings-gåfwan öfwer-
gaf

Oden. gaf honom icke en gång i det yttersta. Han försäkrade sina wän-
ner, at han nu skulle fara til Gudarnas boning eller Guthem.
Och på det han, som altid satt wärde på en blodig och wåldsam
död, intet måtte afsomna på et alt för fredligt sätt, lät han sig
stinga med et spiut til slutet, hwarjämte han tiltägnade sig alla
dem, som dörde för swärd, och bad dem wara wälkomna efter.
En så ofeg död, förökade än mer hans wördnad, och twistade fol-
ket ingalunda, at ju Oden lefde nu mera ewinnerliga i Åsgård.
Hans åkallande blef altså än mera inrotat, och inbillade sig den
oförfarne och enfaldige hopen, at Oden esomoftast uppenbarade
sig för dem, i synnerhet wid öfwerhängande faror och förestående
fältslag, då somlige trodde, at Oden tilsade dem seger, andre åter,
at han böd dem til sig, hwilket ansågs för et säkert förebåd, at
de skulle blifwa slagne. Det war just intet underligt, at folket,
som ifrån barndomen intet hört annat nämnas än Oden, kunde
drömma om honom i sömnen, då ingen ting kunde förmena dem
at tro, det sådant war en Gudomelig uppenbarelse, men det kan
skijnis mera undransvärdt, at så wäl de som drömde om seger,
som de, hwilka på detta sätt förwißades i sin tanka om döden,
woro på bägge sidor förnögde med sina öden. Så förtjusar en
från barndomen implantad willolära, at äfwen döden alises för god,
då den wärkeligen är ond, och nu, då wår död altid kan genom
Guds nåd wara god, nalkas man dock med bäfwan och förskräc-
kelse detta lyckeliga ögnablick. Sedan Oden war död, blef han
til följe af sin gjorda stadga, efter tidsens beskaffenhet med prakt
upbrunnen, och et nytt rön blef tillika uptäkt i Gudaläran. Ty
ju högre röken af bålet steg i luften, desto härligare trodde man
den dödas säte blifwa i andra werlden. En bespinnerlig tid, då
trosartiklar äfwen af rök och wäder tillskapades.

§. 12.

Öfwerwägar man något litet Odens upförande, måste hwar
en medgifwa, at han wärkeligen warit en stor man. At under-
lägga sig så widsträkta länder, der insätta sina barn til Konun-
gar, och odenämne i en så hög grad intaga sina undersåtares hjer-
tan, är ingen ringa, utan snart sagt en af de största egenskaper
                                                          hos

hos en stor Herre. Man medgifwer gierna, at folket war enfal- Oden.
digt, men så enfaldige Tyskarne än woro, så kunde ändå intet
Romarne hwarken med konst eller makt uträtta det, som Oden
utan wåld med förstånd och någon konst satte i wärkställighet.
Hans dreminne är ock bibehållet ända til wår tid, och det icke
allenast i Swerige, Dannemark, Norrige och Island, utan äfwen
i Tyskland och Engeland: så at alt hwad förnämt war i desa
Länder, ansågs för at leda sin uprinnelse från honom. Således
finner man, at de förste Saxiske inkräktare i Engeland, Hors och
Hengst, tildgnade sig samma utsprung, och at alle de andre An-
glosaxoniske Konungar enhälligt erkändt Oden, för sin almänna
Stamfader. At wåre Nordiske Konungar gjorde det samma, wet
man förut. Det är wäl besynnerligt, at uti de äldre Latinska och
Grekiska Skrifter, finnes intet nämndt om honom. Men denna
omständighet synes bewisa, dels deras okunnighet, dels ock, at
Oden til äfwentyrs lefwat långt för Caesars tid, hwilken är wäl
den förste bland Romarna, som gifwit oß någon omständelig, fast
stympad beskrifning på Tyska orterna. Tacitus kände Tyskarna
bättre än Caesar, och är det owist, om han warit aldeles okun-
nig om Oden. Ofelbart är, at han talar om Ulysses, som want
i Tyskland, och där bygdt Asciburg wid Rhenströmen. Jag har
aldeles intet den tankan, at Oden och Ulysses warit en och sam-
ma person. Men det är oförnekeligt, at Ulysses äfwen hetat och
kallat sig Utis, hwilket Tacitus intet warit okunnig om, och såle-
des, lättteligen kunnat falla på den tankan, at, då Tyskarne talt
för honom om Oden, Ulysses därmed borde förstås. Något dy-
likt har händt Romarna, då de inbillat sig, at Judarnas Sab-
bath warit inrättad til Bacchi heder, efter han bland andra namn,
äfwen blifwit kallad Sabbasius. Staden Asciburg, som denne
Ulysses skal bygt, har så mycken likhet med Odens Asgård, som
af Strabo och andra kallas Ascipyrgium, at man har någorlun-
da fog at tro det, som om Tacitus är påmint. Efter Tacitus
blef Romarnas kundskap om Tyskland, alt större och större, och
är det nästan omöjeligt, at någon sådan färd, som Odens, kunnat
skje genom Tyskland i senare tider, och likwäl ingen ting därom
skulle uti någon Romersk Historieskrifware wara antecknat.

3   §. 13.

§. 13.

Oden.

Hwad Odens namn egenteligen betyder, är onödigt at under-
söka. Etymologiska Historier hafwa merendels den förmån, at
man kan få dem, at säja hwad man wil. Är intet Swenskan
eller Göthiskan tilräckelig, kan man söka ordens bemärkelse hos
Greker och Araber, ja äfwen hos Mungaler och Kalmucker, och
wore det nog besynnerligt, om man intet då skulle få, med liten
tilsats, et ord at betyda hwad man åstundade. Det passar sig
mera med mit ändamål at betrakta, hwad ändring hans ankomst
förordsakade i wåra orter. Denna är nog märkelig. Den forna
Konunga-ätten i wår Nord, lämnade rum åt en ny, nemligen
Odens. Gylfe, så mycket man wet, har intet haft någon son.
Des enda Dotter Heidis, blef gift med Odens Son Sigurlam,
Konungen i Gardarike. Gylfe förswinner eljest aldeles, så at man
hwarken wet om han dödt hemma, eller företagit sig något ut-
ländskt tåg. Några Prinsar af Formiotherska stammen, woro wäl
i lifwet, men man finner intet, at de haft någon särdeles förbin-
delse, eller twist med Asarna. Obygde wilmarker och aflägna
Fjäll, gåfwo tilräckeligt utrymme för alla dem, som intet wille be-
blanda sig med deßa mägtiga Främlingar. Och är ingen anled-
ning, at alt det som nu begripes under Swerige, warit under
Odens Herrawälde. Ty den delen, som war underkastad Odens
spira, wardt kallad Mannaheim, då de mot Norden belägna Land-
skap, behöllo sit gamla namn, och kallades Jotunheim. Detta
mindre Jotunheim beskrifwes i Herwara Sagan wara beläget ne-
dan för Umisland eller Umeå in til Gandwiken i Helsingland.
Mannaheim blef Swerige kallat af Asarna, i anseende til God-
heim, Odens gamla Fädernesbygd, och wille de dermed gifwa til-
känna, at här i Swerige bodde människor, men där Gudar.
Sedermera är wårt Land kallat Swithiod det Mindre, i anseende
til stora Scythien, som wåra gamla Sagor nämna Swithiod
det Stora, eller det Kalla. Man har gjordt sig mycket bekym-
mer at utforska, hwaraf Swerige eller Swithiod fått sitt namn,
och har man trodt, at det säkrast kan ledas från et af Odens
tilnamn Swidrir. Enfaldigaste meningen, och förmodeligen den
rättaste är, at Swithiod och Scythia är alt et, och betyder de
                                                        Scy-

Scythers Land. Stora Scythien kallas Swithiod af wåra Oden
gamla Förfäder. Och som det wore orimmeligit, at föreställa
sig, det stora Scythien fått namn af Oden, dr kan hända lik-
så oroligt, at wårt Swithiod däraf blifwet så kallat. Inwånarne
i Landet äro hälraf först kallade Swinhar, och sedan Swiar, och
den äldste Auctor, som nämnt folket Swiar, Suiones, dr Tacitus.

§. 14.

Men detta war intet den största Förändring, som wår Nord
undergick efter Odens ankomst. Af wåra gamla häfder finner
man, at Göthiska språket med honom kommit i Landet. Den-
na omständighet finnes icke allenast anmärkt i Företalet til Edda (*),
utan ock på andra ställen. Och på denna grund måste nöd-
wändigt Oden talt Göthiska, och Göthiskan i sin ursprung wara
et med gamla Turkiskan (**). Åtminstone har man swårt för at
draga annan påföljd af Sturleson, och andra gamla Handlingar,
om man intet wil påstå, at han bedragit sig, hwilket först bör
bewisas. Utom språket äro ock Runorne af Oden införde. Stur-
leson säger uttryckeligen, at Oden utöfwade åtskilliga af sina kon-
ster med Runor och sång; och i Runa-Capitule, som är en del
af gamla Sämunders Edda, tilldegnas deras upfinning åt Oden,
och Asarna. Efter Odens anledning blefwo Runorne förnämligast
brukte til häreri, och gaf man dem åtskilliga namn, i anseende til
deras olika bruk. Sigrunor, eller Segerrunor skulle skrifwas på
odriefästet, och troddes wara mycket kraftiga, när man nämnde
lika Tyr twå gångor. Aucrunor, Ölrunor skulle ristas på dryc-
eskärilen, och i synnerhet Runan N, Naud, på naglen, om man
nskade, at ens kärista skulle blifwa trogen och beständig. Biärg-
unor kallades de, som brukades at hielpa qwinnor i barns-nöd.
Brinirunor inskuros på Skepsstammen och Styret, såsom et kraf-
gt medel mot storm och wågor. Limrunor tiente til at läka får
h annan åkomma, de skulle ristas i barken på Träd, på den si-
an som wände åt öster. Malrunor skulle man bruka för at
åra lyckelig i rättegångsmål. Deras wärkan wiste sig, när de
efwo på något ställe ingräfde i Tingshuset. De förnämste woro
ugrunor, och skaffade wett och förstånd. Om deßas wärkan

J 2   warit

Oden. warit beprøfwad, at det Styda, at konsten år førlorad. Men de
Runor, som tjente til at uplikna mårkwårdiga håndelser, kallades
Bokrunor (***). Jag wet nog, at någre, åfwen grundlårde, sat-
la på den tankan, at Runorne inkommit med Christendomen.
Men emedan wåre åldste Håfdetekkare en Are, en Sturleson och
flere, som lefde nog når intil Christendomens børjan i wåra Gid-
thiska Lånder, intet wetat af en sådan mårkwårdighet, utan til-
skrifwit de Runorna en långt åldre uprinnelse, wet jag intet med
hwad skål man kan førkasta deras witnesbørd. Om de inkom-
mit med Christendomen, åro de tagna af Latinernas Alphabet,
men hwarføre hafwa de då blifwit så få, nemligen sexton allenast;
och hwarføre begynnes då Rune Alphabetet med F, då Latinernas
børjas med A. At någon likhet år och kan finnas, emellan Ru-
nor och Latinska bokstafwer nekas intet. Men denna undersøkning
kråfwer større widløftighet, ån på detta stållet kan tillåtas.

(*) Se Edda, Gjøransons Uplaga, s. 8.

(**) Om denna omståndighet kan låsas Brefwet til H. C. R. Ihre, om
  Swenska och Turkiska Språkens øfwerenskommelse.

(***) Alla desa Runeslag uprålnas i Brynildas Quåde i Wolsunga
  Sag. 29. Cap.

§. 15.

Det kan wara troligt, at man førstådt hantera Metaller i
Norden innan Odens ankomst; tydeligt witnesbørd finnes likwål
intet dårom. Men at Asarne førstådt konsten at strdcka och hant-
ra dem, sågs uttryckeligen i Wolußpa, och berdttas, at Asarne
samlades i Idawall, hwardst de anlade Hårdar och Smidjor,
gjorde Tånger och Wårktyg, och smidde Aud. Detta ord øfwer-
såttes med Penningar, och år denna bemårkelse intet orimmelig,
ånskjønt det kan ock førklaras før all slags Malmarbete. Om Ida-
wall beteknar Wårmeland, hwar Eda skog år bekant, eller någon
annan ort i Swerige, låmnas dårhån. At man uti Edda blan-
dar Asarnas Ida med Berget Ida wid Troja, år icke allenast
bekant, utan ock dråktigt. Man kan ock tro, det Oden inført
Penningar; den omtalte Nåsskatten synes intyga det. Och år den-
na

na sak aldeles intet otrolig, emedan Oden kom från negden af de
orter, där Penningar warit länge i bruk, och kunde han således
efter utseende aldrig wara okunnig om denna inrådning. Det de
dock sannolikt, at denna författning snart afstadnat, sedan man sun-
nit medel, at genom röfwande förskaffa sig, hwad man behöfde,
på behändigare sätt. En slags prakt och öfwerflöd idr ock inkom-
mit med Oden, fast man ej kan så noga weta beskaffenheten däraf.
Uti 12 Dämisagan säges wäl, at alla Odens bohagsting och rid-
tyg warit utaf Guld. Berättelsen är wäl intet aldeles orimlig,
men man kan dock later wara säker, at ju någon Poetisk tilökning
här blifwit inblandad. At Asarnas Hästar haft tossar i pannan,
kan slutas af Heimdaller, som ibland andra namn, hwilka honom
tilläggas, äfwen haft det, at han dgt den Häst, som kallades
Gultopp (*). Om Jotarne eller Landets förra inwånare brukat
Wagnar, är ing'n underrättelse; Asarnas Thor är den förste,
om hwilken detta finnes berättat. I deras gjästebud idr Häst och
skinkor warit förnämsta maten, och mjöd eller öl förnämsta dryc-
ken, efter sådan wälfägnad äfwen war beredd åt Hjeltarna i Wal-
hall (**). Upwakningen idr skjedt af qwinfolk, emedan fjortton
ådana tjenstandar under namn af Walkyrior woro sysselsatte med
serjeningen i andra werlden, under Hjeltarnas gjästebud (***). At
Asarne, innan de gingo til bords, först twättat sig, kan slutas
if Hawamal.

(*) Edda Dämisag. 25, och Heimdallers Rämningar.

(**) Edda Dämis. 33, 35.

(***) Edda Dämis. 31.

§. 16.

Om man hos deßa Asar wil söka efter märkelig insikt i We-
:nskaper, blifwer mödan ofelbart fruktlös. Deras Skaldskap
ler Poesie idr hafwa warit mycket behagelig, och det man ännu
är i behåll af de gamla Skalders wisor, är wackert; rå man
in förstå dem. Hawamal tilskrifwes gemenligen åt Oden sjelf,
J 3   Språ-

Oden. Språket synes wäl intet medgifwa en sådan ålder, dock har man swårt, at göra någon tilförlåtelig slutsats därutaf. Et mörkt och inbundit skrifsätt, är intet altid bewis på en urgammal ålderdom, och et mera begripeligit talesätt, kan intet altid därföre anses före nytt. Et kort begrep af Asarnas Sedolära förekommer i Hawas mal, och är den aldeles intet osmakelig. Med Läsarens goda minne kunna följande påminnelser, hämtade ur Hawamal, tjena til bewis på det som sagt är:

Har du en upriktig wän, som du wil hafwa nytta utaf, blanda din kärlek med honom, skänk honom gåfwor, besök honom ofta.

Har du en wän, som du tror illa, och wäntar dig gagn af honom, tala wänligt, tänk halt, wedergäll förställning med förställning.

Prisa Dagen om aftonen, Hustrun då du lärt känna henne, Öhljan då du är pröfwad, Flickan då hon är gift, Isen då du är öfwerkommen, Ölet då det är drukit.

Hugg wed i stormwäder, ro på sjön i lugn, tala med din kärsta i mörkret, dagen har många ögon.

Bruka Båten til fiska, Skölden til försvar, Wärjan til hugg, Flickan til kek.

Drick Öl wid spisen, skrid på Isen, köp Hästen då han är mager.

Flickors ord bör man aldrig tro, deras hjerta är som et hwälfwande hjul, och swek ligger fördåld i bröstet.

Tro ej förhastigt en bruten båga, en lysande låga, en smilande warg, en kaklande kråka, et rytande swin, et rotlöst trä, en stigande wåg, en kokande kittel, et flygande spiut, en fallande bölja, en natgammal is, en ringlagder orm, en klar himmel, en leende Herre.

Tro ej heller det Bruden talar i brudsängen. Tro ej björnars snabbhet, Höfdingars barn, sjuka kalfwar, frigifna trälar, spåqwinnors wälsignelser, och den nyligen fallit på fältet, ej heller en nysådd åker. Wädret råder för åkren, barn kan så wett, alt är osäkert.

Locka ej med Runor annars Hustru.

Förtro aldrig en illak Man dina olyckor, han wedergjäller aldrig dit goda förtroende."

Sål-

Sådan finnes så god man, som ju har något lyte, sådan **Oden.**
någon så usel, som ju har någon dygd.

Af dessa få utdrag finner man något när, både folkets smak
och tänkesätt. Sådana lärdomar träffas öfweralt i Hawamal.
Herr Mallet har anfört några flera regior af detta gamla Qwä-
de, och är det skada, at Hawamal ännu intet blifwet helt och
hållit med en skickelig Öfwersättning uplagdt. Man ser således,
at Oden och Asarne i allmänna lefwernet, nästan tänkt, då som
nu, och hafwa Landets äldre inwånare ätminstone fått tilfälle,
at äfwen i det mål blifwa något mer upoblade. At wissa skylde
skaps-regior i äktenskap warit förbudne, finner man af Sturle-
son, tn hos Asarna woro syskons giftermål intet tillåtna, fast de
hos Wanerna woro lofliga (*). I andra giftermåls-saker läro
de fölgt sin naturliga frihet. Gamla Österländska bruket at haf-
wa flera Hustrur lär ock warit wedertagit hos Asarna. Oden
hade sex och tjugu Söner, men med åtskilliga Hustrur. Frig-
ga wor den förnämsta, med hwilken han haft Sönerna Bal-
dur, Tyr och flere, men utomdes, aflade han Thor med en
annan, Wale med den tredie, och Heimdaller med den fierde.
Med Skada Niords Hustru, hade han Seminger. Denna Ska-
da kunde intet komma öfwerens med Niord, hwarföre hon ock
skildes wid honom med all upriktighet, gifte sig med Oden, och
blef moder åt många barn: utan at wänskapen emellan Oden
och Niord däraf blifwit förminskad. Man wil sluta dessa på-
minnelser om Asarnas sedvådra, med et besynnerligt bruk. Frids-
traktater bekräftades med Gislan, men de som til Gislan öfwer-
lämnades, blefwo ansedde som hörande, sedermera til det folk,
om de blifwit öfwerlämne til. Därföre de ock brukades i Riks-
vårdande angelägenheter. Således fingo Asarne efter kriget med
Wanerna til fridspant, två af dessas ypperste män, Niordt
och Frey, hwilka genast af Oden sattes bland Drottarna, och
woro honom sedermera äfwen följaktige til Swerige.

(*) Sturleson Yng. Sag. 4. Cap.

§. 17.

Med några ord har man nämnt, at Oden inrättade en
Domstol, uti hwilken han med sina tolf Drottar afdömde de
ibland

Oden. ibland menigheten förekommande twistemål. Detta antal har en lång tid warit ansedt som et heligt tal uti alla Lagliga förrädningar. Ifrån Rikets högsta Nämd, ända til Härads-Rätterna woro i äldre tider endast tolf Bisittare: när sak skulle meddelas, skulle tolf hålla om saken, och när de forne edgärdsmän woro i bruk, hade man och afseende på detta antal. Dessa äro wäl långt nyare inrätningar, men de synas, hwad sjelfwa antalet beträffar, hafwa sin uprinnelse i denna urgamla Odens stadga. Om någre store och lägre Domstolar warit i bruk i Odens tid, kan med skjäl twiflas. Twisterne kunde intet ännu wara så många och inweklade. Och desutan äro desse tolf Drottar warit kringspridde om hela Riket, och således afgjordt, hwar i sin ort, de tridior som kunnat yppa sig, sast de twifwelsutan wid de större Fester sig församlat, och då kunnat widare skjärskåda de mål, som intet blifwit til Parternas nöje afgjorde. Hwad som nu är påmint, uplyses något widare, då man något närmare betraktar de personer, som af Oden warit utnämnde, til at förwalta dessa höga Ämbeten. Efter Eddas anledning woro dessa Drottar följande, Thor, Baldur, Niord, Frey, Tyr, Brage, Heimdaller, Höder, Widar, Wiler, Uller och Forsete. Alle wördades som Gudar, dock på det sätt, at Oden dyrkades fram för alla. Men ibland de tolf har de Thor främsta rummet, och kallades han egenteligen Asa Thor eller den åkande Thor. Af alla Drottar war han den tapprasle, hans ryktbare hammar Mjolner, war en skräck för alla fiender, men i synnerhet för Jotarna. Han kallades Odens och jordens son, och, efter någras mening, skal hans hammarmärke finnas ofta ingrafwit på gamla runstenar, i liknelse af et kors med handfång på. Om hans hus warit så stort, som det i Edda beskrifwes, och innehållit 540 rum, har han bodt nog så widlyftigt, och kanskje widlyftigare än man bor i wår tid. Men det är ej nytt, at Edda slår öfwer. Baldur, Odens och Friggas son, har warit den dstwärdaste af Asarna; och kjärhållen af alla, hwarföre det och säges i Fablerna, at hela werlden begrätit hans död. Hans domar ansågos för så rättwise och hellge, at ingen understod sig, at qwälja dem; en hög och ogemen egenskap hos en Domhafwande. Niord wördades som Regent öfwer wädret, eld och watten, hwarföre man och offrade til honom för lycka i sjöfart,

jagt

jagt och djurfång. Han war til börden en Waner, som förr är Oden. nämndt. Frey war Niords son, och ansågs han för rådande öf-
wer regn och solsken, och fördenskull offrade man åt honom för
regn och solsken. Af honom eller hans syster Freya förmenes Fre-
dagen hafwa fått namn, som Onsdagen af Oden. Tyr war i
högaktning för besynnerlig dristighet och mannamod. At honom
gjorde krigsmän sina löften och offer, och skal Tisdagen wara
nämnd efter honom. Brage war i synnerhet berömd för sin wäl-
talighet och witterhet i Skaldskap. Des gemål Iduu är därföre
märkwärdig, at hon ägt et särdeles upfriskande läkemedel, hwar-
igenom man kunde blifwa likasom ung på nytt. Denne läkedom
är bekant i Fablerna, under namn af Iduns äple. At Heimdal-
er Odens son. war egenteligen Rikets wärd anförtrodt mot utländ-
ska fiender, hwarföre han ock bodde wid gränsen, så at det ej är
likt, at han bodt i Halland i Himlebärad, emedan alla komma
swerens, at han haft sit säte på Himleberg. Hans waksamhet
beskrifwes på et ganska eftertryckeligt sätt, då där säges i Fabler-
na, at han behöft mindre sömn än en fogel, kunnat se lika ty-
dligt natt som dag, och hört huru gräset wäxer. Höder war gan-
ska stark och stridsam, men blinder, hwarföre han ock owetande
af Baldurs Baneman. Widar war den starkaste näst Thor.
Biler Odens son war i synnerhet ryktbar, för sin båga och skju-
nde. Uller, Thors styfson, öfwergick alla i skjutande och skidlö-
mde, han berömmes ock därföre, at han haft et fullkomligt Her-
mö, eller krigsmans utseende. Han skallades förnämligast uti
wige. Det kan wara troligt, at Ulleråker i Upland fått namn
honom. Forsete Baldurs son. war mycket ansed för sina do-
er, och tilägges honom den besynnerliga gåfwa, at förlika twi-
nde parter, så at alle gådt nögde från des Domstol. Hans
omsåte beskrifwes ganska präktigt, ty stolparne woro af Guld,
taket af Silfwer. Med sådana män hade Oden delt högsta
eringen, och är troligt, at både ordning och rådwisa bärigenom
bibehållen i landet, emedan deras åminne är wordat i så
gliga tider hos efterwerlden. Hwad som widlyftigare kunde
öras om deßa tiders Gudstjenst, m. m. sparas til et annat til-
e; Då wåra förfäders urgamla seder och inrätningar widare
nna at skärskådas, wid deras ändteliga förändrande genom
Cristendomen.   K   3. Ca-

3. Capitlet.

Om

Ynglingista Konunga-Ätten.

§. 1.

Ynglinga-
Ätten.
Niorder.

Den nya widskepelsen, och de öfriga inrådningar som Oden
hade utsått i Norden, hade redan slagit så djupa rötter,
at denna Herrens död förordsakade ingen oro. Utan des
Soneson Niorder blef regerande efter honom utan ringaste twistig-
het, dock tillika utan Titel af Konung. Nögd med namn af
Drott eller högsta Offerherre, åstundade han intet högre drenamn.
Hwilket ock war onödigt, då ingen ting af wäldet därigenom för-
minskades. Niorder blef altså en wärdig efterträdare efter Oden
i den hederliga syslan, at styra och betraga werlden. Det är en
nödwändig egenskap hos en Hednisk Öfwerste Prest, at i grund
förstå denna konsten. Men det kan ock nästan wara lika mycket
för en menighet, allenast det almänna mår wäl. Et fredsamt
lugn som med Asarna inkommit, och en fruktsam wäderlek warade
ånnu under Niorder, och folket som kände sin lycksalighet, ansåg
Öfwerheten som förnämsta kjällan til sina förmåner. Sådan ut-
räkning gjorde sig gemene man i den tiden, och war det intet just
så illa tänkt. En regerande Herre kan wäl intet wara answarig
för tust och wäder; men en sundt och stadelig wäderlek har sin
öfwergång, och en flok och fredsam Regering låker utan möda
de får, som dyr tid och andra naturliga olyckor kunna förordsaka.
Då däremot en orolig, dreistig, och krigälskande Konung, ehuru
stor han annars kan wara, blifwer dock et plågoris för sina un-
dersåtare. Niorder war, twärt om, en fader för sina, och den
frigiska Religion, som han med Oden bjudet til at fortplanta,
blef inskränkt innom sina rätta gränsor, til landets förswar, nem-
ligen, men intet til förödmpande af sådana grannar, som woro
likså fridsamme som han sjelf. Under hans regements tid assom-
nade större delen af Odens Drottar, hwilke ock alle blefwo brände;
och när han sjelf på sin sotsäng skulle dö, lät han helga
sig

ſig åt Oden med ſtyng af ſpjut. De Swenſke upbrände ho‑ Julians‑
nom eſtir den wedertagna ſeden, och hans aſka beledſagades med Ätter.
drag til ſit hwälſorum. Af Sturleſons berättelſe kan man intet Mordet.
innat finna, än at denne Niorder war den Waniſke Herren,
ſom med Oden kommit til Swerige. Men Are och Langfedga‑
tal intyga, at han war Odens Soneſon af Yngui Tyrkia
kongr. Om denna Yngui wet man för öfriget ingen ting, ty
et ſom Sturleſon anför om Frey, tildagnas oförnekeligen Ni‑
rderes efterträdare, och intet denna Yngul. Förmodeligen har
enna Yngui dödt i Aſahem, emeban. aldeles intet om honom
ti wåra gamla Handlingar wibare nämnes. Eljeſt finner man
ti Chineſiſka Hiſtorien en Konung öfwer Ouſioun, hwilken
illas Ynquel‑mi, och lefwat wid 60 år för Chriſti födelſe.
ch kan wäl wara, at denne år wår Yngus (*).

(*) Desguignes Hiſt. Generale des Huns. T. I.

§. 2.

Under Yngue Frey Niordere Son, blef ſamma Regerings‑ Yngue‑
t, och ſamma hushållning bibehållen. Hans förnämſta göromål Frey.
de intet annat ögnemärke, än at mer och mer ſtabga underſå‑
nas ſällhet genom Landets wibare upodling. Riket war wäl
t ſå wibſträkt ſom nu, men en ſtor del låg öde af wanhäfd,
i kunde genom idoghet ombytas til fruktbärande åker. Man
äfwen tilfälle, at ſätta än wibare ſtyrka uti Rikskroppen, där‑
om at wiſſa faſtigheter blefwo anſlagne, til Öfwerhetens
offrens underhåll. Deſſa faſtigheter kallades Upſala‑Ode eller
ibom, emeban Yngue ſiktade ſå wäl offren, ſom Öfwerhets‑
t til Upſala. Til at ſkaffa detta nya Regeringsſätt ſå mycket
a anſeende, lät Yngue där anlägga et Afgudatempel; ſom
warit wördat öfwer hela Norden. Murarne däraf ſynes än‑
uti Gamla Upſala, hwar de tiena til Torn, för den därwid
 igba Bondkyrkan, och kan man utan ſwårighet ſe des forna
iad. Det är nemligen en fyrkantig bygning af gråſtensmur
rb. På hwar ſida hafwa warit twenne portar, hwilka ſlutas
intil med halfwa cirkelbågar. Runbt omkring har warit en
eller ſtidsgård, ſom med ſina hörn och ſidor ſwarade emot

ſielf‑

K 2

Dagligga-
Atten.
Yngue
Frei.

sielswa stoorna af Templet, och kan man se ritningen däraf hos Peringskjöld uti des Monumenter (*). Detta witnar intet om någon särdeles prakt, men som Templet har öfweralt warit beklädt med Guldplåtar, kan man nog sluta, at man sparat ingen ting til des beprydande. Detta sista synes wäl wara något Fabelaktigt: men Adamus Bremensis, då detta Tempel war i sit fulla flor, intygar denna omständighet (**). Utom des har man genom grafwande i jorden funnit stora spikar med fuldt Guld uppå, så at äfwen denna händelse bestyrker den nämnda Historieskrifwares utsaga, och gör, at man kan sluta, at murarne warit brädslagne, och Guldplåtarne sedermera på brädderna fastspikade. Af denna korta underrättelse kan man nog se, at ingen Grekisk eller Romersk byggningskonst lyst i Upsala Tempel: dock måste man medgifwa, at man finner här en mycket bättre och dyrare smak, än i de oformeliga och tunga blockhus, som i Medeltiden upfördes. Templets prakt och de högtideliga offer, som här förrättades, hafwa förskaffat rummet en så helig högaktning, at Templet blifwit oförkränkt och oskadt, oagtat alla omhwälfningar af krig och andra olyckor, til des ändteligen de Kristne i ellofte århundrad upbrände det samma, så at nakne murarne allena blefwo qwar.

(*) Peringskjöld, Mon. per Thiillndiam.

(**) Adamus Brem. de situ Daniæ: In hoc Templo, Ubfola, quod totum ex auro paratum est, statuas trium Deorum veneratur populus.

§. 3.

Genom dessa förfatningar blef intet Sigtuna widare Sweriges hufwudstad. Orten blef dock intet därföre öde, utan har warit under Hedendomen en rik och handlande stad. Man wet likwäl intet, om Sigtuna har at tacka Yngue Frey för sit anseende och rikedom. Ej eller kan man med wißhet säja, huru wida handelen i denna tid warit i flor och tilwäxt. Man wet allenast i almänhet, at folket under Yngues regemente blifwit mycket förmögnare än det warit tilförne, och har sielwa tiden hos efterwerlden blifwit utmärkt med namn af froda frid, eller den gyllene tiden. Det som ellest berättas, at hwarken tjufwar eller röfware woro då til finnandes, och at man kunde lämna Guld på almänna wä-

wdgår, utan fruktan at det skulle förloras, angår intet Yngues Ynglinga
regering; utan det tildgnas uttryckeligen åt Frode Fridlefsson i Ätten.
Danmark. Under så önskeliga omständigheter, fulbordade Yngue Yngue
Frey både sin regering och lefnads tid. Men hans Herrar fattade Frel.
et besynnerligit förslag, wid hans sidsta sjukdom. Ganska få fingo
tilträde til den sjuka Drotten, och når han ändteligen wardt död,
blef hans kropp uti all tysthet nedsatt, uti en til den ändan upkastad
hög. Dock på det hans inträde til Walhall måtte skje på et sätt,
om kom öfwerens med hans wårdighet, kastades in i högen tre
jonom, genom dårnti satta gluggar, alt Guld, Silfwer och Koppar-
jenningar, som af Landets årliga utskylder inflyta kunde. Härmed
ortfor man tt renne år, så länge Yngues död kunde döljas för
menigheten. Men når denna bedröfliga händelse omsider blef be-
ant; wille intet folket tillåta, at hans lik skulle upbrännas, i den
jrhopning, at emedan Riket ännu hugnades med lycka och frid,
ast deras älskade Drott war död, skulle och denna lycksalighet än-
amigent wara; så länge Yngures krop blefwe qwar i landet. Om
i sådan mening wanhedrar almänhetens tänkesätt, förklarar den
kwdi intet, hwarken Drottens ära, eller underskatarnas kärlek
id saknaden af en Prins, som warit en rätskelig Landets Fader.
å detta sätt förändrades något litet Odens stadga, om de döda
oppars upbrännande, och brännealderen lämnade rum åt hög-
deren: och som de ringare åro mycket benägne at efterapa de
rre, förswan småningom öfwerall den gamla Scythiska brännne-
jen. Dock är det ofelbart, at utan esomoftast skilde sig wid so
döda efter Odens förordnande, en lång tid efter Freys död,
jarpå åtskilliga exempel framdeles förekomma. Man har sökt
nighetens utrökning wid Yngues begrafning; men du. de möj-
gt, at de klokare haft andra afsikter wid detta tilfälle. Genom
widare utsprid förmögenhet, begrep man utan möda, af hwad
jt och ängeldgenhet Guld, Silfwer och andra dyrbarheter äro
imidurra skwernet. Det kunde altså synas försiktigare, at låg-
sådana waror oförtärda i högen hos den döta, ån ilda dem-
en det upgå i rök på bålet. Den widskjeppeliga wördnad man
'e i början för grafwarna, och deras hetlghet, bewnrade desta
rer nog så wäl i en grafhög, som inom hela hus och dörr-
, och i nödfall kunde man betjena sig af det til angelägnare

K 3　　　　　be

behof. Detta synes ock wara skiedt, ty wid upkastandet af slika högar, har man aldrig funnit någon särdeles skatt, i wåra orter.

§. 4.

Så afhållen som Yngue Frey warit i lifstiden af sina underfåtare, så wårdat hafwer des minne warit hos efterwerlden. Alle hans efterkommande som warit regerande i Swerige blefwo kallade Yngue efter honom, och hela slåkten Ynglingar, änskiönt de leda sin härkomst från Oden. Man finner wäl, at Konungarne af hans blod åfwen haft andra namn, men de böra anses som tilnamn, hwilka altid tillades af wåra gamla förfäder, wid upräknandet af flere personer, som haft et och samma namn. Utom des åro åtskilliga af de andra Ynglingska namnen sådana, at de utmärka åfwen de regerandes sinnelag och upförande, hwilket sällan eller aldrig af andra namn wåntas kan. Efter döden blef Yngui dyrkad som Gud under namn af Frey, och år troligt, at så wäl underfåtarnas erkänsla, som en förwillad öfwertygelse förskaffat honom detta gudommeliga anseende. Sålunda blefwo både Oden och Niorder dyrkade som Gudar efter döden, och år det intet underligt, at Frey åtnjöt samma heder. Uti deras lagliga eder åkallades han tillika med de förra genom det wanliga edgångs sätt: Swa hjelpe mig Niorder, som Freyer, och hin almakte As. Oden war Gjöthiska folkens Mars, Niorder ansågs som den där regerade wind och wäder, och Frey dyrkades för tjenlig wäderlek, och ymnog årswäxt. Denna dyrkan wistes icke allenast wid den almänna Gudstjensten, och wid andra så kallade helliga förråttningar. Sjelfwa gåstebuden blefwo liksom helgade genom deras minne. Först draks Odens skål, så Niorders, och sedan Freys. Dessa skålar kallades full, twifwelsutan, efter de fult inskjänktes (*). Uti Upsala Tempel upsattes så wäl Odens, som Thors och Freys belåten, hwaraf man finner, at desse tre haft företrädet fram för den öfriga Guda-skocken, som Hedningarnes widskeppelse tilbedit. På detta sätt war Freys wördnad uti et uphörligt minne, ja, man bar ock hos sig des bild, såsom et kraftigt medel mot all slags olycka. Harald Harfager skänkte åt en Ingemund

Freys

Freys beläte af silfwer, såsom et besynnerligt nåde och wänskapstekn (***). Freys dyrkan fick sedermera genom en besynnerlig händelse en ny tilökning, då några Swenske wågade sig ut der i Freys hög, i tanka at därifrån uphämta skatter. Men antingen woro desse skatter redan borttagne, eller ock war widskeppelsen större än girigheten, ty de togo intet annat up än twänne träbeläten, som warit nedsatte i högen, til at hålla Ynqui sällskap uti sin enslighet. Ingen ting kunde wanskjötas af widska hedniska förfäder, som hade någon förbindelse med Yngul Frey. Hwarföre ock det ena beläte uptogs här i Swerige med all wördnad, en ordentelig hofstat tilladdes, och en jungfru utwaldes, som skulle wärda des offer; det andra beläte kom til Norige, hwar det på samma sätt i Trondhem med Gudommelig heder dyrkades, til slutet af det tionde århundrad (***).

(*) Snorrleson. Hål. Adolst. C. C. 16. 141. f.
(**) Torfdus, Hist. Narr. T. II. p. 3. Bartholin, Antiq. Danic.
p. 471.
(***) Bartholin, Ant. Danic. p. 333 och följande.

§. 2.

Under Freys sidsta sjukdom, såsom ock medan hans död war nu en hemlighet, föreslod des syster Freya offren. Hon war i sidsta af alla Gudarna, eller af de Förnämare som Oden tog med sig från Asien. Det är möjeligt, at hon haft sit säte i Sigtuna. Åminstone talar Tacitus om Sitones, då han beswer de Swenska, och säger tillika, at de regerades af et qwinsl. Det är troligt, at Freyas förstånderskap gifwit anledning denna berättelsen; ty annars har man intet bewis, at någon inna i äldre tider regerat i Norden, hwarken hos de Swenska : Norska, hwilka man eljest tror skola förstås med Sitones. Hru stort Freyas anseende har warit, kan slutas däraf, at hon efter döden dyrkad, som Kärleks-Gudinna, så at hon warit Norska Venus. Ja det förnämare Fruentimret blef sedan af nes namn kallade Fröjor, som kan hända gifwit anledning til farnas Frau, och nu warande Fru.

§. 2.

§. 6.

Ynglinga-
Ätten.
Sjoln.

Efter Freys död tog Sjoln i sin Faders ställe hef styrelsen öfwer Riket. Honom tilläggas sådana hedersnamn af Sturlesson, at man med skjäl kan kalla honom en stor Konung. Han nämnes nemligen riker Konung, årsäl och fridsäl, stora drenam, då man ännu war sparsam på titlar. Med sådana egenskaper war det intet underligt, at han lefde i wänskap och frid med sina grannar. Åtminstone ansåg man intet ännu, som et särdeles medel til befrämjande af underskaruas wälfärd, at föra onödiga och mattande krig med Dannemark. En lika wärdig Prins regerade där, Frode nemligen den Fridsame, Skjölds sonesson. Emellan deßa nästgränsande war både frid och förtrolighet, et sällsynt järtekn emellan mägtiga grannar. Förtroligheten öktes med besök och omgångr. Under en Resa som Frode anställte til Fiolner, förskaffade sig den förre wodnne redlimior, som för styrka och handalögret woro namnkunniga; ty dem tilläguas konsten at göra Guld och sak. Men det är skada, at Skalden, som upreft dem detta dreminne, har gjort det så konstigt, at man intet wet, hwad han menar. Ehuru det nu är, blifwer det oselbart, at Fioln intet haft samma nytta af sit besök hos Frode. Ty sedan Fioln med et starkt rus efter ritsens wälsignad gådt til sång, råkar han uti yrsel och mörker ut på winden, och drunknar i et stort Mjöd-kar, som stod i nederfta botten af huset. Thiodolfer har på et artigt sått beskrifwit hans död, når han sage, det han aßomnade i windlösa wågor. Lilla Rimkrönikan talar ock om en Swensk Konung benämnd Sioln, som drunknade i et Mjödkar.

§. 7.

Swedger.

Swerige hade nu en lång tid fägnat sig af et beståndigt lugn. Under Fiolns son Swedger finner man andra regerings-tankar, och denne Herre företog sig et långwiga tåg til stora Swithiod eller Scythien. Det enda som gamla Historien wid detta tilfälle antecknat, är, at Swedger träffade där sina fränder och slägtingar, hwilket är nog troligt. Fem år tilbragtes i denna fårdn. Deß återkomst til Swerige kunde intet betaga honom des

en

in gång fattade wandringslusten, utan Swedger förelog fig en ny Dygglingga/
Resa til samma Länder, under hwilken han omkom, man wet egen-   Ätten.
tligen intet på hwad sätt. Forna tiders Sager gifwa wid handen, Swedger.
at han giort löfte at upsöka Oden och Gudhem, en stor angelä-
genhet för Rikets wälfärd. Under detta beprbande eftersökande,
at han om en afton, då han först styrkt sig med et godt rus,
råffat en dwärg, som stod wid et hålleberg, hwilken anmodat
onom at gå in i berget, om han wille se Oden. Därpå skal
Swedger gåt in, och sedermera aldrig blifwit sedd. Denne osma-
lige dikt har wäl haft någon Historisk anledning, men det är et
fångt beswär, at wilja utreda den. Man kan ej framföra annat
i lösa gisningar, hwilka den bendgne Läsaren kan göra sjelf, om
behagas. Det är säkert, at Swedger, under sin första Resa,
st sig i Wanahem.

Efter den i Inledningen utförda Tideräkning, skal Christus
ara född under denna Konungs regering. Wåra gamla Sagor
mma aldeles öfwerens med denna uträkning, ty så wäl af
ssa som andra Sagor finnes, at Christus är född, då Frode
n Fridsame regerade i Dannemark.

§. 8.

Wanlander steg på Upsala Thron efter sin Fader. De   Wanlan-
samma tider för Norden hafwa nu uphört, och kallar Sturleson der.
na Herren en stor Herrman. Men därföre drä wi intet un-
rättade om des bedrifter. Man wet allenast, at han gifte sig
Finland med Snär den Gamlas Dotter Drifwa. Af namnens
et har man trodt, at denne Snär är den samme, som förr
omtalt, och war den tredje sedan Fornioter. Man har ock
före tillagt honom en ålder af trehundrade år, hwilket ock wäl
ss, om han skal wara Wanlanders Swärfar. Men det är
a troligt, och aldeles möjeligt, at flere Herrar i Finland haft
ch samma namn. Wanlanders giftermål skedde om winteren,
wåren for han ifrån henne med löfte, at om tre år komma
ska, men han kom intet. Wanlander lär hafwa följt sin e-
sinat, och intet sina Herrars ycke i sin giftermåls-handel.
arföre de ock altid hindrade honom, då han wille fara til Fin-
     L   land,

Ynglinga-
Ätten.
Wanlan-
der.

land, förebärande, at det war intet annat, än Finnarnas trolleri, som uptände i honom en sådan åtrå, at se sin Gemål. Et artigt häxeri nog, som upwäcker lust hos en man, at se sin hustru. Så-ledes blef ingen Resa af, utan Wanlander dödde imedlertid i Up-sala af bröstdtäppa och convulsioner. Efter den tidens Medecin up-pades sådane siukdomar af et spöke, som man i Norden kallade Mara, och inbillade man sig, at Drifwa genom en trollkona, som hetat Huld, skickat denna andan at plåga Wanlander, men man kan då af sådana siukdomar utan all trolleri. Lilla Rimkrönikan innefattar hela Wanlanders lefwerne, i deßa fyra rader.

Giöthaland jag efter min fader ärfde,
Och mycken seger thertil förwärfde,
Til theß jag kom i the nöd,
At en mara red mig til död.

§. 9.

Wisbur.

Wanlanders son, som han haft med Drifwa, war redan af sin moder sänd til fadren, sedan hon fåfängt wäntat på sin Ge-måls återkomst. Hwarföre ock denne son Wisbur wid namn, utan motsägelse upsteg på Upsala Konunga säte efter sin fader. Om ej denne Herre genom sin ostadighet i kärlek och giftermål giort sig namnkunnig och olyckelig, hade efterwerlden om honom wetat ingen ting. Han gifte sig först med Audgur, den Audgas eller rikes dotter, och gaf henne i medgift, eller morgongåfwa tre stora byar, och en guldkädja. Denna Mund, som det då kalla-des, kommer något när öfwerens med det, som stadgas i Wäst-giötha Lagen om Konungarnas giftermål, nemligen, at Bruden skulle hafwa tolf marker Guld, eller twå Byar i pant därföre. Denna gåfwa lär hafwa warit ansenlig den tiden. Med denna Brud hade Wisbur twänne söner, Gisler och Auder. Men detta kunde ändå intet fästa Wisburs tycke, utan han förskiöt sin hustru, och tog en annan Gemål. Den förskutna begaf sig därefter til sin fader, och lefde i stilhet. När sönerne blifwit tolf och tretton år gamle, inställa de sig hos sin fader, och utkräfwa deras mo-ders medgift eller morgongåfwa. Men Wisbur afslog deras be-giäran, hwarföre de foro sina färde och hotade, at den förnekade

Guld-

upfädojan ſkulle koſta lifwet för den förndmſta uti hans Ätt. **Dagliuga-**
Detta hot måtte bliſwa ſå mycket kraſtigare, anmodades äfwen **Ätten.**
üqwinnan Huld om ſit biträde, hwilken · efter anſtäld lokning **Wisbur.**
äkrade, at en ouphörlig inbördes oſämja alt framgent ſkulle
a Ynglinga ſlägten. Utan alt koferi, kunde man föreſtälla ſig
ſådan oreda af Wisburs upförande. Begynnelſen därutaf
le ſig ock oförtöfwat, ſå at det deminſtone intet gick an för
isbur, änſkjönt han war Konung, at oſtraffad qwälja rätwiſan.
Deße förordnade ſöner ſamlade ſig folk, öfwerföllo ſin fader
natten, tände eld på huſet, och upbrände honom. Rimkrönt-
talar härom i korthet ſålebes:

    Efter min fader jag Gjötha ſtyrde,
    Til thes mine ſöner mig illa myrde,
    At the ſkulle Riket thes raſkare winne,
    Med mit folk brände the mig inne.

§. 10.

Efter Wisbur föll regeringen i Swerige, til des ſon af andra **Domal-**
et, Domalder. Så framt Giſler och Auder i den tankan af- **der.**
dt ſin fader lifwet, at de ſå mycket ſnarare måtte komma til
runga-wäldet i Upſala, bleſwo de i ſin utdälning, ſom ofta
det, mycket bedragne. Men därföre war intet Domalder deſto
eligare. En ſwår hunger och dyr tid piägade Landet under
s regering. Menniſkan är ſig näſtan i alla tider lik. I lyc-
frägar man intet efter Gud, och i olyckan tager man ſin til-
t til Gudommeligheten, och påſtär, at Gud måtte ſtraxt bota
den oreda, ſom ens eget oförſtåndiga upförande eſomoftaſt för-
ukut. Samma tänkeſätt följde man äfwen den tiden i Swe-
rti-

Man finner inga anſtalter til eländets hämmande, men et
t offer af oxar blef giordt i Upſala mot höſten, til at bdrige-
t förmå Gudarna, at unna en lyckelligare dröwäxt. Denna
akt hade aldeles ingen wärkan, utan en ſtörre willoanda kom
folket, ſå at man inbillade ſig, det et offer af männiſkor ſkulle
a et wißare medel, til at bliöka Gudarna, hwarföre ock den-
omenniſkligheten blef utöfwad följande höſt. Miswäxten blef
' intet mindre. Menigheten kom då i ſtor nydkenhet tilſam-
           L 2   man

Ynglinga-
Ätten.
Domal-
der.
man på tredje hösten, då de förnämare, eller Höfdingarne för
folket, efter hållet samråd, trodde sig begripa, at den dyra tiden
borde tillskrifwas Konungen sielf. De fattade då det ursinniga
beslut, at Domalder borde offras, hwarföre de dråpo honom, och
beströkö Gudabeldten, eller deras säten med hans blod. På rät-
ta sätt blef Domalder et olyckeligit offer, antingen för tidsens wid-
skieppelse, eller ock för andra illfundiga konstgrep, som woro så
mycket wederstyggeligare, som de dölgde sin arghet under sken af
det almänna bästa, et uti senare tider nog utslitit Statsgrep.
Lilla Rimkrönikan beskrifwer Domalders olyckeliga öde, på sam-
ma sätt som Sturleson, då det heter:

> Giöthaland jag efter min fader fick,
> Och rådde til ihts mig så gick,
> At jag offrades söta Gudi wårom,
> För almogens skuld i hårdom årom.
> Och brändes jag i askom och glöd,
> Mine egne män giorde mig then nöd.

§. 11.

Domar.
En Thron, som nästan ännu röker af fadreus blod, kan wäl
intet wara edit behagelig. Icke destomindre upsteg Domar utan
sårdeles betänkande i sin faders säte. Hans regements tid war
ock stilla och fredlig. Och låt det almänna eländet hufwa uphördt,
antingen genom bättre anstalter, eller ock genom naturlig ommär-
ling i wäderleken. Domar war Konung en lång tid, och det
lugn, som Norden åtnöt under honom, war åtminstone et fullkom-
ligt bewis, at trollgumman Huld, om hwilken är tal i Wisburs
lefwerne, intet kunnat stort bättre spå, än en annan gammal kjä-
ring nu för tiden. Domar dödde i Upsala, och wardt bränd på
Fyringswall på en backe wid den, och Bautastenar upresles tillika
efter honom. Rimkrönikan yttlder sig om Domar sålunda:

> Jag war Konung efter min fader Domalder,
> Och dog i Upsala af rättan ålder.

§. 12.

§. 12.

Domar hade med sin Gemål Drott, Konung Dans syster i *Daglinga-* *ätten.*
Danmark, sonen Dygwe, som blef hans efterträdare. Under *Dygwe.*
nnа Herre skedde den förändring i Statswäsendet i Swerige,
Öfwerherrarne i Upsala togo Titel af Konung, då de tilförne
gt sig med at kallas Drott. At Konungarne af Forniotherssta
ten tilförne betjent sig af detta drenamn, dr redan nämnt; och
det wäl troligt, at Odin och des efterträdare afhållit sig från
ina Titel, af en slags undseelse för gamla Konungahuset. Yng-
garnas wåde war nu genom lång häfd så stadgat, at denna
het intet kunde göra någon stadelig upmärksamhet. Utom des
de Dygwes moderbroder, och hans förfäder redan förut tildg-
t sig samma hederstitel. Denne Dan kan förmodeligen på et
sit sätt anses för Swensk, emedan han leder sin Ätt från Heim-
ller, efter det gamla Riasmal, där det sägs, at Heimdaller
f kallad Rik. Denne Rik har warit den aldraförste af Asar-
, som kallat sig Konung efter Sturlesons berättelse, och om Rik
:r Heimdaller bodt i Himledrad i Halland, som är troligt och
mnt tilförene, finner man en tydelig anledning, huru Skåne
fwit förknippat med Danmark. Ty Heimdaller eller Rik, ide
småningom genom upeplingar hafwa inträdat hela Diuna fö-
a sjökanten, och hans Ättläg, Dan, har sedermera genom gif-
mål med Diusa Weremund den Wises dotter, blifwit regerande
Dannemark (*), och således förenat sina arflinder med detta ny-
en förwärfoda Riket. Wår gamla Rimkrönika, som anför en
'ik, hwilken skal först hafwa uptaget Skåne och Wetalabed, kan
åfwentyrs hafwa tagit sin berättelse af detta gamla Riasmal,
) bekräftas således den här anförda gissning, dfwen härutaf.
en har för öfrigt warit en mycket namnkunnig Herre: så at
m trodt, at Dannemark af honom fått sitt namn. En beske-
ig och ärlig man, kallas ock ännu i Swerige Danneman.
en det är dock troligt, at hwarken det ena eller andra leder sin.
rinnelse från Dan. En Turkoman som warit mägtig i Cappa-
:ien i det tolfte århundrad har dfwen haft tilnamnet Daneman
ainma mening nästan, som det brukas i Norden (**), och Dan-
narks namn är til dfwentyrs något yngre, emedan det intet fur-

L 3

Ynglinga-
Ätten.
Dygwe.
finnes hos utländska Skribenter för det sjette Seculum. På detta
omskrefna sätt, lär förmodeligen ordet Kung eller Konung blifwit
almänt wedertagit i Norden, hwarifrån det sedan utspridt sig til
större delen af Europa, och lär det wara et och samma ord med
Tartaternas Chan.

(*) Man kan se Langfedgatal hos Torfäus, in Serie Reg. Daniæ. p. 314.
(**) Desguignes H. G. des Huns. T. I. p. 252. T. III. p. 24.

§. 13.

Dager.
　　Dager Dygwes son, har haft den heder af ålderdomen, at
han blifwit kallad Spache, eller den wise, utan at man wet hwar-
före. Han berömmes wäl, at hafwa haft godt förstånd på fogel-
sång, men denna wishet lär ej wara särdeles betydande, fast än
man i en mörk tid, då man kunnat inbilla menigheten hwad man
wille, twifwelsutan ansedt en sådan kundskap för en dråpelig djup-
sinnighet. En sparf kal han ägt, som gifwit honom wigtiga tid-
ningar, hwilken ock ändteligen blifwit ihjälslagen i Ridgjöthaland
wid en by, som hetat Wörwa. Det är sannolikt, at han haft
någon betjent, som hetat sparf, och Sagan kan däraf wara up-
spunnen. Dager, oaktat all sin förmenta wisdom, kunde intet
begripa, hwart hans Sparf tagit wägen. Han gjorde därföre et
stort försonings-offer (Sonarblot) til Gudarna, och fick swar,
at hans trotjenare Sparfwen blifwit borta i Wörwa. Denna o-
förrätt skulle nödwändigt hämnas, och Dager skyndar til Gjötha-
land med en wäldig här, och skjöflar landet. Men då han mot
aftonen wände tilbaka med et ansenligt byte, blef han ihjälskuten
wid Siotans eller Wapnawad, och en arbetskarl, eller wärkträl
blef hans baneman. Rimkrönikan talar om Dagers tåg, på
detta sätt:

　　Jag wille ock skatt af Däner taga,
　　Som mine förädrar i theras daga,
　　The bewiste mig otro i then stad,
　　Och dräpo mig wid Wapnawad.

Wil man tro denna underrättelse, har tåget skedt til Dannemark,
och Reid-Göthaland måtte således göra en del däraf.   Sturle-
son

son säger tydeligen, at Dager stält sin Resa til Gothland. Ynglinga-
Men därföre är man intet des klokare, hwad han ment med Reid- Atten.
Giöthaland; ty wåre Häfderekmare hafwa strödt detta land kring Dager.
hela Norden. Om med namnet betecknas redden, eller strandkan-
ten af Giöthaland, eller ock sådana länder, som warit skattskyldige
under Giötharike, kan nu et, nu et annat Land härmed förstås,
då enbast af omständigheterna kan närmare utstakas, hwar det e-
genteligen warit beläget. Här saknas tydeliga kännemärken, eme-
dan man hwarken wet reda på Siotanswad, eller Wörwa, och
Thiodolfers Skaldqwäde säger förmodeligen intet, at Dager stält
sin Resa åt öster, utan at hans tåg blef ryktbart i Österlanden.
På en Runsten i Blekingen omtalas Siotans-rid, hwilket kan
wara det samma som Siotans-wad. Och däraf borde man til
äfwentyrs sluta, at tåget skedt til Blekingen, hwilket pasar sig med
Rimkrönikan. Eljest påminner Sturleson, at wid denna tid wa-
rit brukeligt, at Konungar och Fälthöfdingar blifwit kallade Gram,
hwarföre ock Dager under samma namn omtalas af Thiodolfer.
Anledningen här til, finner man i Fundin Noregur. Ty här be-
rättas, at Haldan den gamle, Raumers Nores sons soneson,
haft nio namnkunniga söner, som alle fullit i krig, och hos efter-
werlden därföre blifwit så ansedde, at deras namn blifwit brukade
som hederstitlar, hwilka af Skalderna tildgnades setermera åt
alla wåldiga Härförare eller Hermän. Desa söners namn woro
Gram, Lopte, Hilmir, Jofur, Theingel, Adser, Gylfe, Tygge,
Skyle och Harre, och förekomma desa namn, eller dretitlar,
äfwen i Swenska häfder. Man kan ock wid deta tilfälle
märka, at Saxo giort mycket wäsende, af en Dansk Konung,
som hetat Gram, hwilken skal hafwa öfwerwunnit Swenska Ko-
nungen Sigtryg. Någon anledning til denna dikt finnes i Fun-
din Noregur, då där berättas, at Haldan Gamle härjat widt
omkring i Austerweg, eller Österland, och där i enwige neder-
lagt en Konung Sigtryg. Om Gram säktat i sin faders ställe,
är hufwudberättelsen riktig, men hwarken war Gram Konung i
Dannemark, eller Sigtryg Konung i Swerige.

§. 14.

§. 14.

Agne förbunklade sin fader Dagers namn, genom sina bedrifter, och personliga egenskaper. Han war en til Herre, stor Herman eller krigsman, samt på alt wis hurtig och tiltagsen. Sturleson kallar honom Ætgerwi madur mikil um alla luti. Förbenskul ock swiktade alt under hans segrande wapen, och hela Finland blef underlagt. Där regerade den tiden en Froste, hwilken ock föll uti en blodig träfning mot Aane. Mycket byte, och landets undergifwenhet blef frukten af Agnes seger. Denna omständighet hade kunnat med god skäl afhållit Agne ifrån, at taga sin brud i en slägt, som genom honom blifwit olycklig. Men kärleken erkänner hwarken förnuft eller skäl, och Frostes dotter Skialf intog så denna segerherren, at han tog henne til sin Gemål, och förde henne och des broder Loge med sig til Swerige. Agne lade an med sin Flotta wid Stocksund, intet långt från det ställe, hwar nu Stockholm är beläget. Tälten blefwo upslagne på en slätt, och Konungens Tält upställdt under et högt trä, til skygd emot solhettan. Här blef Skialf offenteligen förklarad för hans Gemål, wid hwilket tilfälle hon ock bad Konungen, at han wille göra arföl efter hennes fader. Man förde krig på den tiden något när, som man gör nu, utan skäl och utan hat. Agne blef därföre intet bestört öfwer Skialfs anmodan: utan lät twärtom, bjuda mycket folk, och göra et stort gästabud, och arföl efter sin döda Swärfader. Agne lät wid denna högtidelighet wist sig uti sin Konungsliga skrud, hwarföre han ock bar om halsen den gullkädia, som i Wisburs lefwerne är omtalt. Hans trolösa Gemål betjente sig af denna omständighet, til at utöfwa sin hämnd, och bad Konungen fästa kädian wäl åt halsen, på det hon intet skulle förkomma under gästabuds-sorlet, och Agne gjorde så utan någon widare misstanka. Agne lades ändteligen efter et fulkomligt rus neder at sofwa, och uti hans djupaste sömn lät Skialfs fästa et snöre i kädian, och således hissa Konungen up i trädet som stod öfwer Tältet, hwarpå hon och hennes följe förswunne. På detta sätt slutade Agne sina dagar, och blef bränd på samma ställe, hwilket ock blifwit sedermera i lång tid kallat Agnefit,

sit, eller Agnes slått. Man tror i almänhet, at Agnesit warit *Ynglinga-*
den backen, som Stockholms Stad är bygd på, och war stället be- *slägten.*
lägit wäster om Stocksund. Kan hända at Fittia snarare här *Agne.*
med bör förstås, åtminstone har namnet någon likhet härmed, och
ligger Fittia sudwest från Stocksund. Man har eljest inbillat sig,
at trollgumman Hulds spådom, då hon sade, at Wisburs ättja
skulle kosta lifwet för den ypperste i slägten, blifwit tydeligen full-
bordad genom Agnes ofärd. Men Hulds gissning kunde redan
hafwa wunnit sin fullbordan genom Wisburs död, utan all pro-
phetisk ingifwelse. utom des träffa gissningar in understundom af
blott händelse. En rätt prophetisk gåfwa är en högre egenskap, än
den kan hållas före, at sälla på dessa tider och omständigheter.

§. 15.

Efter Agnes död blefwo des twänne söner Alrik och Erik *Alrik*
Samkonungar i Swerige. Denna Regerings-form kallas i wåra *och*
gamla Sager Brödraskifte, och swarar något när emot det Re- *Erik.*
geringssätt, som man i senare tider på latin kallat Condominium,
eller Dyarchia. Man har ingen anledning at tro, at de delt Ri-
ket sig emellan, utan de hafwa lefwat tilsamman i en ort af be-
lag, hwilken wäl i wåra tider skulle alstra af sig mycken oreda.
Men efter då warande lefnadssätt kunde en sådan regering något-
lunda bära sig, åtminstone til en tid. Landet blef ock intet benun-
gat genom dubbel hofstat; ty Konungarne lefde af Upsala Öde,
och landets wanliga utskylder, utan nya gjärder och skatter. Riks-
styrelsen sysslesatte ej heller Konungarna rätt mycket. Hwar hus-
fader eller bonde lefde för sig sjelf, utan at bekymra sig om Hof-
wet, fördelande sin tid efter behag, emellan åkerbruk och skjutg,
eller wikingsfärder. Almänna ledingar och stora högtider woro
nästan de enda tilfällen, utt hwilka man såg dessa söndrade lemmar
göra en kropp, så at Konungarne regerade allenast wärkeligen öf-
wer sina betjenter och hoffolk. Utom des war landet litet upod-
lat, och öfwertäckt med wissa skogar och ödemarker. Således be-
skrifwes Wäster-Götland i Gjötrik och Rolfs Saga. Wid så-
dana omständigheter war det intet swårt för en rik och riktagsen
Odalsman, at tilwälla sig både Konunga-namn och magt öfwer
                              M   sina

Dyggliuga Ätten. Atrik och Erik. sina torp och byggen, hwilket gifwit tilfälle til åtskilliga Härads och Gyllie-Konungar. Desse nämnas först i Swenska Historien wid denna tiden: fast det är troligt, at de warit här länge tilförne. J synnerhet trodde de sig wara berättigade til Titel af Konung, som warit i förwantskap med Upsala Konungahuset, eller Forniot-therska Ätten. Men ehwad anledning de haft til en sådan wärdig-het, så är oselbart, at man finner uti Swerige åtskilliga Småko-nungar under denna tiden. Sådan war Olof Skyggni eller den wise, som förlifte K. Wikar i Telemarken med en Konung af Uplanden i Norrige, wid namn Frithiof. Hans Rike lär haf-wa warit i negden af Nerike. Något äldre och mycket namn-kunnigare är Gaute Westgjötha Konung, hwars son Gautrek läm-nade en del af sit Rike, såsom län åt en af Konung Wikars sö-ner Neri Jarl, och är troligt, at namnet Nerike af denna Neri leder sin uprinnelse. Gaute kallas Odens son, antingen därföre at han wärkeligen ledde sina anor från honom, eller ock at han war på samma sätt i slägt med Oden, som Romulus med Mars. Gaute hade til efterträdare sin son Gautrek, den han aflade med en torpare-dotter i Wäster-Gjötland. Men sådana omwäxlingar giorde icke den ringaste omtanka wid Upsala-Hof, utan Erik och Atrik synas hafwa lefwat helt obekymrade, om alt hwad som til-drog sig i deßa orter. Men därföre woro de intet hwarken wek-lige eller sysslolöse, utan woro hurtige Herrar: Rikir men Her-men mikllir ok idrotta men, kallas de af Sturleson. De un-derhöllo ock wid sit hof tolf kämpar, utl hwilka större delen af Rikostyrkan bestod uti en tid, då segren förnämligast ankom på handkrafter. Konungarnas anseende öktes ock genom den ryktba-ra Starkader, hwilken tog sin tilflykt til Upsalu efter det dråp, han bedrifwit på den nyligen nämnda Konung Wikar i Norrige. Starkader blef af Konungarna wäl emottagen, och brukad i här-färd, af Konung Erik, då han sielf satt hemma. Hans mod och tapperhet skaffade honom alt jämt wälförtjenta segrar. Men han wann intet lika tycke hos hoffolket, som eftemostast är misnögt med sina Herrars gjöromål. J synnerhet nädde Starkader utstå mye-ken försmädelse af de toll hofkjämparna, ibland hwilka bröderne Ulf och Otryg woro likwäl de aldrawärste. Han öfwerhopades af dem med swåraste skjälsord, då het han en oskapad Jote,

                                          än

än kallades han Niding. Detta knart war efter tidsens **Daglingar-** smak et kort begrep af de föraktteligaste tilwitelser, ty det betek- **kitten.** nade en stympare och pultron. Starkader bemötte detta upföran- **Alrik** de med all faktmodighet, och nögde sig med, at mot sin Her- **och** res fiender wisa sin mandom; utan at förgripa sig på sina wdl- **Erik.** gjdrningsmäns dikade betjenter. Det som sätter ännu större wärde på Starkaders ofega tålamod, war, at han sjelf i sina egna Skaldeqwdden berättar deßa omständigheter, som efter ut- feende annars blifwit obekanta för efterwerlden. Så slutt aktar en wälgrundad dra ohemula tilwitelser. Ej heller förlorade Star- kader härigenom sin högaktning hos de regerande. Hade han lefwat i wår så kallade uplysta tid, hade sådana förgripeliga tilwitelser bort förfonas på annat sätt. Men jag wet därföre intet, om man i detta mål tänker bättre nu, än man tänkte då. Af det som dr anfört, kan man nog begripa, at Erik och Alrik hafwa warit i stort anseende. Nät deße Herrar wore lediga för härfärder och andra wigtiga syßlor, roade de sig med ridande, och tåflade med hwar andra om förträdet i denna konst. Men tidsfördrifwet blef på slutet nog dyrt. Ty en dag, då de före ro skuld ridit ut albeles enfamme, fan man dem omsider igen, efter långt letande, bägge trod ligga neder på marken, med fön- derslagna hufwuden, och betslen i händerna. Man fattade häraf den skjälliga mißtanka, at de under wägen blifwit oense, och i brist af annat gewär, slagus med betslen. Thiodolfers berättel- se, at bägge funnos döde, låt ej böra anmärlunda förstås, än at de bägge blifwit såsom döde uptagne; men at Erik sedermera kommit sig före igen; ty Götrik och Rolfs Saga witnar, at Erik lefwat länge efter sin broder. Detta befannas ock af Rim- krönikan, med deßa gammalmodiga rim om Alrik.

Min broder gjorde mig oskjäl,
Han slog mig med et betsel ihjäl.

§. 16.

Efter Alriks död regerade K. Erik allena i Upsale. Han **Erik** hade inga flere barn, än en enda dotter benämnd Thorborg. Denna Prinseßa gik så långt i sin hurtighet, at hon fann äf- wen

M 2

Yngelinga.
Atten.
Erik.

wen fit kjött för ringa för sin person. Hon wille regera som Herre, hwarföre ock, så snart hennes fader stjudkt henne en d l af Riket, ombytte hon sit namn, kallade sig Thorberg, klädde sig som Karl, och befalte, at alle hennes underhafwande skulle kalla och upwakta henne som Konung. Uti ridande, fäktande, och andra den tidens Ridderliga öfningar gaf hon ingen efter. Prinsessan tog sit säte och Residence på Ulleråker, hwar hon höll et präktigt Hof, och alle woro wälkomne utom friare. Deße borde dock anses som et nödwändigt ont, emedan hennes fägring och andra Fruentimmers egenskaper woro neg så unmärkta, som hennes ogemena hurtighet. Men fjärlek kunde ännu intet räknas, hwarken ibland Thorborgs fel eller förmåner, och alle, som anmälte sig i et så ömt drende, blefwo snöpeligen afwiste. At Rolf Konungen i Wäster-Sjöthlond war dock den heder förbehållen, at segra omsider öfwer et så hårt hjerta. Han war den nyligen nämnde Götriks son, och fick Riket efter sin faders och allmänhetens wilja, fram för des äldre Broder Kiettil, som annars efter landsens lag och sedwänja war berättigad til regeringen. Wänskapen emellan bröderna blef därföre intet förminskad, utan förtroligheten war icke destoinindre lika stor emellan dem, och Kiettil ansåg sig inte wara föroldmpad därigenom, at hans yngre broder, som war mera skickelig til regent än han, wart honom föredragen. Rolf gjorde sin regering märkwärdig genom de bedrifter, som då woro i högsta smaken. Han for omkring och slogs med hwem han råkade, och aflade wid alla tilfällen stora prof af sin dödande tapperhet. Prinsessan Torborg gjorde sig namnkunnig genom sit karlaktiga upförande, ock Kiettil rykte, at deßa twå personer paßade sig aldrabäst för hwar andra. Han rådde därföre Konung Rolf til detta giftermål. Efter något betänkande, emottager ändteligen Rolf sin broders råd, och gör sig resfärdig til Upsala. Konung Erik tog wäl nog kalsinnigt, och nästan föraktelligt emot sin nykomna gäst, men Drottningen hemeblade likwäl saken så, at Konung Erik gaf sit samtycke til giftermålet, dock med wilkor, at Rolf sjelf skulle widare föredraga sin angelägenhet, och beflita sig om at winna Prinsessans tycke. Hos henne inställer sig därföre Rolf, och frambär sit drende i full rustning, och med dragen wärja. Swaret utföll i samma swaf, som tilbudet. Ty sedan Thor-

borg

bera förfifrat, at hon intet war finnad at blifwa någons hushåll-
terffa, eller tienstehion, grep hon och hennes hofmän til fina wa-
pen, och Rolf, med fin raffa lötje, måtte hufwud flupa på tårren;
få at intet annat råd war öfrigit, än at b:gifwa fig på återresan
til Wästergjötland. Thorborg begrep dock utan möda, at detta
Rolfs besök, intet ffulle blifwa det fista. Hon lät därföre befåsta
fit Slott med wallar af trä och ften, på det förffanhningen intet
få lätt ffulle funna ffadas, och öfwerändra faftas. Hon förfoga-
de ock den anftalt, at watntrummor blefwo lagda i bolwärfet, til
at ffa.fa elden, i fall man på det fätt wille angripa fästningen.
Efter deffa författningar trodde nu Prinfeßan, at hon war fåfer
för alt witare anfall. Rolf hade fått tilftånd af Konung Erik,
at förmå Thorborg til wilfarande af fin begäran, på hwad fätt,
som ffje funde. Hwarföre han ock efter någon tids förlep infin-
ner fig å nyo. Men fom hans frieri blef med lika föraft emotta-
get, anfattes fäftningen med wåld. Förft böd han til at tända
eld på Bolwärket, men elden fläftes af de inlagde watnrännor.
Sidan böd han til at undergräfwa wallen, men då faftades ftes-
nar, fjudande watten och tjära på gräfwarne, få at det ej heller
lyckades. Ändteligen efter fjorton dagars fåfänga förfök, lät Rolf
göra ftora flakar af widjor och ftänger, til at betäcka dem, fom
ffulle undergräfwa wallen. Denna fonft hade bättre wärfan, få
at han med fina män omfider fom in i Fäftningen. Men hans
förundran blef därföre intet mindre, emedan ingen männffa fans
i borgen, dock ftodo borden alla anrättade med öfwerflödig mat
och dryck. Rolfs Bror Kjettil, fick ftraxt luft at taga fig förfrift-
ning, men Rolf begrep nog, at förfåt och fwek låg härunder, och
föreftälde fig, at Thorborg genom någon underjordiff gång dragit
fig undan. Denne fanns efter något föfende, och Rolf utan wi-
dare betänkande gick dårigenom med fit folk, och träffade wid ut-
gången Thorborg med fit manffap i öpna fälter, och full ruftning.
Här börjades et ganffa håftigt tiftande, men fegern wände fig på
Rolfs fida, och Thorborg blef fången. Hon bemöttes dock med
lika wördnad af fegerwinnaren, och förfogade fig fåledes fri och
ledig til fin Herr Fader, Konung Erik i Upfala, hwar hon afflädd-
de fin lånta dräft, och blef gift med fin hurtiga friare. Detta
är det fista, fom finnes antefnat om Konung Erik, och Rolf delte

M 3   fin

Dagliuga-
kitten.
Erik.

sin tid, som en wandrande Riddare, emellan härfärder och andra förrättningar, som kunna inhämtas af Götrik och Rolfs Saga, hwar, efter wanligheten, troliga och otroliga omständigheter äro sammanblandade.

§. 17.

Alf och
Yngue.

Erik lämnade ingen son efter sig, men hans broder Alrik ha-de twå söner Alf och Yngue, som åter gemensamt intogo Upsala Konunga säte, och riket kom än en gång i bröbra-skifte. Alf war tystlåten, storsint och trumpen, och frågade intet efter at göra sig namnkunnig genom wikingsfärder. Däremot war Yngue begåf-wad med sådana egenskaper, som i alla tider kunna göra en Prins älskad och wördad. Hurtig, wacker, wänlig, lustig, stor krigs-man och segerherre äro titlar, som alla tilläggas honom af Stur-leson. Med sådana egenskaper war det wäl intet möjligt, at sitta hemma i deßa tider; hwarföre ock Yngue war alt stadigt i här-färd, då deß broder imedlertid förnötte sina dagar i stillhet. Et så olika sinnelag gjorde likwäl intet misförstånd emellan bröderna, til deß kjärlek och swartsjuka satte alt i oreda. Til olycka hade Alf fäst til Gemål en Prinseßa benämnd Bera, hwilken i sinnelag och andra egenskaper liknade fulkomligen hennes swåger Yngue, och war det en nog begripelig påföljd, at hon i sit tycke skulle lämna honom företrädet fram för sin egen Herre. Detta kunde ock wara förlåtеligt, ty at påstå, det en hustru, så snart hon gif-ter sig, skal blifwa blind och tankelös, är oförnuftigt. Men där-före kunna wåra skyldigheter blifwa likwäl i akt tagna, fast de intet äro altid grundade på tycke. Alf gick gjerna bittida til sängs, men däremot fann Bera mera nöje, at sent på aftnarna hålla samtal med Yngue, då han war hemkommen från sina sjötåg. Alf påminte sin Gemål några gångor, at han intet wille wänta på henne sent ut på natten. Beras swar på en så billig anmodan war ganska oförmistigt, ty hon yttrade sig, det hon fann Yngues Gemål mycket lyckeligare, och at det wore en långt större förmån at äga Yngue än Alf. En sådan öppenhjertighet wiste hon esom-oftast, så at Alf däraf nödwändigt måtte blifwa förtörnad. Hwar-före han ock en afton gick in i salen, där Yngue och Bera såto

och

talte wid hwarannan, och stack sin broder igenom, utan at någon af hoffolket, som war inne, blef det warse. Yngue, som hade sit swärd på ändet, så snart han kiände sig sårad, språnger up i ifr** :t, och hugger sin broder på stället til döds, hwarpå han ock sielf genast faller neder och dör. Sådan utgång hafwa fruentimmers förmåner esomoftast, då de styras mera af tycke än förstånd. Bägge bröderne blefwo sedermera lagde i hög på Fyriswall, och mera är intet om dem antecknat af Sturkson. Men af andra Sagor finner man ganska märkwärdiga händelser, som under denna tid sig tildragit. De röra förnämligast Hjalmar, en af Alf eller Yngues hofmän, som tillika war Höfwidsman för Swenska krigshären. Denne Hjalmar hade förwärfwat sig til-namn af den Hugfulle, eller den ädelmodige, hwilken äretitel ho-nom med all rätta tilkommer. Under en härfärd, då Hjalmar hade med sig femton fartyg, med hundrade mans besätning på hwardera, tildrog det sig, at Orwar Odd, en arg sjöröfware och slagskämpe, anländer med sin Flotta, i samma negd, där Hjalmars skiepp lågo för ankar, wid et näs i Swenska skjären. Så snart Orwar Odd blef warse Hjalmars fartyg, hwilka woro nästan aldeles lediga, går han i land til at utforska hwad det war för folk, och finner Hjalmar med sina wikingar leka och roa sig på marken. Efter denna kundskap gör sig Orwar genast färdig at anfalla dem, ländnar halfparten af sit folk på skieppen, och med den andra hälften går han uti en när in til belägen skog. På det hans oförmodeliga ankomst skulle upwäcka så mycket mera be-störtning, gifwa sjöröfwarne, som woro på skieppen, et grufweligt härskri. Men det gjorde så liten wärkan, at Hjalmar och hans folk like en gång stadnade i sin lek däröfwer. Sedan detta gjor-de så liten upmärksamhet, skjer åter på Orwars Odds befalning ännu et grufweligare skrål, hwartil Hjalmar och hans folk wäl lystrade något litet, men genast och utan minsta bestörtning fortfo-ro de uti sin påbegynta tidsfördrif, och wårdade icke en gång frå-ga efter, hwad på färde war. Denna omständighet gjorde, at Orwar Odd ansåg, dels för nesligt, dels för fåfängt, at angripa sådant folk med swek och krigslist; utan han upskjöt sit anfal til andra dagen, då han med all sin magt kommer tågandes emot Hjalmar. Swenske Fäldtherren skickar genast emot de antågande,

och

och låter fråga, hwem där war, och hwad de wille. Swaret
blef, at Orwar Odd wille försöka, hwem som war tapprast.
Hjalmar tog emot tilbudet, och efter hans trop war talrikare, af‑
söndrar han alt det öfwerstigande manskapet, och trädningen bör‑
jade med lika antal på båda sidor. Slaget warade hela dagen
utan förmån på någondera sidan; mot aftonen lyfte anförarne sina
Sköldar up, och striden stadnade. Hjalmar frågade då Orwar,
huru leken anstod honom, och om honom behagade ännu en gång
försöka sin lycka. Orwar förklarade, at han war ganska nögd,
emedan han aldrig haft göra med raskare stridsmän, och åstunda‑
de han, at äfwen anställa en dylik lek den följande dagen. Detta
skedde ock med lika utgång, som den förra, och sedan man kom‑
mit öfwerens om det tredje wapneskifte, lyckades likwäl tilståndet
efter mognare betänkande, uti en ouphörlig wänskap och fostbröra
lag, dock med deßa af Hjalmar betingade wilkor, at ingen wid
lifsstraf skulle dräpa rätt kött, ingen dricka blod, ingen röfwa köp‑
män eller bönder, utan i största nöd, til lifsuppehålle, ingen plun‑
dra fruentimmer, eller mot deras wilja taga dem med sig.
Såsom deßa förbehåll gifwa Hjalmar en utmärkt heder, så wi‑
sa de ock, at andra Wikingar woro understundom argare än
otama wilddjur. Efter denna, och andra förrättningar på Se‑
land, Irland, och flera orter, begifwer sig Hjalmar med Or‑
war Odd til Swerige, hwar de wid Upsala Hof blefwo wäl
undfägnade, och behöllo här sit wanliga hemwist, då de hwilade
ifrån sina sjötåg. Wid denna tiden bodde en namnkunnig Ber‑
serk, wid namn Arngrim på Bolmsö. Denne hade tolf söner,
ibland hwilka Angantyr war i synnerhet berömd för ogemen tap‑
perhet. Den tredje af sönerna Hjorwarder, gjorde om Julen
et heligt löfte, då Brageskålgaren inbars, at han skulle fria til
Upsala Konung Yngues dotter Ingeborg, och antingen äga
henne eller ingen annan. Alle tolf bröderne foro därpå til Up‑
sala, följande war, och framförde sit ärende. Hjalmar och Prin‑
seßan hade länge haft wänskap för hwar andra, men han hade
intet wågat sig at yttra sina tankar, efter han märkte, at Ko‑
nungen intet ärnade gifta sin dotter med någon annan, än en Ko‑
nung. Men wid detta oförmodade frieri, stiger äfwen Hjalmar
fram och begiär, at blifwa föredragen en utländsk Berserk, som
blot

blott genom ihjälbringar war namnkunnig. Konungen lämnar wa- *Dyglinga-*
let i sin dotters fria wilja, som utan widare betänkande förklarade *Ätten.*
sig för Hjalmar; hwarpå Hjorward på Berserkarwis utmante *Alf och*
Hjalmar til Holmgång och enwige på Samsö. Hjalmar, som war *Yngve.*
wan at slås esomoftast för ingen ting, tog med nöje emot et så
lofwande enwige; hwarföre man ock efter öfwerenskommande utsatte
dagen til Holmgången. Hjalmar war ej heller wan, at bekymra
sig om antalet af sina fiender, utan begifwer sig med sin foster-
broder til Samsö mot alla tolf bröderna, som ock på sagdan dag
infunnit sig. Sedan war Angantyrs frågd, at han ansågs far-
ligare än alle fine ellofwa bröder, hwarföre ock Orwar Odd be-
gärade at fäkta mot honom. Men Hjalmar ansåg för hederligt, at
sätta sin wän emot den farligaste fienden, utan utwalde sjelf An-
gantyr til motståndare; saktat en slags aning af sit förestående
öde, hwilket ock warit det enda tilfälle, då han wist någon hä-
penhet. Odbur går därpå emot de ellofwa bröderna, och föll den
ene efter den andra. Fäktandet med Angantyr war långt äfwen-
tyrligare. Ändteligen stupar dock Angantyr; men Hjalmar war
så sårad, at han ock genast afsomnade, sedan han lemnat sin ring
åt Odbur, med begäran, at han wille öfwerlämna den, tillika
med sin sista hälsning til sin trolofwade och mördade Prinsessa.
Odbur begrafwer därpå de slagna Kämpar efter aftal, Angantyr
med sit namnkunniga swärd Tirfing, och de andra likaledes med
kläder och wapen. Men Hjalmars döda krop förde han med sig
til Upsala. Prinsessan dödde af sorg efter Odburs hälsning, och
blef hon tillika med sin älskade Hjalmar i en och samma hög be-
grafwen. Til slut om dessa Konungars Regering, påminner man
allenast, at Alfs moder Dagheid war en Prinsessa från Norrige,
af Konung Raumr Noresons Ätt. Hennes fader war Dager,
af hwilken hela slägten war kallad Döglingar.

§. 18.

Alf och Yngves död satte Hugleik Alfs son på Upsala Ko- *Hugleik.*
nunga thron, så at Yngves barn, hwilka utom dess woro omyn-
dige, fingo ingen del i regeringen. Det kan ock hända, at de
Swenske förlorat smaken för Samkonungars styrsel; åtminstone är
N Det

Det säkert, at inga sådana brödraskiften förekomma sedermera i Historien under Ynglinga slägten. Denne Konung älskade frid och stilla nöjen, och som han war tillika ganska rik, blef hans Hof en samling af all slags folk, som kunde tjena til ro och tidsfördrif. Desse upräknas af Sturleson, Lekare, nemligen, harpare, gigare, fidlare med seidmän och annat folkkunnigt folk. Jag wet därföre intet, om hans wal war så lastbart. Uti en tid, då man intet erkände annan regel i sina gjoromål än nöjet, som följde begärelsernas fullgjörande, war åtminstone detta lefnadssätt mera oskyldigt, än den ursinniga tapperheten, som wiste sin förnämsta wärkan i et ouphörligt mördande och härjande. Men man finner nog, at det intet kunde gillas i en tid, då helt stridiga grundsatser woro gällande. Det är altså intet underligt, at den gamle krigsbusen Starkader, intet kunde längre trifwas wid Upsala Hofs öfwerflödiga och weklige lefnad (*); utan han begaf sig i sällskap med en widtfrägdad Sjökonung wid namn Hake. Det är troligt, at Starkader gifwet Hake anledning, at oförwarandes öfwerfalla Hugleik. Och kunde denne anläggning efter utseende så mycket lättare wärkställas, som Hugleik uti en stilla frid, trodde sig intet behöfwa någon sonnerlig anstalt til sit förswar. Men denna säkerhet war oförsiktig, och innan Hugleik wiste et ord däraf, anländer en fremmande krigshär i negden af Upsala, under Hakes anförande, som hade den Starkader i sit följe. Om det warit tidens och folkets smak, hade det twifwelsutan warit mycket lätt för Hugleik, at draga sig undan til lägligare tillfälle. Men han samlar tilhopa i hast så mycket folk som kunde fås, och möter sin fiende oförskräkt på Fyriswall, där man begynte et skarpt fäktande. Hugleiks folk, som mindre öfwat, stupade hopetals, men twenne bröder Swipdager och Geigader gjorde dock et stort nederlag på Hakes manskap, til des han blef nödsakad, at sätta sex sina Kämpar emot hwardera, då de ändteligen blefwo til fånga tagne, och Hakes seger lättare; ty han rusar då in i sjelfwa skjöldborgen, hwar Hugleik med sina twänne söner blef nedersablad, hwarpå alt det öfwerblefna krigsfolket tog flygten, och Hake satte sig utan widare drögsmål på Svenska Thronen.

(*) Saxo, p. 154.

§. 19.

§. 19.

Man har sig intet bekant, om Hake inkräktade sig sedan hela landet, eller om hans herrawälde sträkte sig allenast öfwer Upsala, och de närmast där intil belägna orter. Det är troligt, at han war någon tid innehafware af landet i all ro och stilhet; emedan han tillät sina kämpar efter wanligheten fara i härnad. Denna säkerhet öpnade wägen för Yngues söner Erik och Jorunder, at rycka riket ur denna fremmande inkräktares händer. De nögde sig intet med, at i stillhet sörja öfwer sit fädernes lands bistra öde, utan skaffade sig folk och skiep, och begynte således at aflägga prof af sina Konungsliga egenskaper genom röfweri och härjande. Efter diskilliga omwäxlingar, lägga de an wid Danska kusterna, och skiösta där, och med det samma råka de en Norsk Konung benämnd Gudlauger. De biuda strax an med honom uti en häftig drabning, uti hwilken Erik och Jorunder ändteligen fingo öfwerhanden, men Gudlauger, som blef, läto de uphänga wid stranden. Denna barbarska gärning, som i en annor tid, hade satt en ewig skamfläck på deras heder, giorde dem nu et wildtfrägdat anseende. Modet wäxte ock härigenom, så at de satte sig före, at öfwerrumpla Konung Hake i Upsala. För at så mycket säkrare winna sit ändamål, rogo de tiden i akt, när Hakes kämpar woro borta. De behöfde allenast wisa sig, för at få en talrik här; ty så snart de Swenske fingo weta, at Ynglingarne woro ankomne, samlades folket til dem hopetals. Sedan segla de up i Mälaren, och Hake med långt mindre styrka möter dem på Fyriswal. Här blef et ifrigt slaßande. Hake gick på med sådan häftighet, at han icke allenast drap Konung Erik, utan högg ock neder Konungarnas baner, då Jorunder blef nödsakad at fly til sina fartyg. Men Hake war icke destomindre så illa sårad, at han nog förmärkte, det han intet kunde längre lefwa. Han låter då lasta et af sina fartyg med döda kroppar och wapn, och upresa et stort bål på skieppet, på hwilket han äfwen lät lägga sig sielf. Och sedan seglen woro hißade, och eld satt på bålet, går fartyget i full låga ut på sjöen. Denna gierning blef sedan mycket berömd, och är wäl troligt, at et ordspråk, som än brukas i Norden, här af tagit sin uprinnelse. Man säger nemligen,

N 2 gen,

Ynglinga-
Ätten.
Hake.

gen, när man wil sätta en rätt hög färg på en Karl, at det är en Hake. På detta sätt efterlämnade Hake sin åminnelse åt efterwerlden. Des broder Hagbard gaf honom intet efter, hwart- ken i mandom eller dfwentyr, men Hagbards oddeliga minne är likwäl bygt på en annan grund, emedan kjärlek giort det hufwudsakeligaste. Intagen af Prinsessan Signes behageligheter, älder Hagbard sig i qwinfolks-kläder, för at så mycket säkrare nyttja hennes omgånge. Konsten lyckades, och Prinsessan krön- te hans kjärlek med all den ömma erkänsla, som han kunde ön- ska. Men Hagbard blef ändteligen förrådd, och på Signes faders, Konung Sigars befalning uphängd i en galga, då Prinsessan i förtwiflan afhände sig lifwet. Detta olyckeliga parets bedröfwelliga öde, har uprört hela Norden; så at man träffar minnesmärken af detta sorgespel kringströdde på många ställen, så wäl på Se- land, som i Halland, Rårike, wid Sigtuna och på flera orter. Et fullomligt prof på folkets tilgifwenhet på Roman-kjärlek, då penning-kjärlek ännu intet war så fullkomligen naturaliserad. Sigar hade likwäl intet tilfälle, at långe fägna sig af sin hämnd, ty Hake öfwerrumplade honom oförwarandes, för at hämna sin broders död, och Sigar blef slagen. Men Hakes seger blef där- före intet waraktigare. En flock af Skåningar, som i fult ärande- de kunna til undsätning nederlade hela Hakes här, at han sjelf med möda slapp undan(*): Denna omständighet synes utan swå- righet afgöra twisten, hwar Konung Sigar häft sit säte, ty på de sidsta af dessa ställen, har intet Rytteri från Skåne kunnat i Hast uträtta något, utan man bör förmodeligen lämna heðren åt Halland, om det är någon, at kunna upwisa en kjärlekslös fa- der, et swagt Fruntimmer, och en naturlig diktare.

(*) Saxo, p. 135.

§. 10.

Jorun-
der.

Genom Hakes död woro alla hinder undanrögde för Jorun- der, at fästa sig på sina förfäders thron, hwarföre ock ingen wi- dare swårighet mötte honom, utan han war och blef Konung i Upsala. Men hans lust för wikingsfärder blef därföre intet ut-

 släkt,

flåkt, utan alla fomrar blefwo i floana wárf tilbragte. Man har
fet af det föregående, at wänſkapen emellan **Swenſk** och **Dan-**
ſka Konungahuſen war nu förſwunnen. Det är ej mödan wärdt,
at underſöka, hwilket folkſlag gifwet förſta anledningen til fient-
ligheter. Denna tidſens Herrar woro ſällan hindrade i ſina för-
rättningar genom rättwiſan. Ära, hämnd, och rikedomar woro
de enda orakel, man rådfrågade i ſina företagande. Om Hake
warit en Danſk Prins, ſom är, kan hända troligt, kunde Jorun-
ders tåg, ſom han til ſlut företog ſig emot Dannemark, ſå nå-
got ſken af rättwiſa, ſå framt det den tid warit brukeligt, at göra
wåld efter utgifna manifeſter. Men hwarken Hake eller Jorun-
der behöfde deßa omſwep. Lyckan och utgången borde upfylla,
hwad ſom braſt i billigheten. Med ſådana krigs-orſaker, kommer
Jorunder ſeglandes en ſommar til Danmark, och härjar wida
omkring på Jutland, läggandes mot höſten in i Lima fiärden wid
Oddeſund. Men här kommer Gyllauger, den förr omtalte Gud-
laugers ſon från Norrige med en mägtig flotta, at hämna ſin fa-
ders död. Där börjades då et alſwarſamt ſäktande på bägge ſi-
dor; men när inwånarne i landet det förnummo, ſtodna de til
Gyllaugers undſättning med alla de fartyg, ſom de kunde åſtad-
komma. Här blef ſåledes alt förſwar fåfängt, emedan de ſlagne
och ſårade på Gyllaugers ſida blefwo genaſt med friſkt manſkap
erſatte. Jorunder förlorade därföre inte modet, utan förſwarar
ſig manligen, til deß hans fartyg blef fördärfwat. Då ſpringer
han öfwer bord, och will rädda ſig med ſimmande, men han blef
icke deſto mindre fången, och belönt på ſamma ſätt, ſom han be-
mött tilförne Konung Gudlauger. Ty Gyllauger lät upreſa en
galga och hänga honom där. Uti lilla Rimkrönikan är denna om-
ſtändighet ock rörd, men lämpad annorlunda, ſom deßa rim intyga.

Jagh twang och Dänir undir ſkatt,
Och trodde them ſidan alt för bratt,
Ty ſände jag Giätha hem til landa,
Thå giordhe Dänir mik then wande,
At the hängde migh i Oddaſund,
Wid Limfiordh med falſka ſund.

N 2 §. 21.

Ynglinga-
Ätten.
Aune.

§. 21.

Ane eller Aune war tio år gammal, när hans fader Jorund
blef olyckelig på Jutland, och blef han straxt Konung i Upsa-
la. Wördnaden för Upsala Konunga ätt hos utlänningarna, bor-
de nödwändigt förswinna under så swåra öden, som de siste Konun-
gar genom deras egen oförsiktighet, måtte undergå. Hwarföre det
ock intet kunde wara underligt, at Anes Regementstid warit be-
swärad med många swåra skakningar. Det lugn, som riket i bör-
jan kunde fägna sig af, blef intet anwändt af Ane, til at sättia sig
i stånd at freda sina undersåtare mot utländskt öfwerwåld, utan
trodde han alt wara wäl bestält, när han med tidiga offer sökte
at hafwa Gudarna på sin sida. Deras magt war likwäl för
swag at hjelpa honom. Fåfängheten af sina offer rönte han först
emot Konung Haldan från Dannemark, som angrep Upsala Öf-
werkonung med härsmakt, man wet intet hwarföre. Ane böd
wäl til at förswara sig, men han uträttade ingen ting med sit o-
förfarna och odöfwade manskap; utan efter några förlorade skaknin-
gar blef han twungen at draga sig til Wäster-Giötland, der
han uppehöll sig i fem och tjugo år, så länge Haldan lefde. Man
finner ej heller, at Haldan sökt oroa honom med et fullkomligt un-
derkufwande af landet, utan war han nögd at regera i Upsala,
där han blef död, och i en hög begrafwen. Ane kommer då til-
baka, men med lika widskjeppeligt upförande. Ja han war ock
af den nedriga tankan, at en stor lycksalighet låg förborgad i et
långt lif; och til denna förmånens erhållande, låter han offra en
af sina söner til Oden. Men Anes förnyade regering, war likwäl
intet säkrare än den förre: utan när Haldans brorson Ale den
Fråkne rustar sig emot honom; måste han åter, efter några såsänga
försök, taga sin undanflykt til Wäster-Giötland. Och hade
intet en Starkader dräpit Ale, hade förmodeligen Ane sådt afwak-
ta sin motståndares naturliga död, innan han kunnat komma til-
baka til sit Fädernes-Rike. Efter Sturlesons räkning måste Ane
wid sin senare återkomst warit inemot, eller öfwer hundrade år.
Lifskrafterne hade förmodeligen aftagit i jämförelse med åren, men
lusten at lefwa, war lika ung: hwarföre ock Ane offrade sin andra
son, i hopp at än längre så lefwa. Oden skal då hafwa swarat,

et

at Konungen ſkulle få lefwa ſå länge, ſom han hwart tionde år Daaliⁿᵍᵃᵗ
offrade en af ſina ſöner. At Oden wid detta tilfället warit nog Aten.
tyſtlåten, kan man nog wara förwißad; utan lär någon Barba- Rune.
riſk Politik dölgt ſig under deßa gruſweliga uptåg, til at minſka
talrikheten af Konungaſlägten. Men ehuru orimligt ſwaret war,
tog likwål den ſwage Ane emot et ſå hiſkeligt wilkor, och offrade
ända til nio af ſina ſöner. Han war ock ſå gammal på ſlutet, at
han måtte matas ſom et däggebarn, och likwål wille den ſattige
Herren lefwa längre. Til at ärnå en ſå bedröfwelig lyckſalighet,
gör Ane ſig färdig, at offra äfwen den tionde ſonen. Men här
betjente underſåtarne ſig af en rättighet, ſom de borde brukat långt
förut. Offret hindrades, och Ane afſomnade och blef lagd i en
hög wid Upſala. Sturleſon berättar om honom, at han warit en
wis och förſtåndig Herre. Det är ock troligt, at han intet warit
utan förjenſt. En lång lefnad ſammanbunden med ſå ſtora beſwär-
ligheter, ſom dock intet upwäkt någon inwärtes oro i landet, ſy-
nes witna om en förnuftig hushålning, och underſåtarnas kjärlek.
Ingen ting likwål beſtåckar mera des minne, än des wrkliga kär-
lek til lifwet. En Konung bör lemna bewis af ſit lif genom wäl-
gjärningar, och underſåtarnas ſällſalighet, och kan wål intet ſäkrare
tilſtånd wara, än når puſſen allena ſkal intyga, at en Konung
lefwer. Anes långa lefnad har tjeſt gifwit anledning, at man här
i Norden kallat Anaſot, når man dör af ålder, utan märk och
annan ſjukdom. Detta är det hufwudſakeligaſte af Sturleſons be-
rättelſe. En annan Saga har han ock infört, ſådan twifwelsutan,
ſom han den ſådt, nemligen, at då Ane offrade ſin andra ſon,
tillades äfwen det wilkoret af Oden, eller präſterna, at han ſkulle
wid hwart ſådant offer, gifwa namn åt något härad i Swerige,
efter antalet af des offrade ſöner, och at han på ſlutet drifwade gif-
wa Upſala åt Oden med des underliggande landſkap wid ſin ti-
onde ſons offrande, då det ſkulle blifwa kallat Tiunda-land. Men
ſom det är ſäkert, at tionde ſonen intet blef offrad, och at landet
icke deſtomindre heter Tiunda-land; kan man nog märka, at detta
är en dikt af någon gammal fornſökare, ſom trodt ſig härigenom
finna orſak til namnet. Men härom får man handla fram-
deles.

§ 22.

§. 22.

Eigil Konung Anes tionde son, som blef des efterträdare, liknade sin fader därutinnan, at han war ingen Herman eller Stridsman, utan önskade endast at få sitta i ro. Men denna stilhet förspilde han sielf genom en billig, men dock oförsiktig rättwisa. En af Anes trälar hade så stält sig in wid Hofwet, at han blifwit Skatmästare eller fuherde, som det då kallades. Wid Konungens död gjömde denne träl, wid namn Tunne, en stor del undan af Anes skatt, och grof den neder utan Eigils wetenskap. Så snart Eigil blef rådande, förändrades Tunnes wilkor, och han fick sit ställe bland de andra trälarna. Detta kunde intet annat än mishaga den högfärdiga Tunne, och hade det kan hända warit försiktigare, at på annat sätt försäkra sig om hans Person. Men det är troligt, at Eigil föraktade, at taga några mått emot en så ringa persons misnöje. Man hade dock kan hända bordt se förut, at Tunne kunde intet fattas anhang, åtminstone bland skälmar, som altid äro farligare än ärligt folk. Tunne löper då sin kos, och månge trälar med honom, åt hwilka han meddelar sina nedgräfda skatter. På detta sätt blef han hufwud för en taltik rota af skälmar, och annat gement följe; och börjades med at wara skogs och stråtröfware. Eigil gör sig redo at hämma sådant öfwerwåld, men efter utseende med summa högsinta owarsamhet. Ty Tunne kom en natt oförwarandes öfwer Konungen, och blef Eigil efter et skarpe fäktande, omsider nödsakad at taga flykten, och Tunne skjöflade och brände obehindrat, hwar han kom. Bytet deltes emellan hans medhållare, och hans parti öktes därigenom ogement, så at Eigil wart twungen, at rusta sig emot sin träl, som mot en mägtig fiende. Men Tunne med sina förtwiflade röfware war lika förfärlig, ty uti åtta träfningar hade han alt jämt öfwerhanden. Eigil fann då intet annat råd, än at draga ur riket til Konung Frode Fräkne på Seland. Här fick han undsätning af öfwat krigsfolk, men mot betalning som då kallades Lidskat, nu Subsidier. Med deßa for Konung Eigil til Swerige tilbaka. Länge behöfde Konungen intet söka efter sin uproriska motståndare, ty Tunne möter honom genast, och efter et häftigt mot-

motstånd stupade omsider, så at Eigil kom ändtligen i rolig besit- ning af sit fädernes rike. Konung Eigil skickar därföre sina Hjelp- troppar tilbaka med stora gåfwor för Konung Frode, hwarmed han alt framgent fortfor hwart halft år, så at wänskapen war up- riktig och waraktig emellan deßa Herrar. Men det syntes, som det war Eigils öde, at i all sin lifstid blifwa ursatt för wildjur. Ty sedan han uti några år sutit i lugn, reser han ut på jagt med sit hoffolk, som war hans wänliga tidsfördrif. Här träffar han en folküsten offertjur, som sutit sig lös och löpp will i marken. Konungen wisar då prof af en ganska onödig dristighet, angriper och sårar tjuren. Denna otama best, kastar straxt både häst och Kung öfwerända. Konungen war dock lika oförskräkt, springer up, och går på med wärjan: men innan hoffolket kunde komma til hjelp, och döda tjuren, blef Konungen så sönderkroßad, at han dödde kort därefter, och lades i en hög wid Upsala. Af segren öfwer Tunne blef Eigil kallad Tunnabolge, och hafwa hans be- drifter och öde, ofwen warit bekanta för Auctoren af Rimkrönikan, hwar de finnas innefattade i deßa fyra rader, fast man juft intet träffar något sammanhang i dem.

> Nio hufwudstrider kunde jag beståndе,
> För än jag wann min Swen Dande.
> Och ej förän et oskjäligt djur,
> Mig stångade ihjäl en galin tjur.

§. 23.

Det händer ganska ofta, at nya regeringar antaga nya Stats- reglor, utan någon särdeles båtnad för det almänna. Detta san- nades på Ottar Eigils son, som aldeles intet wördade, at under- hålla wänskapen med Konung Frode i Dannemark. Frode sände därföre en trotsig beskikning, at utfordra skatten som deß fader hade utlofwat. Folkräiten blef wördad, och Ministrarne kommo oskadde tilbaka: swaret blef dock gifwet i lika hög ton, nemligen, at de Swenske aldrig gifwit någon skatt, ej heller ärnade gifwa. Om de betingade subsidier woro betalte eller ej, wet man intet; men det är bekant, at Frode gjorde et inbrott i Swerige med härjande och brännande, och wände tilbaka med ansenligt byte.

D　　　　　Då

Ynglinga-
Ätten.
Ottar.

Ottar gör sig fårdig, at håmna en sådan oförrått, och paßar tiden, når Frode med sit båsta folk war rest annorstådes i hårnad. Se-land blef då utsatt för en lika sjöfling, som Frode förösivat i Swerige. Sedan Ottar förmårkte, at folket åntligen samlade sig til motstånd, seglar han dårifrån til Jutland, och for dår fram på samma sått, men med samma oförsiktighet, som Konung Jorunder tilförne begådt. Han seglar in i Lima sjården, och för-der landet rundt omkring. Hår blef han innesluten af Frodes Jarlar, Wottar och Faste. Ottar förswarade sig dock manligen, at mycket folk förlorades på bågge sidor: men de Danske fingo alt jåmnt friskt folk til undsåtning, så at de Swenske blefwo på flutet til större delen med sin Konung nederlagde. Man hade trodt förnedra sig i den tiden, om man utmårkte någon menniskligt öm-het mot en öfwerwunnen siende, och ser det ut, som det war Wi-kingar allena förbehållit, at wisa någon gnista af ådelmod. Man uptog dårföre Ottars kropp, och kastade den på en backe, til rof åt foglar och wilddjur. Sturleson beråttar wildare, at de Danske skickat en trådkråka til Swerige, med tillågning, at Ottar war ej mera wård, och skal han dåraf blifwit kallad Wendilkråka. Den-na anledning til namnet synes dock wara twiswelsmål underkastad, ty det år föga sannolikt, at des underfåtare gifwit honom et så föraktligt namn, då man intet har prof, at han af dem warit hatad. Kråka war ej heller i forbna tiden något smådeord. Wil man tro illa Rimkrönikan, har Faste, som nosigen nåmndes, warit Ottars egen broder. Auctoren yttrar sig på detta sått.

     Min broder Faste gjorde ej wål,
     Då jag war Konung, slog han mig ihjål.

Han tillågger ock namnet Wendilkråka åt des Fader K. Eigil.

§. 24.

Adil.

Man har funnit hos Ottar et nog högt sinne, och oförskråkt mod, men uti Ottars son, Adil eller Attil, finner man något mera Kungeligt. Ty då han gjorde ordet, gjorde han det som Kung, anwåndandes ymsom swek och styrka, intet efter infall och nycker, utan med afsigt och utråkning, något når som man gör nu förtiden. Uti et af sina sjötåg, gjorde han et ansenligit byte

på

på kusterna af Tyskland, eller Sarin, som det heter i wåra Sa- Bland annat bortförde han åfwen en flicka wid namn Yrsa af en owanlig skiönhet, hwilken waktade boskapen. Hennes ogemena fägring och artighet blef uptagen som et öfwifwelaktigt bewis på en förnäm härkomst, och Adil intagen af hennes besyn- nerliga egenskaper, hade intet betänkande wid at taga henne til sin gemål. Men detta nöje blef intet waraktigt, ty Helge, Konungen i Ledro i Dannemark, gjorde et oförmodeligt infall i Swerige, och Adil wart nödsakad, at i största hast draga sig un- dan. Helge gjorde då et ansenligt byte, och til så mycket större olycka förde han åfwen fången bort med sig Konung Adils Ge- mål. Yrsas förmänet hade samma wärkan i Dannemark som i Swerige, och hon fängslade än en gång sin öfwerwinnare. Det- ta nya giftermål uptäkte på et oförmodeligit sätt denna Prinsessans ursprung: och war Yrsas moder en Prinsessa eller förnäm Fru i Tyskland wid namn Alof. Hos henne hade Konung Helge, under sina härsfäder, brukat emot hennes wilja en otilbörlig frihet. Och för denna skymf kunde intet modren tåla sin dotter, utan hade lämnat henne i sällskap med dem, som waktade boskapen. Så snart Alof fick weta sin dotters giftermål med Konung Helge, kyndgar hon sig at uptäcka för honom, det Yrsa war hans egen dotter. Det war nog besynnerligt, at lagarne om de förbudna leder woro aktade i en tid, då nästan alla andra gudomeliga stad- gar öfwerträddes, utan minsta bekymmer. Helge blef otröstelig öfwer denna underrättelse. Men Yrsa blef icke destomindre åter- sänd til Swerige, där Konung Adil tog emot henne med utsträk- ta armar; änskiönt hon redan gifwit en son åt Helge, som blef sedermera den berömde Danske Konungen, Rolf Krake. Helge för at fördrifwa sin sorg, företager sig sit wanliga lefnads sätt, och för i härnad. Men under et sådant tåg, blef han af Adil inweklad i et försåt, och omkom således til Drotning Yrsas stora förtret. Och gick henne sin faders fall så til sinnes, at hon al- drig sedermera kunde öfwerwinna sin sorg; hwarjämte hon ock fa- stade et oförsonligt hat på Adil. Efter Helges död, råkar Adil i krig med en Ale, Konung i Uplanden i Norrige. Bägge Konungarne mättes på siöen Wenern, som då war starkt tilfru- sen, och stupade där Ale med större delen af sit folk. Adils namn

fick härigenom et nytt anseende, hwilket understöddes af en god
hushållning, så at han war ganska rik. Adil hade ock den heder,
at wara fruktad som trolkarl, och är det nog bekant, at man i
denna mörka och okunniga tiden, utropade för häxemästare alla
dem, som hade någon owanlig förtjenst. Han underhöll åfwen
wid sit hof, efter sina förälldrares efterdöme, tolf raska Kjämpar,
eller Berserkar, hwilka alla somtar foro i härfärd, dels at bewa-
ra riket för främmandes intrång, dels at såttia. inwånarna i så-
kerhet genom grannarnas stadiga owande. Och woro desse Kjäm-
par på den grunden i stort anseende hos Konungen, men dåremot
lagom wäl lidne af Drotning Yrsa, som ock betjente sig af all
sin ynnest hos Konungen, til at störta dem. Men Adil, oaktat
all sin tilgifwenhet för sin älskade gemål, fann intet rådewist, at
kasta sin onåd på wäl förtjenta män, endast dårföre, at de miss-
hagade Drotningen. Och wisar åfwen denna omständighet, at
Adil war wärkeligen en stor man. Yrsas anläggning lyckades
dock åndtligen genom en besynnerlig händelse. En rik och namn-
kunnig bonde, eller odalsman i Swerige, bendmd Swipur, ha-
de öfwergifwit werlden, och satt sig neder afsides i skogen til at
bruka jorden, sedan han i sin ungdom genom sin tapperhet warit
ganska wäksredgbad. Hans son Swipdager ledsnade omsider wid
detta stilla landtlefwernet, och fick lust at försöka sin lycka wid A-
dils Hof. Efter undsådt samtycke af sin fader, begifwer han sig
dit, och blef Swipdager mocke wäl emottagen af Konung Adil,
som kände hans fader. Men framför alt, öfwerhopade Drotnin-
gen honom med all nåd, i förhopning at kunna draga honom så-
som en ny ankommen och oförfaren hofman, aldeles på sin sida.
Det skal wara en gammal sed hos hofmän, at de gjerna wilja
wara ensame ägare af Öfwerhetens förtroende, hwarföre det ock
högeligen förtröt de gamla Kjämparna, at Swipdager blef så nå-
digt emottagen. Första hälsningen på deras sida blef då den, em
Swipdager hade lust at pröfwa styrka med dem, och om han wil-
le blifwa hållen för Kämpe. Swipdager swarade, at han höll
sig lika så god som någon af dem, hwarpå Konungen gaf sit till-
stånd, at de måtte försöka hwarandra. Til första lärospån lägger
Swipdager neder syra af Berserkarna. Konung Adil blef här-
öfwer nog missnyt, men Drotningen bemedlade det åndtligen så,

at

at Swipdager warbt allena bibehållen, men Berserkarne, som ännu woro i lifwet, kommo i onåd, och blefwo landsförwiste. Denna öfwerilning habe kunnat blifwa Konung Adil alt för dyr, och habe bet warit forsiktigare, om Konungen brukat sin myndighet, at stifta wänskap emellan bessa rassa, och tillagt sina män, än genom et straff, som be intet förtjent, förswaga riket och bewäpna sina egna underfåtare emot sig sjelf. Til at hämna ben skymf be liber, samla Berserkarne ihop folk, och ofreba landet meb morb och röfwanbe. Swipdager bibehöll sit en gång förwärfwabe anseende, och brifwer Berserkarne tilbala, men be kommo straxt igen, då Swipdager på nytt kom i träfning meb bem. Konungen rycker ock ut meb någet manskap, men afhöll sig likwäl at unbsätta Swipdager, så at han blifwit aldeles slagen, om ej bes bröber Beygab och Hwitserk kommit honom til hjelp; men då blef ock Berserkarnas hop fullkomligen neberlagb, och be sjelfwe på platsen. Konungens upföranbe wib betta tilfälle synes utwisa, at han warit någet missundsam öfwer Swipdagers anseende: icke bestominbre, när Swipdager meb sina bägge bröber återkom til Hofwet, blefwo be efter sina förtjenster ganska wäl emottagne; och efter Swipdager war illa sårab, tager Drotningen sig sjelf på at läka honom. Ursas ömma wårb och uttärkta nåb för Swipdager, funbe intet annat, än intaga honom meb en oförfalskab tilgifwenhet, men i summa mon kallnabe ock hans tro och unbergifwenhet för Adil, hwilket änbteligen gick så långt, at han meb sina bröber begärar och får afskjed. Orbsaken som förebars, war, at Adil luter efter aftal kommit Swipdager til hjelp uti sista träfningen emot Berserkarna. Hela anläggningen lär bock kommit från Drotningen, som wib alla tilfälle arbetabe på, at braga alla Konungens trognaste ämbetsmän ifrån honom. Alla tre Bröberne följbes bärpå åt til Konung Rolf i Lebro, Drotning Ursas son, på hwilken hon kastabe all sin kjärlek efter Helges böb. Man kan utan möba finna, at Drotning Ursa haft en farlig underhanbling meb sin son, emot sin egen gemål. Men Konung Rolf, oansebt han war en af be största Konungar, som i hebna tiben regerat i Dannemark, habe likwäl betänkanbe wib, at meb wåld angripa Konung Adil. Swipdager blef imeblertib tillika meb sina bröber af Konung Rolf wäl emottagen. De blefwoo och föredragne större delen af des förra Kämpar, samt fingo sina säten näst Konungen på des wänstra sida. De hade ock blifwit inwigde i sin nya tjenst på samma sätt, som Swipdager giorde sit intråde hos Konung Adil; om ej Rolf afbögt alla sådana onödiga hjeltedater; och befalt sina Kämpar förlikas och spara sin manndom, til mera lönande tilfälle: emot des fiender. Rolf upäggades imedlertid alt mer och mer, til at utkräswa sit arf hos Konung Adil. Huru sammanhanget war med denna utförsein wet man intet, men Rolf sattade ånteligen det beslut, at sjelf besöka sin styffader. Denna resa är med så grufwelliga, och tillika osmakeliga dikter utspädd uti Rolf Krakes Saga, at det wore et dåraktigt beswär, at uprepa dem. Det som synes wara otwifwelaktigt är, at Konung Rolf tog med sig på resan hundrade unnwabda män, utom sina tolf Kämpar, ibland hwilka äfwen Swipdager och hans bröder woro. Under wägen blifwer Rolf gästbuden af en Swensk bonde, benämnd Rane, samt hela hans sällskap. Denne bonde rådde Konung Rolf, at skicka tilbaka alt sit öfriga manskap, och allenast behålla i sit följe sina tolf Kämpar; försäkrandes honom tillika, at med wåld stod intet at uträtta. Rolf följde hans råd, och ankom til Upsala med dessa sina tolf hofmän, alle klädde som Jägare, med hökar på axlen. Rolf wille göra denna resan okänd, hwarföre ock Kämparne anfördes af Swipdager. Men det war med denna hemlighet äfwen så beskaffat som nu, när Prinsar resa incognito, alla wiste likwäl, at Rolf war med i sölien. Hwad tilbud eller påståndenne gjordes på Rolfs wägnar, har Sagoskrifwaren behagat aldeles gå förbi. Det är möjeligt, at han intet wetat därom, och då har han giordt rätt förnuftigt, at han utelämnat dem. Men en hop andre, dock mindre betydande, dels osammanhängande berättelser, äro däremot inflickade, af hwilka några kunna förtiena wår upmärksamhet. Under sit wistande i Upsala fick Konung Rolf tilwarnet Krake, af en af Droming Yrsas betienter wid namn Wögge. Rolfs hurtiga wäsende wisade sig wid detta tilfälle på et artigt sätt. Wögge war utsedd af Drotningen til Konung Rolfs upwaktning, och när han kommer in i rummet där Konungen war, säger han, kan ske på skämt, kan ske af enfaldighet, hwad är det för en man, som ser så mörk och kråkuktig ut i ansiktet, åt det eder Konung.

nung. Rolf rådde sig åt detta infall, och swarade, nu har du gifwit mig tilnamnet, och skal jag efter denna dag heta Rolf Kra- ke; men du måste tillika gifwa mig en anständig gåfwa, som bru- keligt är wid namnfäste. Wöggo blef bestört wid denna oförmo- deliga påminnelse, och ursäktade sig för sin oförmögenhet, då Ko- nungen swarade, det är då nödwändigt, at den gifwer som har, och gaf således en präktig ring åt Wöggo: så at sättet at gifwa giorde gåfwan dinnu behageligare. Men jag wet intet om Konung Rolfs afskjed från Upsala war aldeles så hederligt. Ty sedan Yrsa hemligen gifwit honom Konung Adils dyrbaraste klenodier, och ibland dem äfwen en präktig ring, som kallades Swiagris, reste Rolf i all hyshet sin wäg med sina Kjämpar. Adil får likwäl strart kundskap om Rolfs afwikande, och sätter i största hast efter honom. Rolf war intet kommen längre, än til Fyris- wall, när han märkte sig wara efterfatt, han kastar då ut alla sina dyrbarheter på marken, i tanka at därigenom uppehålla dem som jagade efter honom. Detta lyckades, så at Konung Adil sjelf äfwen stadnade något, då han såg Swiagris wara utkastad. Och på detta sätt undankom ändteligen Rolf den öfwerhängande faran, utan at man kan påstå, at denna resa warit i sig sjelf så hedrande, som den blifwit namnkunnig. Om Adil blifwit af Rolf slrad, då han bögde sig neder at uptaga Swiagris, som berättas i Rolfs Saga, eller ej, kan wara lika mycket; Rolf war ändå nödsakad at söka sin rädning i en hastig undanflykt. Det lönar ej heller mödan, at andraga de besynnerliga widunder, hwar- med Sagoskrifwaren utprålat sin berättelse. Det finner man, at Konung Adil intet befläckade sig med någon nedrig hämnd på sin Drotning, ej heller at någon widare wärkande owänskap warit emellan beßa nästgränsande Konungar, utan tilbrakte Adil sin öfriga tid i stillhet. Han har eljest det beröm, at han warit en stor ryttare, och satt mycket wärde på goda hästar, och som han annars höll god gransämja med Norska Konungarna, skickade han en af sina bästa hästar såsom skänk til Konung Godgester i Ha- logaland. Men denne Konung war intet bättre ryttare, än at han föll af hästen, då han skulle pröfwa honom och dödde. Ko- nung Adil, änskönt fostare i saten, war likwäl til slutet intet ly- keligare, då han wid et stort offer, eller Disarblot skulle efter tid-

sens

Ynglinga-
Ätten.
Adil.

sens bruk rida kring Templet eller Disarsalen, ty hästen stupade, och Konungen slog så hårdt hufwudet emot en sten, at hjernan blef sittandes qwar på stenen. Så lyktades omsider Adils regering, men hans minne har warit i stadigwarande skanka i Norden. Hans kropp blef lagd i hög wid Upsala, och efterkommanderne hafwa en lång tid kallat honom den rika Konungen. Rimkrönikan yttrar sig om hans ändalykt på samma sätt som Sturleson, Där säges nemligen

> Jag offrade Gudem, som tå war seder,
> Ty störte jag döder af hästen neder.

Rimkrönikan talar ock om en annan Adil, eller Attila, hwilken skal hafwa underkufwat en del af Dannemark, och förordnat öfwer dem til Konung en af sina hundar. Denna orimliga dikt finner ännu en slags tro hos almogen i Skåne, och wises i Hunskogen en sten, som skal wara lagd öfwer denna hundens graf på det stället, han blef af sina wårdsliga fiender ollonswolnen ihjelrifwen. Eljest heter det intet i Skåne, at en Swensk, utan at en Dansk Konung utwaldt sig en så hederlig Ståthållare. I Norrige har man en dylik kjäringsaga, nemligen, at Eisten Ilråda af Nores Ätt, Konung i Rauma-rike, satt sin hund Saur til Konung öfwer Tronhems boarna (*), och lär det intet wara mödan wärdt at utgrunda anledningen til så wanskapeliga berättelser. Ålderdomen kan til äfwentyrs ursäkta, at man nämnt dem, men intet, at man gör någon lång undersökning härom. En annan märkwärdighet förtjenar, kan hända snarare at omröras, som, under den tiden Adil regerade, tildragit sig i något Härad i Wäster-Gjötland. Det war efter landsens sed wedertagit, at Konungsliga myndigheten war intet ärftelig, utan landets Öfwerherre wid Thronens ledighet, skulle tilsättas genom wal. Konungsliga egenskaperna bestodo förnämligast i en stor kropp, så at Kungliga bygderna afmättes i denna bygden efter alne- och tunne-mål. En sådan walgrund fordrade intet långa hwarken anläggningar eller uträkningar, utan en stor stol sattes fram wid Ständernas eller almogens församling, uti hwilken twå personer beqwämligen kunde sitta, och den, som bäst kunde upfylla rummet, borde bliwa utkorad til Konung. Wid et sådant wal

blef

blef, under Konung Adils regemente, innan Rolfs Resa til Upsala, en Norman benämnd Thore Hundsot, af Kongelig Ätt från Up, dalen i Norrige, utsedd til Konung, emedan han upfylte bäst den lediga Thronen (**). Detta sätt at wälja Konung förekommer ok med skäl, både löjligt och narraktigt. Men kan hända det war ändå intet så fånigt som det nu ser ut, i anseende til den swanli, ga styrka, som gemenligen följer med stora lemmar och en spilg kropp. En sådan anförare war ganska nödwändig, då man en, dast kunde förskaffa sig säkerhet med näfrätten: och hade hwarken en Titus eller Trajanus, om de warit hufwud för en liten me, nighet, i denna Hugge, och pamp-åldren kunnat göra sina under, såtare lyckliga, om de ej tillika warit slagskämpar och berg, brytare. Jag har ock tilägnat detta walsättet intet är förnämsta delen af Wäster-Göthland, ty där regerade ännu Gautes efter, commande, utan lår detta tildragit sig uti något litet afsöndrat bidrag, som under egen Höfdinge håst en slags sielfrådighet, hwarpå i denna tid warit många prof, fast de i brist på hand, lingar intet kunna altid tydeligen utmärkas.

(*) Sundin Norrg. p. 8. Torfäus H. N. T. L. p. 172.
(**) Rolf Krakes Saga, C. 29. p. 66.

§. 25.

Adils regemente wisar prof af en mäktig, och kan hända, åfwen af en stor Konung, som genom sit upförande giort sit namn kjärt hos undersåtarne, och fruktat hos grannarna. Uti et lasrikt Hof fult af partier och ränkor, har han bibehållt sin myndighet aldeles oförkränkt, och intet behöft stadga sit anseende genom hämnd och blod. Så wälförtjent, som straff och hämnd kan wara un, derstundom, så röjer det ofta et nedrigt sinnelag. Men des son Eisten, som ärfde riket efter honom, ärfde hwarken fadrens för, stånd eller lycka; ty rikets gränsor wore i hans tid utsatte för et stadigt härjande af Danska och Norska Wikingar. Man finner ej heller, at Eisten tagit några steg til hämmande af en sådan swåda, utan är det mera troligt, at hans nöjen warit des förnäm, sta giöromål. Åtminstone är det säkert, at han i et gästebud

D p̊

Ynglinga-
Ätten.
Eisten.

på Lösön, där nu Drotningholm är upbygdt, ändade sina dagar. En tillagsen Wikinga Konung benämnd Sölwe, kom dät öfwer honom om natten helt oförwarandes, och brände Konungen inne med hela sin Hofstat. Sölwe skyndar då til Sigtuna, i hopp at förmå Swearna at taga sig til Konung. Men hans hopp slog felt i et wist hänseende, ty de Swenske gjorde et häftigt motstånd. Men som de woro utan rätt anförare, sick ändteligen Sölwe, som hade med sig inöfwat krigsfolk, efter elofwa dagars fäktande seger, och regerade en tid i Sigtuna, til des han omsider genom sina missnögda underfåtares stämplingar blef af daga tagen. Samma olyckor, som under denna tiden oroade Swerige, sträkte sig äfwen til Dannemark. Ty medan Eisten ännu regerade i Upsala, blef Rolf Krake i Ledro på förrädiskt wis, tillika med alla des raska Kjämpar ihjälslagen af Konung Hiorward, som ägde Rolfs syster Skuld til ägta. Men detta rör intet widare Swenska Historien, än at Drotning Yrsa, som öfwerlefwat Konung Adil, genom en utskickad här, som anfördes af den förrmeckte Wöggo, hämnade sitt sons död, så at Hiorwarder och des Gemål, intet njutit någon långwarig frukt af sina trolösa bedrifter. Hwar denne Hiorward haft sit län eller Rike, wet man intet. Efter Saxos berättelse (*) skal han regerat någon städs i Swerige, och kallas äfwen Hiorwards folk, Swenskar eller Giöther uti den gamla wisa, som Saxo på latin öfwersatt. Man bör ock märka til slut om Konung Eisten, at Yrsa war des stysmoder, och at Adil haft denna son med en Princessa från Norrige wid namn Aulrura, Karrs dotter af Foerniotherska Ätten (**).

(*) Saxo, L. 2. p. 31. kallar Hjortward Præfectum Sreciæ, och p. 33. förekomma desta versar:

    Svetica, me miserum, Danos fiducia spernit,
    Ecce truces oculis Gothi, visuque teroces.
    Criftatis galeis, haftieque fonentibus inftant,
    In noftro validam pangentes fanguine ensem,
    Diftringunt gladios et acutas cute bipennes.

(*) Junlin Noregur, p. 12.

§. 26.

Sölwe.

Sölwe, som efter Eisten regerade i Swerige, war ifrån Alfwed i Norrige, och ledde sina anor i rätt nedstigande linia ifrån

No-

Notes son Gartr (*) Om man kunde sättia fullkomlig tro till des slägtregister, har han warit syssling med Signe Hagbardes namnkunniga och olyckeliga kjärsta. Men om skylskapen är rik⸗ tig, som kan wara troligt, måste där nödwändigt wara en stor saknad i lederna, som man med ganska liten eftertanka kan begri⸗ pa, i anledning af det som tilförne är anfördt i Konung Hakes lefwerne. Förr än Sölwe blef regerande i Swerige, hade han bemäktigat sig en del af Jutland, hwarföre han ock blef kallad Sölwe Juthe. Man wet ej heller om hans herrawälde sträckt sig långt utöfwer negden af Sigtuna. Men under den tiden han regerade här i landet, gjorde han en härfärd til Norrige, at hämna sin systerson Half, hwilken af sin styffader Asmund war ihjälslagen (**). Efter sin återkomst blef han af de Swenska på något swikeligt sätt af daga tagen, som förr är nämndt, efter en nog långwarig regering, hwilken dock intet kunnat förqwäfwa in⸗ byggarnas tillgifwenhet för gamla Konungaslägten.

(*) Se Torfäus, H. N. T. I. p. 200.
(**) Torfäus, H. N. T. I. p. 389.

§. 27.

Konung Eistens son Yngwar, blef då utan motsäjelse uphögd i sina fäders säte. Men riket war i et beklageligt tilstånd, utsatt på alla sidor för sjöröfware, och andra utländska wåldswärkare. De, som mäst beswärade landet, woro Danske och Österländningar. Yngwar utwalde då et sätt at freda landet, som kan hända hade bordt warit mera eftersökt i de senare tider. Han gjorde fred med Dannemark. En lång förfarenhet hade redan wist, at inga krig warit onyttigare, än dem man fört med denna granne. Genom en förnuftig regering, war Swerige alltid utan synnerlig fara från den sidan, man hotades däremot med största stormarna från den östra kanten. Yngwar wände ock därföre sina wapen mot Eist⸗ land, eller Österlandet. Omständigheterna af denna härfärd, äro nu förtiden intet särdeles bekanta. Man wet allenast, at Yngwar blef omsider slagen genom en öfwerlägsen fiendtlig magt uti Ada⸗ sysien, hwar han blef lagd i hög wid en sjö. Man är ej särdeles

H 2

Ynglinga Ätten. Yngwar. underrättad, hwar detta uederlag skedde. Men det är osäkert, at strömmen Wolga, och landet där i kring kallas Ethel af Tur- kar och Tattare (*), och kommer detta namnet med Adalsyssel fullkomligen öfwerens. Sturleson gifwer ock en annan anledning, som synes bewisa, at detta slag stådt långt in i gamla Swithiod eller Scythien, emedan det stod intet långt från en ort, som kal- lades Sten, hwilken war oförnekeligen i desa länder, som man kan se af Swedgers lefwerne, hwilken ock där afsomnade under sin besynnerliga Resa til at upsöka Oden. Osäkart är, at Yngwar war en wåldig krigshjelte, hwarföre han ock af gamla werlden fådt tilnamnet Harra (**), som betyder den höga eller stora, hwil- ket war äfwen et af Odens hederstitlar. På åtskilliga Runstenar, som Peringskjöld låtit afrita i sit Ättartal, nämnes om en Yng- wars tåg. På somliga synas oförnekeliga tekn til Christendom, på somliga intet, och kan wäl wara, at de som äro ristade af Christna, böra föras til Yngwar Widförlas Österländska Resa, och de andre til denna Yngwar.

(*) Den, som skule twifla härom, så far saken är nog bekant, kan så up- Herbelots Biblioth. Orient. på ordet Ethel.

(**) Sundin Noreg. p. 12.

§. 29.

Anund. Swerige förlorade en stor Konung i Yngwar, men rikets för- lust war liten nog, i anseende til des wärda son, och efterträdare Konung Anund. Så wäl hans egen säkerhet, som tidens tänke- sätt fordrade, at des Faders död skulle intet blifwa ohämnad. Hwarföre ock Konung Anund med en mägtig krigshär for öfwer til Estland, härjade där wildt omkring, och kom med byte och se- ger tilbaka. Denna seger förledde honom intet til et widare fi- ende efter flere merendels onyttiga, ofta skadeliga eröfringar. Om sådana begärelser någonsin kunna ursäktas, är det kan hända då, när det landet man innehafwer är bragt til den fullkomlighet, at det intet widare kan förbättras, och i denna beskaffenhet befinner sig intet Swerige nu för tiden, mycket mindre då. Twärt om, stora skogar och widlyftiga ödemarker öfwertäckte landet. Genom desas uppodlande förökade Anund rikets styrka på et långt fördelak-
th-

tigare fått. Stora ödeslått blefwo då uptagne, och lät Anund **Dyglinga-**
uti hwart storhärad åfwen upbygga en Kungsgård, til sielfwa Ko- **Att:a.**
nunga wäldets mera styrka och anseende, och til sådana ändamåls **Anund.**
winnande, sparades hwarken möda eller kostnad. För mera be-
qwämlighet, blefwo ock wägar lagde öfwer hela riket. Myror
och kiärr upfyldes med bråtar, och sielfwa ställen bereddes, at man
kunde resa oåröswer. Minnet af deßa odödliga förrättningar blef
til sena efterwerlden bewaradt, genom en tilökning på Anunds
namn, emedan han blef kallad Braut-Anunder. Et enfaldigt
namn, men odödlig dra. Den som känner folkens, och i synner-
het de Swenskas sinnelag, kan lätt föreställa sig, at et sådant före-
tagande, måtte i början möta många motskälfer. Förfädernas
wana anses gemenligen som heliga lagar, hwilka böra intet öfwer-
trädas. Men en Konung af Anunds egenskaper, kan wäl uträtta
större wildunder, än omskapa soldater til åkermän: ty han war gan-
ska nådig, mild och wänlig, så at Sturleson kallar honom alra
Konga winsälaster. Härigenom måtte han nödwändigt winna
underskatarenas kärlek, då han ock utan möda kunde lämpa deras
böjelser efter behag. Hans bemödande hade ock den behageliga
wärkan, som merendels altid följer på flit och arbete, at landet
under hela hans regering blef wälsignat, med god och önskelig des
wäxt. Af et sådant wälstånd betiente sig Konungen til at resa
kring landet, och med sin närwaro hugna och upmuntra sina un-
dersåtare. Men öpet hade ock utskedt en sådan färd til des lefnads
och regerings slut, ty när han reste öfwer Himilskes genom trälk-
ga wägar emellan ställen, rasar en hop sns, is och grus neder af
bergen, som öfwertäkte honom, och en stor del af hans hoffolk.
Lilla Rimkrönikan kallar denna Konung Braetamnnder Inge-
warsson, och har anfördt til hans åminnelse deßa niagra rim.

Efter min fader Ingemar,
Jag i Giöthaland Konung war,
Ther af war Siawedr min broder wreß,
Och drap mig i Nårke wed höga hed,

Och kan man efter denna anledning något när weta, hwar Ko-
nung Anund blifwet död. Ast man sätta tro til nyare Skriben-
ters gierningar, har det skedt i Wäsmanland, men man känner

P 3　　　　　　　　　　　　det

detta alt, til en hwars enskylta eftersinnande. Rimkrönikans witnesbörd kan intyga om et rykte, som til äfwentyrs warit i landet om broderns deltagande uti Konung Anunds död, men den som will upfylla Historien med alla lösa rykten, wanhelgar des högaktning, och Snurleson med Thiodolfer blifwer äfwen här wår tryggaste ledsagare. Sant är, at man på detta sätt hwarken wet, hwar Anund blef död eller begrafwen, men det wet man likwäl, at hans lefnad war rikets lycksalighet, och hans död des alltra undergång.

§. 29.

Af Rimkrönikan har man sedt, at Anund haft en bror wid namn Sigwed. Uti Stafa socken i Öster-Giötland finnes en Runsten, på hwilken säges, at Anund låtit uprefa stenen efter en sin broder Hardina, och wid Balundsås i Westmanland intet långt från Anunds hög är en Runsten, som gifwer wid handen, at Julkwida låtit uprefa stenar åt sin son Hedin, hwilken war Anunds broder. Om det war afgjordt, at denne Anund warit den samme som Braut-Anunder, hade wi här namn på twenne andra Kongeliga Prinsar, hwilka likwäl Peringskiöld gör til en. Men Herr Peringskiöld kaffar oß likwäl ännu en annan Kungelig Prins wid namn Skira, om hwilken man intet något widare af hela diderdomen har sig bekant, än det som finnes antecknat på Esta berget i Södermanland. Runritalingen innehåller, at Ingifaster låtit uthugga stenen efter sin fader Sigwid, som föll i Holmgården, Skaidar wiste med Skira, eller Skeps-anförare med Skira. På denna swaga, fast i sten ristade anledning, blifwer Skira en son af Yngwar och Brautanunds broder, och sedermera icke allenast regerande Herre i Holmgården, utan ock stamfader för Lodbrokiska eller Sigurdska Konunga-Ätten i Swerige. At en så liten anledning kan tagas til grund i en Roman, med gifwes gjerna, men Historien bör wara fotad på tilförlåteligare botn. Och när den sökes, finner man intet mer anmärkt om des närmaste slägtingar, än hwad redan är påmint, och nu widare om des son och efterträdare skal anföras.

Riket war i et lyckeligt tilstånd, då Anunds son Ingiald giorde sit anträde til regeringen. Anund hade haft all wård om des an-

anständiga upfostran, hwilket man kan sluta däraf, at hans unga år warit anförttrodde til upseende af de förnämsta i landet. Swip- dager, Konungen i Tiundaland war Prinsens fosterfader eller Gouverneur, som det nu kallas. Det är nog brukeligt, at Prin- sar i sina unga år uphöjas för sit förstånd, ähwen då de intet tänkt ännu; men at Swipdager intet altid följt den sed, kan slu- tas af en liten händelse, som tildrog sig uti Ingialds barndom. Wid det stora offret, som om midwinteren firades i Upsala, för- samlades gemenligen en stor myckenhet af folk, ähwen af de för- nämsta i landet. Wid et sådant tilfälle instälde sig ock Konung Yngwar från Fjärhundra-land med sina twå söner Alf och Ag- nar. Alf war af lika år med Ingiald, och skulle de då roa sig med hwar andra, efter tidsens smak med lekar. De walde sig folk eller gåssar, som de fördelte i twänne hopar, den ene skulle anföras af Ingiald, den andra af Alf. Leken lyktades intet bät- tre, än at Alf fick öfwerhanden, hwilket förtröt Ingiald så myc- ket, at han gret bitterligen öfwer sin olycka. Denna lilla omstän- dighet förtjente ganska liten upmärksamhet, nde man påminner sig, at desse Småherrar woro sex eller sju år gamle. Men Ingialds fosterbroder Gautwider kunde intet fördrilta denna skymf, utan ledez Ingiald til sin fader Konung Swipdager, hwarpå Ingiald får en alfwarsam föreställning, at det wore nesligt, at låta öf- werwinna sig af Yngwars son, som war ringare än han. Men som Swipdager twiflade, at denna förwitelse skulle wara aldeles tilräckelig, at göra Prinsen hurtigare, liter han stela warghjertan, och gifwer Ingiald til at äta. Om denna föda upwäckt Ingiald något mer, wet jag intet: det är nog, at Swipdager hade den tankan, ty Sturlesons wäneebörd är uttryckeligt, och efterwerl- den, har inbillat sig, at denna mat war orsak til Ingialds grym- ma och tilta, sina sinnelag. Det är likwäl säkert, at ganska mån- ge bedrifwit både sådana och långt större grymheter, än dem Ingiald fördöfwade, utan at någonsin hafwa smakat wargskött. Detta är det enda wi wete om Ingialds barndom. Wid manligare ålder blef han efter sin faders råd och anstalt, gift med Gauthild Ko- nung Algauts dotter i Wäster-Göthland, af Konung Gautreks efterkommande, så at Ingiald war wid fadrens död både genom sin härkomst och sit mägtiga swågerskap, ej wäldig och betydande

Her-

Ynglinga-
Ätten.
Ingiald.

Herre. Såsom Öfwerkonung war han regerande Förste öfwer
hela Swerige. Men månge Fylkes Konungar woro i landet,
hwarigenom Öfwerkonungens magt och myndighet mycket inskränk-
tes. Swipdager i Tiundaland, Algauter i Wäster-Giöthland,
och Yngwar i Fjärdhundraland äro redan omtalte. Utom des war
en Granmar rådande öfwer Södermanland, och Högne i Öster-
Giötland. Sporsniäller rådde öfwer Nerike, och Sigwater öf-
wer Attundaland, utom flere mindre betydande, som man intet har
någon reda på. Desas myndighet inneslöt Öfwerkonungens wäl-
de innom nog trånga gränsor. Det är naturligt, at Ingiald sök-
te at utwidga sin magt, ty ju mindre man är Herre öfwer sig
sielf, ju mera wil man wara det öfwer andra. Men sådana til-
bud hafwa icke destomindre i alla tider warit farliga, och man
finner flere exempel på dem, som blifwit olyckelige genom sit berö-
dande, än dem, hwilke wunnit framgång. Ganska få blifwa
dock kloke af andras ofärd, emedan man föreställer sig gierna, at man
skal wara försiktigare. Ingialds anläggning gick därpå ut, at göra
af med alla Små-Konungarna på en gång, undantagande de, som
efter alt utseende woro med i anläggningen. Tilfället war efter ön-
skan. Ingiald läter göra et stort graföl efter sin fader, och där-
til inbiudes alla Fylkiskonungarne med deras Söner, Jarlar och
Märkismän. Et stort hus upbygges, så stort som sielfwa Konun-
gahuset i Upsala, och där uti tilredes en stor sal med siu Thro-
ner, eller högsäten, et nemligen för hwar och en af de nämnda
Konungar, och et för Konung Ingiald sielf. Gästerne instälde sig
efter anmodan, så när som Granmar från Södermanland, och
Högne från Öster-Giöthland, hwilka ej heller nämnes ibland de
budna. De ankommande Förstar och andre Herrar fingo alle si-
na härbergen i det nya huset, hwar et Kungeligit gjästebud war til-
lagadt. Sedan Konungarne intagit sina säten, sätter Ingiald sig
på trappan eller stiger fram för sin Thron, men stiger up emot
Bragebägaren; han gör då et heligt löfte, at han skulle öka sit
rike til hälften på alla kanter, eller ock dö i et så ädelmodigt före-
tagande. Därester dricker han ut hornet, och ledsagades up i sit
högsäte. På detta sätt blef han erkänd för laglig arftagare efter
sin fader. Hyllningen beseglades med et starkt supande, och gä-
sterne blefwo rusige och drukne. Det war nu tid för Ingiald,

at utföra sit befal. Sedan han tillika med Sweipdager och an- Yggltags-
dra af hans egit folk dragit sig utur laget, befaller han Sweipda- Ätta.
gers söner Sulkwider och Hyllwider, at gripa til wapen med sit Ingiald,
manskap. Huset, där de främmande Herrar och Konungar woro
församlade, sattes i brand, och de, som sprungo ut elden, blefwo
på stället nedergjorde. På detta sätt omkommo Konung Algauter,
Konung Ingialds Swärfader, Konung Yngwar med sina twänne
ne Bröt, Konung Sporsnialler och Konung Sigwater, utom
mycket annat förnämt folk, hwilka alle blefwo et grufweligit offer
för Konung Ingialds enwåldswurka och dristiga sinnelag. Deras
länder och riken blefwo ock utan dröjsmål tagne i besittning af In-
giald, och deras årliga utskylder Upsala Konunga-säte tillagde.

§. 30.

Således upfylde Ingiald en del af sit wid hyllningen gjorda
löfte, och Granmars och Hans hända Högnes medlifwande war en-
da orsaken, som hindrade, at det intet i hela sin widd blef full-
bordadt. Wåld skulle därföre nu utföra, hwad som swek intet
kunnat åstadkomma. Men Granmar begrep utan swårighet, hwad
öde honom förestod, om han ej i tid satte sig i stånd, at afwärja
wåld med wåld. Han inlät sig därföre i nära förbund med sin
granne Konung Högne i Öster-Gjötland, som tillika med sin son
Holdir skyndade til hans undsättning. Så wäl den gemensamme
säkerheten, som en nära skyldskap befordrade denna förbindelse, ty
Högne war fader til Hilda, Konung Granmars gemål. En ny
förbindelse, som under denna tiden wardt träffad, med Sjö-
konungen Hjorward Ylfing, ökte än mera Granmars styrka.
Denne Konung lade an med sin flotta wid Mörkfjärden, intet långt
ifrån den ort, där Granmar då wistades om Sommaren. Hjor-
ward, som på intet sätt förskämpadt Granmars underskatare, blef
af den sednare genast buden til gäst, och Granmars dotter Hil-
digun blef förlofwad och gift med den nykomne Konungen. Det
dröjde ock ej särdeles länge, förr än Granmar behöfde så wäl sin
Swärfaders och Swågers, som sin Swärsons trogna bistånd;
emedan Ingiald inföll med en talrik krigsmagt, til at underlägga
sig des rike. De förenade Prinsar läto intet länge söka efter sig,
an-

Q

Ynglinga-	anskönt de med en öfwerlägsna magt woro angrepne. Där up-
Ätten.	kom sålede et ganska häftigt slag, hwars utgång i början sänte
Ingiald.	nog twetydig. Men Ingiald rönte nu det, som något hwar bör
och kan weta förut, at soldatens tilgifwenhet för sin anförare bi-
drager til segers erhållande mera, än sjelfwa mycenheten. De, som
anförde krigsfolket från de nyligen på et så olofligt sätt inkräktade
länder, nemligen från Fjerdhunda, Atunda, Wtrike och Wester-
Götland, satte sig och sit folk efter et kort motstånd i säkerhet;
och drogo sig tilbaka til sin flotta. Härigenom föll hela styrkan
af de förenades här på den sidan, där Ingiald sjelf war befällan-
de, då han ock ändtligen, sedan han fått många sår, blef nödsakad
at fly til sina härskepp. I denna drabning förlorade Ingiald
sina wälsamhetens trognaste beltagare, emedan Swipdager, Ko-
nungen af Fiunda-land, och hans bägge söner Gautwid och
Hylwid blefwo på platsen.

§. 31.

Kriget blef därföre intet slutat genom detta nederlag, utan
fientligheterna twarade alt utföre, dock ej med någon synnerlig för-
mån på någondera sidan, så at fred blef alt mer och mer nöd-
wändig för de krigande. Omsider efter åtskilliga beskickningar, be-
tammas et Möte emellan de twistande Herrar, Ingiald nemligen
på den ena sidan, och Granmar och Hjorwård på den andra,
då en oryggelig fred blef sluten, som skulle räcka så länge, som desse
tre Herrar woro i lifwet. Til så mycket större säkerhet, blef fre-
den med ed och helig lösten bekräftad. Det war nog besynner-
ligt, at man inbillade sig med Religionen kunna binda en Herre,
som utan sky kränkt en af des atwiswelaktigaste grundreglor. Man
finner ock af påföljden, at Ingiald intet gjorde fred i annat af-
seende, än at han så mycket lättare måtte störta sina nya wänner.
Hans förställning war ock så fullkommen, at Granmar och Hjor-
ward, intagna af sin förtonta fiendes uprichtighet, fruktade intet,
då de borde frukta för alt. Förtronder gick så långt, at Gran-
mar infant sig wid allmänna offret, som om wären firades i Upsa-
la. Där skedde då intet annat märkwärdigt, än at Granmar
blef spådd, at han intet skulle lefwa länge. Det kan förekomma

en tdfare nog oförtänkt, at Granmar med frid wände tilbakars i *gaftagh* fit land. Men Ingiald, som altid war färdig til ilgärningar, *Altan.* wille hafwa förbel af finá Könfte, och Granmars dråp hade tient *Ingiald* til ingen ting, så länge Hudward des måg war i lifwet. Ingialds upförande upwäkte klieded intet mißtroende hos deßa Herrar, utan de sofo ontkring i fina länder, och roade fig i fullkomlig säkerhet. På sådant fätt refte de ock til fina Kungsgårdar på Selad i Mälaren. Tilfället war nu bättre för Ingiald, som ock kom oförwarandes öfwer dem om natten, och brände dem inne, tillika med alt deras hoffolk, hwarpå ock hela Södermanland med deß tillhörigheter, i största haft blef Upsala Konungasäte underlagd. Ingiald hade hit intil intet bedrifwit andra, än gagnande vgärningar, han blef fig ock framdeles lik, emedan tolf Konungar blefwo af honom under fred och wänskaps betrygelser af daga tagne, hwarigenom ock största delen af Swerige blef honom undergifwet. Och war Högne i Öster-Giötland, så mycket man wet, den endafte, hwilken tog fig til wara, både för Ingialds wapen, och des mördande wänskap.

§. 32.

Wåd och uppenbar ordtwifa, hafwa ganska fällan någon varaktig framgång, och Ingialds regering haftade på dswora til in omwädling. Hans olycka uptändes i Stäne. Detta land, som fielfwa naturen sammanfogadt med Swerige, har ock i dißta tider warit därmed förknippadt. Tractaten emellan Gore och Nore inlygar det, som beftyrkes an widare af Gylfes regering. Det r tilförene omrördt, at Gylfe fjänkt Seland til Gefion Sköjölds emäf, och kan man nog fiana, at den fom dgr Swerige och Seland, förmodeligen ockfå warit Herre öfwer Skåne, faft man in med fjäl hålla före, at där intet warit ftort mer at regera wet, än fkogar och öbemarker. Om Heimballer fådt fit fäte i laßand, fom af det föregående är förmodeligen fannolikt, är det ret obegripeligt, huru han genom spoblingar kunnat tildagna fig ifåne. Och fom denne Herren uti Rikernal kallas Rik, blifwer det äfwen tydeligt, fom Lilla Rimkrönikan fäger i fielfwa början, at Erik war förfte Konung i Giöthaland, red, fom lärit up-

Darlinga-
Kung.
Ingiald.

taga Skåne och Wetalahed. Med detta senare ord lär ej annat
böra förstås, än Wethlands eller Willands härad. Härom är
tilförne på sit ställe påmint. Märkligast heta, blifwer sättet up-
penbart, huru Skåne med Dannemark blifwit förenat, emedan
Dan, af Riks Alt, blef genom gifte Konung i Dannemark, och
således förknippade sina afsiuder med sit, nyligen förtwärfwade
rike. Sedermera hafwa Danske Prinsar alt utföre under detta
tidehwarf regerat i Skåne, fast man, i brist af sammanhängande
underrättelser, intet kan afslutning någon oafbruten och tilförlåtelig
Konungalängd. Då Ingiald wrade i Swerige, woro twänne brö-
der Gudrauder och Haldan, af Danska Konunga-huset regeran-
de i Skåne (*). Konung Ingialds dotter Asa blef gift med Gud-
rauder. Det synes, som denna Prinsessa ärft af sin fader et out-
släckeligit hat, emot alla Små-Konungar. Hon upwäkte först en
nighet emellan bröderna, hwilken gik så långt, at Gudrauder låt
mörda sin bryder, Haldan. Sedan detta war wärkstäldt, lät hon
sielf af daga taga sin egen Gemål, Gudrauder. Alt detta kom
nog öfwerens med Ingialds regeringskonst. Men han hade alltid
den försiktighet, at utrota fader och barn tillika, men Asa war
något förhastig; emedan Iwar Haldans son war i härnad under
detta hwälfningar, och, wid hans hemkomst, war det intet tid, at
wäsa längre i Skåne, innan Asa kundade sig då genast tilbaka
til sin fader.

(*) Torsäi Ser. Reg. Dan. p. 308.

§. 33.

När Iwar tagit i besitning sina Skånska afsiuder, gör han
sig färdig, at utkräfwa en tärmäsig hämnd af Ingiald och Asa,
för sin faders och farbroders död. Ingiald, såsom innehafware
af et mägtigt rike, hade kunnat anse med eftertänkan en liten Råd-
konungs tikrustning, om han haft öfwat krigsfolk, och tilgifna un-
derskåte. Den förra omständighet är man intet underrättad om,
men Ingiald hade warit alt för enfaldig, om han inbillat sig det
senare. Öfwerwäld och orätmätsa måste nödwändigt tålas, så län-
ge de intet kunna undangås; men kärlek hos underskåre winnes
aldrig genom sådana medel, icke en gång hos de gemena sinnen,

som

som -ddraf haft förmån. Jwar kunde altså med säkert hopp om Ynglinga-framgång, angripa en fiende, som efter utseende war mägtigare, Atten. men i sielwa werket war swagare än han. Det är ock troligt, Ingiald, at Jwar genom slägtskap warit förbunden med några de utrotade Konunga-husen i Swerige, sist tilförlåtlig säkerhet saknas i det ta mål (*). Ostelbart är, at Jwar utan sårdeles motstånd tågat in i hiertat af Swerige, hwar om Ingiald fick kunskap under sit wistande på Renninge, en Kungsgård, som skal wara beldgen på Fogdön i Mälaren (**). Ingiald begrep utan swårighet, at han antingen borde wåga en slagtning med Jwar, eller ock draga sig undan med en neslig flykt. Men ingen af deßa utwägar war tilräckelig, at befästa des waklande thron. Han utwäljer därföre i samråd med sin Dotter Asa et annat sätt, at rädda sin höghet. Långt ifrån at wisa någon bestörtning wid sin fiendes annalkande, låter han anställa et Kungeligt giästebud, och efter en fulkomlig wälfägnad och godt rus, tänder han eld på huset, och brände så-ledes up sig sielf, sin dotter, och hela närwarande Hofstaten. Sä-lunda begrofs Ingiald, och med honom Ynglinga-Slägtens Regen-mente på Upsala Konunga säte. De forne SagoSkrifware hafwa med- alt skiäl gifwit de Ingiald och des dotter Asa, tilnamnet Il-råda. Deras upskrande förtienar utan twifwel et så förhateligt namn. Man måste tilstå, at under hans onaturliga härdhet lysa likwäl några egenskaper, hwilka kunna förskaffa högaktning åt an-dra Prinsar, fast ingen åt en Ingiald. Han war grym och o-menskelig, af ätegirughet och regeringssjuka. De grofwaste misgiär-ningar kostade honom intet, då han därigenom kunde stöta thro-ner omkull, och utrota Småkonungar. Men sedan deße woro undanrögde, styrdes folket med rättwisa. Efter hans befalning samlade Wiger Spa eller den Wise den äldsta Uplands-lagen, hwilken tient til rättesnöre wid domstolarne, och til grund för den sinäre Uplands-lagen, som utgafs 1296. Och är troligt, at han dragit deßa Wigers stockar til almän lag för hela riket, hwarige-nom alt misnöje med tiden kunnat utrotas, och alla länderna til ett oskiljaktig förening sammanbindas. En berömwärd anstalt, som, sedan Ingialds tid, intet kunnat blifwa fullwordad, förr än år 1442 under Konung Christophers regering. Historien, som no-ga nämnat Ingialds regementstid, omröret inga uprör i de in-

O 3   bråk-

Ynglinga
Ätten.
Ingiald.
krdkrade länderna, et klart bewis af en stadgad och rätwis styrsel för öfrigit. Jag har ej heller kunnat föreställa honom såsom en feg och modstulen Prins; hans gjärningar wisa intet tekn därtil, och den som är alltid tilreds, at med frimodighet omfamna döden, har ingen ting på jorden at frukta före. De gamle hafwa ock ansedt des utgång af werlden, för ganska berömlig. Men med alt detta blifwa dock Ingialds grymhet och trolöshet, wederstyggeliga laster. Men huru skal man då nämna en hop andra Konungar, som ulstan badat sig i oskyldiga undersåtares blod, hwilka intet haft annat fel, än at de intet kunnat tänka, såsom det herrskande partiet, som tänkte intet. Om några helige Munkar eller andre dylike kryppande skribå warit i Ingialds tid, som med berydande sidlagswor, eller andra skänker blifwit ihogkomne, och des konster warit äfwen til slut lyckeliga, hade efterwerlden til äfwentyrs snarare hördt talas om Ingiald den Store eller Helige, än om Ingiald den elake. De gamle Swenske tänkte bätre, och Ingiald fick namn, som han förtjente.

(*) Man har nyligen gift Iwar med Gjöthild, Konung Sporsnjuters syster från Nerke, doter af Konung Alf, Olof Skogues son. Detta sidsta står anmärkt uti Slägtlinjerna, som stå framanför Björneros Gatroskod. Til bewis åberopas 5:e Cap. af Sturleson, twifwels utan i Ynglinga Sagan. Men där nämnes ej et enda ord, om Iwar och des gemål. Skal det åter wara den 53 sidan, så talas där wärkeligen om en Prinsesa Gjöthild, som war doter af Alof, och Doter-doter af Olof Skogne, men där talas intet om Iwars gemål, utan om Ingialds Ilråbas, Olof Trätelios moder.

(**) v. Dalin, T. I. C. 14. §. 25.

§. 34.

Ingialds son Oluf war oförnekeligen arftagare til Upsala Konungathron. Efter utseende hade han ingen del i Ingialds wåldsamheter, emedan hans moder skickat honom til en förnäm Herre i Wäster-Gjötland wid namn Boye, at där upfostras med denna Herrens son Sare. Så snart tidning inlop om des faders död, samlar han tilhopa så mycket folk, som honom följa wille, i tanka at antaga sit fädernes rike. Men oaktadt hans oskyldiga hsa, war hans bemödande fåfängt. Han kom ock intet längre än
at

til Rike, til hwilket lilla rike han hade ärfördt, på sin moders sida, Dugtinger
ty des moder-moder Alof drog i rät nedstigande linea sin härkomst Ätten.
från Olof Skygne, som här tilförne warit regerande (*). Men Jngiald.
hwacken ofkund eller arfördt kunde ådgot utrdtta emot en upprörd
menighet. Olof öfwergifwer därföre altsammans, och bortgömmer
sig i Wirmelands ödemarker, hwar han upprödjer landet, och
gör sig där et litet rike, utan at widare tänka på Upsala Konun-
ga-wälde, hwarifrån så han sjulf, som des manliga efterkommande
blefwo i enärdeliga tider utflutne. Det är troligt, at han följde
det klokaste rådet, ty at twinga en motwillig almoge, som war
understödd af utländsk makt, fordrade större styrka, än Olof kunde
åstadkomma. I sig sjelf war hans företagande ganska förnuftigt,
.a äfwen berömligt. Men tidens smak gjorde intet så meniösa
andwinningar, hwarföre och Swearne nämnde honom med förakt
Olof Trätelja eller wedhuggare. Hans Ätt har likwäl behål-
it et utmärkt hederörum i Nordiska Historien, emedan des efter-
ommande på Swärdsidan i många hundrade år warit Swärlds-
Konungar i Norrige, och des utan finnes nu förtiden ingen Kä-
are eller Konung i Europa, som ju leder sina anor från Ynglin-
a stikten och Olof Trätelja (*).

(*) Sturleson, p. 53
(*) Man har mist denna Slägtslag utt et Academisk arbete, som kommit
   ut i Lund under Titel, af Sveogothiæ Regum et Principum mater.

4. Capitlet.
Om
Iwar Widfadme och des Efterkommande, til Bråwalla-Slag.

§ 1.

Efter Olof Träteliæs afwikande til Wärmeland, war ingen Iwarks
ting, som kunde möta Iwars inkräktande förslag: han Eldmmen
warct därföre utan motskelse Konung i Swerige. Ndaor wiefad-
entteligit wal omtalas intet af wåra gamle Häfdetefnate. Så me..
   wäl

Iwarsta
Stämman
Iwar.

wäl Sturleson, som Herwarar Sagan berätta, at han lagt under
sig Swerige, hwilket ord är mera lämpeligt på en Landwinnare,
än en utwald Konung. Iwar, såsom en liten Härads-Konung i
Skåne, hade bordt wara nögd med en så ansenlig tillökning af sit
herrawälde. Men det är intet brukeligit hos smått folk, at wara
nögd med det man hafwer, mycket mindre hos stora Herrar.
Hwarföre ock alla länder, som hade gränsor, woro Iwar förträn-
ga. Han twingade således en stor del af Tyssland, som wåra
Sagor kalla Wästra Saxland, under sin spira, tillika med Cur-
land och Estland. Den gamla Historien tilägger ock honom en
femtedel af Engeland, hwarmed egenteligen bör förstås en del af
Northumberland.　　Någon slags rättighet til detta landet har kun-
nat genom arf tilfalla Iwar. Sammanhanget här af är sådant.
Den förr omtalte Konung Helge i Dannemark, Drotning Nesas
man och fader, hade en broder wid namn Roar, hwilken gifte
sig i Engeland med en Prinsessa wid namn Ogn, Konung Nor-
dres dotter (*). Han öfwergaf därföre sin arfwedel i Dannemark
och blef boende i Engeland. Från Roar leder Iwar sin härkomst
uti rätt nedstigande linea (**). Denna ålderstegna talan läter för-
modeligen blifwit upwärmd af Iwar. Och lär han således kom-
mit i besitning af någon del af Engeland; men at han härskadt
öfwer femtedelen, lär wara Skaldskryt.

(*) Rolf Krakes Saga p. 16. Någon Konung som hetat Nordre, om-
　talas intet i Engelska Historien. Jämwärne i Northumberland talla
　Nordi af Nennius p. 114. Det är möjligt, at i Sagan sådt Nor-
　dres Konung, om af en oförfaren Skrifware blifwit förbytt, i Ko-
　nung Nordre. At Ogn annars intet warit et obördt namn i Enge-
　land, kan någorlunda slutas af Konung Idas söner, af hwilka en he-
　tade Oga.

(**) Roars Son het Waldar, Waldars son har alt Gamle, som genom
　Halfdan Snälle war Iwars Farfader.

§. 2.

En Herre, som haft begärelse til så widt aflägna länder, kun-
de wäl intet utan innerlig rörelse resa förbi Seland, och de andra
Danska tilhörigheter. Seland regerades af twänne bröder Helge
och Rörik, af samma slägt som Iwar, emedan deras Farfaders

fa-

fader war Rörik, med det underliga tilnamnet Nockwanbauge, Iwarska-
hwilken war syskonebarn på fädernet, med den nyligen omtalte Stämman
Roar. At med wåld angripa deßa Herrar, paßade sig intet med Iwar.
Iwars Statskonst. Et annat tilfälle yppade sig, hwarutinnan I-
wars hela sinnelag utröntes. Hans enda barn war Auda, hwars
rika arf och stora egenskaper uprdkte en skälig önskan hos alla
kringgränsande Prinsar, at winna hennes hjerta. Konung Helge
från Seland war den första, som anmälte sig, at få Auda til Ge-
mahl. Helge berömmes för alla Konungsliga Dygder och egenska-
per, och Audas tycke hade gjordt des ansökning lyckelig, om ej
Iwar hade haft widlyftigare förslag. Helges tilbud afslogs för-
denskul, och skulden skjöts på Audas tycke, som til et sådant gifter-
mål intet kunde beqwäma sig. Iwar förklarade icke distominore
en stor högaktning för Helges förtjenster, och bdrjämte et besynner-
ligit mishag öfwer sin Dotters ogrundade aßky för hans person.
Sedan Helges anmodan på detta sätt mißlyckats, påtager han sig
at fria för sin broder. Iwar ställer sig bestört öfwer en sådan
anmodan, och försäkrar, at det wore ogörligit, at förmå sin Dotter
til et sådant giftermål, sedan hon afslagit Helges åstundan, som
på alt sätt war mera distanswärd än Rörik. Han påtager sig
likwäl i anseende til den wänskap han hyste för Helge, at fram-
föra drenet för sin Dotter. Auda blef nu tilfrågad om sit tycke,
men hon sade sig weta förut, at hennes yttrande i detta mål wore
onödigt, oaktadt hon förklarade rent ut, at, så wida det berodde
på hennes wilja, hon aldrig öfwerlämnade sin hand åt Rörik.
Iwar, som efter utseende wäntade endast på et sådant swar,
hastar sig til Helge och säger, at så han som hela Norden bedra-
git sig uti sina tankar, om Audas förstånd, emedan hon kunde
företraga Rörik fram för Helge. Giftermålet blef ock straxt be-
slutadt, och bruden anförtroddes åt Helge, til at öfwerföra henne
til sin broder. Det är ej swårt at begripa Iwars afsikt med
alla deßa swängningar, hwilka ghigo ddrpå ut, at göra bröderna
sig emellan oenije, då han sedermera efter omständigheterna kunde
draga fördel af deras owänskap. Under resan til Dannemark up-
täcker Auda för Helge hela sammanhanget af sin faders konster.
Detta lär Iwar hafwa förestält sig; men han kjönde intet i grund
sin Dotters hederliga sinnelag, som hwarken genom kjärlek eller af-

R ky

Swarſta
Stämman
Jwar.

ſå kunde bringas ifrån det hon trodde wara ſin ſkyldighet. Hwar-
före hon ock utan genſäjelſe, då hon likwäl kan hända, warit be-
rättigad at göra et annat wal, gick i brudſäng med ſin trolofwa-
de Rörik, och bibehöll det gamla förtroende emellan bröderna.
Detta war intet Jwars urräkning, ſom helre ſedt, at des dotter
warit mindre dygdig och mera kjär. Han ſattar därföre et längt
nedrigare förſlag, ſom ock lyckades bättre.

§. 3.

Under en ſin ſjöreſa til Reidgiöthaland, lägger Jwar in med
ſin flotta til Seland, och ſickar efter ſin måg. När Rörik an-
kom til ſin Swärfader, ſtäller Jwar ſig ganſka bekymrad, och
beklagar, at Rörik och hans dotter kommo ſå litet öfwerens. Rö-
rik, ſom intet märkte, hwarken owänſkap eller falſinnighet hos
ſin Gemål, kunde intet däraf blifwa rörd på något ſätt. Hwar-
före ock Jwar förtror ſin måg en mera ömande oſanning. Han
yttrar ſig, at han för ingen annan orſak ditkommit, än at up-
täcka för ſin kära ſwärſon det oanſtändiga förtroende och omgänge,
ſom war emellan Auda och des broder Helge, hwarom ryktet
war kringſpridt öfwer hela Norden. Detta rykte, ſade han, be-
ſtyrktes widare därigenom, at Audas ſon, Harald Hildetan, i
utſeende och andra egenſkaper, liknade Helge til alla delar. Rörik
betygade, at han intet haft minſta miſtanka om något rykte, och
at han aldrig hördt nämnas et ord om alt detta, hwilket han ock
ſå mycket tryggare kunde ſäga, ſom altſammans war upſpunnit
af Jwar. Icke deſtomindre, gjorde detta falſka förtroende ſådant
intryck hos Rörik, at han begärde ſin ſwärfaders råd i ſå ömma
omſtändigheter. Rörik kunde intet anlita någon farligare rådgif-
ware, hwilken ock ſtrax war tilreds med det aldramäſt ömmande
förſlag, at antingen i godo afſtå ſin Gemål til ſin broder, eller
ock ſdra taga honom af daga. Til det förra kunde Rörik inga-
lunda beqwäma ſig, det ſenare blef då en nödwändighet. Efter
deſſa faderliga förmaningar, fortſätter Jwar ſin reſa ſöder ut til
Reidgiöthaland, och Rörik förfogade ſig hem, full af bekymmer
och oro. Detta wiſade ſig i ſynnerhet wid Helges hemkomſt från
ſina ſjötåg, då Helge träffade ſin broder mot wanligheten tankfull
och

och trumpen. Til at muntra sin broder, föreslår Helge et Tor-
nerspel, eller något annat dylikt tidsfördrif för Rörik, til hwilket
han ock inställer sig i full rustning, då Helge däremot intet försedt
sig med andra wapen, än dem man brukade wid sådana tilfällen
för ro skull. Det war således ganska lätt för Rörik, at döda sin
broder. Alle närwarande häpnade öfwer detta dråp, men Rörik
utan bestörtning swarade, at han intet gjordt annat än det han
bordt göra, emedan den skymf, som Helge honom tilfogat, genom
sit omgånge med Auda, på intet annat sätt kunde försonas. Alle
woro fullkomligen öfwertygade om bådas oskyldighet, men Auda
yttrade sig, det hon kände igen sin fader, och des anläggningar,
hwilka efter utseende intet fulle stadna därwid. Auda bedrog sig
ock intet i sin uträkning, emedan Iwar kort därefter anländer med
sin Flotta från Reidgötaland, och ställer sig helt förtörnad öfwer
den oförrätt, som Helge war tilfogad. Så snart Rörik fick weta
sin swärfaders ankomst, skyndar han sig at möta honom, och af-
lämna underdånelse, huru troget han efterfölgt hans råd: Iwar
hade imedlertid satt en del af sit folk i land, med befalning, at
så snart de fingo se Rörik, skulle de hugga neder honom. Befal-
ningen blef utan särdeles swårighet wärkställd, då Iwar med myc-
ken ifwer föreställde för almogen sin swärsons otilbörliga förhållan-
de emot sin broder, och sade sig wara endast dilkommen, för at
hämna den oförd, som en så stor Konung och des wän war we-
derfaren, och hade han wid denna bedröfliga omständighet haft
mera affkomde på rättwisan, än blodsbandet, som honom med Rö-
rik förknippade. Helge war diskad, så at en stor del af menighe-
ten, intagen af Iwars förmenta ewäldighet, förklarade honom med
nöje för sin dottersons, Harald Hildetans Förmyndare. Men Audas
försiktighet räddade för den gången både sig och sin son, för et så
äfwentyrligit förmyndarskap. Strax efter Helges fall, hade hon
dragit sig sjelf, tillika med sin son från häfwet, och nu upbådade
hon en stor hop almoge på sin sida, för at möta sin faders an-
stalter. Iwar som, med rättwisa och billighet, wille betäcka sina
illgrep, wänder därpå genast tilbaka til Swerige, efter han kan
hända, såg sig då intet widare kunna uträtta. Men Auda hade
intet annat råd, än at söka sin och sin sons säkerhet uti en hastig
undanflykt. Hon skickar därföre, om wintteren, all sin bästa egen-

R 2   dom

Jwarſka dom til Epgotaland, ſom hår ldr betekna Gothland; men om wåſ-
Sidmman ren gifwer hon ſig med ſin ſon, och en ſtor del af de förnåmare
Jwår. i landet, til ſiös, och tog åndteligen ſin tilflptk til Konung Rad-
bard i Holmgården.

§. 4

Jwar hade ſåledes ingen ſwårighet, at underkufwa alla de lån-
der, ſom warit under Helges och Röriks herrawålde, ſedan de af
Auda woro öfwergifne, och hade han ſåledes dragit all nytta af
ſina illgrep. Den tilökning, han fåt uti ſin magt genom Danne-
marks intagning, kunde dock intet ſtålla til frids hans odndeliga
åtrå til widlyftigare wålde. Utan nu ſatte han ſig före, at aldeles
öfwerhopa Koxung Radbard, för det han taget emot en ſtyktande
Prinieſſa, och ſedermera walt henne til ſin Gemål, utan at inhåm-
ta deß faders ſamtycke. Audas förmåner måtte warit mycket in-
tagande, eller ock måtte Radbard intet warit ſårdeles låttkråmd;
ey det war intet ſwårt at begripa, at et åfwentyrligt krig ſkulle
blifwa påföljden af en ſådan förbindelſe. Men ödet eller förſynen
gjorde til intet alla Jwars tilruſtningar. Ty når han med en
talrik flotta anlåndt til Kyrialand, eller Karelen, ſlutade han ſin
med rånkor och intriger upfylda lefnad på et beſynnerliget ſått,
ſom endaſt kan paſſa ſig med deßa tider. Drömmar woro då in-
tet lapperi, utan betydande Statsſaker, och år det icke ſå underliget,
at folk, ſom ſå illa brukade ſit förnuft då de woro wakne, kunde
hafwa den inbilning, at de woro förſtåndigare, når de ſåfwo.
En owanlig dröm upwåkte nu Jwars ſamwete eller minne om
des många ogjerningar: hwarpå Jwar, bekymrad om ſit öde i
andra werlden, föll på den dåraktiga ſwagheten, at fråga ſin gam-
la foſterfader Horder, hwad drömmen ſkulle betyda. Horder,
ſom förmodeligen war intet mera bewandrad i drömkonſten de an-
dre, wille betjena ſig af tilfållet, och ſåga Jwar en hop torra,
och obehageliga ſanningar. Det kan ock hånda, at han wårkeli-
gen warit förargad öfwer ſin foſterſons trolöſa regering, eller ock,
at han för enſkylt misnöje war förtretad af hans upförande. Hor-
der brukade likwål den förſiktighet, at han ſtålde ſig på en klippa
bredewid hafwet, hwarifrån han utan ſwårighet kunde tala med
Jwar,

Jwar, som war på sit sottyg. Drömmen förklarade Horder så- Jwarke
ledes, at Jwar snart skulle dö, des widlyftiga länder delas, och Stämmen
aldeles komma ifrån des släkt. J det senare bedrog han sig. J- Jwar.
war anmodade då Horder, at komma til sig på sartyget, och där
förklara sina onda spådomar. Men för denna heder betackade sig
Horder. Jwar frågade då widare om sina släktingars tilstånd i
Walhall, och Horder swarade, at de alle woro på sit sätt i an-
seende, men tillika allesamman förbittrade på honom. Ändtligen
frågade Jwar, huru han sielf hos Asarne wore ansed, hwarpå
Horder swarade, at han ansågs med samma wederstyggelse, som
Midgardsormen, Asarnas och Odens afswurne fiende. Jwar,
så gammal han war, kunde nu intet längre styra sin gäsande
wrede, utan manar ut Horder til enwige, och springer i sjöen.
Horder tager emot utmaningen, och kastar sig dswen i watnet,
och gingo de, som wanligit war, til botten, och blefwo sedermera
intet sedde. På et så dröje wardt sätt, wandrade Jwar til an-
dra werlden, och denne förlorade gansta litet genom en sådan folkö-
dares afgång (*)

(*) Om Jwars Historia kan läsas, Peringskiölds utgifna Sagobrott,
från början til 15. §. Torfäus H. N. T. I. p. 415. Torfäus
Ser. R. D. p. 312.

§. 5.

Af det lilla man har sig bekant af Konung Jwars nog lång-
wariga regering, märker man, at des Statskonst war wida af-
kild från de förra Konungars. Hans krig och anläggningar syfta-
de på at intaga och behålla länder, då de andras tilrustningar
merendels stadnade uti plundring och härjande. J hufwudsaken
var Jwars och Ingialds regemente fulkomligen öfwerensstämman-
de; man röner dock en märkelig skilnad i sjelfwa sättet. Ingiald
var trolös och bedragare, men helt obekymrad, om werlden höll
honom därföre eller ej: däremot war Jwar i grunden likaså be-
rdgelig, men wiste dock inbilla andra, at han war upriktig och
dtwis. Hemliga ränkor, och widlyftiga anläggningar, under be-
ygande af trofast wänskap, förmente skola förblinda hela werlden;
men ärlighet blifwer altid grunden til en rotfast ära, då swek och

R 3   be-

Jwarsta
Stämmar
Jwar.
bedrägeri sosa omsider fram utur sielfwa det konstlade mörkret, och
betaga all högagtning för uphofsmannen. Det är därföre osökne-
keligt, at Jwar intet war distad af sina underZtare. Man ser
et tydeligt bewis därpå i Swerige, hwarifrån mycket folk, trötte
af hans regering, förfogade sig til Olof Trätelia i Wärmeland.
Den wärkeliga styrka, som Olof härigenom förwärfwade, hade
kunnat blifwa betydande för Jwar, om den ej genom en särdeles
förwirring, haft en bedröfwelig påfölgd för Olof sielf. En mycken-
het af folk uti et litet land, som är utan handel och sjöfart, måste
nödwändigt förordsaka brist och dyrhet på lifsmedel. Di gamle
Swenske hade intet ombytt tänkesätt, fast de önsiat hemwist. Ko-
nung Olof borde således ofelbart wara skuld til dyrheten. Utom
des, war Olof intet särdeles mån om offrens bibehållande, hwaraf
den blinda widskeppelsen än mera uprördes. Folket samlade sig
fördenskul, öfwerföllo Konungen uti sitt hus wid Wänern, och
brände honom inne til offer åt Oden för god årswäxt. Detta
kan likwäl intet anses annorlunda, än för en upresning af de ring-
are i landet. Di klokare begrepo utan swårighet rätta ordsaken
til dyrheten. Di utwalde därföre et annat medel at bota den,
som wäl war i wist hänseende mindre groft, men i sielfwa wärket
lika ordredoigt. Man samlade fördenskul folk tilhopa, och sedan
man farit öfwer Eda skog, öfwerfalles det lilla Konungariket Sold
i Norrige, hwar Sölwe Konung Olof Trätelias Swärfader re-
gerade, och Olofs son Haldan upfödde. Sölwe, som intet wiste
af någon ofred, blef snart öfwerwunnen och dräpen, samt unga
Prinsen Haldan til fånga tagen. Fångenskapen skadade honom lik-
wäl intet, emedan han blef af deßa strätröfware tagen til anförare
och Konung, hwarefter Sold utan swårighet wardt underlagdt.
Haldan betjente sig widare af sina nya underskatares hetta, och
gjorde sig mästare i största hast af Raumarike, et litet konunga-
döme i Norrige, hwartil Raumr Nores son lagt grunden. Hans
äldre broder Ingialda död gjorde honom ock regerande i Wärme-
land, så at detta nyligen uptagna ödelandet, började blifwa förfär-
ligt för alla Småkonungar i negden.

§. 6.

§. 6.

Om deßa hwäifningar händt medan Iwar ännu lefde, war Iwarsta det nog underligt, at han intet sökte, at lämpa dem til sin fördel. Efträmman Men antingen han hade någon slags wördnad för den gamla Ko- Iwar. nunga-slächten, eller ock, at han intet wärdade kasta upmärksam- het på sådsaker, lämnade han Olof Trätelja och hans son sul- komlig frihet, at utföra sina anläggningar efter behag. En öde- mark mer eller mindre, lär intet giordt någon upmärksamhet bland så kringflygande eröfringstankar. Eljest har Baron Holberg (*) och någre andre yppadt twifwelsmål, om denne mägtige Iwar nå- gonsin warit til, efter ingen ting om honom finnes nämndt, hwar- ken i Swenska eller Danska Krönikan, ej heller uti utländska Skrifter, utan allena i Isländska Handlingar. Men twifwelsmå- let förfaller, när man påminner sig, wår Lilla Rimkrönika, hwar- detta witnesbörd om Ingiald Iråda förekommer:

> Jag räddes Iwar Konung skulle mig winna,
> Ty brände jag mig sielfwer inne.

Den förtekning, som finnes uti Ärk. B. Erik Benzels Monumen- ter, och är åtminstone af siortonde århundrad, nämner likaledes denna Iwar (**), och Ericus Olai (***) har ej heller glömt ho- nom. I anseende til Iwars wiðsträkta herrawälde, kallas denne Herre af de gamla, stundom Widfadme, stundom Widfarne.

(*) Dän. Reichs-Hiftor. T. I. p. 54.
(**) E. Benzelii Monumenta p. 68.
(***) E. Olai, L. I. p. 19.

§. 7.

Sedan Iwar Widfadme slutat sina dagar på det förut om- Harald talta sätt, skingrar sig des samlade krigshär, emedan ingen af an- Hildetan. förarna war hågad för et onödigt krig, och hwar och en wände om til sit. Des efterlämnade riken woro således uti en slags wiiråcighet, emedan ingen Öfwerherre war, som det almänna wårda kunde. Wärmelandska Konungahuset, som Olof Trätelja grundat, war wäl mäst berättigadt til Swenska Kronan. Men

Auda

Iwarska
Stämman
Harald.
Auda Iwars dotter, hwilken hade tilnamnet Diupaugda, eller den
grundrika, hade twifwelsutan et stort anhang, som des egen för-
tjenst och oförskylda olyckor, förmodeligen mycket förökt. Hon be-
giär ej heller Riket för sig sielf, utan för sina twå söner Harald
Hildetan, som hon haft med Rörik, och Randwer, som hon ha-
de med Radbard. Desse Prinsars rättighet til riket, war grun-
dad uti deras nära skyldskap med sista innehafwaren. Men det
wigtigaste skiälet til deras arfrätt, bestod wäl uti en god krigs-
här, som Radbard lämnade åt sin styfson. Harald Hildetan blef
altså först antagen i Giötaland, så i Dannemark, och ändteligen
i alla de länder, som des Moderfader warit Herre öfwer, så i
Giötiska Norden, som i Engeland. Uti Engelska tåget förlorade
Harald sin halfbroder Randwer, så at han ådrigenom blef En-
rewalds-Konung öfwer alla dessa widlyftiga länder. Det skedde
likwäl intet utan swårighet på några ställen i Swerige, emedan
åtskilliga Herrar, som af Ingiald och Iwar warit förolämpade,
giorde enwist motstånd. Men alt måste omsider swikta för en
Herre, som sammanknippade magten med en ogemen tapperhet,
ådelmod och rätwisa. Hans tapperhet lyste i synnerhet ådrigenom,
at han utan harnisk, skiöld och hjelm, wågade sig i de häfti-
gaste drabningar, och som han wid alla sådana tilfällen, intet war så
rädd, inbillade sig den enfaldiga hopen, at man genom häxeri gjordt
honom hård. Utom deß införde han ordning bland krigsfolket, så
at Haralds sätt at upställa en krigshär, ansågs som et mästerstyc-
ke, hwilket Oden allena kunnat upfinna. Sit ådelmod och rät-
wisa wisade han wid alla tilfällen. Den Hjorward Ylfing, som
i Ingiald Ilrådas lefwerne är omtalt, lämnade efter sig en son
i sin späda ungdom, Hermunder wid namn. Hos Ingiald ha-
de det warit såfängt, at anmäla sig för någon återställning af des
Moderfaders rike. Iwar war en trogen efterföljare af sin före-
trädare i den dygden, at behålla alting för sig sielf, så at Her-
munder måtte imedlertid bärga sig som han kunde. Men han
fann et kiärt dölare sinne hos Harald, som utan swårighet läm-
nade honom regeringen af Södermanland, som warit hans faders,
och moderfaders rike· dock på det skiäliga wilkor, at han skulle
med en drägelig skatt erkänna Haralds öfwerwälde. En Prins
benämd Ring, som härstammade från de fordna Östgiötha Ko-
nun-

mung, blef od förländ med Öſter-Gjöthland, od des bägge Jwarſta bröder Natfari od Dagfari leſde i mycket anſeende i Haralds Stämmas Hof. På detta ſätt ſtyrde Harald ſina riken genom Skatkonun- ⸗aralds. par od Jarlar, hwilke likwäl erkjände allesamman Harald för Öfwerherre, od erlade ſkatt efter omſtändigheterna. Den owäldig⸗ het, ſom Harald wiſte mot alla andra, wederfors od des Bro⸗ derſon Sigurd Ring, åt hwilken, ſå ſnart han kommit til man⸗ liga år, hela öſtra Swerige med fulkomligt Konungawälde inrym⸗ des. Så at hwarken ränkor, ſnålhet eller andra nedriga ſteg på något ſätt befläckade denna ſtora Konungens upförande. At Ha⸗ rald på ſamma ſätt inſatt Håkan Ring, ſom ſkal warit Ingialds ſon från Wärmeland, od Haralds ſyſterſon, år en ny upfinning, hwarmed Peringſkjöld riktat Swenſka Hiſtorien (*), utan at något ſäkert ſpår finnes där til hos de gamla (**).

(*) Peringſkiölds Ättartal 29. ſ.

(**) Håkan Ring nämnes ſå wäl hos Saro L. 7. p. 139, ſom i Rim⸗ krönikan, men ſjelfwa ſammanhanget wiſar, at denne Håkan Ring år den ſamme, ſom här kallas Sigurd Ring. Utom det år Håkan Rings ädttelinia hos Saro helt annan, än den Peringſkjöld gifwit wid han⸗ den. Ty Håkan Rings faber war, efter Saro, ingaluuda Ingiald Olofs ſon, utan Ingiald Alwers ſon. Saro p. 138. Utom det år bekant, at ingen kan trygga ſig wid Saros genealogier, hwilka intet hänga tilhopa. Uti Stamtaflan för Björners Sagoſlodar, nämnes od Håkan Ring. Til bewis åberopas Torfäus H. N. T. I. L. 10. men där nämnes ingen Håkan Ring. Peringſkiöld til bewis om Håkan Ring, beropar ſig på Torfäus p. 322. uti Förtalet til Sagobrottet om Bråwalla ſlag. Men hwarken nämnes hos Torfäus uti Hiſt. Nor. eller Series R. D. på den ſamma ſidan, nägon annan Håkan Ring, än den Saro omtalar, ſom år ingen annan än Sigurd Ring. At en Her⸗ re brudmb Håkan, eller Akun, låtet upryſa en ſten wid Alfud, til ämin⸗ nelſe efter ſin ſeger på Konung Jrod, nekar jag intet, emedan det ſä⸗ ges på ſtenen ſom finnes wid Alfud, od Peringſkiöld ſig åberopar. Men däruluf följer intet, at denne Håkan warit af Ynglinga Slåkten, eller at med denna ſeger förſtås Bråwalla ſlag.

§. 8.

Genom ſådant upförande bibehölls fårlek od enighet, emellan Swenſka od Danſka Häfwen, od hela Norden kunte ſägna ſig af et tryggt lugn, både för utwärtes fender, od inwärtes ord

Iwärsta Giämmas Harald.

Detta bör förnämligast tillskrifwas Konung Haralds ämna, och di wåldiga anstalter, hwarigenom både regerings-lystnad, och andra farliga begärelser blefwo twingade innom sina rätta gränsor. Så wida Historien gifwer wid handen, finnes intet mer än et enda fel, som man kan tillägga Konung Harald, nemligen, at han lefwat för länge, hwilket ock är ganska förlåteligt. Hans höga ålder hade den wärkan, at hans länder woro mycket beswärade af Wikingar och siöröfware. Inwånarne blefwo på detta sätt misnögde, och som Harald ändå intet skyndade sig at dö, satta de förnämare det ordet, at sielfwe på något beqwämt sätt befordra honom til andra werlden. Den högaktning war ännu qwar för Konungens person, at ingen wille båra hänber på honom: utan det blef ansedt för aldralämpeligast, at förqwäfja Konungen någon gång, då han war i bad, hwar af han sig ofta betjente. Anläggningen kunde så mycket lättare fullbordas, som Harald war af ålder och krämpor så matt, at han inter kunde gå, utan måtte bäras. Bader tillreddes därföre, och Konungen bars dit. Hertil lämpades efter assikten. Men Harald begrep, hwar ut anstalten syftade, han befalte då, at de skulle bära honom af bader, och det som miera war, han blef åtlydd. Han förklarade därjämte, det han nog märkte, at hans långa lifstid mishagade dem, och det med rätta, men han wille intet dö på et så föraktligt sätt, utan dö som Kung.

§. 9.

I sådan assikt affärdas sändebud til Sigurd Ring, som skulle anmoda honom, at wara Konung Harald til willjes med en talrik här, och wille äfwen Harald instälia sig i lika författning, då bägge Konungarne för sista gången skulle pröfwa hwarandra. Den utskickade hade ock befalning, at tillika förebraga orsaken til en så owäntad utmaning. Et krig, som på detta sätt förklarades, kunde wäl inter, i denna högsinta och ärebryga tiden, på något sätt undangås, hwarföre ock Sigurd Ring upbjuder så mycket folk, som kunde åstadkommas från Wäster-Götland och den öfriga delen af Swerige. Från Norrige infant sig ock en ansenlig myckenhet af folk, som hade lust at försöka sin lycka, och wisa sin tapper-

wärket. Således blef en ganska stor krigshär församlad. Flottan, bestående af tiugusex gångor hundrade fartyg, eller twåtusend femhundrade segel lade ut från Stocksund, medan Sigurd med det öfriga manskapet tågade landwägen åt Kolmorden, hwaräst och flottan skulle wara honom til möts. Sedan både land och sjöarmeen stödt tilsamman sedan för omtalta skogen, slår Sigurd up sit läger wid skogsbrynet, som då war gräns emellan Sigurds och Haralds rike. Häremot samlar Harald sin krigsmagt tilhopa utur Dannemark, Skåne och Öster-Gjöthland. Han fick äfwen en ansenlig förstärkning af Ryland och Saxen. Mötesplatsen war i Seland, hwarifrån folket med fartyg sattes öfwer til Skåne. Jmedlertid afsändes Hjortfeifer med Saxarna förut til Konung Sigurd, som skulle på Konung Haralds wägnar upsäga all wänskap och skyldskap, och tillika utstaka walplatsen, där bägge härarne skulle möta hwarandra, och blefwo således slåtterne kring Bråwiken där til utsedde, hwilket war, som förbemält de wid rågången af bägge desa Herrars länder.

§. 10.

Såsom detta krig hade ingen personlig fiendskap til grund, blef det och utfördt på et helt annat sätt än andra krig. Här finnes intet spår til någon förutgående oförrätt, plundring eller härjande, inga oförmodeliga och listiga inbrott förslogos, utan man gjorde sina tilrustningar i all stilhet på bägge sidor. En hufwudträfning skulle börja och sluta kriget, och efter sådana förutgående anstalter, hölts äntligen det kring hela Norden ryktbara slaget på Bråwalla-hed. Sedan Harald efter siu dagars resa, ankommit med en otrolig skara af folk til Bråwiken, upställas bägge härarne i slaktordning. Som Harald för sin höga ålder, intet sielf kunde förordna om alt, har hans Fältherre Bruno dragit försorg om Härens urställande. Konung Haralds Baner sattes i sielfwa medelpunkten, och woro näst omkring Konungen upstälde des Skaldter och Kämpar, tillika med den wanliga lifwakten, och öfwer alla desa synes Harald på en hög stridswagn, efter han intet kunde gå. Trenne Skjöldmöer eller Amazoner nämnas därnäst, som hwardera under sit eget baner wiste sig i spetsen af utwalde

G 2   man-

Iwarrsta
Stämman
Harald.

manstap, Ursina nemligen, Heidis och Wibiorg. Denna sidsta war ifrån Gothland. Under hennes fana sämmade, utom andra en Ubbe från Frisland, en Bratt ifrån Irland, och en Ormer från Engeland. Med Ursina sölgde et stort antal Wänder, hwilke woro utmärkte genom sina långa Wärsor, och korta Skjöldar. På ena sngelen stod Skjölmöen Heidis omgifwen med många Kämpar och stridsmän. Den andra sngelen ansörbes af Hake med klufna kinbenet, och wid hans baner woro ställe åtskillige Prinsar, och ibland dem nämnas i synnerhet Alf och Alfarin, Konung Gandalfs söner från Alfhem. Sigurd Ring hade swinfylkt sin krigshär, hwilket skal betyda, at han upställt den i trekant, och war hären på ena sidan betäkd af Ware d, och på andra sidan af Bråwiken. En Konung war uti Sigurds här, benämnd Alle, som under sin befalning förde nästan en fullkommen krigshär, hwilken prålade med många Prinsar och raska stridsmän, ibland hwilka en Starkader war i synnerhet utmärkt. Ibland Up-Swearna räknades utom andra Tolle Stein från Wäneren, Soknar Sote, Adils den stolte från Upsala, Yngwe, Trygwe, Erik Helsing, Suno Fletter, utom många flere. En hel hop Norrmän från Telemarken, hade ock infunnit sig, hwilka woro berömde för bågskjutande. Fram för Swenska hären gick en af Sigurds släktingar från Holmgården, Ragwald Rabbardson, som til åfwentyrs war Konungens Faderbroder. När Harald af sin Fältöfwerste fådt weta, huru Sigurd uprädtat sin krigshär, wiste han någon slags bestörtning, emedan han inbillade sig, at denna hemlighet war Oden och Harald allena förbehållen. Han dustade då, at han måtte stupa tillika med hela sin armee, så framt han intet kunde winna seger, hwarföre han ock stänkte alla dem, som skulle blifwa på platsen af krigsfolket, åt Oden.

§. 11.

Man gaf då teken til slaktning på bägge sidor med lurar och härrop, och fäktandet började med all häftighet på alla kanter. Ubbe af Frisland rusade fram med mycken hurtighet, och sedan han fäldt Ragwald Rabbardson, högg han neder som berättas
twå

trod och trettio personer, til des han åndteligen af Telemarkerna Jwar-ku
blef ihidlslulen. Soknar Sote stupade för Webbiorg, hwarefter Stämmas
han åndteligen af Starkader blef nederslagen. Den andra Sköld- Harald.
mden Ursina blef ock af Starkader illa sårad, då han sedermera
med eftertrpckeligare ifwer bröt in wid Danska sinierna, så at Se-
gren blef alt wissare och wissare på Sigurds sida. När Harald
märkte, at hans folk war kommit i oordning, rasar han in på
sin wagn bland fienden, där nederlaget war häftigast, och såktar
med en styrka, som intet syntes komma öfwerens med hans ålder,
til des han omsider af sin egen Fältherre med en klubba blef af-
daga tagen. Så snart Sigurd märkte, at Haralds wagn war
ledig, begrep han utan möda, at Danske Konungen war död,
hwarföre han ock strapt lät gifwa tekn, at med alt widare sådant-
de borde innehållas. Man lade då neder sina gewär på bägge
sidor, all fiendtlighet afskadnade, och alle blefwo wänner som de
woro tilförene. Följande dagen upsöktes Konungens lik, hwilket
med mycken ståt blef insatt i en stor hög, dit äfwen en sådan
häst insattes, jämte mycket guld och andra dyrbara saker, hwar-
med Generalerne, efter Sigurds anmodan och efterdöme, hedrade
Haralds döda kropp, på det hans intåg i Walhall måtte swara,
så mycket bättre emot det hederställe, den döde Herren innehaft.
Detta är det hufwudsakeligaste af de omständigheter, som om Brå-
walla-slag berättas. Många namn som berättelsen innehåller, dro
med flit förbigångne; emedan man fruktat med skäl, at en hop
personer, som för öfrigt intet dro bekante, med deras namns up-
repande, intet särdeles skulle roa läsaren. At Starkader mycket
bidragit til de Swenskas förmån är tydeligt, af det som redan är
anfördt. Lilla Rimkrönikan tildgnar honom samma heder, där-
Konung Ring på detta sätt införes talande:

Jag hafwer hämnadt min faders död,
Af Dånom, och giordt dem storan nöd,
Jag drap ock Harald Hildetan,
Då Konung Ebbe af Frisen med trettio Kungar och flere män,
I Bråwalla hed i Wärend wid Skatelöf,
Starkotter med mig den mandom bedref. m. m.

At slaget stådt i Wärends Härad i Småland, säges wäl här,
hwarmed Saxo äfwen instämmer; men man har helre följgt det

Swarsta
Silkimun
Harald.

Sagobrott, som ännu är qwar såsom omständeligare. Starkoder har ock sielf efter Saxos wittnesbörd författat en berättelse öfwer detta kriget, af hwilken detta Sagobrott förmodeligen är taget. Stephanius uti sina anmärkningar til Saxo, 167 s. har anfört en lång förteckning på de namnkunniga Herrar, som biwistadt Bråwalla slag, af hwilka någre allenast kunna nämnas, efter deras namn hafwa någon likhet med åtskilliga förnäma slägter, som i senare tiden hafwa warit bekante. Åtta och tretio nämnas på Haralds sida, och ibland dem Skalk Skäning, Garstang från Gårstånga, och Thater. Af Sigurds Ridnipar uprädnas nittio åtta, af deßa Strue den Starke, Haddir Hård, Rafn Hwide, Siward Swinhufwud, Brahi, Backi, Frosten Krus, m. m. Det är möjligt, kanßje troligt, at åtskilliga slägter finna här sina förfäder, eller anhöriga, men en widare tilldämpning kan göras af läsaren efter behag. Gamla Sagan synes gifwa wid handen, at den Starkoder, som warit deltagande i detta krig, är den samme, som förr är omtalt i Swenska Historien, hwarföre ock herom tilläggts en owanlig sköldingd: men det är troligare och naturligare, at denne är en hel annan person, och at de forne Sagotecknare, bedragne af namnen, fällt på en så besynnerlig berättelse.

§. 12.

Når man betraktar detta kriget med sin anledning och utförande, synes det wida afskildt från de krig, som nu för tiden företagas. En af ålder, kan ske hufwudswag och utlefwad gubbe, får infall at kriga, och straxt äro twänne nationer i gewär. Ingen klagan höres öfwer tilfogad oförrätt, ingen särdeles begärelse förspörjes til den andras länder, utan här föres krig nästan på samma sätt, som man tilförene gick til Holmgång och enwige. Alt sådant är otjänligt, i anseende til wåra tider. Det är likwäl sådeert, at kriget afmäles med så otroliga färgor i wårt gamla Sagobrott. Men det kan blifwa sannolikt, efter nogare öfwerwägande af forna tidens tänkesätt. Man war understundom tilså snål, som man nu är, men understundom sökade man och förde krig, efter man trodde, det war hederligt och berömligt, hwilket är
wäl

wål största högden af orimmelighet. Af sådan natur synes detta Swarsta
krig hafwa warit. Om man ock wiste nu förtiden, alla de hem= Stmmnan
liga affikter, som upwäcka krig och folkbrande, skulle ordsakerne Harald.
wara esomoftast lika dåraktiga, oaktadt alla konstlade bewekterna
af oförrätt och förolämpningar. Men hwar och en kan döma
här om, som honom behagar. En Historieskrifware är ingen Mi=
nister, han behöfwer intet dikta, och går säkraste wägen, när
han föreställer en sak, sådan som hon förekommer hos de gamla,
då hon intet är orimelig. Wi säga därföre på gamla wiset,
at Harald Hildetan lyktade sin regering som en Hjelte, ehuru
man på nu warande Swenska kunde få en lång lämpeligare titel.
At Harald för öfrigt warit älskare af denna tidsens witterhet,
slutas af de många Skalder han hållit i sit hof, hwilka ock wo=
ro honom följaktige i Bråwalla slag, nemligen Gneip den gam=
le, Gandr, Brandr, Blångr, Teitr, Hjalte och flere (*).
Sin faders åminnelse har han welat göra ödödelig, genom en
Runristning, som skal wara uthuggen i et helleberg i Blekingen,
och finnes omnämnad i Inledningen. Hans krigswetenskap, at up=
ställa en här, beskrifwer Saxo (**) på et sätt, at man snart skul=
le tro, at han intet sielf förstod hwad han skrifwit, därföre man
ock kan wara ursäktad, om man til åfwentyrs inter rätt kan
träffa hans mening. Stephanius har inte wågat sig at röra
denna beskrifning, utan anmodade sin ämbetsbroder Laurenberg
om förklaring, hwilken ock förmedelligen ej heller tör passa sig med
Saxos afritning. Jämför man däremot Saxos berättelse med
den slagtordning, som är uptekna i Sagobrottet, tör det huf=
wudsakeligaste af Haralds Tactique kunna föreställas sålunda.
Första linien af hufwudhären war fördelt i tre Colonner, på det
sätt inrättade, at främsta ledet war eller nästan twå man högt, det
andra tre, och så widare, til des efterste lederna af Colonnerna
torde hwarandra, och war den medlersta Colonnen ingen man
längre än de andra. Hwar singel war i tingo Batailloner för=
delt. I andra linien stodo Bogskyttarne, tredie linien, intogs
af gamla soldaterna. I fierde linien woro Slungarne upställde,
hwilka betäktes af det öfriga manskopet, som föresvarade en tri=
lik figur som främsta linien, och giorde front ut åt, at afhålla
fienden at angripa krigshären i ryggen. Om denne slagtordning
war

Twärsta
Sällnnan
Harald.
war så konstig, at krigsguden sielf borde anses för des upfinna-
re, lämnas til kjännares omprofwande. Så mycket är tydeligt,
både af Saxo och af beskrifningen om Bråwalla slag, at hwar-
ken Harald eller Sigurd betient sig af Ryttteri. Kan hända lan-
ten war så öfwerwuxit och afskurit, at Rytteri intet kunde göra
särdeles tjenst; kan ock wara, at man ännu i Norden intet be-
grep nyttan däraf, eller ock, at där intet war fullkomlig tilgång
på hästar. Harald Hildetans bedrifter, äro för öfrigt intet be-
kante. Åtskilliga barn har han lämnat efter sig, af hwilka Ei-
sten Beli är i synnerhet namnkunnig, som en lång tid regerat
i Swerige, hwarom mera framdeles. En annan Haralds son
nämnes i Bråwalla Sagobrot, Rörik Slaungwanbauge (***)
nemligen, tillika med Thronder Gamle. Man finner således
trenne personer i Danska Konunga-släkten, som alle heta Rö-
rik Slaungwanbauge. Om denna sista Rörik wet man intet
mer, än at han lämnat manliga efterkommande, af hwilka en
Rafn, som warit bland de första Islands inbyggare, leder sin
härkomst. Man finner ännu en annan af Haralds söner,
Sölge wid namn, från hwilken en Helge har sin uprinnel-
se, hwilken äfwen warit med de första, som satt sig neder på
Island (****). Haralds tilnamn blef honom däraf gifwit, at han
utjördt så widlyftiga krig eller Herskap, som det i Sagan kal-
las. Och wet man nog, at Hilde betyder strid, men hwad
Tan betecknar, är desto owißare, om man ej wil hämta det af
Thanus eller Thainus, hwilket ofta förekommer hos Anglo-
Saxiska Skribenter, och kan öfwersättas genom Herre eller för-
nämn man (*****).

(*) Sagobrott, p. 21. •

(**) Saxo, p. 130.

(***) Sagobrott, p. 38.

(****) Torfäus, Ser. RR. Dan. p. 211, 506.

(*****) Se DuCange, ordet Thainus.

5. Ka-

5. Capitlet.

Om

Sigurdska Slåkten, från Sigurd Ring; til Emund Gamle.

§. 1.

Efter Bråwalla flag wardt Sigurd Ring utan widare twist
en regerande Enwålds-Konung öfwer Swerige och Dan-
nemark. På denna Herrens förfäder hafwe wi ingen wi-
dare reda, än hwad tilförene är anfördt, nemligen, at des fa-
der war Randwer, och des faderfader Konung Radbard af
Holmgården. Sigurds fadermoder war Auda den Grundrika,
Iwar Widfadmes dotter. Hans moder war Esa, Konung
Haralds dotter af Geyraudargård (*). Sigurds Slåktskap med
Ynglinga Ätten genom Skira, Konung Anunds förmenta bro-
der, hwarmed Peringskjöld strökt Swenska Historien, lämna wi
aldeles, såsom en i gamla Skrifter intet grundad berättelse. Ko-
nung Haralds död banade honom en jämn wäg til en fredlig
besittning, både af Swenska och Danska Thronen. Til landets
inwårtes hushållning, förordnades Skatt-Konungar och Jarlar, och
under den förra Titel, lär Esten Belt blifwit regerande i Up-
sala. Det är ock troligt, at de andre Haralds söner blifwit på
samma sätt ihogkomne, fast än ingen ting därom i de gamla
Skrifter finnes antecknadt. Skjöldmöen Heidis, som uti Brå-
walla flag följt Konung Harald Hildetan, blef förordnad til
regerande öfwer en del af Dannemark. De andre Herrar, som
til landets styrsel blefwo utsedde, nämnas intet. Efter deßa an-
stalter, kommer Sigurd fram med sina gamla och tillika lagom
gagnande fordringar på Northumberland, som Iwar Widfadme, -
Harald Hildetan, och deras förfäder skiftewis innehaft. Den
del, som deße Nordiske Herrar warit regerande öfwer, war nu
inkräktad af Jngiald, West-Sarißa Konungens broder. Efter
påbuden leding, anländer Sigurd med en mägtig flotta til En-
geland. En stor del af inwånarna förklarade sig genast för ho-

bedrägeri sofa omsider fram utur sielfwa det konstlade mörkret, och
betaga all högaktning för uphofsmannen. Det är därföre oförne-
keligit, at Iwar intet war älskad af sina underfåtare. Man ser
et tydeligt bewis därpå i Swerige, hwarifrån mycket folk, trötte
af hans regering, förfogade sig til Olof Trätelja i Wärmeland.
Den wärkeliga styrka, som Olof härigenom förwärfwade, hade
kunnat blifwa betydande för Iwar, om den ej genom en särdeles
förwirring, haft en bedröfwelig påfölgd för Olof sielf. En myckenn-
het af folk uti et litet land, som de utan handel och siöfart, måste
nödwändigt förordsaka brist och dyrhet på lifsmedel. De gamle
Swenske hade intet ombytt tänkesätt, fast de önskat hemwist. Ko-
nung Olof borde således ofelbart wara skuld til dyrheten. Utom
des, war Olof intet särdeles mån om offrens bibehållande, hwaraf
den blinda widskiepelsen än mera uprördes. Folket samlade sig
fördenskul, öfwerföllo Konungen uti sitt hus wid Wänern, och
brände honom inne til offer åt Oden för god årswäxt. Detta
kan likwäl intet anses annorlunda, än för en upresning af de rin-
gare i landet. De klokare begrepo utan swårighet rätta ordsaken
til dyrheten. De utwalde därföre et annat medel at bota den,
som wäl war i wist hänseende mindre groft, men i sielfwa wärket
lika ordrådigt. Man samlade fördenskul folk tilhopa, och sedan
man farit öfwer Eda skog, öfwerfalles det lilla Konungariket Sold
i Norrige, hwar Sölwe Konung Olof Träteljas Swärfader re-
gerade, och Olofs son Haldan upfödders. Sölwe, som intet wiste
af någon ofred, blef snart öfwerwunnen och dräpen, samt unga
Prinsen Haldan til fånga tagen. Fångenskapen skadade honom lik-
wäl intet, emedan han blef af deßa stråtröfware tagen til anförare
och Konung, hwarefter Sold utan swårighet wardt underlagdt.
Haldan betjente sig widare af sina nya underfåtares hetta, och
gjorde sig mästare i största hast af Raumarike, et litet konunga-
döme i Norrige, hwartil Raume Nores son lagt grunden. Hans
äldre broder Ingialdo död gjorde honom ock regerande i Wärme-
land, så at detta nyligen uptagna ödelandet, började blifwa förfär-
ligt för alla Småkonungar i negden.

§. 6.

§. 6.

Om deßa hwälfningar händt meban Iwar ännu lefbe, war Iwarßa
bet nog unberligt, at han intet förte, at lämpa bem til sin förbel. Silimmau
Men antingen han habe någon slags wördnad för ben gamla Ko- Iwar.
nunga-släften, eller ock, at han intet wärdabe fasta upmärksam-
het på småsafer, lämnabe han Olof Trätelja och hans son ful-
fomlig frihet, at utföra sina anlägningar efter behag. En öde-
mark mer eller mindre, lät intet gjorbt någon upmärksamhet bland
så fringflygande eröfringstanfar. Eljest har Baron Holberg (*)
och någre andre yppabt twifwelsmål, om benne mägtige Iwar nå-
gonsin warit til, efter ingen ting om honom finnes nämnbt, hwar-
fen i Swenska eller Danska Kröniban, ej heller uti utländska
Skrifter, utan allena i Isländska Handlingar. Men twifwelsmå-
let förfaller, när man påminner sig, wåt Lilla Rimfröniba, hwar
betta witnesbörd om Ingiald Ilråba förekommer:

Jag råbbes Iwar Konung skulle mig winna,
Ty brände jag mig sjelfwer inne.

Den förtekning, som finnes uti Ark. B. Erik Benzels Monumen-
ter, och är äminstone af sjortonde århundrad, nämner likalebes
benna Iwar (**), och Ericus Olai (***) har ej heller glömt ho-
nom. I ansfende til Iwars widstråfta herrawälde, kallas benne
Herre af be gamla, stundom Widfadme, stundom Widsaene.

(*) Dän. Reichs-Histor. T. I. p. 54.
(**) E. Benzelli Monumenta p. 68.
(***) E. Olai, L. I. p. 19.

§. 7.

Seban Iwar Widfabme slutat sina bagar på bet förut om- Larald
talta sutt, skingrar sig bes samlabe Frigshär, emeban ingen af an- Silbeian.
förarena war hågab för et onödigt frig, och hwar och en wänbe
om til sit. Des efterlämnabe rifen woro såsebes uti en slags
wirrdrighet, emeban ingen Öfwerherre war, som bet almänna
wårba funbe. Wärmelanbska Konungahuset, som Olof Trätelja
grunbabe, war wäl mäst berättigabt til Swenska Kronan. Men
                                                              Auba

Iwarska
Ärdnuman
Harald.
Auda Jwars dotter, hwilken hade tilnamnet Diupaugda, eller den
grundrika, hade twifwelsutan et stort anhang, som des egen för-
tjenst och oförstylda olyckor, förmodeligen mycket förökt. Hon be-
gick ej heller Riket för sig sielf, utan för sina twå söner Harald
Hildetan, som hon haft med Rörik, och Randwer, som hon ha-
de med Rabbard. Desse Prinsars rättigher til riket, war grun-
dad uti deras nåra styltskap med sista innehafwaren. Men det
wigtigaste stidlet til deras arsördet, bestod wäl uti en god krigs-
här, som Rabbard ldmnade åt sin styfson. Harald Hildetan blef
altså först antagen i Giötaland, så i Dannemark, och dødteligen
i alla de lånder, som des Moderfader warit Herre öfwer, så i
Giötiska Norden, som i Engeland. Uti Engelska tåget förlorade
Harald sin halfbroder Randwer, så at han dårigenom blef En-
wålds-Konung öfwer alla desa widlystiga lånder. Det skiedde
likwål intet utan swårighet på några ställen i Swerige, emedan
åtskillige Herrar, som af Ingiald och Jwar warit förolämpade,
giorde enwist motstånd. Men alt måste omsider swikta för en
Herre, som sammanknippade magten med en ogemen tapperhet,
ådelmod och rättwisa. Hans tapperhet lyste i synnerhet dårigenom,
at han utan harnist, stiöld och hjelm, wågade sig i de håfrigaste
drabningar, och som han wid alla sådana tilfällen, intet war så-
rad, inbillade sig den enfaldiga hopen, at man genom håxeri giordt
honom hård. U:om deß införde han ordning bland krigsfolket, så
at Haralds sått at upstålla en krigshår, ansågs som et måsterstyc-
ke, hwilket Oden allena kunnat upfinna. Sit ådelmod och rått-
wisa wisade han wid alla tilfällen. Den Hjorward Ylfing, som
i Ingiald Ilråbas lefwerne år omtalt, ldmnade efter sig en son
i sin späda ungdom, Hermunder wid namn. Hos Ingiald ha-
de det warit såfängt, at anmäla sig för någon återstålning af des
Moderfaders rike. Jwar war en trogen efterföljare af sin före-
trådare i den dygden, at behålla alting för sig sielf, så at Her-
munder måtte inedlertid bårga sig som han kunde. Men han
fann et långt dolare sinne hos Harald, som utan swårighet låm-
nade honom regeringen af Södermanland, som warit hans faders,
och moderfaders rike: dock på det stidliga wilkor, at han stulle
med en drdgelig statt erkänna Haralds öfwerwålde. En Prins
benåmd Ring, som hårstammade från de fordna Östgiöthe Ko-
nun-

mung, blef ock förländ med Öster-Gjöthland, och des bågge *Jwerfta*
bröder Natfari och Dagfari lefde i mycket anseende i Haralds *Silmman*
Hof. På detta sätt styrde Harald sina riken genom Skalkonun- *Harald.*
gar och Jarlar, hwilke likwäl erkiände allesamman Harald för
Öfwerherre, och erlade skatt efter omständigheterna. Den owäldig-
het, som Harald wiste mot alla andra, wederfors ock des Bro-
derson Sigurd Ring, åt hwilken, så snart han kommit til man-
liga år, hela Öfra Swerige med fulkomligt Konungawälde inrym-
des. Så at hwarken ränker, snålhet eller andra nedriga steg på
något sätt befläckade denna stora Konungens upförande. At Ha-
rald på samma sätt insatt Håkan Ring, som skal warit Ingialds
son från Wärmeland, och Haralds systerson, är en ny upfinning,
hwarmed Peringskiöld riktat Swenska Historien (*), utan at något
säkert spår finnes där til hos de gamla (**).

(*) Peringskiölds Ättartal 29. f.

(**) Håkan Ring nämnes så wäl hos Saxo L. 7. p. 139, som i Rim-
krönikan, men sielfwa sammanhanget wisar, at denne Håkan Ring är
den samme, som här kallad Sigurd Ring. Utom det är Håkan Rings
slägtlinia hos Saxo helt annan, än den Peringskiöld gifwit wid han-
den. Ty Håkan Rings fader war, efter Saxo, jagaluuda Ingiald
Olofs son, utan Ingiald Alwers son. Saxo p. 138. Utom det är
bekant, at ingen kan trygga sig wid Saxos genealogier, hwilka intet
hänga tilhopa. Ut Stamtaflan för Biörners Sagostockar, nämnes
ock Håkan Ring. Til bewis åberopas Torfäus H. N. T. I. L. 10.
men där nämnes ingen Håkan Ring. Peringskiöld til bewis om Håkan
Ring, beropar sig på Torfäus p. 322. uti Företalet til Sagobrottet
om Bråwalla slag. Men hwarken nämnes hos Torfäus uti Hist. Nor.
eller Series R. D. på den nämda sidan, någon annan Håkan Ring, än
den Saxo omtalar, som är ingen annan än Sigurd Ring. At en Her-
re benämd Håkan, eller Alfun, låtet uprysa en sten wid Alfnö, til ämin-
nelse efter sin seger på Konung Jrod, nekar jag intet, emedan det så-
ges på stenen som finnes wid Alfnö, och Peringskiöld sig åberopar.
Men därutaf följer intet, at denne Håkan warit af Ynglinga Slägten,
eller at med denna seger förstås Bråwalla slag.

§. 8.

Genom sådant upförande bibehölls förlek och enighet, emellan
Swenska och Danska Håfwen, och hela Norden kunde fägna sig
af et tryggt lugn, både för utwärtes fiender, och inwärtes oro.

S   Detta

Jwarsta
Glåmmas
Harald.

Detta bör förnämligast tilskrifwas Konung Haralds sämna, och oi wåldiga anstalter, hwarigenom både regerings-lystnad, och andra farliga begärelser blefwo twingade innom sina rätta gränsor. Så wida Historien gifwer wid handen, finnes intet mer än et enda fel, som man kan tillägga Konung Harald, nemligen, at han lef- wat för länge, hwilket ock de ganska förlätelige. Hans höga ål- der hade den wärkan, at hans länder woro mycket beswärade af Wikingar och sjöröfware. Inwånarne blefwo på detta sätt mis- nögde, och som Harald ändå intet skyndade sig at dö, satte de förnämare det ordet, at sjelfwe på något beqwämt sätt befordra honom til andra werlden. Den högaktning war ännu qwar för Konungens person, at ingen wille bära händer på honom: utan det blef ansedt för aldralämpeligast, at förqwäfja Konungen någon gång, då han war i bad, hwar af han sig ofta betjente. Anlåg- ningen kunde så mycket lättare fullbordas, som Harald war af ålder och krämpor så matt, at han intet kunde gå, utan måtte båras. Bader tilredddes derföre, och Konungen bars dit. Herran lämpades efter afsikten. Men Harald begrep, hwar ut anstalten syftade, han befalte då, at de skulle bära honom af bader, och det som mera war, han blef dräpd. Han förklarade tärjämte, det han nog närkte, at hans långa lifstid inishagade dem, och det med rätta, men han wille intet dö på et så föraktcligt sätt, utan dö som Kung.

§. 9.

I sådan afsikt affärdas sändebud til Sigurd Ring, som skul- le anmoda honom, at wara Konung Harald til uppebes med en tal- uif här, och wille äfwen Harald inställa sig i lika författning, då bägge Konungarne för sista gången skulle pröfwa hwarandra. Den utskickade hade ock befalning, at tillika förettraga orsaken til en så owäntad utmaning. Et krig, som på detta sätt förklarades, kunde wäl intet, i denna högsinta och äredrygta tiden, på något sätt untagas, hwarföre ock Sigurd Ring uppbjuder så mycket folk, som kunde åstadkommas från Wäster-Göthland och den öfriga de- len af Swerige. Från Norrige infan sig ock en ansenlig myckn- het af folk, som hade lust at försöka sin lycka, och wisa sin tap- per-

varhen. Således blef en ganska stor krigshär församlad. Flottan, Twartsa
bestående af tiugusex gånger hundrade fartyg, eller trotusend Stämmen
femhundrade segel-lade ut från Stocksund, medan Sigurd med det Harald.
öfriga manskapet tågade landvägen åt Kolmorden, hvaräst ock
flottan skulle vara honom til mötes. Sedan både land och sjö-
armeen stött tilsamman sedan för omtalta kogen, slår Sigurd up.
sit läger mid Skogsbrynen, som då var gräns emellan Sigurds
och Haralds rike. Häremot samlar Harald sin krigsmagt tilhopa
utur Dannemark, Skåne och Öster-Gjöthland. Han fick äfwen
en ansenlig förstärkning af Ryland och Saxen. Mötesplatsen
war i Seland, hvarifrån folket med fartyg sattes öfwer til Skå-
ne. Imedlertid afsändes Hjortseifer med Saxarna förut til Ko-
nung Sigurd, som skulle på Konung Haralds wägnar upsäga all
wänskap och frydskap, och tillika utstaka walplatsen, där bägge
hårarne skulle möta hvarandra, och blefwo således slutterne kring
Bråwiken där til utsedde, hwilket war, som förbemält är wid
rågången af bägge deßa Herrars länder.

§. 10.

Såsom detta krig hade ingen personlig fientskap til grund,
blef det ock utfördt på et helt annat sätt än andra krig. Här
finnes intet spår til någon förutgående oförrätt, plundring eller
härjande, inga oförmodeliga och listiga inbrott företogos, utan man
giorde sina rustningar i all stilhet på bägge sidor. En hufwud-
träfning skulle börja och sluta kriget, och efter sådana förutgående
anstalter, hölts ändteligen det kring hela Norden ryktbara slaget på
Bråwalla-hed. Sedan Harald efter siu dagars resa, ankommit
med en otrolig skara af folk til Bråwiken, upställas bägge hårarne
i slaktordning. Som Harald för sin höga ålder, intet sielf kunde
förordna om alt, har hans Fältherre Bruno dragit försorg om
Härens upställande. Konung Haralds Baner sattes i sielfwa
medelpuncten, och woro näst omkring Konungen upställde des Skal-
der och Kämpar, tillika med den wanliga lifwakten, och öfwer
alla deßa syntes Harald på en hög stridswagn, efter han intet
kunde gå. Trenne Skjöldmöer eller Amazoner nämnas därnäst,
som hwardera under sit eget baner wiste sig i spetsen af utwalde

man-

Iwarrsta manskap, Ursina nemligen, Heidis och Weblorg. Denna sista
Stämmas war ifrån Gothland. Under hennes sama sällade. utom an-
Harald. dra en Ubbe från Frisland, en Bratt ifrån Irland, och en
Ormer från Engeland. Med Ursina följde et stort antal Wän-
der, hwilke woro utmärkte genom sina långa Wärjor, och korta
Skjöldar. På ena flygelen stod Skjölmön Heidis omgifwen med
många Kjämpar och stridsmän. Den andra flygelen anfördes
af Hake med klufna kinbenet, och wid hans baner woro stridbe
dikskilige Prinsar, och ibland dem nämnas i synnerhet Alf och
Alfarin, Konung Gandalfs söner från Alfhem. Sigurd Ring
hade swinfylkt sin krigshär, hwilket skal betyda, at han upställt
den i trekant, och war hären på ena sidan betäkd af Ware-d,
och på andra sidan af Brawiken. En Konung war uti Si-
gurds här, benämnd Alle, som under sin befalning förde nästan
en fulkommen krigshär, hwilken prålade med många Prinsar och
raska stridsmän, ibland hwilka en Starkader war i synnerhet
utmärkt. Ibland Up-Swearna räknades utom andra Tolle Stein
från Wäneren, Soknar Sore, Adils den stolte från Upsala,
Yngwe, Trygwe, Erik Helsing, Suno Sletter, utom många
flere. En hel hop Norrmän från Telemarken, hade ock insunnit
sig, hwilka woro berömde för bågskjutande. Fram för Swenska
hären gick en af Sigurds släktingar från Holmgården, Ragwald
Rabbardson, som til äfwentyrs war Konängens Faderbroder.
När Harald af sin Fältöfwerste fådt weta, huru Sigurd uprä-
tat sin krigshär, wiste han någon slags bestörtning, emedan han
inbillade sig, at denna hemlighet war Oden och Harald allena
förbehållen. Han önskade då, at han måtte stupa tillika med he-
la sin armee, så framt han intet kunde winna seger, hwarföre han
ock skänkte alla dem, som skulle blifwa på platsen af krigsfolket,
åt Oden.

§ II.

Man gaf då tekn til slaktning på bägge sidor med lurar och
härrop, och sällandet började med all häftighet på alla kanter.
Ubbe af Frisland rusade fram med mycken hurtighet, och sedan
han sålt Ragwald Rabbardson, högg han neder som berättas
två

trod och trettio personer, til des han ändtligen af Telemarkerna Jwar§r bief ihiälfkuten. Sofnar Sote stupade för Webbiorg, hwarefter Stämman han ändteligen af Starkader blef nederslagen. D:n andra Sköld- ⸢darald. möen Urfina bief ock af Starkader illa sårad, då han federmera med eftertrydeligare ifwer bröt in uti Danfka linierna, så at Se- gren blef alt wißare och wißare på Sigurds fida. När Harald märkte, at hans folk war kommit i oordning, rafar han in på fin wagn bland fienden, där nederlaget war häftigast, och fäktar med en styrka, fom intet fyntes komma öfwerens med hans ålder, til des han omfider af fin egen fältherre med en klubba blef af daga tagen. Sí fnart Sigurd märkte, at Haralds wagn war ledig, begrep han utan möda, at Danfke Konuugen war död, hwarföre han ock straxt lät gifwa tekn, at med alt widare fäktan' de borde inneb§llas. Man lade då neder fina gewär på bägge fidor, all fiendtlighet afftadnade, och alle blefwo wänner fom de woro tilförene. Följande dagen uplöftes Konungens lik, hwilket med mycken ståt blef infatt i en ftor hög, dit dfwen en fadlad häft infattes, jämte mycket guld och andra dyrbara faker, hwar- med Generalerne, efter Sigurds anmodan och efterdöme, hedrade Haralds döda kropp, på det hans intåg i Walhall måtte fwara så mycket bättre emot det hedersftälle, den döde Herren innehaft. Detta är det hufwudfakeligafte af de omftändigheter, fom om Brå- walla-flag berättas. Många namn fom berättelfen innehåller, äro med flit förbigångne; emedan man fruktat med fkäl, at en hop perfoner, fom för öfrigt intet äro befante, med deras namns up- repande, intet fårdeles fulle roa läfaren. At Starkader mycket bidragit til de Swenfkas förmän, är tydeligt, af det fom redan är anfördt. Lilla Rimkrönikan tilägnar honom famma heder, dät Konung Ring på detta fätt införes talande:

Jag hafwer hämnadt min faders död,
Af Dänom, och gjordt dem ftoran nöd,
Jag drap ock Harald Hildetan,
Oß Konung Ebbe af Frifen med trettio Kungar och flere män,
I Bråwalla hed i Wärend wid Slatelef,
Starkoter med mig den mandom bedref. m. m.

At flaget ftådt i Wärends Härad i Småland, fäges wäl här, hwarmed Saxo äfwen inftämmer; men man har helre följt det

S 3   Sa-

Jwarsta
Sigismund
Harald.

Sagobrott, som ännu är qwar såsom omständeligare. Starkoder har ock sielf efter Saxos witnesbörd författadt en berättelse öfwer detta kriget, af hwilken detta Sagobrott förmodeligen är taget. Stephanius uti sina anmärkningar til Saxo, 167 s. har anfört en lång förteckning på de namnkunniga Herrar, som biwistadt Bråwalla slag, af hwilka någre allenast kunna nämnas, efter deras namn hafwa någon likhet med åtskilliga förnämna slägter, som i senare tiden hafwa warit bekante. Åtta och sextio nämnas på Haralds sida, och ibland dem Skalk Skåning, Gärstäng från Gårstånga, och Thater. Af Sigurds Kjämpar upräknas nittio åtta; af deßa Sture den Starke, Haddir Hård, Rafn Hwide, Siward Swinhufwud, Brahi, Backi, Frosten Reus, m. m. Det är möjligt, kanske troligt, at åtskilliga slägter finna här sina förfäder, eller anhöriga, men en widare tillämpning kan göras af läsaren efter behag. Gamla Sagan synes gifwa wid handen, at den Starkoder, som warit deltagande i detta krig, är den samme, som förr är omtalt i Swenska Historien, hwarföre ock honom tillägges en owanlig lifslängd: men det är troligare och naturligare, at denne är en hel annan person, och at de forne Sagoteknare, bedragne af namnen, fallit på en så besynnerlig berättelse.

§. 12.

När man betraktar detta kriget med sin anledning och utförande, synes det wida afskildt från de krig, som nu för tiden företagas. En af ålder, kan ske hufwudswag och utlefwad gubbe, får infall at kriga, och strax äro twänne nationer i gewär. Ingen klagan höres öfwer tillfogad oförrädt, ingen särdeles begärelse förspörjes til den andras länder, utan här föres krig nästan på samma sätt, som man tilförne gick til Holmgånga och enwige. Alt sådant är otjänligt, i anseende til wåra tider. Det är likwäl säkert, at kriget afmåles med så otroliga färgor i wårt gamla Sagobrott. Men det kan blifwa sannolikt, efter nogare öfwerwägande af forna tidens tänkesätt. Man war understundom likså snål, som man nu är, men understundom fäktade man och förde krig, efter man trodde, det war hederligt och berömligt, hwilket är
wäl

wäl största högden af orimmelighet. Af sådan natur synes detta Twarsta krig hafwa warit. Om man ock wiste nu förtiden, alla de hem- Ebsommas liga affikter, som upwäcka krig och folködande, skulle ordsakerne Barald. wara esomoftast likså däraktiga, oaktadt alla konstlade beskrifuar af oförrätt och föroldmpningar. Men hwar och en kan döma här om, som honom behagar. En Historieskrifware är ingen Minister, han behöfwer inter dikta, och går säkraste wägen, när han föreställer en sak, sådan som hon förekommer hos de gamla, då hon intet är orimelig. Wi säga därföre på gamla wiset, at Harald Hildetan sjuktade sin regering som en Hjelte, ehuru man på nu warande Swenska kunde få en lång lämpeligare titel. At Harald för öfrigt warit älskare af denna tidsens witterhet, slutas af de många Skalder han hållit i sit hof, hwilka ock wo- ro honom följaktige i Bråwalla slag, nemligen Gneip den gam- le, Gandr, Brandr, Blängr, Teiter, Hjalte och flere (*). Sin faders åminnelse har han welat göra oddselig, genom en Runritning, som skal warit uthuggen i et helleberg i Blekingen, och finnes omnämnd i Inledningen. Hans krigswetenskap, at up- ställa en här, beskrifwer Saxo (**) på et sätt, at man snart skul- le tro, at han inter sjelf förstod hwad han skrifwit, därföre man ock kan wara ursäktad, om man til äfwentyrs inter rätt kan träffa hans mening. Stephanius har intet wågat sig at röra denna beskrifning, utan anmodade sin åmbetsbroder Lawrenberg om förklaring, hwilken ock förmodeligen ej heller ide pasa sig med Saxos afritning. Jämför man däremot Saxos berättelse med den slaktordning, som de uprepnad i Sagobrotter, lär det huf- wudsakeligaste af Haralds Tactkqve kunna föreställas sålunda. Första linien af hufwudhåren war ordelt i tre Colonner, på det sätt inrättade, at främsta ledet war cänast twå man högt, det andra tre, och så widare, til des efersta lederna af Colonnerna rörde hwarandra, och war den medlersta Colonnen ssugu man längre än de andra. Hwar flygel war i tjugo Batailloner för- deld. I andra linien stodo Bogskyttarne, tredie linien intogs af gamla soldaterna. I fjerde linien wöro Slungarne upstälde, hwilka betäktes af det öfriga munskopet, som sotinerade en op- lik figur som främsta linien, och gjorde front ut åt, at afhålla fienden at angripa krigshären i ryggen. Om denne slaktordning

war

Jwarsta
Filtmnnan
Harald. war så konstig, at krigsguden själf borde anses för dess upfinna-
re, lämnas til kjännares ompröfwande. Så mycket är tydeligt,
både af Saxo och af beskrifningen om Bråwalla slag, at hwar-
ken Harald eller Sigurd betjent sig af Ryttteri. Kan hända lan-
det war så öfwerwuxit och afskurit, at Rytteri inte kunde göra
särdeles tjenst; kan ock wara, at man ännu i Norden inte be-
grep nyttan däraf, eller ock, at där inte war fullkomlig tilgång
på hästar. Harald Hildetans bedrifter, äro för öfrigt inte be-
kante. Åtskilliga barn har han lämnat efter sig, af hwilka Ei-
sten Beli är i synnerhet namnkunnig, som en lång tid regerat
i Swerige, hwarom mera framdeles. En annan Haralds son
nämnes i Bråwalla Sagobrot, Rörik Slaungwanbauge (***)
nemligen, tillika med Thrander Gamle. Man finner således
trenne personer i Danska Konunga-släkten, som alle hetat Rö-
rik Slaungwanbauge. Om denna sista Rörik wet man inte
mer, än at han lämnat manliga efterkommande, af hwilka en
Rafn, som warit bland de första Islands inbyggare, leder sin
härkomst. Man finner ännu en annan af Haralds söner,
Sölge wid namn, från hwilken en Helge har sin uprinnel-
se, hwilken äfwen warit med de första, som satt sig neder på
Island (****). Haralds tilnamn blef honom däraf gifwit, at han
utfördt så wildsinta krig eller Herskap, som det i Sagan kal-
las. Och wet man noga, at Hilde betyder strid, men hwad
Tan betecknar, är desto owissare, om man ej wil hämta det af
Thanus eller Thainus, hwilket ofta förekommer hos Anglo-
Saxiska Skribenter, och kan öfwersättas genom Herre eller för-
näm man (*****).

(*) Sagobrot, p. 21.

(**) Saxo, p. 130.

(***) Sagobrott, p. 38.

(****) Torfäus, Ser. RR, Dan. p. 211. 506.

(*****) Se DuCange, ordet Thainus.

5. Ka-

5. Capitlet.

Om

Sigurdska Slägten, från Sigurd Ring, til Emund Gamle.

§. 1.

Efter Bråwalla flag warbt Sigurd Ring utan widare twist
en regerande Enwålds-Konung öfwer Swerige och Dan-
nemark. På denna Herrens företräber hafwe wi ingen wi-
dare reda, än hwad tilförene är anfördt, nemligen, at des fa-
der war Randwer, och des faderfader Konung Radbard af
Holmgården. Sigurds fadermoder war Auda den Grundrika,
Iwar Widfadmes dotter. Hans moder war Esa, Konung
Haralds dotter af Geyraudargård (*). Sigurds Slägtskap med
Ynglinga Ätten genom Skira, Konung Anunds förmenta bro-
der, hwarmed Peringskjöld ströft Swenska Historien, lämna wi
aldeles, såsom en i gamla Skrifter intet grundad berättelse. Ko-
nung Haralds död banade honom en jämn wäg til en fredlig
besittning, både af Swenska och Danska Thronen. Til landets
inwärtes hushållning, förordnades Skatt-Konungar och Jarlar, och
under den förra Titel, lät Listen Beli blifwit regerande i Up-
sala. Det är ock troligt, at de andre Haralds söner blifwit på
samma sätt ihogkomne, fast än ingen ting därom i de gamla
Skrifter finnes antecknadt. Skjöldmön Heidis, som uti Brå-
walla flag följt Konung Harald Hildetan, blef förordnad til
regerande öfwer en del af Dannemark. De andre Herrar, som
til landets styrsel blefwo utsedde, nämnas intet. Efter deßa an-
stalter, kommer Sigurd fram med sina gamla och tillika lagom
gagnande fordringar på Northumberland, som Iwar Widfadme,
Harald Hildetan, och deras förfäder skiftewis innehaft. Den
del, som deße Nordiske Herrar warit regerande öfwer, war nu
inkräktad af Ingiald, West-Saxiska Konungens broder. Efter
påbuden leding, anländer Sigurd med en mägtig flotta til En-
geland. En stor del af inwånarna förklarade sig genast för ho-

L   nom.

Sigurdska Slägten. Sigurd Ring. nom. Men Ingiald war ej betdukt af något dylikt, utan mö-
ter sin fiende med en stor krigshär. Lyckan förklarade sig äfwen
denna gång för Sigurd, så at Ingiald med sin son Ubbe,
blefwo bägge på platsen, hwarigenom Swenske Konungen bemäg-
tigade sig hela landet, som Ingiald haft i sit wåld. Sigurd sat-
te då en af sina slägtingar, Olof, til Konung i landet, och wän-
de således til sina östra riken tilbakars. Denne Olof war Henriks
son, hwilken war broderson til Moald den Tiocka, Konung
Iwar Widfadmes Gemål, och war Olof på den grund slyssling
med Randwer, Sigurd Rings fader. Olof regerade en lång tid
i Engeland, til des han ändteligen blef utdrifwen af Lawa, den
förbemälte Konung Inglaks soneson. Då Olof försogade sig til
Konung Sigurd, som nu war i Swerige, blef han af honom
förordnad til Höfdinge öfwer Jutland, hwar han war Skattkonung
i Sigurds och Ragnar Lodbroks tid. Af sit wistande i Enge-
land, blef han kallad den Engelske Olof (**). Detta Engelska tåg
utmärker rödeligen, på hwilken tid Sigurd lefwat; ty wi wete af
Engelska Skribenter, at Inas, Konungen i West-Saxen, haft en
broder benämnd Ingiald, hwars son hetadt Koppa, och soneson
Affa eller Lafa (***). Häraf är klart, at Sigurd Ring felt
något yngre, lefwat något när på samma tid som Inas, hwilken
wardt Konung år 688, och blef Munk år 727. På denna räk-
ning bör man sätta Sigurds regering, och des Engelska omstän-
digheter, emellan 700 och 750, om ej något förr. Man finner
intet, at Sigurd Ring på något sätt beifrade denna Engeländar-
nes upresning, emot den Ståthållare han förordnade. Det är
troligt, at närmare förräiningar betagit honom all lust för lång-
wäga tåg. Men därföre war han intet sysslolös, och desto frid-
sammare. I brist af annat, skickades et myndigt sändebud til
Giukungarna, som efter Wolsunga Sagan bodt på något ställe
i Nederländerna, emedan deras fader Giuke warit regerande söder
om Rhenströmmen (****). Ambassaden anfördes af Sigurd Rings
frådgrar, Prinsarne från Alfhem, och antyddes Giukungarna, at
antingen beqwäma sig til en årlig skat, eller ock wara betänkte
på krig. Detta sednare utwaldes, och blef Holsten utsedd til
mötesplatsen. Giukungarne anställa då således sin resa norr ut,
och anlände til Holsten wid utloppet af strömmen Jarnemoda,
där

bår de stiga i land, och med Hatkelstånger utstaka walpliatsen. **Starkeska**
J. deras följe war deras i gamla Sagor rykbare swåger, Si- **Siäktea.**
gurd Jofnisbane. Strapt dåreftee ankomma Konung Sigurds **Sigurd**
Swågrar, med Sigurds hår, och war åfwen en Starkader hår **King.**
nårworande. Striden lyktades efter nog manspillan på båda si-
dor således, at Nordiska hären blef nödsakad at taga flykten, se-
dan Sigurd Jofnisbane fråmt Starkader, och slagit twå tån-
der ur munnen på honom (*****). Under deßa hrödisningar war
Sigurd King syslosat, med et annat fålttåg emot Kyret och
Qwener, eller Finnarna) som hade giordt et oförmodeligt infall
på något ställe i Swerige, hwilket ock är det sista man wet af
Sigurd Kings krigsförråtningar; fast det år swårt at med så-
kerhet utstaka i deßa inweklade berättelser, hwad som hånde först
eller sidst. Elles år Konung Sigurd Kings skylskap med Holm-
gårdska Konungahuset uppenbart, efter han war soneson af Ko-
nung Rabbard i Holmgården. Det kan dårföre wara sanmolikt,
at denne Herren innehaft någon del, eller ock hela Holmgårdska
riket. Men denna tanka år en lös gisning, som af gamla
Handlingar har aldeles ingen styrka. Sigurds Gemål Alfhild
war ifrån Alfhem, Konung Gandalfs dotter af gamla Nores
Ått, och war deras son den namnkunnige Ragnar Lobbrok,
om hwilken framdeles mera skal anföras.

(*) Af utlåndska Skrifter finnes, at fråmmande Herrar told slutet af
siunde århundrad oroadt Engeland. Hos Albericus wid år 687 p. 63.
låses detta witnesbörd. Regnum Cantuariæ discindunt externi Reges
per annos quatuor. A secundo anno Alfredi Regis Nordanimbrorum
per annos quinque.

(**) Torfåus Ser. RR. D. p. 320. Tilölningarna til Sturleson T. II.
p. 459.

(***) Disse Prinsar nåmnas hos Simeon Dunelmensis, först i helsma
Julednaingen, sedan wid år 849, p. 119, och widare p. 137. Hår
med kan man jåmföra Torfåus Ser. RR. D. p. 508. Och har den
lårde Grain, af denna omståndighet blifwit bragt til högaltning för Je-
ländska Handlingarna, åfwen i deßa urgamla tider, ändstiönt han intet
annars warit någon widskyrpelig wördare af konstlad ålderdom. Grams
Ann. til Meursius L. 2 p. 67. Det år nog besynnerligt, at wåre
Historieskrifware intet gifwit mera akt på denna Ingiald eller Ingild,
och des son Ubbe, med hwilka Sigurd King fördt krig, då man al-
drig kan twista om tiden, då hon lefwat.

                    T 2   (****)

(****) Wolsunga Saga, C. 33.
(*****) Torfæus Hist. Norv. T. I. p. 453.

§. 2.

Sigurdska
Slägten.
Eisten
Beli.

Efter Sigurd Rings död, uphörde efter utsende Eisten Be-
lis skattskyldighet, så at han blef nu Enwålds-Konung öfwer Up-
sala och Swerige, men Ragnar Sigurdson blef Konung i Dan-
nemark. Nunu hade intet regeringssjukan utslåkt all ömhet och
kjärlek emellan anhöriga, ty Ragnar och Eisten Beli woro för-
trogne wänner. Wänskapen gick så långt, at de hwar sommar
besökte hwar andra, et lefnadssätt, som den nya finare smaken al-
deles bortjagat ur Konungahusen, och gjordt det endast til rin-
gare folks lott. Eisten Beli kallas i gamla Sagan, rikur Kon-
gur, fjolmennur och witur, eller en rik, mägtig och wis Ko-
nung (*). Han kallas ock Jägiarn eller Illak, som intet särdeles
passar sig med de nämda titlar, men däraf twifwels utan blifwit
honom tillagdt, emedan han blef hållen för en stor trollkarl. Det
är sannolikt, at afguda-offren i Upsala intet aldeles blifwit wan-
skjötte, efter Ynglinga-Familiens afgång, änskjönt de nämnas in-
tet, hwarken under Iwars, Haralds, eller Sigurds regementen.
Deras besynnerliga benägenhet för härfärder, har förmodeligen haft
den werkan, at de intet stort brydt sig med dessa sysslor; men Ei-
sten Beli satte offren i full gång, och det så öfwerflödige, at af
intet ställe i Norden skal hafwa warit et sådant blotande. Men
det är nästan otroligt, at han gjordt sina offer åt en ko, som he-
tat Sibilla. Andteligen kan det wara lika så förnuftigt at tro på
en ko, som på en kalf, hwilket Israeliterne och Egyptierne gjorde.
Men man finner intet, at Nordiska smaken warit på det sät-
tet, och när Sagan tillägger, at denna ko med sit wrålande så
förwillade fienden, at de slogos sins emellan, och förgjorde sig sjelf,
synes berättelsen wara gjord at roa barn med. Om på Eistens
stissana warit målad en ko eller oxe, och den samma wid något
tillfälle blifwit framburen med et starkt härskri, som förskräckt fien-
den, kan saken få någon likhet af sanning. De gamle hafwa til-
skapat widunder och häperi, ofta af mycket mindre anledningar.
Men ehuru man behagar förklara gåtan, har dock werkan af

Ei-

Eļstens idrotter warit den, at ingen wågade ſig at eroa det lån- Sigurdsta
der, utan har han i långwarigt lugn ſtyrt ſit rike. At han wa- Sjålen.
rit ålſkare af tidens witterhet, kan ſlutas af de många Skalder, Liſten
ſom han hållit i ſit Hof. För ålderdomens ſkuld förtjena de at Deli.
uprdknas, hwilket ock ſal ſke framdeles.

(*) Ragnar Lobbroks S. C. 8. ſ. 18.

§. 3.

Medan Eļſten på detta ſått giorde Swenſka Konungaſpiran
wördad, ſatte Ragnar Danſka Kronan genom hårsfårder i hög-
aktning. Så i Swerige ſom i Dannemark woro ånnu månge
Konungar och Jarlar, dels enrådige, dels ſkatſkyldige, hwilkas
heder och anſeende war ſtörre eller mindre, alt ſom de med drå-
peliga gårningar giordt ſig mer eller mindre namnkunniga. Ibland
deßa war en Heraud beſynnerligen ryktbar i Oſter-Gjöthland.
Hans urſprung ledes, genom Wåſt-Gjötha Konungarna, ånda
från Oden. Medan hans fader Ring ånnu lefde, hade han giordt
ſig berömd genom många Wikingsfårder, i följe med ſin ſtalbro-
der Boſe. På en ſådan reſa hade han plundrad och förſtördt et
afguda-tempel i Bjarmeland, ſom war helgadt åt Jomala, och
der förwårswadt mycken egendom. Uti Bråwalla ſlag war han
ock nårwarande på Harald Hildetans ſida, hwar han blifwit illa
fårad. Nu ſatt han hemma i ro, och hwilade ſig från ſina mor-
diſka hjeltebedrifter. Med Konung Gudmunds dotter af Gleſis-
wall, hade Heraud en dotter, benåmnd Thora Borgarhjort,
ſom för ſina ogemena egenſkaper war mycket namnkunnig. Man
kan ej göra et enda ſteg i wåra Sagor, utan at möta gåtor och
Romanſka åfwentyr. Sådana förekomma åfwen hår. Heraud
ſkal wid et tillfålle funnit en ganſka wacker orm, ſom han ſkånkte
ſin dotter. Thora upſödde ormen, lade guld under honom, och
at ſom ormen wåxte, ökades ock gullet. Andtligen blef ormen ſå
ſtor, at han låg i ring om Prinſeſſans kammare, och tillåt ingen
komma in, utan den ſom gaf honom mat. Heraud tedinade wid
denna wakthafwande, och utlofwar ſin dotter til den, ſom kunde
öfwerwinna ſbjuret. J ſådana omſtåndigheter inſtåller ſig Rag-
T 3 nar,

Sigurdsta
Eldgtea.
Eun
Beli.
Ragnar
Lodbrok.

nar, klädd i sudna kläder, som woro hårdade i beck, står ihäl ormen, och får Prinsessan med fadrens samtycke. Om med denna orm betecknas en karl, som hetat Orin, och warit god hushållare, och tillika så högsinnad, at han stält sina affikter på Prinsessan sielf, blifwer både det ena och andra begripeligt. Nog wet jag, at nyare Historieskrifware förebära, at Ragnars giftermål med Thora, skjedt efter Herauds död, men så wäl Herauds och Boses Saga, som Ragnar Lodbroks Saga, och Saxo komma alle öfwerens, at det tildragit sig på sätt, som nu är anfördt. Ty at Heraud blifwit död i Bråwalla slag, säges på intet ställe, och at Borgar, som föll för Starkater warit denne Heraud, strider emot alt hwad hos de gamla är antecknadt.

§. 4.

Det öfriga af Konung Ragnar Lodbroks Historia, är uppfyldt med en ganska stor willa, och är det tydeligt, at så wäl Saxo, som Auctoren til Ragnar Lodbroks Saga, blandat tilhopa twänne särskildta Lodbrockars Historia. Det är oförnekeligt af det föregående, at Ragnar, Sigurd Rings son, lefwat midt uti det åttonde århundrad, men den andre dödde emellan 860 och 870. Den äldsta Skrift, som om Ragnar Sigurdson kan upwisas, är den Sång, som han sielf skal hafwa sammanfatt wid sin död, och finnes uti des Saga inryckt, och innehåller flere och helt andra omständigheter än sielfwa Sagan, men kommer i några mål öfwerens med Saxo, hwilken därföre kan tjena til uplösning. Desa werser äro således wår tryggaste ledare. Sedan Ragnar haft bröllop med Thora, nämnes först i Ragnars lifsång des krigsfärd, i eller wid Eirarsund, eller Öresund. Anledningen til detta krig anförer Saxo (*), då han berättar, at Skåningarne och Jutländarne upreste sig emot Ragnar, och at de efter et skarpt mordslag ändeligen blifwit slagne på Ullery, det han kallar på latin, campus laneus. Detta Ullery är beläget intet långt från Landskrona, och således när wid Öresund (**). Och war det inte den första gång Ragnar warit nödsakad, at draga wärjan emot Skåningarna, emedan han några gångor tilförene genom ordentliga fältslag trungit dem til undergifwenhet, ibland

hw. i

hwilka det ena sidet wid Hwitaby. Jutländarne blefwo ej Sigurdska
heller förglömde, utan dem kufwade han wid Limafiord. Efter Slägten.
denna färd höll Ragnar wapenskifte wid Dynamynde i Eisland Eisten
med några Jarlar, hwilka ock blefwo öfwerwundne. Helsingarne Beli.
besöktes därnäst. Kan hända här förstås de, som bodde i Helsing- Ragnar
borg och däromkring, åtminstone nämnes Jsu i denna färd, hwil- Lodbrok.
ket har mycken likhet med Jsö i Skåne. Därnäst kommer
ordningen til Jarlen Heraud, om hwilken säges, at ingen
hurtigare man någonsin sagt ut från Lundawall. Dock blef He-
raud ibland de flagna. Det är troligt, at Saro af denna gjorde
sin Harald, hwilken han kallar Skåningarnas Konung. Därpå
omtalas träfningen wid Skärfwa skär; här flupade Konung
Rafn. Skärfwen är en bekant fjärd i Mälaren, men därföre
wet jag intet, om denna händelse fig där tilldragit. Det kan wa-
ra skjedt under någon af Ragnars resor, at besöka Eisten Beli.
Sedan tumlade Ragnar om med sina fiender wid Indyris öarna,
men om detas belägenhet kan jag intet framföra någon gisning en
gång. Konung Eistens fall på Ulleråker omröres därnäst. Här
kte ej kunna förstås Konung Eisten Beli från Upsala, ty efter
Sagan, som omständeligen beskrifwer denna Herrens öde, war
Ragnar wid des nederlag intet närwarande. Och som i nästa
vers Konung Ragnars bedrifter wid Burgundarholm eller Bo-
rneholm uphöjes, torde härmed förstås fältslaget på Ullery, som
af Saro tilförne är anfördt. Hit intil äro Ragnars swåfwande
wapen kring Göthiska kusterna omrörda. Sedermera uprepas
des aflägnare förrättningar; flaget nemligen i Skåningaland
eller Flandern, hwar Kung Freyer blef fälder, Waltbiofers
fall wid Englands, Ragnars blodiga förrätningar wid Barda-
fiorden, wid Wadninga wak och i Northumberland. Här
glömmes ej eller Nordiska landstigningen på Suderöarna, hwar
Herthiofer segrade öfwer Ragnars folk. Sedan beskrifwes Rag-
nars landstigning på Jrland, hwar Konung Marstin blef slagen wid
Widrafiärden. slaget wid Jlafund, hwar Konung Örn stupade,
samt wapnaskiftet på Lindesöre, hwar Jrländarne å nyo blef-
wo olyckelige, och ändteligen omröres Konungens sista tåg i Skår-
ska wiken, hwarmed denne Herren lyktade sina blodskulda bedrif-
ter. Någer hwar kan föreställa sig, at i detta dödsqwäde innefat-
tas

Sigurdska
Släkten.
Ælfver
Beli.
Ragnar
Lodbrok.

tas Ragnars förnämsta gärningar; men som intet ord nämnes om des härfärder på Frankrike, kan man med skäl utelämna det alt sammman, såsom aldeles intet hörande til denna Ragnars Historia.

(*) Saxo Hist. D. L. 9. p. 170.

(**) Saxo H. D. L. 9. p. 169. men sjelfwa Dödsqwädet finnes i Ragnar Lodbroks Saga.

§. 5.

Efter den afmålning, som föregående paragraph meddelar, röjer man uti Ragnar Lodbrok allenast et blodtörstigt och wildt sinnelag, som rasar efter rof och förödande. Hwad wårkelig här der härmed är förbunden, wet jag intet. Den andra delen af des Historia, utförer des giftermålshandel, uti hwilken han wårkeligen afklädder sig sit hårda wäsende, och blifwer spak och förnuftig. Med Thora hade han twänne söner Erik och Agnar, och desutan et kärt äktenskap, så at han wid hennes död war otröstelig. Til botemedel för sin sorg, utwäljer han sit förra lefnadssätt, och for i härnad. Under en sådan resa lägger han in wid Spangarhed i Norrige, och skickar några af sit folk i land, för at tilreda mat. Desse komma til et torp, hwar de träffa en gammal gubbe och gumma tillika med en flicka, som desse kallade sin dotter wid namn Kraka. Kockarne förgapade sig så i denna flickan, at de skämde bort maten, hwilket de ock anförde til sin ursäkt, när de kommo tilbakars, föregifwandes, at de aldrig sedt wackrare människa. Ragnar, som ännu hade sin Thora i minne, och kunde intet föreställa sig, at någon borde jämföras med henne, frågade då, om hon wore så wacker, som des förra Gemål. Folket försäkrade, at hon gaf des afledna Drottning i det målet intet efter, hwarför ock Ragnar skickade efter den unga flickan. Kraka war tilreds at följa de utskickade, dock med uttryckeligt förbehåll af gris och all säkerhet. Så snart Ragnar fick se henne, blef han straxt af hennes skönhet intagen, och åstundade, at hon genast skulle följa bort med honom, men det afslog hon. Ragnar befalte då sin fäherde, eller fatgjömmare, at taga fram en af Thoras präktiga kläder, och skänka åt Kraka, men hon undbad sig den heder, och begjärde allenast, at han wille låta henne komma tilbaka til torpet,

för-

försäkrandes därjämte, at, om han wid sin återkomst wore af samma sinne, skulle hon oförtöfwadt göra fölle. Och som både Ragnar och Kraka woro förfarne uti denna tidsens witterhet, blandade de altjämnt Skaldqwdden uti sit samtal. Man skulle knapt föreställa sig, at Ragnar skulle brukat så mycket krus med en ringa torpare-flicka: men en besynnerlig högaktning hade redan så intahit hans sinne, at han lät henne efter sin åstundan utan hinder komma hem, och kom åfwen sielf efter fulländad resa, med lika tankar för den älskade Kraka, til samma ort igen. Kraka gjorde då intet widare swårighet, utan fölgde Konungen; men wille likwäl intet på hemligt sätt blifwa Konungens hustru: utan wid et anständigt hederligt bröllop, när Ragnar hemkommit uti sit rike, blef hon uppenbarligen förklarad för des Gemål. Man finner här en finare smak, än den man borde wänta af en omänniklig Röfware-Höfding, och gör kan hända, detta upförande honom mera heder, än alla des så kallade Hjelte-bedrifter: åtminstone begrep han, at kjärlek utan högaktning, aldrig kan göra någon lycketig sammanlefnad. Och med sådana tankar war det intet underligt, at han än en gång kunde blifwa lycketigen gift. Med denna sin torpare-dotter hade Konung Ragnar åtskilliga barn, Iwar, som förmodeligen för sin wigher blef kallad benlös. Björn med tillnamnet Järnsida, Hwitserk, Ragwald, och Sigurd, hwilken för någon fläck han haft i ögat, wardt kallad Orm i öga.

Se Ragnar Lodbroks Saga.

§. 6.

Wänskapen warade imedlertid alt framgent emellan Swenska och Danska Hofwen, hwilken bibehölls genom förtrogna besök på bägge sidor. Och wid et sådant tillfälle, då Ragnar undfägnades af Esten, lät Swenska Konungen sin dotter, efter den tidens skick, komma in och betiena sin förnäma gäst. Så snart Konung Ragnars folk sågo Swenska Prinsessan, tycktes dem detta wara et långt anständigare parti för sin Herre, än des förbindelse med Torpare-dotteren. De brakte ock saken så långt, at Ragnar förlofwade sig med Prinsessan, fast än hans hjerta war icke bestörundre aldeles förbehållit åt des kjära Kraka. Han förböd ock därföre wid

U   skärt

Sigurds
Slätten.
Listen
Dell.
Ragnar
Lodbrok.

Sigurdsta
Slätten.
Eisten
Beli.
Ragnar
Lodbrok.

swårt straff, at ingen måtte tala om hans nya förbindelse wid hem-
komsten. Denna försiktighet gagnade likwäl intet, ty Ragnars
Gemål war redan fullkomligen underrättad om alt samman. Hon
uptäcker då eller diktar, at hennes rätta namn war Aslaug,
och at hon war Sigurd Fofnisbanes och Brynildas dotter.
Ragnar, som en ömsint älskare, war glad, at han kunde tro en
berättelse, som paßade sig med hans tycke, och förnedrade ej heller
hans höghet, så at hans älskade Kraka, blef i en haft förwandlad
uti en högßäktad Konunga Dotter, och för sådan erkänd af al-
mänheten. Härigenom afstadnade helt och hållit des gistermåls-
handel med Swenska Prinseßan, och wänskapen emellan bägge
Hofwen kalnade något. Kallsinnigheten hade likwäl intet efter ut-
seende utbrustit uti fiendskap, om intet Ragnars söner af förra gif-
tet, Agnar och Erik, oroat Swenska Kusterna med härskjöld. Ko-
nung Eisten mötte sina fiender oförskräckt, brukandes tillika den för-
siktighet, at han satte twå tredjedelar af sit folk betäckte bak om
en skog, hwarigenom deße Prinsar utan widare betänkande, an-
gripa den delen, som gjorde front emot dem. Men de blefwo af
mycfenheten kringrände, så at Agnar blef slagen på platsen, och
Erik fången. Eisten wiste då prof af et ädelmod, som i deßa hår-
da tider intet altid kunde wäntas; ty så snart han fick sin fiende
i sina händer, stadnar på hans befalning alt widare slaktande.
Han tilböd äfwen sin förnäma fånge all wänskap, som widare
skulle bekräftas med des dotters giftermål, om Prinsen så behaga-
de. Erik i sin häftiga ifwer afslog bägge delar, utan begärde
allenast, at des följeslagare måtte fritt fara sina färde. Eisten
war sig äfwen härutinnan lik, och gaf utan swårighet samtycke til
hans åstundan, hwarpå Erik utwäljer sig et sådant dödssätt, at
han låter upresa spetsar i jorden, och begär, at han på dem lef-
wandes måtte blifwa kastad. Eisten lät ock detta skie efter Prin-
sen så åstundade, och Erik utstod denna smärtefulla död med en
sådan styrka, at han ock i et Skaldeqwäde lät anmäla sin hälsning
til sin styfmoder, och då han hängde på spetsarna, med Skalde-
sång böd korparna til gäst. En hurtighet, som märkeligen kunde
hedrat denna Prinsen, om ej altsamman kommit mer af en hög-
dragen hiältöshet, än af förnuft och eftertanka. Intet oförnuftigt
kan wara hederligt.

Se Ragnar Lodbroks Saga.   §. 7.

§. 7.

Tioningen om sina styfsöners död präßade tårar af Aslaugs eller Krakas ögon, och skal det wara den enda gång, hon gifwit tekn til en sådan swaghet. Någon ömhet och mycken bitterhet lät förmodeligen upwäkt denna rörelse; ty hon äggiade altjämt sina söner, at hämna sina halfbröders död. Iwar, som den dirste, och till-ka den förståndigaste af alla, wille helt ogärna påtaga sig en sådan härfärd. Dock ändteligen upretad af sin moders ouphörliga tiltwitelser, rustade de sig til krig. Aslaug war så öm om sin hämnd, at hon sielf wille wara witne til sina söners upförande. Hon for derföre landwägen med forsoikkt, men Iwar, Björn och Hwitsärk med den öfriga hären, reste siöleds. Sedan bägge härarne stödt tilhopa, rusa deße Prinsar fram med ogemen häftighet, mörda och slå neder alt hwad lefwande war. Eisten, så snart han blifwer härom underrättad, samlar sit folk, och möter sina fienDer, men blifwer ändteligen efter mycken manspillan sielf på platsen, efter utseende, et offer för Aslaugs swartsiuka, som förmodeligen intet kunnat förlåta Eisten, at des dotter war wacker. Det enda hederliga, som om denna färden kan anföras, är det, at Iwar, sedan han förnummit, at Eisten war slagen, innehöll med all blods utgiutelse, och wille intet widare utöfwa wåld på en huswuvlös menigheт. På detta sätt inkräde Eisten Beli sin regering, hwilken i anseende til det lilla, man har sig bekant, synes hafwa warit drefull och hedrande. Hans död kunde anses för olyckelig; och kan det wara lyckeligare eller hederligare, at efter lång och swår tetull siukdom, afsomna på sin sotesäng, än at dö med wärjan i handen, då man förstwarar sit fosterland. Konung Eistens besonnerliga högaktning för witterhet, kan tilspålest bewisas af de många ga Skalder, han i sit Hof underhållet (*).

(*) Skaldatal, se Sturlefon, T. II, p. 479. Det öfriga, som här är införde om Konung Eisten Beli, see igen i Ragnar Lobbroks Saga.

§. 8.

Under alla deßa hwälfningar, hade Ragnar warit frånwarande, så at han hade ingen del, hwarken i kriget eller Konung

U 2   Ei-

Sigurtta
:Sulten.
Ragnar
Lobbrof.

Eistens son. Han blef altså utan widare swårighet, åfwen Ko-
nung i Swerige. Såsom en Swensk Konungs son, war hans
rått til Kronan ostridig, sedan Eisten intet winnat efter sig man-
liga arfwingar. Det år troligt, at Ragnar genom denna fördn-
dring, warit nödsakad at innehålla något litet sina långwåga tåg, för
at wårda sit nyligen tiltrådda rike. Han lår dock efter tidsens smak,
warit nog obekymrad om landets uphjelponde, genom hushåll-
ning; utan des grånsors utwidgande har förntadeligen warit ho-
nom mera om hjertat; emedan han underlagdt sig en stor del af
Norrige, nemligen Rana-Rike, Wistfolden och Wingulmar-
ken, med hela landet söder ut (*). Hwad rått han haft til deßa
lånder, wete wi nu aldeles intet, och kan wål wara, at Ragnar
wiste det icke sjelf en gång. Men sedan detta war wårkstáldt,
upwaknar hos honom des förra lust til aflägsna wikings-färder,
och i detta upsåt styndar han til Engeland. Detta sålelig war
intet lyckeligt, utan han strandade i Skottska wiken. Men som
han tillika med folket blef bårgad, for han fram på sit wanliga
sått med krig och hårsköld. I sig sjelf war det nog orimmeligt,
at med en hand full folk, angripa et helt land, då all undanflykt
genom fartygens förlorande war betagen. Utgången swarade ock
emot anstalterna, folket wardt nedersablede, och han sjelf til-fånga
tagen. Saxo och Ragnars Saga göra hår en omståndelig berdt-
telse, at Ragnar blifwit kastad på Konung Ellas befalning i en
ormegård, och dår af denna giftiga ohyran updens, då han ock i
detta tilstånder affungit sin sort omtalte Swanesång. Men detta
alt år utan all sannolikhet. Det år wål intet hufwudsakeligt, at
ingen Konung Ella på den tid lefwat i Engeland, men Ormegår-
den har all smak af kjårringsaga, och at Ragnar, i sådana omstån-
digheter, sungit et Skaldeqwåde af nio och tjugu versar, tio rader
i hwardera, och et någon warit straxt tilreds, som samma wisa
lårdt och uptecknade, år en barnsl'g och löjlig berdttelse. Anled-
ning'n til altsamman, år dock twifwelsutan, tagen från sjelfwa
fången. Det år ostelbart, at hår nåmnas både Ella och ormar,
men efter noga öfwerwågande, lår hårutaf hwarken blifwa någon
Konung Ella, eller Ormegård. Elle eller Elli på gamla språket,
betyder ålderdom. Ordet förekommer i den 24 och 27 versen.
På förra stållet står: Ligi hug that Ellu, att alburdage mi-
nu,

nu, hwilket beqwämligen kan förklaras, aldrig trodde jag, at ålderdomen skulle äga, eller lykta mina gamla dagar. En wådosam död ansågs då, som bekant är, för en Hjeltebelöning, och den hederligaste ändalykt. I den 27 versen säges: Wänzum bins, at wädris Wondom i Ellu blode. Detta uttolkas: wäntar jag, at Odens staf står i Ellas blod. Med detta underliga talesätt skal döden betecknas, men då kan det likaså wäl betyda, Odens staf i mit ålderdoms blod, som i Ellas. Det kan ock märkas, at när på andra ställen i Skaldeqwädet, talas om någon Konung, nämnes han så uttryckeligen, men här är intet tekn til något eplikt. När der widare omtalas i Skaldeqwädet, at Ormar sönderslita Ragnars kropp, och innehade sjelfwa hjertats kamrar, kan der med förstås, antingen en oordentelig plåga, eller ock, at Ragnar wärkeligen blifwit lefwande af matkar upfräten. Phthiriasis är, desto bättre, en nog owanlig, men ingalunda någon ohörd sjukdom. Man synes därföre kunna med trygghet göra det slut, at Ragnar Lodbrok, sedan han warit til sänga tagen, ändteligen af ålder och wanskjölsel, på et ömkeligt sätt lyktadt sina oroliga dagar. Desse omständigheter bestyrkas af Engelska Historien, u Simeon från Durham berättar, at en heden krigshär ankommit från Norden år 793, som härjadt landet, och har deras anförare med en grym död aflidet, och flottan blifwit af owäder sönderslagen (**). At man fallit på den tankan, at Ragnar uti sina sista stunder, upsat et långt Skaldeqwäde om sina bedrifter, lär förmodeligen kommit däraf, at han sjelf införes där talande. Troligare kan wara, at des efterlämnade Gemål Kraka, eller Aslaug, hedrat honom med detta dreminne, emedan man i gamla handskrifter funnit wisan kallad Krakumal, eller Krakas sång. Osäkert är, at wisan är gammal, och således det säkraste monument, man i Ragnars lefwerne kan följa. Utom hwad som förr är påmint, lär man härutaf, at denne stridsamme Herren bewisstadt smutio fältslaktingar. Det lär likwäl wara oförnekeligt, at en stor del af desse förräkningar, efter nu warande talesätt, intet förtjena detta namnet. Sången är för öfriget på åtskilliga ställen nog mörk, men där han kan wäl begripas, rönes smak och wackra tankar. Sidsta versen kan tiena til bewis, han lyder så:

H 3   Sy-

Elgurdsfa
Slåtten.
Ragnar
Lodbrok.

Sasoms hins hätta,
Hęim biode mier Onsit
Sem frå Heriand hollu
Hefer Odin inier sender.
Glacur skal eg al med Asum,
I Ondweige drecfia.
Lifs eru lidnar stunder
Ladgiande skal eg deya.

(*) Sturlefon, T. I. p. 87.

(*) Simeon Dunelmenfis, Hift. Dunelm. ecclefiæ L. 2. C. 5. Mox
eadem anno, 793, Pagani ab aquilonali climate nauali exercitu Britan-
niam venientæ · · · interficiunt non folum jumenta, verum etiam
facerdotes, Levitas &c. Dux eorum ibidem crudeli nece interiit, nec
multo poft vi tempeftatis eorum collifæ contritæque nues perierunt.
Jämför Torfäus Ser. R. R. Danie. Grams Anmärkningar til Ment-
fius, p. 111.

§. 9.

Wil man hålla före, at Engelfka Munken Simeon, uti des
anförda berättelse, talat om Konung Ragnars död, fom de wår-
keligen fannolikt; måfte han hafwa regerat länge nog, och kommit
til hög ålder. Detta flutas ock af andra omftändigheter, emedan
han haft många wuxna barn af andra giftet. Hans öfriga för-
rättningar uti åtfkilliga wåftra länder, finnas wäl intet tydeligen
hos utländfka Häfdetekmare omtrörde. Där gifwes likwäl anled-
ning, hwaraf man kan fluta, at de bedrifter fom honom uti Skal-
deqwäden tilldgnas, intet kunna hållas för otroliga; ty emellan
750 och 793, war Engeland och de ckromkring belägne orter, alt
jämnt anfäktade af ftröfwande partier från Norden (*). Om nå-
gon Srever fom regerat i Flandern, de wäl ingen uplysning i
gamla Skrifter: ej heller fäges i Skaldfången annat, än at han
föll där. Men, at en hedn.ft här härjat i Frisland, eller Holland
wid år 755, de oemotfägeligt af den heliga Bonifacii lefwerne,
hwilken wid denna tid af Hednifkt krigsfolk blifwit ihjälflagen (**).
Det blifwer dock et fåfängt arbete, at wilja beftyrka alla mårk-
wärdigheterna af Ragnars lefwerne, med utländfka witnesbörder.
Utländfka Hiftorien under denna tiden, de wårkeligen likfå mörk
                                                              fom

som den Swenska, och desutan upkommer en stor willa i denna Sigurdsta
tids Historia, genom den frikostighet, som de gamle haft med Ko- Slächten.
nungatitelen, hwilken rundeligen utöstes på alla befallande Höf- Ragnar
dingar, som anförde någon märkelig tropp. Men större oreda Lodbrok.
har blefwit upwäckt genom den Lodbrok, som dödt i Engeland
wid år 860, den nästan alle Häfdeteknare blandat ihop, med
Swenska och Danska Konungen Ragnar Lodbrok. Torsdus är
den förste, som med många skäl bewist, at denne Lodbrok aldrig
war Konung, hwarken i Swerige eller Dannemark. De utländ-
ste Skribenter upfylla Historien med en hel stock af Danska Ko-
nungar, och anföra ibland andra, äfwen denna sednare Lodbrok.
Men Bromton, som skrifwer med mera redighet, berättar wäl,
at han war af Kongelige blod, men gifwer dock tilkänna, at God-
rinus då regerade i Dannemark, hwarmed förmodeligen Gorm
Gamle bör förstås (***). Och på detta sätt förswinner aldeles
den oreda, som genom de twå Lodbrokar förordsakas. Trenne
Rörik Slaungwanbauge hafwa warit i Dannemark. Twådnne
Herrar af namnet, Geirstada Alf har warit uti Ynglinga Ät-
ten (****). Flere Starkader talas om, så wäl i Danska, som
Swenska Historien: hwarföre kunna då intet twänne Lodbrokar
wara namnkunnige uti Norden (*****). Man kan ock af sjelfwa
dödsättet finna, at här är frågan om twänne olika personer. Den
ene afled genom en ganska plågsam död, den andre warit, emot
Engelska Konungens befallning, af en Jägare ihjälslagen, uti hwil-
ket ingl Engelska Historien är både redig och tydelig.

(*) Se Pontoppidan Gesta Danor: T. II. p. 41.

(**) Willibaldus in vita Bonifacii. C. 10, uti Basnage Thesaur. Mon.
Ecclesiasti. T. II. p. 245.

(***) Bromton, Chronicon hos Troysden p. 803, 804. Erat in
regno Danorum vir quidam, de regia stirpe genitus, nomine Lothe-
brocus &c.

(****) Den förste Geirstada Alf war Olof Gudbrandson; se Stur-
leson T. I. p. 61. Den andre war Harald Harfagers son. Stur-
leson T. I. p. 95.

(*****) Jfr. Torfäus Ser. RR. D. Gram in Meursium p. 113.

§. 10.

§. 10.

Sigurdſka
Slägten.
Björn
Järnſida.

Konung Ragnar Lodbrok hade många barn. Utom Erik och Agnar, hwilka dödde i Swerige, i kriget mot Konung Eiſten, hade han ock en dotter af förſta giftet, benämnd Oluſa, ſom blef gift med en Engelſk Herre, wid namn Steinar, och war hon en Stammoder til Norſka Konungarna, Olof Trygwaſon, och Olof den Helige (*). Ragnars giftermål med Aſlaug, gaf honom ock många orſwingar, och ibland deſſa deltes hans widſträkta länder efter hans död. Björn Järnſida fick Swerige eller Upſala-rike, tillika med bägge Giöthaländerna, och deß tilhörigheter. Sigurd Orm i öga fick Eygotaland, och alla Öarne i Dannemark, ſamt Skåne och Halland, och Hwitſärk bekom Reidgiötaland, med Windland eller Warden (**). Det lär wara oförnekeligt, at Jutland hörde til Öfwer-Konungarna i Dannemark, ſå at här lär Reidgiötaland wara et annat land. Och kallas Sigurds lott Danmälde i Herwarar-Sagan, men Hwitſärks Del kallas Öſterrike, eller öſtra ſtranden af Öſterſiön. Konung Ragnars ſäger wid Dvnamynde beſtyrker denna Herrens öfwerwälde på den ſidan, och gifwer ſtyrka åt den här omrörda landdelningen. Beſynnerligit är, at Iwar, ſaſt älſkt af alla bröderna, finnes likwäl aldeles lemnes i denna delning. Herwarar-Sagan tillägger honom Engeland, men det dygte Ragnar intet, och kan endaſt til någon del kännas på den ſenare Lodbroks ſon. Det är möjeligt, at han i ſit ſinne trodt ſig wara öfwer alla Konungariken, ty på inbitningar har aldrig warit briſt i Norden. At Lodbroksnamnet blifwit Konung Ragnar tillagt, af den kläbnad han hade på, då han fäktade mot Konung Herauds Orm, är allmänt bekant.

(*) Torfäus Ser. RR. Dan. p. 359.

(**) Oluf Tryggvaſons Saga hos Torfäus, Ser. RR. D. p. 365. Jfr. Herwarar Sagan C. 20.

§. 11.

Hwad bedrifter, ſom Björn Järnſida gjordt, ſedan han ſatte ſig på Upſala Konungaſäte, och hurudant rikets tilſtånd under deß regering warit, är aldeles ingen underrättelſe. Det härjande, ſom

ho-

honom tilſkriſwes på Franſka och Italienſka kuſterna, hörer utan
twifwel til den ſenare Lodbroks ſon. Ty man wet, at denne Björn
blef utſkickad, medan deß fader ännu lefde, tillika med ſin Foſter-
fader eller Gouverneur Haſting. Och kom Björn aldrig tilba-
kars, utan dödde i Frisland (*), och deß foſterfader blef Chriſten,
och förländ med Chartres i Frankrike.

Sigurdſſa
Slätten.
Björn
Järnſide.

(*) Wilhelmus Gemmeticenſis Hiſt. Normannor. L. I. C. II. Nam
Bier toties excidii ſignifer, exercituumqve Rex, dum nativum ſolum re-
peteret, naufragium paſſus, vix apud Anglos portum obtinuit, indeque
Friſium repetens, ibidem obiit mortem. Jämför ſemte Capitlet i ſam-
ma Bok.

§. 12.

Efter Björn Järnſida, blef deß ſon Erik Konung i Swerige.
Den andre ſonen Refil, anſåg wärdjan för ſin arfwedel, och blef
Här- och Sjökonung. Men ſom deß äldre broder lefde intet länge,
kom Refil därmen til ſtyrelſen af Sidea Rike, uti hwilken höghet
han bibehöll ſig med alt anſeende; emedan Herwarar Sagan kal-
lar honom Mikil Hermadur och Ulrike Kongur. Om Refil
warit ägare af Northumberland, ſom några npare påſtå, måſte
man medgifwa, at detta bör kallas en fulkomlig anecdote, och för-
borgad hemlighet. Hos de gamla finnes intet ſpår härtil. Uti ſå-
dana mål är det ſwårt för en ny Hiſtorieſkrifware, at öfwergå
de gamla. Man följer därföre helre en från ſordna werlden öf-
werldmnad berättelſe, ehuru mager och fattig den är, än med
löſa gißningar öka widden, och minſkar trowärdigheten af Hiſtorien.

Erik.
Refil.

§. 13.

Efter Refils död, förekommer en ſlags willereda i wår Ko-
nungalängd. Så wäl Herwarat Sagan, ſom Langfedgatal gifwa
wid handen, at Erik Refilſon blef Konung efter ſin fader. Her-
warar Sagan talar ock om en Björn, hwars ſöner kommo til
regeringen. Men ſom denna omſtändighet intet inſtämmer med
Langfedgatal, är förmodeligen något förſeende inkommit i Herwa-
rar Sagan. Det lönar intet mödan, at med gißningar utreda
detta mörker. Hiſtorien förlorar härigenom ingen ting, ennedan

Erik
Refilſon.

X					efter

Sigurdska
Slätten.
Erik
Refilson.
esterwerlden är aldeles okunnig om, både Erik Refilsons och denna förmenta Björns gjärningar. Den, som icke bestomindre åstundar underrätta sig om de berrister, som deßa Herrar aldrig gjordt, finner tik tilgång hos de nyare.

§. 14.

Emund
och
Björn
på Håga.
Efter Erik Refilson kom riket i bröbraskifte, så at des bådge söner Emund och Björn på Håga, woro Samkonungar. Emund är allenast kjänd til namnet. Om Björn wet man likwäl något. Han war älskare af witterhet och Skalder. Et ryoeligt bewis här nästa därpå uti Skalden Erpur-lutande, hwilken för et dråp war förklarad fridlös, eller wig i werum. Skalden Sammansatte då en wisa, eller qwäde öfwer Konung Sor på Håga, fick nåd och undslapp således det åbömda Dödsstraffet. Om denna Sor wet man intet mer, än at han bodt på Håga, hwar äfwen Björn hade sit säte. Byen är belägen i Upland; en stor Ättebacke, som nu är qwar, är det enda uminnesmärke af des förra anseende. Det är nästan otwifwelaktigt, at Ansgarius predikadt första gången i Björkö, under denna Björns regering, ty det strider aldeles emot wår Historias sammanhang, at Ansgaril ankomst skiedt i Konung Eisten Belis tid. Men Christna lärans fortpsantande i Swerige, skal widare uti et särskildt Capitel utföras.

§. 15.

Erik
Emunds-
son.
Om Konung Björn på Håga haft några barn, wet man intet. Men Konung Emunds son, Erik, är desto namnkunnigare, ty man har sig bekant, at han i sina yngre år farit alla somrar i härnad. Under deßa härsärder utwidgades Swenska magten ansenligt. Han for til Ymißa-land, säger Sturleson, eller Torgny Lagman (*). Detta talesätt kan förklaras genom åtskilliga landskap: men det kan ock wara Ymis-land, eller negden af Umeå. De äldste Upsala Konungar, regerade allenast öfwer Mannahem, från Daldifwen förmodeligen neder til Skånska gränsen. Det som låg norr om samma Alf, hade sina egna Småkonungar af gamla Jota Stammen. Deßa Småherrar äro ej färdeles namnkunnige.

De

De härſkade öfwer några berg och ſkogar, utan at **Sigurdſſa** drkjänna an- nat öfwerwälde, och trodde ſig ſåledes fulkomligen berättigade til. **Slätten.** detta höga drenamn. Med mindre inbilningar och mindre högsärd, **Erik** kunde man warit nögd med mindre titel. Men de Swenſke ſatte **Emunds-** ſig ſå ſmåningom neder wid ſjökanten, då de äldre inwånarne **ſon.** afſtängde från hafwet, antingen undergåfwo ſig Swearnas öfwer- wälde, eller ock flyttade ſina boſtällen til andra orter. Det inra Wäſter-Norrland, har ock wärkeligen en lång tid legat öde, och hafwer det til en ſtor del fådt ſina inbyggare från Norrige, då Eiſten Jlråda Upländningarnas Konung, kufwade Trondhems- boarna, och ſatte där Saur ſin hund til Öfwerherre. Ty Kietil Jämte, ſon af Anund Jarl ur Sparabo i Norrige, for wid det tilfälle med mycket folk öſter om Kjöln, och ſatte ſig neder i de då obebygda marker, hwilka ſedermera blefwo kallade Jämte- land (**). Kietil Jämtes ſoneſon Thor Helſing, for än längre öſter ut, och ſatte ſin boning i Helſingeland. Detta nykomna folket blandade ſig ſå ſmåningom tilhopa med Swearna, ſom bod- de wid ſtranden, och erkände Swenſka Öfwerwäldet. Men Jämt- ländningarne woro en lång tid, et aldeles fritt folk, ſom hwarken erkände Swenſka eller Norrſka Öfwerwäldet. Man kan inte med ſäkerhet utſätta, när Kietil Jämte, eller des ſoneſon Thor Hälſing uprögde deſſa Norra ödelander, emedan man kan intet med wißhet urſtaka tiden, när Eiſten Jlråda lefde. Efter Sundin Noregur war han ſoneſon af Raum Konung Nores ſon, då han på den ärkning måſte lefwat i Yngue Freis tid. Men det är troligt, at många ſeder äro i deſſa ſläktlinior utelämnade. Dock faſt man ej kan med fulkomlig ſannolikhet utmärka tiden, när Norr-Länderna blefwo bebodde af Norrmännerna, är det likwäl ganſka troligt, at Erik Emundſon, ſom utwidgade Swenſka magten på alla kan- ter, äfwen ſtadgat Swenſka Öfwerwäldet öfwer Norrländſka ſjö- kuſten, faſt än Jämtländningar ännu hade den förmån, eller olyc- ka, at lefwa uti ſin naturliga ſjelfrådighet.

(*) Sturleſon, T. I. p. 485.
(**) Sturleſon, Håkan Adalſtens Saga. p. 139.

§. 16.

Widare wände Erik Emundſon ſina wapn mot Finland, Kyrialand eller Karelen, Eſtland och Curland (*). Alt blef under-
lagt,

E 4

Sigurdſka
Slåkten.
Erik
Emund-
ſon.

lagt, och Swenſka Herrawåldet ſtråkte ſig ſåledes i hans tid nå-
ſtan rundt om Öſterſjön. Wi finne denna beråttelſe hos Stur-
leſon, med hwilken Rimbertus åfwen kommer öfwerens, ſom in-
tygar, at Cori eller Curländarne woro denna tiden Swenſka Kro-
nan ſkattſkyldige (**). Erik war tilwäl intet någd med denna
tilökning. En af Sweriges urgamla tilhörigheter war Werme-
land, hwilket warit en tid afföndradt från Swenſka Rikskroppen,
och erkjåndt Norrſka Konungarna för Öfwerhet. Ynglinga Slåk-
tens uteſtångande från Upſala Konungathron, gaf ankdning til
denna ſöndring; ty når Olof Tråtålja blef twungen, at öfwergif-
wa ſit Arfrike, förfögade han ſig til Wermeland, uprögde Skogs-
marker, och gjorde ſig dår et litet rike. Denna Herrens öde år
tilförne omtalt, ſå wål ſom des ſons Halfdan Hwitbens bedrif-
ter, hwilken intog Sold och Raumarike i Norrige, och förknippa-
de dem med Wermeland, efter des åldre broders Ingialds död.
Sedan inkråktade Halfdan en ſtor del af Hedemarken, Thoten
Hadaland och Weſtfolden. Halfdan Hwitbens ſon war Eiſten,
och ſoneſon Halfdan milde. Bågge gjorde ſig namnkunniga ge-
nom denna tidens Idrotter, krig nemligen, eller röfweri, och Wi-
kingsfårder. Gudrander Halfdansſon, fick halfwa delen af Win-
gulmarken med ſin gemål Alfhild, Konung Alfarins dotter af
Alfhem. Detta landet ſtråkte ſig då alt ifrån Gjötha Alf, til
Raumålfwen (***). Hans luſt til jagt gaf honom titel af Weidi-
kung, och hans höga ſinne, ſkaffade honom tilnamn af Mikillati.
Hans ſon Olof bodde på Geirſtad, och kallades Geirſtada Al-
wer. Wingulmarken, Hedemarken, Thoten och Hadaland, för-
lorades under denna Konung, och Wermeland kom til ſina forna
ågare igen, nemligen Konungarna i Swerige. Men Olofs broder
Halfdan ſwarte återwan Wingulmarken, Raumarike, Hadaland,
Hedemarken, Thoten och Sogn. Andteligen drunknade Halfdan
då han for öfwer en is, ſedan han med tapperhet, lag och råtwiſa
fredat ſit land. Han war ſå åliſkad af ſina underſåtare, at alle
wille hafwa hans krop begrafwen i ſit land. Efter en ſå barn-
ſlig ſom hedrande twiſt, kom man omſider öfwerens, at kroppen
ſkulle huggas i fyra delar, då en del lades i hög i Ringarike, en
annan i Raumarike, den tredje i Wiſtfolden, och den fjårde i
Hedemarken, och buro alle högarne namn af Halfdans högar.
                                                          Hal-

Halfdan Swartes son war Harald Harfager, hwilken fast något Sigurdsta
yngre, lefde och regerade på samma tid, som Konung Emundson Släkta.
i Swerige.
Erik
Emunds
(*) Sturlefon, T. I. p. 485. son.
(**) Rimbertus, vita Angarb.
(***) Sturlrfon, T. I. p. 59.

§. 17.

På detta sätt hade Ynglinga Släkten alt mer och mer re-
tat sig i Norrige. Erik hade hopfogat Wermeland med Swerige,
som före år nämndt. Han gjorde federmera anspråk på åtskilliga
andra landskap i Norrige, såsom Wingulmarken, Raumarike,
Westfolden, och hela landet söder ut, som Ragnar Lodbrok inne-
haft (*). Men detta förslag war intet så lätt at utföra. Norrige
hade undergådt en stor förändring, sedan Ragnar regerat, då det
war i många små Stater fördelt, som intet hängde tilhopa på nå-
got sätt. Harald Harfager hade däremot börjat at bringa hela
Norrige uti en kropp. Et Fruentimmer gaf anledning til detta
företagande. Straxt efter sin faders död, friade Konung Harald
Harfager til Gyda, Konung Eriks dotter af Hördaland. Prin-
sessan förklarade sig därpå, at hon fann intet möden wärdt, at
förlora sin frihet för en Fylkis Kung, som hade intet mer än nå-
gra härader at råda öfwer, men at hon då wille blifwa Haralds
Sendil, när han regerade öfwer hela Norrige, på samma sätt,
som Gorm regerade i Dannemark, och Erik i Swerige (**), då
han kunde förtjena namn af Thiodkung. Efter et sådant swar,
gör Harald et heligt löfte, at han skulle underlägga sig hela Nor-
rige, eller ock dö i sit företagande. Löftet bekräftades med ed,
och eden förtjenat at nämnas, ty han swor intet hwarken wid
Thor eller Oden, utan wid den GUD, som hade skapat ho-
nom, och hela werlden. På denna räkning blefwo alle Norr-
män fiender, som intet woro Haralds underfåtare, och den ena
Småkungen efter den andre, blef antingen underkufwad eller öde-
lagd. När Harald på detta sätt gjorde sin Eriksgata, och hun-
nit neder til Wiken, eller Bohuslän; får han weta, at Konung
X 3 Erik

Stamförsta Erik Emundson, icke allenast war mästare öfwer Wermeland, u-
Släkten. tan ock drucde utföra sina förslag på de nämnda Norriges urgam-
Erik la tilhörigheter. Konung Harald skyndar därföre öfwer landet,
Emund- och försäkrar sig om allmogens tilgifwenhet, och reser sedan öfwer
son. Eda Skog in i Wermeland. Konung Erik war af et tilfälle äfwen
då i samma negd, och bodde där i Wermeland på den tid en
rik bonde, benämnd Ake. Denne bonde får et underligt infall,
och biuder bägge Konungarna til gäst til en och samma dag, och
som hans rum woro försnid, at emottaga bägge Herrarne med be-
ras Hofstat, låter han i hast upbygga et nytt hus, fast något
mindre. Bägge husen woro mycket wäl inredde, och alt på bästa
sätt tillagadt, med den skilnad likwäl, at alt war gammalt i det
gamla huset, men alt nyt i det nya. Wid Konungarnas ankomst,
blef Konung Erik införd i det gamla huset, men Konung Harald
i det nyare. Konungarne blefwo på bästa sätt undfägnade: dock
talde de intet med hwarandra. Konung Erik blef likwäl under-
rättad om den skilnad, som war i tilredningen i de gamla och nya
rummen, och war misslynt däröfwer. När det blef dager, och
gästbudet war förbi, går Ake först in til Konung Harald, öfwer-
lämnar sin son i Konungens tjenst, och gifwer honom ansenliga
skänker. Sedan går Ake in til Konung Erik, som war redan
klädd och resefärdig, skänker honom äfwen åtskilliga dyrbara sa-
ker, följer ock Konung Erik et stycke på wägen. Då frågar Ko-
nungen Ake, hwarföre han på olika sätt, fägnade honom och Ha-
rald, då Ake likwäl wiste, at han war Konung Eriks man eller
undersåte. Ake ursäktar sig där med, at han åt den unga Her-
ren gifwit nya kjäril, men at han åt Konungen, som nu redan
war gammal, hade låtit inbära gamla, i den förhoppning, at det
så mycket mindre kunde illa uptagas, som wälfägnaden förmodeli-
gen på intet sätt hade felat. Men efter utseende hade Ake intet
fulkomligen utsofwit ruset, det hade stödt honom, at Konungen
hade sagt, det Ake war hans man. Han swarar därföre nog
obetänksamt, det Konung Erik war snarare Akes man. Öfwer
denna otidighet, blifwer Konungen så förtörnad, at han i ifwern
utdrager sit swärd, och hugger Ake neder på stället. När Ko-
nung Harald wart här om underrättad, hastar han efter, at häm-
na Akes död; men Konung Erik war redan för långt undankom-
men,

men, ej heller wågade någondera, at med alfwar angripa den an- Sigurdsta
dra, emedan ingen war försäkrad om Almogen. Konung Erik Slätten.
for således tilbaka til Wäster-Gjötland; men Konung Harald, se- Erik
dan han lagt Wärmeland under sig, wände om til Raumarike. Emunds
son.

(*) Sturlefon, T. I. p. 27.
(**) Sturlefon, T. I. p. 75. Det öfriga som här förekommer, är li-
kaledes tagit af Sturlefon, uti Harald Harfagers Saga.

§. 18.

På detta sätt blef krig emellan bägge riken oundwikeligt.
Konung Erik hade förordnat Rane Gaurske til Jarl öfwer hela
landet, emellan Gjötha Alf och Swinesund, och kallar Sturlefon
Rane en rik Jarl, men rådt många omständigheter wet man in-
tet af denna oenighetens utförande. Det har man sig bekant, at
Rane lät slå pålar i Gjöta Alf wid islosningen, på det Harald
intet skulle kunna lägga in til landet med sina fartyg. Inga an-
dra steg togos til at uteslänga honom, hwaraf man nogsamt kan
sluta, at hela det öfriga landet war med skogar och fjärr igenom-
skurit, at fienden på ingen annan sida kunde tränga igenom. Men
denna försiktighet tjente til ingen ting, ty Harald bandt sina fartyg
wid pålarna, och härjade på bägge sidor om strömmen, hwart
han kom fram. I sådana omständigheter ankomma Westgjöthar-
ne til häst i stort antal, och anfalla Konung Harald: men detta
lyckades ej heller, utan Harald hade förmonen. Lyckan war dock
ombytelig, til des Rane omsider föll i en drabning. Men då un-
derlade sig Harald hela landet, som war beläget Norr om Gjötha
Alf, och Wäster om Wenern. Arminstone berättar Sturlefon så
efter Skalden Hornklofwe. At likwäl intet Konungen i Norrige
haft en oklandrad besittning af landet, är klart däraf, at kriget e-
mellan Swerige och Norrige, warade så länge Konung Erik lef-
de. Det är troligt, at Wermeland snart blifwit återtaget, eme-
dan landet blef bibehållet wid Swenska Kronan alt utföre, och in-
gen Konung i Norrige sedermera gjorde talan därpå. Erik E-
mundson är för öfrigt, den förste Konung i Swerige, om hwil-
ken man med wißhet kan utmärka, när han dödt, ty det fjerde,
när Harald Harfager warit Enwäldes Konung i Norrige i tio år (*),

hwil-

Siaurdsta
Slåtten.
Erik
Emunds-
son.

hwilket swarar emot år 883. Så mycket man wet om denna
Konungens regering, har den efter tidsens smak, warit dragelik.
Rikets gränsor utwidgades under honom på alla kanter. Alts bon-
des död synes wara det enda, som befläckat hans minne, och skul-
le man tro, at en dåraktig öfwerilning, borde snarare med löje
och förakt bemötas. Ju mera en regerande är i stånd at hämnas,
desto mindre bör han låta den ställas i wärket.

(*) Sturlefon, T. I. p. 105. m. m.

§. 19.

Björn.

Björn war Erik Emundsons son och efterträdare. Under
hans mångåriga regering, emedan han styrde landet i femtio år,
bibehölls riket uti sit förwärfwade anseende (*), hwilket ock är det
enda man wet om denna tidens omständigheter. Han dödde år
933, och hade sin son til arftagare i regeringen, Erik med til-
namnet Segersäll. Eriks broder Olof war des Medregent, men
han låg ej lefwat särdeles länge, emedan han är intet kjänd, utan
genom sin son som Styrbjörn Starke. Däremot äro Konung Eriks
bedrifter ganska märkwärdiga. Lilla Rimkrönikan har innefattat
denna Konungens Historia i följande rim.

Erik
Segersäll.
Och
Olof.

> Jag kallas förty Segersäll,
> Ty ärlig lp fades mig altid wäl,
> Estland, Lifland, Curland och Finland,
> Dem wann jag alt med segers hand,
> Och rådde derofwer i mina daga
> Til ålder månde mit lif aftaga.

Deßa osmakeliga werser, hafwa likwäl den förmån, at de innehålla
märkeliga sanningar, men omröra likwäl intet mer, än en del af
Konung Eriks segrar. Ty af Ericus Upsaliensis, och andra wet
man tillika, at han förde et lyckeligt krig med Dannemark. Men
detta är ock alt, hwad wåre inhemske Skribenter wid handen gif-
wa; omständigheterne af fälttågen och annat dylikt, gås aldeles
förbi. Denna brist drilltes likwäl af utländningar. Hwarföre
man ock efter den anledning, som deße lämna, wil utföra så or-
denteliget som görliget är, denna Herrens bedrifter. Efter sin bro-
der

der Olofs död, föreſtod han enſam regeringen. Hans broderſon Sigurdſka Styrbjörn war med detta förmynderſkap intet förnögd, utan, ſaſt Släkten. han ej war mer än tolf år gammal, påſtod han, likwäl, at den Erik del af riket, ſom hans fader innehaft, borde honom öfwerlämnas. Segersäll. Det är troligt, at Styrbjörns Moderbroder Ulf Jarl haft mäſta delen i detta äreſjuka påſtående; ty ehuru tiltagſen och orolig Styr- björn beſkrifwes, är det dock föga ſannolikt, at et tolf års barn, ſom upföddes i ſin faderbroders Hof, ſkulle annars wågat et ſå- dant ſteg. Kan hända Konung Erik hade ingen ſmak för Medre- gent, kan ock hända, at han anſåg Styrbjörns pra ungdom ſå- ſom et rätmätigt ſkäl, til at uteſluta honom från gemenſam rege- ring: utſlaget blef, at Styrbjörn och Ulf misrådnade ſig. Dock, at deſſe oroliga ſinnen, måtte blifwa ſyſleſatte med andra göromål, lämnades år Styrbjörn ſextio fartyg, at därmed förſöka ſin lycka på utrikes orter. Han angriper då de är öſter belägna länder, de twifwelsutan, ſom af Erik Emundſon warit underkufwade, hwilka ſåledes blefwo twungne å nyo, at worda Sweriges öfwer- wälde, ſedan de förmodeligen wågradt, at betala den ſkatt, ſom då blef pålagd (**).

(*) Sturleſon, T. I. p. 485.

(**) Torſäus, H. N. P. II. p. 292.

§. 20.

Twå eller tre års tid blef anwändt til deſſa eröfringar, och Styrbjörn förſtärkte ſig med nytt och friſkt manſkap, af de under- liggande länder, och ſatte ſig ſåledes i ſtånd, at företaga nya in- kräkningar. En namnkunnig Stad och röfwarenäſte, war något förut upbygt i Pomern af Danſkt folk. Staden kallades Jomes- borg, war belägen i landet Jame (*), och innehades af en hop raſka och öfwerdådiga krigare, ſom äro kjände under namn af Jomswikingar. De utgjorde en ſlags Republik, och woro Lands- gare af Pommerſka Herrarna, och tillika deras Landwärnormän. De hade ſina enſkylta och beſynnerliga lagar, ſom ſyftade förnäm- ligaſt på enighet och tapperhets bibehållande. Några af deſſa ſtad- gar förtjena at anföras. Ingen fick antagas i detta ſamhälle, ſom war under aderton år, och ſom hade wågrat at ſlås med nå-

Y   gon,

Sigurdska
Gildien.
Erik
Segersäll.

gon, som warit lika bewäpnad. Så snart någon blef antagen i
samfundet, ansågs han som en äkta broder af alla i sällskapet,
hwarmed han tillika war skyldig, at hämna sin stalbroders död.
Ingen kunde uslutas från broderskapet, utan Föreståndarens dom.
Intet qwinfolk fick wara i Staden, intet nytt berättas utan Fö-
reståndarens gisna tilstånd, inga beklagelser eller tekn af fruktan
woro tillåtelige, äfwen i de swåraste omständigheter; och ingen
träta borde wara ibland Ordensbröterna, utan alle borde ärnö-
jas med föreståndarens utslag (*). Genom deßa och flere dylika
lagar, och en ogemen tapperhet hade deßa Wikingar, eller Sröf-
riddare satt sig i en besynnerlig högaktning, och Styrbjörn lät häf-
wa trodt sig här finna wärdiga motståndare. Jomswikingarnas
Höfwitsman war en namnkunnig Höfdinge från Fyen i Danne-
mark, wid namn Palnatoke. Denne Herren war Sweush til
sit möderne, ty hans moder war Ingeborg Ottar Jarls dotter
af Gjöthaland (***). Når man öfwerwägar Palnatokes konster
emot Konung Harald Gormson i Dannemark, är det ingalunda
otroligt, at Styrbjörn af honom blifwit updaggad til några af si-
na följande uptåg, men som de gamle hårom intet nämndt, läm-
nas denna mißtanka til läsarens egit efterkännande. Det är osär-
nekeligt, at Styrbjörn intog Jomsborg, förmodeligen under Pal-
natokes fränwaro, hwarefter han anföll Konung Harald sielf, tog
honom til fånga, och twang honom gifwa sig des dotter Tyra til
Gemål (****), samt öfwerlämna hundrade fartyg til Styrbjörns
tjenst. Deße förrättningar satte Styrbjörn uti et ogement anseende,
hwarföre ock Oddur Munk kallar honom alramanna waskaster
och agiataster (*****).

(*) Schwartz de Jomsburgo Pomeraniæ Vandalo-Slavicæ inclyto oppido.
Greifsw. 1734.
(**) Jomswikinga Sagan. Torfäus H. N. P. 2. L. 7. C. 5. p. 286.
(***) Sturlefon T. I. p. 243. I Swenska öfwersättningen. Torfäus
H. N. P. 2. p. 248.
(****) Torfäus H. N. P. 2. p. 293. Knytlinga Sagan, C. 2.
(*****) Oddur Munk, Olof Trygwas. S. C. 28. p. 111.

§. 21.

Men Styrbjörns widlyftiga anläggningar, woro ännu intet
bragte til ändskap. Äregiriga Stats anstalter få ingen ända. Se-
dan

dan han hade förmåt Konung Harald, til de nyligen omtalta för- Sigurdssta
binbelser, steg han i brudsäng med sin Gemål, och hastade följan- Slätten
de dagen med sin återresa til Jomsborg, dit han stämdt en gan- Erik
ska stor hop folk, från de-mot öster belägna länder, hwilka han Segersäll
intagit. Här utrustade han således en Flotta, bestående af tusende
segel, och wände oförmodeligen tilbaka til Dannemark. Harald
Gormson war aldeles oberedd och säker, så at han såg sig nödsa-
kad, at emottaga alla de wilkor, som Styrbjörn behagade före-
skrifwa. Hwarföre ock Harald icke allenast måtte afstå twåhun-
drade bewäpnade fartyg åt Styrbjörn, utan ock wara honom föl-
jaktig til Swerige. Hit in til hade Styrbjörns wapen warit be-
ledsagade med en stadigwarande lycka. Et oförskräckt mod, wål
uträknade förslag, och hastiga rörelser, hade giordt honom osöfwer-
winnelig. Rätwisan lär hafwa warit ansed, som en mindre nö-
dig egenskap hos en segerherre, och ser det ut, som gamla och nya
werlden i det mål komma noga öfwerens. Styrbjörn ställde nu si-
na afsikter på sit södermesland, och lät ej warit frågan om någon
del af riket, utan han hade redan giordt sig förslag på altsam-
mans. Med en Flotta af et tusend twåhundrade fartyg, lägger
Styrbjörn in i Mälaren. En så förfärlig magt, hade bort sät-
ta landet, och Konung Erik i en besynnerlig förskräckelse, så at
en hastig undanflykt syntes wara den enda utwäg, som war möj-
lig. Men författningarne lära hafwa warit bätre, än man al-
mänt föreställer sig i deßa tider, emedan Konung Erik fann sig
i stånd, at möta sin fiende på Fyriswall, straxt utan för Up-
sala. En owäntad öfwerrumpling, utrdilade på detta sätt ingen
ting, och en hufwudslaktning borde ändteligen afgjöra, antingen
riket skulle höra Faderbroderen, eller Brodersonen til. Styr-
björn hade fattat det upsåt, at antingen dö eller winna, hwar-
före han ock, at förmå sit folk til et förtwistadt fäktande, lät
på stranden upbränna alla sina fartyg. Man har dock orsak at
twifla, om denna försiktighet warit särdeles gagnande. Ty fast
han själf hade tagit et sådant beslut, war det mycket owist, om
alt folket war aldeles af samma tanka. Åtminstone war Ko-
nung Harald från Dannemark helt annorlunda sinnad. Ty så
snart Styrbjörn låtit bränna up sina skjepp, låter Harald låg-
ga sina ut på Mälaren, och ställer sin kosa utan uppehäll mot

D 2   Dan-

Sigurdsta Dannemark. Styrbjörn blef intet bestört af denna betydande
Sllgten. händelsen. Fältslaget började icke bestomindre med fulkomligt alf-
Erik war, och förmånen war lika på båda sidor, första och and:a
Segersäll. dagen. Men då blef man i bägge lägren betänkt, at wända
sig til Gudarna. Styrbjörn blotade åt Thor, men Erik åt
Oden. På tredje dagen föll ändteligen Styrbjörn med större
delen af sit folk. Lagman Thorgny bidrog mycket til Konung
Eriks seger, så wäl genom sin egen tapperhet, som genom et
besynnerliget krigs påfund, hwilket framdeles skal blifwa om-
rördt (*). Sådant war slutet på Styrbjörns oroliga tapperhet.
Efterwerlden kallar honom Styrbjörn Starke. Hans död måste
nödwändigt i sådana tider wara hederlig, då tapperheten war den
hufwudsakeligaste dygd, som kunde utmärka en Prins. Men efter
sundare begrep, kan intet en wärja, som är färgad i sina lands-
mäns blod, wid sådana omständigheter, blifwa räknad för hedran-
be dreteln. Prinsar födas för det almännas lycksalighet, och det-
ta är enda rättesnöret för deras gärningar. Wåre gamle Sage-
tecknare hafwa prydt sina berättelser med häxeri, och annan gran-
låt, som intet förtjenar at uprepas; ty man är med skäl öfwer-
tygad, at häxeri och trolldom tros snarare, än den kan wärkställas.
Något härutaf kan läsas hos Herr Hof-Cancelleren von Dalin,
och Torfäus i des Trifolio. Man anmärker til slut, at de gam-
le Swear kallade denna slaktning Syris-åkra, hwilket betyder
långt annat än Fuga Fyrenlis, som der är öfwersat i trykta Exem-
plaret af Knytlinga Sagan. Ty desse dagar lämnade större prof
af mord och nederlag, än flykt (**). Styrbjörns Enka Tyra, bodde
sedermera någon tid i Dannemark, och blef af sin broder Swen
Otto mot sin wilja förlofwad och gift med Burislef, Konungen
i Wenden eller Pomern. Men Thyra, antingen man wil kalla
det enwished, eller ståndaktighet, fattade det upsåt, at snarare swäl-
ta ihjäl, än lefwa tilhopa med en Hedniks Herre. Ändteligen efter
sju dagars enwist fastande, förde hennes fosterfader Åke henne til-
baka til Dannemark, hwarifrån hon ock efter någon tid, af fruk-
tan för sin broder, afwek til Norrige, och blef där omsider gift
med Olof Trygwason, hwarom mer framdeles (***).

(*) Om slaget på Fyriswall kan läsas, Torfäus Hist. N. T. II. L. 7.
C. 11. p. 295. H. N. P. 3. L. 2. p. 80. Oddur Munk, Ol. Tryg.
S. k. 111. Knytlinga S. C. 2. Hof-Canc. v. Dalin. T. 1.
.(**)

(**) Knytl. Sag. C. 2.
(***) Torfäus, H. N. P. 2. p. 400.

§. 22.

Genom Styrbjörns fall, kom Jomsborg til sina förrå ägare, ty Palnatoke war Länsherre däraf til sin död. De andra län- der, som Styrbjörn underlagt, idra och återfådt sin förra frihet, undantagande Sweriges gamla skattländer, Finland, Kyrialand, Essland och Curland, hwilka enligt Rimkrönikan Erik Segersäll innehade, så länge han lefde. Torgny Lagmans witnesbörd om denna Herren är, at han warde riket harblega (*), hwilket in- tet hade kunnat sågas med skäl, om han låtit dessa länder affalla från sin gamla undergifwenhet. Et nytt krig yppade sig straxt därefter med Dannemark, hwilket är det första, som omtalas i trowärdiga Historier, alt sedan Ragnar Lodbroks tid, och så- ledes snart i twåhundrade år. Den underliga Statskonsten, hwil- ken altid underhållit oenighet emellan dessa Hofwen, war ännu in- tet upkommen. Sigurd Orm i Öga, Björn Järnsidas broder, Hordaknut och Gorm Gamle, hade son efter fader, regerabt i Dannemark, och bibehållit en beständig wänskap med Swerige. Wärkan häraf war den, at de Nordiska riken woro förfärliga för hela Europa; hwilket Norrmännernas kringswäfwande wapen nog- samt bewisa. Harald, Gorm Gamles son, blef, som det synes, mot sin wilja af Styrbjörn twungen, at angripa Erik Segersäll, drog sig och undan från Fyriswalls nederlag. Det är möjligt, at Erik Segersäll likwäl fattat någon misstanka om Haralds up- riktighet, och således trodt, at Danske Konungen därföre allenast dragit sig undan, emedan han fann, det Erik war i stånd, at göra sin Broder-son segren dyr och twistig. Åtminstone är det Sa- xos berättelse, at Erik alt sedan den tiden wäntat på tilfälle, at o- roa Dannemark. Men som man intet har spår til någon owilja emellan Erik och Harald, utan krigslågan ej brast ut, förr än ef- ter Konung Haralds död; är det ej otroligt, at Eriks afsikter woro långt eftertänkeligare, än en blott hämnd. Efter alla Hi- storieskrifwares witnesbörd, war Swen Otto, Tiuffskäg eljest kallad, onekligen Konung Haralds son, men modren war en rin-

P 3   gä

Sigurdska
Slägten.
Erik
Segersäll.

ga och gemen sömmerska, wid namn Åsa; hwarföre hon ock ge-
menligen kallades Saum Åsa, och war hon eldrig erkänd, hwar-
ken för Drotning eller Hustru. Wid tilfälle, då Konung Ha-
rald war på Fyen hos Palnatoke, skal denna Åsa wara lägrad
af Konungen, och då hon födt et gåsse-barn, tog Palnatoke bar-
net til sig, och upfostrade det. När Swen war tre år gammal,
kommer Harald åter igen til Fyen, då modren och barnet blefwo
honom förestälde af Palnatoke; men Konungen ansåg detta enbart
som en konst af Palnatoke, och wille intet weta utaf, hwarken
moder eller barn. Icke destomindre lät Harald sedermera uptagit
Swen för sin son, hwarföre han utan motsdjelse blef Konung
Haralds efterträdare. Men som Konung Swens börd war på
detta sätt nog twetydig; är det ej otroligt, at Konung Erik Se-
gersäll, ansedt sig sielf som enda manliga arftagare af Sigurdska
Slägten, och således allena berättigad, både til Swenska och Dan-
ska Kronan, hwilket är Herr Wildes, och Hof-Cancelern
von Dalins mycket sannolika gisningar. Om så de i sanning,
giorde Konung Erik wid detta tilfälle intet mer eller annat, än
det Konung Harald giordt tilförne (**), och i så satta omständig-
heter, kunde intet Palnatokes konster betaga Konungen i Swerige
en rättighet, som et otwiswelaktigt slägtskap kunde tildägga honom.
Ehuru det må wara, så börjades kriget, och Konung Eriks första
inbrott skiedde i Skåne, som Saxo berättar, men sielfwa hufwud-
drabningen skiedde til sjös, då Konung Swens flotta blef aldeles
öfwerwunnen, och hans magt så förswagad, at han såg sig twun-
gen, at öfwergifwa land och rike i segerwinnarens händer (***).
Om det gick så fort, at intaga hela Konungariken den tiden, är
det ock säkert, at man intet giorde sig mycken möda med Historien
därom; ty detta är ock alt det man wet om denna märkeliga om-
ständighet, uti Konung Erik Segersälls Historia. Saken är dock
med tilförlåteliga witnen så bekräftad, at ingen kan twifla därom.
Swen Tiuskiäggs dotter-son, Konung Swen Ulsson i Danne-
mark, har berättat hela saken för Adamus Bremensis, och är
den utom des, utaf åtskilliga Historieskrifware bestyrkt. Wår
Swenska Rimkrönika går intet förbi denna omhwälfning, men
Konung Swens utdrifwande tildägnas åt Erik Wäderhatt, hwil-
ket ock synes intyga, at Erik Segersäll och Erik Wäderhatt är

en

en och samma person, och är ej otrolgt, at någon oförmodad, och lyckelig omwäxling i wädret, under kriget gifwit anledning til namnet. Saxo, som annars nog ogjerna anförer det, som är til de Swenstas förmån, om det ej de werldskunnigt, talar dock om Dannemarks intagning af Erik Segersäll. Albericus wid år 985 (****), berättar äfwen om Swen Ottos utdrifwande. Uti et Chronicon hos Ludewig förekommer samma omständighet. Den, som skrifwit anmärkningar til Adamus Bremensis, lägger til en annan och ny omständighet, at Konung Erik uti Danska kriget, haft förbund och undsätning af Boleslaus i Polen (*). Isländske Auctorerne äro de enda, som med stillatigande förbigådt Konung Swens olycka, undantagande Langsebgatal, och denna mythet har föranledit Torfäus, och sedan Gram (**), at afdela neka både kriget och des påföljder. De anse Bremiska Munkens witnesbörd för otillförlåteligt, och alla de andra berättelser för låntagna af honom. Sådant säges lärrart, än bewises. Ty Saxo berättar omständigheterna annorlunda än Adamus Bremensis, och denne senare säger, at Swens lundsflyktighet warade fjorton år, då den efter Saxos anwisning intet räkte mer än sju. Hwarken Rimkrönikan eller Ericus Upsaliensis, hafwa hämtat sin berättelse af Bremiska Munken, ty denne gör rätteligen Erik Segersäll til Olof Skötkonungs fader, men de däremot hafwa inflickat emellan Erik och Olof en benämnd Stenkil, som man annars intet wet utaf. Albericus har utmärkt året, när denna omwäxling sig tilldragit, hwilket är af Munken från Bremen förbigånget. Det witnesbörd, om förekommer uti Ludewigs Chronicon, är onekeligen af Adamus Bremensis. At Konung Olof Skötkonung uti sit samtal med Isländaren Hjalte, intet nämnt om Konung Eriks krig med Konung Swen, anses af Torfäus och Gram likales för et fulkoml'gt bewis för deras nekande. Men om Konung Olof wid detta samtal, haft sina enskyta ordsaker, at skona sin styffader, och mäktiga styfbroder Konung Knut, kan et ingalunda räknas, hwarken honom sjelf, eller Historien til last. Isländarne, som altid äga et billigt witsord i wåra gamla wäfder, hafwa intet lämnat oß någon fulkomlig Historia om Konung Swen Tjufskägg, utan endast stycke och tilfälles wis.

Stur-

Sigurdsta
Slächten.
Erik
Segersäll.
Sturleson gifwer likwäl wid handen, at Konung Swen Tiuf-
skäg war i härnad i Saxen och Frisland, innan han angrep
Engelland (***), och passar det sig rätt wäl med hans siu åriga
landsflychtighet. Man wet ock, at Åskornännerna swärmade denna
tiden kring Tyska kusterna, och är ingalunda otroligt, at bäst haft
Swen til anförare. Men det är intet af nöden, sammansöka så
många bewis i denna sak; Konung Swen Ulssons witnesbörd
om sin egen Moderfader, bör allena wara tilräckeligt: och desutan
har Dithmar, Biskopen af Merseburg, som lefwat denna tiden,
då alt detta händt (****), uttryckeligen calat en Konung Swens
Landsflychtighet, hwilken omständighet efter utseende hwarken Tor-
fäus eller Gram dragit sig til minnes.

(*) Sturleson, T. I. p 435.

(**) Utom wåra egna Nordiska Skribenter, lämnar äfwen Encomiastes
Emmæ Reginæ et bylikt witnesbörd, at Konung Harald intet wille
erljdana Swea för sin son. Det lyder så. Tantam deinde illi, Sveino,
gratiam diuina concessit virtus, ut etiam puerulus intimo affectu dili-
geretur ab omnibus, tantum Patri proprio invisus, nulla hoc prome-
regote puerili culpa, sed sola nutriente iuvidia. Qui factus juvenis in
amore quotidie crescebat populi, valde magis magisque invidia auge-
batur Patri, adeo ut eum a Patria non jim clanculum, sed palam vel-
let expellere, jurejurandoque assertus, eum post se regnaturum non
esse. Dudyesne Rer. Norm. Scriptores, p. 164.

(***) Adamus Bremensis Hist. Eccles, L. 2. C. 25. p. 21. Fabricii
Uplag. Saxo L. 10. p. 188.

(****) Albericus Triumfontium monachus, wid år 985, p. 26. Regis
Daciæ Heraldi filius Sveno Christianitatem rejecit, sed multis annis
expositus eam recepit.

(*) Vet. Scholiastes ad Adamum Bremensem, p. 22. Hiricus Rex
Sveonum, cum potentissimo Rege Polonorum Bolislao foedus iniit,
Bolislaus filiam suam Hirico dedit uxorem, cujus gratia societatis,
Dani a Slavis et Sveonibus juxta impugnati sunt.

(**) Torfæus in Trifolia. Gram in Meuilium.

(***) Sturleson, T. I. p. 276.

(****) Dithmarus Merseb. L. 7. p. 94. Reineccsi Uplaga. Ille enim
supra nominatus (Sveno) non rector seu destructor post mortem Patris
sui, a Normannis insurgentibus captus, cum a populo sibi tunc sub-
dito, cum ingenti pretio solveretur, quia ab occulta pessimorum sussur-
ratione, se ab hoc servum nominari compriret, quod salubriter in
paucis ulcisci potuit, hoc impatiens communi damno, et si voluisset, sibi
maxi-

maxime nocenti meditatur vindicare, Poteſtatem nempe ſuam hoſtibus extraneis tunc relinquens, ſecuritatem vagatione, pacem bello, regnum exſilio, Dominum coeli et terræ diabolo mutavit.

Sigurdſka Slächten. Erik Segerſäll.

§. 23.

Wi wete intet mer om Konung Erik Segerſälls krigswäſende, än det ſom nu är anfördt. Et ſtörre mörker möter oß, angående Rikets inwärtes Författningar, ty därom hafwe wi ſnart ſagt aldeles ingen kundſkap. At de mägtige Herrarne lefde näſtan uti en fulkomlig frihet, utan ſärdeles undergifwenhet, kan ſlutas af följande omſtändigheter. Norſka Fylkis Konungen, Tryggwes efterlämnade Gemål, Aſtrid, hade födt en ſon efter ſin Herres död, den hon kallade Olof. Aſtrid fann ſig föranlåten, at flykta med ſin lilla ſon til Swerige, hwar hon blef wäl emottagen af en förnäm Herre, Håkan Gamle kallad. Liten tid däreſter ankommer en Håkan Jarl, äfwen från Norrige til Konung Erik Segerſälls Hof, och blef där med all heder bemött. Hans ärende war, at återföra Drotning Aſtrid och hennes ſon til Norrige, hwarom han hade undfått Norſka Drotningen Gunnilds befalning. Håkan Jarl uptäcker då ſit ärende för Konung Erik, och ſom han förebar, at Drotning Gunnild ångrade Konung Tryggwes dråp, och wille nu bota det med all kjärlek mot des enka och ſon, war Konung Erik nog benägen, at befrämja hans åſtundan. Konung Erik gaf icke deſtomindre tilkänna, det han fruktade, at bemödandet ſkulle wara fåfängt, emedan Håkan Gamle war mägtigare, än Konung Erik ſjelf i många mål, och hade äfwen nyligen Håkan haft förmånen wid en twiſt de haft ſig emellan (*). Icke deſtomindre ſkänkte Konungen åt Håkan Jarl hundrade wäl wäpnade män, med hwilka han måtte beſöka Håkan Gamle, och förmå honom, at wilfara hans åſtundan. Uti Konung Eriks Hof wiſtades då Håkan Gamles ſon, Rognwalder, ſom ſkyndade ſig hemligen til ſin fader, och berättade Håkan Jarls ankomſt. Håkan Gamle blef ingalunda förſkräkt öfwer denna tidning, utan läter bewäpna i haſt trehundrade af ſina egna hemſörda män, och gjorde ſig i deras ſällſkap glad och luſtig. Imedlertid infunner ſig äfwen Håkan Jarl, och blifwer med all wänſkap emottagen af Håkan Gamle, ſamt på det häftigaſte ombuden, at hålla til godo med

3 med

Sigurdsta med den wåldsplågning, som kunde åstadkomnas. Men Håkan
Sidtens. Jarl sade genast sit ärende, och begärde åfwen med mycken fogelig-
Erik het, at Astrid och hennes son måtte följa med honom til Norrige,
Segersäll. försäkrandes, at dem all wänskap af Drotningen wedersaras ffu-
le. Håkan Gamle swarade därpå, at hwarken Astrid eller han
sielf, kunde trygga sig wid Drotning Gunnilds fagra ord och
wänliga löften, emedan hennes swek och ränkor woro alt för be-
kanta, hwarföre han ock til slut försäkrade, at han aldrig wildm-
nade hwarken moder eller son emot Astrids wilja, om hon ej blef
aldeles med wåld twungen därtil. Wed detta besked wände Hå-
kan Jarl tilbaka til Konung Erik, och berättade, huru med hans
resa förelupit. Så snart Julmånaden war förbi, ärnade Norrske
Jarlen å nyo afläggja sit besök hos Håkan Gamle, i samma af-
sigt och ärende, som förra gången. Håkan Jarl tog mycket folk
med sig, och Konung Erik gaf honom utom deß twåhundrade
wäl utrustade män til följe. Jarlen war nu icke aldeles så höflig
som senaste gångin, utan sade rent ut, at Håkan Gamle skulle an-
tingen han wille eller ej, lämna ut Drotning Astrid, och hennes
son. Håkan Gamle swarade på samma sätt, och i samma ton,
som han blef tiltalad, och då de bäst ordkastades, kommer en af
denna senares trälar fram med en dynggrep i handen, ber Håkan
Jarl fara sina färde, och intet wara så stordådig, trälen bedyrade
därjämte, at han annars skulle stryka til honom med dynggrepen,
och således tilskynda honom en skymf, som han aldrig kunde af-
twätta. Trälens grofwa wälmenning, och Håkan Gamles oförfä-
rade anstalter, öfwertygade Jarlen om wißheten af Konung Eriks
spådom, hwarföre han med oförrättade ärender wände tilbaka;
och Håkan Gamle blef oanfäktad och obehindrad, at u:öfwa sit
hederliga och wälgörande sinnelag emot förtrykta, fick ock därjäm-
te tilfälle at öfwertyga Drotning Astrids fader Erik, om sin oför-
ändrade wänskap, hwilken warit begynt i deras ungdom, då de
tillika förkökte sin lycka i Wikingsfärder (**). Drotning Astrid
och hennes son, förblefwo således uti all trygget med hela sit följe,
uti tro åra tid uti Håkans hus. Och när Astrid ändteligen war
sinnad, at fara til Gardarike eller Ryßland, hwar hennes broder
Sigurd war i stort anseende hos de Regerande (***), skaffar Hå-
kan dem fartyg med andra nödwändigheter, och fortfor uti sit ä-
delmodiga upförande til slutet.   (*)

(*) Oddur Munk. Olof Trygwaf. Saga, C. 2. p. 11.
(**) Torfäus H. N. P. 2. p. 247.
(***) Oddur Munk. Olof T. Saga. C. 3. p. 18.

§. 24.

Något när wid samma tid, som Norrska Prinsen Olof Trygg-
wason åtnjöt beskydd mot alla sina fiender uti Håkan Gamles wård,
war ock en annan Norrsk Prins, Harald Gudranders son uti
Swerige. Han war upfödd på Grönland, hwarutaf han almänt
kallades Harald Grånske. Samma omständigheter som fordat
Olof Trygwasons moder, at söka sin säkerhet i Swerige, brakte
ock Harald til samma undanflykt. Hans fader Gudrand war äf-
wen på Drotning Gunnilds anstiftan swikeligen ihjälslagen, af hen-
nes son Konung Harald Gråfell. Och när Harald Grånske in-
tet såg sig säker i Norrige, förfogade han sig likaledes til Swerige,
i tanka, at der gifwa sig i sälskap med Wikingar, hwarpå den
tiden war ymnig tilgång wid Swenska stränderna. Han hade ben-
lycka eller olycka, at råka i sälskap med en fornäm Swensk man,
gemenligen Skoglar Toste kallad (*). Hos Skoglar Toste war
således Harald Grånske öfwer winteren, men sommaren tilbrakte
han i Wiking uti samma Tostes sälskap, och här börjades twis-
welsutan den kärlek, som Harald sedermera betygade för Skog-
lar Tostes dotter Sigrl, hwilken då war i sin mäst lysande unga-
dom, och bemötte dnoteligen hans kärlek på nog barbariskt sätt,
hwilket framdeles widare skal omtdras.

(*) Sturleson T. I. p. 183.

§. 25.

Förutan dessa namnkunniga män, Håkan och Toste, samt
Thorgny Lagman, om hwilken framdeles mera, är äfwen Ottar
Jarl i Gjöthaland under Konung Erik Segersälls regering bekant,
wid tilfälle, at Håkan Jarl Sigurdson från Norrige, for med
härsköld öfwer Gjötharike. Håkan Jarl hade warit med Harald
Gormson i Dannemark uti kriget emot Keisar Otto, och hade
han, fast mot sin wilja, blifwit döpt, tillika med Konung Harald.

Su

Sigurdsta Seban blef han hemförlofwad til Norrige, hwilket han fått i för-
Slåtten. láning af Konung Harald i Dannemark. Han tog då med sig
Erik Präster, hwilka skulle wara honom behj:lpelige, at omwända
Segersäll Norrmännerna. Men så snart Håkan kom ut på fria sjön, sät-
ter han prästerna i land, ställer sin kosa igenom Öresund, och
härjar på bägge sidor om sundet. Härifrån seglar han öster ut
til Gjöthiska skjären, hwar han lägger i land, och gör et stort of-
fer åt Oden. Twänne korpar, som då kommo flygande, satte Hå-
kan Jarl i den tankan, at Oden hade med nåd ansett hans offer;
hwarföre han ock låter upbränna sina fartyg på stranden, och tager
landwägen åt Norrige, genom Öster- och Wester-Gjötland, sköf-
landes och ödeläggandes alt hwad han kom når (*). Wid detta
tilfälle blef ock et Gjöthiskt Tempel förstördt, som war helgat åt
Thor, och innehölt hundrade gudar (**). Ottar Jarl war då
befalningshafwande i Gjötharike. Han samlar folk i största hast,
skyndar efter Håkan, men hinner honom intet. Han låter därpå
uplysa almänt ting, och där utropar han Håkan Jarl för fred-
lös, och Warger i Weum, eller en sådan, som kränkt helgade
orter. Efter Sturleson skal likwäl Ottar hafwa träffat Håkan,
men blifwit af denna senare slagen. Denne Ottar Jarl war
Palnatokes moderbroder, som förr är omrördt.

(*) Sturleson, T. I. p. 231.
(**) Oddur Munk, Olof Trygwas. Saga, p. 59.

§. 26.

Man har ingen underrättelse, om Håkan Jarls inbrott i Gjö-
tha-rike på något sätt blifwit beifradt. Det som sig tildragit un-
der Konung Erik, med en Swensk Herre, som mot Konungens
wilja blifwit hans måg, skal i sit sammanhang uprepas, når man
kommer, at nämna om Inguar Widförle. En annan märkwärt-
dig omständighet har ock tildragit sig under Konung Eriks rege-
ringstid, utan at man wet huru mycken del denna Herren tagit
däruti. Här är fråan om gränse-utstakningen emellan Swerige
och Dannemark. Til denna förrätning woro utnämde på Swen-
ska sidan Konung Emund Slemme, Takaldi af Tiunta Land,
                                                          Botil

Beril af Fiärdhunka Land, Gäsi af Wästmanland, Grimaldi Sierret Ra af Öster-Gjötland, Männir of Smäland, Thorsten af Wester- Sulfica. Gjötland. Pä Danska sidan war Konung Swen Tiufstiäg, Erik Tolla, Toti och Tone af Jutland, Gymkil af Seland, Dan G.jerjell. af Eskäne, Crynitius af Halland. Säledes uprätnas Gränts-Commissarierne wid slutet af West-Gjötha-lagen. I Skäne-la-gen hos Wornsius (*), uprätnas de Fulmäktige pä detta sätt: Regwald af Tiundaland, hwilket ock synes riettare än Takald, Botwid af Helsingeland, Bote af Fierdhunda. Grimalder af Öster-Gjöthland, Tole, Tote och Tole af Jutland, Gumkil af Seland, Dan af Skäne, och Grimulf af Grimtuna frän Halland. Wid Sälants lagen anföras Thorn af Wester-Gjöth-land, Thorsten af Öster-Gjöthland, Gase af Wästmanland, Grimold af Södermanland, Tol och Thotte af Upland, Tocke och Toste af Jutland, Ubbe af Foen, Gunold af Halland, Dan af Skäne, och Grimer uf Halland. Bihanget wid Norrska Borgarthingslagen uprepar samma namn, som finnas wid Sä-landslagen, dock sättes ibland de Swenska Fulmäktige, Bot-wid af Helsingland, och frän de Danska utslutas Tolle, sä at de säledes blifwa sju pä Swenska sidan, och sem pä den Dan-ska (**). Och är detta sista antalet, med nägen skilnad bibehäl-lit af författaren, til Päfwen Agapeti Bulla, eller bref. Alla dessa witnesbörd synas ofelbart gifwa wid handen, at gränts-skil-nad blifwit fastställd emellan bägge riken af tolf besaste män, sex nemligen af hwart rike, under bägge Konungarnas inseende. O-likheten som finnes i Commissariernas namn, gör ingen särdeles swärighet. Denna förrättningen har troligtwis utan gädt ut pä tiden, och den ene har kunnat blifwa aflöst af den andra, och namnen säledes wid olika tider af olika personer antecknade. Om gränstenarna komma alla berättelser öfwerens, to-förste stenen sattes i Sunderwase, den andre i Danabäck, den tredie war Kin-nesten, den fierde i Urakänäsia, den femte Hwitasten, den sette Brim-sesten emellan Blekingen och Möre. Pä detta sätt blef Skäne, Hal-land och Blekingen, aldeles afskilde ifrän Swea-Rike; men som dessa länder dä ofelbart lydde under Dannemark, kunde wäl rägängen intet blifwa annorlunda.

(*) Wormii Ser. RR. Dan. p. 28.
(**) Örnhjelm Hist. Eccl. p. 904.

Siaurdffa
Sldften.
Erik
Segersäll.

§. 27.

Hwad hit intil anfördt är om gräntsskilnaden, är ingen
särdeles swårighet underkastadt; men den andra meningen, som där-
näst förekommer uti wåra gamla Skrifter, har gjordt mera up-
märksamhet. Där säges nemligen, at lilla den Danaholm låg i
helfwa rågången på det sätt, at en del hörde til Swerige, en del
til Dannemark, och en del til Norrige. Här plägade de tre Nor-
diska Konungar möta hwarandra, och wid et sådant tilfälle, höll
Konungen i Dannemark, i Upsala Konungs betsel, och Konungen
i Norrige i stigböglen. Så heter det efter W:stgjöthalagen. Men
bihanget til Sälandslagen, har ändrat denna omständighet, och
öfwerlämnadt Danska Konungens betsel åt Norriges Konung, och
stigböglen til Upsala Konung. Wid gamla Skånelagen är ock
denna Rangordning på samma sätt utfördt, som wid Sälands-
lagen är anmärkt, fast det är aldeles uteslnnadt af Runexempla-
ret hos Wormius. Det är icke bestämdre nog sannolikt, at
de äldste handskrifter af denna gräntsskilnads berättelse warit o-
kunnige om en sådan Ceremoniel. Wil man likwäl tro, at en
dylik sed warit wedertagen, måste jag bekänna, at Sälandska be-
rättelsen är nog obegripelig. Upsala Konungar woro efterträdare
efter Oden, som dyrkades som Gud öfwer hela Norden. När
Nordiska riken deltes emellan Ragnar Lodbroks söner, blef Swerige
äldsta sonens lott. Detta alt utwisar snarare något företräde, än
mindre anseende. Utomdes i sjelfwa Danska berättelsen, nämnes
likwäl beständigt Swenska Konungen fram för den Danska, och
de Swenske Fulmäktige likaledes. Wille man spilla Westgjötha-
lagens berättelse för partisk, måste samma inkast gälla emot Sä-
ländska och Skånska underrättelserna. Men denna indwändning
kan intet göras emot Norrska Borgartings Lagboken, hwilken al-
deles stämmer öfwerens med Wästgjötha Lagen. Påfwens Aga-
peti bref intygar det samma, ehuru jag intet kan sätta särdeles
wärde därpå. Jag wil medgifwa, at det är gammalt, så at det
kan wara updiktadt för några hundrade år tilbakars; men at A-
gapetus, som dödde wid år 954, skulle warit anmodad, at stad-
fästa rågången emellan Riken, uti hwilka Oden nämndes oftare,
än Christus, är swårt at begripa. Man föregifwer wäl, at
Prob-

Probſten Rabenius warit ägare af ſjelfwa handſkrifna Originalet, men det wore önſkans wärdt, at et ſådant original kunde pröfwas i en tid, då patriotiſka ifwern at dikta, wändt ſig från Antiqvite‐ ter til mera lönande ämnen. Erkebiſkopen Erik Benzelius har haft brefwäxling med den bekanta Janning i Antwerpan, angående det‐ ta Agapeti bref, men ſådt til ſwar, at intet ſpår finnes til något dylikt, ibland alla ſamlingar af Påfwiſka Buller (*). Det lär alt‐ ſå wara tryggare, at bewiſa Nordiſka Konungarnas höghet af an‐ dra grunder, än Danaholmſka Konunga‐mötet, och Konung Erik Segerſälls anſeende är med tilförlåteligare witnen beſtyrkt, än det behöfwer ſtödja ſig, på en ſå twiſtig och näſtan löſlig berättelſe.

(*) Erik Benzelii Utkaſt til Swenſka Hiſtorien, 3. B. 1. Cap.

§. 28.

Den nu omtalte rörſdgning, emellan Swerige och Danne‐ mark, wanhedrar på intet ſätt Erik Segerſälls rigering, emedan det är ingen ſkymf at lemna åt andra, hwad de den tiden åga. Konung Emund, ſom haft dä häruti, förtjenar ej heller titel af Slemme för den ſaken, om ej andra omſtändigheter gifwit anled‐ ning til namnet. Det är troligt, at han warit en Underkonung, eller Prins af Upſala Konungahus, ſom under Konung Eriks frånwaro biwiſtadt förrätningen. Det är omöjligt, at här med kan förſtås Emund Olof Skötkonungs ſon, ſå wida Swen Otto warit med på Danſka ſidan. Man wet annars intet mer om denna Emund, ej heller om Konung Erik Segerſäll, än hwad hittils är anfördt. Erik Segerſäll döbbe tio år efter ſlaget på Fyriswall (*), hwarutaf den widſkieppeliga menigheten trodt, at Konungens död warit et wilkor, eller wärkan af det löfte, han gjorde wid offret för ſegren emot ſin broderſon, Styrbjörn. Men därföre wet man ingalunda denna Herrens döds är, faſt man af des krig med Swen Tjuſſkjäg, kan ſluta något när, at det warit wid år 990. Erik Segerſäll war förſt gift med Skog‐ lar Toſtes dotter Sigrid, hwilken för ſin wett och ſkönhet warit ganſka namnkunnig i ſin tid. Af detta äktenſkap föddes Prins Olof, ſom efterfölgde ſin Herre fader i regeringen. Uti andra gif‐

Sigridsla
Slächten.
Erik
Segerfäll

tet hade Konung Erik, Håkan Jarl Sigurdsons dotter från Nor-
rige, Auda wid namn (*), och är ej otroligt, at detta giftermål
försonat det härjande, som Jarlen litet tilförne föröfwat i Götha
rike (***). Wil man tro den, som skrifwit anmärkningarna wid
Adamus Bremensis, har Erik Segerfäll ock warit gift med Ko-
nung Boleslai dotter i Polen; stället är anfördt wid 21. §.
Men man har ingen widare kundskap om detta sista giftermålet.
Med sin andra Gemål hade Konung Erik en dotter, om hwilken
något mera framdeles skal berättas, uti Inguar Widforles märk-
wärdigheter. Men Drotning Sigrids lefwerne förtjenar en wid-
lyftigare beskrifning, emedan et märkwärdigare Fruentimmer kan
wäl intet upwisas, i hela den gamla Historien.

(*) Sturleson, T. I. p. 183.
(**) Oddur Munk, Olof Tr. C. p. 8.
(***) Jfr. Torféus, H. N. P. 2. p. 287.

§. 29.

Drotning Sigrids fader war Skoglar Toste, den rikaste
och myndigaste i Swerige, som intet buro Dignarnamn (*),
hwilket wil så mycket säga, at han war hwarken Jarl eller
Herse. Han war således bonde efter den tidens talesätt. Han
war en stor Hernader eller krigsman, och for länge i Wiking.
Hans dotter war af ogemen skönhet och wett, hade ock et
owanligen högt sinne, et fel, som faller ock på kjönet, i mindre
lysande omständigheter. Genom så utmärkta förmåner, blef Sige-
rid Konung Erik Segerfälls Drotning. Men giftermålet war ej
särdeles lyckligt, emedan finnelogen, woro stridande, och sogelighe-
ten saknades: hwarföre ock äktenskapet blef uprifwet, och hon
försegade sig til Götha-rike, hwar hon hade stora gods. Det
war efter utseende ordsak til skilnaden, at hon wille blanda sig
förnyckat i Regeringen, och Konung Erik wille regera sjelf (**).
Det lär wara en ogrundad tanka, det hon wetat förut, at Ko-
nung Erik skulle då tio år efter Styrbjörns fall, och således
friwilliat öfweraifwit Konungen, emedan hon wille intet sättias i
hög med sin Herre. Om så wore, hade hon god smak nog,
men sådan kjärleks betygelse war intet bruklig i Swerige (***).

Och

Och ehuru Nordiska Kjärleken sfomofast föranlåter hustrurna, at Sigurðsa
wilja dö med sina män, låta dock åtskilliga öfwertala sig at lefwa. Eldlen.
Drotning Sigrids ensama lefnad, minskade dock ingen ting uti Rolf
hennes anseende, och efter Konung Eriks död, blef hon af åtskil- Sigurðsa.
liga Konungar anmodad, at ombyta sin enkelstnad. Ibland dessa
war ock Norrske Prinsen Harald Grönske, Drotning Sigrids fo-
sterbroder, som då war Konung i Wejthfolden. Denne Herren
war en sommar uti sjöröfweri, och anländer med sin flotta til
Swerige, intet långt ifrån det ställe, hwar Swenska Enkedrotnin-
gen då wistades. Efter inhåmtad kundskap härom, låter hon strart
bjuda Konungen til gäst, och Harald inställer sig med talrikt föl-
je. Konungen och hans folk blefwo på bästa sätt undfägnade,
och söp man åfwen hurtigt efter gammal Swensk sedwänja. Mot
afronen ledsagades Konungen til sit nattherberge, hwar åfwen alt
war ganska präktigt, ty sångtjellen eller gardinerne woro öfwerralt
med ökta perlor besatte. Sedan Konungen gådt til sängs, kom-
mer Drotningen in, och dricker honom til på nytt, hwilket war-
de til des Konungen somnade af rusit, då Drotningen gick tilba-
ka til sina rum. Andra dagen började man åter at dricka om
ganska lustigt, och Drotningen upmuntrade sin förnäma gäst på
alt sätt. Under annat sljkat, som då förehades, yttrade sig Drot-
ningen, at hon aitio kunde wårdera sin egendom i Swerige, så
högt, som Konung Haralds Konungarike. Men Konung Harald
blef dåremot olustig och tankfull, ehuru Drotningen wiste sig gan-
ska munter, och utom des wild bortresan, begåfwade Konungen
med ansenliga och dyra skänker. Utgången wiste nogsamt, hwad
denna betänksamhet betydde, och kjärleken, som Harald tilförne
haft för sin Gemål, blef nu delad emellan henne och Drotning
Sigrid. Bortresan, som annars plägar wara en beprófwad cur
för sådan sjukdom, utrådtade nu intet, utan Konung Harald för-
nötte wintteren i oro, och stadigwarande rustlåtenhet. Sommaren
wäntades med all odålighet, och när den ändteligen kom, twisträde
utan nog sent för en häftig ålskare, rustar Konungen ut sin flotta,
och for genaste wägen til Swerige. Så snart han kom, skickar
han ofördröfwadt bud til Drotning Sigrid, med anhållan, at få
tala med henne (****). Drotningen sätter sig til håst, och reser
emot honom til stranden, hwar Konung Harald utan omswep up-

A a   låter

Sigurdſſa
Slägten.
Erik
Segerſäll.

täcker ſina tankar, och begjär, at få ägn henne til ſin Gemål. Drotningen ſwarar, at henne ſyntes, det han wore wäl gift förut. Harald kunde intet neka, at ju Aſta war en god och wacker huſtru, det fattades allena, at hon intet war af ſå förnäm och ſtor ätt, ſom han. En omſtändighet, ſom tilförne intet rört honom. Drotningen yttrade ſig widare, at det kunde wäl wara, at Aſta intet wore aldeles ſå förnäm ſom han, dock ſnade det henne, at det barn, ſom Aſta wore hafwande med, ſkulle ofelbart wara både ſin faders och moders lycka, ja hon lade ock det til, at hon nog ſkulle önſka at wara moder åt det barnet, ſom nu födas ſkulle (*****). Denna utlåtelſe, ſom i ſig ſjelf intet annorlunda kunde anſes, än ſom en höflig påminnelſe, at Harald borde wara beſtändig i ſin tilgifwenhet, för ſin Gemål, ſatte likwäl efterwerlden i den tankan, at Sigrid kunde förut ſe tilkommande ting, näſt de ſaga, at detta barnet blef den af alla Munkar, i ſynnerhet högtberömde Konung Olof den Heliga; hwarföre ock Sturleſon kallar Sigrid den witraſte qwinna, och förſpa om marga luti (*). Om ſkäl och förnäſt kunde någor uträtta hos et förtjuſt ſinne, hade Konung Harald borrt afſtå med ſit fåfänga frieri, ſedan Drotningen hade wändt tilbaka, och lämnade honom på ſtranden med ſit folk. Men detta afſlag eggade honom än mer, ſå at han, oaktadt ſina wänners råd, fattade i ſinner, at då en gång frambära ſin angelägenhet, hwarföre han ock tager mycket folk med ſig, och afſägger å nyo ſit beſök hos Droming Sigrid. Det är wäl möjligt, at han blifwit underrättad, at en annan Konung Wiſawaldur wid namn ur Gardarike eller Ryßland, wäntades då til Drotningens hof, och at en medfriares närwaro, retadt ſådkes hans kärlek än mer. Säkert är, at Konung Harald ankom til Droming Sigrid, och litet dårefter äfwen Konung Wiſawaldur i lika och ſamma upſåt. På detta ſätt hade Drotningen den beſwärliga och bryſamma heder, at hafwa twänne wärdiga tilbediare i huſet, på en och ſamma tid. En gammal Auctor berättar (**), at utom Konung Harald Grönſke, ſex andre Konungar warit närwarande, ſom alle hade lika ändemål, och at Drotningen lämnadt dem hwar ſin dag, at wiſa prof af ſit förſtånd och ſnille. Men detta ſmakar något af Roman. Hiſtorien ſå wäl ſom Drotningen ſjelf, war betdten med et mindre antal

af

af friare på en gång. Icke destomindre blefwo bägge Konungarne Sigrldska
mycket wäl undfägnade, och mot natten inqwarterade i et gammalt Sästen
hus. Alle wore så wäl beskänkte, at både Herrar och betienter, Erik
in til sielfwa wakten somnade. Så snart detta war skjedt, lät Segersäll
Drotningen bewäpna sit folk, och tända do på huset. Konungar-
ne blefwo bägge innebrände, med större delen af deras folk, och
de, som kommo undan elden, på ställa nederssablades. Drotnin-
gen yttrade sig därpå, at hon på detta sätt wille afwänja Små-
konungar at fria til sig, och är hon af denna utlåtelse sedermera
blefwit kallad Sigrid Storråda. Skane, som Konung Harald
hade lämnadt befalning öfwer sin flotta, under sit besök hos Drot-
ning Sigrid, wände tilbaka i största hast til Norrige, så snart
han blifwit underrättad om sin Herres död, och berättade för
Haralds efterlämnade Gemål hela handelen, som förelupit i Sweri-
ge, och blefwo Asta, och hennes fader mera missbynte öfwer Ko-
nung Harald, än Drotning Sigrid. Så omennisklig, som den-
na gjärning war i sig sielf, så ringa lät han warit aktad denna
elden, ty man finner af wåra Hedniska förfäders grundsatser, at
förlusten ansågs för ganska liten, då man intet förlorade mer än
lifwet. Osäkbart är, at Drotning Sigrid led härigenom ingen
ting til sin heder, emedan hon kort därefter, fick en ny och mägti-
gare friare från Norrige. Den samme Prins Olof Trygwason,
hwilken Håkan Gamle i Swerige, så hederligen förswarade uti
des späda barndom, war efter många wäddeliga öden indteligen
återkommen til sit fädernesland, och där blifwen Enwälds-Konung
öfwer hela Norrige, wid år 995. Drotning Sigrids personliga
förmåner och stora egendom, gjorde samma wärkan hos denna
Herren, som hos de förr omtalte Konungar, som begärt hennes
hand och wänskap. Han skickar därföre et anständigt sändebud til
Upsala, där Drotningen då wistades, och begärade at få äga hen-
ne til sin Gemål (***). Ansenliga skänker blefwo tillika öfwerländ-
nade, och Drotningen, som nu intet af någon Småkung begära-
des, gaf Konung Olofs utskickade et godt swar, och fulkomligt ja.
Förlofningen blef då fulbordad, och Konungen skickade til sin til-
kommande gemål til fästarfä, eller trolofnings-skänk en ganska
stor guldring, som Konungen tagit utur et afgudahus på fader i
Norrige, hwilket tilhörde Håkan Jarl Sigursson. Gåfwan blef
myc

Sigurdska Slägten. Erik Segersäll. mycket wäl uptagen, men hade när upwäkt kallsinnighet emellan Drotningen, och Konung Olof. Wid et tilfälle, då denne prägtige ringen af alla åskådarna förundrades, woro äfwen twänne guldarbetare närwarande. Så snart desse fingo ringen i händerna, gjorde de någon anmärkning sig emellan, hwilket Drotningen blef warse, och frågade, om de gjorde begabberi af hennes ring. De undskyllade sig, men på Drotningens uttryckeliga befalning, sade de, at ringen wore falsk. Deras omdöme bekräftades, när ringen blef sönderhuggen, ty det befans, at det war koppar inuti. Drotningen uptog därföre den gifwa skänk nog illa, men som Konung Olof intet wetat af något bedrägeri, blef hennas owillja snart bortad, och Drotning Sigrid och Konung Olof möttes åt följande wår wid Giötha Älf, at där sluteligen afgöra sin Äktenskapshandel. Alt war då ganska wäl emellan detta höga par, til dess ändteligen Konungen påminte, at Drotningen borde låta döpa sig och blifwa Christen. Drotningen swarade, det hon intet wore sinnad at öfwergifwa sin Religion, hwilken hon och hennes förfäder hade haft, men at hon likwäl intet wore emot, at han kunde tro på hwilken Gud honom behagade. Et sådant swar hade intet bort förarga Konung Olof, emedan en omwändelse, som sker wid minsta anmodan, betyder intet stort: med lämpa och underwisning, hade han sedermera kunnat bättre winna sit ändamål. Men Konung Olofs sinnelag war intet på det sätt. Med många goda egenskaper, hade han äfwen många och stora fel. Grym och hård emot alt, som ej war Christnadt, wille han, at alle utan inwändning borde låta döpa sig, det wäsentliga af Christendomen kunde komma när det bar til. Med et sådant tänkesätt swarar Konungen, at han intet wille lefwa tilhopa med en hednisk hund, ja öfwerilningen gick så långt, at han slog tillika Drotningen i ansiktet med sin handske. En sådan obetänksamhet hade den säkra werkan, at desse höga förlofwade skildes åt med misnöje och owänskap, sedan Droting Sigrid utlåtit sig, at Konungens upförande torde en gång kosta honom både lif och rike (****). Efter så många fruktlösa frierier, hade Sigrid Storråda snart kunnat ledsna wid sådane underhandlingar, men hennes öde syntes skapat, at aldrig wara utan friare. Och Konung Swen Tjuffskäg ifrån Dannemark, blef ändteligen den enda lyckeliga diskare af alla, som

som anmälte sig, sedan Konung Eriks död. Det är troligt, at
hämnd haft en god del i denna förbindelse, som widare i Konung
Olof Skjötkonungs lefwerne skal wisas.

Stjerdske
Slägten.
Erik
Segersäll.

(*) Sturleson T. I. p. 183.
(**) Oddur Munk, Olof Trygwas. Saga. p. 7, 111.
(***) Intet exempel af hela Swenska Historien lär kunna upwisas, at
någon hustru lefwande blifwit nedsatt i mannens hög. Men at Arsa
lefwat efter Konung Adils sin Gemål, finnes af det förra, så at det
är swårt at begripa, hwarifrån Oddur Munk tagit denna sednaste.
(****) Sturleson, T. I. p. 260.
(*****) Torfäus, H. N. P. 2. p. 327.
(*) Sturleson, T. I. p. 259.
(**) Torfäus, H. N. P. 2. p. 327.
(***) Oddur Munk, Olof Trygwas. Saga, p. 113.
(****) Sturleson, T. I. p. 285.

§. 30.

Erik Segersäll hade sin son Konung Olof til efterträdare.
Han kallas Skötkonung däraf, at han blifwit buren på armar-
na då han hyllades, och har detta ofelbart skjedt, medan hans
Herr fader ännu lefde. Wid sit anträde af regeringen, war han
innehafware af Swerige och Dannemark tillika, med östra stran-
derna af Östersjön. Ja äfwen några Upländske Konungar i Nor-
rige, hade gifwit sig under Sweriges Krona wid denna tiden (**).
En regering, som börjades under så smikrande omständigheter, kuru
de nog upfylla en ung hjerna med högmod och inbillningar: i syn-
nerhet, när Prinsen hade tilfälle, at samla samma tanka med mo-
ders-mjölken. Man finner därföre uti hela denna Herrens lefwer-
ne, et stort sinne, och lagom stora bedrifter, hwilka ock sällan föl-
jas åt. Swen Ottos, eller Tjuskjäggs första bemödande, at åter-
winna sit Fäderneskrike Dannemark, lyckades intet (**). Dock
lär Konung Swen snart nog wunnit sin önskan, och lär Konung
Olofs moder, Drotning Sigrid Storråda, efter utseende bidragit
där till ganska mycket. Men om denna stora förändrings omstän-
dighet, är man aldeles intet underrättad. Det wet man, at Ko-
nung Swen Otto war Konung i Dannemark, och ägde Konung

Olof
Skjöt-
konung.

A a 3   Olof

Olof Skötkonungs moder, Sigrid, wid slutet af sonde åratu-
drad. En sådan förbindelse inwecklade Konung Olof uti et betydan-
de krig med Norrige.

(*) Odur Mank. Olof Trygwf. Saga. p. 170.
(**) Adamus Bremensis, L. 2. C. 28. p. 23. Ed. Febr. Och så
framt det förra, nemligen Erik Segerfälls eröfring af Dannemark har
fin riktighet, är detta senare ej heller otroligt, fast berättelsen endast
finnes hos Adamus Bremensis, och de, som lånt den af honom.

§. 31.

Konungariket Norrige hade warit i en beståndig uro, alt
sedan Harald Harfagers tid. Harald dödde wid år 933 (*).
Några år tilförene hade han delt riket emellan sina söner på et
sätt, som uproäkte mycken oenighet i landet, hwilken ock yppade
sig medan Harald ännu lefde. Riket war styckadt emellan sex-
ton af hans söner, och utom dem war ännu en son Håkan,
som upsöddes hos Athelstan i Engeland. Alle hade Konunga-
namn, och upburo halfwa delen af inkomsterna. Dock war Erik
förordnad til Öfwerkonung af sin fader. Men denna sönderslit-
ning gick än längre, emedan större delen af Haralds döttrar,
som bortgiftes åt förnäma Herrar i landet, lämnade åt sina
söner, under titel af Jarlar, de lån, som de hade bekommit (**).
Så at man kan säga med skäl, at Harald utödde landet, me-
dan han lefde genom krig och twång, och sedan han dödde ge-
nom storkisten. Detta alt oaktadt, war han både älskad och
wördad af sina underskatare: sådan wårkan äga hurtighet, rät-
wisa och månlighet, hwilka dygder Konung Harald ägde på et
utmärkt sätt. Men hans ytterska wilja, hwarigenom Konung
Erik blef förordnad til Öfwerkonung, hade samma öde, som
många andra Konungars Testamente. Haralds son Håkan, som
upfostrades i Engeland, hade intet fådt någon del af Riket,
men blef icke destomindre Öfwerkonung i Norrige, och Erik blef
nödsakad at fly ur landet, och stupade ändteligen under et hä-
rjande i Engeland. Eriks Gemål Gunnild, som war åtminsto-
ne et illakt Fruentimmer, fast ej, kan hända, Trollkona, som
hon gifwes ut före, flydde med sina söner til Dannemark,
                                                           hwar

hwar hon blef ganffa wål emottagen af Ronung Harald Gorm-   Siaurbfte
son. Hennes söner blefwo af honom understödde med folk, och   Siåtten.
krigade på Norrige emot deras Faderbroder Ronung Håkan, hwil-   Olof
ken od omsider fid sit banesår, uti en träsning, och lämnade så-   Gebr.
ledes riket til Drotning Gunilds söner. Af Deßa war Harald   Ronung
Gråfell den åldste. Drotningen hade likwål största delen i rege-
ringen. Hennes anslag gid förnämligast där på ut, at utrota all
den öfriga Harald Harfagers ätt, för at så mycket båttre befåsta
sina söners rättigheter. Samma wärkstät ftråkte hon od til an-
dra betydande mån, som syntes farlige. Början skedde med Si-
gurd Jarl på Lader, hwilken innebrändes i sit egit hus af Ro-
nung Harald och des broder Erlung, då likwål Konungarne för-
klarade all wånskap för honom. Därpå mördades Tryggwe Ol-
lofson, Harald Harfagers soneson, sedan Gudrauder Björnson
likalebes soneson af Harald Harfager. Tryggwes enka flyddr til
Swerige med sin späda son Olof, hwarom tilförne är talbt, och
Gudrauders son Harald, tog likalebes sin besittpo i detta rike hos
Skoglar Toste, hwilket od är omrördt i Konung Erik Segersälls
Historia. Men Droming Gunnilds och hennes söners swikfulla
upförande och wåldsamheter, blefwo åndteligen bemötte med en
skällig hämnd af Sigurd Jarls son Håkan. Denne Håkans mo-
der het Bergliot, en dotter af Olof Arbot, Harald Harfagers
darter, och war denne en ganska flug man. Wåldswårkan och
skålmstydken, om man får bruka så hårda utdtelser om förnåme
folk, kostade honom lika så litet som Droming Gunnild, och hen-
nes söner. En tid förfwarade han sig od sit Län emot Harald
Gråfell, och des moder: men blef dock på slutet nödsakad, at rym-
ma landet, då han begaf sig til Konung Harald Gormson i Dan-
nemark. Här intalte han Konungen, at låcka til sig Harald
Gråfell, sin förra fosterson, hwilken od på god tro instälde sig,
och blef nederfablad wid Julland. Hwareffter Norrige blef intaget
af Harald Gormson, genom Håkan Jarls, Harald Gråufkets,
och flere andra Norrska Höfdingars biträde, och Droming Gun-
nild och hennes ännu lefwande söner, drefna ur landet. Håkan
Sigurdson blef då Harald Gormsons Jarl, eller Ståthållare öf-
wer hela Norrige, men gaf likwål ingen annan skatt til Konungen
i Dannemark, utan allenast femtio falkar om året. Håkan rege-
                                                                 rade

Glaubska
Slikta
Olof
Stöt
Konung
rade således aldeles enwåldigt, in til des Olof Trygwason efter många underliga händelser återkom til Norrige, då Håkan Jarl öfwergifwen af almogen, blef ändteligen mördad af sin egen tjenare, och Konung Olof Trygwason antagen til Konung öfwer hela riket. Håkan Jarls söner, Erik och Swen, tillika med många andra förnäma Herrar, togo därpå sin tilflykt til Olof Slötkonung, hwar de blefwo wäl emottagne, och hederligen efter sit stånd underhållne (***).

(*) Torfäus, H. N. P. 2. p. 76.

(**) Sturleson, T. I. p. 112.

(***) Sturleson, T. I. p. 273. 316.

§. 32.

Sådan war belägenheten i Norrige, då Drotning Sigrid Storråda wardt gift med Konung Swen Otto i Dannemark. Efter gamalt sägen, skal Fruentimmerswrede wara så mycket farligare, som den är oförsonlig. Åtminstone hade intet Drotning Sigrid ännu kunnat glömma den skymf, henne af Olof Trygwason war tilfogad. Hon använde därföre alla sina krafter, at upreta sin Gemål emot honom. Konung Swen hade gift sin syster Tyra, Styrbjörns Starkes enka med Wendiska Konungen Burislef, men detta giftermål war ej i hennes smak, därföre hon ock med sin Fosterfader, hemligen flydde ifrån Wenden: och efter hon intet wågade sig at länge dröja i Dannemark, for hon til Norrige, hwar hon gifte sig med Olof Trygwason, utan at inhämta sin broders samtycke. Denna omständighet afmålade Drotning Sigrid för Konung Swen Otto, med så swarta färgor, at det skulle wara honom en ewig wanheder, om han lämnade en sådan skymf ohämnad. När Konung Swen intet kunde finna denna wanheder så stor, som den af Drotningen förestäldes, så i anseende til Konung Olof Trygwasons personliga egenskaper, som des magt och styrka: förklarade Drotning Sigrid rent ut, at hon ingalunda wille lefwa tilsamman med en Herre, som hade så nedriga tankar sätt, at han ej wågade at kräfwa hämnd för en sådan sak (*). Denna utlåtelse war kraftigare än alt hwad Drotningen tilförene
hade

habe påmint, thurtu ofta hon hade yrkat på det samma. Men
Konung Swen war lika willrådig om medlen, emedan han ansåg
Olof Trygwason långt måtgtigare än sig sielf. Drotning Sigrid
war däremot rådigare, och sade, at swek och konster borde upfyl-
la, hwad som felade i styrkan. Planen blef då anlagd, at man
igenom wänlig bestickning skulle inlösa Konungen i Norrige, och
imedlertid med Konung Olof Skötkonungs samråd, rusta til krigs,
då tilfälle efter utseende intet skulle sattas at öfwerrumpla honom.
Sigwald Jarl Strutharalds son, skulle brukas til underhandla-
re. Sigwald hade efterfölgt den namnkunniga Palnatoke uti Jarl-
dömniet öfwer Jomsborg, och war en genomdrifwen wing'arel.
Han hade med konster skaffat sig Konung Burislefs dotter til Ge-
mål, och med rådsstrek hade han tagit Konung Swen Otto til
fånga, och twungit honom at taga Konung Burislefs andra dot-
ter til äkta. Sigwald war således en försökt bedragare. Jarlen
efterskickades förbenskull med försäkran, at han skulle få igen all
sin egendom i Dannemark och Skåne, som någon tid warit ho-
nom för des konster ifrån tagen. När Sigwald Jarl ankom,
anförtroddes honom hela hemligheten, på det sätt, at han först
skulle fara til Swerige til Olof Skötkonung, och därifrån til Olof
Trygwason i Norrige, med annsodan at han wille möta Konun-
garna i Swerige och Dannemark på gränsen wid Brennö instun-
dande sommar, til at öfwerlägga sin Rikernas gemensama angelä-
genheter (**). Och som Drotning Sigrid war försäkrad, at Olof
Trygwason war i synnerhet öm om Christna lärans utwidgande,
sade hon, at Jarlen borde förebära, det Olof Skötkonungs afsikt
gick egentligen ut på Christendomens fortplantande. Sigwald tog
på sig detta wigtiga bedrägeri, änskiönt det war för hans egen
person nog äfwentyrligt, i anseende därtil, at Erik och Swen
Jarl, Håkan Jarls söner ifrån Norrige, Sigwalds afswurne fien-
der wistades i Swerige. Men det afskräckte honom intet, utan
han gör sit första besök hos dem, och när de frågade hwart
han ärnade fara, swarade Sigwald med mycken höflighet, at hans
resa nu wore i deras wåld, men för öfriget uppenbarade han för
dem hela anläggningen. Med sådana afsikter war det intet swårt
at försäkra sig om deßa Herrars wänskap Sigwald for säldes
man widare hinder, först til Konungen i Swerige, sedan til Olof

Sigurdsla Trygwason i Norrige, och utrdttade alt, som honom war anför-
Slätten. trodt til Konung Swens, och Sigrids sulkomliga nöje.
Olof
Sköt- (*) Oddur Munk, Olof Trygwasons Saga, C. 58. p. 196.
konung. (**) Oddur Munk, Olof Trygwasons Saga, p. 200.

§. 33.

Mot wåren gör Olof Trygwason sig färdig, at infinna sig
på den utnämnda mötesplatsen. Men han hade tillika en längre
resa i sinhet til Wenden eller Pomern, at där besöka Konung
Burislef. Hans Gemål Drotning Tyra, gaf i synnerhet anled-
ning til denna färd. Då hon blef gift med Burislef, hade hon
fördt med sig mycken egendom, som hon lämnade qwar, då hon i
hemlighet drog sig därifrån. Detta wille hon nödwändigt hafwa
tilbaka, och hade hon i synnerhet haft nog hårda utlåtelser emot
sin Herre, då han sielom en angenäm sötsamhet, skickade henne en
blomma om Påsketiden. Ingen ting förargade Konungen mer,
än at hon wid samma tilfälle hade yttradt sig, det Olof Tryg-
wason wore rädd för hennes bror, Konungen i Dannemark (*). Der-
före ock resan til Wenden war beslutad, alle Konungens männer
det afrådde, och drnade Konung Olof Trygwason, wid förbifaran-
det inställa sig wid Brenö efter aftal med Sigwald Jarl. Man
har ingen anledning, at Olof Trygwason haft minsta misstanka
om den antågning, som war gjord emellan Konungarna i Swer-
ge och Dannemark, samt Håkan Jarls söner. Icke destomindre
drnade han göra resan på et sidt, at han ej lätteligen skulle blif-
wa öfwermannad, i fall något owäntadt anfall skulle ske. Han
lätet således utrusta en prägtig flotta af et hundrade tjugu större
och mindre fartyg (**), och gifwer sig med dem til sjös. Under
wägen lägger Konungen in til Sola i Rogaland, och där möter
honom Rongwald, eller Ragwald Jarl från Wester-Gjöthland,
hwilken winteren förut hade friat til Konungens syster Ingeborg.
Ragwald Jarl war Ulf Jarls son, Broderson af Sigrid Stor-
råda, och således föstsig syskonbarn med Olof Skötkonung (***).
Här blef bilägret fulbordadt emellan Jarlen och Prinsessan In-
geborg, sedan han förut låtit döpa sig och hela sit medfölje. Hwad

på Jarlen med sin Gemål wände tilbaka til Wester-Gjöthland, och tog med sig åtskilliga Christna lärare, som skulle wara honom behjelpelige at omwända West-Gjötharna. Men Konung Olof i följe med Drotning Thyra, och de förnämare af landet, fullfölgde sin resa. Wid Brennö wäntade Olof Trygwason i sjorton dagar, på Konung Olof i Swerige (****). Men som han intet kom, tog Norrske Konungen wägen genom Öresund til Waden, utan at möta något hinder, eller ringaste tekn til fiendtlighet.

Sigurdsde
Giötska.
Olof
Götske
Konung

(*) Sturleson, T. I. p. 322.
(**) Oddur Munk. Olof Trygwasons Sage. C. 60. p. 204.
(***) Sturleson, T. I. p. 311.,
(****) Oddur Munk, C. 60. p. 207.

§. 34.

Imedlertid war alt i full rörelse, så i Swerige som i Dannemark, och Håkan Jarls söner, Erik och Swen, sparade ingen möda, at upwigla hela Norden emot Olof Trygwason. Men Sigwald Jarl spelade samma person som tilförne, och uppehöll Olof Trygwason långt ut på hösten. Och när ändteligen rykte kom ut, at Swenska och Danska flottan, tillika med Erik Jarls woro i antågande, at öfwerfalla Olof Trygwason i återresan; bedyrade Sigwald Jarl, at alt wore et ogrundadt pras, och lofwade han desutan, at han wille följa Konung Olof med ellofwa fartyg, så at fiendtlighet skulle kunna antingen undwikas, eller föraktas. Ändteligen, när alt war i ordning, och fiendtliga Flottorne woro ankomne til Den Swolder, förmodeligen Wollin wid Pomerska Wallen, bröter Olof Trygwason up från Wenden, och Sigwald Jarl, som bäst kjände de Pomerska farwatnen, skulle wisa Konungen wägen genom de trånga sunden. Sigwald förrådade denna lotsning på samma sätt, som alt det öfriga af honom war förrådadt, och förde Olof Trygwason mitt i gapet på fiendtliga krigshären, hwilken låg betäckt bak om Darna. Men Olof Trygwasons Flotta, som ej hade misstanka om något dylikt, seglade kringströdt, alt som det bar til. Dagen war ganska klar, och stego de förenade Konungarne med de öfriga Herrarna up på holmen, hwarifrån de kunde bese

Bb 2

Norr-

Sigwaldsta
Slätten.
Olof
Sköt-
konung.

Norrska Flottans segling. Förnämsta upmärksamheten gick ut på Olof Trygwasons egit fartyg Ormen Långa, som för sin storhet och prakt war ryktbar kring hela Norden. Så snart Konungarne sågo något stort fartyg, wille de strax angripa det samma, men Erik Jarl, som kände Norrska Flottan något bättre, bad dem hafwa tålamod, och låta segla förbi, så många som hade söndrade sig, med försäkran, at de ändå skulle få nog at skiöta med de senare, så i anseende til fartygens storlek, som Olof Trygwasons, och hans måns bepröswade tapperhet. Når det drögt något, och det ena stora fartyg seglat förbi efter det andra, blef Olof Skötkonung otolig, och sade, at det skulle wara en ewig skymf, om de med så öfwerlägsen magt, skulle låta Olof Trygwason segla oanssåktad, stora segelleden fram. Men hans hetta killades, då Erik Jarl försäkrade honom, at Norrske Konungen ännu intet war framkommen (*). Ändteligen syntes Ormen långa, i sölle med andra nog stora Skiep, då alle giorde sig färdiga. Sigwald Jarl, som förr år nämndt, förde främsta linien. Når han kom in under holmen, låt han fälla seglen. Så snart Olof Trygwasons folk, som woro på de närmaste fartygen, sågo denna ändring, frågade de, hwad å färde wore, och når Sigwald swarade, at han hade anledning at tro, det fiendtlighet wore at befara, släptes äfwen deras segel neder. Och når Konung Olof Trygwason anländt in emot holmen, robbe hela förenade Flottan ut emot honom på sundet. Större delen af Norrska Konungens folk och Skepp, war redan så långt borta, at af dem ingen hjelp war at förmoda, hwarföre ock Konungens wänner rådde honom, at hissa seglen, och fara sin kos. En af hans Herrar Thorkel Dyrdil föreställde äfwen, at det intet kunde anses för blödighet eller räddhåga, at man wårdade sig och sit folk (**). Men Olof Trygwason kunde intet förmås at taga flokten, utan låt draga in seglen och binda fartygen tilhopa. Myckenheten war ock det enda, som war emot Norrmännerna; ty annars war mycken förmån på deras sida, i anseende til deras stora och höga fartyg, hwilka ock på samma räkning woro swåra at bestiga. Sigwald Jarl, som tilbudit sin tjenst, blef imedlertid antingen aldeles osynlig, eller ock höll sig på sidan, at intet särdeles bistånd röntes af hans folk, så at han ifrån början til slutet, blef sig aldeles lik.

(*)

(*) Oddur Munk, Olof Trygwasons Saga. p. 218.
(**) Oddur Munk, p. 224.

§. 35.

Innan anfallet skjedde af de förenade, hade Herrarne kastat lott, hwilken först skulle angripa Olof Trygwason. Lotten föll på Konung Swen i Dannemark (*) Där på lägger Konung Swen an emot Normännerna, och hade han Swenska Flottan på högra sidan, och Erik Jarl på den wänstra. Hwar Flotta hade sin egen fana eller märke, som bars fram för anföraren. När Olof Trygwason war underrättad, hwad fiender han hade emot sig, ansåg han Erik Jarl med sina Normän för de farligaste; men om de Danska och de Swenska yttrade han sig föraktligt. De Danska liknade han wid skogsgetter, som ej woro särdeles betydande til sjös. Om de Swenska sade han, at dem wore bättre at slicka sina offerkoppar, och at ingen ting wore at frukta för deßa hästsödtare, hwilken titel de däraf fingo, efter de ännu woro Hedningar. Men fäktandet började imedlertid, och Swen Otto lade helt när in til Olof Trygwasons Flotta, man Olof Skötkonung, och Erik Jarl, oroade Normännerna med et ouphörligt skjutande på sidorna. Et af Olof Trygwasons skepp blef aldeles tomt och öde af detta anfall, men emedan de Danske förlorade mycket folk, och månge blifwit sårade, lägger Konung Swen ifrån med sina fartyg, och lämnar sit ställe åt Olof Skötkonung, hwilken ock med mycket alfwar angrep Normännerna, så at de hopetals flydde in på långa Ormen. Men detta fartyg giorde med sina höga bord all möta säfäng, emedan de Swenske woro nödsakade, at skjuta och kasta upföre, då Normännerne däremot med dubbel styrka, kunde skjuta neder åt. Så at äfwen Olof Skötkonung warde nödsakad, at draga sig utur striden. Olof Trygwason hade likaledes förlorat en hop folk, och månge woro sårade, hwarsöre han ock, medan flaktningen stadnade något litet, lät Thorkel Dydril taga skjeppet Tranan, lasta det med lytte och sårade, och fara med dem hem til Norrige. Sjelf wille han ännu afwakta widare anfall af sina fienter; en neg onödig och förmäten tapperhet. Ehuru liten förmånen warit på de förenades sida,

kan

Sigurdsta Slägten. Olof Eriks Konung. kan man likwäl däraf sluta, at de ansågo Olof Trygwason för förlorad, emedan de nu, under rådgörandet om widare anfall, delte sig emellan hans länder och egendom, på de wilkor, at Erik Jarl skulle äga alla Olof Trygwasons fartyg, och alt det byte, som där eröfras kunde, men Norrige skulle delas i tre lotter, hwar af den ena skulle tildgnas Konungen i Swerige, den andre Konungen i Dannemark, och den tredje år Erik Jarl, som likwäl skulle wara befalningshafwande öfwer riket, och betala widerbörlig skatt til Konungarna efter den del, de ägde i landet. Sedan delnings-tractaten war afslutad, lade Erik Jarl til med sin flotta. Hans fartyg woro något större än de Swenska och Danska skeppen; i synnerhet war det fartyg han sielf förde, wäl stort och med järn beslaget öfwer wattngången, hwarföre det ock kallas Järnbarden. Detta anfall lopp utaf på samma sätt som de förra. Efter nog skada på bågge sidor, drager åfwen Erik Jarl sig tilbaka, men blef genast förstärkt med friskt folk ur Swenska och Danska hären. Han gjorde ock et löfte, at låta döpa sig, om han wid detta tilfälle kunde öfwerwinna Olof Trygwason. Til bewis därutaf, tages Thor bort, som warit hans märke, och sådes i stammen, och korset sattes i stålle. Men Thorkil Hafwa, Sigwald Jarls bror från Skåne, gaf honom tillika det råd, at han i hast skulle låta göra en uptimring på Järnbarden, och låta bära dit stora stockar, som skulle fällas på Drixen. Olof Trygwason hade åter kunnat draga sig ur saran under denna tillagning; men ehuru han därom wardt påminnd, enwisades han likwäl, at afbida än widare fiendtlighet. Sådant hieltemod är nog långt drifwit, och undersåtarnas lydnad wid sådane tilfälle, lämnar et besynnerligt efterdöme af tilgifwenhet för den regerande. Jag har de när sagt, at man måste antingen wara Norrman, eller Swensk, för at tänka på det sätt. Men enwisheten gjorde här samma wärkan, som wid andra tilfällen. Olof Trygwasons fartyg blef-wo å nyo omringade af te förenade, och Erik Jarl lade än en gång om bord med Norska Konungen. Fäktandet blef ganska alfwarligt, men omständigheterne woro icke bestämindre något olika. De som föllo eller sårades på Erik Jarls sida, blefwo strart ersatte med friskt manskap från Danska och Swenska Flottorna, och hoppet om en saker seger förökade modet. Däremot war O-

lof

lof Trygwasons folk utan all hopp af undsåtning, och utom des mattade och minskade af de förra anfall. Man giorde icke desto-mindre et förtwiflabt motstånd, som likwål enbast på några timar eller minuter, uppehöll et fullkomligt nederlag. Det ena Norrska fartyg eröfrades efter det andra, och högs löst från Långa Ormen. Och når alla skeppen på detta sått woro undanrögde, lade Erik Jarl med Jänbarden albeles in til Olof Trygwasons egit fartyg. Då stjelptes timberstockarne neder, hwarigenom fartyget börjabe luta, och ingången för de anfallande blef beqwåmligare. Alt mot-stånd blef nu fåfångt, och når Erik Jarl med dem, som följde honom, kommit up på Ormen Långa, wardt i första hast alt ne-dergiordt. Men Konungen och otta af de förndmsta Herrarna, som så manligt förswarabt sig, sprungo öfwer bord, hwarigenom striden inktades, och segren blef fulkommen på de förenades sida.

(*) Oddur Munk, p. 222. Och äro åfwen de öfriga omständigheterna tagna af honom, såsom mera omståndelig åbrutinnas åm Sturlesön.

§. 36.

På detta sått år denna sjötråffning beskrifwen af Oddur Munk. Sturlesöns berättelse år något kortare, och har Torfåus sammanbraget flera underrättelser i samma åmne. Men ingen kun-de med fullkommen såkerhet berdtta, hwar Olof Trygwason blif-wit af, emedan han wal af alla saknades, men ingen habe sedt når han sprungit i sjön. Hans nitålskan om Christendomens ut-wibgande giorde, at Munkarne gjerna welat inbilla folket, at han blifwit lefwande uptagen til himla, hwarföre och Oddur p. 248, talar om et himmelskt skjen, som kringwårfde Olof Trygwason i samma ögneblick, som han kom ur sit folks åsyn. Men denna mening kom ånbå intet til någon stadga, utan inbillabe sig många, at han genom simmande under watnet, åndteligen undankommit til et Wendiskt fartyg, och således blifwit bårgad, och åndteligen stadnat som Munk i et kloster i Syrien. Ofelbart år, at han al-drig kommit tilbaka til Norrige. De förenade Konungar, tillika med Erik Jarl, hade giordt den anstalt, at en hop ldtrare fartyg, swåfwade u om de större, til at uptaga dem, som sprungo i sjön. Och blefwo åtskillige af de Norrska Herrar hårigenom frålste, och

iblanb

Ibland andra äfwen Olof Trygwasons Stallare, eller Marskalk, Kolbjörn, och Einar Tambaskielfwer. Den förre förtjenar derföre at ihogkommas, efter han, som war Konungen til wäxt och storlek ganska lik, och hade klädt sig aldeles som Olof Trygwason, med förgylt eller gullagd Skjöld och Hjelm, samt släkeströja öfwer Pantsaren eller Brynjan, blef uptagen och förd til Erik Jarl, i den tankan, at det war Olof Trygwason. Den senare hade den bekanta utlåtelse, at Norriges rike föll utur Konung Olofs händer, när des båga skjöts i sönder af Erik Jarls stambo, och Konungen frågade hwad det war, som brast. Han war annars den starkaste bågskytt af alla Olof Trygwasons Kämpar i de senare Norriges omhwälfningar. Desse två med många flere, blefwo fångne, men strax med all ädelmodighet friaisne, hwilket man näppeligen i desta hårda tider skulle föreställa sig. Olof Trygwasons Gemål Drotning Tyra, blef på samma sätt emottagen af de segrande. Hon hade genom sin otålighet gifwit anledning til Konungens olycka, hwarföre hennes sorg war så mycket större. Och churu Erik Jarl på det wördsammaste försäkrade henne om sin undercdånighet, och at hon skulle njuta uti Norrige, all den heder, hon tilförne haft; wille hon dock helre genom hunger och sorg förkorta sina dagar. Sådant öde hade en Prinsesa, som warit förmäld, först med Swenska Prinsen Styrbjörn, sedan med Konung Burislef i Wenden, och ändteligen med Konung Olof i Norrige; så at ringare folk böra mindre klaga öfwer beswärligheter, då de påminna sig, at äfwen de, som äro födde i Purpuren, äro underkastade esomoftast de aldrawidrigaste omständigheter. Denna namnkunniga trätning, blef hållen i September år 1000 efter Christi födelse (*). Hedren af den samma, tillägnas förnämligast de Normännerna; men man bör ock påminna sig, at alla omständigheterna äro hämtade från Norrska underfåtare. Ocour Munk säger likwäl, at Swenska hären war sammansatt af utwaldt och starkt folk. Man wet ock annars, at Olof Skötkonung intet war någon krigshjelte. Men det är obegripeligt, at Swen Otto och hans folk kunnat anses, som fega och föraktteliga af Olof Trygwason; ty hans bedrifter i Engeland witna om helt annat. Men Konung Swen war fiende af Olof Trygwason,

bwilk

hwilken af Munkarna uphöjes till stjernorna, och det understun- Sigwalfa
em på et osmakeligt sätt. Ty Dödur berättar ibland annat, at Slägten.
skeppet Ormen Långa, kunde intet rätt styras af någon efter O- Olof.
of Trygwasons död, utan at det alltid sedan den tiden seglade Stör-
nedt. Hwilken omständighet snarare bör tillskrifwas åt den skada, konung.
arryget taglt i träfningen af de nederwältade stockar, än af det
örra dgares död. Han har ock lämnadt efterwerlden en gransa-
ja berättelse om Olof Trygwasons hund, hwilken kan läsas hos
honom sjelf, emedan man ej föresatt sig, at göra många moraliska
anmärkningar öfwer Dusz-Riket. Icke destomindre war Olof
Trygwason en stor Konung, mycket förfaren i krigswäsendet, oför-
sträckt i faran, och ifrig i Christendomen. En för stor öfwertygel-
se om sin och de sinas tapperhet, gjorde hans olycka, och en hård
nit om Christendomens fortplantande, sätter fläckar både på honom
sjelf, och tidens tänkesätt.

(*) Aer Scode, p. 48.

§. 37.

Efter Olof Trygwasons nederlag, blef hela Norrige utan wi-
dare motstånd et rof för de segrande. Olof Stötkonung fick på
sin lott fyra Härader i Tronbhem; Norra och Södra Möre, Roms-
dalen och Östra Randrike, emellan Gjöradsl och Sweineiund. *).
Konung Swen behöll Wiken, och afstod Raumarike, tillika med
Hedemarken til Erik Jarl. Olof Stötkonung lär ock hafwa wa-
rit ansed som Öwerherre öfwer Island, emedan Isländarin Kjal-
te förde en gång til honom landskatten från detta landet, såsom
en rättighet, hwilken honom tilkom (**). Om eröfringen intet war
med de rättmätigaste, måste man likwäl medgifwa, at förwaltnin-
gen af de intagna länder, war wida afskild från senare tiders
snålhet och öfwerwäld. Olof Stötkonung böd hwarken til at in-
föra främmande lagar, eller utländska befalnings-hafwande; utan
Swen Jarl, Eriks broder, en insödd Norrman, fick dem i föreb-
ning, på samma sätt, som Skattkonungarne haft sina län af Öf-
werkonungen. Och så wäl hon, som des broder Erik, hanthafde
lagen, och bibehöllo landens alla goda och gamla sedwänjor. Dock
war högsta befallningen hos Erik Jarl, efter den på den Swen-
                                                                    C c   det

Sigurdffa Slätten. Olof Stöt konung. der trdffade förening. Bägge togo od an Chriſtna läran, och läto döpa ſig, men för öfrigt ldmnade hwar och en ſin ſrihet, at tro efter ſin öfwertygelſe, hwilket od mera förmer öfwerens med wår ſanna Religion, ån den tyrannniſka Chriſtendom, ſom Olof Trygwaſon utöfwade. Man mårker hdrwid, för ro ſkuld, at Swen Jarl håls för den wackraſte karl, man den tiden habe ſedt. Han war od förlofwad med Holmfrid, Olof Stötkonungs dotter af Aola, då han emottog Swenſka Skattlånderna i Norrige (*). Under hela Swenſka regeringen, och deßa Herrars ſtyrſel, war intet tekn til något af de mordiſka ſtatsgrep, ſom uti de åldre tider under Harald Harfager, och Drotning Gunnild woro utöfwade, utan wånner och owånner, njuto ſulkomlig trygghet och ſåkerhet. Ja åfwen de Kongeliga huſen, ſom ſyntes hafwa grundade rättigheter til regeringen, ldmnades på alt ſätt oanfåktade, ſom man ſer af Sigurd Syrs roliga lefnad, under hela denna tiden. Samma tånkeſätt gjorde od, at deße Herrar beſwdgrade ſig med Olof Trygwaſons trogaſte methållare, hwarföre od Einar Tambaſkjelfwer, blef gift med Jarlarnas ſyſter Bergliot, och ſid ſtora förldningar på Orkedalen (****). Erling Herſe, Olof Trygwaſons ſwåger, war den enda, ſom intet wille erkånna Jarlarnas öfwerwålde, dock blefwo åfwen de med honom omſider, genom giftermål emellan Swen Jarls dotter, Gunnild och Aſlak Erlingſon förlikte (*****), ſå at deras ſtyrſel ſördes med all den ldmpa och måttelighet, ſom kunde begidras, och underſåtarne mårkte intet på annat ſätt, at de ombodt Herrſkap, utan dårigenom, at de woro friare, och ſåledes lyckeligare ån förr.

(*) Sturleſon, T. I. p. 373. Wiken år armare det ſamma, ſom Ranarike eller Bohus-lån, men i de åldre tider kallades Wiken hela landet på bägge ſidor om Opſtofjården. Ramus Norriget B. p. 50. Men här betyder Wiken allenaſt den wåſtra ſtranden af Opſlo-Fjården.

(**) Sturleſon, T. I. p. 461.

(***) Sturleſon, T. I. p. 372 och 502. De, ſom intet kunna tro, at Olof Stötkonung haft ſå ſtor dotter, göra Holmfrid til Olof Stötkonungs ſyſter. Men Sturleſon har haft en del annan underrättelſe. Såkert år, at man intet wet, huru gammal Olof Stötkonung war, når han kom til regeringen.

(****) Sturleſon, T. I. p. 392.

(*****) Sturleſon, T. I. p. 402.

§. 38.

§. 38.

Sedan Norrska sakerna blefwo bragte i ordning, får Olof Stötkonungs regering warit stilla och fridsam. Hans styffader war Christen långt förut. Konungens måg Swen Jarl hade ock öfwergifwit sina Hedniska wilfarelser. Ragwald Jarlen i Wester-Gjöthland, war redan, innan slaget stod wid Swolder, omwänd til Christendomen. Åtskillige prester blefwo wid samma tillfälle sände af Olof Trygwason til Ragwald Jarl, hwilka skulle wara Jarlen behjelpelige, at utwidga Christna lärans fjädan-dom i Swerige. Utom des begef sig äfwen Jon Sigurd, efter Olof Trygwasons död, til Swerige (*), sedan han gjordt tjenst wid Norrska Konungens Hof, som Biskop, innan des aresa til Wenden. Så at Christendomen rotade sig alt mer och mer i Swenska Norden, och fåt således Olof Stötkonungs omwändelse på någon tid sysselsatt Swenska Hofwet. Man wet nog med wißhet, at Olof Stötkonung är den förste Öfwerkonung i Swerige, som blifwit döpt. Men man wet därföre intet med samma wißhet, hwarken året när det skjedt, eller hwem som förrättade denna heliga akten. Isländska Handlingar intyga, at Jon Sigurd döpt Konung Olof (**). Man Johannes Magnus, så wäl som wåra gamla Legater tilägna det åt S. Siafrid från Engeland. Men denna undersökning sparas til det särskilta Capitel, som skal utföra på et ställe det wigtiga ämne om Christna lärans fortplantande i Swerige. Religionens ombyte hos Konungen, gjorte ingen särdeles ändring i regeringen. Afguda offren uti Upsala bibehöllos på samma sätt som tilförne, och hwar och en war lämnad en fulkommen frihet at tänka imedlertid hwad han wille. Sjelfwa Statten til Upsala Tempel, betaltes likaledes både af Hedningar och Christna, ja skyldigheten at infinna sig wid de stora offer högtider wid Upsala, förpliktade äfwen de Christna, så at intet annat medel war öfrigt, än at lösa sig därifrån med penningar (***). Dock får Religions förändringen på et wißt sätt tilskrifwas Konungens beständiga hemwist från Upsala til Siguna, som kan slutas af Olof Stötkonungs mynt. På samma grund blef ock någon ändring i Konungens Titel, ty af Herwarar Sagan wet man, at Olof Stötkonung war den förste, som kallat sig Svia-Kung, eller Svearnas Konung. Titel af Upsala Ko-

C c 2   nung,

Egentliga ning, war en tilhörighet af Konungens högsta Prästa-ämbete,
Slägten. som nu mera intet paßade sig. Man kan intet utan fasa läsa
Olof om de medel, som Olof Trygwason brukat til at omwända folk.
Stör- En förnäm man Eiwinder lät Trygwason fasttaga, och sätta
konung. et glödande elbfat på hans blotta mage, at därmed förmå honom
at låta döpa sig. Vid en annan wid namn Raud, lät han med
kafle upspärra munnen, och- således drifwa ormar in. En stor
del mördades, andra brändes, och på alt möjligt sätt förföljdes,
på det Christendomen, eller rättare sagt döpelsen, skulle blifwa af
männeligen wedertagen. Man fick på sådant sätt en hel hop döp-
ta Hedningar, men ganska få Christna. Ingen anledning finnes,
at så wåldsamma steg blefwo tagna i Swerige: men därföre wet
jag intet, om det bör tilskrifwas Konungens mogna rådighet, eller
folkets wäl befästade frihet. Egenwilja, högfärd och oförsonlighet,
äro nog ordinrade egenskaper hos en ny Christen, och det ser ut,
som Olof Störkonung warit af dem nog regerad, som framdeles
lär yppa sig. Gud är allena hjertans ransakare, men för öfrigit
ser det ut, som man har ej mycken fog at uphöja Olof Störko-
nung för sin omwändelse. Swenska Nationen är nog benägen at
taga efter främmande seder, och mången lät endast blifwit Christen
för at wara på modet, såsom nu mången blifwer Fritänkare, efter
han inbillar sig, at någon Adelig hurtighet består däruti. Så
mycket synes ofelbart, at ingen särdeles oro genom Christendomens
antagande upkommit i landet, utan at riket fådt njutta et lugn,
som war befästadt på magt och wälmåga.

(*) Oddur Munk. O. Trygwasons Saga, p. 265.
(**) Torfäus, H. N. P. 2. p. 459.
(***) Adamus Bremensis, de situ Daniæ. p. 62.

§. 39.

Men i Dannemark war däremot alt i rörelse, och det i an-
ledning af det mord, som af Konung Etbelred i Engeland war
anstiftat, under den tid, Konung Swen Otto war syslesatt med
sällskjaa emot Olof Trygwason. Alt hwad som Danskt, Swenskt
och Norrskt war, skulle nedergöras. Detta wärkstäldes S:t Bricii
dag, år 1000 (*), och gick detta företagande för sig med sådan
grym-

grymhet, at til en del hwarken qwinnor eller barn skonades, utan affeende på stånd och wilkor. Jbland andra blef och Konung Swens syster, som war gift i Engeland, af daga tagen. Danske Konungen, som tilförne giordt åtskilliga ledeliga tåg til Engeland, blef härigenom upretad til en grufwelig hämd, hwilken hade så mycket större skjen af rättwisa, som alla twistigheterna emellan honom och Konung Ethelred, woro kort förut genom wanlig förlikning bilagde (**). Där rustades til i Dannemark med all magt, och är det troligt, at Olof Skötkonung warit sin styffader öfwen wid detta tilfälle behjelpelig. Åtminstone war en Swensk Herre Eilif, Thorkil Sprakelägs son, uti Konung Swens krigshär, under denna härfärd, fast man intet finner Eilif nämnd i Engelska Handlingar ibland Konung Swens Generaler, för än 1009. Ethelred, hwars nedriga tänkesätt fallit på et så omenniskligt steg, fick lära af sjelfwa förfarenheten, at det är intet med grymheter, som Konunga-myndighet och wälde befästas. Swen kom tilbakars med samlad styrka, förhärjade landet, och ändteligen jagade Ethelred, med hela Kongeliga huset ur Engeland, och döddes som Enwålds-Konung i riket 1014. Konung Swens död gaf tilfälle åt Ethelred, at å nyo uröfwa sina blodiga fotgrep. Swen Otto hade låtit uprätta twänne läger i Engeland, til at hålla inwånarna i tygelen. Det ena war wid eller util London, det andra wid Oksford norr i Engeland. Öfwer det förra hade Swenske Herren Eilif befalning, och öfwer det senare Hemming Sigwald Jarls broder från Skåne. Detta krigsfolk är bekant under namn af Tingmanna lid, och woro desse Tingmän förpliktade, at alla nätter infinna sig i Kyrkan, aldeles obewäpnade, när teckn gafs där til med klockorna. Detta betjente Engelländarne sig utaf en nyårs natt. Under Julhelgen woro til den inbjudande markuad efter wanligheten, många wagnar inkomna, hwilka i ställe för waror, woro lastade med krigsfolk. Disse skulle med borgarnas tilhjelp angripa Tingmännerna mot morgonen, och nedergöra dem. Anläggningen blef uptäckt, och twänne Tingmänner Thor och Audun underrättade Eilif om altsammans, men de blefwo dock ej trodde, utan Eilif med sina underhafwande, begaf sig til Kyrkan wid wanliga klämtningen. Men Tingmännerne kommo intet förr på Kyrkogården, än de på alla sidor blefwo anfalne.

falne.

Sigurdska Slägten.

Olof Skötkonung.

Kiänrikska
Slikten.
Olof
Sköt-
Konung.

falne. När alle härwid häpnade, föreställde Eilif, at nu ej annat råd wore, än at förfoga sig til fartygen, ty at taga tilflykt til Kyrkan wore fåfängt, emedan de ofelbart genast skulle blifwa utstäpade, och slaktade som boskap, då det lätteligen kunde hända, at någon af Tingmännerna torde wisa något tekn, til fruktan och rådhåga, hwilket war aldeles emot deras heder. Hela Kyrkogården war omringad af fiender. Eilif språng då med sit manskap på muren, och därifrån ut på den sammanpackade menigheten, och gjorde sig således wäg til skeppen. Större delen af Tingmännerna blef likwäl nederlagd, så at Eilif allenast med tre fartyg kom undan til Dannemark. Och när han intet fann Danska Hofwet nog färdigt, til at utkräfja hämnd för detta mord, begaf han sig til Constantinopel, hwar han ändteligen blef slagen som Höfdinge för Wäringarne (***). Samma anledning war gjord emot Tingmännerna i Sleswik, af hwilkå äfwen gamla så undankommo.

(*) Simeon Dunelmensis p. 165, och Radulphus p. 461 sätta ut år 1000 för detta mord, andre sätta år 1002. Jämför thesst Rogerius ab Hoveden wid år 1002.

(**) Simeon Dunelmensis de gestis reg. Anglor. wid år 1009. p. 166.

(***) Torfæus, H. N, P. 3. p. 15, 16. Ström uti sina Anmärkningar til Meursius p. 174, anser hela berättelsen om Tingmännernas nederlag för en dikt, emedan Tingmännerne woro ännu under Harald Godwinson uti anseende. Men detta skäl är för swagt, hwilket äfwen Hrr P. J. Suhm och Schöning uti sina Förstök i den gamla Historien p. 19. påminna. Någon wilräda i tideräkningen kan intet strart göra til saken, hwad annars trowärdiga Skrifter wid handen gifwit.

§. 40.

Men hwarken det förra eller senare nederlaget, befriade Engeland för Danska besök. Konung Swens son Knut, sedermera den Store kallad, eftersatte ingen ting af sin hämnd, dubblont han bradade något. At den mätte blifwa så mycket bettydeligare, förskaffas äfwen folk från nästgränsande länder. Wänskapen emellan Swenska och Danska Hofwen, som blifwit förnyad genom Sigrid Storrådas giftermål, warade ännu, och Olof Skötkonung war färdig, at med et antal krigsfolk, äfwen beforda Konung Knuts

Knuts affkier. Det är troligt, at Ulf Jarl, som sedan blef Konung Knuts swåger, warit anförare för Swenska hjelptropparna. Och om han är den samme som Ulf, Lagman i Wäster-Göthland, hwilket ej synes orimmeligt, kan man nog begripa, hwarföre han kallas Lacman uti Engelska, och andra utländska Skrifter (*). Åtminstone nämnes Ulf Jarl i Knytlinga Sagan, främst ibland alla de Höfdingar, som följde med Konung Knut til Engeland (**), Struthåraids söner från Skåne, nämnas därnäst. Sjelfwa krigets omständigheter höra til Danska Historien, och utgången är almänt bekant, at Engeland blef ändteligen efter många omskiften helt och hållet af Konung Knut intaget. Ulf Jarls öden och bedrifter, sparas til slutet af Olof Skötkonungs Historia. Här omröres allenast, at Swenska tropparne, under deras anförare Lacman, utbredt sit anseende, både uti Normandie och Engeland, och gjorde de Hertig Richard af Normandie, et kraftigt biträde emot den uproriska Gref Odo (***).

(*) Denne Lacman kallas de Swenskas Konung, som följde med Konung Knut til Engeland. Hos Abr. Whelox uti de af honom utgifne Leges Saxonicæ, förekommer denna mening uti det bifogade gamla Chronicön; Sveno tumultuato, Cnutus filius magna cum classe, adducto secum Lachiman Rege Svecorum, et Olao Rege Noricorum, qvi apud Rothomagum baptisatus est, Thamisiam intravit. Och nämnes äfwen samma Lacman hos Guilielm. Gemmeticensis, Hist. Norm. L. 8. p. 252.

(**) Knytlinga Saga. C. 8. p. 12.

(***) Jfr. Monum. Scanensia. P. 2. p. 84.

§. 41.

På detta sätt war Olof Skötkonung, och Swenska folkets anseende någorlunda bibehållet hos grannarna. Men imedlertid upwäkres en farlig fiende af gamla Norrska Konungahuset, Olof, Harald Grönskes son nemligen, hwilken annars kallas Olof den Helige. Man har tilförne anmärkt til denna tidens heder, at Swenska och Danska regeringen i Norrige lämnade åt alla invånarna en lagbunden frihet och trygghet, så at äfwen Prinsarne af gamla Konungahuset, sedde uti en fulkommen och anständig säkerhet. En morbisk regeringssjuka, hade beordrat dessa småherrar i

Sigurdsta
Sälten.
Olof
Stöt-
Konung.

all tysthet til andra werlden. Men Sjöthissa Norden war ännu
intet bestådsad med så nedriga statsgrep. Försiktigheten hade lika
wäl fordrat, at hafwa waksamma ögon på deras upförande, och
hade det förmodeligen warit rådeligt, at upföda de unga Prinsar-
na wid Öfwerkonungarnas Hof. Detta försummades, och man
fick röna omsider, at denna oförsiktighet war betydande. Norrske
Konungen, Harald Grönske, som på förr omtalt sätt omkom hos
Sigrid Storråda i Swerige, lämnade sin Gemål Asta hafwande,
och hon födde en son, hwilken blef wid watnösningen på Hed-
niska wiset kallad Olof (*). Asta gifte sig straxt därpå, med en
annan Fylkis Konung i Norrige, Sigurd Syr på Ringarike,
och Sigurd tillika med des styfson blef döpt efter Olof Tryggwa-
sons föranstaltande wid år 998, och war Olof Haraldson då tre
år gammal (**). Sigurd Syr förde et stilla lefwande, war hus-
hållare, god åkerman, och föroldmpade ingen, lefde ock i et full-
komligt lugn under de oroligheter, som skakade riket. Men des
styfson Olof, hade mer Hjeltesnne efter den tidens smak, och kul-
le sålledes nödwändigt börja sina Hjeltebedrister med, at wara
sjöröfware. Sin första manddom wiste han mot Swerige och
Dannemark, där han härjade på sjösidan hwar han kom fram,
och lönte sållunda med mord och brand den säkerhet, han njutit uti
sin barndom under Swenskt och Danskt öfwerwälde. I Swen-
ska skären öfwerwann Olof Haraldson en Wikingsflotta, som hade
til förman en Sote, och ändteligen efter ströfwande besök i Fin-
land och på Ösel, lägger han in i Mälaren eller Logen, och kom-
mer ända up til gamla Sigtuna, hwar han i god ro låter göra
skepsbryggor för sina fartyg (***). Och som Olof Haraldson sjöf-
lade och brände hwar han kom fram, är troligt, at Fern Sigtu-
na äfwen då blifwit ödelagt. För en Christen Prins war detta
et besynnerligt upförande, och Harald Grönskes död war en otil-
räckelig ordsak, sedan omständigheterna förändrat sig. Men det
war ändå långt besynnerligare, at Olof Haraldson med en ringa
magt, kunde göra så mycken skada in i hjertat på riket. Swerige
wiste wäl intet uraf någon fiende, men så war likwäl en sådan
säkerhet emot alla försiktighets reglor. Ändteligen församlar Olof
Skötkonung en talrik och tilräckelig flotta, och lägrar sig wid
Norrström, som war enda utloppet af Mälaren den tiden, draget

fjäpfjälbja öfwer strömmen, och lägger an et bolwärk eller Kastali, som Sturleson kallar det, öster för strömmen. På detta sätt war all untanfirkt afskuren för Norrska Konungen. Hwarföre, när Olof Tryggwason, han fann ogörligheten i wägen at bryta igenom på det stället, grefwer han sig ut wid Agnefit, och kom ostad, med flotta och byte ut i Östersjön. Man håller almänt före, at Olof Haraldson wid detta tilfälle, trängt sig ut wid Söderström, men om så är, har wäl aldrig sömnigare krigsfolk warit til än de Swenske warit den gången, emedan Swenska krigshären hade sit läger på södra sidan om Norre ström, och Flottan förmodeligen legat straxt bredewid, och det oaktadt, skulle likwäl en hel Flotta kunnat gå ohindrad ut genom Söderstuß. Man kunde derföre hafwa någon anledning at tro, det Agnefit måtte legat något längre åt söder, emellan Fittia och Södertelge, hwar Olof Haraldson med något gråfwande kunnat hjelpa sig ut, sedan starkt rägn och höstflod satt de lägre orter under watten, och på detta sätt beskrifwes omständigheterna af Sturleson. Olof Skötkonung blef ganska förtörnad, när han fick weta Olof Haraldsons undanflykt, men denne senare war redan i säkerhet, och tog sedermera åfwen brandskatt af Gothland, hwar han i all stillhet uppehöll sig öfwer winteren. Deßa förrätningar hafwa skjedt wid paß 1007 eller 1008 efter Christi födelse. Här efter lämnade Olof Haraldson Swerige, i tanka at försöka widare sin lycka i Westersjön på Frisland, Engeland och Franska kusterna.

(*) Sturleson, T. I. p. 262.
(**) Sturleson, T. I. p. 284.
(***) Sturleson, T. I. p. 378.

§. 42.

På detta sätt slutades den första twistighet, som Olof Skötkonung hade med Olof Haraldson från Norrige. Om någon heder war i hela förrätningen, war den helt och hållet på Norrska Konungens sida, som, med en ringa magt, trotsat et helt rike, och med hurtighet och oförskräckt mod, dragit sig undan

D D   en

Sigurdsia Slåtten. Olof Stöt- Konung. en nåstan oundwikelig undergång. De andra mißhålligheter, som uppades emellan deßa Herrar, aflupo merendels på samma sått, hwilket ej heller år underligt. En rådig, tiltagsenhet, hastiga rö- relser, och försiktigt mannamod lyste nåstan uti alla Olof Harald- sons krigswårf; och håremot anwåndes enast af Olof Stöt- konung et högt sinne, stora ord och stolkt för sin fiende. Blot- ta berättelsen om sakernas förlopp, bestyrker detta omdöme: Se- dan Olof Haraldson en lång tid swårmat i Wästerhafvet, flöf- lat och röfvat stundom i Frankrike, stundom i Engeland, och stundom åter upförde sig, som en rått General och krigsman, då han halp dels Konung Etheldred, dels hans söner at fäkta emot Dansta magten, sick han omsider lust at förfoga sig til sit fåder- nesland, och upråtta dår på nytt den inlåndsta Konungamagten, som nu alt sedan Olof Trygwasons fall, hade warit utslocknad. Han förebar rådl, at han i en dröm fått uppenbarelse, det han stulle fara til Norrige, och dår emottaga et långwarigt regemente. Men utan drömmar kunde et ådelmodigt sinne falla på den tan- kan, at frålsa sit fosterland från utlåndsk öfwerwålde, hwilket, ehuru lindrigt det ån war, war dock likwål nesligt för et hurtigt och stridbart folk. Företagandet war rådl åfwenwårligt, men inga- lunda ogörligt. Den tapre Erik Jarl hade farit til Konung Knut i Engeland, och war redan död. Hans son Håkan Jarl, som efter sin fader hade högsta anseendet, war wål en hurtig Herre, men ånnu ung och oförfaren, hwilket gjorde hans eljest goda egen- staper mindre betydande. Konung Knut war ånnu så syslesatt i Engeland, at han intet kunde hafwa nog waksamma ögon på Norrige, och Olof Stötkonungs anstalter kiånde Olof Haraldson förut. Swen Jarl war den enda farliga fiende, som han borde frukta före, men han war dock intet oöfwerwinnerlig. Utom des woro månge inlåndste Underkonungar i landet, och ibland deßa åfwen Olofs egen styffader, hwilka alle stulle förmodeligen likså gierna se högsta magten uti en inföd Konungs, som uti Jarlars- hånder, hwilka utomdes woro undergifne utlåndsk Herrawålde.

§. 43.

I sådana omstånbigheter seglar Olof Haraldson til Norrige med twå fartyg allenast, och twåhundrade tjugo man utwalde man-

manſkap. Han hade ſtrart den lyckan, at ſå Håkan Jarl fången utl Saudungs-ſund, hwilken kom i all ſåkerhet ſeglandes dit, utan at meta det någon fara war å fårde. Denne ynglingen wiſte uti ſin olycka et ganſka hurtigt upfårande, tröſtandes ſig ſielf dårmed, at det en annan gång kunde bliſwa båttre, faſt han nu måſte medgiſwa, at hans öde war i Konung Olofs händer. Men Olof betiente ſig ganſka ädelmodigt af denna ſin oförmodade lycka, och gaf Håkan Jarl på ſtunden fri mot ed och förſåkran, at han ſkulle fara ur landet, och aldrig mer båra wårja emot honom. Hwarpå Håkan genaſt öfwergaf Norrige, och förfogade ſig oförtöfwat til ſin moderbroder Konung Knut i Engeland. Efter Jarlens bortgång höll Olof eſomoftaſt möte och ting med almogen, och begiärade af dem, at bliſwa antagen til Konung, men detta wille intet rått taga lag, förr än Konungarne i Upländerna hade på Sigurd Syrs föreſtälning utropat honom för Öfwerkonung i Norrige, då det ena Härader efter det andra undergaf ſig hans lydno. Mycket litet war likwål utrådtat, ſå länge Swen Jarl och Einar Tambaſkielfwer, med ſlere woro i ſtånd at möta Konung Olof. Wårjan blef då det enda, ſom kunde afgöra twiſten, och kom det ändteligen ſöljande året på Palmſöndagen til en hufwuddrabning, och ſiöſlag uti Wiken, då Swen Jarl och hans medhållare efter tappert fåktande, måtte omſider draga ſig ur tråfningen. Nederlaget war dock intet ſtörre, än at Swen Jarl i ſiendens åſyn, draget ſamman ſina fartyg, då efter hållen rådpålägning blef öfwerenskommit, at Swen Jarl ſkulle fara til Swerige, och anhålla om undſåtning af ſin Swärfader Olof Skötkonung; men ſtörre delen af Höfdingarna foro hem til ſin egendom, där de wille afbida Jarlens återkomſt, förſåkrandes ſig med manſtarkt följe, at de ej ſå lått kunde bliſwa öfwerrumplade.

§. 44.

Den erhållna förmon förökte Konung Olofs anſeende, ſå at en ſtor del af almogen gick honom til handa: men de förnämare Herrar, ſom hållit med Swen Jarl, bleſwo oanfäktade. Konung Olof ſkyndar imedlertid til Tronhem, där ſielfwa ſtyrkan war af riket, och Swen Jarl hade egenteligen ſit herradöme. Han fann

D d 2   wål

Sigurdsta
Släkten.
Olof
Stöt‑
Fonung.
wäl här intet motstånd, men satte sig neder utan swårighet, och
uprättade staden Tronhem, som af Olof Tryggwason tilförne war
anlagd, men låg nu til större delen öde. Icke desto mindre fick han
ingen skatt af almogen, utan afwaktade med saktmodighet, dock
wäl bewäpnad, hwad tiden framdeles kunde uträtta til hans för‑
del. Swen Jarl war imedlertid i Swerige, och rådgjorde med
Konung Olof Skötkonung om medel, til at uprätta så wäl hans,
som Sweriges förfalna anseende i Norrige. Där blef då faststält,
at han om winteren med sit folk, skulle tåga landwägen öfwer
Helsingeland och Jämtland, in uti Trondelagen, där almogen war
honom i synnerhet tilgifwen. Men at tiden intet aldeles skulle gå
förbi uti en fruktlös stillhet, satte Jarlen sig före, at roa sig öf‑
wer sommaren med röfweri. Stranderna uti Gardarike blefwo
då utsatte för et swårt härjande in til hösten, då Jarlen gaf sig
tilbaka på återresan til Swerige; men dödde under wägen, och
befriade således Konung Olof Haraldson ifrån en berydande mot‑
ståndare. Så snart de i Trondelagen blefwo underrättade om
Jarlens död, undergåfwo de sig utan uppehåll, Olof Haraldsons
öfwerwälde, och hela den öfra delen af Norrige, som warit under
Sweriges lydno, blef söndrad från Swenska Kronan til ewär‑
deliga tider. Månge förnäme Norrmän togo dock sin tilflykt til
Swerige, och ibland dem war äfwen Einar Tambaskielfwer,
Swen Jarls Swåger. Alle blefwo wäl emottagne af Olof Sköt‑
konung, och wäl försörgde, som ock Einar förblef i Swerige til
Olof Skötkonungs död, uti all wälmåga och anseende (*).

(*) Snurlesön, T. 1. p. 572.

§. 45.

Alt detta hade förelupit i Norrige, utan at Konungen i
Swerige tog andra mått däremot, än at han undfägnade alla
gunska wäl, som sökte beskydd hos honom. Detta war wäl et för‑
sicktigt steg, men ingalunda tilräckeligt at bibehålla Swenska stat‑
kunsterna uti undergifwenhet. Olof Skötkonung war af den tan‑
kan, at Olof Haraldson af högaktning för des person, intet skulle
antasta de länder, som tilhörde Konungen i Swerige, och hans
Hofsmickrare woro nedrige nog, för at wara af samma mening (*).

Tan‑

Tankan war icke destomindre lika besynnerlig. Olof Haraldson, Sigurdsta Siklten. Olof Stöt-Konung. som intet haft betänkande wid, at sätta sig i besitning af de län-det, som hörde til Konung Knut i Dannemark, hwilken efter all uträkning war förfärligare än Konungen i Swerige, skulle nu haf-wa försyn, at stöta Konungen i Swerige i sin ro, och sina eröf-ringar. Detta war en owanlad höflighet. Ojelbart är, at så-dan höflighet föll intet på Olof Haraldson. Utan sedan han af Norriges inbyggare blef ärkänd för Öfwerkonung i landet, bekym-rade han sig ganska litet, huru Konungen i Swerige talade med sina Hofmän, då inga eftertryckeligare påfölgder förmärktes. Olof Stötkonung framhärdade likwäl uti sina skilsjärliga tankar, och utskickade twänne af sina män, Thorgaut Skarde, och Asgaut Arman, til at utkräfja skatten af Norrige. De hade med sig tjugofyra personer, et nog ringa antal til utförande af så wiktigt ärende. Så snart de kommo öfwer Kjölen til Werabален, läto de stämma ting med Almogen, och utfordrade de wanliga utskyl-der. Almogen swarade med all foglighet, at de gierna wille göra som Konungen befalte, allenast Olof Haraldson intet wille taga någon skatt af dem, emedan de kunde intet göra utlagor til twå Herrar. Sådana swar mötte dem äfwen i Skaun, Stiordален och på flera ställen, men inga penningar eller penningis wärde. Derföre ock Torgauter wille wända om igen til Swerige, men Asgauter war ifrigare, och tyckte, som ock war i sanning, at ingen ting war uträttadt, han wille därföre tala med Olof Haraldson sielf, angående detta ärende. Bägge följas fördenskull åt, och an-kända til Tronhem, där Konungen då för tiden uppehölt sig. När de ankomma, lätа de anmäla sig, och få företräde om andra da-gen. Thorgauter berättar då, uti hwad ärende de woro utskic-kade, och hwad swar de fått af almogen, och begärde til slut, at Konungen behagade yttra sig, huru framdeles här med för-hållas skulle. Olof Haraldson swarar, at det war intet under-ligt, at almogen wisar lydna och undergifwenhet åt Jarlarna, som woro infödde, fast det warit bättre, om de ägnat sina lag-liga Konungar, och intet drifwit dem ur landet. Men hwad Olof Sönske, Konungen i Swerige, beträffar, så kunde han intet finna, det han hade någon rättighet til riket, ehuruwäl han nog påminde sig, hwad skada landet haft af honom och hans frän-der.

D. b 3

der. Detta yttrande förargade Åsgauter högeligen, hwarföre han ock utbrast i deßa otidiga utlåtelser: at det är ej underligt, at du som kallas Olof Digre, så stormyndigt bemöter en sådan Herres ordsändning. Du lår förmodeligen intet weta, huru tung dig blifwer Konungens wrede, som åfwen de hafwa erfarit, hwilka warit måktigare än du. Men om du will rikta dit ri- ke i frid, år det tjenligast, at du far til Konungen i Swerige, och blifwer hans man, och då wilja wi sammanfoga wåra bön- der med dina, at du må behålla riket såsom lån af honom. Denna oförståndiga hetta, beswarades likwål af Olof Harald- son med nog saktmodighet, nemligen; jag will, sade Konungen, gifwa dig Åsgauter, et helt annat råd, at J faren tilbakars til eder Herre, och berätten, at jag nåstkommande wår årnar fara öster ut til gränsen, emellan Swerige och Norrige, där kan Konungen i Swerige komma mig til mötes, om han will förlikas, då hwar behåller det rike, han år Odalboren och arf- tagare til. Efter et sådant swar, togo Swenske sändebuden af- tråde, kommo dock snart tilbaka, sedan Olof Haraldson gådt til bords, men blefwo af Dörewaktarne, efter Konung Olofs befalning, intet inlåtne. Thorgauter fattar då det tryggaste råd, at begifwa sig på återresan: men Åsgauter med sing tolf mån, wil- le detta oaktadt likafult utföra sit anförtrodda årende. Han skyndar därföre öfwer Gaulardalen och Orkadalen, årnandes sig neder åt Möre. När Olof Haraldson får detta weta, skickar han. sina Gåstare eller utridare efter honom, hwilka ock tråffa Åsgauter med sina tolf mån, gripa dem lefwande, och hånga dem allesam- man i en galga wid Gjölardås, intet långt från almånna wågen eller Thiodleden. Thorgauter bekom tidning om sin stallbrodes öde, innan han war kommen ur Norrige, och med sådan under- råttelse, anlånder han til Olof Skötkonung, som hår öfwer blef mycket förtörnad, och utöste dårwid många stora ord och hotel- ser (**). Om man wil medgifwa, at Åsgauter för sin trohet mot sin Herre, war wård et blidare öde, måste man likwål tilstå, at hans upförande war offickeligt. Olof Haraldson lår ock med den- na strånga utmåtning welat wisa, at han intet båfwade för kraft- lösa hotelser. Skalden Sigwater sann denna förrätning så mård- wårdig, at han gjorde at qwåde dåröswer, uti hwilket han utlå-

ter

ter sig, at de Swenske utskickade foro til andra werlten på Si- Eignrdssa-
gards hdst.   Sldtten.
                                                               Olof
(*) Sturleson, T. I. p. 433:.   Skot-
(**) Sturleson, T. I. p. 436:.   konung.

§. 46.

Efter en sådan begynnelse, wäntar man at få höra, huru
Olof Skötkonung med härskjöld öfwerhopar Haraldson. Men Ko-
nungen i Swerige tog hwarken tjenliga mått, at hämna den
skymf honom war tilfogad uti sin utskickade, ej heller gjorde han
tilräckelig anstalt, at bibehålla de Norrska länder, som ännu woro
under Sweriges lydna: Ranarike eller Bohuslän, hade ännu
Swenska Landshöfdingar. En myndig och förnäm, storättadur,
man Ellif Gaurske war där befalningshafwande i norra delen
på Swenska Konungens wägnar: och Hroe Skialg war Höfdin-
ge öfwer den södra eller östra, likaledes en rik och berydande man,
som hade mycken egendom på Hisingen. Mot wåren seglar Olof
Haraldson til Wiken, då de Danske Höfdingar, som hit intil wa-
rit i landet, genast öfwergåfwo sina län, och foro til Dannemark,
och hela almogen utan swårighet, gick Norrska Konungen til han-
da. Sedan Olof Haraldson uträttadt detta ärende, förfogar han
sig med sit folk länger öster ut til Swinesund, som war gräns
af Ranarike, Swea Konungs fattland. Så snart Norske Ko-
nungen kom öfwer Sundet in i Ranarike, låter han stämma ting
med almogen. De som bodde på Oarna, och ut med Hafwet in-
stälde sig utan swårighet. Olof Haraldsons Marskalk Björn
Stallare förde ordet, och upmuntrade Almogen at erkänna Norr-
ska Konungen för Öfwerherre. En rik bonde Brinjolf Ullfold
swarar på menighetens wägnar, at de woro nog underrättade, at
gamla gränsen emellan Swerige och Norrige war Gjöta Älf, än-
skönt Swenska Råmärket nu på en lång tid, strakt sig ända til
Swinesund. Icke destomindre war almogen nog benägen, at ly-
da Konungen i Norrige, men som Konungen förmodeligen snart
lär förfoga sig Norr up i landet, där hejfwa styrkan af riket är,
hade Bohuslänningarne intet krafter nog, at förswara sig emot
Gjö-

Siqurdsta Slägtes. Olof Skôr. Konung.

Göthterna. Olof Haraldson hade fulkomlig orsak at wara nögd med sådant swar, han behöll därföre Briniolf hos sig några dagar, och öfwerlade med honom i enrum, huru ärendet alrabeqwämligast kunde utföras, då man ändteligen kom öfwerens om en sådan anläggning, hwilken wanhedrar Norrska Konungen nästan mer, än alla hans öfriga gjerningar kunna hedra honom. Swenska Landshöfdingen Eilif, war imedlertid upmärksam på alla Olof Haraldsons rörelser, och med sin närwaro höll den nygiriga almogen i tygelen, ändsjönt han intet hade mer än trettio man med sig, så at de intet wågade at förklara sig uppenbarligen för Konungen i Norrige. Omsider blef Eilif genom mellanlöpare förledd, at samtycka til et ting, eller sammanträde, där Olof Haraldsons fullmäktige, skulle möta Eilif wid et almänt sammankallande af menigheten, på det sådana mätt kunde tagas, som skulle lända til bägge rikens gemensamma frid och rolighet. Här yppades nu de wackra anstalter, om hwilka Olof Haraldson hade rådgjordt med Brinjolf Ulfald, han lämnade Brinjolf Thor Länge Höfwitsman för Gästarna, med tolf män, hwilka woro förklädde som Bönder, men dölgde Hjelmen under mössan, och Pansaren under kappan. Med detta följe förfogade sig Brinjolf til Swenska Landshöfdingen, och ledsagade honom tillika med en stor mockenhet almoge til mötesplatsen. Björn Stallare talte äfwen här på Olof Haraldsons wägnar, och när han slutat sit tal, stiger Eilif up at swara däryå: men i det samma, högg Thor Länge til Eilif, så at hufwudet föll neder på jorden, hwarefter uplopp skjedde ibland almogen, och de Göthter, som följt med Eilif, woro nödsakade at i största hast skynda från tinget. På så swikfult sätt blef Swenska Landshöfdingen af daga tagen, som på god tro infunnit sig til wänlig dagtingan. Och skulle man innet kunna falla på den tanka, at Eilif warit en försårlig fiende, efter Olof fann sig nödsakad, at bruka et så nedrigt steg, til at winna sit ändamål. Sedan war denna widtfrägdade Konungens helighet, at de swartaste nidingswerk woro räknade för lofliga Statsgrep. Dock om gärningen intet war hederlig, war den likwäl nyttig, emedan Norra delen af Ranarike eller Bohuslän, kom härigenom i Olof Haraldsons händer, hwilken ock til at besästa sin nya inkräftning, låt anlägga en sästning uti Romälfwen wid Sarpsfors, och förböd tillika, at hwarken salt eller sill måtte föras til Göthaland från Wiken (*).

(*) Sturleson T. I. p. 444.   §. 47.

§. 47.

Härmed slutades förrättningarna för detta året; men fiendteligheterne uphörde därföre intet, emellan Swerige och Norrige. Hwarföre ock Olof Haraldson afskedade om winteren Trander Hwite til Jämteland, at där insamla skatten. Denna förrättning war mindre lyckelig; ty när Trander hade upburit skatten, blef han öfwerfallen af de Swenska, och med sina tolf män ihjälslagen, hwarpå de insamlade waror eller penningar, blefwo öfwerförde til Olof Skötkonung. Men som inga eftertryckeligare anstalter giordes på Swenska sidan, förlorades äfwen den öfriga delen af Ranarike genom Roe Skialgs död, hwilken, då han insamlade ledingen och andra landskylder af sit Län, blef öfwerfallen och slagen med sina trettio män af Eiwinder Urarhorn, en namnkunnig Wiking bland Olof Haraldsons medhållare (*). Denna olycka blef någorlunda hämnad af Thorgaut Skarde, den samma som tilförne hade warit med at indrifwa skatten af Norrige. Han hade fått underrättelse, at en Norrman wid namn Gudleik war afrest til Gardarike eller Ryssland, at uphandla köpmandwaror, och diskilliga andra dyrbara saker för Konung Olof Haraldson. När denne war på återresan, söker Thorgaut up honom, då han låg för motwind under Öland. Gudleik blef då alfwarsamt anfallen, och efter et tappert motstånd, ändteligen slagen med sit folk, och faringen med alla warorna eröfrad. Men Eiwinder Urarhorn, som war ute i wiking, kom kort därefter äfwen til Öland, då han fick weta Gudleiks fall, hwarföre han med största skyndsamhet seglar efter Thorgaut, och hinner honom i Swenska skären. Här kom det åter til et skarpt täflande, hwilket slutades ändteligen med Thorgauts död, och bytets återwinning. Således da tumlade Swenske och Norrske undersåtarne om med hwarandra, och Olof Haraldson försummade intet tilfälle at skada Swerige. Men hwad Olof Skötkonung giorde til Norriges förswagande, wet man intet: om ej det skal anses för något betydande storwärk, at han förböd wid swårt straff, at ingen måtte nämna Olof Haraldson wid namn, utan då denne nödwändigt måtte omtalas, skulle han kallas den digre eller tjocke mannen. En omständighet, hwarutaf Olof Haraldson säkerligen intet blifwit magrare.

(*) Sturleson, T. I. p. 747. m. m.

§. 48.

Et sådant krig paßade bättre för Snaphanar, än för twän-
ne mägtiga Konungar. Underskatarne woro på ömse sidor nog be-
swärade. De i synnerhet, som bodde wid gräntsen, swäfwade uti
en ouphörlig osäkerhet: så at både Norrske och Swenske almo-
gen, ledsnade wid denna oenighet. Men framför andra war Rag-
walds Wäst-Giötha Jarlens Gemål mißnögd med deßa wånd-
ningar: hwarföre hon ock förmådde sin man til samtal med Olof
Haraldson, när han låg wid Giöta Älf med sit folk. Och blef
då efter någon öfwerlägning et års stillestånd slutat, emellan Swerige
och Norrige på den kanten. På detta sätt war wäl någon början
gjord til en mera stilla lefnad, men den war icke destominbre nog
twetydig, så länge ingen förening war träffad emellan Konungarna
sjelfwa. Och fördenskull blef Björn Stallare anmodad af bönderna
i Wiken, at anhålla hos Olof Haraldson, det et ordenteligit sänd-
ningebud måtte affärdas til Konungen i Swerige, på det en stadgad
fred en gång måtte göra ända på deßa fråtande småkrigen, och
handelen til bägge rikens gemensamma förmån måtte wara frigif-
wen. Ärendet war nog ömt, emedan det förmodeligen skulle miß-
haga Olof Haraldson, icke destominbre diskade Björn Stallare sin
Herre så upriktigt, at han ock wille wåga at komma i onåd, för
at frambära et hälsosamt, fast obehageligt råd. Björn tog då
tilfället i akt, när Konungen hade möte med sit folk, och bönder-
na. Han föredrager då almogens åstundan om en waraktig fred,
lägger ock til, at de Norrmän, som hade uppehållit sig snart twå
år i Wiken, ledsnade wid at wara så länge borta från sin egen-
dom. Menigheten yttrade sin sågnad öfwer Björns tal, med et
almänt gny. Konung Olof swarade, at det wore aldrabäst, om
Björn påtoge sig sjelf den underhandlingen; ty om det lyckades,
hade han sjelf hedren däruraf; om åter någon obehagelig påföljd
skulle rima, wore han sjelf skuld därtil. Swaret bekymrade
Björn Stallare, emedan resan syntes wanskelig. Och kunde wäl
den trolöshet, som war föröfwad på Eilif Gautske, afskräcka nå-
got hwar från sådana ombud. Icke destominbre gör Björn sig
resefärdig, och tager en förnäm Isländare, Hialte Skeggason,
til reskamerat, hwilken war en slug och snidig Hofman. Han
unde-

undfce då inſtruction eller underwisning af Olof Haraldſon, nem- *Sigurdſta*
ligen, at han ſtulle föreſlå fred emellan bägge riken efter den gräns, *Sialtea.*
ſom warit hade i Olof Trygwaſons tid, men at ingen drſätning *Olof*
borde dſkas för den ſtada, ſom kunde wara gjord på någondera *Stöt-*
ſidan; emedan Norrige lidet ſå mycket af de Swenſka, at ingen *Fonung.*
erſätning wore möjlig. Til afſkiedsgåfwa ſkänkte Konungen åt
Björn det ſwärd, ſom han förleden ſommar fådt af Ragwald
Jarl, med förſäkran, at han ſtulle anſe Björns reſa för lyckelig,
allenaſt han kunde ſkaffa ſwar från Olof Stötkonung, det måtte
då wara hurudant det wille. Konung Olof öfwerlämnade tillika
et finger guld, eller gulring, ſom ſtulle gifwas åt Jarlen, ſå wäl
til tekn, at Björn war uti ſina riktiga drender, ſom til wänſkaps
betygande mot Jarlen, på det han ſtulle äfwen med ſin myndighet
befordra målet. Sådana järteln woro nödiga i en tid, då alla
afhandlingar ſkedde munteligen, och fullmakter intet ſärdeles wore
kunnige.

§. 49.

Björn tager då wägen åt Skara, hwar Ragwald Jarl ha-
de, ſit ſäte. Hans ſuite beſtod af tolf män, utom Hjalte, och war
äfwen Skalden Sigwater i hans följe, ſom roade ſällſkapet med
Skaldqwäden under wägen. Tolſtalet war ſålledes ſåſom et heligt
och lyckoſamt tal, nåſtan wid alla tilfällen i akt taget. Wid an-
komſten til Skara, blefwo de mycket wäl emottagne, och Jarlens
Gemål Ingeborg undfägnade Hjalte med utnärdt wänſkaps betyg-
gelſe, emedan hon warit bekant med honom, den tiden, hon war
ännu uti ſin broders, Olof Trygwaſons Hof. Desutan woro de
ock med nära ſwägerſkap förbundne, ty Hjaltes huſtru war ſyſto-
nebarn med Olof Trygwaſon. Ändteligen, når Björn Stallare
efter några dagars wälplägning, berättar ſit drende til Konungen
i Swerige, och öfwerlämnar ringen, häpnade Jarlen och fruktade,
at ſom Björn war kommen i ſin Herres ondd: emedan en ſå äfwen-
tyrlig reſa war honom updragen, uti hwilken oundwikelig lifsfara
ſwäfwade för ögonen. Ragwald förſäkrade ock, at ingen driſtade
at underſtödja hans drende på något ſått. Så förſkräckelig war
Olof Stötkonung för ſina underſåtare, men hans utländſke fien-

der woro intet aldeles så wårt främde. Detta betygade Björn Stallare i sielfwa wärket, då han sade rent ut, at han skulle utföra det honom anförtrodde ärende, det måtte då kosta hwad det wille, antingen Jarlen wille wara honom behjelpelig eller ej. Förtrodde skiedde i Jarlens Gemåls närwaro. Hon war Norrsk både til ursprung och sinnelag, och gick hennes betänkande därpå ut, at Jarlen utan widare wekan skulle antaga sig Norrska Konungens angelägenhet. Jarlen war likwäl intet aldeles så bråd, utan wille med lämpa och saktmodighet angripa målet. Hwarföre ock Björn måtte qwarblifwa än någon tid, til des Jarlen genom bud til sina wänner, kunde bana wägen.

§. 50.

Men som det indrog något på tiden, fattar Hjalte det råd, at fara förut til Olof Skötkonung. Wid Swenska Hofwet woro twenne Isländska Skalder, Ottar och Gitsor Swarte, som woro i stor nåd hos Konungen. Dem wille han först besöka som sina gamla bekanta, och genom dem utforska, om saken wore så farlig som förebars. Så wäl Björn, som Ingeborg beföllo detta förslag, och gaf Jarlens Gemål honom til resepenningar, skottsilfwer, tjugo wägna mark silfwer, hon gaf honom ock teken med sig til Prinsessan Ingegärd, Olof Skötkonungs dotter, med begjäran, at hon äfwen wille befrämja Hjaltes förehafwande. Hjalte blef wid ankomsten Konungen föreställd af Ottar och Gitsor, såsom en främmad och betydande man ifrån Island, och förwärfwade han sig snart både Konungens nåd, och allt Hoffolkets ynnest. Samma lycka hade han äfwen hos Prinsessan Ingegärd, men hans förnämsta assist war, at befästa sig alt mer och mer uti Konungens förtroende. Til at winna en sådan nåd, sammansätter han en wacker Historia, och berättar, huruledes, när han war kommen til Norrige från Island, hörde han öfwer alt talas om de stora egenskaper och Kongeliga dygder, som lyste hos Konungen i Swerige. Honom syntes då, at han intet wunnit genom sin långa och beswärliga resa, om han intet haft den nåden,

at upwakta en så stor Konung. Och som den lagen war uprät- Sigurbſſa
tad emellan Island och Norrige, at alle Isländſke män, som kom- Sidſten.
mo til det senare ſtället, ſkulle betala en wiß afgift, som kallades Olof
Landaura, hade han upburit den samma af ſit ſkepsfolk, och som Sköt-
han tillika wiſte, at Konung Olof Skötkonung war Norriges Konung.
rättmätige regent, hade han samma ſkatt med ſig. Tio marker
ſilfwer blefwo då framburne, och öfwerantwardade åt Giſſor Swar-
te. Olof Skötkonung, som war tilförne nog öfwertygad om ſina
dråpeliga egenſkaper, hade intet ſwårt för at tro et ſådant tal,
änſkönt där war intet ſant ord i hela sammanſätningen. Konun-
gen ſwarade ganſka nådigt, at de wäre på en tid nog så, som
i ſådant ärende ankommit från Norrige, hwarföre ock Konungen
tackade Hjalte mycket, som haft så ſtor möda at frambära ſkatten
til Swerige, bättre än at lämna det til Konungens owänner. Men
ſilfweret ſkänkte han åt Hjalte, til prof af ſin nåd och wänſkap.
Med detta uptåg wann Hjalte Konungens fullkomliga förtroende,
och blifwa regerande Herrar, ofta upwaktade med ſådana anrät-
ningar. Den nåd Hjalte ſåledes förwärfwat ſig hos Olof Sköt-
konung, gaf honom tilfälle, at komma något närmare ſu påtagna
ärende, när Konungen war en dag wid godt hynne och wäl be-
ſkänkt. Hjalte börjar då ſit tal med, at uphöja Konungens oge-
mena förmänur, och förſäkrar, at ingen Konung fanns i deſſa
Nordiſka länder, som med honom jämföras kunde. Han beklagar
därjämte ſina landsmän, som intet utan ſwårighet kunde nyttia
den lyckan, at ſe en så ſtor Kung, hwartil i ſynnerhet bidrog den
enlighet, som nu war emellan Swerige och Norrige. Han til-
lade widare, at han förnummit så wäl i Norrige som i Weſter-
giötland, det alle änſkade, at denna oſämja på godt ſätt kunde
blifwa bilagd, hwartil Konungen i Norrige wore ganſka bendgen.
Han sade äfwen, at han hördt ſägas, at Konungen i Norrige
wore ſinnad, at begära Konungens dotter Ingegärd til Gemål,
och ſyntes honom, at detta wore det tjänligaſte medel til fredens
återſtällande. Olof Skötkonung afhörde alt detta med swanlikt
tålamod, och mycken saktmodighet, och gaf Hjalte tilkjänna, at
det inte war lofgifwit, at nämna den tjocka mannen för Konung
i ſit Hof. Widare sade Olof Skötkonung, at Olof Haraldſon
war inte så mycket wärd, som månge inbillade ſig, och förmode-

E e 3   ligen

ligen skulle Hjalte sielf finna, at sådant swågerskap vaßatz sig in-

tet. Ty han Olof Skötkonung war den tionde Konung u-i Up-
sala uti sin slikt, och hade hans försåder warit Enwålds-Konun-
gar öfwer Swea wälde, och många flera stora länder, och där-
jämte Öfwerkonungar öfwer andra Konungar i Norrlanden. Men
Norrige däremot war intet bebygdt, och sprdt af Småkonungar,
til des Harald Harfager underkufwade dem, hwilket Swea Ko-
nungar tillåtet, efter han intet oroade Swenska länderna, och war
deßutan i skyldskap med Swenska Konunga-huset. Konungen fort-
for widare, och berättade, at Håkan, Adelstens fosterson, fick njuta
sit rike i ro, til des han härjade på Giöthaland och Dannemark,
men då blef han öfwerwunnen och slagen. Gunnilds söner blefwo
af daga tagne, så snart de blefwo olydige mot Harald Gormson,
hwarpå Norrige blef Konungen i Dannemark skattskyldigt. Men
det oaktat mente Konungen, at Harald borde mindre anses än
Upsala Konungar, emedan han blifwit kufwad af Olof Skötko-
nungs Faderbroder Styrbjörn, och wardt hans man eller Wasal.
Ständera fulfölgde Konungen widare sit tal, och omrörde, huru-
ledes Styrbjörn wardt öfwerwunnen af Erik Segersäll, och at,
när Olof Trygwason kom til Norrige, och lät kalla sig Konung,
blef han af Konung Olof och Danska Konungen slagen, och des
rike delt. Fördenskull kunde Hjalte, som en förnuftig man, nog
finna, det han, Olof Skötkonung, intet wore sinnad, at lämna
åt den-tjocka mannen et rike, som han med segrande wapen inta-
get: och förekom det Konungen underligt, at den tjocke mannen in-
tet kom ihog, då han war inslängd i Laugen eller Mälaren, och
med största nöd slapp undan. Ändteligen lyktade Konungen sit
tal därmed, at Hjalte borde intet oftare nämna den saken.

§. 51.

Alla deßa sammangyttrade ordsaker, gjorde likwäl tilbudet in-
galunda orimmeligit, änskjönt det syntes så för Olof Skötkonung.
Och Hjalte, som nog förmärkte, at hos Konungen ingen ting wo-
re at uträtta, wände sig til Prinseßan Ingegärd med begjäran,
at hon wille bjuda til, at förmå sin Herr fader til fredligare tan-
kar. Prinseßan fruktade wäl, at hennes påminnelser intet skulle

haf-

hafwå någon wårkan, dock lefwade hon, at efterkomma Hjaltes
åstundan. Hwarföre hon ock en dag, då Konungen war mycket
munter, frågade honom, huru det skulle blifwa med den twisten,
som war emellan Konungen och Olof tjocke. Hon berättade ock,
at folket beklagade sig mycket öfwer denna oenighet. Somlige ha-
de mist sin egendom, andre sina slåktingar, och kunde ingen
Swensk komma til Norrige, så långe detta warade. Hon sade
widare, at det syntes henne ordentligt, at wilja göra ända på Norri-
ge. Landet war fattigt, swårt at angripa, folket otroget, som ock
wore sinnat at emottaga hwem det än wore, heldre än Konungen
i Swerige: åndteligen yttrade. Prinsessan sig, at om hennes råd
kunde något gålla, skulle hon heldre önska, at Konungen wånde
sin magt öster ut, til de lånder, som förre Swenske Konungar
hade innehaft, och Sigurbjörn för kort sedan underkufwat, och at
Olof Digre fick i ro behålla det land, som hans slåktingar honom
låmnadt. Olof Skötkonung uptog Prinsessans tal ganska onådigt,
och swarade med wrede, det han nog mårkte, det hennes affikt
wore, at Konungen skulle låta fara all talan på Norrige, och
gifta henne med Olof den Tjocke, men förfårade tillika, det hans
tankar woro långt annorlunda, och druade han i nåsta winter på
Upsala ting låta upbjuda almån ledIng, och således innan islosnin-
gen anfalla Norrige, och med mord och brand straffa Norrmån-
nerna för sin trolöshet. Hjalte blef af Prinsessan straxt underrått-
ad, at Hennes föreställningar intet warit lyckeligare än hans, då
han råbde til fred med Olof Haraldson, hwarföre Hjalte tog sig
et annat dmne at tala om. Han berömde wid alla tilfållen Norr-
ska Konungens perfonliga egenskaper, hwilket roade Prinsessan.
Hwarpå Hjalte urbad sig en gång hennes tillstånd, at så såja rent
ut, hwad han tånkte. Når Prinsessan Ingegerd hade gifwit ho-
nom lof dårtil, allenast hon allena och ingen annan det åhörde,
frågade han, hwad Prinsessan skulle swara, så framt Konungen i
Norrige begårde henne til sin Gemål. Prinsessan rådnade dårwid,
och efter något betånkande yttrade sig, det hon war ingalunda be-
redd at swara på den frågan, så mycket mer, som hon förmodell-
gen intet behöfde swara dårpå; men likwål om Hjalte intet föragte
sin målning, kunde hon wål intet önska sig någon anståndigare
maka. Når Skalderne Ottar och Gisfor blifwit underråttade om
det

Sigurdffa
Slåtten.
Olof
Sköt-
konung.

Sigurdssa
Slägten.
Olof
Sköt=
konung.

det förslag, han gjorde för Prinsessan, afgåfvo de äfven et lika lydande witnesmål, om Olof Haraldsons besynnerliga trygder, så at Prinsessan blef alt mer stadgad i det tycke, hon redan på Hialtes beskrifning fattadt för Norrska Konungen. Och när saken war så wida bragt, affärdade de twå Giöthiska män, som Hialte sådt til wägwisare från Wester=Giöthland, med bref från Prinsessan Ingegerd och Hialte, til Ragwald Jarl, och des Gemål (*).

(*) Sturlesons, T. I. p. 467.

§. 52.

De utskickade återkomno til Wester=Giöthland, kort för Julen, öfwerlämnade brefwen til Jarlen, och berättade, det Prinsessan hade ofta talt med sin fader om fred och sämja emellan både ge riken: men at Konungen blifwit högeligen, förtörnad, hwar gång hon nämndt Konungen i Norrige, och at intet hopp war om fred i sådana omständigheter. Björn Stallare war ännu qwar hos Jarlen, men wille icke destomindre för Konungen sielf framföra det ärende honom war anförtrodt. Hwarföre ock Jarlen, som lofwade honom sit biträde, så snart Julen war börbi, gaf sig på wägen med sextio män, och war Björn i hans följe. Så snart han kom in emot Upsala, skickade han bud til Prinsessan Ingegerd, med begidran, det hon wille wara honom til mötes på Ulleråker, där hon annars hade sit Hof. Prinsessan reste därpå dit, och Hialte, som med sit storpratiga smicker, förskaffat sig et ganska nådigt afsikied af Konungen, följde henne. Jarlen blef som släkting och stor Herre wäl undfägnad, och frågade han då om det skulle wara henne emot, om Konungen i Norrige wille begidra henne til Gemål, ty i annat händelse wille han intet befatta sig därmed. Prinsessan swarade med sin wanliga eftertänksamhet, at det wore en sak, som ankom helt och hållet på hennes faders godtfinnande, men för öfrigt wore hon nog hågad at följa Jarlens råd och tycke härutinnan. Jarlen, som förmärkte, at freden emellan Swerige och Norrige, altramädst kunde befrämjas genom detta giftermål, styrkte henne fulkomligen därtil, och afmålade där jämte Konung Olof Haralsons gärningar på det härligaste. I

syn=

fynnerhet uphögde han, som et ganſka dråpeligt ſtorwärk, at Ko- Sigurdſka.
nung Olof i Norrige en morgon tagit fem Konungar til fånga, Slätten.
och underlagt ſig deras riken och länder: faſt än, at ſäga ſannin- Olof
gen, denna gärning icke war med de wackraſte. Gröt-
konung.

§. 53.

Sedan Ragwald Jarl ſålunda förſäkrat ſig, at Prinſeßan
intet wore obenägen til det föreſlagna giftermål, förfogade han ſig
witare til ſin frände och gamla foſterfader Thorgny Lagman, Thor-
gnyſon. Den årliga Riksdagen, eller Ting alla Swia, inſtun-
dade uti Göje eller Februarii månad. Där ärnade Jarlen före-
draga Olof Haraldſons tilbud om giftermålet, ſå wäl ſom om
fred och fri handels inrättande emellan riken. Dock war ſaken
ganſka wanſkelig, i anſeende til Konungens oförſonliga ſinne emot
Konungen i Norrige. Jarlen behöfde ſålunda Thorgny Lagmans
birrade, uti et ſå ſlipprigt ärende. Thorgnys anſeende war befd-
ſtadt både genom egna, och ſina förſäders förtjenſter. Hans för-
fäder hade i många leder beklädt ſamma höga ämbete, och warit
Lagmän i Tiundaland. Hans Fader war den, ſom uti ſlaget på
Fyriswall, i ſonnerhet bidragit til Erik Segerſälls förmån, emot
Styrbjörn. Sjelf war Thorgny hållen före, at wara den klokaſte
man i hela Swea wälde, och war han i en ſådan högaktning hos
almogen, at hans ord woro ſnart mera gällande än Konungens.
Oförſkräd at ſäga ſina tankar, bekymrade han ſig ganſka litet, an-
tingen hans mening wad behagelig eller ej. Hans ſtora och reſiga
kropp, föröfte des wördiga utſeende med et betydande ſkägg, ſom
öfwertäckte hela bröſtet, och räckte neder til midjan, och en talrik
Hofſtat förſkaffade honom deßutan både wänner och ſäkerhet. Til
denna betydande mannen, anlände nu Jarlen med Björn Stalla-
re, Hjalte och ſit öfriga följe. Efter några dagars förlopp up-
täcker Jarlen för ſin Foſterfader hela den påbegynta handelen, och,
ſom ärendet war farligt, utbad han ſig Thorgnys råd och biträd-
de. Thorgny tyſtnade något wid detta förtroende, men ändteligen
ſäger han, at det förekom honom underligt, at Ragwald, ſom bar
Thignar namn, intet ſkulle kunna råda ſig ſjelf, ſå ſnart han rå-
kade i någon wanſkelig omſtändighet, och förſtäller han honom,
des

F f

Sigurdsla Eldgren. Olof Stöt- konung. det han borde betänkt förut, innan han inwecklade sig i saken, det hans magt wore alt för swag, til at täfla med Konung Olof Stöt- konung. Han tillade widare, at det syntes honom wara liksä hederligt, at räknas ibland bönder, och wara därjämte i ständ, at fritt utsäga sina tankar, änskönt Konungen wore närwarande, och hörde därpä. Dock lofwade Thorgny til slut, at han fulle följa honom til Tinget, och kunde han utan fruktan förebraga, det honom syntes tjenliget wara.

§. 54.

Imedlertid inföll Upsala ting, och menigheten församlades i stor myckenhet. Konungen war äfwen närwarande, och Ragwald Jarl med Björn Stallare förfogade sig likaledes dit, i följe med Thorgny Lagman. Konungen satt pä sin Thron, och hade sit Hoffolk omkring sig. Pä en annan sida war satt en stol för Jar- len och Thorgny, och hade Jarlen sin hyrd eller hoffolk framför sig, men Thorgny sina huskarlar. Almogen stod rundt omkring, dels pä backar, och dels pä slätter, hwarifrän de kunde höra hwad som förehades. Sä snart Konungens wanliga hälsning war lyktad, stiger Björn Stallare up bredewid Ragwalds säte, och berättar med hög röst, at han wore skickad af Konung Olof i Norrige, at tilbjuda fred med den gränts, som warit hade bägge riken emellan af älder. När Olof Stötkonung hörde hans tal, springer han up frän sin Thron, och befaller honom tiga, hwar- efter Björn satte sig neder igen. Dä pä stod Ragwald Jarl up, förtäljer om Olof Digres affärdade sändningebud, och anmä- lan om förlikning, han gifwer äfwen wid handen, at Westgjö- tharne anhöllo högeligen om fred, han förklarade tillika, hwad swärighet den landsändan war underkastad, ty pä ena sidan saf- nades alt den tilförsel, som behöfdes frän Norrige, och pä andra sidan woro inwänarne utstälde för fiendtliga anfall, och för dage- ligt röfweri, ändtligen föredraget Jarlen, det Konungen i Norrige afsändt sit budskap, at begära Swenska Prinsesan Ingegerd til sin Gemäl. När Jarlen slutat sit tal, stiger Konungen up, til- talar honom ganska härdt, beskyller honom för förräderi, där- före at han gjorde fred med den tjocka mannen, och säger, det

han

han förtjent. at drifwas i landsflygtighet. Konungen glömde ej
heller Jarlens husfolk, af hwars updggande han förmente alt det-
ta hafwa fit ursprung, til slut wände han talet på Olof tjocke,
och när han länge och häftigt talat, satte åfwen Konungen sig
neder igen. Almogen hade åhördt denna ordkastning med nog käll-
sinnighet, men när Thorgny Lagman upstod til at tala, reser sig
tillika hela menigheten med sorl och wapnabrak, och alle trängde
sig fram til at höra, hwad Thorgny skulle anbraga. Lagmannen
börjar då et tal, som för sin besynnerlighet förtjenar at införas.
Annorlunda är nu, säger han, Swea Konungars sinnelag, än
det warit tilförne. Min Faderfader Thorgny kunde påminna sig,
Erik Emundson, Upsala Konung, och berättade, at då Konungen
war i sin lättaste ålder, for han til Dmtsaland, och lade under
sig Finland, Kyrialand, Eistland och Curland, samt åtskilliga an-
dra mot öster belägna länder, och synas där ännu stora jordbor-
gar, och andra storwärk, som han där anlade, men han war
dock intet så storlåtig, at han ju wille höra dem, som hade något
wigtigt at förebraga. Min fader Thorgny war i lång tid med
Konung Björn, och war hans rike befästat med mycken styrka,
och sjelf war han rådnlig mot sina män; jag har sjelf warit med
Konung Erik Segersäll i många härfärder, han förswarade man-
ligen sit rike, och war oß lätt at komma med honom til tals.
Men denne Konung tillåter ingen tala med sig, annat än det han
sjelf wil höra, och därom gör han sig mycket angelägen, men sina
skattländer låter han gå sig undan genom jdhlöshet och orådighet.
Hans förnämsta afsikt är, at bibehålla Norrige under sit wälde,
som ingen af Swea Konungar tilförne efterträktat, hwaraf mån-
ge sättas i oro. Nu är det altså wår wilja, wi Bönder nem-
ligen, at du Konung Olof gör frid, med Olof Digre i Norrige,
och gifter honom din Dotter. Och om du wil återwinna dina de
öster belägna länder, som dine fränder och förfäder hafwa ägt,
wilje wi alle följa dig. Men om du intet wil höra det, som wi
tale, wilje wi anfalla dig, och dräpa dig. Och drne wi ingalun-
da tåla ofred och olag af dig. Så hafwa wåre förfäder gjordt
för oß, som störtade sem Konungar i en brun på Mula ting,
som warit upblåste af högfärd och inbilningar, som du nu är.
Säg nu snart, hwilket dera du wil urwälja (*).

(*) Sturlesón, T. I. l. c.   § 2   § 55.

§. 55.

Siaurdsta
Slösiea.
Olof
Sköt-
konung.

Sådant war detta besynnerliga tal, som Lagman Thorgny höll på Riksdagen, och måste man medgifwa, at en så torr och ohöflad samling, intet kunde wara särdeles behagelig. Men menigheten förklarade sit bifall, genom mycket gny och wapnabrak, och det war ej rådeligt för Konungen, at blifwa wid sina förra grundsatsar. Twärt om, Konungen stiger up från sin Thron, och förklarar sig benägen, at i alt efterkomma menighetens åstundan, hwilket ock wore så mycket billigare, säger han, som alle Sweriges Konungar warit wane, at låta bönderna råda med sig. Sorlet bland menigheten stillades på detta sätt, freden blef slutad efter Norrska Konungens tilbud, och trolofningen emellan Olof Harald-son och Swenska Prinsessan stadfästades. Hwarpå Ragwald tillika med Björn Stallare, och de öfrige, efter aflagt kort besök hos Prinsessan, förfogade sig til Wester-Götland, och Normännerna skyndade sig widare til Konungen i Norrige, hwarest Björn Stallare blef för sin widt utseende förrättning ganska wäl emottagen. Olof Haraldson gör sig således redo, at nästa sommar möta sin brud wid Kongahälla; men Olof Skötkonung wäldfde i sit sinne helt andra tankar. I högsta måtto förtretad öfwer det wåld, man gjordt honom på Upsala Ting, wille han intet hålla mer af det han utlofwat, än hwad han intet kunde undgå. Han kunde således intet kränka den där faststälda freden; men om sin dotters giftermål wille han sjelf bestyra efter eget godtfinnande. Här gjordes således ingen anstalt til Prinsessans affärdande til Norrige, och ingen understod sig at fråga honom därom, så at Konungens foglighet uphörde med Riksdagen. Prinsessan fick likwäl tilfälle, at blifwa fullkomligen öfwertygad om sin Herr Faders tanka, då han en gång kom hem från jagt. Konungen hade farit en morgon helt bittida ut med sina hökar och hundar, och hade Konungens hök i största hast slagit fem orrar. Hofcavaliererne togo äfwen detta magra tilfälle i akt, at uphöja Olof Skötkonung öfwer alla andra Konungar, och Konung Olof reste helt förnögd tilbaka igen. Prinsessan tog emot honom på gården, då Konungen wiste henne med mycken fägnad sit stora byte, och frågade henne, om hon någonsin hördt talas om någon Konung, som på så kort

tid

tid gjordt så lyckeligt fogelfånge. Prinsessan swarade, at morgon-jagten war god nog, men at det syntes henne långt märkeligare, at Olof i Norrige på en morgon tagit fem Konungar, och underlagt sig deras riken. Olof Skötkonung blef häröfwer helt förskräckt, och förklarade rent ut, det hon aldrig skulle så äga den tjocka mannen, ehuru stor kjärlek hon hyste för honom, utan skulle han gifta henne med en sådan Höfdinge, som altid warit hans pån, och intet gjordt öfwerwåld på hans underfåtare. Om ej Prinsessan wann mer genom sit infall, blef hon likwäl fullkomligen underrättad om sin faders hemliga tankar; och gaf hon detta genast tilkänna åt Ragwald Jarl, med begjäran, at han wille ända Wäst-Giötharna, at wara på sin wagt, i fall något inbrott på den sidan skulle ske ifrån Norrige.

§. 56.

Imedlertid war Olof Haraldson anländ til Kongahäll, och hade med sig de förnämsta af hela Norrige, i tanka, at på det prächtigaste taga emot Konungen i Swerige, och sin tilämnade brud. Wid ankomsten til Kongahäll, hördes intet af några anstalter til Olof Skötkonungs resa, hwarföre ock Konungen i Norrige, efter något prögsmål, skickat bud til Ragwald Jarl med förfrågan, om han hade någon kundskap om Konung Olof Skötkonungs annalkande. Jarlen hade ännu intet fådt den omtalta underrättelse från Prinsessan, hwarföre han swarade, det han föreställde sig, at något oförmodeligt hinder emellan konimit. Men så snart den nämnda berättelsen inlupit, lämnar han oförtöfwat del däraf til Konungen i Norrige, med begjäran, at freden icke desto mindre måtte underhållas med Wäster-Giöthland. Olof Haraldson blef öfwer denna tidning ganska missmynde, så at han war strart färdig, at med örlig hämna den skymf, honom war tilsogad af Könungen i Swerige. Men hans folk, som war mera utrustadt til granlåt, än krigsförrättning, hade ej så särdeles lust däritil. Utom dess, som första anfallet naturligen skulle ske på de landsorter, som stodo under Ragwald Jarls befalning, och denne Herren hade många wänner uti Norrsku Konungens Hof, såsom Björn Stallare, Sigwater Skald, och flera, blef äfwen all fiendtlighet för den

Sigurdsta
Slätten.
Olof
Sköt-
konung.

ordsaken til widare upskuten. Man fann ock rådeligt wid Norr-
ska Hofwet, at genom ny beskickning til Ragwald Jarl, utfor-
ska, om intet hopp wore til beständig förlikning emellan bägge ri-
ken. Sigwater Skald, såsom en upriktig wän af Jarlen, påtog
sig resan. Sigwater skyndar därföre öfwer Eda skog til Wester-
Göthland, först til byen Hof, hwar han intet kunde få herberge,
efter det war heligt, på et annat ställe blef han utwist, efter där
frades Alfarbloth i huset (*). På andra ställen mötte honom
lika höflighet, til des han ändteligen anländer til Ragwald Jarl,
hwar han efter wanligheten blef mycket wäl undfägnad. Här fick
han ock weta efter något drögsmål, af Prinsessan Ingegerds
bref, eller utsändning til Jarlen (**), at sändebud woro ankom-
ne til Konung Olof Skötkonung, som begärde Prinsessan til Gi-
mål för Konung Jaroslau i Holmgården, och at Konungen ta-
git ganska wäl emot dem. Här af war intet srödt at sluta, det
Norrska Konungens wäntan wore aldeles fåfäng, så at Jarlen fick
anledning, at tänka på något annat sätt at blidka honom.

(*) Sturlefon, T. I. p. 509.
(**) Sturlefon, T. I. p. 510.

§. 57.

Konung Olof Skötkonung hade en annan dotter wid namn
Astrid, hwars moder war Edla, en Jarls dotter från Wenden.
Och Edla war som fånge kommen i Konungens wåld. Denna
Prinsessan Astrid upföddes hos en rik man i Wester-Göthland,
Eigil benämd, och wistades hon ymsom wid Hofwet hos sin Herr
fader, och ymsom i Wester-Göthland. Hennes behagelighet,
muntra och gifmilda sinnelag, hade förskaffadt henne allas kjärlek,
så at hennes wackra utseende kunde anses för öfwerflöd. Denna
Prinsessan gjorde besök hos Ragwald Jarl, medan Sigwater ännu
war qwar hos honom. Jarlen fattade då et nytt, men ganska
dristigt förslag, at gifta denna Prinsessan med Norrska Konungen,
hennes fader Konung Olof ådtsporde. Han öpnar därföre sina
tankar, både för Sigwater och Prinsessan. Sigwater war snart
öfwertald. Frestelsen at blifwa Drottning lät ej wara så låtit at
öf-

öfwerwinna hos et ungt Fruentimmer, i synnerhet då tillkommande Gemålen afskildras med alla de intagande fägror, som kunna up- tänkas. Astrid fann sig ock wid detta förslag, at det måtte före- tagas utan Olof Skötkonungs werkskap, som förmodeligen ej skul- le samtycka mer til detta senare, än det förra giftermålet. Med deßa tidningar hastar Sigwater tilbaka til Konung Olof Harald- son i Sarpsborg, där han berättar, så wäl den omständighet om Jaroslaus lyckeligare frieri, som Jarlens nya förslag. Det förra inlshagade ganska mycket, men när Sigwater försäkrat Konungen, at Astrid på intet sätt war mindre älskans wärd, än Prinseßan Ingegerd, gifwer han äfwen sit samtycke til det senare, och det med så mycket mera nöje, som han på det sätt kunde någorlunda hämnas på Olof Skötkonung. Bud affärdades genast til Rag- wald Jarl, så snart Julen war förbi, och Ragwald med et följe af et hundrade wälbewäpnade män, ledsagar Prinseßan Astrid til Sarpsborg, då Prinseßan blef på samma wilkor gift med Olof Haraldson, hwilka tilförne warit betingade wid Prinseßan Inge- gerds trolofning; och Jarlen, sedan gjästebuds-dagarne woro för- bi, reser hem til Wester-Göthland, begåfwad med stora Skän- ker af Konungen i Norrige.

§ 58.

Detta war wäl et af de dristigaste uptåg, som en underfåte någonsin kunde företaga emot sin Öfwerhet. Hwarföre ock Olof Skötkonung satte sig före, at beifra det på det högsta, och drena- de Konungen en galga åt Jarlen til belöning för sit beswär. Dock war det intet så lätt at sätta i wärket, som at besluta. Konungen war mindre älskad i sit rike, än Jarlen uti sit Jarladöme, och Jarlen kunde deßutan wara säker om bistånd från Konungen i Norrige. Så at et inbördes krig syntes oundwikeligt. Dock Prinseßan Ingegerd förekom alt detta på et ganska behändigt sätt. Om wåren anlände sändningebud från Holmgården, til at afhämta Prinseßan Ingegerd til Konung Jaroslau. Konung Olof förestäl- de då sin dotter, at detta giftermål war af honom beslutadt, och Prinseßan förbehöll sig allenast twå wilkor, innan hon lämnade sit fulkomliga samtycke. Det ena war, at hennes skulle lämnas i

Holm-

Holmgården Aldejuborg och des län, såsom tilgiäfning och morgon-
gåfwa, och det andra, at henne måtte tillåtas taga en Herre med
sig från Swerige, hwilken skulle uti Ryßland njuta samma heder
och anseende, som han haft i Swerige. Bägge deßa förbehåll
blefwo utan swårighet ingångne, så wäl af Konungen, som Ryska
sändebuden, hwarpå Prinseßan begiärde Ragwald Jarl til sin led-
sagare åt Holmgården. Ehuru litet detta paßade sig med Konun-
gens hämndsulla afsikt mot Jarlen, blef han likwäl nödsakad för
sit gifna löfte, at lämna sit samtycke där til, dock likwäl med den
tilökning, at Ragwald ingalunda måtte komma i Konungens åsyn,
utan fara oförtöfwadt med fred utur riket, och aldrig komma til-
bakars medan Konungen lefde. Prinseßan affärdade genast bud
til Ragwald Jarl, med underrättelse, om alt som förelupit war,
hwarföre han ock giorde sig oförtöfwadt resefärdig, och begaf sig
genom Öster-Giöthland til Flottan, som skulle öfwerföra Swen-
ska Prinseßan til Holmgården, och förordnades han där til Jarl
öfwer Aldejuborg, sedan Prinseßan blifwit förmäld med Konung
Jaroslau.

§. 59.

Konung Olof Skötkonung war således blifwen qwitt, en
mägtig och tiltagsen undersåtare uti Ragwald Jarl. Men hans
högdragna och hämndgiruga sinne, skaffade honom snart långt far-
ligare bekymmer. Han började strax at wälfwa i sit hufwud,
huru han skulle fördrifwa Olof Haraldson från Norrige; och ut-
lät han sig tillika, at han ärnade straffa West-Giötharna för
den wänskap och fred de hade hållit med Konungen i Norrige,
och uti detta straff skulle de i synnerhet få sin goda del, som hade
följt Prinseßan Astrid til Norrige. Således talade altid Olof
Skötkonung långt förut om hwad han ärnade göra, och blef me-
rendels genom sin öppenhjertighet försatt i stånd, at uträtta ingen
ting. Hans motståndare däremot talte sällan om hwad de ärna-
de göra, förr än de hade giordt det. Så snart Ragwald Jarl
war bortrest, samlade sig West-Giötharne, och öfwerlade sig
emellan, hwad steg borde tagas til gemensamt förswar, emedan
de woro underrättade om Konungens ondo. Somlige rådde, at
de

de ſtulle undergifwa ſig Konungen i Norrige, och ſåledes förſåkra ſig om hans biſtånd. De förſiktigare trodde det wara ſåkraſt, at man förſt bjud:r til at blidka Konungen: kunde det intet låta ſig göra, wore det intet annat råd, än at taga ſin tilflykt til Konungen i Norrige. Detta blef almänneligen ſamtykt, och anmodade almogen Emund från Skara, Lagmannen i Wäſter-Gjötland, at åtaga ſig detta ärende. Sedan Jarlen war bortfaren, hölls Emund för den rikaſte i hela Weſter-Gjöthland. Han hade ſtor och widlyftig ſlägt, hade godt wett och lätt för at tala; men därjämte war han ſlug och hal, ſå at han ej ſärdeles war at bygga på. Ragwald Jarl, ehuru tiltagſen han war, hade altid wiſat tilgifwenhet för Konungahuſet: men Emund Lagman hade widlyftigare anſlag, ſom intet hade mindre föremål, än at ſtöra Olof Skötkonung från Thronen, och utſtänga hela gamla Konungaſlägten i ewärdeliga tider från regeringen, ſå at denne war långt farligare än den förre. Han påtog ſig ſåledes helt gjerna den updragna reſan, och gifwer ſig med trettio man til wägs. Förſt anlände Emund Lagman til Oſter-Gjöthland, där han hade mycken ſläkt och många wänner, och förde han ſit tal med det eftertryck, at alla tyktes, det Weſt-Gjötharna ſkjedde uppenbar olag, mot all gammal ſedwänja. Här efter gifwer han ſig längre up i landet, och talade äfwen där på ſamma ſätt, ändteligen ſtäller han ſin reſa, at han om en afton kommer til Upſala. Dagen därpå gör han ſin upwaktning hos Konungen, ſom war omringad med en mykenhet af folk, hwilka inſunnit ſig, at afhöra utſlag uti ſådana ärender, ſom åſkade högſta Ofwerhetens afgörande. Så ſnart Emund inkom, neg han för Konungen, hwarefter Konungen hälſade honom, och frågade efter nytt från Weſter-Gjötland. Emund ſwarade, at märkeliga tidningar ej wore at wänta från Gjötherna, men berättade likwäl, huru en namnkunnig Jägare från Wärmeland, Atte den Dolſke warit på jagt, och ſatt ſin ſlida full af Gråwärk, men förlorat altſammans, under det han jagat för ifrigt efter en Ekorre. Olof Skötkonung yttrade ſig, at detta war af föga wigt, om han ej hade något märkwärdigare at berätta. Emund uprepar då, huruledes Gaute Tofaſon farit ut med fem hjelkepp från Gjötadſf, och träffat under Ekerbarna fem Danſka kjöpmanſkepp, af hwilka han genaſt bemäſtrade ſig

de

Sigurdsta
Slächten.
Olof
Stöt=
konung.

de freta: han for icke destomindre efter det femte, som kom ut i
fria sidan: men då upwäxte en stark storm, hwarigenom han stran=
dade på Läsö, och imedlertid anlände femton Danska köpmans=
skepp til Ekerdarna, som togo bort alt det eröfrade bytet, och ne=
dergjorde Gautes folk. Konungen sade härwid, detta är en märk=
wärdig händelse; men hwad är dit ärende hit. Emund swarar,
jag är hitkommen för at hämta utslag i et wandamål, om hwilket
wår lag och Upsala lag äro skiljaktiga. Hos oß woro twänne O=
dalboerne män, like uti alt, men olike i förmögenhet. De råkade
i ågotwist med hwarandra, och gjorde ymsom skada, men mäst
den som war rikare. Saken blef ändteligen afgjord på Allherjar
ting, at den rikare skulle ersätta den fattigare sit kadeständ. Men
när betalningen skjedde, gaf han gåsunge för gås, gris för gam=
malt swin, och för en mark rent gull, en half mark gull, och en
half mark lera, och utöste därjämte stora hotelser. Emund frågar
då, hwad Konungen dömde i denna sak. Konungen swarade ge=
nast, at den brottslige skulle betala fullt ut, hwad han war skyldig,
och därjämte tredubbelt til Konungen; och om han intet, innan
året gick til ända, fullgjorde sin skyldighet, skulle han förklaras för=
lustig af all sin egendom, hwilken skulle delas til hälften emellan
Konungen och målsäganden. Härefter gjorde Emund afträde,
med begäran, at de närwarande Herrar wille draga sig til min=
nes Konungens utslag, och frågade intet widare efter at ställa Ko=
nungen til frids med Wäst=Giötharna.. Twärt om, han for ut
på landet, och gjorde sig all möda, at uprefa almögen emot Ko=
nung Olof. Efter alt utseende, hade Emund Lagman sjelf diktadt
de sager, han berättade, fast än man ock kan tro, at någon san=
ning warit däruti, som Emund upstädadt efter sina affikter.

§. 60.

Sedan Emund war bortgången, afhörde Konungen andra
klagomål til långt öfwer middagstiden: men så snart han steg up
från rådsbordet, och skulle äta, frågade han straxt efter Wäst=
Giötha Lagmannen, och befalte, at han skulle tilsägas at äta mid=
dag med Konungen. Imedlertid bars maten in, och Musikanterne
med sina harpor, gigor och andra instrumenter, togo sina ställen,
och

och Konungen gick med de andra förnäma Herrar, som woro til
stort antal närwarande til bords, och glömde bort Lagmannen och
alla hans kagor för den dagen. Men följande dagen började han
at grunda öfwer, hwad de historier, som Emund berättadt, skulle
hafwa at innebära. Konungen låter därföre sammankalla sit råd,
och efterskicka Emund Lagman; men han war redan borta, som
förr är nämnde. Någre af Konungens Rådsherrar inställde sig,
och ibland dem åfwen trenne bröder Arnwid blinde, Thorwid
stamme, och Freywid döfwe. Den ene hade swårt för at se,
den andre för at tala, och den tredje för at höra. Men deßa
naturliga lyten, öfwerwägdes af en mycken insigt och förfarenhet,
så at de stodo uti stor nåd hos sin Öfwerhet. Utom des woro
de ganska rike och beswågrade med de förnämsta slägter i landet.
När Rådsherrarne woro församlade, frågade Konungen hwad
Emund ment, med den twist, han hade berättadt. De swarade,
Herre, du lär sielf finna, om han ment annat än det han sade.
Konungen swarade, med de twå Odalborna män, som råkat i
trätig, af hwilka den ene war fattigare, och den andre rikare, syf-
tade han på mig och Olof tjocke. Detta bejakades, men som
Konungen intet kunde finna, med hwad skäl man kunde säga, at
något swek war begånget i betalningen, sade Arnwid blinde, rent
gull och ler dro ganska olika, men det är dunu större skilnad på
Kung och trål. Du lofwade Olof tjocke din dotter Ingegerd,
som är af Kongeligit blod i alla leder, af Upsala Ätt, som den
förnämste i alla Nordiska länder, ty denna slägt är kommen från
sielfwa Gudarna; men nu hafwer Olof fåt Astrid, och fast hon
är Konungsdotter, war dock hennes moder trälinna och Wendisk.
Där är ock stor skilnad på Konungarna, när den ene tager emot
med tacksäjelse, då skjönt något brister i omständigheterna. Och kan
wäl intet någon Norrman jämföras med Upsala Konung. Wi äre
ock mycket tack skyldige åt Gudarna, om detta måtte blifwa fast
och ståndande, ty Gudarne hafwa altid haft wård om sina Ätt-
män, änskjönt denna gamla tro af många förkastas. Sedan Arn-
wid lyktadt sit tal, frågar Konungen witare, hwad Atte den
Dolfke skulle betyda. Här til swarade ingen; utan den ene såg
på den andra. När Konungen befaller dem öpna sina tankar
hårdröfwer, stamrar ändteligen Thorwid fram deßa ord: Arte,

Att-

Sigurdska
Slägten.
Olof
Sköt
Konung.

Attesamur, Aglarn, Jngar Dölsker, Sölskur. Orden betyda,
bedragare, ärwärkare, förbehållen och falsk. Men som intet sam-
manhang war i orden, frågar Konungen, hwad detta alt wille sä-
ga. Freiwid tog då til at tala, och sade: Dine män skola tala
tydeligare, om det må ske med dit tilstånd. När Konungen därtil
gifwit bifall, fullfölgde Freiwid sit tal på detta sätt: min Broder
Thorwid, som är den förståndigaste af os alla, tager Atta, Attsa-
ren, Dölskur och Sölskur för alt et, och betecknar han därmed en
sådan, som intet kan lefwa i fred, men dspar om småsaker, och
går miste om de större. Jag är nog tunghörd, förtsor han,
men det har jag begripet, at alle både förnämare och ringare
äro mycket missbynte däröfwer, at du Herre intet håller dit löfte,
som du gifwit Konungen i Norrige, och det som wärre är, at
du kränkt Allherjar dom, som blef affagd på Upsala ting. Du
behöfwer intet frukta hwarken för Norriges, Dannemarks, eller
någon annan Konung, så länge Swea folket wil följa dig,
men om alt folket res sig up enhålleligen, wete wi, som äro di-
ne wänner, intet råd. Konungen wille då blifwa underrättad,
hwem som wore anförare för dem, som wille gå riket undan
honom. Men Freiwid swarar: alle Swear wilja njuta sina
forna lagar, och sina rättigheter okränkta, och betänk Herre, sä-
ger han, widare, huru månge af dina Höfdingar pläga wara
närwarande wid rådslagen, men nu äre wi allenast sex, alle de
andre äro bortfarne och hålla ting med almogen. Redan är bud-
kaflan eller Heraur affärdad kring hela riket, til at samman-
kalla menigheten til Rästte Ting, och äre äswen wi bröder an-
modade, at wara deltagande uti denna öfwerläggning, men. ingen
af os wil blifwa hållen för bedragare eller Drottswikare, ty
sader för os war det intet. Konungen hpnade öfwer denna
upspnning, och förklarade, det han ingalunda wille wåga sig i
strid med hela riket, utan bad sina höfdingar gifwa sig de bästa
råd, til undwikande af den förestående faran. Arnwid blinde
gaf därpå sit betänkande, at Konungen skulle rycka up med så
mycket folk, som wille följa honom, och stiga om bord wid å-
mynningen, eller Aros, lägga ut i Mälaren, och återkalla bud-
kaflorna, som förmodeligen ännu intet woro komna rätt långt.
Sedan kunde Konungen stämma folket till sig, och framför alt
afödg-

afſägga alt puſtande och i höga oro) Men därjdrnte ſyntes det tjenligit, at Konungen afſände några trofaſta män til den, ſom woro förſamlade, hwilka ſkulle förſöka at ſtilla oroen. Konungen biföll ſtrax det gifna förſlag, och anmodade alla tre bröderna, at ſkynda til de uprorſka. Men Thorwid ſtamme förklarade, det han ingalunda wille ſkiljas från Konungen, utan föreſlog, at des bröder kunde fara åſtad, och taga Konungens ſon Jacob med ſig, hwarwid det ock förblef.

§. 61.

Under alt detta war en ſtor menighet förſamlad på Ulleråker, ſom höllo Ting och rådplägningar, både natt och dag. Konung Olof for imedlertid ut med ſina faringa på Mälaren, och en ſtor myckenhet af folk förſamlades dfwen til honom. Men Freywid och Arnwid förfogade ſig til Ulleråker, och hade Prins Jacob med ſig, dock hemliga. De träffade här ganſka många af ſina fränder och bekanta, blefwo ock mycket wäl emottagne, efter de ſtälde ſig deltagande uti allmänna misnöjen. Öfwer alt ropades, at man ej wille längre tåla Konung Olofs öfwerwåld, efter han intet wille lyda någon. människa, icke en gång de förnämſta i landet, när de rådde det ſom kunde wara tjenligit. Wid ſå förwirrade omſtändigheter upwäckte Freywid med ſlit den frågan, hwilka ſom egenteligen borde hafwa högſta ordet, i fall man funne tjenligit, at utſluta Olof Erikſon från regeringen, och bewiſte, at det tilkom Upſwearna, at utnämna hwem ſom ſkulle blifwa Konung; emedan det altid ſå warit, at den ſom Upſwea Höfdingar utnämnde, den borde de andra landſkaper altid erkänna, och efter deras förfäder intet behöft at tigga råd af Weſt-Gjötharna, wore det ock nu aldeles onödigt, at låta ſtyra ſig af Emund Lagmans nycker. Detta blef almänt bifallit, och faſtſtäldt, at man ſkulle obrottsligen hålla ſig wid det, ſom Upſwearnas Höfdingar ſkulle beſluta, och Freywid och Arnwid blefwo förklarade för hufwudmän för hela menigheten. Således hade deſſe bröder redan wunnit ſit förnämſta ſyftemål, och Emund Lagmans ſtämplingar blefwo med det ſamma mindre farliga. Så ſnart Emund Lagman fik kundſkap om denna mändning: ſkyndade han ſig til deſſa bröder, då Frey-

wid

Sigurdssa
Slächta.
Olof
Stöt‑
konung.

wid frågar honom, hwad hans tanka war om Konunga‑walet, i fall man skulle blifwa sinnad, at skilja sig wid Olof Skötkonung. Emund Lagman swarat, at han för sin del wille, det den skulle wäljas til Konung, som wore skickeligast, och måst fasten därtil, antingen han wore af förnäm härkomst eller ej. Swaret lider mycket wäl, men de icke bestomindre det begwädmeligaste medel, at upwäcka upror och inbördes oenighet, ty det händer merendels, at mänge hafwa sådana inbilningar, och de i synnerhet, som dro minst skickelige. Därföre ock Freywid, til at afskiära alla öfwen‑ ferliga öfwerlägningar, yttrade sig i ganska myndig ton, wi Up‑ swear tillåta intet, at riket skal gå från forna Konunga Ätten, så länge tilgång finnes på Prinsar af den samma. Han fullsölgde widare sit tal och sade. Konung Olof hafwer twå söner, och en af dem wilja wi hafwa til Konung. Där är wäl stor åtskilnad på dem, ty den ene är Odalboren och Swensk til all sin Ätt. Den andre däremot är Ambattar‑eller trälinne‑son, och Wen‑ disk eller Winnersk til moderne. Den församlade menigheten gior‑ de härwid et almänt gny, och ropade med en mun, at de wille hafwa Konung Olofs yngre son til sin Öfwerherre och Konung, ty han war Swensk både til fäderne och moderne, så at West‑ Göthä Lagmannens widlyftiga uträkningar, blefwo på en gång aldeles hämmade. Han wägade sig likwäl at yttra sit misnöje däröswer, och sade ytterligare, at ehuruwäl Upswearne för den‑ na gången fingo råda; förmodade han likwäl, at äfwen distillige af dem, som nu woro emot hans förslag, skulle likwäl en an‑ nan gång wara nögde, at högsta myndigheten gick utur gamla Konunga Ätten.

§. 62.

Konung Olofs Rådsherrar, Freywid och Arnwid, som nu hade wunnit sit åndamål, läto Emund Lagman prata, hwad ho‑ nom behagade. De skickade imedlertid efter Konung Olofs yngre son Prins Jacob, och läto honom genast hyllas af menigheten, men nämner anstod dem intet, hwarföre han ock blef kallad Au‑ nund, och under det namnet af alla enhälleligen erkiänd. En an‑ ständig Hofstat blef honom då tillagd, och Rådsherrar utnämnde,
                                                                    hwar‑

hwarefter almogen hemförlofwades. Olof Skötkonung höll sig
imedlertid på sina skepp i Mälaren, under wäntan och bekommer. **Sigurdska**
Onsider kom bud och berättelse, huru alt war förelupet, och båg= **Olof**
ge Konungarne sammanträdde, at göra författning om Riksstyrel= **Skör=**
sen. Konung Olof hade ordsak, at wara fulkomligen nögd med **konung.**
denna förrdtning. Anund Jacob, Konungens son, war ej mera
än tio, högst tolf år gammal. Det war då nog begripeligt, at
Konung Olof blef Konung nu som förr. Föreningen om Riks=
storelsen träffades på det sätt, at Olof Skötkonung skulle blifwa
och wara Konung, så länge han lefde. Anund skulle ock wara
Konung, och undfå af riket, så mycket fader och son sig emellan
faststälde. Men freden med Norrige skulle hållas obrotsligen, och
all owänskap aldeles undanrödjas, under hwilken försoning äfwen
de skulle inbegripas, som på något sätt uti denna upresning warit
deltagande. Til så mycket mera säkerhet, blef ock förbehållet, at
Konung Anund skulle wara bönderna följaktig, äfwen emot sin e=
gen fader, så framt Konung Olof förtog sig något emot deras
fri= och rättigheter.

§. 63.

På detta sätt blef förnämsta Riksstyrelsen uti Konung Olofs
händer, och Anunds wälde bestod förmodeligen i blotta namnet,
så länge fadren lefde. Och lände denna wälsning til stor förmån,
både för riket och Konungen sjelf. Olof Skötkonung hade lärdt
af sjelfwa förfarenheten, at det går intet altid an, äfwen för en
regerande Herre, at göra alt hwad honom lyster, och at et stort
mod och pockande upförande, intet wärkår hos underhafwande,
hwarken kjärlek eller wördnad, i hwilka omständigheter sjelfwa
Thronen kan stå på en waklande och swag grund. Konung Olof
ombytte också helt och hållet både lefnad och tankesätt, hwilket län=
der honom wärkeligen til en utmärkt heder, ty det är altid beröm=
meligt, at blifwa bätre och förståndigare. Och ju mera owändad
en förändring är hos gammalt folk, ju mera högaktad är den.
Och om alla Konungar ägt denna magten öfwer sina begjärelser,
hade intet Historien warit så full af olyckeliga regenter. I syn=
nerhet wiste Konung Olof et stort prof af sin hedrande förändring
emot

Egenbsta
Slåtten.
Olof
Sköt-
konung.

emot Konungen i Norrige. J föreningen emellan fader och son war i synnerhet förbehållet, at freden med Norrige på intet sätt skulle kränkas, hwarföre ock Olof Skötkonung genast affärdade botskap til sin måg, Konungen i Norrige, med begäran, at han wille wara Konungen i Swerige til mötes wid gränsen i Kongahäll, at stadfästa freden. Bägge Konungarne möttes ock på det nämda stället, och i all wänlighet och förtrolighet bekräftade den beslutna föreningen. Wid detta tilfälle inför Sturleson en besynnerlig händelse, efter Torsten Frodes berättelse, nemligen: at på Hisingen låg en mark eller bygd, som ymsom legat til Giöthaland, och ymsom til Norrige. Konungarne kommo öfwerens, at de skulle kasta tärning, hwilketdera riket denna marken skulle tilhöra. Konung Olof i Swerige kastar tolf, och Konung Olof i Norrige äfwen så mycket, andra gången får Konungen i Swerige åter tolf, men när Konungen i Norrige kastar, får han icke allenast tolf, utan den ena tärningen gick sönder, och wisade tilika et, så at han fick tretton. Och på detta sätt blef den omtwistade marken tillägnad Norrige. Den som behagar, kan anse denna berättelse som fabelaktig. Sturleson hafwer gifwit den sådan, som han den bekommit, och man följer hans efterdöme. Åtminstone är härutinnan ingen omöjlighet. Efter denna förrättning, åtskildes Konungarne uti fullkomlig wänskap, och blef freden stadfästad i Kongahäll, då Olof Haraldson warit fem år Konung i Norrige, eller år 1023 (*). Af det föregående kan annars slutas, at de Swenske warit mycket måne om de östra Skatländernas återskaffande, och är troligt, at någon härfärd blef företagen emot Curland i de sista åren af Konung Olofs regering, men omständigheterne härutaf, sparas til Ingwar Widförlas Historia. Twå år efter Konunga-mötet i Kongahäll, eller 1024, affomnade Konung Olof Skötkonung, sedan han regerat något när trettio år efter sin faders, Konung Erik Segersälls död (**).

(*) Denna tideräkning inhämtas af följande. Konung Emund t Engeland dödde år 1016, ärte därpå anländer Konung Olof Haraldson til Norrige. Emunds död är af Engelska Historien bekant. Tiden, när Olof kom til Norrige, wisar Sturleson, när man jämför 397 sidan i första Tomen med 398 sidan. På 551 sidan säger Sturleson uttryckeligen, at freden i Kongahäll slöts, då Konung Olof warit Konung i
                                                                    sex

fem år i Norrige. Denna tideräkning kommer aldeles öfwerens med Stats Rådet Suhms anmärkningar, uti Forbedringer i den gamle Danske och Norrske Historie.

(**) At Konung Olof i Swerige intet lefwat mer än fmå år efter freden i Kongahäll, slutas på detta sätt. Sedan Olof Haraldson hade regernt siu år i Norrige, börjar Sturleson at berätta, hwad som tilbragit sig i des ottonde regerings år, se 561 sidan, och då anförer han på 571 sidan, at Olof Stökkonung war drei förut död i Swerige.

§. 64.

Af hwad, som tilförne är andraget, finner man, at Konung Olof Stökkonung haft åtskilliga barn. Och hade han först gift sig med et til fånga taget Fruentimmer, wid namn Edla. Med henne hade han tre barn: Emund, Astrid och Holmfrid. Holmfrid blef gift med Swen Jarl ifrån Norrige, hwilket tydeligen bewises af Sturleson (*), fast Torfäus och andre fallit på den tankan, at hon warit Konung Olofs syster. Man har föreställdt sig, at Konung Olof warit för ung, för at hafwa så stor dotter. Men som man intet wet, huru gammal han war, wid sin Faders, Erik Segersälls död, så följer man helre en gammal och trowärdig Historieskrifware, än nyare gisningar. Astrid blef gift med Olof Haraldson i Norrige, hwarom är talt tilförne. Emund blef Konung i Swerige efter Anund Jacob. Deras moder war ifrån Wenden, Meklenburg til äfwentyrs (**), af förnäm härkomst förmodeligen, efter hennes fader hos Sturleson och andra kallas Jarl. Konung Olofs andra Gemål war Swensk utan twifwel, af Kongeligt blod, efter de gamle Swear gjorde så stor skilnad på hennes och Edlas barn. Hennes namn wet man intet, men barnen äro bekante, af hwad förr är påmint, Anund Jacob nemligen och Ingegerd. Denne Prinsessans giftermål med Jaroslau af Ryssland, är likaledes tilförne omtalt. Af Ryska Handlingar wet man, at denne Ryska Förste haft en Waregisk Prinsessa, och at hennes giftermål blifwit slutadt för 1019, ty då föddes Jaroslaus äldste son Wladimir, eller Waldemar, som Ryske Abboten Nestor wid handen gifwit (***). Och kommer denna tideräkning nog öfwerens med hwad, som i anledning af Isländska Handlingar är berättade. Efter Rimkrönikan skal Olof

Sigurdska
Sldtten.
Olof
Stök-
Konung.

H h Stök

Sigurdska
Slägten.
Olof
Sköt-
konung.

Skötkonung haft en äldre broder wid namn Stenkil, men om honom wet man intet mer, än at han warit Christen. Och kan det wäl wara sant, fast man finner honom aldrig nämnd på andra ställen. Til äfwentyrs är denne den Swea Konung, som blifwit döpt i Dannemark, som Adamus Bremensis förgifwer wara Erik Segersäll (****). Konung Knut i Dannemark och Engeland, war antingen Konung Olofs halfbroder, eller styfbroder. Man har nämndt tilförne, at Olof Skötkonungs moder Siarid Storråda, warit gift med Swen Otto i Dannemark. Efter Adamus, Bremiska munken, war Konung Olof och Knut den store halfsyskon på möderne (*****). Men Ditbmarus Biskoppen i Merleburg inlägger däremot, at Knut war son af Wendiska Prinsessan Misecos dotter (*). Så framt denne Biskop warit underrättad, at Konung Swen Otto haft twå Gemåler, de hans witnesbörd oemotsäg:ligt. Man annars har det kunnat händt med honom, som med Aram Kanniken i Bremen, hwilken gör Konung Olof Skötkonungs söner, Anund och Emund til samsyskon. Är den räkning riktig, som finnes i Knytlinga Sagan, at Konung Knut, som dödde 1036 war 37 år gammal, måste han förmodeligen wara Sigrid Storrådas son (**). Och torde en Historieskrifware, som med flit försatt sig, at uptekna en Konungs bedrifter, til äfwentyrs äga större witsord, än den som blott tilfälles wis nämner honom. Men det gör nu mera intet stort til saken, antingen Olof Skötkonung, eller Knut warit styfsyskon eller halfsyskon. Det synes oemotsägeligt, at Konung Knuts syster Astrid, som war gift med Ulf Jarl, och de stammoder för de senare Danska Konungar, warit Konung Olofs wirkeliga halfsyster, ty hon nämnes hos Snurlesson uttrykeligen Svenska Konungens syster (***). Af Engelska Skribenter wet man eljest, at Konung Knut skickat til Konungen i Swerige (****) sista Engelska Konungen Emunds söner, Emund och Eduard. Det är möjligt, at Konung Knut haft i sinnet, at de där skulle på något sätt tagas af daga: men Olof Skötkonung war mera hastig, än grym och blodgirig; därföre de icke allenast wistades utan all fara i Swerige, utan ock affärdades til så mycket större trygghet til Konung Salomon i Ungern, hwar de blefwo mycket wäl emottagne.

(*)

(*) Sturlefon, T. I. p. 372, 502.

(**) Hos Adamus Brem. Hist. Eccl. L. 2. C. 28. p. 23. kallas hon Estred, och säges wara från Obotriterna, som bodde i Mecklenburg.

(***) Müllers Samling Ruff. Geschichten. T. I. 119, 185.

(****) Adamus Brem. H. E. L. 2. C. 27. p. 23.

(*****) Adamus Brem. H. E. L. 2. C. 28. p. 23. C. 54. p. 31.

(*) Dithmarus Merstburgensis, L. 7. p. 95. af Reineccii Uplaga 1580.

(**) Knytlinga Sag. C. 18. p. 32.

(***) Sturlefon, T. II. p. 75.

(****) Simeon Dunelmensis wid år 1017. p. 176. Ethelred. p. 366. af Twysdens Uplaga.

Sigurdska Slägten.
Olof
Sköt-
konung.

§. 65.

Man har nämndt tilförne, at Konung Olofs omwändelse til Christna läran, förordsakade ändring, så wäl i Konunga-Titelen, som i Konungens wanliga hufwudsäte eller Residence. Men detta senare bör ej bragas längre, än til Konungens egen person; ty hwad hufwud-regeringen beträffar, förblef den i Upsala nu som förr. Här församlades menigheten til sina almänna sammankomster, eller Riksdagar, och här afgjorde Konungen äfwen de mål, som fordrade högsta öfwerhetens åtgärd och utslag. Man gör med skäl denna påminnelse, så i anledning af den förr omtalta Riksdagen, som af de utslag, som Konungen warit syslesatt med wid Edmund Lagmans ankomst, kort för sista uproret. Ty at detta skedde i Upsala, är ingen twifwel. Annars lär Konungen haft sit mästa wistande i Sigtuna, och lär det gamla Sigtuna, antingen af Konung Olof Haraldson från Norrige wid sit infall i Mälaren, blifwit förstördt, eller wid något annat tilfälle blifwit öde. Uti nya Sigtuna blef nu af Olof Skötkonung anlagt et Mynthus, hwar åtskilliga penningar blifwit slagna, hwilka man så wäl hos Keder som hos Brenner finner afritade (*). På ena sidan föreställes Konungens bröstbild med en slags hufwudbonad, som liknar en strålande Krona (corona radiata), och spira i handen. Omskriften är på somliga med Runor, på andra åter med Anglo-Saxonska bokstäfwer.

H h 2   På

Sianrösta
Slädten.
Olof
Skot
Konung.

På några af deßa står Oluf Rex Spevorum, på andra kallas
han Rex Zvenonum, och på några nämnes Konungen Olafer
on Zirun. På frånsidan ser man et kors med deßa bokstäf-
wer, C. R. V. X. I konterna af korset, omskriften wisar Mynt-
mästarens namn, såsom Snelling, Threger, Godwine, hwar-
jämte står antingen moneta zit, eller moneta on zit, hwilket nog-
samt utmärker, at de äro slagne i Sigruna. Man wet annars,
at de Svenske nämnas på olika sätt af denna tidens Engelska Hi-
storieskrifware, stundom kallas de Svani, stundom Svevi och
Sveni. Åter igen Sveones eller Speones. Detta sista är med
det förra et och det samma, ty Anglo Saxonernas v, skrifs som
et p. Man behöfwer intet länge söka, hwarifrån Konung Olof
Skötkonung fått sina myntmästare, ty af sielfwa prägelen ser man,
at de äro ifrån Engeland. Deßa Mynten äro slagne af Silfwer,
men jag har äfwen sedt et Gullmynt af Olof i Sturiska Mynt-
cabinettet. De bildmynt, nummi bracteati, som omföras antin-
gen med runan Ur, eller några andra streckar på, så framt de
äro upriktiga, torde ock böra föras til Olof Skötkonung, ty det
är ej särdeles troligt, at Olof Trätelja låtit slå några penningar.
Dock kunna de äfwen föras til Olof Björnson, eller någon annan
Olof, som i deßa tider warit Fylkis Konung på något ställe i
landet. Man kan här annars jämföra Peringskiölds Attartal
s. 36, hwar han anmärker, at mynten med Runor äro slagne i
Upsala, hwilket dock är en blott gisning.

(*) Man kan jämföra Acbers tractat: Nummi aliquot diuersi, ex ar-
gento præstantissimi - - tellure Suecica olim abscondjti, Leipsig 1706.
Brenners Thesaurus p. 5.

§. 66.

Anund
Jacob.

Riket war i fullkomlig blomma, när Konung Olof Skötko-
nung war död, och Anund Jacob anträdde hela regering-n efter
sin fader. På östra sidan regerade Konung Jarosla i Gardarik-
e, som hade til Gemål Konung Anunds samsyster, och på wästra
sidan war hans andra swåger Olof Haraldson regerande Med
Konung Knut i Dannemark och Engeland, som war Konung A-
munds faderbroder, war ock all god wänskap och förtrolighet, så
at

at man kunde hoppas en långwarig och trygg frid. Riket war ock Sigurdsta inwärtes uti et godt stånd. . Christna och Hedniska läran woro båg- Slätten. ge skyddade af regeringen, och deßa stridande. Religionen gjorde Anund hwarken split eller oreda i riket. Den mißsämja, som warit i Olof Jacob. Skötkonungs tid, war nu aldeles förqwafd. Under så gynnande utseende, tog Anund Jacob emot Swenska Spiran; men det lugn man kunde förmoda, blef snart förstördt. Norrska Konungens o- roliga sinnelag, hade snart kunnat gifwa tilfälle til uppenbar krigs- låga. Så öm och nitisk Olof Haraldson war om Christna lärans fortplantande, så angelägen war han ock om sit rikes utwidgande, en nog wanlig, fast lagom hedrande omständighet hos regerande. Norrske Konungen började fördenskull at upwärma gamla fordrin- gar på Jämtland och Helsingeland. Grunden til deßa rättigheter är sådan. Deßa landskaper dro i wår tid upsplita med ödemar- ker, hwarföre man ock utan fruktan af felsteg kan hålla före, at de i äldre tider warit utan inwånare, då det är swårt at säga, hwem de tilhörde. Sådant begrep gifwer äfwen Sturleson om deßa orter, och efter hans berättelse, har Jämteland då först blif- wit bebodt, när Eisten Iräda regerade i Norrige (*). Eisten Iräda leder sin härkomst från More i rätt nedstigande linia på detta sätt: Mores son Raumr, hade en son Gudrauber, och den- ne war fader til Eisten Iräda (**). Om denna slägtlinia wore aldeles tilförlåtelig, hade Eisten lefwat något när wid Odens tid. Men det är troligt, at några leder dro utlämnade, då man intet kan utmärka tiden när han lefwat, och således kan man ej heller säga, när Jämteland fådt sina första inbyggare. Berättelsen här om är sådan. Eisten Iräda war efter sina omständigheter en måktig Herre, så at han ock af somliga blifwit kallad Eisten den rike. Han underlade sig Eina Fylke och Sporbyggia Fylke i Tronhem, och satte sin son Anund til Konung däröfwer. Efter någon tid blef Anund af Tronhems-boarna ihjälslagen, hwar- före ock Eisten angrep landet å nyo med mord och brand, och underlade sig det. Uti sin ifwer föreslog han inwånarna, antingen sin träl Thor Sare, eller sin hund Saur til Konung. Folket utkorade af twå onda det mindre förmodeligen, och stadnade med walet på hunden. Man kan sluta så af detta, som af tilnamnet Iräda, at Eisten måtte warit nog hård, ja, kan hända, grym,

hwar-

Sigurdsta hwarföre ock mycket folk flydde ur landet, och ibland dem äfwen
Slägten. Kietil Jämte, Anund Jarls son af Sparabo. Denne satte sig
Anund neder i wilmarken, öster om Kiölen, och uprögde landet, och hål-
Jacob. let Sturlefon före, at deßa obygder af honom blifwit kallade Jäm-
teland. På detta sätt blef denne negd bebod. Helsingland war
wäl wid sjökanten bebodt af Swenskt folk, blandat med de forna
Jotar, som bodde i landet, innan Odens ankomst. Men längre
in åt landet lågo wilda ödemarker, til deß at Kietil Jämtes sone-
son Thor Helsing wardt nödsakad för et begånget dråp, at öf-
wergifwa Jämteland, då han walde sig boningsplatsar i Helsing-
land, som ock af honom skal hafwa fådt sit namn. Uti Harald
Harfagers tid, komino åter nya colonier til Helsingland, och man
wet, at denna Herrens stränga regering, gjorde mycket folk lands-
flygtigt från Norrige. Deße senare nybyggen, som satte sig ne-
der i Helsingland, drefwo handel med de Swenska, och erkjände
snart Upsala Konungs öfwerwälde. Men Jämtidninggarne lefde
en lång tid emellan sina afsådgsna sjäßbygder uti en fullkomlig fri-
het. Dock, då Håkan Adelstén regerade i Norrige, blefwo de
utan twång af sin egen fria wilja denna Herren undergifne. Hel-
singarne som bodde Norr om Kjölen, följde samma efterdöme in
til Olof Skötkonungs tid, då, så wäl Helsingarne som Jämte-
landsboarne, förknippade sig aldeles med Swerige (***). Den
folköbande omwändelse til Christendomen, som under Olof Tryg-
wason regerade wester om Fjällen, gjorde det mindre underligt,
at deßa länder, som hafwa ingen särdeles förbindelse med Nor-
rige, utwalde en tryggare lefnad under jämnare regerings lagar.
Man har ock intet tekn, at Jämte och Helsingland någonsin blif-
wit ansedde, som tilhörighet af Norrige, hwarföre de ock ej heller
nämnas i delnings tractaten på Swölder, då Olof Skötkonung,
Swen Otto, och Erik Jarl delte landet sig emellan. Olof Ha-
raldson wille intet erkjänna deßa länders förbindelse med Swerige,
utan höß före, at efter de til en del warit bebodde af Norrmän,
skulle de ock bibehållas under Norrsk undergifwenhet. Han för-
mente äfwen, at hans påstående war grundadt i Kongahälls fred.
Det är troligt, at man då kommit öfwerens i almänhet, at bäg-
ge riken skulle behålla sina gamla gräntsor, men at gräntsorne lik-
wäl intet blifwit utstakade, som gemenligen skjer wid mundteliga
                                        före-

förening̃ar. Icke deſteminbre war det oſelbart, at så det ena ſom Elgarbfa det antra landet, intet frågabe efter Konungen i Norrige. Men Slätten. alt detta oaktabt, wiſte Konung Olof nödrwänbigt hafwa landet Anund under ſin ſkatſkyldighet. Han ſattar ſålebes det beſlut, at utan Jacob. widare omſwep, ſkicka folk til Jämtland, at inforbra ſkatten. Men ingen wiſabe ſärbeles håg til en ſådan reſa, ſedan Thrander hwite med ſina tolf följeslagare, blifwit ſå illa emottagen (****). En Jsländare wid namu Thorodder, ſom mot ſin wilja war qwarhallen hos Konung Olof, och ſålebes ledſnabe wid et twun̄git Hof-lefwerne, påtog ſig ändteligen denna wådbliga beſtickning, och begaf ſig ſjelf tolfte på reſan.

(*) Sturleſon, T. I. p. 635.

(**) Sundin Norregur, p. 8. Eljeſt kan man läſa Konuag Eiſtens förrättningar hos Sturleſon, T. I. p. 137.

(***) Sturleſon, T. I. p. 636.

(****) Sturleſon, T. I. p. 654.

§. 67.

Emot deſſa anläg̃ningar, togos imedlertid inga mått på Swen̄ſka ſidan, utan lefbe Konung Anund Jacob i det hänſeende uti fulkomlig ſtillhet. Dock ſkiedbe någon ſlags förändring wid Swen̄ſka Hofwet; ty åtſkillige Norrmän och Jsländare foro tilbakars til Norrige, ſå ſnart Konung Olof Skötkonung war död. Året efter Konungens död, 1023, for Ottar Swarte, ſom warit i ſtor nåd hos Konung Olof Skötkonung til Norrige: och ehuruwäl han blef ganſka wäl emottagen af Konungen, lopp han dock fara om lifwet, emedan han författbat et ſkaldewäbe til Drotning Aſtrids berömm (*). Så farligit war det, at göra wers i Olof Haraldſons Hof. Följande året, 1024, träffade Einar Thambaſkielfwer ſin förlikning med Olof Haraldſon, och fick både ſin och ſin huſtrus egendom tilbakars (**). Denne Herren habe warit i Swerige, alt ſedan Swen Jarls undanflykt från Norrige. Kongahälls frid lår ike gifwit anledning til deſſa Herrars återkomſt, mer än någon onåd från Swenſka Hofwet, emedan Norrſke Konungen Kaug Dagſon, ſom flyktadt undan för Konung Olof, behöll alt ute

Siaursffa utföre sina förldningar i Swerige (***). Imeblertid gick Jämt-
Sldtwa. landffa befskickuingen för fig, och Thorodder kom til Lagmannen Tho-
Anund rer, hwilken war uti stort anseende i landet (***). Thorod blef
Jacob. wäl emottagen, men då han företrog sit drende, swarade Lagman-
nen, det han ensam uti et sådant mål kunde ingen ting urdtta,
utan borde så wäl Höfdingarne i landet; som allwägen däröfwer
höras: hwarföre och Thor lät genast upbjuda almänt Sing. När
folket war samlat til en stor myckenhet, begaf fig och Lagmannen
Thor til Tingsplatsen, men Thorod med sina män b:sfwo qwar
uti Lagmannens hus. Thor berättar då för menigheten, för hwad
orsak han låtit stämma ting, och säger, at Konung Olof i
Norrige affärdadt sit bodskap, til at låta upbära skatten af
Jämteland. Menigheten swarade enhälligt, at de intet wille gif-
wa skatt til Konungen i Norrige, och blefwo somtlige så förare
gade häröfwer, at de wille genast hänga up Konungens sände-
bud, andre äter woro af den tankan, at de borde offras åt
Gudarna. Ändteligen efter nognare öfwerlägning wardt beslu-
tadt, at man ffulle afbida ankomsten af Konung Anunds utskic-
kade, och då widare med menighetens samtycke fastställa, hwad
steg borde tagas med Norrska Konungens Sysloman. Imed-
lertid ffulle de ankomne Nortmän fördelas twå och twå ibland
menigheten, och qwarhållas under förwändning af skattens indrif-
wande, samt under hela tiden blifwa på bästa sätt fägnade.
Detta beslut sattes straxt i wärkställighet, och Thorodders följe-
slagare fördeltes i de omliggande gårdar, men han själf, tillika
med en af sällskapet blef qwar hos Lagmannen. Besynnerligit
war det, at et beslut, som gjordes uti en hel menighets öfwer-
waro, kunde hållas så tyst, at Thorodder lefde helt obekymrad,
ehuruwäl han frodwade uti ganska äfwentyrliga omständigheter.
Hade intet Anldlet gjordt Jämtländningarna något mer öppenhjer-
tade, hade Thorod förmodeligen til slut blifwit ganska illa ut-
ställd. Men til hans lycka, under et Julgästebud, sedan man
förut tagit fig en god styrkedryck, börjas en sällskaps trätä emel-
lan Norrmännerna och de andra gästerna. Bland. andra ond-
diga twister, om deßa Konungars och rikens företräde fig emel-
lan, blef äfwen fråga uppad, hwilket rike mäst förlorade under
de sista orolighetter. Då yttrade fig en ung man af Thores
gran-

grannar, at om de Swenske förlorade några flera under förra Sigurdsta
fiendtligheten, torde antalet snart blifwa fyldt genom de ankom- Slätten.
na Norrmän, så snart Konung Anunds Ombudsmän, som wo- Anund
ro i wäntan, ankommit. Thorod märkte häraf, at det war intet Jacob.
rådeligt at dröja längre. Han tager då tillfället i akt, och rym-
mer sin kos med sin enda stallbroder. Men rymmarne blefwo
genast eftersatte med spårhundar, och återbrakte, då de ock uti et
underjordiskt fängelse blefwo förwarade. Dock fick Thorod ny lä-
genhet at komma undan, då Lagmannen sielf med hela hushället
war borta på et annat Julgästebod. Trälarne woro allena hem-
ma, och skulle taga wara på fångarna. Lagmannen hade dragit
försorg om, at trälarne skulle också deltaga uti högtidens förnöjel-
ser. Desse åter påminte sig fångarna, som woro i grepen, och
fägnade äfwen dem på det bästa, medan Thorodder roade sina
wärdar med wisor och skaldqwäden. Ändteligen begifwa sig wäk-
tarne efter et godt rus til hwila, och Thorodder med sin följeska-
gare får tillfälle at komma up utur fängelset, tänder eld på en
kornlada, och skyndar til skogs. Han hade ock brukat den för-
siktighet, at binda renklöfwar bakwändt under fötterna, hwaraf
hundarne blefwo förwillade, då de skulle spåra efter dem. På det
då fått undankom Thorod, sedan han under wägen träffadt en
betydande skogsbo, eller röfware Aemliot Gellina, hwilken skicka-
de sin hälsning til Konungen i Nyrrige, tillika med en silfwer-
skåtrik, til sin wördnads betygande.

(*) Torfäus, H. N. P. 3. p. 111.
(**) Sturlesson, T. 1. p. 572.
(***) Sturlesson, T. 1. p. 796.
(****) Sturlesson, T. 1. p. 653. fkl.

§. 62.

Detta war all den förmån Konung Olof hade af sin beskick-
ning til Jämtländningarna, och är det undran wärdt, at han sökte
twistigheter med sin swåger Konungen i Swerige, då likwäl långt
angelägnare saker borde påminna honom, om nödwändigheten af
Konung Anunds wänskap. Konung Kant hade nu stadgadt sit
herrawälde öfwer Engeland, och hade redan affärdat sina sändnin-

J 1   ge-

Stgwerffa gebad til Konung Olof i Norrige, hwilka påstodo, at detta rike
Slägten. borde öfwerlåmnas til Konung Knut, emedan så wål hans fader,
Anund som fadersfader warit innehafware dåraf.   Konung Knuts sånde-
Jacob. bud anlånde til Norrige, långt för Thorodds resa til Jämtland.
Deras anbragande war beslutan, at emedan Konung Knut wille
gerna hålla fred med alla kringliggande lånder, så wille han ock
intet med wåld och hårsmagt angripa Norrige, ehuru wål riket
honom med råtta tilhörde: hwarföre ock Konung Knut begiårde,
at, så framt Konung Olof wille blifwa Konung i landet, skulle han
komma til honom, och emottaga det som lån, samt dårjåmte be-
tala skatt dårutaf, som Jarlarne tilförne gjerdt (*).   Det år lått
at begripa, det et sådant tilbud kunde intet anstå Konung Olof,
hwarföre han ock swarade, det han intet årnade öfwerlåmna sit
rike, utan at han war sinnad, at förswara det, så långe han lef-
de. Olof Haraldson behöfde således intet leta efter nya och ond-
diga twistigheter, Konung Knuts påstående och magt, kunde nog
sysksåtta honom dådd. Men ehuru förfårlig Konung Knuts styr-
ka borde förekomma honom, hade likwål denne mågtige Konung
hast swårt fört, at underlågga sig Norrige, om Konung Olof
warit dlskad af sina undersåtare. Men det war nåstan omöjligt,
med Olof den Heliges sinnelag. Med många stora förmåner, ha-
de han ock sina stora fel. Han wille uti all ting regera efter god-
tycko, och uti hans måsta gårningar löste den grundregd: jag
wil så, wel åst norre bon plaisir. Och så snart han befalte inbyg-
garna blifwa Christna, borde de straxt utan widare inwådnoning
wara fårdige, at låta döpa sig. Mord, brand och lemmars af-
stympande, woro de förnåmsta skål, som brukades til Hedningarnas
omwåndelse. Predikningar, som passa sig kanskje med Alcoran,
men intet med Bibeln. Under Konung Knut dåremot, sedan för-
sta stormen war förbi, lefde undersåtarne under skogd af sina fordt-
na lagar, uti all önskelig trygghet. Når någon Norrman kom til
Engeland, blef han med all nåd emottagen, och med stora skån-
ker hemförtlafwad. Håkan Jarl, Konung Knuts systerson, som
hade Norrige i förlåning, då Konung Olof kom dit, lefde uti all
anstdndig högaktning uti Konung Knuts Hof, och hade många
medhållare och slåktingar i Norrige, hwilka wåntade enbast på
tilfålle, at förklara sig emot Konung Olof.

(*) Sturleson, T. I. p. 612.   §. 69.

§. 69.

I en sådan belägenhet, war Konung Anund i Swerige nä-
stan den endaste tilflykt, som Konung Olof kunde trygga sig wid.
Konung Olof afskickar ock sina Legater til Konungen i Swerige,
som skulle lämna underrättelse om Konung Knuts åtal på Norrska
Kronan, och tillika föreställa, at det intet war troligt, at Konung
Anund skulle blifwa oanfäktad, sedan Norrige wardt underkufwat,
och wore det således rådeligast, at bägge riken förbundo sig emot
en så farlig och gemensam fiende, då man förmodeligen skulle kun-
na göra et kraftigt motstånd. Försiktigheten och den gemensamma
säkerheten syntes ock fordra en sådan förbindelse, hwarföre Konung
Anund försäkrade om et troget bistånd på sin sida. Där blef ock
öfwerenskommet, at Konungarne sielfwe skulle widare öfwerlägga
om detta målet, hwarföre Konung Anund ärnade nästkommande
winter ärfoga sig til Wester-Giöthland, och Konung Olof wille
tilbringa den årstiden i Sarpsborg. Imedlertid war Konung
Knut ankommen til Dannemark, där blef underrättad om de
många beskickningar, som alt jämt skedde emellan Konungen i
Swerige och Norrige. Han affärdar fördenskuld et anständigt
sändebud til Anund, med stora skänker, och all wänskaps betygel-
se. Konung Knut lät ock försäkra, det Konungen kunde wara al-
deles obekymrad under den twistighet, han hade med Konung O-
lof, emedan han på intet sätt ärnade at oroa Swerige (*). Huru
Konung Anund swarade på detta tilbud, wet man intet, men
Konung Knuts sändebud hade intet swårt före at begripa, at där
war ingen räkning at göra på Konung Anunds wänskap, hwar-
om de lämnade sit betänkande wid återkomsten. Efter denna un-
derrättelse begifwer sig Konung Knut om wåren tilbaka til Enge-
land, sedan han förordnat Ulf Jarl til Riksföreståndare i Dan-
nemark, och sin son Hårdaknut under Jarlens upsigt (**). Ko-
nung Anund for imedlertid til Wester-Giötland, och hade med
sig tretusend män. Och Konungarne i Swerige och Norrige möt-
te hwarandra wid Giöta Älf, intet långt från Kongahäll, sedan
Konung Knut war afrest från Dannemark. Konungarne undfäg-
nade hwarandra på det wänligaste, men deras hemliga rådpläg-
ningar höllo de så tysta, at ingen utan gisnings wis kunde utfor-

ska

Sigurdsta
Slächten.
Anund
Jacob.

Sverige
Sköldm.
Amund
Jacob.

ka hwad de beslutit, och sedan de komme öfwerens om hwad som
företagas skulle, skildes de åt med all wänskap, sedan de med om-
hnliga skänker hade begåfwat hwarandra.

(*) Sturlesön, T. I. p. 617.
(**) Sturlesön, T. I. p. 676, 627.

§. 70.

Det lugn, som Göthiska Norden hade sökiat sig utaf på
någon tid, blef nu ombytt i ganska bullersamma owrwälsningar.
Man rustade til krig med all magt i Engeland, Norrige och Swer-
ge. Konung Knuts Drotning Emma, gaf ock anledning genom
sina infall, til en besynnerlig wändning i Dannemark. Hon hade
hemligen kassat sig sin Gemåls sigill, och stadfäster dermed et bref,
som hon låtit skrifwa til Ulf Jarl i Dannemark, af innehåll, at
Jarlen skulle låta hylla hennes son Hårdaknut til Konung i Dan-
nemark. Jarlen låter då sammankalla menigheten, och föreställer
dem nödwändigheten af et sådant steg: emedan det war ganska
swårt för Dannemark, at ingen Konung war i landet, då Ko-
nung Olof i Norrige gjorde stora krigsrustningar, och man ej
heller kunde weta, hwad Konungen i Swerige hade i sinne. Ef-
ter et sådant företal, lägger Jarlen fram Konung Knuts bref, och
hans son Hårdaknut blef enhälleligen för Konung utropad. Ko-
nung Knut war icke destomindre helt okunnig om alt detta, til
des en Håkan ifrån Stångby i Skåne reste öfwer til Engeland,
och uppenbarade hela förrättningen (*). Ulf Jarl war ock miss-
tänkt, at spela under täcke med de förenade Konungarna, men der-
til finnes åtminstone ingen särdeles anledning hos Sturlesön (**).
Medan Hylningen gick för sig i Dannemark, hade Konung Olof
samladt en redlig flotta ur Norrige, i tanka at möta Konung
Knut, så framt han wore sinnad at angripa hans rike. Men
som hans folk tednade at wara så länge sysslolöse, for han oförte-
modeligen til Seland, och gjorde der mycken skada genom mord och
brand. Mycket folk blef då nederslaget, och månge bortförde fång-
ne til Norrska skeppen. På samma tid som Konung Olof här-
jade i Seland, gjorde Konung Amund från Swerige et dylikt be-
sök i Skåne, och sköflade hela sjöstranden, och förenade sig ändtei-
ligen:

igen med sin Swåger Konungen i Norrige. Sedan Swenska **Wiurbslä** och Norrska sjömagterna på detta sätt woro sammansogade, gjor- **Slätter.** des bekant, hade för deras eget folk; så wäl som landets inwå- **Anund** nare, at de ätnade underlägga sig Dannemark. De förenade Ko- **Jacob.** nungarne läto då hålla sig. öfwer alt i landet, och de som wid- grabe hyllningen, bleftwo med eld och fwärd hemsökte. Man få sålledes af förfarenheten, hwad rådslag som Konung Anund och Konung Olof hade haft på mötet wid Longahäll, waren sötus.

(*) Saxo, L. 10. p. 195.
(**) Sturlesson, T. I. p. 675.

§. 71.

Om npa Konungen i Dannemark och Ulf Jarl, hade in- tet hunnit at göra någon anstalt til landets förswar, utan dro- go sig til Juiland wid Konung Olofs ankomst. Här samlade- de genom utskickade härröt eller budkaflar, en talrik krigsmagt, i tanka at möta Konung Olof; men när de förnummo, at Konungen i Swerige äfwen gjordt inbrott i Dannemark, wåd gade de sig intet at strida emot bägge förenade Flottorna, utan krigshären drog sig tilhopa i Limafärden, och solket war endast betänkt på någorlunda förswar, til des Konung Knut kunde komma fram med sin magt, som wåhtrades dagligen. Denne Her- rn hade wäl intet föresädjdt sig, at fiendtligheterne så snart skulle taga sin begynnelse, men så snart han blef underrättad om den strid, som war i Dannemark, låter han anhålla om Köpmans- fartyg öfwer hela Engeland, och drager samman en ganska stor krigshär, och när alt war redo, seglar Konung Knut til Danne- mark, och Håkan Jarl från Norrige; förutan flere förnäme Her- rar i hans följe. Konung Knuts skepp woro ganska stora och prål- tiga, målade öfwer watingången, och seglen på Konungens och Håkan Jarls fartyg rannsiga, med blå, röda och gröna ränder (*). Konung Knut lägger an wid Lima-sjärden; hwar landshären äfs wen hade församlat sig, och blef en stor glädje förordsakad hos menige man; som hopetals skyndade sig til Konungen. Men Ko- nung Hårdaknut; Ulf Jarl och hans medhållare, stunade ödr-

S. I. 3 men

Sigurdsta
Slägten.
Anund
Jacob.

tmot uti största bekymmer, emedan de fått anledning at fruka, det Konungen wore misnögd öfwer den skedda hyllningen. Droning Emmas förböner blidkade likwäl Konung Knuts upretade sinne, och blef Hårdaknut til nåder tagen mot det, at han öfwerlämnade sig helt och hållet uti sin faders wåld, och nederlade sin fåfänga Konunga-Titel. Til Ulf Jarl afgick befallning, at skaffa tilhopa folk och fartyg, sedan han skickat sin son Swen Ulfson, Konung Knuts systerson til underpant af sin trohet; Konungen lät ock tilsäga Jarlen, at han sedermera skulle personligen infinna sig, då de kunde widare komma öfwerens om förlikningen. Detta alt blef efterkommet af Jarlen, så at det förflutna syntes wara aldeles bortglömt.

(*) Snorleson, T. I. p. 675.

§. 72.

När de förenade Konungar förnummit, at Konung Knut ankommit til Jutland, med en ganska stor krigshär, stälde de sin resa öster ut wid Skånska stranden. De härjade och brände hela landet, hwar de foro fram, emedan folket war nu intet benäget til någon hyllning, sedan Konung Knut war ankommen i grannskapet. Ändteligen stadna de något litet wid utloppet af Helge Å, där nu Åhus är belägen. De förenade Konungar fattade här et besynnerligt förslag, som ock kom til nytta, fast än et sådant krigsgrep nu förtiden, intet skulle göra någon särdeles wärkan. Af ortens belägenhet gißade de, at Konung Knut där i åmynningen skulle taga hamn, och i den förhopning komma de öfwerens, at göra en stark dämning, at qwarhålla strömmen. Utförandet af denna anstalt updrogs åt Konung Olof, och Konung Anund tog imedlertid befallning öfwer bägge Flottorna. Konung Olof stiger därföre til lands med et antal folk, och anlägger en stark dam öfwer den, där han lopp ut sjöen, twifwels utan i den negden där nu Christianstad är bygd. Widare låter han fälla en myckenhet stockar, och kasta dem i watnet. Ja han låter ock genom upkastade diken och gropar, leda än mera watn dit, på det forsen skulle blifwa så mycket häftigare, när diket genombrast. Imedlertid hade Konung Anund alt stadigt kundskapare ute, til at inhäm-

hdmla underrdttelfe om Konung Knuts ankomst. Så snart Ko‑ Giurbsta
nung Anund wardt underrdttad, at Konung Knut war i annal‑ Gsättes.
kunde, lätte han gifwa tekn til flagtning, då bägge Flotterna satte Anund
ut på rymden, och gjorde sig färdiga. De låge likwäl intet län‑ Jacob.
gre borta, än at Danske Konungen kunde se dem, och deras flakt‑
ordning; men som det war nog sent på dagen, och winden där
til med ganska knapp, tager Konung Knut hamnen in wid utlop‑
pet af den, med så många fartyg, som där rymmas kunde. Ko‑
nung Anund flickade imedlertid bud til Konung Olof, hwilken om
natten drog sig tilbaka til Flottan, sedan han låtit gerombryta
den nyligen upförda dämningen. Under alt detta låg Konung
Knut i fullkomlig ro, och om morgonen, när det war dager, gick
en stor del af hans folk på landet, at förlusta sig, till des tid blef
at bryta upp. Men i det samma, kommer strömmen rusande med
ganska stark fors, förbränkte dem som woro på landet, och mån‑
ga drunkna af dem, som woro på fartygen. De nederkastade tim‑
merstockar stötte och häftigt på skeppen, at man i största hast måt‑
te kappa tägen af, och det ena fartyget dref hit, det andra dit
utan all ordning. Konung Knuts egit fartyg stora Draken, blef
ock kastade midt i gapet på fiendtliga Flotterna, och där på alla
sidor omringat och anfatt. Danska Konungens lycka war, at
fartyget war ganska högt, och besättningen bestod af tappert och
hurtigt folk, som förswarade sig manligen. Därtil med anlände
ock Ulf Jarl oförteffroad med sina fartyg, til Konung Knuts und‑
sätning, och de Kingrade skeppen samlade sig imedlertid så småning‑
om, så at hela Danska Flottan war snart färdig at göra tjenst.
Konung Anund och Olof märkte då, at de borde wara nögde med
den förmon de wunnit, hwarföre de ock drogo sig så oförmärkt til‑
baka. Konung Knut fick härigenom tilfälle, at fullkomligen samla
sin Flotta, och fätta henne i ordning. De förenade Konungar lä‑
to ock mönstra sit folk, och funno då, at de intet lidit någon minsk‑
ning på manskapet. Men emedan Konung Knuts Flotta war så
mycket öfwerlägsen, funno de intet rådeligt, at afbida någon ny
bare träffning, utan rodde så småningom öster ut längs åt stran‑
den. Men när de änteligen förmärkte, at Konung Knut höll
sig aldeles stilla, låto de hissa up segel, och anlände om aftonen
til Barewik, hwar de togo hamn öfwer natten (*).

(*) Starkeson, T. l. p. 680. §. 73.

§. 73.

At dömma af denna omständuga beskrifning, som är ord ifrån ord tagen af Sturleson, kan man intet annat finna, än at förlusten på de Danskas sida måtte warit större, än Konung Anund och Olof sig föreställa kunde. Efter första påseendet skulle man tildöma Konung Knut förmånen, emedan han behöll walplatsen. Men när man för sig til minnes, at Konung Knut, som en ordödd och tapper ansörare, hwilken af Ulf och Håkan Jarl, samt flere kloka Generaler war understödd, likwäl intet kann rådeligt, at försölja sina fiender, ändskönt hans Flotta war mycket starkare, måste man nödwändigt falla på annan tanka. Bromton bestyrker äfwen det samma, när han intygar, at mycket folk förlorades på Engelänbarnas och de Danskas sida (*). Samma slut kan man ock göra af Ulf Jarls förebråelse, som han gjorde Konung Knut, när Konungen för ro skuld under gästebudet i Roskild, tilwitte Jarlen, at han war rådd, och öf rådhåga lopp ifrån spelet; ty Jarlen swarade då, fast något hastigt: Du hade lupit långt längre, om du hade kunnat wid Helge-Å, då jag kom til din undsätning, och de Swenske slogo neder ehr som hundar. Saxos berättelse om denna förelining är efter wanligheten så konstlad, at man nästan intet wet, hwad han wil säga. Dock efter hans anmärkning, skal ock en Landträfning förelupit wid Stangaberg, kort för sjöslaget wid Helge-Å, hwar de Swenske blifwit aldeles slagne. Detta kan wara sant, ty Sturleson uppehåller sig sällan wid andra förelningar än de, uti hwilka Konung Olof och Normännerne woro deltagande, och här hafwa de Swenske warit allena under Emunds ansörande. Af en förelning på kullar och berg i Skåne, som förwaras uti Kongeliga Archivet, finnes et allena anteknat, som kallas Stångabjer, och ligger i Winslöfs soken i Westra Gyngehärad. Detta gifwer ock någon sannolikhet til Saxos berättelse; ty twifwels utan woro de Swenske äfwen til lands i återfärden, sedan Konung Knut anlänbt med sin mägtiga Flotta til Dannemark. Til äfwentyrs har nederlaget intet warit särdeles bewändande, fast segren war otwiflwelaftig på de Danskas sida. Men at Ulf Jarl i Helge-Å slag, gåt öfwer til de Swenska, som Saxo förmäler, är utan all sannolikhet. Annars

nard intygar ock Bromton på det åberopade stället, at de Swen- **Sigurffa**
ste giorde inbrott i Dannemark, både til lands och siös. **Slägten.**
Anund
Jacob.

(*) Uti Joh. Bromtons Chronicon p. 911. Twådbrad Edition förekom-
mer detta märkeliga witnesbörd: Rex Kanutus anno Regni sui duode-
cimo id Daciam contra Ulf et Eilif, qui gravissimam multitudinem con-
tra eum terra et mari de gente Speon adduxerant, cum Anglorum ex-
ercitu transfretavit, ubi ex parte Kanuti et Speon periit multus Ang-
lorum populus et Dacorum. Uti P. 2. Scriptorum Societat. Hafniensis,
har Justitie-Rådet Gram uti sin Afhandling, De Anno itineris Ro-
mani Regis Canuti Magni, p. 40. påmint, at för Speon bör läsas Svea-
num, och är denna anmärkning otwifwelaktig. Hwilke desa Ulf och
Eilif warit, som Bromton omtalar, är swårt at säga, om man ej
wil tro, at författaren af denna Krönika warit af den tanka, at
Olof Skötkonung dem lefwat, då alt blifwer tydeligt. Med en så-
dan gifning gör man Engelska Skribenterna ingen oförtjent wanheder,
ty Engelländarne woro merendeles litet befwarade om, hwad som före-
löp i wåra Nordiska orter, och de nämna wåra Nordiska folkslag intet
oftare, än de woro befwärade af dem.

§. 74.

De förenade Konungarne lågo helt stilla uti Baretvik öfwer
natten. Dock blef deras styrka därigenom mycket förminskad, at en
stor del af Swenska Flottan drog i mörkret sin kos, och for hem.
Så snart Konung Anund det förnidrkte, låter han genast om mor-
gonen bittida blåsa til hustings, eller almänt sammanträde. Alt
folket, så wäl de Norske som Swenske, förfogade sig då som skyn-
desammast up på landet, til at åhöra hwad som afhandlas skulle.
När folket war församladt, gifwer Konung Anund tilkänna, at
twå hundrade sextio skepp af Swenska Flottan woro hemresta,
och at et hundrade woro allenast qwar, hwilka med de sextio som
Konung Olof anförde, woro för så til at längre hålla siön, så
framt några angelägna rörelser skulle företagas. Hans mening
war då, at man borde wara nögd med det ansenliga byte, man
redan giordt, och fara längre up i Swerige. Konungen tilbiu-
der åfwen Konung Olof, at med sit folk blifwa qwar i Swerige
åfwer winteren, där folket så wäl som Konungen sielf, skulle njm-
ta all anständig upwaktning och förplägning: och då kunde man
widare om wåren taga de mått, som omständigheterna kunde

R e   med,

Sigurdsta
Släkta
Anund
Jacob.

medgifwa. Skulle ock Konung Olof finna tjenligare, at fara
tilbaka til Norrige, lämnade Konung Anund honom frihet, at
fara igenom riket på hwad kant honom behagade. Konung Olof
tackade sin swåger för sit goda och wänliga tilbud, men förmente
likwäl, at man än widare borde försöka sin lycka öfwer win-
teren, på gamla Sjökonunga-sätter. Han höll ock före, at det
inter hade mycket at betyda med dem, som gåt hem, emedan
han såg alla härförarena, och det bästa folket wara ännu qwar
wid hären. Han föreställde än widare, at Konung Knut ogör-
ligen kunde länge behålla den hamn, han intaget wid utloppet af
Helge-Å; ty den war ej stor nog, at rymma en så talrik Flotta,
hwarföre han ock nödwändigt skulle ändra sin ställning. Wille han
då förfölja den förnade Flottan, wore det lätt at draga sig undan,
til des man fick samla ihop så mycket folk, som behöfdes til et kraf-
tigt motstånd. Drog åter Konung Knut sig undan til tryggare
winterläger, skulle hans folk så samma begärelse som de nu bort-
farne å daga lagt, och kunde man då, sedan hären war förmin-
skad och skingrad, så snart wänta sig seger, som Konungen i
Dannemark, så mycket mer som landsmannen både i Skåne och
Seland, ideg redan hafwa förfarit, hwad de emot de Swenska
och Norrska utdrista kunna. Detta blef för denna gången bifallet,
och utforskare afsände, som skulle underrätta sig, hwad anstalter
Konung Knut wille företaga (*).

(*) Snorleson, T. I. p. 684.

§. 75.

Imedlertid hade Konung Knut, så snart han förmärkte, at
förenade Flottan drog sig allt länger och länger åt öster, ihuit sät-
ta folk i land, som skulle rida längs åt stranden, at utforska fien-
dens rörelser. Och hade han således daglig underrättelse, äfwen
af spioner innom fiendtliga hären, om allt, hwad Konungarne ha-
de för händer. Så snart han då fick weta, at en stor del af
fiendtliga Flottan farit hem, for han ock tilbakars och lade sin
sjömagt i winterläger wid Öresund, dels i Seland och dels i Skå-
ne, och ankom sjelf til Roskild, dagen för Mickelsmässe afton. Det
synes därföre, at Danske Konungen förlorat lusten, at inlåta sig
i nå-

i något åfwentyrligit wapenskifte med Swenska och Norrska krigs-
magten. Men des anstalter woro icke destominder lika farliga,
åtminstone för Konungen i Norrige. Uti Norrska hären woro
månge Konung Knuts kundskapare, och utom des war en stor del
af Normännerna köpte, och med stora skänker hemligen tubbade
på Danska Monarkens sida, fast än tilfället at yttra sig, ännu
intet warit lägligit. Det är ock troligt, at Konung Knuts an-
hängare, åfwen giordt en del af Swenska krigsfolket mindre hå-
gad för widare krigsrörelser emot Konungen i Dannemark, som
utöste penningar och töften både nu och annars. Atminstone är
det säkert, at när Konungarne efter Konung Knuts afsegling från
utloppet af Helge-Å, anstälde en ny öfwerlägning om sit företagan-
de, woro de Swenske Höfdingar på intet sätt at förmå til et läng-
re fälttåg. Konung Olof föreställde wäl, at hans uträkning wa-
rit fullkomligen grundad, angående fiendens qwarblifwande wid
Helge-Å, at där åfwen war anledning at tro, det hans yt-
terligare gisning om krigsmagtens skingrande, skulle oförtöfwat win-
na sin fullbordan, då man hade ordsak, at hoppas all önskelig
framgång. Konung Olof inwände åfwen, at ehuru fienden den
förflutna sommar warit manstarkare, hade likwäl altid förmånen
warit på de förenades sida. Men med alla desa goda förslag,
uträttades ingen ting, alt war fåfängt. De Swenske Herrar fun-
no betänkeligit, at ligga längre qwar, och löpa fara at blifwa in-
frusne, och skedde detta på slutet med sådan hetta, at den ene föll
den andra i talet. Där war således intet annat at göra för Ko-
nung Anund, än at bryta up med hela Swenska hären, då hwar
och en for hem til sit, utom Konung Olof och Normännerna,
som ännu wille något afbida tiden. Det är ganska troligt, at
genom det stadiga omgänge, som de Swenske och Norrske Herrar
haft med hwarandra, under det Flottorna lågo för ankar i Bare-
wik, de Swenske blifwit något närmare underrättade om Ko-
nung Olofs upförande, och tilståndet i Norrige: lusten at wåga
sig för en så enrådig Herre, kunde då lätteligen förswinna. Uti
Swenska hären woro twifwels utan månge Hedniske Höfdingar,
som funno betänkeligit, at upofra sig för en Herre, som predikade
Evangelium med yxan öfwer hufwudet, och kunde de ock hafwa
ordsak at frukta, det genom Konungarnas längre wistande tithopa,

K k 2   Ko-

Sigurdsta Slägten. Anund Jacob. Konung Anund torde blifwa smittad af samma grundfats. Kan och wara, at man bäfwit alt mer och mer underrättad, at Konung Olof intet stod at hjelpa. Någon sådan förändring måtte nödwändigt hafwa förlupet, uti Swenska Herrarnas tänkesätt, ty, annars woro inga större skäl nu, än förra gången til upbrätt. Dessa gissningar synas så än mera styrka, när man öfwerwägar Swenska Hofwets upförande, sedan denna tiden. J början använde Konung Anund all sin styrka til Konung Olofs undsätning, men sedermera förhöll han sig som en blott åskådare, och förmärktes intet annat biträde, än sådana barmhertighets tjenster, som något hwar kan och bör wisa en olycklig Konung.

§. 76.

Wid Swenska Flottans bortgång, äro likwäl åtskillige unge Swenska Herrar blifwit qwar hos Konung Olof, för at bewista de öfriga förrätningar, som Norrske Konungen förmodeligen öfwer winteren företaga skulle. Atminstone war Gjötha Jarlen Walgauters son Tofe än någon tid hos Konungen, och råkade på et besonnerligt sätt uti en wälförtjent onåd (*). Ty då han en dag, tillika med en Jsländare Eigil, hade wakt på Konungens skepp, blef han så rörd af sångarnas skrål och tjutande, som förwarades bundne på landet, at han och Eigil, utan widare förfrågan gör dem lösa, och låter dem gå sin kos. Detta uptåg hade när kostat honom lifwet. Dock blef han benådad under de wilkor, at han skulle förmå sin fader Walgauter, som war en ifrig försäkrare af Hedendomen, och kallas därföre hundheden af Sturleson, at besöka Konung Olof. Men alla Norska Konungens stora förslag om sit wintertåg, stadnade uti ingen ting. J sig sielf war det ock en besynnerlig tanka, at med så litet folk wilja uträtta något betydande emot Konung Knut. Denne Herren wiste så mycken rådighet under hela detta kriget, at det war ej at förmoda, at han skulle ställa sig så blott, at han af en hand full folk, skulle kunna öfwerrumplas. Och huru skulle det wara möjeligt, at utföra något oförtänkt med en krigshär, uti hwilken halfwa delen, och kan hända än flere woro af Konung Knut bestukne. Konung Olof märkte ock på slutet, at det war aldeles fåfängt atlängre hålla krigsfolket tilhopa, så at frågan ändteligen blef, på Sigurd Sla hwad sätt man skulle begifwa sig på hemwägen. Där woro ock Slätten. de, som rådde Konungen, at fara sjöwägen igenom Öresund, fö- Amund rebärandes, at de Danske intet skulle trista sig at hindra den. Jacob. Men Konung Olof fann en sådan resa aldeles förmäten, utan tog landwägen genom Smäland och Wester-Gjöthland til Sarpsborg i Wiken, sedan han låtit draga up sina fartyg på et näs wid Kalmar.

(*) Sturlefon, T. L p. 693 – 695.

§. 77.

Sedan Konung Knut fått weta, at Konung Olof farit land-wägen til Norrige, affärdar han Erling Skialgson likaledes dit med stora penningesummor. Denne Erling war en Norsk Herre, swåger med Olof Trygwafon, och hade kort förut gifwit sig til Konung Knut, samt bewistat det förflutna fältslaget. under Håkan Jarl. Wid sin hemkomst brakte han alla sina wänner, och mån-ga flera som han träffade, helt och hållet på Konung Knuts sida, dels med öfwertalande, dels med fördringar. Konung Olof up-förde sig däremot med sin wanliga stränghet, och lät af daga taga dem, som emottaget skänker af Konung Knut, och woro i hans wåld. Imedlertid utrustade Konung Knut en Flotta af tolf hun-drade fartyg, och for til Norrige. Här blef han hyllad, öfwer alt hwar han for fram, och Håkan Jarl, Konung Knuts syster-son, blef förordnad til Stådhållare eller Jarl i landet. Einar Tambaskielfwer, som så länge tillförne warit i Swerige, och efter sin förlikning med Konung Olof, lefwat i tysthet på sina gods, kom ock nu i stort anseende, och ansågs för at wara näst Jarlen. Emot alla dessa rörelser, kunde Konung Olof ingen ting uträtta, utan höll sig dels i Thunsberg, dels i Opslo Fjärden, där han låg på sina fartyg, af hwilka en del woro återhämtade från Swerige, sedan Konung Knut med sin stora sjömagt afseglat til Norrige. Ändteligen när Konung Knut satt alt i ordning, for han tilbakars til Dannemark. Och finner man äfwen här et besynnerligit up-förande af denna stora landwinnare. Oaktadt all hans regerings-sjuka, war han dock intet sinnad, at wåga annat än penningar

Kk 3　　　på

Sigurdsta
Sldtta.
Amund
Jacob.

på Norriges intagande, och huru lätt det kanskje kunnat wara, at utrota Konung Olof helt och hållet, wille han ändock intet söka up honom, och wåga någon träfning emot en förtwiflad fiende. Sedan Konung Knut war bortrest, rycker ändteligen Konung Olof fram ur sina gjömslor, at försöka, om hans ndrwaro kunde wärka någon fördelagtig wändning. Men änskjönt han wid Thomasmässan nederlade Erling Skialgson, fann han likwäl, at allt hans bemödande war fruktlöst. Hwarföre ock Konung Olof efter nyåret begaf sig landwägen öfwer Eda skog til Wermeland, Wäßbo och Nerike, och i Nerike uppehöll han sig öfwer wåren hos en rik man benämd Sigtryg, och des son Jfwar, hwilken sedan blifwit en märkelig man (*). Denne Sigtryg skal wara stamfader, för Natt och Dag slägten, och finnes namnet Sigtryg, som annars intet är så wanliget, äfwen ibland denna Ättens gamla, fast senare förfäder (**).

(*) Sturleson, T. I. p. 732.
(**) v. Dalin S. R. H. T. I. p. 653. Messenius Theatr. Nobilit. Svec. p. 49.

§. 78.

Konung Amunds förhållande under denna sin swågers motgång, kan intet annat än förekomma en läsare ganska främmande. Han, som för et år sedan anwände all sin styrka til at göra Konung Olof undsätning emot en så farlig fiende, gör nu intet steg til at rädda honom. Man kan således snart falla på den tankan, at Konung Amund antingen ansedt Norriska Konungens förestående olycka för oundwikelig, som man gifwit tilförne wid handen: eller ock, at han genom Konung Knuts utskickade blifwit föranlåten, at hålla sig aldeles stilla. Det kan ock wara möjeligt, at sjelfwa Konung Amunds underlåtare, intet welat taga större del uti Norrska oroligheterna, än som redan skjedt war. Detta eller någon annan nu obegripelig omständighet, måtte hafwa förorsakat denna fulkomliga obekymmersamhet. Man finner ej heller, at Konung Amund besökt sin swåger, då han nu wistades i Swerige, och är ej troligt, at denna omständighet blifwit förbigången af Sturleson, då äfwen den bondens, eller Odalsmannens ngnin in-

tet

tet blifwit förglömt, som herbergerat den flyktande Konungen. Så Sigurdffa Slätta. huru det nu war, så fördrögde Konung Olof i Norrige intet lång- re än til sommaren, då han reste widare til Konung Jarosslau i Anund Jacob. Ryssland, som ock war hans swåger. Hans ägta son Magnus, och någre andre Herrar följde med til Ryssland, men Drotning Astrid och hennes dotter Ulfhild, blefwo qwar i Swerige (*).

Dock Håkan Jarls wälde räkte intet särdeles länge i Norrige, utan han förgicks med skepp och gods samma sommar, då han skulle fara från Engeland, dit han war förrest at skaffa sig gran- låt, och andra nödwändigheter til sit bröllop. Denna händelse giorde ingen särdeles rörelse wid Swenska Hofwet. Men Björn Stallare som med Konung Olofs tilstånd farit hem på sina gods, war upmärksammare, ty han skyndade genom natt och dag til Konung Olof med denna tidning. Norrske Konungen war gan- ska hederligen, efter sit höga stånd, hållen i Ryssland, och hade go- da tilbud, at äfwen med all heder kunna där förblifwa. Men kjärleken til Fäderneslandet, drog både honom och hans Herrar tilbakars, ehuru äfwentyrligt företagandet kunde wara.

(*)Sturleson, T. I. p. 732.

§. 79.

Konung Olof for därföre med Ryssa Hofwets goda minne därifrån, lämnade dock sin son qwar, til des man fick se, huru sakerne kunde wända sig. Under Gothland, dit Konungen först anlände, fick man fullkomlig stadfästelse på tidningen om Håkan Jarls död. Härifrån afseglade Konung Olof in i Mälaren, och tog hamn wid Aros eller nya Upsala. Så snart Konung Anund där om fick underrättelse, besökte han genast sin swåger, och bemöt- te honom på det wänligaste (*). Drotning Astrid kom äfwen dit, så at tiden tilbragtes med all slags glädjebetygelse. Detta skedde ock med de wänligaste ord, när Konung Olof öfwerlade med Ko- nungen i Swerige, om den hjelp, som kunde honom åfwrääldmnas af landet. Konung Anund swarade, at de Swenske hade intet särdeles lust at fäkta mot Norrmännerna, efter det war et hårdt och stridbart folk, icke desto mindre wille han lämna honom fyra hundrade wäl utrustade män af sina Hoftjenare, och därjämte til- stånd,

284

Swea Rikes Historia.

Sigurdsta ständ, at fara igenom landet, och skaffa sig folk så många, som
Siälva. godwilligt wille följa honom. Konung Olof tog emot detta tilbud,
Anund men af en mägtig Konung war denna undsätning ringa nog: och
Jacob. wiste Konung Dag-Ringson, som bodde nästan som en främling
i Swerige, så snart han af Konung Olof blef anmodad, at man
utan möda kunde skaffa et större antal, emedan han ankom med
tolf hundrade man, oaktadt de ofwen warit underrättade om Norr-
männernas wanliga tapperhet. Konung Olof börjar då sin färd,
och tog wägen genom Järnberaland, eller Järnbergslagen. Här
kom honom til mötes des halfbroder Harald Sigurdson från Nor-
rige med sexhundrade man (**). Utom des församlade sig ock til
Konung Olof dsskillige skogsbyggare eller röfware, och ibland dem
twänne bröder, Gjöka Thor och Alfarfaste, som hade med sig
trettio män. Desse woro Hedningar, bodde i skogar och ödemar-
ker, och lefde aldeles sjelfrädigt, men fingo intet lof at blifwa del-
tagande i tåget, förän de låtit döpa sig. Olof tog då wägen ige-
nom Jämteland öfwer Kjölen in i Norrige, och ställer sin här up
på Stiklarstad. Här infann sig Arnliot Gellina från Jämte-
land, som förr.är nämnd, och blef utom sit hurtiga utseende, i
sonnerhet utmärkt af sin längd, emedan af hela hären räkte ingen
honom längre än til axelen. Denne gick ock i Konungens tjenst,
sedan han låtit döpa sig. På Stiklarstad afwaktade Konung O-
lof den emot sig församlade bondehären. Här blef Konung Olof
slagen, med Björn Stallare och flere af hans trogna anhängare.
Arnliot, Gaukathor och Alfarfaste, stupade fram för Konungens
baner, sedan hwardera af dem tagit dsskilliga af fienden med sig
til andra werlden. Konungens folk, som undankom, drog sig til-
bakars til Swerige. En af de ordsaker, som mycket bidrog til
Konungens olycka war äfwen den, at Dag-Ringson for will och
kom intet fram til walplatsen, förr än Konungen war slagen, då
han wäl gjorde et stort nederlag på Bönderna, men Konungen
war redan död, och hans tapperhet i det hänseende onyttig, hwar-
före han ock til slut blef nödsakad, at söka sin rädning genom
flykten. Denna träfning blef hållen i Jul. månad 1032 (***).
At Konung Olof är sedan, för sin nit om Christna lärans fort-
plantande, ansed och.förklarad för helig, är allmänt bekant. Man
kan säga med skäl, at hans mening och upsåt warit godt, men

at

at han haft illaka, eller åtminstone oförståndiga lärare och rådgif- Sigurds
ware. I hans tanka war det lifsfak at wara hedning, så snare Slägten.
någon blef anmodad at låra döpa sig, och gik Konung Olof så Anund
långt äfwen i sin olycka, at han intet wille en gång tillåta odöpt Jacob.
folk, at wara sig behjelpeliga i slaget på Stiklarstad, hwarföre ock
fem hundrade män som kommit til hans undsätning, måtte fara
sin kos ifrån honom. De underwärk, som han gjorde me-
dan han lefde, och de som utspriddes sedermera wid hans lik, kun-
na läsas hos Sturlefon, och i Olof den Heliges Legender, och be-
höfwa så mycket mindre upräknas, som ganska få lära tro dem.

(*) Sturlefon, T. I. p. 751.

(**) Sturlefon, T. I. p. 755.

(***) Denna tideräkning är grundad i Sturlefons omständeliga berättelse
på 730 sidan. År 1017 kom Konung Olof til Norrige, som förr är
ämndt, år 1018 syddde Swen Jarl bäriftrån, och sedan til Konun-
gens död äro fem'on ar förflutne, så at han blef slagen i sit femtonde
regerings år, hwillet swarar albeles emot år 1032. Och kommer den-
na tideräkning äfwen öfwerens med Ingwar Widsjörles Saga, ty där
såges uti 8 Cap. 32 sidan, af Assessor Broemans Uplag, at In-
gwar döddr år 10:1, nio år efter Olof den heliges fall. Janars berät-
tar Sturlefon T. I. p. 805, at Konung Olof blef slagen den 11
Kal. Aug. eller den 29 Julii, och har det warit helt mörkt ifrån half
tio til tre efter middagen. Men jag har ännu intet kunnat få någon
underrättelse om någon förmörkelse, som wid den tiden infallit, hwar-
ken i detta året, eller något af de näst föregående. Åke Grobe säger,
at Konungen döddr år 1030, men årtalet är skrefwet med latinska
Zipfrror, och kan således lätteligen wara förskrifwit.

§. 80.

Konung Anunds matta deltagande uti sin swägers tilstånd,
under des sista härfärd, synes hafwa bidragit ganska mycket til
hans nederlag. Det är likwäl ofelbart, at hela Konung Olofs
regering war en beständig kidja af statsfel, det ena efter det an-
dra. Enwishet och wälmening äro wanskeliga regerings konster,
och när sådant upförande tyckas, är det nog owäntat. Men än-
skjönt Statswändningar förmente til äfwentyrs Konung Anund, så-
som Konung, at inblanda sig i Norrska sakerna, hindrade de lik-
wäl intet, at han ju som man och frände bar all ömhet för Ko-
nung

Ll

Sigurdsta Slägten. Anund Jacob. nung Olof, och för den skuld hade alle Norrska Konungens wän- ner frit tillträde i Swerige. En af Konung Olof Haraldsons stör- sta gunstlingar war Skalden Sigwater, hwilken ock under Ko- nung Olof Skötkonung warit någon tid wid Swenska Hofwet. Denne hade fådt tillstånd, at göra en helig resa til Rom, då Ko- nungen begaf sig til Ryßland. Han war på denna peregrims- färd, när Konung Olof blef slagen på Stiklarstad, och när han sedermera kom til Norrige, kunde han intet trifwas där, emedan saknaden af hans älskade Herre gjorde honom leden och tungsint. Han for därföre öfwer til Swerige, och blef så af Konung Anund, som af Drotning Astrid ganska nådigt emottagen. Konungen skänkte honom ock wid tilfälle, til prof af sin bewågenhet, tio marker utbrändt silfwer. (*). Men där gafs snart et mera wigtigt ämne för Swenska Hofwet, at wisa sin ömhet för den slagna Konungen. Sedan Konung Olofs död, blef Konung Knuts son Swen hämtad från Jomsborg i Wenden, där han hade högsta befälningen på sin faders wägnar, och förordnad at wara Konung i Norrige. Med honom följde hans moder och åtskillige Danske Herrar, samt et almänt misnöje. Kalf Arnason, en af Konung Olof Haraldsons gamla tjenare, skilde sig ifrån honom, då Ko- nungen fann sig föranlåten, at flykta til Ryßland. Han war ock en af anförarna för bondehären emot Konung Olof i Stiklarstads träfning. Konung Knut hade lofwat honom Jarldom eller Stät- hållerskap öfwer Norrige efter Håkan Jarl (**). Men efter Ko- nung Swens ankomst föllo alla deßa förslag öfwer ända. Einar Tambaskjelfwer hade under deßa oroligheter hållit sig aldeles stil- la, hade likwäl äfwen så höga tankar, som Kalf Arnason, hwilka ock ängo i wädret. Deße twänne Herrar förbinda sig därföre emot Danska regeringen, och utan widare omswep försöga sig til Swerige, och därifrån til Ryßland. Här hylla de Konung O- lofs oäkta son Magnus til Norriges Konung, och hasta med den- na nya Konungen til Swerige. Wid ankomsten begifwa de sig genast til Konung Anund i Sigtuna, som efter utseende, nu ej heller wille uppenbarligen blanda sig i Norrska twistigheterna. Men Drotning Astrid, Konung Olof den heliges enka, fick däremot friare händer. Hon låter därföre kalla almogen tilsammans på Haungrum, och föreställde dem, at hon wore sinnad at förhjelpa

sin

fin ſyſſon til beſitningen af ſit fäbernesrike, och wille hon bär til
anwända, ſå wäl alt bet folk, ſom hon habe i ſin befalning, ſom
ock all ſin egenbom. Och på bet alt ſkulle gå ſå mycket bättre
för ſig, wille hon ſielf wara ſin ſon följaktig på fälttåget, och för-
mobabe hon, at menigheten ſkulle wara beſto willigare, at befräm-
ja ſå hebrande förſlag. Menigheten ſwarabe bärpå, at be Swen-
ſke habe haft ſå liten bämab af ſiſta färben, bå be följbe Konung
Olof, at be intet woro färbeles hågabe för en ſåban förrätning.
Drotning Aſtrid yttrabe ſig bärpå, at juſt bärföre, at diſtillige
af beras frånber bliſwit ſlagne, och ſomlige ſårabe, borbe bi ſå
mycket mer wiſa en åbel hurtighet, och ſom hebetlige män kräfwa
hämnd af be uproriſka. Detta ſkäl war ſå kraftigt, at ganſka
mycket folk förſamlabe ſig til unga Konung Magnus, ſå at han
blef i ſtånd, at meb tilräckelig ſtyrka begifwa ſig til Norrige (***).
Konung Magnus ſkyndabe bå genaſt genom Helſingeland och Jem-
teland til ſit fäbernes-rike, och habe meb ſig en anſenlig krigshär.
Men i Norrige war nu menighetens ſinne albeles förändrabt. Ko-
nung Olof war böb, man habe glömt hans ſtrånghet och anbra
fel, ſeban man intet kjänbe bem, och hans goba egenſkaper af-
målabe ſig meb ſå mycket liſtigare färgor i allas minne. Hela
landet war upſyldt meb ben tankan, at Konung Olof bobt ſom
en Martyr; järteken och underwärk ſkjebbe ſtockals wib hans
graf och böba kropp, och ſielfwa Thore-hund, ſom gifwit Ko-
nungen ſit banefär, erkjänbe, at Konung Olof war helig. Så
omſkapas männiſkor af wälb och egennytta. Om Konung Sven
Knutſon upförbt ſig förſiktigt, och wunnit menighetens kjärlek,
habe Konung Olof förmobeligen bliſmit anſeb, ſom Tyran och
wälbswärkare, men genom hans och be Dunſkas obetänkſam-
het, blef Konung Olof uphögb til himmelen, och bet blef et
ſtatsbrott och bödelig ſynb, at twiſta om hans heligshet. I ſå-
ban ſakernas ſtällning, ankom Konung Magnus meb fina Swen-
ſka undſätmings-troppar til Norrige, och ingen tänkte på nå-
got motſtånd. Inbyggarne i Tronhem förklarabe ſig genaſt för
ben nya Konungen, och ben öfriga belen följbe beßas efterbö-
me, ſå at Konung Sven Knutſon fann ſig föranlåten, at be-
wergifwa riket, och förfoga ſig til Dannemark (****).

Ll a   (*)

268   **Swea Rikes Historia.**

Sigurdsa
Slägten.
Anund
Jacob.

(*) Sturlefon, T. II. p. 13.

(**) Sturlefon, T. I. p. 739.

(***) Sturlefon, T. II, p. 2, 3.

(****) I stället för Anund, som wid Konung Magni ankomst regerade
i Swerige, nämnes Emund i Swenska Uplaget af Sturlefon T. II.
p. 2. Men i Peder Claufons Edition, p. 320 står Anund. Likale-
des nämnes Anund i Knytlinga Sagan, p. 38 då där talas om Dan-
ska Konungen Swen Ulssons flykt til Swerige. Och detta kommer
aldeles öfwereens med Adami Bremensis Historia, så at Stats-Rå-
det Gyllnas gissning uti des förbättringar, p. 92 at Konung Anund
war död, när Magnus kom til Swerige, torde til äfwentyrs wara min-
dre tilförlåtelig. Och om man än wille medgifwa, at Konung Emund
då haft högsta befalningen i Sigtuna, kunde det wara skedt under
Anunds frånwaro på någon annan ort i riket. Det kan ock wara möjligt,
at Konung Anund med flit hållit sig undan wid detta tilfället, på det
han intet för sin person skulle wisa någon fiendtlighet emot Konung
Knut. Utom des är skilnaden emellan namnen Anund och Emund
så liten, at de genom misskrifning snart kunnat förbytas. Det torde
således wara tryggast, at följa de flästa Historieskrifwares mening, och
tillägna denna omhwälfning til Konung Anunds regements tid, än at
sluta af den ena Anmärkningen i Heims Kringla, at Konung Anund
då redan wore död.

§. 81.

Samma år eller 1036, då denna Statshwälfning skedde i Nor-
rige, dödde Konung Knut den Store i Engeland, en Herre, som
då man tager undan hans första anfall på detta riket, har nästan
uti alt sit upförande wist et ogement förstånd och rådighet. Som
Landwinnare, hwilka merendels sätta ingen gräns för sin driftig-
nad, wiste han twärt om en återhållighet, som gör honom en war-
aktig heder. När frågan war at freda sit land, hade han intet
betänkande wid at taga del, äfwen i de äfwentyrligaste rörelser.
Men när frågan war om mera oundwikeliga krig, brukade han en
försiktighet, som hwarken satte honom eller hans länder uti någon
särdeles fara. Et besynnerligit prof af denna mogna rådighet,
wiste han i Norriges intagande. Sedan han hade bragt en stor
del af landets mäst betydande inwånare på sin sida, ankommer
han med en Flotta af tolfhundrade fartyg, hwilken fullbordade
hwad som ännu fattades util Norriges undergifwenhet, mera med
fruck

firdck än wåld och wapen. At Norrige gådt förlorade, war mer
hans sons oförstånd skuld til, än något fel af honom sjelf, om in‑
tet det kan tilgräs honom til last, at han intet hållit, hwad han
tilswat ndgra förnäma Herrar om Stdthållarskapet. Når man
öfwerwdgar hans upförande emot Swerige, rönes äfwen en bylik
försiktighet. Dd han efter utseende war i stånd, at gifwa det en
swdr stöt, åtminstone genom härjande och sköfling, nöjer han sig
med at sätta sina egna lánder uti säkerhet, utan at drifwa hämn‑
den längre. Ja man har snarare orbsak at tro, det en hemlig
underhandling warit för händer, emellan Konung Anrnd och ho‑
nom, som innehållit, at man borde lämna Norrige åt sit eget öde,
utan at hwarken Konung Knut, eller Konung Anund borde blan‑
da sig på något eftertryckeligt sätt uti des angelägenhet. Konung
Knut war intet okunnig om nödwändighet, af fästningar och star‑
ka besättningar uti nyligen förwärfwade länder. Men til sådana
inrättningar, gåres aldeles ingen anstalt. Konung Anund går intet
alfwarsamt steg til Konung Olofs uphjelpande, sedan staget wid
Helge‑Å, utan sitter i en fullkomlig ro. Och den undsätning,
som lämnas honom och des son, ankom til större delen på under‑
såtarnas friwilliga benägenhet, hwilket, efter de tidernas församlin‑
gar, de regerande intet kunde hindra. Jag kan intet weta, om
mina gisningar winna alla läsares bifall, men det tror jag mig
med all säkerhet kunna påstå, at Konung Knut aldrig intagit den
ringaste del af Swerige, ehuruwdl diftillige nyare Skribenter, be‑
hagat göra en sådan anmärkning. Sveno Aggonis (*) upräknar
nis berpdande länder eller riken, som Konung Knut underkufwat,
men nämner icke et ord om Swerige. Saxo talar od med nog
tilltagsenhet om Konung Knuts widstråkta herradöme, men nämner
ej heller Swerige. De Isländska Handlingar dro likaledes aldeles
okunniga om en sådan märkwärdighet, och ingen gammal Histo‑
rieskrifware har berättat, hwarken huru eller när det skedt. Uti
et bref, som finnes hos Jngulphus Abboten i Croyland, hwilken
lefwat wid slutet af ellofte, och i början af tolfte århundrad, gif‑
wes någon ankbning til denna mening; ty dår kallas Knut Ko‑
nung öfwer England, Dannemark, Norrige, och en stor del af
Swerige (**). Sedan har en Englendare af femtonde århundrad
Thomas Rabborn (***) sagt, at Konung Knut dgt halfparten

Siaurdsse
Sulltta.
Anund
Jacob.

af Swerige. Rudborns witnesbörd kunde wara gjällande, om
man war öfwertygad, hwarifrån han fådt sin berättelse: men som
ganska många äldre Skribenter författadt denna tidsens Historia,
och likwäl intet talt om Sweriges intagande, förlorar han mycket
af sin trowärdighet uti detta mål. Det är således nog troligt,
at Rudborn grundadt sin utsaga på Ingulphus, hwarföre ock
det åberopade brefwet förtjenar i synnerhet wår upmärksamhet.
Brefwet kan wara gammalt, i anseende til sjelfwa innehället,
men titelen kan wara öst uti senare afskrifter. Men det kan ock
wara möjeligt, at titelen kan wara riktig, men bewisar dock
likwäl intet, at Konung Knut tagit in någon del af Swerige.
Saken kan wara den, at Konung Knut wärkeligen ägt, eller
ock tillägnadt sig mycken egendom i Swerige. Sammanhanget
här af borde förmodeligen wara sådant. Konung Knuts syster
Estrid, Ulf Jarls gemål, war Sigrid Storrådas dotter. Drot-
ning Sigrid hade stora gods i Swerige, och måtte således hen-
nes dotter fådt någon del däraf wid hennes död, hwilken genom
byte, eller på annat sätt kunnat komma uti Konung Knuts
händer. Man wet nog, at systrar i almänhet intet togo arf
med bröder, för än i Birger Jarls tid, men denna stadga lär
ei hafwa sträckt sig til Prinsessorna. Ty man finner, at Konung
Waldemar den 2 i Dannemark, haft åtskilliga egendom i Swerige,
den hans moder Sophia, Konung Swerker den äldres dotter
fådt i arf (****). Och medgifwes detta, kan början af Konung
Knuts bref wara sant, och Swerige har ändå på intet sätt af
honom warit underkufwat, som i början påmintes. Hwad som
nu är anfördt, får ännu större wigt, om man wil tro, at
Drotning Sigrid Storråda warit moder åt Konung Knut,
som någre äfwen gamle Historieskrifware wid handen gifwet. Stats-
Råden Gram och Suhm wilja likwäl göra troligt, at Konung
Knut intagit Swerige, och det genom Ericus Upsaliensis, som
berättar, at Konung Knut öfwerwunnit Konung Emund wid
Stångapelle-bro i Skåne. Man kan ock lägga til, at gam-
la Krönikan, som Messenius utgifwit, och Olaus Petri, utom
åtskilliga nyare, berätta det samma. Det är bekant, at så wäl
Ericus Upsaliensis, som de andre sölat den gamla Förteckningen
på Sweriges Konungar, som Ark. B. Erik Benzelius låtit

tryc-

trycka uti sina Monumenter. Men denna upsats talar intet om
något nederlag, som Konung Emund lidit wid Stångapelle-bro.
Utan lår denna tilökning wara tagen af Saro, hwilken anfördt
Konung Knuts fälttåg til Såne emot Anund Jacob, och Ko-
nung Olof i Norrige. Hår nåmnes slaget wid Stångaberg,
som förr år påmint, dår talas ock om en pålad bro, hwariftån
Stångapelle-bro torde wara utkläkt, och således bör denna Ko-
nung Knuts seger, föras til Konung Anund Jacobs tid, då så-
kerligen ingen del af Swerige blifwit af Konung Knut intagen.
Hwarföre ock alla de af denna omständighet håmtade flutsatser,
på intet sått, bewisa det, som hår twistas om.

(*) Sveno Aggonis C. 5. p. 82. Hans witnesbörd kan förtjena at ut-
föras. Nam ab ultima Thyle usque ad Græcorum ferme imperium,
virtute multiplici, circumjacentia regna fuo aggregauit imperio (Kanu-
tus). Quippe Hiberniam, Angliam, Galliam, Italiam, Longobardiam,
Theotoniam, Norrvegiam, Sclaviam cum Sembia fibi fubjugauit. Det
år nog befynnerligt, at denne Auctor förgåtit at nåmna Swerige bland
Konung Knuts intagningar, så framt han funnit den ringaste anledning
dårtil: då han likwål funnit fig beråttigad, at bla Konung Knuts
Herrabölne, åfwen med de lånder, som han endast genomrest. Saxo,
intgående om Konung Knuts wiftråcta magt, L. 10. p. 196, nåmner
allenast fex riken, som denne måctige Konung warit innehafware utaf,
utan at nßfora namnen på lånderna. Denna bristen ersåttes likwål af
Stephanius uti noterna p. 212, som åfwen nåmner Swerige ibland
Konung Knuts eröfringar, dock utan något bewis.

(**) Titelen lyder så: Kanutus Rex totius Danannarchie, et Anglie et Nor-
vegie et magna partis Slavorum, och af Ingulphus har Wilhelm
Malmesbury och andre flere lånt samma bref och titel.

(***) Thomas Rudborn Historia Majori Ecclesiæ Vintoniensis, uti
Warthons Anglia Sacra. Hans ord åro desfa: Knuto erat Rex An-
glorum Danorum et Norvegensium cum dimidio Sveciæ. Man kan
jåmföra hårwid Gram de anno Itineris Romani Canuti Magni, och
Suhms Förbedringar.

(****) Hårom witnar Konung Waldemars Jordbok, och förtjenar des
intagande at införas af Menum. Scanensia P. 1. p. 35. Hec funt
posfesfiones Regis Valdemari in Suethia - - et preter illas posfesfiones
quas Bolezlaus heredituaus mortuo Patre Sverçone antiquo, et mortuo
Domino Bolislavo, easdem posfesfiones hereditauit Sophia Regina Dacie
mater Regis Valdemari II.

                                      §. 82.

§. 82.

Sigurdsta
Slägten.
Anund
Jacob.
     Efter det, som redan är andragit, finner man, at Konung
Magnus blifwit Konung i Norrige genom de Swenskas bistånd.
Hans regering blef stadfästad genom Konung Knuts, och Konung
Swen Knutsons död, hwilken allés kort efter sin fader. Danne-
marks fordran på Norrige, stadnade uti en inbördes aföförening
emellan Konung Hordaknut, Knut den Stores son, och Konung
Magnus, i anledning af hwilken den, som öfwerlefde den andra,
borde wara Konung både i Norrige och Dannemark, imedlertid
skulle wara beständig fred emellan bägge riken. Tolf af de för-
nämsta i bägge riken, giorde edelig försäkring, at freden skulle hål-
las obrotsligen (*). Hela Norden fick härigenom et önskeligt lugn,
och Anund hade tilfälle, at obehindrad utföra sin förnuftiga nit
på Christendomens utwidgande. Konung Hordaknut, som efter sin
broder Harald, äfwen blifwit Konung i Engeland, dödde barnlös
1042, och på detta sätt war icke allenast Konung Knuts Ätt ut-
gången på manliga linien, utan ock hela Lodbrokiska yngre grenen,
som regerat i Dannemark, alt sedan Ragnar Lodbroks tid, alde-
les förtorkad. Konung Magnus hade fördenskuld ingen särdeles
swårighet, at njuta frukten af föreningen, som war träffad med
den aflednn Konungen, och blef han dret där på, eller 1043 hyl-
lad på Wiborgs Ting, til Konung öfwer hela Danawelde. Men
en farlig Pretendent, och nära slägting af Konung Knut, upp. höll
sig imedlertid wid Swenska Hofwet, Swen Ulfson nemligen,
Ulf Jarls son med Konung Knuts syster Estrid: han kallas af
somliga Swen Ulfson, af somliga åter Swen Estridson. Ulf
Jarl hans fader, blef på Konung Knuts befalning ihjälslagen sam-
ma år, som slaget stod wid Helge-Å, eller 1031, då hans son
Swen blef nödsakad at fly undan til Swerige (**). Och sedan
denna tiden hade Swen Ulfson i tolf års tid warit i tjenst i Swerige,
under Konung Anund Jacob (***). När nu Konung Magnus
war antagen til Konung i Dannemark, gör Swen Ulfson sin
upwaktning hos honom, där han låg med sin Flotta för Gjötha
Älf. Och som Swen Ulfson ägde alla goda egenskaper, sam kun-
de hedra en förnäm Herre, ställer han sig så in med Konung
Magnus, at han förordnades til Jarl eller Ståthållare i Danne-
mark,

marf, under Konungens frånwaro. Einar Tambaskielfwer war Sigurdssa Slägten. Anund Jacob.
närwarande wid detta förordnande, och yttrade sig häröfwer med
deßa orden, of Jarl, of Jarl, Foſtri, alt för ſtor Jarl, alt
för ſtor Jarl, min Foſterſon (****). Men Konungen uptog den-
na påminnelſe ganſka onådigt, icke deſtomindre fick han röna af
ſielfwa förfarenheten, at Einar hade rätt.

(*) Sturleſon, T. II. p. 9.
(**) Sturleſon, T. II. p. 27.
(***) Adamus Bremenſis H. E. L. 2. C. 54. Och ſer man härutaf,
     at denne man warit i wiſſa mål wäl nog underrättad, ty ifråa den tid
     Swen Ulf, ſom ſlydde til Swerige, och til 1043 äro tolf år förflut-
     ne, ſå at man och lär med all trygghet kunna ſtäla, at Konung Anund
     ännu lefwat, ſom förr är anmärkt.
(****) Sturleſon, T. II. p. 29.

§. 83.

Det drögde ej heller rätt länge, för än Magnus fick tilfälle
at ångra ſin oförſiktiga ädelmodighet, at han ſatt en ſå betydande
Herre til Ståthållare öfwer Dannemark, emedan Swen Ulſſon
med ſit intagande wäſende, förband ſig ſå allas hjertan i Landet,
at han blef utwald til Konung, ſedan Magnus farit tilbaka til
Norrige. Men Konung Magnus, ehuru god han annars war,
ſå at han ock blifwit kallad Magnus den Gode, kunde intet tåla
en ſådan trolöshet, utan kom med en talrik krigshär följande åter
til Dannemark. Konung Swen wille med wärjan i handen för-
ſwara ſin höghet, hwarföre ock bägge Konungarne hade åtſkilliga
träfningar med hwarandra, uti hwilka Konung Swen altid war
olyckelig, ſå at han ock måtte flykta ur landet. Dock ſlydde han
intet längre än til Swerige, hwar han blef wäl emottagen af Ko-
nung Anund (*). Han hade ock godt biſtånd af Toſe Jarl, för-
modeligen Walgauters ſon, ſom twifwelsutan blifwit ſin faders
efterträdare. Wid ſamma tid, ſom Konung Swen nu uppehölt
ſig i Swerige, ankommer ännu en annan Prins til Sigtuna,
nemligen Harald Sigurdſon, Konung Olof den heliges halfbro-
der, hwilken tagit ſin förſta tilflykt til Swerige, efter ſlaget på
Stiklarſtad. Härifrån hade han reſt til Konung Jaroſlau i Ryſ-
                    M m   land,

Sigurdsto
Elduen.
Anund
Jacob.

land, och sedermera til Mycklagård eller Constantinopel, hwar han tagit tjenst bland Wåringarna, Keiserliga lifwakten därsammastädes. Här hade han sedermera uti Grekiska tjensten gjordt stora förrättningar, och tillika förwärfwat sig mycken rikedom. Wid återkomsten til Ryßland gifte han sig med Konung Jaroslaus, och Swenska Prinseßan Ingegerds dotter, Elisabet, och kom således til Sigtuna, där han och Swen Ulfson lade sällskap och förbund tilhopa, emot Konung Magnus. Och som deße Prinsar således woro bägge beiwdgrade med Swenska Konungahuset, samlade sig en ganska stor hop folk til dem, hwarmed Swen Ulfson åter intog Dannemark. Men tiden war ännu intet kommen, at Swen Ulfson skulle uti ro så besittia det rike, som försynen honom ämnade. Genom hemliga utskickade, hade Konung Magnus funnit medel, at draga Prins Harald på sin sida, hwilken ock i all myßhet sönderade sig från Swen Ulfson, och for til Norrige. Han kom då genast i en wänlig förlikning med Konung Magnus, så at halfwa regeringen blef honom öfwerlåmnad. Därpå förenade sig bägge Konungarne, at gemensamt utföra sin talan til Danska Kronan. Swen Ulfson regerade imedlertid i Dannemark til sommaren 1047, men då ankomma bägge Konungarne från Norrige med så öfwerlägsen magt, at Konung Swen intet fann sig i stånd, at wåga någon träffning, utan drog sig undan til Skåne, på det han wid farligare utseende, kunde så mycket tryggare betjena sig af sin wanliga undanflykt til Swerige. Men imedlertid sjuknar Konung Magnus, då han och kort för sin död förklarade, det alt dral på Dannemark nu mera förswan genom hans död, ty den afhandling, som war gjord emellan honom och Hårdaknut, hade intet afseende på deras efterträdare. Fördenskull låmnade Konung Magnus Dannemark åt Konung Swen, men hela Norrige til sin Farbror Harald Sigurdson. Härefter aßomnade Konung Magnus, mycket älskad af sina undersåtare. Detta förordnande war ingalunda i Konung Haralds smak, utan han war sinnad at fara til Wiborgs Ting, och där låta hylla sig til Konung, så at Dannemark sedermera alt framgent skulle wara Norrige undergifwit. Men Einar Tambaskielfwer afbröt aldeles deßa stora förslag, då han förklarade sig intet wara hågad, at långre föra krig utomlands, och fika efter andras olydigheter, utan at han wille heller följa

Ko-

Konung Magnus död, då en annan Konung lefwande. Til så
mycket större förtret, war alt folket af samma tanka som Einar,
så at Konung Harald åfwen mot sin wilja, måtte begifwa sig
på återresan til Norrige. Konung Swen war redan i begrep,
at nederlägga sin wanskeliga höghet, och förfoga sig til Swerige,
när tidningen inlopp om Konung Magni sidsta förordnande; men
wid denna underrättelse, församlade sig mycket folk til honom utur
Skåne, och begaf han sig således med all skyndsamhet til den öf-
riga delen af Dannemark, hwardst Konung Swen blef utan gen-
sägelse ansedd, som Rikets rättmätiga Herre och Öfwerbet. Och
sedan den tiden, lär ej Swerige tagit mycken del uti Konung
Swens angelägenheter, utan lär Konungen i Dannemark seder-
mera med inländsk magt bibehållit sig på Thronen, oaktadt hans
besrådrligheter dänu intet woro aldeles öfwerståndna.

(*) Sturlesons. T. II. p. 89.

§. 84.

Når man öfwerwägar alla deßa anförda omständigheter, fin-
ner man, at Swerige warit liksom en almän tilflykt för stora Her-
rar, som et widrigt öde nödsakat, at öfwergifwa sit fäderneslanb.
Alle deße Herrar blefwo i Swerige understödde, både med folk
och andra nödwändigheter: men det oaktat, företogs likwäl inga
fiendtligheter emot Swerige af dem, som kunde hafwa orsak at
beswära sig öfwer en sådan undsätning. Man finner aldeles ingen
anledning, at hwarken Konung Knut i Dannemark, eller Ko-
nung Magnus i Norrige, på något sätt bestradt den hjelp, som
Swerige gjordt deras motståndare. Alt detta synes bewisa, det
Swenska magten warit ganska betydande, så at man fruktat at
reta en så farlig fiende. Adamus Bremensis säger ock om Swerige,
at det synes liksom sönderkrossa alla de andra Nordiska folksla-
gen (*). Intet wet jag, om den finare politiquen, eller bedragare-
konsten, war då så wäl utarbetad som nu. Men det synes nå-
stan, som Konung Anund haft något begrep därom. Ty altid
lämnade han de Prinsar, som togo sin tilflykt til honom understöd,
så at de woro i stånd at någorlunda hålla sfäret emot sina fiender,
men aldrig blefwo de biträdde med sådan styrka, at fiendtligheter-

na

Sigurdska
Slägten.
Anund
Jacob.

na därmed uphörde. På detta sätt underhölls en stadigwarande
mishällighet emellan Danska och Norrska Hofwen: hwilket hade
den wissa nyttan, at grannarne förswagades. Dock är det altid
tryggare, at wara säker genom egen styrka, än andras kraftlöshet.
Och torde det wara likså klokt, at hafwa starka och trofasta gran-
nar, som swaga och twillande. Ehuru det nu må wara, hade
Swerige under Konung Anunds regering, at sägna sig af en beständ-
dig och hedrande fred. Och har man ingen kundskap, at Konung
Anund haft något annat krig, än det han förde mot Konung Knut
i Dannemark. Huru det war slutat wet man intet widare, än
det man tilförne såsom en sannolik gisning andraget. Ingwar
Widsörles Saga nämner likwäl om en annan krigsförrättning,
som Konung Anund haft emot Semgallerna (**). Men denna
hör egenteligen til hans faders regements tid. Sammanhanget här
af är sådant: detta folk hade försummat, eller wägrat på en tid
at betala den årliga skatt, hwilken de til Swerige borde erlägga.
Anund och Ingwar woro då affärdade af Konung Olof, til at
utkräfja deßa årliga utskylder. Regerande Herren gjorde aldeles
ingen swärighet härwid, men trenne Höfdingar wille göra mot-
stånd, och samlade folk: men de blefwo af Anund och Ingwar
drefne på flykten, och deras län utplundrade. En af Höfdingarna
blif til fånga tagen, och på stället uphängd. Efter denna förrät-
ning wände Konung Anund och Ingwar med skatt och ansenligt
byte tilbaka til Swerige. Denna förrätning nämnes wäl på in-
tet annat ställe, men har likwäl all utseende af sannolikhet. At
Curland med flera länder wid östra stranden af Östersjön, warit
denna tiden Swerige undergifwit, är nog bewisligt, och förebrås
det Konung Olof Skötkonung på Upsala Riksdag af Thorgny
Lagman, at han låt sina östra Skatländer gå sig undan, medan
han traktade efter Norrige. Det kan wara troligt, at denna
krigsrustning blifwit företagen i affikt, at afskudda en sådan tilwä-
telse, och måste detta fälttåg således hafwa skjedt mot slutet af
Konung Olofs regering, hwilket alt paßar sig wäl nog med den
åberopade Sagan. Om Ingwar skal framdeles något mer blif-
wa omrördt.

(*)

(*) Adamus Bremensis Hist. Ecclef. C. 86. Populi Sveenum multi funt, præterea tam in equis quam nauibus, juxta optimi bellatores, unde etiam ceteras aquilonis gentes coufringere videntur.

(**) Ingwar Widförles Saga. C. 4. p. 11.

Stenböffa
Silgten.
Anund
Jacob.

§. 85.

Detta lär förmodeligen wara det förnämsta, som tildragit sig under Konung Anund Jacobs regemente uti werldsliga mål, så wida det finnes uti trowärdiga Skrifter antefnadt. Hwad Christna lärans utspridande beträffar, skal det framdeles uti en särskilt flock blifwa afhandladt. Man tillägger elest en besynnerlig, eller orimmelig Lag åt denna Konungen, nemligen at han hållit så sträng rätt i brudmål, at när någon blifwit beträdd med förkränkning af lagen, har han låtit wärdera den tilsogade saban, och upbränna så mycket af ogärningsmannens hus, som däremot kunde swara (*). Det är wäl intet skäl at anse något för otroligt, endast därföre, at det är orimmeligt. Människan är i sit upförande esomoftast sådan, at man understundom bör sätta tro til ästistigt, endast därföre, at det är orimmeligt. Men de som lämnadt oss denna uppbyggeliga lagen, äro så litet underrättade om wåra gamla Handlingar, at de uti deßa tiders Historia äga nästan intet witsord. Det är troligt, at de hördt nämnas en Anund Rålbränd eller Rålbrännare, då de strax welat gifwa ordsak til et så besynnerligt namn, och således betient sina läsare med egen tilwärkning, samt lämpat altsammans på Anund Jacob, efter de intet haft sig befant någon annan Anund på Swenska Thronen. Med denna Kolbrännare torde sikwäl wara en helt annan beskaffenhet, hwilket uti Andra Delen förmodeligen skal utredas. Om Konung Anunds giftermål wet man intet mer, än hwad en gammal anmärkning wid Adamus Bremensis gifwer wid handen (**), at des Gemål hetat Gunhild, som någon tid lefwat duka efter sin Herres död. Uti et gammalt släktregister, som Arkebiskopen Erik Benzelius låtit trycka efter Wastovii Vitis aquilonia, skal han haft en dotter som hetat Guda, hwilken warit gift med Konung Swen Ulson i Dannemark, och blifwit skild från honom för den släktskap, som warit dem emellan. Men af Sturleson

M m 3

wet

Sigurdska Slägten. Anund Jacob. wet man, at Swen Ulffons Gemål war Gunhild Aflak Erlingſons dotter från Fola på Joder (***) i Norrige, dotterdotter af Holmfrid, Konung Stötkonungs dotter. Men som Konung Swen haft många huſtrur, år det intet aldeles otroligt, at han kunnat åfwen haft en Swenſk Prinſeßa, utom ſin Norrſka Gemål. En annan dotter ſkal ock Anund hafwa haft, ſom blifwit gift med Stenkil (****). Mer underrättelſe har man intet om Konung Anunds barn. Konung Anunds mynt utwiſa på ena ſidan, Konungens bild med ſpira i handen, och hielm på hufwudet, ſamt omſkrift Anund Rex Zi. På andra ſidan er kors med myntmäſtarens namn och omſkrift, Thormodh on Zithu. Änteligen afſomnade Konung Anund Jacob, efter et nog långwarigt regemente år 1051 (*****).

(*) Ericus Upſalienſis, Olaus Petri, Meßenius uti deß ſm: Kråaiker, Gamla Förtekningen wid Wäſtgötha-lagen, ſom är äldre än alle beſſe nu åberopade, ſåger wäl, at Anund war ſträng, och låt brånna up wåldsmärkaret hus, hwarföre han ock blef kallad Kolbrånna. Detta kan wara troligt, men häraf följer intet, at någon ſådan lag war ſtiftad, ſom i ſielfwa paragraphen är antetnadt.

(**) Wid Adamus Bremenſis Hiſt. Eccleſ. L. 3. C. 16. p. 36. n. 53. ſtår denna oredliga anmärkning under Konung Emunds Hiſtoria: Alia erat Crenbild relicta Amundi, alia Gaude quam Thore interfecit.

(***) Snorleſon, T. II. p. 104.

(****) Perlingſkiöld Ättartal. p. 37.

(*****) Detta årtal är utſat uti Hiſt. Archiepiſc. Bremenſum, ſom Lindenbrog utgifwit, den finnes åfwen ſårſkilt uti Fabricii Uplag af Scriptores Septentrionales Lindenbrogii. At denne Autor följt Adamus Bremenſia år nog tydeligt; men at han ock haft tilgång til andra Bremiſka Handlingar, är lika gemotſägeligt, och kan man nog finna, at Bremiſke Arkebiſkoparne haft kundſkap om de Stats förändringar, ſom här i riket under deras andeliga herrawälde ſig tilldragit. Det enda, ſom emot detta årtal kan inwändas är det, ſom Snorleſon ſåger, at Emund regerade i Swerige, när Harald Sigurdſon kom från Ryßland. Men härom är gjord någon påminnelſe kort förut.

§. 86.

Emund. Anund Jacob lämnade genom ſin död regeringen til ſin äldre broder Emund. Han blef kallad Gammal för ſin ålder, och
den

den Stemme eller iakke, utan at man med säkerhet kan säja hwar- *Sigurdska*
före. Imedlertid är Emund uti, snart sagt, alla wåra Historier *Släqten.*
med de wärsta sårgor afskildrad. At man med ordet tillägger ho- *Emund.*
nom rörläggningen, hwarigenom Skåne, Halland och Blekingen af-
sondrades från Swerige, är oförnekeligt; emedan denna förrätning
skedde under den tid, då Swen Otto regerade i Dannemark, som
uti Erik Segersälls Historia är påmint. At han anfördt Swenska
krigshären wid Stångaberg, eller Stångapelle- bro, är nog tro-
ligt. Men ehuru Konung Knut där wunnit en otwiswelaktig seger,
är det likwäl ogrundade, at han där blifwit död. Ej heller hör
detta nederlag til Konung Emunds regering, utan til Konung A-
nunds regementstid. Med säkerhet wet man, at Emund regerat
ganska kort (*), och at han intet haft den lyckan, at behaga Mun-
ken Adamus Bremensis: men därföre är det intet afgjordt, om
det warit för en wärkelig fallsinnighet i Cristendomen, eller för nå-
gon mindre undergifwenhet för Bremiska Ärkebiskopparna. Ty det
lägges honom i synnerhet til last, at han på egen myndighet an-
tagit en Ärkebiskop wid namn Osmund, hwilken intet wille un-
derkasta sig Bremiska enwäldet (**). Om detta warit en så him-
melskriande synd, lämnas i sit wärde; efter nu warande tänkesätt
begriper man intet, hwaruti denna oförrätteliga synden bestod. Man
kan därföre intet med trygghet anse den torka och misswäxt, som
under Konung Emund beswärade landet, för et besynnerligt Guds
straff för denna ogjärning. Sådant händer under de bästa Ko-
nungar. Konung Jaroslaus Gemål, Konung Emunds halfsyster
war redan död 1049 (***). Och ser det ut, som wänskapen emel-
lan Swenska och Ryska Hofwen så småningen nu började aftaga.
Och kan det wäl wara, at något dylikt gifwit tilfälle, at Konung
Emund affärdade sin son Anund, med en ansenlig magt til Öster-
landen. Adam af Bremen kallar det Amazonernas land, hwilket
lär wara samma land, som Isländska Skrifter kalla Quenland,
förmodeligen Cajana. Men detta fälttåg war ej lyckeligt, ty Prin-
sen omkom med hela hären därigenom, at fienden förgiftat watnet.
Detta skulle ock tjena til bewis af Guds straff, för det Emund
tagit sig en Biskop, Bremiska Ärkebiskopen obespord. Detta är
likaså obegripeligt, som at detta fälttåg kan anses för segerfult,
alldenstund den enda Historieskrifware, som gifwit oss underrättelse
där-

härom, berättar det på sätt, som nu är omrördt (****). Wil man
tro, at detta fälttåg uphäft förtroendet emellan Swenska och Ryska
regeringen, kan det ock gifwa anledning, hwarföre Waregernas
namn blifwer nog sälsynt wid denna tiden uti Ryßarnes Hand-
lingar. Det kan ej heller rätt wäl jämnkas med Ingwar Widsörles
färd, så wida denne wandraren dödt 1041.

(*) Herwarar Sagan C. 20. p. 181.
(**) Adamus Bremensis H. E. L. 3. C. 15.
(***) Restore Chronicon, Samlung Rußischer Geschichte. T. I. p. 191.
(****) Adamus Brem. H. E. L. 3. C. 17.

§. 87.

Året, när Konung Emund dödde wet man intet, det allena
är bekant, at han intet regerade länge, som förr är påmint. Om
hans Gemål är man ej heller underrättad. Man säger wäl, at
hon hetat Astrid, och warit Nials dotter från Halogaland i
Norrige, och då har han warit Stenkils styffader. Man beropar
sig på Herwarar Sagan, men där står det intet (*). At han
annars warit en slug och hal Herre, kan hämtas af Konunga-
längden wid Wästgötha lagen, där han säges hafwa warit gan-
ska wänlig, fast opålitlig (**), när han wille hafwa något fram.
Förnämste Herrar äro ofta underkastade sådana ombömen. At Ko-
nung Anund annars haft en soneson som hetat Erik, och Konung
Emund äfwen en af samma namn, hwilka efter Emunds död twi-
stade om Kronan, är en sak, om hwilken hela ålderdomen warit
okunnig. Wil man tro Adamus Bremensis och des gamla Scho-
liast (***), hafwa twänne Prinsar af samma Konungahuset som
hetat Erik, upwäkt inbördes krig om arsrätten til riket, hwilka
bägge blifwit slagne. Denna berättelse kan wara riktig, men wil
man tro den i et mål, bör den ock äga witsord i flera, och då
är oselbart, at detta buller intet blifwit upwäkt wid Emunds, u-
tan wid Stenkils död. Märkeligt är, at Sigurdska Slächten på
Manliga Linien utgått nästan på en och samma tid i Dannemark
och i Swerige; ty den utslocknade med Konung Hårdaknut i Dan-
nemark, och med Konung Emund i Swerige, sedan den något
mer

mer än trehundrade år warit rådande, nästan öfwer hela Giöthiska Sigurds
Norden. Swenska werlden får således et aldeles nytt utseende. Slächten.
En ny Konunga-slächt intager Swenska Thronen, nya udukeslier, Emund.
nya seder, nya dygder och nya dårskaper, uplysa och förwilla
jorden.

(*) I Herwarar Sagan C. 20 p. 182, står intet annat, än at Sten-
kils moder het Astrid, Malmfn Skialgs dotter af Halogaland, men
intet ord nämnes om Astrids gistermål med Konung Emund. Hos A-
damus Bremensis L. 3. C. 15. p. 36. säges wäl, at Stenkil warit
antingen Privignus styfson, eller Nepos slächtinge af Konung Emund.
Men uti Historia Archiepiscopor. Brem. C. 91. p. 81. kallas Stenkil
allenast nepos Regis, hwilket, om det öfwersättes med slägting, har sin
fulla riktighet. Och wil man sluta af denna senare Auctor, är Konung
Emund död emellan 1051 och 1057. Närmare kommer man intet.

(**) Wittnesbördet om Konung Emund är sådant wid Wäsigöthalagen
p. 93. Thyrkid war Amunder Slemma, thy at war sliskär
eigh godär at thra, i thy mali han wildi främjä.

(***) Adamus Bremensis Hist. E. L. 4. C. 15. n. 67. Det lyder så.
In Sveonia per idem tempus Christianissimus Rex Steinkel defunctus
est, post quem duobus Hericis de regno certantibus, omnes Svedorum
potentes in bello accubuisse feruntur. Nam et ambo Reges ibi perie-
runt. m. m.

●❂❀❂❀❂❀❂❀❂❀❂❀❂❀❂❀❂❀❂❀❂❀❂❀●

6. Capitlet.

Om
Åtskilliga Herrar och Män, som, under deßa sista
Konungar, warit namnkunnige i Swerige.

§. 1.

At man må få så mycket mera ljus i denna tidens nog mör- Namnk.
ka och magra Historia, är det angeläget, at man äfwen Män.
påminner sig de betydande Män, som, under de sista Ko-
nungar, hafwa dels lefwat i Swerige, dels af Swensk Ätt af-
komne, hafwa giordt sig så in som utomlands namnkunniga. Om
Skoglar Toste, Håkan Bonde och flera olika Herrar, har
                        N n   man

Namnk.
Män.

man sig intet, mera bekant, än hwad som tilförne är anbragit. Skoglar Tostes son het. Ulf, och war: fader til Ragwald Jarlen i Wäster-Göthland (*), om hwilken tilförne är talt i Olof Sköt-konungs lefwerne. Ragwald Jarl följde Prinsessan Ingegärd til Ryssland, där han blef Jarl öfwer Aldejuborg, en stad som för-modeligen warit belägen wid Ladoga sjön. Kan hända, orten he-tat Stargard eller Stargorod, som på Ryska betyder gamla-staden, hwilket wore Sagoskrifware någorlunda förswenskat, och förbråkadt til Aldejuborg. Han war twå gångor gift. Uti första giftet hade han Astrid, Målfin Skjalgs dotter af Halogaland i Norrige, och med henne aflade han Stenkil; som sedan blef Konung i Swerige (**). J andra giftet ägde Ragwald Jarl Ingeborg, Konung Olof Trygwasöns syster, äfwen från Norrige, och med henne hade han twå söner Ulf Jarl, och Eilif Jarl (***). Af deras heders-titlar kan man sluta, at de warit märkelige män, fast deras öden äro intet widare bekanta. Annars hade Ragwald uti sit Hof Skalder efter den tidens smak, och war Halfredur Wandreda Skald länge hos honom, den tiden han regerade Wäster-Göthland (****). Såsom i nåra slyktskap med Swenska Konungahuset, ty Ragwald Jarl war systebarn med Olof Sköt-konung, och såsom beswågrad med Konungen i Norrige; war han i stort anseende, samt dristig och tiltagsen. Men han hade efter utseende fått dyrt betala sin dristighet; om ej des fosterfader, Torg-ny Lagman tagit honom i förswar på Upsala ting, och Prinses-san Ingegärd tagit honom med sig til Ryssland. Ragwalds öfri-ga öden äro intet bekanta:

(*) Olof Trygwasöns Saga uti tilösningarna til Sturlesön, T. II. P. 478.

(**) Herwarar Sagan, C. 20. p. 182.

(***) Sturlesön, T. I. p. 517.

(****) Olof Trygwasöns Saga p. 478.

§. 2.

Uti Erik Segersälls tid lefde en Höfding i Swerige, be-nämnd Ale. Denne begjärde en af Konung Eriks döttrar til sin Gemäl, men fick afslag, efter han intet war förnäm nog til et så
höge

högt giftermål. Hon blef dårföre gift med en Folkiskonung i
Gardarike, eller Ryßland. Det är likwäl troligt, at Prinseßan
warit likså nögd med Akes tilbud, som med sin stedda förmäl-
ning; Ake skyndar dårföre til Gardarike, öfwerrumplar Ryska Ko-
nungen, slår honom neder, och tager Swenska Prinseßan med sig
til Swerige, och gifter sig med henne, utan at inhämta hennes
Herr Faders samtycke. Det war nog begripeligt, at detta steg
skulle misshaga Konung Erik. Men Ake, som en gång redan må-
gat sit lif för at få äga sin förnäma Brud, war ej hågad at lå-
ta sin lycka ankomma på Konungens enskylta wälbehag. Han
trädder dårföre i ndra förbund med otta andra mägtiga Herrar i
landet, til deras gemensama förswar, i fall någon fiendtlighet wo-
re at befara från Hofwet. Konung Erik, ehuru mån han an-
nars war om sin höghet, hade likwäl betänkande wid, at genom
inbördes krig sätta landet i osäkerhet, hwarföre och Konungen blef
förlikt med Ake, som och fick i ro behålla sin höga Gemål. Imed-
lertid begärde Konung Erik den namnkunniga Håkan Jarls dotter
Auda från Norrige. Så store Herrar så sällan torgen, och Auda
blef af sin fader öfwerförd til Swerige. Håkan Jarl war af
långt annat sinnelag, än Konung Erik. Full af en orolig och
ewigwarande drelystnad, war han altid färdig til olt, allenast han
kunde förnöja sina högdragna bigärelser. Det är möjligt, at han
blifwit misslynd öfwer den utmärkta heder, som Ake åmjöt wid
bröllopet, to han war altid tålnad ibland de främsta. Kan ock
wara, at Akes stora magt och anseende, syntes honom intet paßa
sig med den undergifwenhet, som en undersåtare bör hysa för sin
Öfwerhet. Anlägningen blef då den, at Ake wid detta tilfälle
skulle ur wägen rödjas. Förslaget war dock intet så lätt wärkställt,
emedan Ake lasunnit sig ganska manstärk wid denna högtideligheet.
Men ju mera höflighet och förtroende Ake åtnjöt, ju mindre nödi-
ge syntes honom de anstalter, som han giordt til sit förswar, och
han, som förr trodt sig hafwa något at befrukta, mente nu at al-
la förbehåll woro onödiga, och lefde således utli en fulkomlig säker-
het. Tilfället blef då genast nyttjadt, och Ake tillika med alla si-
na tilgifne Höfdingar nederfablades wid slutet af bröllopet. Hå-
kan Jarl misstänktes med alt skjäl för denna grymhet; emedan man
annars utli Konung Eriks regering intet har prof af så blodiga

N n 2   hög-

Namnk.
Män.

högtider. Men om man än wille aldeles frikalla Konungen för detta öfwerwedld, blefwo likwäl så wäl Akes län, som de öfrigas til Kronan inbragna. Men Akes efterlämnade Gemål och son Emund blefwo qwarhållne wid Hofwet, och undfingo der all anständig förplägning. Mera är intet bekant om Akes märkwärdigheter, men des son Emund lyser ännu någon tid i Swenska Historien (*).

(*) Ingwar Widförles Saga.

§. 3.

Wid andra omständigheter hade Emund Akes son kunnat wara nögd med sit hoflefwerne, som han utom des hade den förmån, at wara i nåra skyldskap med den regerande. Men när han såg sin faders arfländer alt utföre blifwa under Kronan och deras afgjälder årligen insmyta uti Konungens Skatkammare, förgick honom omsider alt tålamod, så at han föll på det förmislade rådet, at skaffa sig sielf rätt. Uti dessa tider war god tilgång på sådant folk, som intet tänkte mer än Emund sielf. Han skaffar sig således ellofwa följeslagare, med hwilka han anfaller de tolf Konungens utskickade, som upburit skatten af landet. Detta uptåg hade ingen annan nytta med sig, än at både Konungens fyllomän, och hans ellofwa stalbröder blefwo alle på platsen, och han sielf så sårad, at han blef liggandes på marken bland de döda. Och om intet Prinsessan Ingegerd utaf en händelse kommit at fara öfwer samma stig, hade han antingen måst dö af sina sår, eller ock blifwit et offer för Konungens rämdriga hämd. Olof Skötkonung war då regerande i Swerige, och kan man nog föreställa sig, at han intet lämnade en sådan gärning oudpst, hwarföre ock Emund Akeson blef utan nåd förklarad för fridlös och landsflyktig. Straffet hade wäl blifwit swårare, om Emund kunnat ertappas, men han war imedlertid kommen i säkerhet. Prinsessan Ingegerd, som nästan aldrig nämnes i Historien, utan då där är frågan om wäldgärningar, så snart hon såg sin sårade slägtinge ligga på marken, gjorde genast anstalt, at han i all tysthet blef bortförd. Hon drog ock försorg om hans botande, och så snart han återwunnit sin hälsa, skaffade hon honom folk och fartyg, så at Emund på detta sätt

kom

kom med frid ur landet. Emund anrodade då någon tid på här‐ 27.inunk.
nad och sjöröfweri, hwarigenom han förskaffade sig både magt och 117du.
anseende. Men så snart han fådt weta, at hans wälgörerinna
Prinsessan Ingegerd kommit til Ryßland, förfogade han sig äf‐
wen dit, och blef mycket nådigt emottagen. Här utmärkte sig E‐
mund med mycken tapperhet, i synnerhet i det fälttåg, som Jaro‐
slaw warit nödsakad at göra emot sin broder Burislef, hwilken
förmodeligen är den samma, som Nestor wid år 1020 kallar
Bråtschislau. Här efter aflidmnar Prinsessan eller Drotning In‐
gegerd sin skristeliga förbön hos sin Herr Fader för Emund, hwil‐
ken ock tog i besitning sin fader Akes arfländer, dock utan at i
början återwinna Konung Olofs fullkomliga nåd. Denne Emund
är fader til Ingwar Widförle, som i Konung Amunds Historia
är omtalt. Och måtte han nödwändigt wara född, innan Emunds
återkomst til Swerige, fast än hans Saga synes intyga annat.
Sedan Ingwar bewistat, eller anfördt fälttåget mot Semgallerna,
hwarom förr är nämndt, tedsnade han at blifwa längre qwar i
Swerige, emedan Konung Olof wägrade, at gifwa honom Kon‐
gelig Titel. Han for då til Ryßland, och efter många, både un‐
derliga och otroliga öden, dödde ändteligen 1041, sedan han ge‐
nom gifte kommit i besitning af et ansenligt land, som hans son
Sten swermera blifwit innehafware utaf (*).

(*) Detta är alt tagit af Ingwar Widförles Saga, som Herr Asses‐
sor Brocman med wakra anmärkningar uplagt. Alt det, som angår
Swerige, innefattar inga oenmmeligheter, om man undantager någon
willa i tideräkningen, som kan til en del wara kommen däraf, at åren
äro med Romeriska tal utsatte, hwilka wid afskrifningarna lätteligen
kunnat förbdras. Men Ingwars Ryska förrätningar och resa, är så
full med otroligheter, at jag har betänkande wid at anföra dem. Ei
heller är här tilfälle at undersöka de orter, om hwilka Ingwar då för‐
skaffadt sig kundskap. Man kan härutinnan rådfråga sig med sjelfwa
Sagan, och Herr Assessor Brocmans anmärkningar.

§. 4.

Om Thorgny Slächten är något omrördt tilförne, hwilken
öfwer hundrade år, son efter fader beklädt det berydande ämbete
af Lagman i Thiunda land. Den Thorgny, som af Ragwald

Jarl

Jarl b[l]éf befökt, och hållit det märkeliga tal wid Upsala Ting,
Kan man påminna sig af hwad som förr är berättat. Dennes fa-
der Thorgny, war ej mindre namnkunnig under Erik Segersälls
regering, ty han hölts före at wara den alderaklokaste och förstån-
digaste, som den tiden war i landet. Och war han i synnerhet
rådig i alla förekommande wådeliga omständigheter, så at de af
honom gifna förslag, gemenligen altid lyckades. Om inbyggarnes
frihet war han ock mycket öm, så at deras tunga och beswär, blef
efter hans råd mycket lättade. Således war han god Lagman,
god Rådsherre, och tillika en god Soldat. Han wisade et öfwer-
tygande prof häraf, när Erik Segersälls Brorson Styrbjörn
Starke anlände i Mälaren med en ganska stor krigshär, til at
bekriga sin faderbroder. Han lät då med pålar afstänga inloppet
til Mälaren, at man intet genom et alt för hastigt anfall skulle
komma i oldgenhet. Men när Styrbjörn låtit upbränna sina far-
tyg, och kom tågandes landwägen; war det Thorgny egenteligen,
som drog försorg om Swenska härens upställande, han förordna-
de lederna, och lät afwen utdela tjenliga gewär til krigsfolket. Han
upfann afwen et annat och owanligt medel til at bryta fiendens
slaktordning, ty han lät upställa hela rotar af hästar och tjurar
främst i spetsen på hären. Desse woro med ok sammankoplade,
och ofta genomstungna med långa spetsar, och när desa drefwos
på Styrbjörns linier, braktes de icke allenast i oordning, utan äf-
wen månge af Styrbjörns soldater förlorades. Thorgny ansågs
fördenskull, som förnämsta ordsaken til Konung Eriks seger på
Fyriswall (*). Hans owäldiga lagskipande wistes uti en besynner-
lig rättegång, som trenne bröder Helge, Thorkel och Thor, Ko-
nung Eriks skyddade gunstkingar upwäkte, emot en Dansk man
benämnd Hroe. Denne war med en ansenlig laddning af Köp-
mansWaror inkommen i Mälaren. Almänna freden war uti en
alfwarfam hälgd under Erik Segersäll, tjufweri och swek straffades
hårdt, ja äfwen den, som wiste någon utmärkt wårdslöshet om
fin egendom, så at tilfälle til tjufweri därigenom gafs, lämnades
intet ondpst. Hroe som utlänning kunde intet wara fulkomligen
underrättad om landfens sed, och detta betjente desse illistige bröder
fig utaf, til at bedraga denna främling. När Hroe kastadt an-
kar, möter honom Helge, och för honom til en gård, som låg nå-
got

got affibes, wifar honom bår en ftor hop waror, och når Hroe ...men?.
bem befebt, tilbjuber honom Helge alt bet gods fom famt i hufet, ...tän.
emot hela labningen, fom war på ffeppet. Hroe fom fåg fig wa-
ra fabeslös, famtyfer til bytet. En wiß bag blef utfatt til af-
handlingens wårfftållanbe, och Helge låter bagen bårpå utlafta far-
tyget. Men Hroe habe intet få brått om, utan brögbe några ba-
gar at afhåmta fit tilbytta gobs. Når han bå infinner fig at e-
mottaga fina waror, war ingen ting mera qwar i hufet. Och
når han tiltalte Helge bårföre, fwarabe han, at efter Hroe på
fagban bag intet låtit afhåmta gobfet; ffulle han nu få ingen ting,
utan twårt om, ffulle han blifwa anfwarig inför lunbtinget bår-
före, at han intet håft tilbörlig wård om fina waror, utan gifwit
rum åt tjufwar, at betjena fig af tilfållet, och ffulle han böta efter
låg bårföre, och böterna tilfalla Konungen. Men Hroe flap intet
för bet fjöp; ty når han war i begrep at gå til en annan gård,
möter honom Thorfil, och tager ifrån honom et prägtigt gehäng
med withångande fnif eller hirfchfångare, unber förebårande, at
Hroe tagit ben ifrån honom i Frankrike. Til at bo mera frånt-
ma bena uflingen, möter honom Thore, fom war enögb, och på-
ftår; at Hroe meb trolbom tagit ifrån honom fit ena öga, bå
han war på Peßö, och fatt bet i fit hufwub; hwarpå behöfbes in-
tet annat bewis; än bet; at Hroe habe et blått och et fwart öga,
hötanbes tillika, at han ffulle wara honom bårföre inför Konun-
gen anfwarlig. Detta fammanfatta fjälmftycfe blef fnart befant,
och fom åfwen för Thorgny. Alle beflagabe främlingen, at han
fommit i handel meb beßa fiftiga och mågtiga fållar. Hroe meb
fina weberparter infann fig wib tinget, hwar båbe Konungen och
Thorgny woro nårwaranbe. Konungen mårfte nogfamt; at fwek
war i Helges afhandling, anfåg bock för ffidligt, at orb och aftal
borbe hållas. Men Hroe fwarabe, at Helge intet fullgjort Con-
tracten, emeban han flutat byte om alt hwab fom war i hufet,
Helge inberåfnabt. På Thorfils flagomål fwarabe Hroe meb
en byhl ofanning, fom Thorfil anförbt. Thores beffylning war
i fig fjelf marraftig; men funbe håfwa något at beynta i en tib,
bå man war albeles intagen af inbilningar om trolbom och be-
ras fötunberliga wårfningar. Men Thorgny, fom war öfwerty-
gab om brödernas befwetftycfen, och Hroes libna oförrått, fålbe
ffraxt:

Namnk.   straxt utslag, at Hroe måtte sielf afsäja domen. Utslaget blef
Män.   då på stunden gifvet, at Thorkil och Thor borde hänga, deras
fastigheter tildömas Konungen, men lösören åt Hroe, Helge däre-
mot förvisas i landsflyktighet med förlust af all sin egendom til
stadestånd för den lidande. Domen blef utan anstånd satt i vårk-
ställighet, och Hroe därijämte en rik och belövande man. Han
satte sig ock sedermera neder i Swerige, och fick til hustru Thorg-
nys dotter Sigurdborg, och blef således svåger med Thorgny
Lagman, som under Olof Skötkonung war så högt gällande.
Ifrån detta giftermål skal ock en förnäm och widlöftig slägt wa-
ra upkommen i Swerige, fast man intet wet, hwilken den är (**).
Det war annars swårt at wara skälm i en tid, då hwarken
anseende, penningar, ränker eller rättegångs swängningar kunde
skydda ogärningar.

(*) Torfäus H. N. T. III. C. 9. p. 80.
(**) Torfäus, H. N. T. III. p. 161.

§. 5.

Men den namnkunnigaste af alla Swenska, som denna ti-
den giordt sig märkwärdiga, är wäl Ulf Jarl, Konung Swen
Ulfsons fader i Dannemark, och stamfader för alla Danska
Konungar ifrån Hardaknut til Drotning Margareta. Saxo
gifver oss en omständelig underrättelse, at Ulf war Swensk, och
är det mycket begripeligt, at man kunnat hafwa uti hans tid
fulkomlig kundskap om de då regerande Konungars ursprung,
och det är ingakunda troligt, at han wågat sig at tilegna åt
sin egen Öfwerhet en annan stam, än den som af almänheten
erkändes. Utom des är ingen gammal Historieskrifware i detta
målet stridande emot Saxo. Och om Ulf Jarl warit en Enge-
ländare, som någre mena, wore det nog besynnerligt, at ingen
af de många Engelska Skribenter, som författat deßa tiders Hi-
storia, nämndt et enda ord därom. Adamus Bremensis säger
wäl, at han war Grefwe eller Jarl i Engeland, men den he-
der kunde han hafwa, utan at wara född Engelsman. Man
kan då med all säkerhet trygga sig wid Saxos witnesbörd i
detta mål. Den underrättelse, som Saxo gifver om Ulf Jarls
                                                                      slägt

flygt, de ſkoan, ſom nu följer, och lifnar en fulkomlig tjärings- *Nämnk.* faga (*). En hedcrlig man i Swerige hade en ganſka wacker *Wän.* dotter, ſom wid et tilfälle gådt ut i marken at roa ſig med ſina käſtſyſtrar. Här blef hon bortröfwad af en björn, ſom i ſtället för at ſönderſlita ſit rof blef kär i det ſamma. Men ſom Björnen gjorde mycken ſkada på de hjordar, ſom betade i negden, blef han ändteligen upjagad ur ſin ide, och ihjälſla- gen, och den bortröfwade flickan återförd til ſina anhöriga. Men hon war redan hafwande af ſin Björn, och födde en ſon, hwil- ken efter fadren blef kallad Björn. Dennes ſon war Torkil Sprakeläg Ulf Jarls fader. Så orimmelig ſom denna Saga är, har likwäl en Engeländare gifwet oß en dylik ſläktelinia til Thorkil Sprakeläg (**). At man kunnat ſkäila tro til, at denna ſläktens äldſte ſtamfader warit en wärkelig Björn, är ej ſå myc- ket underligt, emedan man trodde på den tiden näſtan alt, allenaſt det war owanligt och otroligt. Man ſynes likwäl kunna finna u- tan ſärdeles ſwårighet, hwad ſom gifwet anledning til dikten. Jungfrun, ſom här omtalas, lär wärkeligen blifwet bortröfwad af någon ſkogsröfware eller Stigamader, ſom Snurleſon kallar ſå- dant folk. Om han då warit förklädd i en björnhud, blifwer hela Hiſtorien begripelig, och ſjelfwa Sagan ſynes inwäga, at händelſen tildragit ſig i et land, där björnar finnas. Jag wet intet om deßa djuren äro til fångs i Engeland. Björn, den för- menta naturliga björnens ſon, är ej för annat bekant, än at han wid tiltagande ålder, mycket ſträngt hämnadt ſin faders död. Thorkil Sprakeläg är nog nämnd hos Hiſtoriſkrifwarna, men hans bedrifter är man okunnig om (***). Hans tilnamn lär wa- ra et wedernamn, ſom honom är af Hiſtorieſkrifware tilagnad för någon ſärdeles egenſkap, til at ſkilja honom från andra ſom he- tadt Thorkil, och lefwade på ſamma tid, eller kort däreſter. Man har på ſamma ſätt af Folkungarna kallat en Fillbyter, en annan den Tjocke, och den tredje Snyffel. Om wår Thorkil haft nå- gra fläckar i anſigtet eller elieſt på kroppen, är det intet underlige om man kallat honom den ſpråkliga. Men då lär det wara äf- wen ſå orimmeligt, at kalla hans ſläkt Sprakeläggar, ſom at kal- la Folkungarna antingen Fillbyter, eller Snyſſar. Hwad ſom fattas uti Thorkil Sprakeläg nemnkunnighet, upfylles genom des

O o   barns

Namnk.
Män.

barns rykebara öden. Thorkils eller son het Eilif, den andre Ulf, och dottren Guda. Guda blef gift med en Engelsk Herre wid namn Godwin, med hwilken hon hade åtskilliga barn. Gudas dotter Eadgieba blef gift med Konung Edward i Engeland (****). Gudas yngre son Harald blef Konung i Engeland efter Eduard. Hennes andre söner woro Toste Jarl, Maurokark Jarl, Walthiofer Jarl, Swen Jarl, och flere (*****); alle berystande Herrar, af hwilka många förnäma slägter, så i Engeland, som Danmark och Swerige hafwa sin uprinnelse (******). Konung Haralds dotter Gyda blef gift med Wolodimer i Holmgården eller Ryssland (*), så at Thorkil Sprakeldas dotter blifwit stammoder för de högsta Herrar i Norden. Eilif Thorkils döde son war anförare och hufwud för Tingmännerna i Engeland, om honom är talt tilförne. Ulf Jarl war hemma i Swerige, til des Konung Knut den store gjorde sit första tåg til Engelaad (**). Då kom han antingen uti Dansk tjenst, eller ock war han anförare för de hjelptroppar, som af Olof Skötkonung öfwerlämnades til Danska Konungen. Iland Wästgötha Lagmän nämnas tvänne, som hetade Ulf, Ullf af Tålgu nemligen, och Ulf Tyrnäson. Om Ulf Jarl är någon af dessa Lagmän, är det någorlunda begripeligt, huru anföraren för Swenska hjelptropparna kunnat kallas af Utländska Skribenter, Lachiman eller Lagman. Men wi lämne dessa gissningar, och förfoga oss til sjelfwa Ulf Jarls Historia. Af Saxo afsindas han med ej så fördelaktiga färgor, utan såsom en fullkomnen winglare. En egenskap, som mange tro sig finna hos Hofmän, fast stundom mer och stundom mindre oförskyldt. Något kan wara sant, men det hindrar intet, at ju Ulf Jarl kunnat tillika wara en hurtig och förståndig fältherre. Ty uti Knytlinga Sagan omtalas han såsom den, hwilken altid fäktade i främsta lederna. Hans stora förtjenster och kluga upförande, brakte honom til det anseende, at han fick Konung Knuts syster Astrid til Gemål, Sigrid Storrådas dotter. När detta giftermål blifwit firadt wet man intet: men emedan Ulf Jarls son Swen, war af lika ålder med Hårdaknut (***), kan det wara troligt, at Ulf blifwit gift något när wid samma tid, som Konung Knut firade sit bilager med Emma, Ethelreds efterlämnade Gemål, hwilket skedde 1018 (****). Saxo berättar, at Ulf med list förskaffade sig
                                          detta

detta höga giftermål. At isnül konster brukas wid frieri är ej så Namnk.
hördt, men at denne Auctor far ofta will i Ulf Jarls Historia, Män.
är oemotsägeligt. Sedermera blef Ulf Jarl af sin swåger Konung
Knut förordnad til Jarl, eller Ståthållare i Dannemark, och Ko-
nungens son Hårdaknu anförtrod under Jarlens upsigt. Under
denna tid börjades kriget, som Konung Amund i Swerige, och
Olof Haraldson i Norrige påförde Dannemark. Ulf Jarl räkade
då efter Drotning Emmas anstalter uti en stor oldgenhet, bdrlge-
nom, at han lät utropa Hårdaknut til Konung i Dannemark e-
mot Konung Knuts wilja. Uti första häpenheten wid Konung
Knuts ankomst till Danmark, rådslog dswen Ulf Jarl om sit af-
wikande. Denna omständighet lår gifwit anledning til hela Saxos
berättelse, at Ulf Jarl gådt öfwer til de Swenska, och warit e-
mot Konung Knut i slaget wid Helge-Å. Man wet likwäl af
Sturleson, at Ulf Jarl skickade sin son Swen Ulfson til Koming
Knut såsom pant af sin trohet, och at Knut besalte Jarlen
samla folk tilhopa, som emot fienderna brukas kulle. Därpå
biwistade Jarlen hela fälttåget emot de Swenska och Noerska, och
kom dswen til Konung Knuts undsätning, når han war af fiendt-
liga Flottan omringad. Detta alt är tilförne omtalt. Efter Hel-
ge-Å förrätning, kom Konung Knut med sin hår tilbaka til Dan-
nemark, och anländer til Roskild dagen för Michelsmässan. Hår
fägnades Konungen af Ulf Jarl med et ståteligt gästebud, och sök-
te Jarlen på alt sätt at roa honom. Men Konung Knut war
icke destomindre tankfull och fåtalig. Sedan Jarlen försökt alt an-
nat at få Konungen wid gladt lynne, föreslår han ändteligen at
spela Schach. Detta tidsfördrif tog Konungen emot, men spelte
utan eftertanka, så at han förlorade den ena Riddaren eller Offi-
ceraren efter den andra, hwarpå Konungen besalte Jarlen draga om
igen. Det är nog besynnerligt, at mången har större swårighet
at tygla sina böjelser i spel, än uti alfwarsamare saker. Jarlen
war af sådant sinnelag, tålamodet förgick honom då aldeles, så
at han springer up, slår bordet öfwer ånda och wille gå ut. Men
Konungen ropade efter Jarlen, och sade til honom: löper du nu
Ulf rädde? Wid denna utlåtelse bortglömde Jarlen sig så aldeles,
at han swarade med en ganska oförsiktig heta: Du hade lupit
långt längre, om du kunnat wid Helge-Å, och het jag då intet

O 2   Ulf

Namnk.
Män.

Ulf den rådde, då de Swenske slogo ner eder som hundar, och jag kom til din undsättning. Efter en sådan öfwerilning gingo Hertarne til sängs. Om morgonen därefter förfogade sig Jarlen til Lucii Kyrka i Roskild. Men Konungen hade intet aldeles så andäktiga tankar, utan befaller en sin stofwen eller lakej, at gå ut och mörda Jarlen. Stofwennen hade betänkande wid at fullgöra sin blodiga förrätning i Kyrkan, hwarpå en Norrman Ifwar hwite fick samma befalning. Denne war mindre ömtålig, går därföre utan widare omswep in i Choret, sticker Jarlen twärt igenom, och kommer tilbaka med blodiga wärjan til Konungen (*). På detta sätt slutade Ulf Jarl sina dagar wid de 1031, och ehuru man medgifwer, at Jarlen med sin obetänksamhet, å sido satt den skyldiga wördnad, som alle undersåtare böra wisa för sin Öfwerhet, war dock straffet intet swarande emot brottet. En ärelysten giönska passar sig bäter wid sådana tilfällen, än en långwräkt hämnd. Man kan utan all wisshet neka öfwertygad, at den högste Guden intet som blott åskådare tager del uti människornas gärningar. Och ser man, at Ulf Jarl uti sina efterkommande warit långt lyckligare än Koning Knut, Konungens slägt utslocknade uti des söner, och Ulf Jarls Ätt blef bibehållen på Danska Konunga sätet i många åldrar. Ulf Jarl war annars en mycket hurtig Herre, wältalig, oräd både i ord och gärningar, stor krigsman, ganska mån om sit rike och län, som honom war anförtrodt, och utom dess den rikaste i hela Dannemark, näst Konungen. Detta är den målning som Sturleson gifwer om honom. Ulf Jarl hade med sin Gemål twå söner, Swen Ulfsson, som blef Konung i Dannemark, och Björn Ulfsson. Denne Björn for til England med sit syskonebarn Swen Godwinson, och blef där af honom på et bedrägeligt sätt 1049 af daga tagen (**).

(*) Saxo L. 10. p. 193.
(**) Simeon Dunelmensis hos Twysden p. 183.
(***) Sveno Agonis C. 5. p. 85. kallar honom Ulf Sprakleg.
(****) Simeon Dunelmensis p. 185.
(*****) Sturleson, T. I. p. 687.
(******) Knytlinga Sagan C. 11. p. 20.
(°) Sturleson, T. II. p. 150.

(**)

(*) Saxo p. 193.

(**) Sturleson, T. I. p. 679.

(***) Radulfus de Diceto wid år 1018.

(****) Sturleson, T. I. p. 686, 687.

(*****) Simeon Dunelmensis p. 183.

§. 6.

Til widare utredning af denna tidsens enständigheter, för-
tjenar äfwen en Skånsk slägt at komma i åtanka, som warit del-
tagande näftan i alla de hwälfningar, som imedlertid skakat wåre
Göthiska Nord. Under Harald Gormsons regering i Danmark,
styrdes Skåne af en Fylkiskonung Struthorald wid namn (*),
fast han ock af andra kallas Jarl öfwer Skåne. Hans rätta namn
war Harald, men som tre Konungar af samma namn då woro
i Dannemark, äro de alle tre med särskilta wedernamn distilde.
Öfwerkonungen Harald Gormson kallades Blåtand, des Broder
Knutson nämnes Guldharald, och Konungen i Skåne Strut-
harald. Namnet Blåtand fick Öfwerkonungen af sina swarta
tänder. Guldharald hade fått sin namnökning af den myckna ri-
kedom, han i sina Wikingsfärder förwärfwat hade. Af sin klädes-
dräkt hade Strutharald fått sit namn, ty han bar, då han skulle
wisa sig i sin prakt, en besynnerlig hatt, på hwilken kullen, som
de gamle kallade struten, war af rent guld, och wägde tio mar-
ker (**). En härlig hufwudbonad för drag och slusar, men än-
bequämligare i dyr tid. Hans öfriga högtids-kläder woro intet
mindre präktiga; ty de tillika med hatten wärderades til tiugu mar-
ker guld (***), så at när han war uti sin rätta prydnad, wärde-
rades hans klädsel åtminstone til tolf hundrade ättatio specie Du-
cater. Strutharald hade med sin Gemål tre söner, Sigwald,
Thorkil, Hafi eller den böga, och Hemming, samt en dotter
Tofa. När Sigwald och Thorkil woro komne til någorlunda man-
lig ålder, anhöllo de hos sin fader om tilstånd at fara ur landet,
och försöka sin lycka. Fadrens samtycke wunno de genast, men
när de begärde, at blifwa anständigt utrustade, blefwo de med
et kort nej afspisade. Detta oaktadt förskaffa de sig likwäl twän-
ne fartyg och hundrade män, sex tjog i hundrade. Och sedan de

Q q 3.

land-

landstigit på Bornholm, eller Burgunderholm, som det då kallades, och där utplundrat några byar, förfoga de sig til Jomsborg, hwar de af Palnatoke, tillika med halfwa delen af sit manskap blefwo emottagne ibland Jomswikingarna, men den andra hälften, som mindre dugelig, blef återsänd (****). Wesete regerade denna tiden på Burgunderholm, och hörde de utplundrade byar til honom. Detta gaf tilfälle til et litet krig emellan Strutharald och Wesete. Ty när den förre wägrade ⸤⸥ betala staden, som hans söner giordt, låter Wesete skiöfla ⸤⸥ några byar som Strutharald tilhörde, och denne åter på samma sätt utplundrade några andra byar af Weseres gods. Harald Gormson war då regerande i Dannemark, och stämmer de stridande parterna til Heyrarring, kan hända Jord, hwar twistemålet i wänlighet blef bilagt, och Wesetes yngre son Sigurd, förlofwades med Tofa, Strutharalds dotter. Sedermera förfogade sig Sigurd med sin äldre broder Bo eller Bui, likaledes til Jomsborg, och ändteligen kom äfwen deras systerson Wagn Åkeson, som war Palnatokes sonson äfwen dit i samma brödraskap. Imedlertid hade Swenska Prinsen Styrbjörn underlagt sig Jomsborg, hwarutaf omständigheterna intet widare äro bekante, än hwad tilförne är påmint. Men det wet man likwäl, at Palnatoke dödde som Jarl öfwer Jomswikingarna, och at Sigwald, Strutharalds son, blef Jarl uti Palnatokes ställe, sedan så wäl Harald Gormsen, som Strutharald woro aflidne. Jomswikingarnas stränga lefnadsart slanare något under Sigwald; icke desto mindre behöllo de sit anseende då som tilförne. Och hade Pomern och andra Wendiske orter en stor förmån utaf dem, emedan de förswarade hela Wendiska stranden från alla fiendtligheter. Konung Burislef war den tiden rådande öfwer Pomern, och andra Slawiska länder. Efter sit anträde til Jarls wärdigheten, aflägger Sigwald Jarl sit besök hos Konung Burislef, begiär hans dotter Astrid til äkta, och hotar, at han annars skulle öfwergifwa Jomsborg aldeles. Konung Burislef fann sin räkning wid Jomswikingarna, och lofwar honom sin dotter med de wilkor, at han skulle blifwa qwar i Jomsborg och freda landet, som Jomswikingarne tilförne giordt hade; widare skulle Sigwald laga så, at den skatt, som Burislef hitintil betalt til Konungen i Dannemark, måtte eftergifwas, och
ånd

ändteligen, at han ffulle ffaffa Danffa Konungen uti Konung Burisslefs händer. Swen Otto hade redan anträdt regeringen efter sin fader Harald Gormson. i Dannemark, och ehuru deßa wilkor woro nog swåra, ftager sig likwäl Sigwald alt ihop. Det åfwentyrligaste bemödandet war, at få Konung Swen Otto uti sina händer, det andra kunde sedermera därigenom lätteligen ärnås. Sigwald war dock intet rådlös, utan låter uptaffla trenne fartyg med tre hundrade mans befättning, och for til Dannemark at upföka Konungen, samt får då weta, hwar Swen Otto wistades med en makt af ferhundrade man. Med wåld war således intet at uträtta. Fördenskuld ftäller Sigwald sig sjuk, och låter Konung Swen weta, at han hade ärender af högsta wigt at uptäcka. Han bad dårföre, at Konungen wille göra honom den nåd, och besöka honom på fartyget, efter han intet sjelf kunde hafwa den förmån, at göra sin upwaktning. Konung Swen Otto kände Jomswikingarna ganska wäl, emedan han under sina misshälligheter med sin fader, altid haft sit befkyd hos dem. Men Sigwald Jarl war intet så lätt at känna, emedan man war altid misstrogne på hans höflighet än på hans tilgifwenhet. Icke deslo mindre hyfte Konungen intet misstroende til Jarken. Han begifwer sig dårföre utan widare förbehåll til Sigwald på fartyget, då och Konungen i ögnablicket blef bortförd, dock med all den höflighet och undergifwenhets betygande, som åstundas kunde. Men som Swen Otto war icke deslomindre uti Sigwalds wåld, war det intet swårt, at förmå honom til alla de wilkor, som blefwo föreffrefna. Förlikningen träffades således snart nog. Konung Swen blef gift med Burisslefs dotter Gunhild, Sigwald Jarl fick Burisslefs andra dotter Astrid til sin Gemål, och Burisslef förlofwades med Konung Swens syster Tyra, Styrbjörns enka. Skatten blef ock efforgifwen, samt hemgifterna til nöje reglerade, hwarpå Konung Swen med all heder wardt beledsagad til Dannemark. På detta sätt blef Sigwald Jarl swåger med Konungen i Dannemark, dock war Konungen intet särdeles nögd med hela afhandlingen, och förträt det honom i synnerhet, at Sigwald behållit den wackraste bruden för sig sjelf. Men i denna belägenhet war intet medel at ändra hwad som skjedt war. Saker af större angelägenhet woro för händer, och ibland andra war åfwen grafölet efter

Harald Gormson et nödwändigt göremål, emedan då skulle helswa regeringen tilträdas, och en almän hylning förrättas. Konung Swen lagar därföre til et ståteligt gjästebud, hwartil Sigwald Jarl och de andre Höfdingar i Jomsborg blefwo inbudne. Och på det Konungen måtte wara så mycket säkrare om deras närwaro, föreslår han, at wid samma tillfälle kunde äfwen graföl hållas efter Strutharald i Skåne, och Wesete på Bornholm, och wederbörande införas uti deras ärfteliga rättigheter. Sigwald Jarl kunde döma af sig sjelf, at Politiska wänskaps-betygelser woro twetydiga legdebref. Han inställer sig därföre wid grafölet med sådant följe, at alla wådeliga händelser kunde lätteligen afböjas, ty han anlände med tiugo fartyg från Skåne, och fyratio från Weoden. Efter sådana anstalter fulbordades ock gjästebudet uti all wänlighet. Högtiden gick för sig med de wid sådana tilfällen wanliga vildgseder. Innan Swen Otto intog sin Thron, drack han sin faders minne eller skål, hwilket ock af alla närwarande beswarades. Han giorde ock det löfte, at han innom tre år, skulle antingen drifwa Konung Ethelred från Engeland, eller ock taga honom af daga. Sedermera drafs Christi skål likaledes af hela sällskapet, och ock efter S:t Michaels. Så snart dessa heliga skålar woro ofdrukna, dricker Sigwald Jarl sin fader Strutharalds skål, och gör löfte, at han likaledes innom tre år skulle, antingen dräpa Håkan Jarl i Norrige, eller ock jaga honom utur landet. De andre Höfdingar från Jomsborg, såsom Thorkil Hafa, Bo Pigre, Sigurd hans broder, Sigwalds swåger, och Wagn Åkeson giorde jämwäl sina löften, som gick alla ut på at befriga Håkan Jarl, och således slöts detta högtideliga graföl (*****). Et krigs beslutande, som blifwit affattat under fulla horn och bägare, kunde wäl intet länge hållas lönliget. Erik Jarl, Håkan Jarls son, fick strax kunskap därom, och giorde alla nödiga anstalter til motwärn. Men det afhöll intet Sigwald med sina Jomswikingar, at sätta i wärket sina giorda löften så mycket som til dem stod. De kommo således seglande til Norrige med en flotta af sextio fartyg, och utwaldt manskap, och foro fram öfwer alt med sköfling och plundrande. Ändteligen träffa de Håkan Jarls flotta på den ort, som kallades Hjorunga-wåg, och war den hundrade och åttatio segel stark. Jomswikingarnas

min-

minsta bekommer war, at underrätta sig om antalet af sina motstån= Namnk.
dare. Liran kan wara god, när man har at göra med fårskå= Män.
kar, men emot Norrmän, som anfördes af Håkan och des söner
Erik och Swen, war den nog åfwenyrlig. Sigwald Jarls slakt=
ordning war så inrättad, at han låg sjelf mitt uti, Bo Digre
på ena sidan, och Wagn Åkeson på den andra. Håkan Jarl
ställde sig sielf mot Sigwald, Erik Jarl emot Bo, och Swen emot
Wagn. Anfallet blef ganska häftigt. Håkans folk stupade hope=
tals, och hans egen brynja blef så sönderstarfwad, at han kastade
den aldeles utaf, sig. Dock föllo åfwen månge af Jomswikingar=
na. Ändteligen upkom et ganska häftigt hagel med faselig köld
och storm, som låg rätt i ansiktet på Jomswikingarna. Hagel=
stenarne woro så store, at hwart hagel skal wägt et öre, eller en
ottendels mark. Sigwald fan då betänkeligt, at längre hålla
stånd, han drog sig därföre ur slaktningen med sina fartyg, sedan
han gifwit tekn åt Bo och Wagn Åkeson, at göra det samma.
Deße trodde intet, at det kom åfwerens med Jomswikinga=lagar=
na, at således fara ur striden. De enwisades därföre, at än län=
gre hålla ut. Bo förswarade sig, til des bägge händerne blefwo
honom afhugna. Men då stack han armstumparna uti greparna
på twänne kistor, som woro fulla med guld och silfwer, hwilket
han röfwat i Norrige, och ropade: öfwer bord alle Bismän,
hwarpå han med sina kistor, och alt hans folk, som war friskt,
sprungo i sjön och drunknade. Wagn Åkesons förswar war lika
fruktlöst, utan blef han med flera gripen lefwande. De åfwer=
blefne Jomswikingarne blefwo då alle upförde på landet, och med
råg sammanbundne, hwar de med ras och löje emottogo döden;
til des Erik Jarl ankom, då han af ädelmod och högaktning för
deras ordöda upförande, skänkte de åfwerblefne lifwet. Efter
denna förrättning for Sigwald tilbaka til Jomsborg, med sin bro=
der Thorkel, och swåger Sigurd. Alle trodde, at de hade full=
giordt sit löfte, emedan de förpliktadt sig at slås med folk, men
intet med djefwulskap, ty alle tilskrefwo det owanliga hagler åt
Håkan Jarls trulldom (******). Sigwald Jarls widare förrättnin=
gar nämnas intet, för än Sigrid Storråda blef gift med Swen
Otto i Dannemark, då man berjente sia af honom til den betrå=
geliga bestickning, som då gjordes til Olof Trygwason. Härom

P p   är

Namnk. är talt tilförne, så wäl som om Sigwalds förhållande uti slaget
Män. wid Swolder. Mera af någor wärde wet man intet om denna
Herren.

(*) Sturlefon, T. I. p. 243.
(**) Olof Trygwafons Saga i bihanget til Sturlefon p. 468.
(***) Torfäus, H. N. T. I. p. 290.
(****) Torfäus, H, N. T. II. p. 288.
(*****) Sturlefon, T. I. p. 244.
(******) Sturlefon, T. I. p. 252. Torfäus H. N. T. II. p. 316.

§. 7.

Men Sigwalds bröder Thorkil Hafwa och Hemming äro
på sit sätt nog så rycktbare, som deras äldre broder. Thorkils
förslag at bemästra sig Ormen den Långa, Olof Trygwafons far-
tyg, utl trädfningen wid Swolder, är förr omtalt. Sedan begaf
han sig i Wikinga sällskap med Olof Haraldson från Norrige,
då han kom från sin härnad i Sweissa och Finska fjärden, och
eröfrade många röfware fartyg wid Söderwik, söder om Jutland (1).
Men detta bolag warade intet särdeles länge, utan war Thorkil
Konung Swen följaktig til Engeland, dit han anländt 1009 med
en ansenlig Flotta (2). Här hopfogade Thorkil sig med sin bro-
der Hemming och Eilif, då de sedan med samlade kraster angre-
po Cantelbury, så at borgarne måtte lösa sig med tretusend mark
silfwer. Härifrån förfogade de sig til den Wight, hwilken de
hade som en nederlags-plats för det rof, som de wid åtskilliga
tillfällen uttwingade af Engeldnbarne. Denne Danska här upbrän-
de följande året Oxford, och slog Thorkel Engelska krigsmagten
wid Ringmere, hwilken anfördes af Hertigen i Estangeln Ulf-
ketel (3). Men är 1012 blefwo Estangeln, Midlesex, Herfords-
hire, Buringham, Oxford, Bedford, Hundington, Kent, Sur-
rey, Sousex, Southampton, Wiltshire, Barwik och flere länder
utaf samma krigshär aldeles utplundrade, så at Ethelred war nöd-
sakad, at köpa sig frid med 48000 mark silfwer. Och efter Er-
kebiskop Alfeg intet wille betala 4000 mark för sin person, blef
han af Danska folket ihjälslagen. Är 1013 hade Thorkil befalning

så

öfwer Fotten wid Grenwich, och inforerade prowiant och andra nödwändigheter af kringliggande landskaper. År 1014 dödde Konung Swen Otto, och då följde Thorkil des son Konung Knut til Dannemark, och kom med honom tilbakars til Engeland (4). Alla de slägtningar, som Konung Knut sedermera höll med Ethelred och des söner, biwistades äfwen af Thorkil, och hade han tilfälle wid Londons belägring at frälsa Konung Knut från en ögonskenlig lifsfara, då han af Konung Emund blef anfallen, ty då har Thorkil i början haft stödt Konung Emund af Häsften, och således rydt Konung Knut ur faran (5). Uti det stora nederlag, som Engelsmännarne ledo wid Assendun, nederlade Thorkil Ulfketel, och hämnade således på honom sin broder Hemmings död. Hwarefter han gifte sig med Ulfketels Enka, Konung Ethelreds dotter. Han berömmes ock därföre, at han wid Assendun låtit upbygga en Kyrka til deras hugswalelse, som där stupade hade (6). Thorkil war ock den, som förde Ethelreds Enka Drotning Emma tilbaka, då hon wille sin wäg Engeland, och förmådde Konung Knut at taga henne til äkta (7). Efter så många betydande förtjenster war det intet underligt, at Konung Knut på alt sätt gynnade honom, hwarföre han ock, sedan Knut blifwit ensam rådande i Engeland, förordnades til Jarl eller befalningshafwande i Estangeln (8). Sålunda war Thorkil kommen nästan til den högsta lycka, som en enskild person kan drena, emedan han war rik på förtjenst, heder och anseende, och beswågrad i nära led med sin egen Konung. Men i sådana omständigheter, bör man ock wara nåst beredd på omstöttning. Den föreslod ock Thorkil; ty när han hade budit Konungen til gjästebud, och Konung Knut där fick se hans sköna Gemål Egitta, kastade han ondo på Thorkil och förtröt, at han intet hellre gifwit Konungen förslag på henne, än på Emma, utan twärt om förbehållit sig sjelf den bästa delen (9). Om detta warit ordsaken til Thorkils fall, hafwa åtskillige andre Herrar, och äfwen hans egen broder Sigwald råkat i samma oldgenhet. Det är oselbart, at Thorkil med sin Gemål blef fort.ådrefter eller år 1021, på Konungens befalning utdrifwen af Engeland (10). Det kan wara troligt, at Torkil wid detta tilfälle tagit sin tilflykt til Normandie. Oselbart är, at en Thorkil warit fosterfader eller Gouverneur för Wilhelm Bastard,

hwil

Namnk. hwilken federmera genom sina segrande wapen blef Konung i En-
1178n. geland. Då om denna Torkil är den samme, som man hit intil
talt om; blef han under de oroligheter, som yppade sig uti Nor-
mandie under Wilhelms minderårighet ihjälslagen (11). Den o-
nåd, som fadren råkade uti hos Konung Knut, sträkte sig likwäl
ingalunda til des son Harald, emedan han blef efter Ulf Jarls
död, förordnad til Jarl eller Ståthållare i Dannemark, och uti
denna wärdighet war han äfwen Konung Swen Knutson följaktig
til Norrige, då han tog emot riket efter Olof den Heliges fall på
Stiklarstad (12). Den tredje Strutharalds son Hemming har
likaledes warit uti ganska stort anseende, och deltagande uti de an-
gelägnaste förrätningar, som man kan sluta af det som redan är
andraget. Han omtalas först i Engelska Historien 1009, då han
följde Konung Swen Otto uti den stora tilrustning, hwarmed
han öfwerhopade Engeland. Sedan war han tillika med sin bro-
der Thorkil och Eilif befallande öfwer den krigshär, som utplun-
drade större delen af landet. Wid Konung Swen Ottos död
war han hufwud för Tingmännerna wid Slesfort, och blef en
nyårs morgon på förrädiskt wis angripen, då hela hans läger blef
förstördt och nedergjordt. Man berättar wäl, at han sjelf också
där blifwit nederslaben, men som man wet, at han federmera
gjordt följe med Konung Knut uti sit tåg, hwarigenom Engeland
aldeles blef underlagt, kan man finna, at hans död warit allenast
genom löst rykte utspridt, som federmera blifwit af andra Historie-
skrifware efterfölgdt. Den lilla oreda som wisar sig här och där
uti dessa Herrars Historia, gör intet stort til saken. Det är icke
destomindre ofelbart, at Strutharalds ätt warit en af de mäst
betydande, icke allenast i Skåne, utan ock i Dannemark. De
högsta tjenster i landet innehades af dem, och uti de swåraste för-
rätningar, hafwa de merendels warit befalningshafwande. Utom
des hafwa de warit på många sätt med Prinsar och Konungar
beswågrade. At de äfwen älskat denna tidens witterhet, ser man
därutaf, at Sigwald Jarl hade länge uti sit hof en Isländsk Skald
wid namn Thor, hwilken ock någon tid warit likaledes Skald
hos Thorkel Haf. Denne Thor war Sigwaters fater, hwilken
uti Konung Olof Skötkonungs, och Olof Haraldsens Historia
är ganska namnkunnig (13). Halfred Wandråbaskald, har
och

och warit någon tid hos Sigwald Jarl, af hwilken han belöntes 172mnk.
för en wisa, som han affungit til Jarlens heder, med en armring 174n.
af guld, som wäge en half mark. (14).

(1) Sturlefon, T. I. p. 381.
(2) Simeon Danelmenfis p. 166.
(3) Bromton, p. 888.
(4) Anyflinga Sag. p. 12.
(5) Torfäus H. N. T. III. p. 31.
(6) Simeon Danelm. wid år 1020 p. 177.
(7) Torfäus H. N. T. III. p. 16.
(8) Simeon Danelm. p. 176. Radulfus de Diceto p. 466. Bromton
    p. 906.
(9) Torfäus H. N. T. III. p. 16
(10) Simeon Danelmenfis. p. 177. Bromton. p. 907.
(11) Ordericus vitalis Hist. Eccl. L. 7. p. 656. utl Duchene Nor-
    mannic. R. Scriptores.
(12) Sturlefon, T. I. p. 738. 812.
(13) Sturlefon, T. I. p. 419.
(14) Torfäus H. N. T. II. p. 476.

7. Capitlet.

Om

Swea Rikes forna Gräntfor, Länder
och Tilhörigheter.

§. 1.

Wästra Fjällryggen eller Kiölen, samt Wäster och Österfiön, Forena
utsätta liksom naturliga gränsor för Swea Rike, och lär Gränfor
denna Landsträckning förmodeligen i älsta tider utgjorde och
sjelfwa Rikskroppen. Uti Landdelningen, som skedde emellan Nor-
re och Gore, tilägnas åt denna senare alla öarna, och litet tilför-
                    Pp 3   ne

Fordna
Gränser
och
Länder.

ne berättas, at han undelagt sig alla dorna, som han kringfa=
rit (1). Och när man jämför detta med det föregående, ser man,
at Gore rest med sit fartyg alt ifrån Botniska wiken, förbi Dan=
ska darna. På detta sätt kunde man anse denna Herren för rege=
rande öfwer sjösidan af hela Swerige, tillika med Skåne och de
nästgräntsande länder. De Danska darne lära ock til en del er=
kändt Gores öfwerwälde: åtminstone har Seland warit under
Gylfes lydna, emedan han skänkt landet åt Gefion. Men därföre
kan man intet föreställa sig, at någon utstakad gränts skildt Swe=
rige från Norrige. Alt som fasta landet blef mer och mer upta=
get, utwidgades äfwen Konungarnas wälde, och ser man, at
Swenska folket merendels hållit sig på östra sidan af Kjöln, och
Norrmännerne på den wästra; til des ändteligen Kjetil Jamte
gådt mot öster öfwer fjällen, och satt sig där neder, hwilkens ef=
terkommande sedermera äfwen gjort en del af Swea Rikes inbyg=
gare. Gräntsen emellan Swerige och Norrige war således, äfwen
för Olof Skötkonungs tid, den, at han gådt långs åt Götha Älf
til Wenern, därifrån til Eda skog, och så öfwer Kjöln til Finmar=
ken (2). På denna grund skulle en stor del af Dals=Land och
Wärmland blifwa ansed som en tilhörighet af Norrige. Men
Wärmeland har under Ynglinga Ättens regering, ostelbart hördt
til Swerige, som man har sig bekant af Olof Träteljas Historia,
och Dals=Land har likaledes ifrån urminnes tider legat under
Swerige: så at Koning Magnus Barfot, som wille tilägna sig
alt landet, som låg wäster om Weneren, nemligen Sundalen,
Nordalen, Wär och Wärdynior (3), afstod aldeles med sit
påstående; och landamäret blef som det warit tilförne.

(1) Sundin Norregu. p. 4.
(2) Sturlefon, T. I. p. 443.
(3) Sturlefon, T. II. p. 215.

§. 2.

Anser man nu Landskapens Fördelning, så har ifrån urål=
driga tider något när warit samma inrätning, som i senare tider
warit i akt tagen. Ty Riket delles i Götha och Swea Rike,
hwil=

hwilka bägge innefattades uti et almänt namn, och kallades Swea *Forbna* Wälde. Efter den delning, som förekommer hos Snurleson (1), *Gränfor* giorde Wester-Giöthland med Wärmeland, och Mark den ena *och* delen af Giötha Rike, och Oster-Giöthland med Gothland och *Länder.* Öland den andra. Men Swea Rike innefattade Södermanland, Wästmanland eller Fjadrinda-Land, Tiunda-Land, Attunda-Land och Sioland. Deßa Landskap hade sina enskylta Lagmän, under hwilkas Lagsaga de andra Landskapen hörde, hwilka här intet äro upräknade. Men ingalunda kan slutas härutaf, at de Landskap, som äro här af Sturleson förbigångne, intet hördt denna tiden til Swerige; ty af det föregående är tydeligt, at så wäl Helsingeland som Jämtland, oförnekeligen lydt under Swenska Kronan. Samma beskaffenhet är med Småland och flera. Man kallade annars Swea Rike Nordanskog, och Götha Rike Sunnanskog. Men deßa namn torde til äfwentyrs intet wara så gamla, som de i almänhet hållas före (2).

(1) Sturleson, T. I. p. 477.

(2) r. Cap. Kg. B. S. Eskils Legenda, som är förmodeligen skrifwen mot slutet af XIII. århundrad, är den äldsta Skrift, som kallar Swerige Nordanskog. Benzelii Mon. Eccl. p. 30. De stora skogarna Tiweden och Kolmorden hafwa gifwit anledning til deßa namn. Men i äldre tider lär landet öfwer alt warit lika skoglöst. Det är då troligt, at namnen upkommit, sedan skogarne i de närgränsande orterna blifwit uddöde.

§. 3.

Af de fordna Swenska Landskapen ligger Helsingland längst *Helsing-* up mot Norden. Landets gamla gränsor hafwa warit på detta *land.* sätt utstakade i Helsingelagen: Swa äru Helsingia Raa, som byrjas i Uloträsti, och sedhir äptir Jsina femtan wikna langan (1). Man ser rimeligen härutaf, at Helsingland sträkt sig Norr ut til Uloträsk i Österboten. Men det öfriga är ej aldeles så redigt. Hwad Jsina betyder är ej afgjordt. Det är troligt, at det skal wara Umeå. Meningen lär då wara den, at man borde räkna femton wekor långt från Umeå, til gränsen, och sedan på samma sätt alt upföre. De gamle räknade sina förrefor
efter

Förbya
Gränſor
och
Länder.
Helſinge-
land.

efter wekor, men at man råknade landtreſorna på ſamma ſått, år intet almänt. Man kan ej noga utſåtta långden af en ſådan we- ka, men det år ofelbart, at det intet berpder en wekas eller ſju dagars reſa. Af en gammal anmårkning wet man, at där woro tio ſådana wekor, X. Uktſio, från Utlåugan i Blekingen til Kalmar (2). Så lång tid, nemligen tio wekor, behöfwes intet at fara denna korta wågen. J almånhet ſwarar en roſt på lan- det emot en weka i ſjöen (3). Roſt år förmodeligen det ſamma ſom raſt, hwila, och får ſåledes betekna en ſå lång wåg, ſom man kan fara, utan at behöfwa beta håſtarna. Och på den grund blifwer Helſingegråntes, ſemton ſådana raſt från Umeå, in åt lan- det: hwilket wål får wara något mer ån femton mil, faſt ån weka eller raſt kan i wiſt hånſeende därmed uttrydas. Så wid- ſtråkta woro fordom Helſingelands råmårken, innom hwilka inne- fattades flere mindre Landſkap. Uti Helſingelagen (4), nåmnas Angermanland, Medelpad, Umeå, Bygdå och Sundheden, ſom ſårſkilda delar. Angermanland och Medelpad göra ånnu en- ſkylta Landſkaper, Umeå år bekant, Bygdå likaledes, och utmår- ker Norlands tracten öfwer Umeå. Sundheden år det, ſom nu egenteligen kallas Helſingland. Wil man tro Sturleſon, ſom di- ger et billigt witsord i wåra fordna håfder, har landet fådt namn af Thor Helſing, om hwilken år talt tilförne. Helſe betyder an- nars på gamla ſpråket et halsband, och den ſom intet kan finna ſig wid denna anledning til namnet, kan tro efter behag, at Lan- det blifwet ſå kallade efter det, ſom et band, innefattar Norra de- len af Botniſka wiken. At Helſingarne i fordna dagar gjordt ſig mycket namnkunniga genom hårfårder, kan ſlutas af åtſkilliga nog aflågna orter, hwilka ſynas ånnu bibehålla namn af Helſingarna. Hit höra förſt Helſingborg och Helſingör. Den åldſte Hiſtorie- ſkrifware ſom nåmndt Helſingborg, år Adamus Bremenſis (5), och kan wål wara, at den Runſten, ſom finnes i Lund i Geſtrik- land, förwarat minne af et ſådant Helſingarnas undg, til wåra ſödra orter (6); ty hår har ſtådt, efter Burål ritning, en ſådan påſkrift. Jbdora låt rita denna ſten efter Jbiarn ſin ſon, ſom war Höfding för Helſana, och wann hela Såland. At denne Jbiurn warit ſon af Thor Helſing, har den ſwårt för at tro, ſom intet kan föreſtålla ſig, at Peringſkiöld ſådt en ſådan

Run-

kunskap genom uppenbarelse (7). När detta krigståg skjedt wet man intet, men det är bekant, när Håkan Harald Harfagers son regerade i Norrige, woro Helsingarne honom tilgisne, och har denne Herren uti nonde århundrad med härskjöld hemsökt Såland (8). Det är troligt, at Helsingarne warit delaktige i denna härsärd. Uti Engeland har ock warit en ort, som synes hafwa fådt namn af Helsingarna, Helsingaport nemligen, hwar Konung Harald blef slagen af Wilhelm Conquästor (9). Helsingfors anses ock så- som et minnesmärke af gamla Helsingarna, men det kan ej höra til detta tidehwarf. Wil man tro Adamus Bremensis, har ock en stad warit i Helsingland uti ellofte århundrad. Förmodeligen har han hördt talas om en marknadsplats, som warit försedd med bestånbiga bodar, och således set ut som en stad.

Q q

(1) Notarii Publici attest 1364 uti Peringskjölds Monum. per Tiun- diam p. 4. Man kan jämföra härmed G. Schönings gamla Geogra- phie §. 28. p. 60.

(2) Bihanget til Ingwar Widsörles Saga, utgifwen af Assessor Broeman.

(3) 11 Fl. Drap. B. OGL. Det war fordom almänt wedertaget, at afmäta Landwägarna genom Raster. Beda de numerorum divisione Opp. T. I. p. 163 säger, at twå Leucæ eller tre mil göra en Rast. Man kan anvara, om så behagas, jämföra Du Cange uti sit Glossarium på ordet Rasta, och finner man, at denna wägdelning hos Tyskarna warit bekant, äfwen för den Helige Hieronymus.

(4) 7 Fl. Kg. B. Helf. L.

(5) Adamus Bremensis Descriptio Daniæ &c. C. 75. p. 57. Fabri- cii Uping.

(6) Peringskjöld uti sit Ättartal p. 39. har låtit afrita den, och öfwer- skriften på gamla språket blifwer: Ibilora sit rita sin thing aptir Ibiurn sun sin, ther war hausbing Hellans, auk want Sålalant ala m. m. Men Peringskjöld tilstår sielf, at han förbättrat stenen, då öfwerskriften intet förtjente den minsta upmärksamhet, om den intet til- förne warit af Bureus afritad. Stenen är nu sönderslagen, och torde det wara skjedt med flit; ty alt hwad angår Ibiurns märdighet, och hans bedrifter, är borta. D. O. Celsius den äldre anför Inscriptio- nen sedan, som den nu kan läsas, uti Act. Lit. Svec. 1726 p. 215, och af den lär man ingen ting märkwärdigt.

(7) Utom det, at Peringskjölds Ättartal p. 38. gör Ibiurn til Thor Helfings son, underrättar han os tillika, at denne Thor Helfing lefwat uti

Jordens
Gränsor
och
Länder.

att eljest arbetsbrad, hwilket är aldeles orimligt. Efter Sturleson
T. I. p. 138. föddes Kjetil Jamte från Norige i Eisten Iråbas tid,
och Kjetils sonson war Thor Helsing. Man wet intet med säkerhet,
när Eisten Iråba regerade, men offenbart är, at han lefwat långt för
Harald Hårfagers tid, och således för det nionde århundrad. Wore man
försäkrad, at Eisten Iråbas ättiregister uti Sundin Noregur p. 8. wo-
re fullständigt, och at inga leder fattades, måste denna Eisten hafwa lef-
wat wid Odens tid, ty han är i tredje led från Nore. Men änskiönt
några grader skulle wara förbigångne, blifwer altid Thor Helsing så
gammal, at han kunnat gifwa namn åt Helsingland.

(8) Om Håkan Adelstens fosterson sålunda talar Sturleson T. I. p. 134.
Och har han farit wida omkring, både i Estland och Skåne. Jämt-
ländningarne höllo sig då til Konung Håkan, och torde en del af Hel-
singarna på samma rälning warit honom följaktige. På samma sätt
som man funnit, at Wikar från Tiunda-land, Arnliot Gellinas
broder warit i Olof Tryggwasons tjenst. Sturleson T. I. p. 323.

(9) Sturleson T. II. p. 176. Radulphus de Diceto, och andre Engel-
ska Skribenter säga, at slaget stod wid Hastings.

§. 4.

Angermanland.

De Landskap, som gamla Helsingland innefattade, såsom An-
germanland, Medelpad m. m. äro ganska litet bekanta i detta til-
behwarf. Namnen äro likwäl efter utseende ganska gamla. I
Frithiof Fräknes Saga talas om et Hårad eller Land, som het
Anger, och kan härmed til äfwentyrs Angermanland wara ment (1).
Det som annars talas om Angermanlands forbna Konungar, är
många twifwelsmål underkastadt. Man skulle snart kunna tro, at

Medelpad　Medelpad intet war Swenskt, efter något dylikt ord intet igenfin-
nes i Swenska språket. Strömmen Midllan, som nederkommer
från Norska fiällen, och flyter emellan Angermanland och Medel-
pad, samt Ryska ordet Plåttin, hwilket betyder Land, kunna gif-
wa en sannolik sammansätning af namnet. Och kan wäl hända,
at wåra fordna utskickningar til Gardarike eller Ryssland, återfördt
en hop Ryska undersåtare i Medelpads obygder, och namnet där-
af upkommet. Det egentligen så kallade Helsingland, skildes for-
dom från Gestrikland genom skogen, Eyskerjamörk, som den kal-
las i Kjetil Håkans Saga. Hwilken skog lär wara den samma,
som annars kallas Ödemorden, och stryker igenom Söderala och
Hanebo seknar i Helsinglands södra Probsteri (2). Om denna
skog

och ſäges uti onnämnda Sagan, at han war tio Raſt lång, och
tre Raſt bred. Geſtrikland hörde ock i gamla tider til Helſing-
land, ſå at ſödra gränſen warit Daldſwen, och den Norra Uld-
trädſk. Gäſter är et gammalt namn, och kan wäl hända, at Lan-
det af någon urgammal Herre eller ſkogs rödjare, blifwit ſå kal-
ladt. Den ſom wil tro, at Geſtrike och Jetterike är et och ſam-
ma, har intet ſwårt at finna grund til ordledningen, hwilken al-
tid blifwit lätt, när man tager ifrån och lägger til, hwad man
behagar. Efter Erik Olſons berättelſe, utgjorde de nu upräknade
Landſkaper det fordna Helſinge-Riket (3). Dock likwäl är ingen
ſynnerlig anledning, at Helſingland warit et ſärſkildt Rike, om ej
den tid, då Hunnerne eller Herulerne innehade någon del af gam-
la Swerige, hwarom bättre fram ſkal-handlas.

Förbne
Gränſer
och
Länder
Gäſtrike-
land.

(1) Frithiof Fräknes Saga C. 11. p. 34.
(2) Kietil Håkans Saga C. 14. Peringſkjöld Mon. Thiundiæ p. 9.
(3) Ericus Upſalienſis Hiſt. Suecorum Gothorumque L. I. p. 6.

§. 5.

Om Erik Olſons åberopade anmärkning har någon grund,
torde de näſtgränſande Länder, Jämteland och Herjedalen hafwa
warit en del af ſamma Rike. Om Jämtelands äldſta beboende
är nämndt något tilförne, nemligen, at Kietil Jamte, Anund Jarls
ſon af Sparabo i Tronhem, ſiyktade undan Konung Eiſten Il-
råda i Norrige, och ſatte ſig neder i ödemarkerna öſter om Kiöln,
och blef den negden af honom kallad Jämteland. När Harald
Harfager ſedermera genom ſin enwäldiga regering, upwäckt et gan-
ſka ſtort mißnöje i Norrige, fick Jämteland då flera inwånare däri-
från. Deßa nybyggen lefde emellan ſina berg och fiällar någon
tid, utan undergifwenhet, hwarken af Konungen i Swerige eller
Norrige, til deß Konung Håkan Haraldſon i Norrige, ändteligen
med goda förmådde dem til at erkänna Norſka öfwerwäldet. Men,
när oenigheten yppade ſig emellan Olof Skötkonung, och Olof
Haraldſon, åfwergofwo Jämtlänningarne all förbindelſe med Nor-
rige, och erkände Konungarne i Swerige för ſin lagliga Öfwerhet.
Olof Haraldſons laglöſa Chriſtendom, lär hafwa warit en af de

Q q 2 för-

Förbna
Gränjor
och
Ꝇäder.

förnämsta ordsaker til denna förändring. Och låt Landets inwånare hafwa funnit bättre sin räkning wid, at omgås med Lagbundna Hedningar, än Laglösa Christna. Fördenskul war alt benödande förgäfwes, utan Jämtländningarne förblefwo beständigt uti sin tro och undergifwenhet under Swenska Kronan (1). Uti et gammalt Norrskt Document af fiorronde århundrad säges, at Jämtarne hade i Finmarken nitton Rast at jaga efter djur och ekorrar, och at Landamäret mot öster war Angermanland (2).

Herbalen.

Herdalen skal hafwa fådt sit namn af en Herjulfer, hwilken förbt Halban Swartes baner, eller warit hans Merkisman. Halban Swarte är af Ynglinga Ätten, Harald Harfagers fader, och lefde i nionde århundrad. Sedan Herjulf råkat i sin Konungs onåd, flyktade han til Konungen i Swerige, hwar han war länge i tjenst och anseende. Ändtligen blef han ock nödsakad at rymma ifrån Swenska Häfwer, efter han bortröfwat en förnäm Jungfru, förmodeligen emot föräldrarnas wilja. Han utwalde då sit hemwist emellan Swerige och Norrige i öknartkerna, och började sålledes at upodla Landet, som af honom blifwit kalladt Herjulfsbalen (3). Denna berättelse synes långt rimligare än den, som leder namnet af Herulerna, hwilka utan twifwel bodt här i Norden, men hafwa förmodeligen inter nedgrädst sig så långt ifrån hafsstranden. Efter utseende har Herdalen haft samma öde som Jämteland, och lär denna bergsbygden på samma sätt och tid blifwit förknippad med Swerige, som Jämtland.

(1) Sturlesou T. I. p. 138 och 635.
(2) Schöning Gamle Geographie §. 46. p. 114. orden äro desa: Thetta Landamärke er mällim Jemtalands og Finmarkar ogk Helfingelands, Westir or Leinglings Ubum ok sua Norder til Straunia. Eigu tha Jämtar nordor a Finmork stri Straumi XIX. raster at weida byr ok skorna, ok geinger sua Aaster Landamerit mothe Angermannalande takket til, thar som hridir Weimoslor, täbau i Huisto ok i Apodsto m. m.
(3) Peder Clausens Norriges Beskrifwelse p. 100.

§. 6.

JotLänderna.

Sedan man gådt igenom hufwudländerna af Norra delen i Swerige, möter oss mot söder det egenteligen så kallade Swea Rike.

Rike. Här förekomma förnämligaft de tre Folkländerna, Tiun-
da, Attunda och Sjerdhunda Land. Af Uplands-Lagen finner
man, at Folkländerna haft högfta ordet wid Konungawal (1).
Och ehuruwäl Swerige war egenteligen intet walrike i denna ti-
den; war dock Upfwearnas myndighet wid regeringens tiltrödande
nog betydande. Öfwerwägar man deßa Folkländers namn, är det
nog tydeligt, at de äro fammanfatte af Tio, Atta och Fyra, och
betydelfen blifwer ganffa ren, at Tiundaland, utmärker en fådan
trakt fom war fördeld i tio hundari eller härad, och få witare.
Den förtekning, fom Perlngftjöld införbt, uti fin beffrifning öfwer
Tiundaland (2), beftyrker denna gisning, emedan Attundaland in-
nefattade äfwen då åtta hundari. Tiunda hade wäl tolf fådana
härad; men Geftrikeland räknades äfwen där til Tiundaland, faft
det annars intet hördt hit. Man kan lämpa det famma på
Fjerdhundra, faft det i den åberopade förtekning innefattar fem
hundari. Sedan man fållit på den tankan, at Plats beffrifwit
Swerige, då han gifwit underrättelfe om Atlantica, har man efter
behag delt Swerige uti tio delar, och därefter jämnkat namnen.
Men fom icke ringafte fpår finnes til Erhunda, Tuhunda m. m.
fåfom betydande delar af Swerige, kan man utan all fakned å
fido fätta denna ryktbara fördelningen, då man beffrifwer det forb-
na Swerige, och låta Atle eller Necken obehindrad göra fina
författningar i Atland. Man kan utomdes någorlunda begripa an-
ledningen til namnen. Det återftår at kortteligen förklara, hwar-
före de kallades Folkländer. Sylke betyder flaktordning eller wiffa
fördelningar i en upftäld krigshär, hwilket man nu uttrycker med
Bataillon, Efcadron eller Efcader. Sylkir war därföre et äre-
namn, fom tildgnades åt Konungar och Jarlar, därföre at de
ftipade fit folk i leder, rotar och Fylkingar (3). Alla gamla för-
fatningar i landet woro inrättade efter krigstäg och härfärder.
Och få framt uti härfärder fjelfwa krigshären indeltes uti tre huf-
wudflockar efter deßa Folkländer, fom utgjorde förnämfta ftyrkan
af Upfala Konungawälde, blifwer namnet tydeligit nog, faft det
då fnarare bör heta Fylkland än Folkland. Hwilken gisning
likwäl lämnas uti Läfarens egit hendgna omprofwande.

Förbna
Gränfer
och
Länder.
Folklän-
derna.

Q q 3   (1)

310   Swea Rikes Historia.

Norbra
Gränsor
och
Länder.

(1) t SL. Rg. S. Upl. L. Nu thorfa Land Kunung wälja, tho
skulu thry Folkland fyrsto Konung taka, thet är Tiundaland,
Attundaland och Sjaehrundaland.

(2) Peringskjöld Mon. par Tiundiam p. 14. Och gör Peringskjöld sam-
ma påminnelse p. 20. då han gifwer wid handen, at Tiundaland for-
dom intet innefattade flere än tio hundare, emedan Gästrikeland intet
hörde til Tiundaland, och Wäinngsharad blifwit i senare tider delt i tu.

(3) Edda, Konga heite. Uti Herwara Sagan C. 19. p. 175. säges
om Hunernas här, at den war så upställd, at där woro sem tusend
i hwart Fylke.

§. 7.

Upland.

Tiundaland hade främsta rummet bland alla Rikens Land-
skap, och war uti Sturlesons tid starkast bebodt (1). Konungar-
nas wistande i Upsala gaf utan twifwel förnämsta anledningen til
denna folkrikhet. Landet berömmes äfwen i Odens tid för sin
fruktbarhet; hwarutaf man kan sluta med all sannolikhet, at det
warit wäl upbrukadt, och således haft inbyggare från urminnes
tider. Det är bekant, at de tre Folklänterna i sin egenteliga be-
märkelse utgöra det wi nu kalla Upland. Hwarföre ock Konung
Birger i sin stadfästelse på Uplands Lagen talar om Uplands tre
Folkländer. Och är namnet Upland wara yngre än det kan
föras til de tider, wi nu tala om. Ty hos Sturleson förekommer
det aldrig, utan när man hos honom finner Upland wara nämnt,
förstås där altid Uplanden i Norrige. Alt som Christendomen
blef alt mer stadfästad i Swerige, förswunno så småningom de
gamla krigiska författningarna, och Landskapen fördeltes annorlun-
da. Då blefwo de smärre Lagsagor och Härader ihopslagne, och
då är Landet hafwa fått namn af Upswearna, och blifwit kallade
Upland. Utaf Freywids tal, som är anfördt i Konung Olof
Skötkonungs Historia, är tydeligt, at Upswearne tildägnade sig hög-
sta rösten uti alla betydande högmål.

(1) Sturleson, T. I. p. 478.

§. 8.

Westman-
land.

Westmanland är fordom hafwa warit ansedt som en tillhö-
righet af Fjärdhunda; ty när Sturleson talar om Sweriges gam-
la

la fördelning, nämner han Westmanland eller Fiådrindalandt (1). **Fordus**
Utom de nu uprätnade Länder, som äro belägna norr om Mä- **Gräsor**
taren, är äfwen Järnberaland denna tiden bekant. Och Stur- **och**
lefon, när han beskrifwer Konung Olof Haraldfons sista resa til **Länder.**
Norrige, berättar, at Konungen då han for ifrån Sigtuna öfwer **Järn-** **beraland.**
Marckbygden, drog han in i Järnberaland och därifrån til Jämte-
land (2). Med Järnberaland betecknades fördenskul nu warande
Dalarne, och kan hända, någon del af Wästmanland. Det har
til äfwentyrs legat under Tiunda Lagsaga, och därföre blifwit för-
bigånget af Sturlefon, då han lämnadt sin beskrifning öfwer Swerige.
At här då warit stora ödemarker, kan man intet undra på, ty
de ifra finnas här ännu. Sturlefon anmärker annars om bemäl-
te Konungs resa, at han gjordt den, så wida görligit warit, til
fiös, på det sätt nemligen, at man burit fartygen öfwer Land,
emellan sjöarna (3). Så at man kan äfwen häraf begripa, at
fartyg kunna finnas långt ifrån hafwet på högder och backar, u-
tan at man behöfwer strax föreställa sig, at man från haf-
wet seglat så långt in i landet. Sialand, som Sturlefon **Sialand.**
widare nämner, kan wara Roslagen. Men som Rodin, Frös-
åkers skepslag, Åkers skepslag m. m. gjorde en del af Folkländer-
na (4), torde Sialand rättare betyda Åland och Skjärgården.
Söder om Mälaren möter Södermanland, som ock i denna ti- **Söder-**
den war bekant, emedan det förekommer ofta hos Sturlefon. **manland.**
Närke eller Neri-Rike, är ock i anseende til namnet ganska gam- **Närke.**
malt. Det räknades ock til Swea Rike, men får därföre wara
förbigånget af Sturlefon uti Sweriges beskrifning, emedan det
war inbegripet under Södermanlands Biskopsdöme. Det är o-
felbart, at Neri Jarl från Norrige haft et land i förläning af
Konung Gautrek i Wäster-Gjötland (5). Och kan wara tro-
ligt, at det warit detta lilla Höfdingedöme, då anledningen til
namnet blifwer tydelig. Således har man i korthet upräknat de
länder, som i fordna dagar hördt til Swea Rike. Sturlefon
nämner allenast, Sudermanland, Slatdhundra, Tiunda och
Sialand.

(1) Sturlefon, T. L p. 477.
(2) Sturlefon, T. I. p. 755.

(3)

Norbna
Grånsor
och
Lånber.

(3) Snurleson, T. I. p. 757.
(4) Ericus Upsaliensis L. 1. p. 6. Loccenii Uplat.
(5) Göttif och Rolfs Saga C. 11. p. 63.

§. 9.

Wårme-
land.

Af alla Landskap, som lyda under Giötha Rike, stråcker Wår-
meland sig alraldångst i Norden. Namnet år wål et af de åld-
sta, efter det år ren Finska eller Lapska. Wåri betyder berg,
och Ma Land, i det anseende har man orsak at tro, det nam-
net bör ledas ifrån des fordna inbyggare Finnarna, hwilke inne-
hade denna negden för Odens tid. . Wårma nåmnes ock såsom
bebodt af Jotar uti Raums Nores sons tid. Huru Landet se-
dermera af Olof Tråtelja blifwit widare upbrukadt, och förenat
med Norrige, samt åter igen förknippadt med Swerige, år tilför-
ne på sina ställen omrördt. Och har landet onekeligen, så wid
slutet af detta tidehwarf, som alt framgent lydt under Sweriges
spira. At Wårmeland legat under Skara Biskopsdöme år be-
kant af Adamus Bremensis (1). Huru Dals Land likaledes
af ålder warit en tilhörighet af Swerige, år påmint i 1. §. af
detta Capitel.

(1) Adamus Bremensis de situ Daniæ &c. C. 89. p. 61.

§. 10. -

Wåster-
Giöth-
land.

Mark.

Den åldste Historieskrifware, som nåmnt Wåster-Giötland,
år Jornandes (1), Biskopen i Ravenna af det sjette århundrad.
Genom Biskopsdömens inråttande blefwo gamla Landskapens råmår-
ken nog förwillade, emedan en stor del af Småland kom då at anses
som en tilhörighet af Wåster-Giöthland. Och år detta ordsaken,
hwarföre Skåne ansågs som gråntjande til Wåster-Giöthland (2).
Det år likwål oförnekeligit, at Wåstgötha råmårken inter gådt lån-
gre i söder ån til södra udden af Wettern (3). At Mark ansågs
fordom, så wål som Wårmeland, för et sårskildt Landskap, kan
slutas af Sturlesons Beskrifning på Swerige. Och gick Swen-
ska gråntsen ut til hafwet, emedan Hisingen war gemensam emel-
lan Swerige och Norrige, och rågången emellan desa nåstgrånt-
sande Riken, börjades i Danaholm.

(1)

(1) Jornandes de rebus Goticis C. 3. Landet nämnes här Wagoth, hwilket efter ansendet, är en förkortning af Wäster-Giöthland.

(2) Adamus Bremensis de situ Daniæ &c. C. 87. p. 60.

(3) Wästgötha Råmärken wid Wästgötha Lagen p. 99.

§. 11.

På östra sidan af Wettern ligger Öster-Giöthland. Jornandes är ock den första Häfdetecknare, hos hwilken Ost-Giöthar-ne finnas nämnde. Landets gamla råmärken äro upräknade uti C. S. Brocmans Beskrifning öfwer Öster-Giöthland. Det är dock osäkert, at de fordom, åtminstone i anseende til Biskops Lagsagan, inbegripit östra delen af Småland, på samma sätt som Wäster-Giöthland innefattade den wästra. Af Sturleson finner man, at så wäl Gothland som Öland woro tilhörig-heter af Öster-Giöthland. Gothland har ock af urminnes ti-der legat under Sweriges Krona. Hwarföre ock Engelsmän-nen Wulfstain i nionde århundrad (1) gifwer wid handen, at Gothland hörde til Swerige. Efter den berättelse, som är tryckt wid slutet af Gothlands-Lagen, och som synes böra äga full-komligt witsord, skedde undergifningen på det sätt, at en Awar eller Iswar Stråben, for til Swerige på sina landsmäns, Goth-länningarnas wägnar, och träffade en sådan förening med Konun-gen, at Gothland skulle uptagas uti Swea Rikes förswar, emot en årlig skatt af sextio mark silfwer, af hwilka sextio mark skulle afsändas til Konungen, och tiugo til Jarlen i Giötha Rike (2). Där skulle ock wara en fri handel, emellan Swerige och Goth-land, utan tull och annan afgift. Gothlänningarne blefwo ock se-dermera förpliktade, at följa Konungen i härfärd, och leding med sin farkost mot Hedningar, men intet emot Christna. Dock i fall de intet hade lust at taga del i härsärden, war det dem tillåtet at blifwa hemma mot betalning af sextio mark penningar för hwart fartyg, eller sådana. Den skildnad, som här görs emellan Christ-na och Hedningar, är tillagt i senare tider. Af denna underrät-telse finner man, at Gothland war wäl undergifwet Swenska Kro-nan, dock så, at inwånarne utgjorde icke desto mindre et fritt sam-fund eller Republik, hwilken styrdes af sina egna lagar, och en-skylta Öfwerhet. Ja de woro så måne om bibehållandet af sin

R r   fri-

(right margin:)
Förbna Gränsor och Länder.

Öster-Giöth-land.

Goth-land.

Fordna
Gränsor
och
Länder.

frihet, at de intet wille emottaga något öpet bref från Konungen i Swerige, utan förbehållit sig, at alla borde wara förseglade (3). Wi hafwa således i Gothland bewis på et sådant Lån, som man i Tyskland kallar Feudum oblatum, med besynnerligare förbehåll, än wid något annat Swenskt Landskap warit stadgade. Om Ö-

Öland.

land är ej annat at påminna, än at Wulfstain talar äfwen om denna Ö, och berättar, at han hörde til Swerige.

(1) Ottar och Wulfstains Periplus §. 13. p. 18.
(2) Bihanget til Gothlands Lagen C. 2. p. 49.
(3) Samma Bihang C. 4. p. 53.

§. 12.

Småland.

Smålands namn är ock ganska gammalt; ty det förekommer både hos Sturleson, och uti Heratus och Bofes Saga (1). Sturleson kallar det Smalaund eller Smälanderna, när han berättar Olof Haraldsons resa från Calmar til Norrige landwägen (2). Man kan sluta häruताf, at detta Landskap warit sammansatt af åtskilliga smärre länder. Uti Dannemark kallas ännu Smålands Regementet, det som af de smärre öarna utgår. Det torde således wara ganska onödigt, at anställa någon widare undersökning om namnets uprinnelse. Men det blifwer likwäl något wanskeligare at upsätta, hwilka smärre Länder här egentligen förstås, när man talar om detta tidehwarf. Man kan likwäl utan fruktan af wilfarelse uptäkna några, åfwen i denna aflägsna tiden, såsom Tiust, Finweden, Werende, Möre, Ottingen, och til äfwentyrs Rydingen och Niudingen. Andre åter göra denna sammansättning på annat sätt (3). Alla sådane fördelningar kunna hafwa sin riktighet, i anseende til olika tider. Men när man wil weta gamla tilståndet af Småland, bör man söka efter, hwilka namn uti deßa fordna tider warit bekanta. Jornandes nämner Teustes, hwilket ofelbart är wara Tiust. Finhaith omtalas äfwen af samma Auctor, och betecknas utan twifwel Finweden dermed. Detta Landstycke innefattade Häraderna Östbo, Sunderbo och Wäsbo (4). Werende innehöll sem Härader, som förmodeligen äro Konga, Kinnewald, Albo, Upwiddinge och Norrwiddinge Härad. Möre nämnes af Wulfstain uti nionde århun-

dra

brad. Ottinge nämnes af Jornandes, och synes namnet wara bibehållet i Berga Otting, och torde betyda gräntslandet, af gamla ordet Ørts gränts. Deßa nu upräknade smärre Landskap, och kan hända afwen flere, som uti gamla Handlingar intet finnas omrörda, hafwa fordom utgjordt deßa Småländerna. Finweden eller Finheden, synes utomdes bekräfta den tilförne omtalta gißning, at Finnarne warit Sweriges äldsta innehafware (5).

Förbne
Gräntsor
och
Länder.
Småland.

(1) Herauds och Bofes Saga C. 1. p. 2.

(2) Sturlefon T. L p. 695.

(3) Siegler i Scondia upräknar Tiuft, Werende, Möre, samt det egenteligen så kallade Småland från Tolinen til Tiuft. Efter Gyllenstolpes eller Wexionii Defcriptio Svecia, innehöllos i Småland följande Länder, nemligen: Werends Land, Tiohärads Lagfaga, Möre, Tiuft och Asbolandet m. m.

(4) Knytlinga Sagan C. 110. p. 218.

(5) Wulfstain p. 18.

§. 13.

På detta sätt har man korteligen gått igenom de Länder, som oförnekeligen hördt til Swerige i deßa urgamla tider. Men härwid kan göras en ny fråga, huru wida Sweriges gamla gräntsor innefattade någon del af Lapland. Schönings wackra Försök til de Norrska Länders, färdeles Norriges gamla Geographie, gifwer anledning til denna underfökning. Han will med många skäl bewifa, det hela Finmarken, hwilken inbegriper åfwen Lapland, hördt af ålder til Norrige, och at Swerige aldrig sträkt sin Lagfaga öfwer Lapparna för Unions tiden. En widlyftig underfökning paßar sig intet med mit göromål, men några påminnelser torde likwäl til någon del uplysa frågan. Den äldste Historieskrifware, som gifwer oß någon tilförkåtelig underrättelse om deßa aflägsna länder är Ottar af nionde århundrad, hwars berättelse är af Konung Alfred i Engeland uptefnad. Alle wåre Sagoskrifware äro yngre. Ottar bodde långt up i Norrige i Halogaland, och Norr om hans boning war alt öde. Ingen wiste huru långt Landet sträkte sig Norr ut. Ottar wille fördenskul sjelf utröna deßa orter. Han seglar då först i Norr, och sedan Oster ut, längs

Lapland.

R r 2   At

Forbna Gräntor och Länter. Lapland.

åt kusten, hwar alt war obebodt, undantagandes, at här och där wid wikarna bodde några Finnar, som närde sig med jagt och fiskefånge. Ändteligen kom han til en wik eller sjö. Då ställer han sin kosa Söder ut längs åt stranden, och kommer omsider til utloppet af en stor Å. Utan någon swårighet begriper man, at wår wandringsman anländt til Dwina, som faller uti Hwita Haswet. Om Ottar, som bodde så långt up i Norden intet wetat, huru långt Landet sträkte sig, lära de som bodt längre i Söder, och förmodeligen sjelfwa Konungarne haft än mindre kundskap om deßa orter: och huru kan man då med något skäl påstå, at Norrige i hans tid sträkt sig förbi Nordkap, in emot Hwita Haswet. Sedan berättar Ottar, at han war den förnämste där i Landet, och at Finnarne gåfwo honom skatt af djurskin, fjäder, hwalfiskben och skjepståg, som woro ajorda af hwalfiskskin. Uti 8. §. gifwer han denna beskrifning på Norrige, at det war nog smalt, och at en stor bergsrpg gick längs åt Landet, emellan hwilka berg Finnarna bodde. Hwar Norrige war bredast, sträkte det sig sextio mil från wäster til öster, men mot norden war det smalast, och allenast tre mil bredt. Längs åt landet på andra sidan om bergen från söder til norr, war Swerige eller Sweland, som det här kallas, och sedan längs åt de orter som ligga norr ut, war Cwenland (1), och härjade Quänerna ofta på Norrige, och Norrmännerna tilbakas på dem, och war det Quänernas sed, at båra sina små fartyg öfwer land och berg til sjöarna, och således genom härjande oroa Norrmännerna. Lägger man nu samman alt, hwad hit in til är anfördt, synes meningen och påföljgden blifwa den: at alt hwad som låg på östra sidan om Fjällen, och sedan widare åt norden, hörde antingen Swerige eller Quänerna til, och at Norriges tilhörighet längst i norden, intet gick widare än tre Engelska mil. Deße omständigheter bewisa aldeles intet, at Norrige utsträkte sina gränsor denna tiden öfwer någon del af Lapparna. Här säges wäl, at Finnarne gåfwo en slags skatt eller afgift til Ottar, men detta kan intet förstås om andra än dem, som bodde innom de näst gräntsande bergen, och ingalunda kan opas på hela Lapmarken. Ej heller är något tekn, at denna skatt betaltes til den regerande, utan endast til Ottar, såsom antingen deras enskylda husbonde, eller den, som genom försträkning, eller

an-

annan undsåtning förwärfwat sig en sådan råttighet.   Sådana un-
skylta öfwerenskommande, kunna hafwa rum emellan grannar,
utan at man dårföre erkjånner regeringens öfwerwåldte.   Icke desto
mindre medgifwes gjerna, at Norrige så småningen utwidgat sin
Lagsaga öfwer de nåst gråntsande Lapparna, och idra Helsingarne
och andra Swenske underfåtare, på samma fått, hafwa stadgat
sin ågande, eller regerande råtts öfwer de tracter, som lågo nåra
belågne intil deras boningar.   At detta intet år en blott gisning,
kan flutas af Adamus Bremensis, som fåger uttryckeligen, at Skrit-
finnarne eller Lapparne anfågos som en tilhörighet af Helsing-
land (2).

(1) Den, som åstundar öfwerwåga sjelfwa ordra uti gamla beskrifningen,
finner dem uti 8. §. af Ottero Periplus på 10 sidan af Buskái Up-
laga, de åro desfa. Thon neis tó gemines thåm lande, suthwear
dum on othre healpe thås mores, Sweoland oth thåt land North-
ward, and to emnes thåm land Northewardum, Cwena land.
Efter orden ldr öfwerfåtningen wara denne. Widare långs åt landet
söder ut, på andra hålften af berget, år Swerige up åt norden,
och långs åt lawbet norr ut, år Cwenland. Och bewifer detta ftål-
let på intet fått, at Norrige habe någon del i Finmarken.

(2) Adamus Bremensis de situ Daniæ m. m. C. 90. p. 61. Igitur ut
hrevem Sveoniæ vel Sveciæ faciamus descriptionem. Hæc ab occidente
Gothos habet et civitatem Scaranem, a boreå Vermilanos cum Scrite-
fingis, quorum caput Helsingaland. Det kan wara troligt, som H.
Schöning påminner, at hår med Wermilani kan förstås Biarma-
land, hware gråntfor funnat gåbt mot Ulåtråfk, och således kommit
når in til Swerige. Men det blifwer emedlertid ofelbart, at Helfingland
anfågs för Skridfinnarnas, eller Lapparnas hufwudstad. Och på det
denna mening må blifwa så mycket otwifwelaktigare, kan man jämföra
det, som kort förut hos famma Auctor förekommer, då han fåger: In
confinio Sveonum vel Normannorum contra Boream, habitant Scrito-
fingi, quos ejunt cursu feras præterire. Ciuitas eorum maxima Helfin-
goland et Holfingoland regio eft. Detta bewifar åtminstone, at Ada-
mus Bremenfis anfedt Skridfingarna, såsom til en del lydande under
Helfingland.

§. 14.

Men at förstå wåra gamla Sagor, blifwer nödwåndigt, at
underfökning anstålles om några fordna Landskaps namn, hwilka
nu aldeles förswunnit utur Geographien, såsom Jotunheim, Biar-
R r 3   mas-

Fordna
Gränsor
och
Länder.
Jotun-
heim.

...land, Hunaland, Reidgothaland, Alfhem och flera. For-
wothers namn och rike sträcker sig långst tilbaka i tiden. Hans
herrawälde beskrifwes på detta sätt i Fundin Noregur, at han
rådde för Jotland, Qwänland eller Finland, hwilket war beläget
öster om hafswiken, som kallades Helsingaborn, och går up emot
Gardwiken. Det lär således wara oförnekeliga, at Jotland är
på detta stället det samma, som Finland och Qwänland. Efter
alt utseende är Qwänlands namn bibehållet uti Cajana, och är det
oftwart samma Land, som Adamus Bremensis kallar terra Am-
zonum eller Qwinnolandet, twiswels utan bedragen af likheten
emellan orden Qwänland och Qwinnoland. Den som drager
sig til minnes, hwad Ottar i sin resebeskrifning nämnt om Qwä-
nerna, lär finna hans berättelse aldeles öfwerensstämmande med
det, som Fundin Noregur gifwer wid handen om Qwänland.
Emellan Jotland och Jotunheim är aldeles ingen skilnad, i anse-
ende til bemärkelsen, och om man kan anse deßa namn för et och
det samma, gick Jotunheim i Forniothers tid ända in til Botniska
wiken. Uti Herwarar Sagan utstakas gräntsorna af Jotunheim
sålunda, nemligen, at det låg norr om Ganwiken, och hade Luud-
land åt söder (1). Torfäus har för detta påmint, at i stället för
Luudsland bör stå Ymisland, och at i et bättre Manuscript har
stådt, at Jotunheim sträkte sig emellan Halogaland och Ymisland (2),
så at det innefattade hela widden omellan Halogaland och Ulmeå,
ända up til Ganwiken. Uti Norden äro twänne wikar bekanta un-
der namn af Ganwiken. Den ene ligger i Norrige söder om Naum-
dalen, och är Tronhems wiken. Den andra är Hwita Hafwet
wid Arkangel. Om denna Ganwiken talar Sturleson, då han
berättar, at Thore Hund, sedan han röfwat Jumala Tempel i
Biarmaland, for öfwer Ganwiken. Andra Skrifter intyga det
samma. Saxo kallar den Granwiken. Och om denna Ganwik
lär egenteliga frågan wara, när där talas om Gräntsorna af det
fordna Jotunheim. Uti detta Jotunheim war beläget Hårades
Glåsiswall, och Konungasäter Grund. Uti Herwarar Sa-
gan anföres widare, at Resarne eller Jotarne togo sig hustrur
utur Mannaheim eller Swerige, och at åtskillige från Swerige
gifte sina döttrar dit. Detta synes bewisa, at Swerige och Jo-
tunheim woro belägne när in til hwarandra, ty om Jotunheim
　　　　　　　　　　　　　　　　　　　　　　　　　　　　　　　　Fal

skal sökas emot Obyströmmen, som Torsäus gifwer wid handen, war wägen nog lång för en sjöare. Dock torde äfwen Torsäi anmärkning hafwa sin grund, i anseende til olika tider. Och kan wara troligt, at Jotarne dödteligen ledsnadt wid det oroliga grannskapet af Norrmän och Swear, och då flyttat sina bostället längre i öster (3). Åtminstone bör man göra denna uträkning af Samson Fagres Saga (4). Här säges nemligen, at Giesiswall låg öster för Risaland. Ifrån Risaland mot Norden låg Jotunheim, hwarifrån til Grönlands obygder mötte landet Swalbard, uti hwilket folket blef mycket gamla, och lefde ända til twå hundrade år. På et näs som härifrån gick ut i hafwet, war Småmöjaland, hwar folket ej blef mer än sämton år gammalt, och aflade barn när de woro sju år. Denna berättelse, som dock synes hafwa fådt någon tilfats af fabel, torde wara sann, i anseende til Jotunheims belägenhet i senare tider. Men då man talar om den aflägnare ålderen, har Jotunheim ofelbart gränsadt til Swerige. Ja man torde ock med skäl kunna påstå, at så wäl Norrige, som Swerige och Danmark, warit en tilhörighet af det fordna Jotland, eller Jotunheim. Nores och Gores härfärd bekräftar denna gisning. Men en widlyftigare undersökning i detta ämne skulle fördjupa Läsaren uti alt för uråldriga Fornsagor, som torde mindre wara i wåra tiders smak, hwarföre det lämnas til andra tider och omständigheter (1).

(1) Herwarar Sagan C. 1. p. 1.
(2) Torfäus Hist. N. T. 1. p. 162.
(3) Man kunde häremot inwända, at så wäl uti det förmenta äldsta Jotunheim, som i det nyare nämnes likwäl häradet Glåssewall, och hufwudstaden Grund. Men om Jotarne woro et wandrande folkslag, hafwa de kunnat kalla sina Konungars boning, icke bestemdeliga med samma namn, änskönt de flyttat, nu til et, nu til et annat ställe. Dock detta är en blott gisning, som lämnas til Läsarens egit omdöme och bepröfwande.
(4) Samsons Fagres Saga. C. 13. p. 20.
(5) Den, som kan finna sig wid denna anmärkning, torde ock kunna tro, at Jutland ännu behållit namnet af desa urgamla tider.

§. 15.

Biarmeland hade sina egna Konungar, som understundom woro skatskyldiga under Konungarna af Jotunheim. Landets belägen-

Nordna
Gränsor
och
länder.
Biarma
Land.

lägenhet är intet särdeles twifwelsmål underkastad. När Ottar uti sin Norländska resa kommit til Hwita Hafwet, seglade han söder ut längs åt stranden, och kom til en stor Å. Här fan han et wäl bebodt Land, som Biarmerne ägde. Men på högra handen war alt öde, intet annat folk, än här och där några fiskare och fogelfångare (1). Han berättar tillika, at Biarmarne talte något när samma språk, som Finnarne. På detta sätt kan man omöjeligen twifla om Biarmalands belägenhet. Andre Skribenter, som gifwa någon omständelig beskrifning om Biarmalands resorna, intyga det samma. Erik Blodyxe, Harald Harfagers son, for til Biarmaland norr om Finmarken (2). När Harald Gråfell for til Biarmaland, reste han likaledes Norr om, och höll et fältslag med Biarmerna wid Wina Å (3). Thore Hunds resa gick samma wäg. Det blifwer då oförneckeligt, at Biarmerne bodde wid utloppet af Dwina, wid Hwita Hafwet, uti nionde, tionde och elofte århundrad. När Heraud och Bose foro til Biarmaland, war där en Konung, hwars söner tiente hos Konungen i Glesiswall, där hufwudstaden war för Jotunheim. Glesiswal låg öster om Biarmaland (4). Man har swårt för at begripa, huru alla deßa omständigheter kunna länipas på något annat ställe. Aßeßor Björner har likwäl en hel annan tanka om Biarmaland, Jotunheim och Glesiswall. Glesiswall låg i Medelpad, Biarmaland blifwer Norra delen af samma Landskap, där byen Biarma ännu skal finnas, och Jotunheim blifwer Angermanland med flera orter åt Norden (5). Om denna mening skal antagas, måste man tillika påstå, at Biarmerne federmera flyttat til Hwita Hafwet, ty det kan intet dragas i twifwelsmål, at de innehaft deßa orter uti Ottars tid och följande åren. Elleft woro Biarmerne et förmöget och rikt folk, och deras Tempel som war helgat åt Jumala, war efter tidsens smak präktigt, och öfwerflödande af Guld och Silfwer (6). Detta Tempel blef omsider förstördt af en Konung wid namn Olof, då Prästerna flydde först til Sigtuna på Signildsberg, och sedan til Wenden (7). Efter denna tiden blifwa Biarmalands resorne mera sällsynte, och är den härfärd, som twänne Norrmän företogo emot Biarmeland wid år 1222, den sidsta, som nämnes i Nordiska Handlingarna, och Biarmaland, så wäl som Jotunheim förswinna aldeles utur Historien (8). Något när wid sam-

samma tid skedde Tattarernas inbrott i Ryssland under Batu-Chan. Det kan wara troligt, at Biarmernas Konunga-slägt då blifwit utdöd, och folket flyttadt längre in i landet, och gifwit namn åt Gamla Permien. Det är imedlertid säkert, at et folk, som tilförne warit nog mägtigt i Norden, är nu så förduncklat, at hwarken deras namn eller hemwist kunna igenfinnas på Jordklotet. Fordna Gränsor och Länder. Huna-land.

(1) Ottar Periplus p. 6.

(2) Sturleson, T. I. p. 110.

(3) Sturleson, T. I. p. 185.

(4) Heraud och Boses Saga p. 28. jfr. p. 24.

(5) E. J. Biörner de Gothunheimis &c.

(6) Sturleson T. I. p. 622. Af den beskrifning här förekommer, ser man, at omkring Templet war en hög skidgård, eller plank; at Jumala hade en stor silfwerskål med penningar uti, och om halsen et stort halsband, förmodeligen af guld eller silfwer. Annars war innom planket en stor hög, uti hwilken låg guld, silfwer och mull sammanblandade. m. m.

(7) Hjalmars Saga wid slutet.

(8) Norska Chrönican af Peder Clausen p. 632. Torfäus Hist. N. T. I. p. 154.

§. 16.

Uti Swerige äro många ställen, som synas hafwa namn af Hunnerna, såsom Huneberg i Wäster-Götland, Hunestad i Skåne och Halland m. m. Det wore förmätet at sluta af sådana ställen, at de gamlas Hunaland war beläget i denna nejden. Men af Ketil Hängs Saga (1) hafwa wi et tydeligt bewis, at Gestrikeland låg i Hunawälde. På detta sätt kan man ingalunda twifla om landets belägenhet. Dock lär man intet med säkerhet kunna påstå, at Swenska Norrlanden altid böra förstås, när man i wåra gamla Sagor finner Hunaland wara nämndt. Icke desto mindre torde det Hunaland, som omtalas i Wälsunga Sagan, med all sannolikhet böra förstås om Norrland, änskönt Wolsungarne uti Edda sägas hafwa bodt i Franken, eller Frak-

land.

Jorda
Gränsor
och
Länder.
Huna-
land.

land. Sjelfwa Sagan wisar, at Landet låg wid hafwet. Och ehuruwäl Sigge Odens son satt sig neder i Franken, berättas där likwäl, at han eller en af des efterkommande, som ock hetat Sigge, blifwit landsflyktig, och förskaffat sig et eget rike i Huna-land. När Sigmund Wolsungs son Helge Hundingsbane blef född, gaf fadren sin son til namnfäste, Ringstad, Solfjäll, Snösjäll, Sigurswall, Hatuna och Himingwang (2). Och när Hel-ges krig omtalas med Hotebrod, nämnes Raudaberg, Hedinga-ö, Warmsfiorder, Niorfasund och Gniparlund, alla så-dane namn, som äro osörneeligen Göthiska. Utom des de Rau-daberg bekant wid Norrska gränsen, Hedensund ligger i Beskrife-land, och där äro där bredewid, Warmsfiorder betyder det sam-ma som Bergfiorden. Denne finnes i Helsingeland. Niorfa war en Jote från Jotunheim (3), och war det et brukeligt namn i Norrlan-den, och kan således et Sund däraf lätteligen fådt namn. Det wore o-rimmeligt at inbilla sig, det här förstås Gibraltarsund, som eljest hos Sturleson kallas Niorfasund. Utom des berättar Saxo, at den Hothebrod, som af Helge Hundingsbane blef slagen, warit Konung i Swerige (4). Men det dä ei åt, at fördjupa sig här uti widlyftigare gisningar. Man märker allenast, at äfwen en Fransk eller Norrmannisk Historieskrifware gifwit wid handen, at Hunner bodt i Scanzia (5). Wil man fråga, när Hunnerne kommit hit, swaras upriktigt, at jag wet det intet. Det kan wara möjeligt, at då Hunnernas Konung Attila uti femte århund-rad gjorde inbrott uti södra orterna af Europa, at äfwen en swärm af samma folk wändt sig til Norden, och därifrån utrifwit de ännu där boende Jotarna, och Jotunheim kunnat således blifwit flyttat längre i öster. Man är likså litet underrättad, när Hun-nerne ändteligen gådt ut från Swerige. Uti en gammal dagbok från Wisby där antecknadt, at Hunnerne gådt ut från Swerige uti sjunde århundrad (6). Hwad wigt detta wittnesbörd kan äga, har jag swårt at säga, det kan dock wara troligt, at det betyder något.

(1) Kjetil Hänge Saga C. 13. Där talas om en Wil-Kaug, som het Jeamar, och säges, at han ätti Rike i Hunawäldi og Gestreka-Lande. Jfr. Torfäus Hist. N. T. l. p. 321.

(2) Wolsunga Saga C. 15. p. 21. Torfäus H. N. p. 461.

(3)

(3) Edda Dämesaga p. 8.

(4) Saxo, L. 2. p. 28.

(5) Gesta Normannorum, hos Duchent Rer. Normannier. Scriptores, p. 1. Hans ord äro desa: Scantzia insula, qvæ Northvega dicitur, in qua habitant Gothi Hunnl atque Daci.

(6) Ludewig Reliquiæ MSC. omnis ævi T. 9. p. 175. Diavinm Fratrum Minorum in Wisby Gothlandiæ: Anno Domini DCLXXXVI. Longobardi edirerunt Daniam, pro majori parte Jutones. Fames præualida ad hoc ipso compulit, sicut et Hunnos de Svecia. Man kan jämföra det, som framdeles kommer at anföras om Serulerna.

§. 17.

Reid-Gothalands belägenhet har ock gifwit Fornsökare nog bekymmer, utan at man därföre blifwit särdeles klokare. Björner sätter det i Swenska Norrlanden, Werelius i Smäland, Stordäus och andre i Skåne, Torsäus i Jutland, von Dalin wid östra stranderna af Östersjön, von Schwartz i Pomern. Tages Reid i detta ord i samma mening som i Redkyrka, betyder det et bihang af Göthaland, och då kan namnet betyda stundom et och stundom et annat Land. Betyder det åter rodden af Giöthaland, torde det wara Skåne med de där in til gränsande Länder åt sjösidan. Men betydelsen af namnet gör wäl intet stort til at igenfinna Landets belägenhet. Efter Herwarar Sagan war Göthaland eller Reid-Gothaland landfast med Hunaland, och skogen Eineckunder gjorde gränsen dem emellan (1). Om detta Hunaland wore det samma som i förra §. är beskrifwit, torde Björners mening wara sannolikast. Uti Företalet til Edda säges, at Jutland kallades Reid-Gothaland i Odens tid. Hwad uti Edda anföres, bekräftas af Olof Tryggwasons Saga, på hwilken Torsäus beropar sig (2). Men af det utdrag af samma Saga, som är tryckt wid Sturlesons Heims Kringla, får man en hel annan tanka, ty då här talas om Landdelningen emellan Ragnar Lodbroks söner, tildägnas åt Sigurd Ormöga Jutland, alla öarna samt Skåne och Halland, men åt Hwitserk Reid-Gothaland och Winland. På denna grund blifwer hwarken Skåne eller Jutland Reid-Gothaland, utan v. Dallins och Schwartzens mening synes böra äga företrädet. Et annat ställe af Edda förekommer hos Torsäus, som gifwer åter en hel annan uträkning (3).

Där

Der säges, at Landet som Oden regerade öfwer war delt i twänne delar, fasta Landet nemligen eller Reid-Gothaland, och öarna el. Eygothaland. Efter denna anledning blifwer hela Swerige och Jutland Reid-Gothaland, då man åter är tilstå klok som förr. Sielfwa Landet beskrifwes sålunda: at då man kom fram utur skogen Einerkunder, woro där stora fält och slätter. Men denna egenskap kan wara gemensam med flera länder, och åtminstone kommer den öfwerens både med Skåne och Jutland. Men huru Isafiäll och Dunheden skola upsökas i denna senare Landsorten, wet jag intet (4). Så mycket är likwäl ostridigt, at den sista af Arngrims manliga slägt, war Heidrik Ulfham. Hans dotter Hilbur war moder til Halfdan Snälle, Konungen i Skåne (5), och som man intet har sig bekant, at Halfdan haft något annat Konungarike, kan det wara troligt, at han blifwet innehafware af sin Moderfaders Herradöme, då Skåne skulle blifwa Reid-Gothaland. Medgifwes detta, kan det ock wara troligt, at Hunhern wid denna tid warit dgare af någon del af Halland. Skogen Einerkunder kan då blifwa Halands ås, och ingen brist blifwer på berg och hedar, som kunna swara emot Isafiäll och Dunheden. Men detta kan intet blifwa annat än en blott gisning, och man har orsak at twifla, om något annat än gisningar kan i denna saken anföras. Åtminstone kan intet den anmärkning, som är giord i Dagets lefwerne, at Blekingen torde wara Reid-Gothaland som där omtalas, förtjena annat namn. Den som skrifwit Herwarar Sagan, lär förmodeligen hafwa författat den efter äldre Handlingar, sådane som han dem funnit, och har han til äfwentyrs sielf warit okunnig om rätta belägenheten af Reid-Gothaland. Det måste då nödwändigt blifwa ganska swårt för oss at finna reda härutinnan.

(1) Herwarar Sagan C. 18. p. 167. Här säges uttrydeligen, at skogen Einerkunder skilde Hunaland och Gotaland.
(2) Edda uti Förtalet C. 3. Torfäus Ser. Reg. Dan. L. 2. C. 1. p. 86. af Olof Trygwasons Saga: Gormr Konungr for med her sin i that rike Danmerkur, er tha war kallad Reid-Gothaland, enn nu er kallat Jotland. Men af Olof Trygwasons Saga, som är trykt wid Sturleson T. II. p. 461, skiljes Jutland uttrydeligen från Reid-Gothaland. Orden äro tydeliga: Sigurdur Orm i auga hafdi Jutland ock allar eiar Skaney ok Halland. Hwit serkur hafdi Reid-Gothaland ok that med Winland.

(3)

(3) Orden af Edda hos Torfäus Ser. RR. L. 2. C. 1. p. 84. äro bäst. I then tima war kallat aut mrigin Land, that er han (Odin.) ätti Reidgotaland, enn allar epar Eigotaland. Hwarföre falla landet blifwit kalladt Reidgotaland, är ganska begripeligt, ty Reid betyder en wagn eller ok ridande: då det betecknar et sådant land, som man lunde komma til med hästar och wagnar.

Fordna Gränsor och Länder. Alfhem.

(4) Hermarar S. C. 19. p. 175. Werelius p. 177. gissar, at Danheden måtte wara belägen wid Tanais eller Donauströmmen, men det synes, at denna Wigwall war något långt afsides.

(5) Hermarar S. C. 20. p. 179. Werelii Genealogiska Tabeller p. 184. 185.

§. 18.

Alfhem förekommer ofta uti wåra gamla Sagor, men detta Landets belägenhet är nog bekant. Ty det låg emellan Gjötadlf och Raumälfwarna (1). Det är besynnerligt, at Alfhems boarne beskrifwas i wåra fordna Skrifter såsom obehageligare, och fulare än de andra Nordiska folkslagen (2). Och synes det bewisa, at de woro hwarken af Asa eller Jota Ätten. Edda, som altid hafwet i förråd upbyggeliga berättelser för Läsaren, gör likväl skilnad på Alfhems-boarne, ty hon kallar somliga Ljus-Alfwar, hwilka woro ganska wackre, andra åter Dock-Alfwar, och desse woro swartare än beck och tjära. Om dessa senare säges, at de woro nedre i jorden, och kan wara, at de bodt i jordkulor och bergs-refwor, då Asar och Jotar bodde i hus, så at de förmodeligen warit wildare än de andre Landets inwånare. Om wåra berg-wärk woro så gamla, at de kunde hänföras til dessa uråldriga tider, skulle man snart kunna falla på den tankan, at Dock-Alfwar äro de dwärgar, som så ofta förekomma i gamla Handlingar, hwilka warit smedar och brukskidkare: då deras swarta färg lätteligen kan begripas, i synnerhet, om de intet warit wane at twätta sig rätt ofta. Landet Alfhem har annars fådt namn af en gammal Konung Alf, som regerat här innan Oden kom til Norden.

(1) Hermarar S. C. 1. p. 2. Sturleson T. L p. 59. m. m.
(2) Edda Dämi-Sagan p. 15.

S 3   §. 19.

§. 19.

Förbna
Gränfor
och
Länder.
Ranarike.

De länder som warit fordom med Swerige förenade, men först i fednare tider blifwit fullkomligen med den öfriga Rikskrop- pen fammanbundne, äro Bohuslän, Halland, Skåne och Bleking- en. Bohuslän utgiorde en del af det gamla Alfhem, kallades och underftundom Wiken, af hwilket landffap det och gjorde et ftycke. Det har och fordom hetat Ranarike, och kan fnarare fått namn af någon, fom hetat Rane, än af Ran, rån eller röfwe- ri (1). Ty det är ej troligt, at des fordna inwånare förtjent me- ra namn af röfware, än andre ftrandbyggare i Norden, hwil- ka alla drifwit famma handtwärk. Om någon Konung Rane, fom bodt på Sarpsborg i fordna dagar, wet man intet tilförlåte- ligt (2). Namnet Ranarike är för öfrigt mycket gammalt, ty det förekommer hos Jornandes (3). Någon ankdning är, at Ranarike undertiden warit af ftörre widd än nu warande Bohus- län, ty man finner, at Gutorm Jarl blifwit förlänt med Landet, emellan Gjöthadlif och Swinefund, famt Ranarike (4). Södra gränfen af detta Landffap börjades i Danaholm wäfter om Brän- ö, därifrån til Hifingen, af hwilken Ö tre Kyrkfocknar hörde til Norrige, och twå til Swerige, enligt öfwerenskommelfen, emel- lan Olof Skötkonung, och Olof Haraldfon, och därifrån i Gjö- tha Älf (5). Rågången mot Norrige gjorde Swinefund. Kan det har i uråldriga tider legat under Swerigeg Krona, emedan Sigurd Ring och Ragnar Lodbrok ftråckt fit wälde längre up i Norrige. Uti nionde århundrad hade Erik Emuntfon, Konungen i Swerige, fatt Rane Gauilfe til Jarl öfwer hela Landet, emel- lan Gjöthadlif och Swinefund (6). Men Landet kom under Ha- rald Hårfager til Norrige igen. Sedermera war detta Landffap i Olof Skötkonungs tid en Swenfk Prowints; men genom Kon- gahälls fred blef det å nyo med Norrige förenadt, om hwilket at tilförne är talt. Bohus är annars et nytt namn, fom intet hör til deffa gamla tider. At Landet fordom drifwet anfenlig handel med falt och fill til Wäfter-Gjötland, är bekant af hwad fom förr är berättat.

(1) Så wäl Peder Claufon i Norriges Befkrifning p. 19, fom Torfä- us H. N. T. I. p. 35. hålla före, at Landet blifwit kalladt Ranarike af Rána, eller röfwa.

(2)

(2) Ödman berättar detta uti sin Beskrifning öfwer Bohuslän.
(3) Jornandes De Rebus Goticis C. 3.
(4) Sturlefon, T. I. p. 112.
(5) Peder Clauson Nor. Beskr. p. 19.
(6) Sturlefon, T. I. p. 87.

Jorda
Gränsor
och
Länder.

§. 20.

Hallands gränts börjar i Dunaholm, och går sedan åt söder til Hallands ås. Landet har i forna tider warit merendeles samma öde underkastadt som Skåne. Namnet skrifwes Hallin hos Jornandes, och kan wäl wara, at det bör ledas af det gamla ordet Hall, som betyder skarp och ofruktbar. Kan ock hända, at det tilförne warit kallat Holmland, men där til är ingen anledning i gamla Skrifter. Eljest war hela denna negden öfwerwuxen med ek och bok, hwilka skogar ansågos för at wara Konungens egendom (1).

Halland.

(1) Knytlinga Sagan C. 28. p. 54.

§. 21.

Skånes namn är ganska gammalt, emedan det har gifwit anledning, at hela Swerige och Norrige, blifwit kallade Scandinavia, Scandia och Scanzia. Det skrifwes altid i gamla Götiska Skrifter Skaney, förmodeligen af Skåne, som betyder en Bår eller sarryg. Af Ottar kallas Landet Gotland, hwilket där af är tydeligt, at han säger, at det låg mit emot Seland (1). Det är trolgt, at han därföre kallat det Gothaland, efter det de sammanhängande med Götharike. Han talar ock om en hamn, som han kallar Sciringes-heal, hwilken twifwelsutan bör sökas wid Skåne, och intet wid Dantzig. Shearing på Engelska betyder en rimsa, och således kan ganska wäl lämpas på en udde. Heal lär förmodeligen wara det samma, som Engelska ordet Hole, håla, hwarutaf Haula (2), hamn lär widare böra ledas. Och då kunde man tro, at Ottars Sceringsheal är det samma, som man nu kallar Haljahamn i Skepparekroken. Hals kan wara det samma som Scarring, en udde.

Skåne.

Ot

Ottars resa från Sciringesheale til Hedaby eller Slesvig, bestyr⸗
ker denna beldgenheten, ty han hade på wänstra handen (bacbord),
Dannemark, och på höger (steorbord) wissa sjön, så at han
farit norr om Seland. At han sedan säger, at han haft Seland
på höger, gifwer anledning at tro, det han blifwit tilbaka trifwen
af motwäder, då han framdeles med bättre wind fortsat sin resa,
och haft Danska Öarna på wänster. På detta sätt kan hans re⸗
sa begripas, men ejest aldrig. Wid Odens ankomst til Norden
lär Landet warit til större delen oupbrukadt, emedan han för frukt⸗
barheten skull satt sig neder i Upland, hwarom förr är nämnd.
Men efter den tid lär det blifwet alt mer och mer bebodt. Efter
Rimkrönikan har en Erik warit den första, som upodlat Landet,
och är det förmodeligen den samme Rik, som omtalas i Rigs⸗
mal, då det blifwer Heimdaller Odens son, hwilken denna heder
tilskrifwas bör. I fordna dagar lär Skåne warit öfweralt bewuxet
med gran och fur, to så wäl i wissa bokskogarna, som i negden
af Helsingborg och Lund, finnas, utorkade kjärr och mågar, fulla
af furorötter. Sjelfwa flätbygden har ock warit skogrik, emedan
man i torfmossarna finner ofta stora trän långt neder i jorden. At
Landet mot Seland tilförne gådt längre ut i hafwet än stranden
nu är, kan slutas af det rön, som Öfwerste Steussenfelt gjorde
wid Landskrona, hwar man funnit rötter af buskar och trä i sjelf⸗
wa hafwet (3). Sedan folket blifwet förökt, blef Landets godhet
mera bekant, hwarföre ock en gammal Skald Glumr Geirrar⸗
son i tionde århundrad, kallar det Skaneyar goda (4). Tid
efter annan blefwo ock åtskilliga städer här anlagde, af hwilka
Lund hålles före at wara med de äldsta. Des ålder och forena
förmögenhet, kan någorlunda däraf intagas, at, då Egil Skala⸗
grim sedgade sin Stalbroder, hwar bästa anledningen war, at skaf⸗
fa sig rikt byte, wiste han honom til Lund. Sjöröfwarne besluta
då at angripa staden, hwilken war omgifwen med en träborg eller
trävall, förmodeligen sammanlagt med stockar och stenar, som
man den tiden brukade at göra sina fästningswärk. Efter alfwar⸗
samt motstånd af Borgarena, blef staden likwäl til slut intagen,
skösslad och upbränd (5). Detta skjedde wid år 920. Skanör
är likaledes en urgammal stad, ty år 879 kom et Norskt fartyg
från des marknad, utskickadt af Harald Hårsager, hwilket war

la⸗

lastadt med Malt, Win, Hwete och Honung m. m. (6). Uti Forbna
tionde århundrad wid år 980 nämnes först Helsingborg, hwar Gränsor
Håkan Jarls utskickade eröfrade några Sjöröfware fartyg (7). och
Staden kallas i gamla Skriften Helsingalands borg. Ystad lår Länder.
ock förmodeligen höra til denna-tid, emedan där berättas om Erik
Jarl från Norrige, at han under sit wistande i Swerige wid år
997 landstigit på Skåne, och wid Hiostad borttagit några far-
tyg (8).

(1) Ottars Periplus §. 11. p. 16.

(2) Du Cange ordet Havia.

(3) Denne skogen uplåctes 1750, och kan man dårom se H. Öfw.
Stru̇ssenfelts Bref uti Rect. Gothyni Disputation de Fundamentis
Chronologiæ Svecanæ P. 2. p. 70. hållen här i Lund under mit bi-
trade 1754.

(4) Sturleson, T. I. p. 132.

(5) Eigil Skalagrims Saga C. 55. i Mon. Scanensia T. II. p. 230.

(6) Torfæus H. N. T. II. p. 36.

(7) Torfæus H. N. T. II. p. 361.

(8) Torfæus H. N. T. III. p. 3.

§. 22.

Den äldste Historieskrifware, som nämner Blekingen, år Bleking.
Engelsmannen Wulfstain af nionde århundrad. Det ser ock ut,
som Landet hördt til Swerige, åtminstone synes hans ord fordra
denna mening. Han säger ock, at han farit ifrån Hetaby eller
Sleswig på sem dygn til Truso, hwilket förmodeligen lår wara
Trotsö, där nu Carlskrona år bygd. Det kunde ock, kan hän-
da wara ment Trosa i Södermanland, som Bußäus håller före,
så framt man wil medgifwa, at resan kunde gå så fort. Landets
många wikar och skiär, och det däraf upkommande sugn, som in-
byggarne kalla Blek, kan til äfwentyrs hafwa gifwit anledning til
namnet, som annars år ej så särdeles begripeligt (1).

(1) Wulfstain Periplus §. 1. p. 18.

§. 23.

Sålunda har man gådt igenom de förnämsta Länder af gam-
la Swerige, som förekomma uti wåra fordna Sagor. De gam-

Tt				le

Fordna
Grekisor
och
kånder.
Cobans=
nia.

le Grekiske och Latinske Häfeteeknare hafwa ock haft någon kund-
skap om wåra Nordiska orter, men den hafwer warit nog stym-
pad och osulkommen. Pomponius Mela berdttar, at Cobane-
nia war den största af alla öar, som lågo uti sinu Codano el-
ler Östersjön, han gifwer ock wid handen, at Cimbri, Teutones
och Hermiones bodde uti eller omkring Östersjön. Solinus ta-
lar om Scandinavia och säger, at där war intet stort utom sielf-
wa landet. Plinius underrättar oss, at Hilleviones bodde uti
Scandinavien, förbelte uti sem hundrade bylag, eller hwad man
behagar kalla des Pagi. Ibland Öarna upräknar han, Scan-
dia, Dumna, Bergos, Tierigon. Widare omrörer han Ben-
nomannia, Baltia, Basilea. Hwad som gifwet anledning til
alla deßa olika namn, är swårt at säga. Efter utseende grundar
sig större delen på skeppare-tidningar, som wäl intet hållas för de
alratilförlåteligaste, men bewisa likwäl något, nemligen, at landet
war öde. Ptolomäus talar om fyra Scandia, af hwilka den
första låg långst i öster, och i denna bodde Chedini åt wäster,
Savoni och Sirefti åt öster, i söter Guta och Danciones, men
midt uti de så kallade Levoni. För en widlyftig undersökning om
deßa och mera dylikt förskonar jag läsaren. Rudbecken uti sin
Atlantica, Lundius uti Zamolxis, och Peringskjöld uti sina an-
märkningar til Theoderici Weronensis Lefwerne, och flere hafwa
samlat, alt hwad som kan sägas i deßa saker, och näslan något
mer. Ibland alla de gamla, har wäl Tacitus haft bästa under-
rättelsen om wår Nord. Men han bryr sig mer om at beskrifwa
folken än sielfwa landet, och är hans witnesbörd nog betydande,
som ock skola blifwa brukade på sina ställen. Genom Gjöthernas
inbrott i Romarnas länder, börjar wår Nord at blifwa alt mer
och mer bekant för dem som bodde i söder, och beskrifwer Pro-
copius Swerige och Norrige under namn af Thule (1). Han
är ock den förste Auctor, som nämner de Danska. Han berdttar
likaledes, at Herulerne satt sig neder här i Thule, men när det
skiedt yttrar han sig intet. Besynnerligt är, at Herulerne nämnas
på intet ställe uti wåra Sagor; dock kan wara troligt, at deße
äro de Hunner, som däremot så ofta omröras. Det kan wara
mindre underligt, at wåre gamle Swear och Isländare kallat dem
Hunner, när man påminner sig, at de warit underkufwade af

Hun-

Scandi-
navia.

Scandia

Hunnerna (2). Om de då efter Attilas nederlag wid Chalons i　Förena
Frankrike wid år 450, eller wid annat tilfälle förfogat sig hit til　Gränsor
Norden med en hop wårkeliga Hunner, kan orsaken wara nog　och
tydelig, hwarföre Herulerne blifwit kallade Hunner. Efter Pro-　Länder.
copii anwisning hafwa Herulerne först satt sig neder i Danne-
mark, hwarifrån de sedan begifwit sig til Thule. Jornandes be-
rättar, at de Danska drifwit bort dem (3), och torde detta til
äfwentyrs syfta på det nederlag, som Hunnerne ledo af Angantyr.
Procopius omrörer ock, at den delen af Herulerna, hwilka satt
sig neder wid Donau, och der i negden, affärdat sändebud til
Thule, som därifrån skulle hämta dem Konung af den där i landet
ännu warande Konungsliga slåkten. Samma Auctor underrättar
oß ytterligare, at uti Thule woro tretton stiskilda folkslag, hwilka
hade hwardera sin enskylta Konung, och at af alla Thuleboarna,
Skridfinnarne woro de willaste, emedan de intet brukade jorden,
utan födde sig allenast med jagt. At Solen i Thule, efter Pro-
copius, warit fyratio dagar öfwer horizonten om Sommartiden,
är ej något obegripeligt, emedan man wet, at längsta dagen wid
Kengis är 720 timar (4).

(1) Procopius Hist. Goth. L. 2.

(2) Paulus Diaconus Hist. Misc. L. 15. C. 2.

(3) Jornandes de Rebus Get. C. 3.

(4) Bilberg Solens rätta och synliga rum i Norden p. 75.

§. 24.

Når Jornandes beskrifwer Scanzia (1), sätter han Abogit al-　Scanzia.
raldrägst i Norden, och berättar tillika, at de om Sommaren ha-
de fyratio dygns dag, och åfwen så lång natt om Winteren. Sid-
sta stafwelsen i Abogit har nog likhet med Jette, eller Jote, så
at man kan hafwa anledning at tro, det han haft någon kund-
skap om Jotar och Jotunheim. Hwad Abo skal betyda wet jag
intet. Senna bodde därnäst, som endast lefde af jagt. Sedan
nämner han Swethans och Turingi. Om deßa säger han, at
de hade goda hästar, och handlade med präktiga skinwaror, som
åfwen fördes til de Romare. Han kallar deßa skinn, Pelles Sa-
phi-
T t 2

Norbna Gränser och Länder. Scanzia. phirinæ, och lår grådwrk härmed egenteligen böra förstås. Dårefter förekomma Teustes, Wagot, Bergio, Hallin, Liothida, och
bodde deße uti et flått och fruktbart Land. Sedan uprådknar Jornandes Athelnil, Finaithå, Goutigot, och woro deße sidste mycket begifna på krig. Kring bergen bodde Euagerå och Othingi.
Utom deßa bodde Ostrogothå, Raumarici, Ragnarici, Finni
mitißimi, som woro minst wilda af alla Skanziens inbyggare.
Med deßa jämföras widare Vincviloth, Suethidi, Cogeni,
som woro de långste af alla Scandianer; dock säger han, at de
Danske, Dani, som leda sit ursprung ifrån deßa, i synnerhet
tilägnade sig samma förmån. Alrasist uprepas Grannii, Aganzik,
Unirå, Ethelrugi, Arochiranni. Några af deßa uprådknade
namn, kunna lätteligen igenfinnas, hwarföre man ock budit til at
förklarå en del dåraf uti det föregående. Några kunna ock wara
förbråkade af dem, som afskrifwit hans wårk: Hwilket ock är
oemotsäjeligt, ty uti somliga exemplar låses Cresennå, uti andra
åter ScritoFennå, några göra Arochiranni til twå sårskilda,
Arochi och Rannii, andra åter til et m. m. Det är nåstan oemotsäjeligt, at Jornandes understundom uprådknar Håruder, understundom ock mindre samfund, hwilkas namn sedermera genom annan indelning kunnat råka aldeles i glömska. Man behöfwer intet
gå så långt tilbaka i tiden, för at få bewis på sådana förtappade
ord. Uti Konung Waldemars Jordebok af trettonde århundrad,
nämnes et Hårad i Skåne, som kallas Waprahårad, hwilket
man nu blott med gißningar kan eftersöka. Ottar uti sin Norlåndska resa talar om Terfinnes (2), men hwad deße woro för
folk, blifwer nog otydeligt. Man låmnar dårföre til Låsarens egit eftersinnande, at paßa ihop de mindre rydeliga orden, och de
andra åro förmodeligen til nödtorften förklarade, hwar förklaring
behöfwes. Paulus Diaconus har intet låmnat någon utförlig beskrifning på Scandinavia, han nåmner tillwål Scritobinni och
Vinuli (3). Och torde deße senare förmodeligen wara de samme, som Jordandes kallar Vinoviloth. Man får frambeles
anledning at tala något mer härom, når de utflytningar skola omröras, hwilka förmenas hafwa skedt ifrån wår Nordiska halfö.

    (1) Jornandes de rebus Geticis C. 3.

(2)

(2) Ottar Periplus §. 4. p. 4.

(3) Paulus Diaconus de rebus gestis Longobardorum L. 1. C. 5.

§. 25.

Anskiönt de Grekiske och Romerske Historieskrifware, intet gifwa oß en fullkomlig beskrifning på wåra Nordiska länder: låt man likwäl därutaf åtskilliga omständigheter, som man annars hade saknat. Man finner, at wåra Nordiska orter warit bebodde, så långt tilbaka, som någon Historia går. Pytheas för Christi födelse, och alla de senare tala icke allenast om inbyggare i deßa Nordiska länder, utan ock om åkerbruk. Konungariken, siöfart, och mera dylikt omröres öfwerallt. Procopius intygar, at uti Thule woro tretton åtskildta Konungariken. Man har altså fulkomlig anledning at tro wåra gamla Sagor, när de underrätta oß om dylika omständigheter. At de Danske hafwa sit ursprung från Scandinavia, witnar Jornandes. Til denna gißning gifwes äfwen någon anledning i wåra Sagor, hwarom förr är nämndt. Så at den ena får styrka af den andra. Herulernas ankomst til wår Nord kan gifwa en sannolik mißtanka, at Landet därigenom blifwer rikare på inbyggare, än det warit förr. Något dylikt synes kunna slutas af uråldriga och sammankastade stenhopar, hwilka finnas ut i wilda skogarna, som man aldrig wetat af, at de warit någonsin upbrukade, och som sedermera genom någon ny utflytning råkat i sit förra ödesmål.

✳ ✳ ✳ ✳ ✳ ✳ ✳ ✳ ✳ ✳ ✳ ✳ ✳ ✳

8. Capitlet.

Om

Fylkis-Konungarne i Swerige.

§. 1.

Uti deßa nu updäknade Länder, woro uti äldsta tiderna åtskillige Småkonungar, som styrde sina undergifna menigheter med en magt, som stundom åtlädande Upsala Konungs öfwerwälde, och stundom synes hafwa warit utan all undergifwenhet.

T t 3

het.

Folklig Konungarna.
Gestrike lands Konungar.
Agnar.
Haldan.
Sigmund och Hogne.

het. Någre af deſſa dro tilförene nämnde, ſå wida de haft någon förbindelſe med almänna Rikshiſtorien. Någre böra nu ihogkom̃as, faſt man i briſt af underrättelſe måſte nödwändigt fakna en omſtåndelig beſkrifning. Uti Geſtrikeland, träffar man en Agnar hafwa warit regerande, ſom blifwit öfwerwunnen af en Danſk Konung Haldan Brandfoſtra, hwilken lämnade ſit Rike ſom han hade i Dannemark, och ſatte ſig neder i Swerige. Denne Haldan har ock warit Herre öfwer Kyrland (1). Om Haldans ſö̃ner Sigmund och Hogne, ſom ſtyrde Geſtrikeland efter ſin fader, är en widlyftig berättelſe uti Sorl Starkes Saga. Agnar war Sorl den Starkes Faderbroder, och ledde ſåledes ſin hät̃komſt från Uplands Konungarna i Norrige (a). Och ehuruwäl Haldan warit Agnars Baneman, och Sorl ſedermera afhände Haldan lifwet; blefwo icke deſtomindre Hogne Haldanſen och Sorl utiet förtroligt och upriktigt Foſtbrödralag ſammanbundne, ſedan de pröfwat hwarandras beſynnerliga tapperhet och ädelmod; ſå at hämndelagen war intet ſå aldeles oförſonlig, ſom man gẽmenligen inbillar ſig. Den förr omtalte Agnar hade twänne ſö̃ner, Ragnar och Wale, af hwilka Wale war en tid regerande i Bjarmland, och Ragnars ſon Agnar bodde ſedermera i Hålogaland. När denne Agnar ſkulle dö, gick han med ſina ſjömän lefwande i grafhögen, den han tilförne hade rikeligen förſedt med mycket guld och andra dyrbarheter, ſom han med röfwande för̃wärfwat hade. Hans fader Ragnar hade på ſamma ſätt öf̃werlämnat werlden, och ſåledes wiſt prof af et wanligt föraktför döden, och beſynnerlig tilgifwenhet för guld och rikedom (3). Man finner ock en Wik-Konung i Geſtrikland, ſom hetat Framar, hwilken friade til Kietil Hängs dotter från Rafniſtad i Norrige. Hrafnild hade intet tycke för detta wilddjur, utan gaf honom korgen. Framar manar därföre ut hennes fader til enwige på Ar̃hög i Geſtrikland, och förklarade honom för hwar mans niding, om han intet kom. Denna förpliktelſe war onödig, ty Kietil Häng war intet wan at afhålla ſig från ſlagsmål. Han infann ſig för̃denſkul, Framar blef ſlagen, och Framars ſon Bodwar fick den omtwiſtade bruden (4). En annan Konung förekommer ock i deñna Norra delen af Swerige, nemligen Hrodmar af Järnbäraland, hwars ſon Herfin Jarl war gift med en Konung Syres dot-

Ragnar.
Wale.
Agnar.

Framar.

Bodwar.
Hrodmar.
Herfin
Jarl.

dotter, och hade med henne en son, hwilken ock hetat Stå- | Ferlig
mar (5). | Konunga- | garna.

(1) Sorl Starkes Saga p. 37. Jfr. Torfäus H. N. T. I. p. 292.
(2) Sorl Starkes Saga C. 11. p. 24.
(3) Torfäus H. N. T. I. p. 306.
(4) Rietil Hänge Saga C. 13.
(5) Torfäus H. N. T. L p. 197.

§. 2.

Men I de söre Delar af Swerige träffar man ännu et
långt större antal af Småkonungar och betydande män, kringströd-
de öfwer hela Landet; utom dem, som i Ingiald Ilrådas Historia
äro omtalte. En Konung Saur har bodt på Håga, och frälste   Saur
Skalden Erpur sit lif under Konung Björn, genom en Skalde-   på
sång som han författat om denna Saur, hwarom tilförne är   Håga.
nämnt. Twänne Swenske Konungar, som hetat Halding ointa-   Haldin-
las ofwen i gamla tiden. Desse höllo et fältslag på Wenern, då   gar.
han war tilrusen, med en Konung Olof af Gardum. Olof
och hans folk led der et stort nederlag, dock blef Haldingarnas
Landrödrnarman-Helge den Fräkne samma gång slagen. Begge
desse Herrar blefwo likwäl någon tid därester ihjälslagne af Hro-
munder Gripson, som war i Konung Olofs tjenst, och af denna
Hromunder förmenas Ramundaboda i Wäster-Sjöthland, hafwa
fådt sit namn (1). Sturlaug den starke är ädre du Haldingar-
ne, han sid Konunganamn af Swenska Konungen Yngue, och
blef hans Landrödrnarman. Sturlaug war gift med Åsa Hring Sturlaug.
Jarls dotter i Swerige (2). På samma tid war en Konung i
Göthland, som het Dag, hwars dotter blef gift med en af Saur-   Dag.
laus fosterbröder wid namn Åke. Som Konung Dag uptog med   Göthla-
föraksl Åkes frieri, efter han intet war förnäm nog, måste wäld   land.
suborda trolofsningen. Ty Dag blef til fånga tagen, då han til
at frälsa lifwet, gaf sit samtycke til giftermålet. Men lugen wåld-
samhet blef utröswad mot bruden sjelf. Konung Hergeir i Gar-   Slodwär
darike hade til Gemål Jogeir, en Swensk Prinsessa från Götha- K. i Gö-
land. Hennes Faderbroder Sigmund eller Hlodwär, war rege-   thaland.
ran-

Kullis-
Konun-
garna.

rande i Giöthaland (3). Sedan Hergeir wart slagen af Eisten från Norrige, och Eisten sedermera wardt mördad, blef Glodwår förordnad til Regent i Gardarike; medan Haldan Eistens son for omkring til at hämna sin faders död (4). Och när detta war fulbordadt, blef Glodwår regerande i Biarmaland, sedan han för- ut gift sig med Elinu Konungens dotter där sammastädes (5).

Olof.

En annan Swensk Konung Olof förde krig med Konung Helge på Jutland i Gorm Gamles tid, öfwerwan honom och regerade länge, både öfwer den delen af Jutland som Helge ägt, och öfwer den del, som honom tilkom i Swerige. Hans söner Eknob och Gurd hafwa sedan warit länge rådande i Dannemark (6). Wid

Anund.

är 840 kom en Swensk Fylkis-Konung wid namn Anund, som warit utdrifwen från sit Rike, med Danska hjelptroppar för Björkö. Stadsboarne, som intet woro beredde på någon fiendtlighet, rå- kade i så mycket större fara, som de Danske i hopp om rikt byte, låtit förmå sig at wara honom följaktige. Men Herigarius, som då war Ståthållare i staden, blickade honom med betalning af hundrade marker silfwer. De Danske woro likwäl intet nögde med en så liten summa, emedan de woro försäkrade, at där war ingen Köpman i Björkö, som ju ägde långt mer. De gjorde sig fördenskull färdiga, at oaktat den betalta brandskatt, anfalla staden. Konung Anund, som wille försona sig med sina Landsmän, före- ställer då de Danska, at der war öfwentyrligt at angripa en ort, som war förswarad af många och mägtiga Gudar. Det wore fördenskull försiktigare, at man rådfrågade Gudarna genom lott- kastning, huru wida någon fiendtlighet emot Björkö skulle wara dem behagelig. På detta sätt blef Björkö räddad ifrån sin öfwer- hängande plundring, emedan Lotten utwiste en ort hos Slaverna, hwar de med framgång skulle försöka sina wapen, och Anund fick tilfälle, at förfoga sig i frid til sit fädernesland (7). Uti th- onde århundrad är en annan Fylkis-Konung i Swerige bekant,

Emund.

som hetat Emund. Denna, förmodeligen död til af Öfwer-Ko- nungen befulmägtigad, lade Råstenar emellan Swerige och Dan- nemark, hwarom tilförne är omrördt i Erik Segersälls Historia. Uti Olof Skötkonungs tid woro twänne Norrske Prinsar regeran-

Ring.

de i något Län i Swerige, Ring Dagson nemligen, och des son

Dag.

Dag Ringson (8). Denne senare, såsom Olof Haraldsons slägt- inge,

tinge, emedan han lebde fin Ätt från Harald Harfager, giorde
Konung Olof et kraftigt, faft onödigt bitrdde wid Stiklarftads
träfning, och giorde et ftarkt nederlag på de uprorifka bönderna.
En hederlig Swenfk man, benämnd Raud, war gift med Konung
Rings fyfter Ragnild, och hade fatt fig neder i Öftra Dalarna
i Norrige, hwar han ock wid tilfälle undfägnade Konung Olof
Haraldfon (9).

Kollig-
Konun-
garna.

(1) Romund Gripfons Saga.
(2) Sturlaugs Saga C. 19. p. 94. C. 23. p. 64.
(3) Halfdan Eiftenfons Saga C. 3. p. 4.
(4) Halfdan Eiftenfons Saga C. 8. p. 19.
(5) Halfdan Eiftenfons Saga C. 24. p. 56.
(6) Olof Trygwafons Saga, i Tildfaingarne af Sturlefon T. IC
    p. 458. Adamus Bremenfis Hift. Eccl. L. I. C. 41.
(7) Rimbertus Vita Anfgarii C. 16.
(8) Sturlefon, T. I. p. 756.
(9) Sturlefon, T. I. p. 701. 702.

§. 3.

Om man tager Konung Saur på Hoga undan, och Ko-
nungarna i Gjöthaland, kan man intet med fäkerhet utwifa, i
hwad landfkap de i förra §. omnämnde Konungar hafwa haft fit
fäte. Men åtfkillige andre Småkonungar wet man ock namn på,
hwilkas rikes belägenhet är någorlunda bekant. Uti Nerike utom
Konungarne Olof Stygne, och Sporfniallers, hwilka tilförne
äro nämnde, träffar man ock en Konung benämnd Ttioud (1).
Wärmelands Konungar leda fin uprinnelfe från Olof Trätelja,
hwarom är talt förut på wederbörligt ftälle. Utom Konungarna
fjelfwa, finner man ock åtfkilliga betydande män här i Landet.
Thor Jarl i Wärmeland war gift med Jogerd, Konung Rag-
nar Lodbroks dotter dotter. Hans Swärfader war en Engelfk
Herre wid namn Steinar, och Swärmodren het Olufa Ragnar
Lodbroks dotter (2). Uti Harald Harfagers fidfta Regerings tid,
war en Ägnwid Jarl i Wärmeland. Det är möjeligt, at han

Konung
Nerike.

Olof.
Spor-
fnialler,
Ttioud.

Wärme-
land.
Thor
Jarl.

U u
wa-

338   Swea Rikes Historia.

Kyllis, Konungarna.

warit misnögd med det öfwerwålde, som Harald Hakfager tildgnade sig öfwer landet, kan ock wara, at han sunnit båttre sin räkning wid at wara Herre sielf. Men Landskylderna kommo sällan eller aldrig utj Norrska Konungens förrådskammare. Icke dessmindre når Norrska Konungens utskickade ankommo, blefwo de altid wäl emottagne, och utskylderna lämnades utan motsägelse. Men når de utskickade återwände til Norrige, blefwo de altid på Eda skog plundrade och ihjälslagne, så at det ansågs för en ganska äfwentyrlig syssla, at utkräfwa skatten af Arnwid Jarl. Det war altså et säkrare prof på ondt, at blifwa i sådana ärender afärdad til Wärmeland. En förwögen Isländare Eigil Skalagrim, hwilken wid år 920 hade plundrat Lund, påtog sig likwäl denna syssla, och hämtade skatten från Arnwid utj Håkan Haraldsons tid, och efter Eigil hade i återresan blifwit försåteligen angripen af Jarlens folk, blef Arnwid nödsakad at begifwa sig til Swerige med sin son Atle, hwilken sedan för sina ogärningar blef landsflyktig (3).

Arnwid Jarl

(1) Torfäus Histor. Norveg. T. I. p 436.

(2) Torfäus H. N. T. II. p. 491.

(3) Torfäus H. N. T. II. p. 205.

§. 4.

Konungar i Wäster-Giöthland. Gaute. Gautrek. Rolf.

Utj Wäster-Giöthland förekomma åtskilliga Konungar, som utj gamla Historien äro mycket namnkunnige. Den äldste man wet är Gaute, som hade til efterträdare sin son Gautrek, hwilken han aflat med en torpare-dotter. Gautrek hade med en Norrsk Herses dotter twänne söner Kietil och Rolf. Kietil war ganska häftig och hastig i sit företagande, Rolf däremot mera eftertänksam. Han blef därföre föredragen sin äldre broder, och sin faders efterträdare i Regeringen. Konung Rolf war gist med Konung Eriks dotter i Upsala, hwarom är talt på sit ställe. Rolf war en Herre af besynnerliga förmåner. Tapperhet och oförskräckt mod war en af hans minsta dygder. Han hyste utom dess en owanlig wäktalighet och mildhet emot högre och lägre, som hwarken besläckades af hämndgirighet eller hårdhet. Så at äfwen de rin-

ringaste habe et frit och förtroligt tilträde til hans person. Tidsens Folkfi-
smak, och en besynnerlig åtrå til namnkunnighet, gjorde, at han Konun-
mår sällan hemma uti sit rike, utan swäfwade omkring i Engeland, garna.
Skotland, Irland och flera ställen, och war han altid färdig at
tjena alla, äfwen obekanta, när de anhöllo om hans bieträde. Til
slutet underlade han sig och Gardarike (1). Med sin Gemål Thor-
borg hade han twå söner Gautrek och Erik. Gautrek fick et Gautrek.
Konungadöme eller Herrskap på Irland, men Erik behöll sit fä- Erik.
dernes rike i Swerige efter Konung Rolfs död (2). Det kan
wara troligt, at Algaut Wästgötha Konung, hwars Doter war Algaut.
gift med Ingiald Irråda, leder sin härkomst från någon af deßa
Prinsar. Men intet kan han wara den här omtalte Gautek sone-
son, fast Sturleson synes gifwa det wid handen. Det kan ock
wara mycket twifwelsmål underkastadt, om Gjöthaland af någon
Gaute fådt sit namn. Den förste, som nämner Gautarna, är
Procopius, och kan wara troligt, at både Gautar, Jotar och
Gjöther är et och samma namn, änskjönt olika mundarter gjordt
på et wißt sätt olika ord. Eljest har en Konung, wid namn Si- Sisar.
sar, förmodeligen warit regerande på något ställe i Wäster-Göth-
land, ty han blef slagen wid Weneren af Starkader i Konung
Gautreks tid. Han skal hafwa warit ifrån Kånugård, som til
äfwentyrs är det samma som Cajana (3). Om Thore Hund- Thor
fot är talt i Konung Adils lefwerne.   Hundfot

(1) Götrik och Rolfs Saga C. 47.
(2) Götrik och Rolfs Saga C. 33. p. 214.
(3) Götrik och Rolfs Saga p. 26.

§. 5.

Man kan ej lämna annat, än en afbruten och ofulkomlig Konungar
underrättelse om Konungarna i Wäster-Gjöthland. En omstän- i Små-
digare beskrifning om Ostgjötha och Smäländska Herrarna, kan land.
man ej heller wänta: fast än där warit, så wäl här som på flera
ställen i Norden, et godt förråd på stora och namnkunniga män.
Uti de äldre tider finner man en Ring, som warit Konung i Ring.
Småland, och warit gift med Gjötha Jarlen Bjarkmars Doter. Egil
Utaf detta giftermål föddes en son wid namn Eigil, hwilken i sin Enhänd.
U u 2   tid

tid warit ganſka rykrbar. Det wil ſå mycket ſäga, at han warit en wälfrägdad röfware. Under en ſin Wikingsfård tråffade han Ryſka Landwårnarmannen Rognwald, ſom låg wid Ryſka ſtran-den med fem fartyg. Eigil hade intet mer ån et enda fartyg. Men denna omſtåndighet kunde intet hindra honom ifrån at an-gripa Ryſka Fålt- Öfwerſten, ſom ock efter et alfwarſamt motſtånd blef öfwerwunnen, och ſå ſargad, at han genaſt dödde, ſedan han beråttat för ſin Herre, Konung Hertryg ſit nederlag. Uti Ryſka Konungens Hof uppehöll ſig den tiden en Norſk Prins från Ha-ſogaland benåmnd Asmund, hwilken intet gaf någon annan åf-wentyrare efter uti mod och öfwerdåd. Denne blef utſånd at hämnas på Eigil. Asmund hade intet ſwårt för at finna ſin fien-de, ſom hade intet bråtr om at låmna Ryſka Kuſterna. Så ſnort han tråffade Eigil, frågar han på hwad ſått han wille betala Rognwalds dråp, hwilken warit förordnad at betåcka landets grånſor. Eigil ſwarade, at han war intet man at betala får och boſtap, ſom han tog til ſit nödtorftiga uppehålle. Asmund låt då förſtå, at han wore ſinnad, at efterlefwa Konungens befalning, och bringa honom dens huſwud, ſom warit Rognwalds baneman. Eigil yttrade ſig dårpå, at en ſådan befalning intet wore ſå idit wårkſtåld, tilböd likwål ſin wånſkap åt Asmund. Men ſom detta afſlogs af Asmund, föreſlog Eigil, at det wore då anſtåndigaſt, at de måtte enſamme förſöka hwarandra, och ſkona ſina följeſla-gare. Detta wilkor blef emottaget, och ſlogos deſſe Kjåmpar ſe-dan hela dagen, utan at någondera kunde ſåjas hafwa förmån fram för den andra. Mot aftonen ſtadnade deras tåſlan, och åto de förtroligt med hwarandra. Andra dagen börjades den påbegynta Kampen på nytt med ſamma ifwer, och lika ſaktmodighet på Eigils ſida, hwilken tilböd nu ſom förr ſin wånſkap och förtroende, men med lika afſlag på Asmunds ſida. Sedan de långe ſlagits, och Asmund ſåg ſig löpa fara at blifwa nederhuggen, kaſtar han wårjan ifrån ſig och griper Eigil om lifwet. Hår hade Asmund förmånen, emedan Eigil war enhånd. Han fik då Eigil under ſig, hwarföre han ock ſpringer up efter ſit ſwård til at döda ſin medtåflare. Eigil förtretad dåröfwer at han intet kunnat winna, gjorde ingen rörelſe til ſit beſkriande, utan låg helt orörlig och wån-tade döden. Af denna hurtighet blef Asmund ſå beſtört, at han

nu på sin sida tilbód sin wänskap och fosterbródralag, hwarpå de
som wänner förfogade sig bägge twå til Konung Hertrygs Hof,
och blefwo ganska wäl emottagna. Ryska Konungen hade twänne
döttrar, den ena blef gift med Eigil, och den andra med Asmund.
Efter Hertrygs död ärfde Eigil Ryssland, och afstod sit fädernes
rike åt sin Swåger Asmund, hwilken således wardt rådande både
öfwer Halogaland och Småland (1). Man kan ej med säkerhet
utsätta tiden, när dessa förändringar tildragit sig, men om det har
sin riktighet, at Asmunds son Armod blifwit mördad af den
Starkader, som biwistadt Bråwalla slag, måste dessa Herrar nå-
got-när hafwa lefwat under Harald Hildetans första regerings-
tid. Och på den räkning är Östgjötha Konungen Högne något
äldre, om hwilken är talt i Ingiald Ilrådas Historia. En an-
nan Östgjötha Konung wid namn Hring lefde wid slutet af Ha-
rald Hildetans regemente. Han leder förmodeligen sin Ätt från
Wäst-Gjötha Konungar, emedan han warit broder med en Gaut-
rek, som warit af Gautes efterkommande. Hans Gemål Silgia
war ifrån Småland, Säwar Jarls dotter. Med henne hade
han en mycket namnkunnig son, som het Heraud. At wara seg
och modstulen, passade sig intet för en Prins i dessa tider: Heraud
utmärkte sig fördenskul redan i sin ungdom med en berydande hur-
tighet, och folk af sådant lynne wore altid wälkomne hos en så-
dan Herre. På denna grund fattade han et besynnerligt tycke
för en rik Bondes son, benämnd Bose. Tuar war Boses fader,
och war gift med Brynild en Herses dotter från Noatun. De-
ras giftermål war intet begynt med nu wanliga friare betygelser,
emedan deras hjärtek. börjades med slagemål. Så wäl brudgum-
men som bruden hade i sina yngre år warit stora Wikingar, och
under en sådan färd blef Brynild, efter et enwist motstånd til-
fånga tagen af Tuar. Denna träfning lade grund til deras äk-
tenskap, och Brynild behöll under sjelfwa brölloppet sit krigiska ut-
seende, emedan hon sat i brudbänken med Hjälm, Brynja och full
rustning. Från et så raskt hjonelag ledde Bose sin uprinnelse, och
wisade sig wid alla tilfällen, en wärdig arftagare af så hurtiga
föräldrar. Och som Prins Heraud war af samma sinnelag, blef
en förtrolig wänskap emellan honom och Bose, hwilken bibehöls
oförkränkt, oaktat alla wanskligheter. Asund och Hofränker, som

ds-

[marginalia:] Hollis Konungarna. Asmund. Armod. Konungar i Öster-Gjöthland. Hring.

åfwen i deßa tider woro ofkiljaktiga från Hoflefwerne, upwäkte
likwäl de farligaste. Konung Hring hade en ofkta som wid namn
Siod, sin faders skatgiömmare och nitiske upbördsman. Denne
war alrådande wid Hofwet, och fattade et oförsonligt hat til Bo-
se, åfwen därföre, at Prins Heraud älskade honom, och wiste
prof däraf med någon omkostnad, som öfte utgifterna w d Hof-
wet: en hjärtfrätande omständighet för en nisk och snål Skat-
mästare. Siod gjorde sig förbenskul all möda at sönderslita en
i sit tycke, så tärande förtrolighet. Men Heraud tänkte sjelf, och
således utöfte sin nåd efter egit, och intet efter annars wälbe-
hag. Siod anstälde då en nesligare anlägning, och utsatte folk,
som under lek och ras borde afhända Bose lifwet. Men detta
illgrep lyckades intet bättre, än at någre af Siods gunstlingar
och Konungens Hofmän satte lifwet til, och någre blefwo lytte.
Boses motståndare fick då tilfälle, at swärta honom än mer hos
Konungen, och Herauds hägn kunde intet annat uträtta, än
at Bose slap undan i hemlighet, men blef icke destomindre för-
klarad för billog och landsflyktig. Detta hindrade likwäl intet,
at ju Bose fick wara deltagande uti den härfärd, som Heraud
kort därefter företog, til at efter tidernas tänkesätt göra sig be-
römd och wälfrägdad. Prins Herauds utredning hade kostadt
ganska mycka, och Siod gjorde sig all möda at upfylla bristen
i Konungens Skatkammare, med sträng utmätning af Landskyl-
derna. Och i denna afsikt infunner han sig åfwen hos Boses
fader Tuar, at utkräfia sedingen. Tuar förmente sig wara fri
för denna skatt, emedan han för älder intet mera for i leding:
men Siod hade helt andra tankar, och påstod, at han ock bor-
de böta för sin son. Til detta wille ej heller Tuar beqwäma
sig, Siod bröt förbenskul up med wåld Tuars förråds-kamma-
re, tog där ut en myckenhet af guld och silfwer, och kom så-
ledes helt förnögd til Konungen tilbaka, med ansenlig tilökning
för Konungens Skatkammare. Konung Hring betygade wäl sit
misnöje öfwer Siods upförande emot Tuar, men Tuar blef ic-
ke desto mindre utan all ersätning. Herauds härfärd warade
ännu, och Bose, som sådt underrättelse om sin faders lidande,
blef än mer upretad emot Siod, hwarföre han ock, då han
träffade Siod uti Finska Skären, angriper honom, och efter en
skarp

skarp fäktning, ändteligen afhänder honom lifwet. Siod war förteft i Konungens ärender, til at handla uti Österlanden, och
Boses brott blef dårigenom så mycket swärare. Heraud hade
ingen del i denna förrätning, emedan hans Flotta hade kort förut warit skingrad af storm, och war han redan hemkommen til
Öster-Gjötland, då ryktet om Siods nederlag blef utspridt wid
Hofwet. Denne nya omständighet förökade Konungens wrede
emot Bose. Men det oaktadt, inställer sig Bose icke desto mindre hos Prinsen, hwilken ock snart blef bildrad öfwer sin broders död, emedan han älskade honom intet mycket. Men det
war swärare at bringa Konungen til försonlighet. Heraud giorde likwäl sit bästa, och tilböd alla skiäliga böter för Bose,
jämte sin och Boses oförändterliga tilgifwenhet. Dock war alt
fåfängt, och när Prinsen förklarade, at han så förenadt sit öde
med Bose, at det ock wid detta tilfälle skulle wara oskiljaktigt,
lät Konungen samla folk, och wille med wåld utkräfwa sin hämnd.
Heraud höll sit gifwa löfte, och inställde sig til Boses förswar.
De blefwo då med magt anfalna, och efter et enwist förswar til
fånga tagna. Prins Heraud hade många wänner, hwilka alle
arbetade så kraftigt på hans befrielse, at Konungen lät kalla Prinsen til sig, och tilbiuda honom sin nåd. Men Heraud swarade,
at han intet wille hafwa nåd, om ej Bose dårutinnan wore innefluten. De blefwo fördenskul å nyo kastade uti sit hårda fängelse,
och följande dagen utsattes til deras aflifwande. Icke destomindre
ändrade Konungen sit stränga förfarande, antingen genom de många förböner, som fälldes för Heraud, eller ock förskräckt af en hop
fafeliga önskningar, som en gammal gumma utöfte öfwer honom,
om han ej benådade Bose. Prins Heraud blef fördenskul satt på
fri fot, men Bose pålades, at skaffa några heliga dyrbarheter från
Jumala Tempel i Biarmaland, eller ock blifwa ansed som ärelös och hwars mans niding. Denna förrätning ansågs för ganska
äfwentyrlig, och widskeppeliga wördnaden, som man hade för heliga rum, förökte swårigheten. Men detta kunde intet afskräcka
Bose, ej heller hans hederliga wän Prins Heraud, hwilken ock
wid detta tilfället wille taga del uti sin fosterbroders farligheter.
Resan blef fördenskul företagen, offer-föreständerskan och wäktarne
ihjälslagna, Templet plundrade och upbränd, och Heraud och
Bose

Bose kommo tillbaka til Öster-Giöthland med mycken rikedom af
Guld och Juweler, och Konung:n blef ändteligen til alla delar til-
fredsställd. Imedlertid war en almän rörelse i hela Norden. Ha-
rald Hildetan och Sigurd Ring, giorde sig redo til den bekanta
fältslagtning, som skulle hållas wid Bråwiken i Öster-Giöthland.
Konung Hring war Underkonung af Harald Hildetan. Såwar
Jarls söner från Småland, Konung Hrings swågrar Dagfari
och Nattfari woro uti Harald Hildetans Hof, och ankommo nu
til Konung Hring med antydan, at han skulle wara sin Öswer-
konung följaktig uti detta fälttåg. Heraud och Bose påtogo sig,
at fara i Konungens ställe, och anlände til Haralds krigshär med
tusende män. Utgången af detta fältslag är tilförne berättat. Ha-
rald Hildetan blef slagen, tillika med et stort antal af andra för-
näma Herrar, och Heraud och Bose blefwo illa sårade. Sigurd
Rings seger hade ingen annan påföljd, än at han blef ensam Öf-
werherre i Norden, men alle Underkonungar och Länherrar blefwo
bibehållne uti sina förra wärdigheter. Heraud och Bose wände för-
denskul i frid tilbaka til Konung Hrings hufwudsäte. Men där
woro stora förändringar förelupne. När Heraud och Bose för-
störde Biarmalands Tempel, hade de tillika bortfördt Konung
Gudmunds syster från Glesiswall Hleidur. Hon war innesluten
mot sin wilja uti et afsides rum wid Juntala Tempel, och war
ärnad at blifwa föreståndersta uti afguda-huset: men hon hade
därföre en obfwerwinnelig afsky, och följde helt förnögd med He-
raud som sin förlossare, och blef hans Gemål. Hleidur hade blif-
wit bortröswad från sin broders Hof honom owetande, och twän-
ne Prinsar Hrörik och Siggeir, Konung Haseks söner från
Biarmaland, påtogo sig, at upsöka henne, under det fägnande
hopp, at hon skulle blifwa enderas brud. Efter långt sökande
fingo de ändteligen en skjälig mistanka, at Heraud och Bose hade
bortfördt henne. De anlände fördenskul til Öster-Giöthland, där
Konung Hring bodde, under den tiden at fältslaget stod på Brå-
walla hed. Konung Hring giorde sig icke bestemindre färdig til
motstånd, med så mycket folk, som i hast kunde församlas. Men
Hring blef slagen, Konungshuset plundrat, och Prinsessan Hleidur
i största hast bortförd til Glesiswall. I dessa omständigheter fann
Heraud sit fädernes rike wid återkomsten från Bråwalla. Quar
Ben-

Bonde gaf honom då det råd, at han, utan at samla någon krigs-
här, borde endast wara beredut på Lyndsamber, i fall han wille
frälsa sin Gemål, och återwinna henne. Heraud och Bose gjorde
sig fördenskul färdiga med et fartyg allena, och kommo i negden
af Gläsiswall, just då bröllopet tillagades åt Hleidur och Prins
Siggeir; ehuru wäl han parade sig, det hon hällt wäle äga den
til Gemål, som frälst henne från fångenskapen i Jumala Tempel.
På Gläsiswall woro gjorda stora anstalter til et nödigt försvar
wid den händelsen, at Heraud skulle med wåld wilja återhämta
sin Gemål. Man fann då tjenligast, at med behändighet utföra
sina afsigter, hwartil sjelfwa bröllops-dagen blef utsedd. När
gästebuds roen war i sit högsta, sysselsätter sig Heraud med, et
göra alla Komung Sigmunds fartyg som lågo i hamnen, o-
brukbara, och Bose med sin sluga broder Sinider, hade fått
tilfälle, at inwärta sta i bröllops-salen. När alle woro wäl
plågade, ledes Bruden i brudsången, men gick genast ut genom
et fenster eller glugg, som war på wäggen. Så snart Bruden
saknades, blef ero i Slottet, och man twistade intet, at alt
detta war en wärkan af Herauds anstalter. Man gjorde sig
därföre färdig, at i största hast sätta efter de flyktande. Men
som alla fartygen woro redlösa, kommo Heraud och Bose med
Bruden undan, och stälde sin kosa til Öster-Gjöthland. Som
Heraud på detta sätt hade igenfått sin kjära Hleidur, wille äf-
wen Bose förse sig med et hederligt gifte. Man lade fördenskul
in under redden af Biarmaland, intet långt ifrån det stället,
hwar Koming Harek bodde. Konungens dotter Edda blef då
lukad ut i skogen, och Heraud och Bose förde bort henne. Man
fortsatte då med all magt resan til Öster-Gjöthland. Så snart
Heraud war lyckeligen hemkommen, låter han samla en wäldig
krigshär af hela sit land, til at möta Konungarna från Gläsis-
wall och Biarmaland, som man wäntade snart skola komma efter.
Det drögde ej heller länge, förr än Koming Harek från Biarma-
land med bägge sina söner, Rärik och Siggeir, och mycket folk
från Jotunheim anlände under Öster-Gjöthland. Som man war
beredd på detta besök, mötte Heraud och Bose dem i sjöen, och
blef då et stort nederlag på fienden, så at äfwen Koming Harek
med bägge sina söner omkom i striden. Heraud gjorde då grufst

X 5   efter

Rollis.
Konung
Boreo. efter sin faber, och tilträdde Regeringen: men Boſe for med sin Gemål til Biarmaland, och blef där Konung, hwareftcr han stiftade fred emellan Heraud och Sigmund, och man fick sålede$ tilfälle på alla ſidor, at ombyta sina oroliga Wikingsfärder uti en stillare lefnad, som ock i denna bullersama tiden nödwändigt måtte hafwa haft sit wärde. Konung Herauds botter war Thora Borgarhjort, som blef gift med Ragnar Lodbrock, hwarom är talt tilförne (2).

Uti tionde århundrad war uti Småland en namnkunnig Wiking, som hætat Kol, Asmund Eſchenbas son, en mägtig och berömmande man. Hans fartyg lågo i Liodhus, eller Lödose, och bärifrån ſtvade han så wäl de sjöfarande, som de näst gräntsande orter i Norrige. Detta blef Håkan Jarl, som då war rådande i Norrige mycket förtretad öfwer. Han affärdar fördenskul en af sina män med fem fartyg, at hämnas på Kol. Normännerne sökte först efter Kol utan för Lödose, men råkade honom änbtligen i Sundet utan för Helsingborg. Kol, som hade lik så många fartyg, betänkte sig intet länge, utan grep straxt an sina motständare, hade ock efter utseende öfwerwunnit dem, emedan han war redan upstigen på deras fartyg, men hans swärd blef honom då genom en kaſtad ſten ſlagit utur handen, och han på ſtället neberſablad (3).

(1) Torfäus Hiſt. Norr. T. I. p. 311. följ.

(2) Hela denna berättelse är tagen af Heraud och Boke Saga. Några Stalde-blomster äro endaſt utelämnade, hwilka kå i wåra som i andra gamla Hiſtorier möta öfwerralt. Det förunderliga och otroliga betager hwarken nu eller fordom wärdet af det wäſentliga och troliga.

(3) Torfäus H. N. T. II. p. 361.

§. 6.

Konung
Olof
i Björkö. Men af alla forena tiders Småherrar, förtienar wäl Konung Olof från Björkö beſynnerligen at ihogkommas, emedan det ſer ut, som han tillika warit Rikś-Föreſtånd-re, då Öfwerkonungen warit ſysleſatt med någon annan förrädning. Han förde Riksſtyrelsen, när den helige Ansgarius kom til Björkö för andra gången, och har han betygat all wälwilja emot wåra Chriſtna läras

ldrare; sast hans magt intet strckte sig så långt, at han af egen mondighet kunde tillåta Christna lärans predikande. Icke desto- minbre aflopp alt efter Ansgarii önskan, och Christendomen blef med all säkerhet och frihet förkunnad, hwilket framdeles på sit ställe skal utföras. Men Konung Olof war icke allenast mån om Christna lärans utwidgande, utan han hade ock all omsorg om Rikets heders bibehållande på andra ställen. Kurländerne hade utaf ålder warit skattskyldige under Swerige Krona: men de ha- de nu en lång tid unbandragit sig denna undergifwenhet. Deras mod hade blifwit förökt genom en seger, som de nyligen erhållit öfwer de Danska, hwilka med mycken manspillan blifwit afwiste. Konung Olof fann förbenskul rådeligt, at med hårs magt öfwer- toga Kurländarna om sin skyldighet, hwarföre han ock med en an- senlig Flotta anländer til Kurland. Staden Seborg (1) måtte emottaga första anfallet. Orten war skjäligen folkrik, emedan den kunde utrusta sju tusende stridsmän til sit förswar: men blef icke destomindre intagen, plundrad och upbränd. Där efter wänder sig Konung Olof med styrkan af hären til en annor stad, som låg fem dagsresor längre in i landet, och kallas Apulia (2). Denna förswarades af femton tusend raska soldater, så at Konung Olof uti åtta dagar tumlade om med dem, utan at kunna öfwerwinna staden. Tålamodet och hetan begynte då at minskas för de Swen- ska. Men som återfarten war nog så äfwentyrlig som fortsätmin- gen af belägringen, fattade man efter åtskilliga öfwerläggningar och lottande et alfwersamt beslut, at wåga en annan storm: stadsfol- ket som fann betänkeligt, at afwakta utslaget af denna anstalt, til- böd förbenskul sin undergifwenhet med följande wilkor: at alt by- tet, som Kurländerne eröfrabt från de Danska, skulle öfwerläm- nas åt de Swenska, at en half mark silfwer skulle betalas för hwar person som war i staden, och inwånarnas förra skatskyldig- het förnyas. Desa wilkor blefwo antagne af Konung Olof, och med gislan stadfästade, hwarpå han med rikt byte och heder wän- de tilbaka til Swerige (3).

X x 2

(1) Förmodeligen är Seborg det samma, som nu kallas Seelburg, är belägen wid Düna, och är en ganska gammal ort.
(2) Om någon stad med namnet Apulia warit i Kurland i forbna tider,
har

Fylkis-
Konun-
garne.

har jag mig intet bekänt; förmodeligen har det warit någon ort wid
strömmens Abau, hwart folket wid fiendteliga infall plägade taga sin til-
flykt, och torde strömmen hafwa gifwit anledning, til stadens förbrä-
kade namn.

(3) Hela denna berättelsen är tagen af Rimberti Vita Anscarii C. 27.

§. 7.

Konungar
i Skåne.

Det wore kan hända lätt nog, at framskaffa ännu några
namn på åtskilliga Fylkis-Konungar, som fordom warit i öfra
delen af Swerige: men det som är andragit, kan tjena til et litet
försök, huru almänheten skulle uptaga en omständeligare Historia
om Sveriges gamla Småkonungar. Skåne har ock tilförne un-
derstundom warit regerat af sådana mindre Konungar. En Ko-

Hring.
Sigurd.

nung Hring, som uti regeringen hade sin son Sigurd til efter-
trädare, har regerat en lång tid i Skåne, fast ingen särdeles
märkwärdighet finnes om honom upteknad. Des son Sigurd är
något mera namnkunnig, emedan han med härfärd besökt både
Orköyarna och Skotland. Illaug war hans trogna följeslagare
och fosterbroder, och hade stadfästat sin förening äfwen därigenom,
at de öpnat ådrorna på hwar andra, och låtit blodet sammanrin-
na. Om deßa Konungar warit af Danska eller Swenska Ko-
nungahusen, wet man intet. Sagan nämner allenast, at Konung
Hring war Skiölds son, och Dags soneson. Det bör man
dock påminna sig om Konung Sigurd och hans folk, at de, un-
der en häftig storm uti Nordsjön, då alt hopp om rädning syntes
wara ute, likwäl intet wiste minsta tekn til räddhåga. Fruktan
och klenmodighet woro i synnerhet de sinnets rörelser, som man i
deßa tider wille wara aldeles Herre öfwer (1).

Hake.

Wid den tid som Sölwe regerade i Swerige, war en Konung
i Skåne som het Hake. Til hans dotter Brynild friade en an-
nan Fylkis-Konung, som kallades Swen Segersäll, hwilken för-
modeligen bodde i granskapet. Hakes Jarl het Heidin, och des
son Wisil hade fått löfte om Prinseßan, så framt han kunde
förswara riket för Swen Segersäll. Men denna Brud war af
öder förbehållen åt en hel annan person, hwilken hade någon tid
wistats i Håkans hus som obekant, och föga ansedd. En af Ko-
nung Halfs Kämpar, nemligen, från Norrig: Hrok den Swarte,
hade

hade efter sin Herres fall, då de andre öfwerblefne blifwit hit och
tit kringströdde, kommit til Skåne, och som en okiänd främling
njutit wanlig wälplägning. wid Hofwet. Wid tilfälle at Prin-
seßan Brynild war i skogen; roade sig Hrok med Skaldeqwä-
den, uti hwilka han uprepade så wäl sit öde, som sin slägt,
hwilken war mycket hederlig. Han yttrade tillika en ogemen
wördnad för Prinseßan Brynild. Prinseßan kom wid tilfälle at
höra denna sång, hwarpå hon berättade för sin fader, at en
af Konung Halfs Kiämpar wistades der wid Hofwet. Deßa
Kiämpars frågd och mandom war öfweralt ryktbar, hwarföre ock
Hake, så snart han blef underrättad om Hrokers omständigheter,
tog honom genast up ibland sina egna giäster, och gaf honom äf-
wen sin dotter til gemål. Swen Segersäll, då han hade fått af-
slag uti sit frieri, hade tillika förpliktat sig, at han skulle blifwa
dens Banemän som fick den förmån; at äga Prinseßan Brynild.
Bröllops tilrettningen fordrade således en oundwikelig tilrustning til
krig, hwilket ock slutades ändteligen med Swen Segersälls neder-
lag, så at denne Herren hade fått något för birrida sit präktiga
tilkomma. Efter denna erhålna förmän, for Hake med sin måg
Hrok, i följe med Konung Sölwe i Swerige, och andra förena-
de, och hämnade Konung Halfs död på Konung Asmund i Hor-
daland. Hrok och Brynilds dotter war Gunlaud, hwilken war
moder til Hromunder Gripson, den samma som säktade emot
S.wenska Fylkiskonungarne Haddingar, hwarom tilförne är talt (2).
Uti Ingiald Ilrådas tid woro twänne bröder regerande i Skåne,
Haldan Snälle och Gudröder af Danska Skiöldunga Slägten.
Åsa Ilråda Ingialds dotter war gift med Konung Gudröder,
och hennes wackra bedrifter äro omtalte uti Ingialds lefwerne.
Haldan Snälles son Iwar Widfamne ärfde sin fader och faders-
broders Konungadöme i Skåne, och blef federmera den mäktigaste
Menark, som hit in til warit i Norden. Hans Historia och be-
drifter äro tilförne omrörde. När Gorm den Gamle regerade i
Dannemark, war en Arnwid Jarl i Skåne. Denne böd Eigil
Skalagrim och hans sällskap til giäst, och undsägnade dem stäte-
ligt, då de wid år 920 hade intagit och upbränd Lund. Och
om man häraf sluta, at Arnwid Jarl intet haft något at befalla
i staden, emedan han intet ansåg des förstörande, såsom nå-
gon

X f 3

Kylls-
Konun-
garne.

Haldan.
Gudraud.

Iwar.
Widfad-
me.

Arnwid
Jarl.

Fyllis-
Konun-
garne.
Strut-
harald.
gon emot fig och fit Höfdingadöme föröfwad fiendtlighet (3)..
Skånska Konungen eller Jarlen Strutharalde, och hans söners
märkwärdigheter äro särskildt utförda på et annat ställe.

(1) Det man wet om deßa Konungar, är infördt uti Sagan af Jnunge
Gridufostra.

(2) Sagan om Konung Olof och hans Kjämpar C. 16. p. 33. På en
Runsten wid Sjörup i Skåne talas om enOdbjörn, som följt en Åke
til Upsala; det är möjligt, at det kan syfta på någon Konung som hetat
Åke eller Hake, dock kan det intet sägas med någon wißhet. Wormius
anför samma sten i sine Mon. Dan. L. 3. p. 185, men har läst den
annorlunda.

(3) Torfäus Hist. Norv. T. II. p. 159.

§. 8.

Man har trodt, at detta korta sammandrag af några af de
fordna Fylkis Konungarnas bedrifter och Historier, kan wid detta
tilfälle någorlunda göra til fyllest. Med gisningar har man intet
welat förwilla Läsaren, utan man har följt berättelserwa, sådana,
som de uti gamla Sagorna förekomma. I detta hänseende har
man förbigådt, så wäl Konungarna i Reidgiötaland, som Hun-
niska Konungarna, emedan det kan til äfwentyrs anses för oaf-
giordt, om deßa Herrar warit rådande på något ställe i Swerige.
På samma grund äro ock Konungarne i Jotunheim och Biar-
maland förbigångne. Det som är anfördt torde bewisa, at Lan-
det warit på alla ställen bebodt af betydande och tiltagsna män,
hwilka genom ouphörliga härfärder utödt folk, och ökat rikedomar-
na i Landet. Så at hwad Adamus Bremensis fordom skrifwit
om Swenska förmågenheten, kan anses för aldeles trowärdigt, i
synnerhet när man tillägger den omständighet, at handelen under
alt detta intet försummades, och öfwerflöden, som intet wäl kan
skiljas från rikedom, ännu war Swenst, och lämpad efter Landets
och tidernas beskaffenhet. Det, som gamla rykten gifwa wid han-
den om fordna Konungar och Kungsärdar, winner ock härige-
nom en sannolikhet, som stadgas än widare genom de många och
höga Ättebackar, som ännu finnas i landet, fast den nu warande
itoga eller snäfa hushålningssmaken förminskar årligen deras
antal. Öfwerlämningar af fordna Städer, Byar och Slott, gif-
wa

wa od tilfkänna en hel annan beskaffenhet i Landet, än man än-
nars kan föreställa sig, då bönder och torpare nu alle näst finnas
på de orter, hwar fordom Konungar och Jarlar haft sina säten
och hemwist.

✳ ✳ ✳ ✳ ✳ ✳ ✳ ✳ ✳ ✳ ✳ ✳ ✳ ✳ ✳ ✳ ✳ ✳

9. Capitlet. •
Om
Konungarnas Magt och Myndighet.

§. 1.

Huru långt Konunga-myndigheten sträckt sig under Fornio- *Konunga-*
therfta släkten, är uti et fulkomligt mörker, som i brist *magten*
af Handlingar intet kan på något sätt skingras. Gisnin-
gar behagar Läsaren göra sielf, af den anledning, som denna sidé-
tens Historia gifwer wid handen. När Ynglinga-Ätten kom på
Thronen, fick Konunga-magten en stor stöd därigenom, at de
Regerande wördades som Gudar. Men det oaktadt utwisar den
förening, som Oden giorde med landets inbyggare, at där war
ingen fråga om något sådant, som nu i allmänhet kallas oinskränkt
Enwälde. Den Regerandes förpliktelse war at bewaka offren och
freda Landet, och underfåtarne woro däremot skyldige, at betala en
wiß skatt. Sedan wißa gods och Länder, under Freys regering *Upsala*
til Kronans behof woro anslagne under namn af Upsala Öde, *Öde.*
synes underfåtarnas frihet hafwa blifwit än mera stadgad, och Ko-
nungarne blefwo besogare at efter behag hushålla med sina inkom-
ster, utan någon widare tunga för almänheten. Hwilka gods
denna tid blefwit ansedde som Upsala Ödes gods är swårt, om ej
omöjligt, at utsätta. Upsala Kungsgård blifwer wäl en af de
wißaste. På Ulleråker har och oförnekeligen warit Kungsgård,
ty Prinseßan Thorborg fick där sin Hofhållning af sin fader Ko-
nung Erik (1). Prinseßan Ingegärd, Olof Skötkonungs dotter
bodde äfwen där, så at man har någon anledning at tro, det Ulle-
råker warit såsom Lifgeding för Prinseßorna, medan de wero
                                                          ogifta.

Konunga-
magten.
ogifta. Under Upsala Öde begrepos ock förmodeligen de gårdar, hwar Konungarna höllo sina årliga gjästebud, som de gamla kallade Weitslo, såsom Lofaund, Lofden, hwar Konung Eisten blef slagen, och Rånninge, hwar Ingiald Illråda lät upbränna sig med sin Hofstat. Uti Wäster-Gjöthland woro Wad, Okol, Wartofta, Gudhem, Lund, Holofs, Asar och Skalanda, räknade för Upsala Öde (2), och hörde den regerande Konungen til. Man kan ock med all skäl hålla före, at de Almännings-sko-gar, berg och hjear, som äfwen upräknas wid slutet af Wästgjö-tha lagen, woro ansedde, som Konungens enskylta egendom, fast de just intet hört til Upsala Öde. Åtminstone har Billingen, Hunne-och Halleberg, som äfwen där upräknas, så långt som någon wet tilbakars, altid warit ansedda för Kronogods. Denna egen-dom har kunnat wara ganska ansenlig, om man med Wad, Wartofta, Gudhem, m. m. förstår Wadsbo, Wartofta och Gudhems Härader. Uti Helsingeland hörde Sunnarsti-Hög, Hög i Sundheden, Hög i Nordstigen, Näs i Selanger, Nord-stigen i Sjöberad, och Karuby til Upsala Öde (3). Och ehu-ru väl man kan intet med wißhet försäkra, at Helsingeland er-kiändt Upsala Konungs Öfwerwälde under Ynglinga Ätten, har det likwäl warit Swenska Kronan undergifwit, under Si-gurska slägten. Man ser altså härutaf, at Upsala Ödesgods warit kringhödde kring hela riket, änskjönt man intet finner någon förtekning på dem i de öfriga Landsorterna. Upsala Öde nämnes endast i Ostgjötha-Lagen.

(1) Geiriks och Rolfs Saga.
(2) Bihanget wid Wästgötha-Lagen p. 86.
(3) 11 Fl. Koug. T.

§. 2.

Almänna Riks-Lagen förmår, at alla så wäl fastigheter som lösören, som intet stå under någon enskylt persons ägande rätt, höra Konungen eller åtminstone Riket til. På denna grund föra alla odeländer, obyggde och oupbrukade platsar, anses för Kronogods. Af en sådan rättighet betjente sig Konung Braut-Anunder, då han lät upröcja en del af de då warande öde-mar-

marker, och uprätta Kungsgårdar i alla större Härader. Olof *Sonnags-*
Trätelja nyttjade samma rättighet, då han. lät uprödja Wärme- *Magtra.*
land. I anledning af den åberopade grundregel, måste nödwän-
digt alla stora skogar, sjöar och strömmar, bar och skär, tillika
med sjelfwa hafsstranden och hafwet, så wida de intet kunna in-
hägnas, eller redan intet woro af enskylta intagna, stå under Ko-
nungens och rikets fria och fullkomliga förordnande. Denna på-
sagd är obefbar. Men man kan dock twifla, om wåre förfäder
tänkt på det sätt: ty det är lika oförnekeligt, at många rättig-
heter, som efter almänna Rikslagarna höra til högsta Öfwerhe-
ten, äro inskränkta efter andra författningar på andra ställen.
Man håller ock före i almänhet, at detta förordnande bör ledas i
Swerige ifrån Helge Andes Holme beslut, då det intet kan
lämpas til desza urdettiga tider. Icke destomindre finnas spår,
at denna författning warit i Swerige af älder, ty Wettern, Wän-
nern; och andra stora sjöar anses för Almänningar i Wästgötha-
Lagen. At Almänningar efter förra tidens tänkesätt hörde til Ko-
nungen, kan slutas af Östgöta-Lagen (1), hwaräst de omständig-
heter utstakas, som borde i akt tagas, när Konungen wille sälja
Almänningar. Man kan utom desz i almänhet göra den slutsats,
at samma författningar fordom gulit i Swerige, som warit we-
dertagna i Danmark, då man intet har fullkomligt bewis på
motsatsen. Uti detta mål hafwa wi ock en omständelig underrät-
telse, angående Skåne och Halland. Således woro Eke och Bo-
keskogarna i Halland efter gammal Lag och sedwänja, Konungens
enskylta egendom (2). Det samma wet man om Skåne, ty uti
det Ting, som Konung Knut den Helige höll med almogen, när
twist yppades om Konungens och Böndernas rättigheter, tillstodo
Bönderna, at alla ödemarker, obygda platsar och hafwet, så wäl
som Öresund, hörde Konungen til (3), och at ingen war berätti-
gad at nyttja sådan egendom utan Konungens samtycke. Utaf Ko-
nung Waldemars Jordebok, som är uprättad uti trettonde århun-
drad, ser man dfwen, at alla Almänningar woro ansedde som Ko-
nunglef, eller Kronogods, hwartil ock hörde Barne Hween, Bor-
neholm, och alla så wäl bebodde som obebodde Öar i Blekingen,
tillika med Mörrums ä (4). Af Halländska Strömmarna i Höfs
Härad, hade Konungen tolf hundrade Laxar utom annan afgift,

Konunga- som inflöt i Konungens förråd af Fiskerierna, med mera, som på
magten. samma ställe förekommer. Hwarföre man ock kan sluta med myc-
ken sannolikhet, at förordnandet på Helge Andes Holmen snarare
förnyade gamla rättigheter, än införde aldeles nya.

(1) 1 Fl. 2. §. Egna-Balur Östgiöta-Lagen.
(2) Knytlinga Sag. C. 28. p. 54.
(3) Knytlinga Sag. C. 28. p. 56. Sjelfwa orden förtiena at införas:
Allir iatudu thri, at ·· han, Konungr, atti Audn, Sioinn oc a-
brar Obygder. Alle jakade, at Konungen ägde alla ödemarker, haf-
wet och alla andra obygder.
(4) Konung Waldemars Jordebok i Monumenta Scanenfia Vol. I. p. 61. f.

§. 3.

Det förbehåll, som i senare tider är gierdt, at Regerande
Herren intet får köpa Gods, har sin första grund uti Unions o-
roligheterna. Hwarföre ock Konung Gustaf, när Unionen uphör-
de, betiente sig utan klander af denna urgamla Konungarättighe-
ten. Icke destomindre idra bewisen wara nog så, som intyga, at
Konungarne under detta tidehwarf nyttiat en sådan förmån. At
Konungen hade rättighet at sälja fastigheter i fordna tiden, är
ernvotsägeligt af Östgiöta-Lagen (1). Ej heller hade Konungen
fram för andra i sådana mål annan förmån, än den, at han
kunde åtra-kjöpet, så länge han war i huset, där afhändandet
skjedt. Samma magt war Konungen förbehållen, när den ena
foten war utom tröskelen: men när Konungen war gången med
bägge fötterna utom tröskelen, skulle kjöpet blifwa fast och ståndan-
de. Det synes naturligt, at den som har rätt at sälja, måste
ock wara berättigad at köpa, och äro förmodeligen Kronogodsen
på detta sätt ofta förökte, fast än ingen ting därom uti wåra wan-
liga tideböcker finnes anteknadt.

(1) 1 Fl. Egn. S. §§. 2.

§. 4.

På den uti 2. §. anförda grund, tilhöra äfwen Öfwerheten
Danaarf. Danaarf, Wrak eller strandat Gods, som intet har någon an-
nan

nan dgare, famt all flags Synd i famma omftåndigheter. Dana- **Konungs-**
arf innefattade twå olika råttigheter, ty i kraft ödraf tilägnade fig **magten.**
Konungen, få wäl qwarlåtenffapen efter den, fom ingen arfwinge
låmnat efter fig, fom efter en utlånning, hwilken dödde i landet.
Bägge deffa råttigheter förklaras i Weftgjötha-Lagen (1), hwar-
eft förft ftadgas, at, når någon dör utan arfwingar, bör Konun-
gen årfwa, därnåft, at, når någon Engelsman dör, och des nåfta
flågtingar intet åro nårwarande, tilkommer Öfwerheten den dödas
efterlåmnade egendom, fedan et år gådt förbi, och ingen anmålt
fig til arftagande. Men i den håndelfen, at en Tyff man dör i
landet, tilhör den efterlåmnade egendom Konungen genaft, i fall
den döde intet låmnadt barn efter fig. Detta Danaarf kunde
åfwen ödrigenom blifwa någat indråktigare, efter dår war ftad-
gat, at den, fom fatte fig neder i Grekeland, intet fick årfwa (2).
Det år bekant, at Rikfens förmögnafte ungdom uti tionde och
ellofte århundrad, merendels förfökte fin lycka uti Conftantinopel,
eller ock i Holmgården hos Ryffa Regenterna. At Konungarne **Strand-**
hårt i Norden betjent fig af Strandrätten, kan flutas af Harald **rätt.**
Gormfons förhållande i Dannemark, då han tilägnade fig et Jö-
ländfft Jartyg, fom ftrandat på Danffa kuſterna (3). Detta
kallades Wagrec, hwarutaf Franfoſernas Droit de Varec, twif-
wels utan har fin uprinnelfe, och betyder ordet intet annåt, ån
fådant gods, fom drifs af wågorná. Man har likwål intet ty-
deligt bewis, at denna råttighet i deffa aflågna tider blifwit ut-
öfwad i Swerige: men det år ej troligt, at wåre förfåder i
detta mål warit fårdeles miffundſamare ån deras andre grannar.
Uplands-Lagen har likwål en långt hederligare ftadga, då dår
förordnas, at alt hwad, fom bårgas af fjönöd, borde råtta åga-
ren til, och at bårgare lönen borde aldeles ankomma på dgarens
frimilliga erkjånfla. Det enda arfwode, fom lofwas wid fådant
tilfålle, war, at den fom halp i fjönöd, borde blifwa anfed at
wara få mycket hederligare, eller man få mycket båttre (4). En
i fig fjelf ganffa hedrande belöning, men fom åfwen i wår uplofta
tid, förmodeligen intet ffulle wara fårdeles kraftig för almånheten.
Om Wågfynd, Bottnfynd och annat Strandfynd warit råk-
nadt ibland Kronans råttigheter eller ej, wet man intet.

Y y 2 (1)

Konunga-
magten.

(1) 14 §l. Årsd. B. W. G. L.

(2) 12 §l. Årsd. B. W. G. L.

(3) Sturlesson T. I. p. 241.

(4) 54 Fl. Manh. B. Upl. L. Ui 37. §l. Sag. B. O. S. L. til
ägnas likwäl Konungen en wiss del, efter omständigheterna af all slags
sond, sedan finnaren sådt sin bittelön, hwilket sedan som en beståndig
lag blifwit i alt taget.

§. 5.

Böter
eller
Saköre.

De uti förra §. omtalte rättigheter, kunde wäl intet synnerlig
rika Konungens Skattkammare. Mera lönande war den rättig-
het, som tilföst Kronan af brottmål. At böter eradts til Konun-
gen, och at en brotslig kunde förwärfa sin egendom under Kro-
nan, har man åtskilliga bewis afwen af denna tiden. När E-
mund Wästgjötha-Lagman förfrågade sig hos Olof Skötkonung,
hwad straff den borde undergå, som beswikit sin wederdeloman
efter afsagd dom, yttrar sig Konungen, at den brotslige skulle er-
lägga trebubla böter til Konungen, och om wärkställandet af do-
men upsköts til årets slut, skulle halfwa delen af all den brotsligas
egendom tilfalla Konungens gård (1). Flera sådana händelser
äro uptecknade uti det förutgående.

(1) Sturlesson T. I. p. 521.

§. 6.

Gjärder.
Skattt.

Men så wäl nu som i fordna tider, berodde wäl Konungens
förnämsta inkomster på skatter och gjärder. Den äldsta skatt
man har sig bekant, är twifwels utan näskatten, som i Odens
tid blef införd. At den betaltes i Guld, Silfwer och Kopparpen-
ningar, kan slutas af Freys Historia, och det som skedde wid
hans grafhög. Om denna skatt blifwit länge bibehåll, kan til
äfwentyrs twiflas, emedan intet spår finnes här til i Swenska
Historien, af alla de minnesmärken, som nu äro at tilgå. Det
är intet troligt, at denna koppskatt blifwit aflagd, om den warit i
bruk wid Christendomens införande: ty då började de Regerandes
behof at blifwa större, än at man kan förmoda, det någon gam-
mal pålaga blifwit indragen. Icke destominbre, om det är sam-
ma

ma afgift, som utgick til Upsala Tempel, har den förmodeligen Konunga-
räkt, så länge Templet och offren wid magt hållos. Ty Tempel- magten.
skatten erlades ännu uti det älldste århundrad (1), och har han
förmodeligen med Templets ödeläggande uphördt. Men underså-
tarnas förbindelse at wara Konungen följaktige, när almänna Le-
dingar påbödos, gaf anledning til en långt betydeligare afgift,
som kallades Ledungslama, och utgick alla år, när ingen sådan Ledunga-
Leding företogs (2). Denna skatts natur wisar nogsamt, at han lama.
bör hänföras til de äldra äldsta tider, och utom des inregar He-
raud och Boses Saga (3), at Leding betaltes i sielfwa Hedendo-
men. Där gifwes ock någon anledning af detta åberopade stället,
at tro, at de som för ålder ej foro i Leding, woro frikallade från
denna afgift. Efter Uplands-Lagen utrustades fyra fartyg af
hwart Hundari (4), och giärden, som där til fordrades uti pennin-
gar, war fyratio marker för hwart fartyg. Samma pålaga af
fyratio marker för hwart skepp, giälde äfwen i Gothland, som
med sju fartyg borde instinna sig i almänna Ledingar (5). Om
man hade sig bekant, huru stor Laga-Ledingen warit af hela
Swerige, skulle man någorlunda kunna stuta, huru stor Konun-
gens inkomst war af denna skatt. Den Leding som Konung A-
nund uttog, då han for emot Konung Knut i Dannemark, war
utaf halffierde hundrade fartyg (6). Räknar man hundrade tiugo
i hwart hundrade, som man fordom plågade göra, borde Ledings-
lama öfwer hela Riket diminstone utgöra 16800 mark. Detta
kan intet sägas wara beräknadt för högt, när Upland allena, eller
de tre Folkländerna utrustade åtta och åttatio fartyg, fyratio nem-
ligen af Tiunda, trettio twå af Attunda, och sexton af Fierdhun-
da land. Annars kan man intet med fullkomligt skäl påstå, at
Konung Anunts Leding warit så almänneлig, at den efter lag in-
tet kunde wara större. Utom des woro förmodeligen de Landskap,
som lågo långt ifrån hafwet intet indelte i Skepslag, men betalte
icke destomindre antingen Ledungslama, eller någon annan där-
emot swarande afgift. Drager man sig widare til minnes pennin-
garnas godhet i dessa äldre tider, så at en mark penningar och en
mark lödig intet skilde mycket från hwarandra, kan en hwar lätte-
ligen begripa, at denna skatt warit skälligen indrägtig för skattkam-
mären.

Konunga-
magten.

(1) Adamus Bremensis de Situ Daniæ &c. C. 94. p. 62.

(2) 11 Fl. Rg. B. Utt.

(3) Heraud och Bosse Saga C. 4. p. 10.

(4) 10 Bl. Rg. B. Utt.

(5) Bihang. wid Gothl. Lag. C. 4. p. 53.

(6) Sturlesson, T. I. p. 684.

§. 7.

Weitslo.

En annan rättighet har ock Konungen af ålder haft at på-
biuda Gjärd af Almogen, då han reste kring landet på Kungs-
gårdarna. Detta är twifwels utan det samma, som Sturleson
kallar fara at Weitslo, då han berättar om Konung Olof Ha-
raldson i Norrige, at han lät utbiuda Weitslo för sig, där Kungs-
gårdar woro (1). Och war det brukeligt, at Konungen i Norrige
för hwar tredie winter i Weitslo öfwer Uplanden (2). Och som
Sturleson brukar samma talesätt om Eisten Adilson, Upsala Ko-
nung, har man anledning at tro, det rättigheten är urgammal dswen
i Swerige. På samma sätt yttrar han sig om Konung Scanmar
i Södermanland, då han reste på sina gårdar i Sela Ö i Mä-
laren. Ingiald Illråda war ock at Weitslo på Räänninge, då
han fick underrättelse om Iwar Widfadmes annalkande. Såle-
des kan man förstå hwad som stadgas i Helsingelagen (3), at den
som fäller eller försummar Wådslo, skulle plikta därföre, och wdte
da Wådslo icke destominbre. Häraf sytter ock det, at man finner
stadgadt i Södermannalagen (4), at Konungen, när han war
krönt, war berättigad at påbiuda gen gärdet, i det land hwar
han wille resa. Denna gjästning eller gjärd, låt wara af samma
beskaffenhet, som de serviria noctium, hwilka så ofta omtalas i
Konung Waldemars Jordebok. På samma sätt war förordnadt,
at, om Konungen skulle afhända egen eller Almännings-jord, bor-
de kjöparen skaffa tremma bord till Hofwets förnödenhet (5). Med

Skjuts-
ning.

denna rättighet war dswen en dylik förenippad, som pålade almo-
gen, at skaffa hästar eller skjuts til Konungens Hofstat, så wäl
som til dem, hwilka foro i Konungens drenöer (6). Kom Konun-
gen med egna hästar, war almogen förbunden til deras underhåll.
Denna gjärd, så wäl som Lebungsskarna, betaltes stundom i per-
sedlar

sedlar, stundom med penningar, och hdrutaf dr Ordinarie eller Konunga-
Jordebofs räntan upkommen, och kan man hdrutaf utan sirdrighet magten.
begripa, hwad som forstås med Kongshdstur och årliga hdstar,
hwilka uti ordinarie räntan finnas berdknade.

(1) Sturleson, T. I. p. 413.
(2) Sturleson. T. I. p. 467.
(3) 10 Fl. Kg. B. H. L.
(4) 3 Fl. Kg. B. G. L.
(5) 1. Fl. Egnasalur bG. L.
(6) 11. Fl. Kg. B. H. L.

§. 8.

De Majestdts rättigheter, som forskaffade några inkomster til Domrät-
Konungens behof, dro uprdknade, så wida man sunnit, at de tighet.
warit i dessa urgamla tider bekanta. At Konungarna utom des Straff och
haft hogsta Domrättigheten, haft magt at straffa och gora benäd-
nåd, kan slutas af hwad som uti sjelfwa Historien dr omrordt. Krigerdt-
Man har ej heller den minsta anledning at tro, det någon annan tighet.
dn Konungen haft rätt at borja krig och stuta fred. De Wikings-
färder, som Konungarne sjelfwe foretogo, utan spår af någon råd-
pldgning med Almogen, bestyrka denna gisning dn widare. Alla
tjenster och deras besdttiande, ankommo helt och hållit på Konun-
gens wälbehag; ty der wore icke andre dmbetsmän, dn Konun-
gens enskylta betjenter och des Låntagare. Ofwersta Präste-dm-
betet, som wdrdades af Konungen, måste ock nodwdndigt gifwa
Ofwerheten i dessa tider en ganska stor hogaktning och wordnad.
Och kan man hdrutaf nogsamt finna, det Konungens magt warit
ganska widstrdkt, dmninstone under Ynglinga Ätten. Hwarfore
ock Tacitus intygar, at Regeringen war hos de Swenska uti Ko-
nungens hdnder, utan undantag och forbehåll (1). Wordnaden
for Konungarna måste ock nodwdndigt wara ganska stor, så lange
underfåtarne trodde, at de ledde sin hdrkomst från sjelfwa Gudar-
na, och rådde tillika for lyckelig och mindre ymnog årswdrt. Ju
langre en slägt dr på Thronen, ju mera rotas Konungarnas magt
och wälde: kjärleken upsyller hwad som brister i rättigheterna, och
den

Konunga- magten. Intet oin- skränkt enwälde.

den som är wan at dessa, wänjer sig snart at lyda. Men där- före bör man intet föreställa sig, at underfåtarnas ära, heder, lif och egendom, hängde helt och hållit på Öfwerhetens wink och god- tycko. Sådana grundsatsar hade ännu intet hunnit at tränga sig öfwer Alpebergen, där de blifwit stadgade under en Tiberius och Caligula. Detta tänkesätt är ock omöjligt, där menigheten sam- las i myckenhet flera gångor om året, hwilket skedde wid Upsala wid de stora Offerhögtiderna. Hwarföre ock hwar en Odalbonde lefde uti sin fullkomliga frihet, utan at fråga efter Hofwet, där ej antingen almän Lag til Rikets förswar war nödwändig, eller han sielf, eller andra anhörige woro sinnade at söka lycka wid Hofwet. Så at Öfwerhetens enwälde wiste sig förnämligast öfwer hoffolket, som ock war tillika Konungens beståndiga lifwakt. Och som den- ne war talrik nog, och färdig wid alla tilfällen at utföra Konun- gens befalningar, kunde en utländning mycka lätt falla på den tankan, at Konungen utöfwade et oinskränkt enwälde. Men sedan Ingiald Ilråda hade öfwerwgat underfåtarna, at man kan gå för långt uti sin tilgifwenhet, och en ny slägt kom på Thronen, blif- wo underfåtarnas rättigheter så utwidgade, at Konungen emot de- ras wilja intet hufwudsakeligt, hwad almänheten angår, kunde före- taga. Den fullkomliga undergifwenheten war endast förbehållen- är krigstider. Detta finner man, så wäl af den märkeliga Riks- dag, som hölts under Olof Skötkonung, som ock utländska Histo- rieskrifwares intygande (2). Föreställer man sig allenast en bewäp- nad menighet, som uti stor myckenhet samlade sig omkring Konun- gen wid almänna tinget, hwilket hölts under öppen himmel; kan något hwar begripa, at alt befallande wäsende emot menighetens wilja, måtte icke allenast wara krafulöst, utan ock farligt. Ko- nunga myndigheten syslesattes förbenämfull, wid så satta omständig- heter, mera med at öfwertala, än at bjuda; och när Olof Skötkonung wille bruka et annat upförande, hade det så när ko- stat honom både rike och lif. De andra rättigheter, som tilför- ne äro upräknade, förblefwo oförkränkte wid Högsta Öfwerhe- ten, och en Swensk Konung, försedd med sina Höghets til- hörigheter, och underfåtarnas kjärlek, war en af mägtigaste Re- genter, som denna tiden war i Europa.

(1)

(1) Tacitus de moribus Germanorum. Est apud illos, Sviones, et Konunga-
opibus honos, eoque unus imperitat, nullis jam exceptionibus non pre- magten.
cario jure parendi.

(2) Rimbertus Vita Ansgarii C. 23. berättar, huru Konung Olof i
Swerige, til hwilken Ansgarius ankom med begäran, at få predika
Evangelium, swarade honom, at det stod icke i hans magt, utan i
folkets, at lämna tilstånd därtil. Hans egna ord äro desse: Quaprop-
ter hanc legationem vestram confirmare nec possum nec audeo, prius-
quam sortibus Deos nostros consulam, et populi quoque super hoc vo-
luntatem interrogem. - - - Sic quoque apud eos moris est, ut quodcun-
que negotium publicum magis in populi unanimi voluntate, quam in
regia consistat potestate. På samma sätt yttrar sig Adamus Bremen-
sis de Sit. Daniæ. &c. Reges habent, Sveones, ex genere antiquos,
quorum tamen vis pendet in populi sententia, quod in commune lau-
daverint omnes; illum confirmare oportet, nisi ejus decretum potius
videatur; quod aliquando sequuntur inviti. Itaque domi pares esse
gaudent, in proelium euntes omnes præbent obedientiam Regi, vel ej,
qui doctior ceteris a Rege præfertur. Orsa witnesbörd samma fullkom-
ligen öfwerens med Konung Olof Skötkonungs egen utlåtelse på Up-
sala Ting, då han förklarade, at det warit alla Swea Konungars
vana, at låta Bönderna råda med sig i alt hwad de wille. Sturlefon
T. L p. 486.

§. 9.

At Konungsliga Högheten gådt i arf på Mansslinien ifrån Arforden.
Fader til son, är nog tydeligt af det förutgående. Äldste sonen
war gemenligen faderns efterträdare på Thronen: och war det i
Wäster-Gjötland Landslag, som det kallas, at äldste sonen tog
riket efter sin fader (1). Samma Lag lär förmodeligen hafwa
warit både i Upsala och på flera ställen. Icke destomindre hän-
de det understundom, at den yngre blef föredragen den äldre,
men til en sådan förändring behöfdes mer än faderns wilja.
Således blef Anund Jacob, Olof Skötkonungs son, uphögd
framför sin äldre broder, och detta gjorde Riksens Ständer, eller
Swenska Almogen, fadren oåtspord. Men som detta tildrog sig
under en almän upresning, som liknade et fulkomligt upror,
kan däraf intet dragas någon ren slutsats: utan naturliga billig-
heten lär wid sådana tilfällen hafwa warit i akt tagen, så at
fadrens wilja, dödsta sonens samtycke, och de mäst betydandes
jakande, lära hafwa gjordt utslaget. Och på detta sätt kom

B i   Rolf

Konunga- Rolf til Regeringen i Wäster-Giötland fram för sin äldre broder
magten. Kietil (2). Ja arsrätten war så rotad, at icke allenast åtskil-
liga smärre Riken och Konungar däraf upkommo, utan ock Up-
sala Konunga-Säte föll understundom i Bröbraskifte, då twän-
ne bröder gemensamt wårdade de drender, som Upsala Öfwer-
wåldet tilhörde. Man har då skäl at twisla, om någon tänkt
på Walrike under hela den långa tiden, på hwilken Ynglinga
Slächten regerade. Om Iwar Widfadme blifwit wald, har man
ingen kundskap. Hans krigshär och almänhetens hat emot In-
giald Illråda, lär hafwa banat honom wägen til Thronen. At
minstone gifwer Historien ingen anledning til något ordenteligt
wal. Harald Hildetan och Randwer, Iwar Widfadmes dotter-
söner, blefwo Konungar förmodeligen på samma sätt. Konster,
magt och det inrotade agget mot gamla Konunga Slägten, har
efter utseende uphögt dem til Konungsliga wärdigheten, och se-
dermera har en beståndig arfrätt blifwet i akt tagen. Det en-
da prof af formeligit wal, som hela gamla Historien gifwit wid
handen, är det som skedde på något ställe i Giötharike, då
Thore Hundfot från Norrige blef Konung (3), hwarom är talt
tilförne. Och som Konungens Eriksgata war en påfölgd af
walet, har man orsak at twisla, om någon sådan resa warit
brukelig under denna tiden, som nu egentligen öfwerwdges.
Det wore nog besynnerligt, at intet spår skulle finnas til en så
märkelig sedwänja under alla de hwälfningar, som tildragit sig,
då Ynglingiska och Sigurdska Slägterna surit wid spret, om
den då warit wedertagen.

(1) Götrik och Rolfs Saga C. 16. p. 87.
(2) Götrik och Rolfs S. C. 16.
(3) Rolf Krakes S. C. 29. p. 66.

§. 10.

Regerin- Wärkeliga Regeringen tilträdes nu högtideligen genom Krö-
gens ning och Hyllning. I fordna dagar skedde det genom arföl efter den
tilträde. aflednа Konungen. Huru Konung Ingiald Illråda antog regerin-
gen genom sit oskckeliga arföl, som han tilägnabe både åt sin fa-
der

det och hela flägten, kan man påminna sig af det föregående. De Konunga-
förnämste Folkis Konungar, Jarlar och andre förnäme Herrar magten.
sammaukallades. Uti en fal, der förra Konungens stol war up-
ställd, woro äfwen andra stolar satte för de wäntade Småkonun-
gar; och satte sig arftagaren på steget fram för sin faders Thron,
til des Bragafull blef inburet: då stod han up, gjorde löfte om
någon manlig gidrning, drack af hornet, och blef satt på sin före-
trädares säte. Flera högtidelighetter brukades intet wid regeringens
tillträdande (1). Christendomen war wäl någorlunda inkommen i Dan-
nemark, men denna hedniska sedwänjan war dänu bibehållen. Man
finner det af det arföl, som Swen Otto gjorde efter sin fader
Harald Gormson. Innan han satte sig i sin faders högsäte,
drack han först sin faders minne eller skål, och gjorde löfte, at han
innom tre år skulle antingen hafwa dräpit Konung Ethelred i En-
geland, eller ock hafwa drifwit honom från Land och Rike. Se-
dan dracks Christminne och Michaels minne. Kröning war intet i
bruk, och kronor betäkte endast afgudabeläten. Således finner
man, at Jumala Bjärmalands Afgud, hade på sig en Krona med
tolf påsatta döda stenar. (2). På en gammal ritning, som finnes
i några handskrifter af Edda, föreställes Thor, Oden och Freyer
med Kronor på hufwuden. Det då således troligt, at deras bil-
der warit krönta, fast än Adamus Bremensis intet nämnt därom.
Detta höghets tekn, har dock wid slutet af detta tidehwarf någor-
lunda warit antaget. När Håkan Jarl den yngre blef fången af
Olof Haraldson i Saudungs sund, hade han et Gullad om huf-
wudet (3). Detta har antingen warit et gult band, eller ock en
hufwudbonad af tätt gull med leder, som kunnat knytas om huf-
wudet. Och kallas ännu den krants, hwarpå Brudkronorna hos
almogen fästas, Lad eller Hlad, som de gamle skrefwo det. Den-
na hufwudbonad liknar de gamla Grekers och Rommares Diade-
mer. Til at skilja sig från Jarlarna, hafwa Konungarne för-
modeligen utsirat sina Lad med stifter och perlor på ändarna.
Sådan föreställes åtminstone Olof Skötkonungs hufwudbonad på
mynten (4). Det är ej swårt at begripa, hwarifrån detta bruk
blifwit länt, ty på Anglo Saxonska Konungarnas mynt, förekom-
mer samma hufwudprydnad. Kronor af den skapnad, som Swen-
ska Wapnet utwisar, lära ännu intet warit brukade på mynten,

364 - Swea Rikes Historia.

Konunga-
magten. så at man har fullkomlig anledning at tro, at det Bläkmynt, som
är prägladt med et krönt A, och gemenligen tildgnas år Anund
Jacob, är af långt mare tider. Atminstone är bilden så af kro-
nan, som bokstafwen A, aldeles lik dem man träffat under Riks-
förståndare tiden, då A är betyda Arosia och intet Anund. Ej
heller kan man med någon sannolikhet påstå, at Olof Skötkonung
och des söner warit krönte. Denna högtidelighet hör Christendo-
men til, och har man nog swårt at föreställa sig, det en sådan
solennitet kunnat finnas, så länge större delen af inwånarna woro
hedningar. Uti Norrige war Magnus Erlingson den förste Ko-
nung, som blifwit krönt (5). Och då man rådgiorde om denna
högtidelighet, beropade man sig icke allenast på Engeland, utan
ock på Dannemark, hwar Konungarne alt sedan Swen Ulfsons
tid blifwit krönte. Och kan man utan swårighet tro, at man äf-
wen tagit bewis af Swerige, så framt detta bruk där warit we-
dertaget wid år 1164, då Måns Erlingsons kröningsfäst blifwet
förrättad. Man behöfwer intet påminna, at härigenom afgär
ingen ting af den höghet, som Swenska Konungarna tilkommer;
ty någor hwar wet förut, at Kröningen hwarken ökar eller min-
skar de regerandes wärde. Man kan ock wara försäkrad, at et
Påfwiskt konstgrep låg förborgadt under Kröningens införande.
Kronan sattes på Konungens hufwud af Biskoparna, allenast an-
sågos Biskoparne såsom de, hwilka satte Konungen uti sin tilbör-
liga helgd och wördnad, och härigenom stadfästades andeliga Stån-
dets högaktning alt mer och mer. Ja man wet, at oblyga wid-
skjepelsen gick så långt, at Konungsliga Kronan, och i följe där
af, Konungsliga magt och wärdigheten ansågs för en skänk af
andeliga Fäderna. Men härom warder mera omrördt på et
annat ställe. Imedlertid kan man här allenast märka, at den
förste af alla Konungar i Swerige, som blifwit krönt, lär
förmodeligen wara Erik Knutson wid år 1210 (6).

(1) Sturleson, T. I. p. 246.
(2) Heraud och Bosse Saga C. 7. p. 33.
(3) Sturleson, T. I. p. 401.
(4) Man finner desa mynt afritade uti Brenners Thesaurus, Pering-
skölds Attartal, och på flera ställen.

K)

(5) Sturlefon T. II. p. 428. Torfäus H. Norveg. T. III L. 10. Konungs
C. 5. p. 567.   magica

(6) Erik Benzelii Mon. Eccl. p. 85.

§. 11.

Fast älfte sonen ordenteligen, ärfde högfta wärdigheten efter
fin Herr Fader, blefwo dock likwäl de andra Konungabarnen in-
tet aldeles lottlöfa. De yngre Prinfar blefwo gemenligen Under-
konungar, hwarföre ock Sturlefon fäger, at Upfala rike deltes,
fom flägterna grenade fig (1). Harald Harfager gjorde den för-
ordning i Norrige, at alle hans föner fulle blifwa Konungar,
men de af hans efterkommande, fom ledde fin Ätt från honom på
qwinliga Linien, fulle wara Jarlar (2). Man har all ordfak at
tro, det en dylik fed warit i Swerige, och är det klart af fig felf,
at den fom blifwit med Konungsliga hufet få nära befwägrad,
måtte nödwändigt komma uti et betydande anfeende. Konungarne
gifte fig ock merendels innomlands med de förnämfta eller wakra-
fte Jungfruer i Landet, och gick fåledes Konungarnas ärfda och
förwärfda faftigheter, fom intet hörde til Riket eller Kronan, i
arf bland de öfriga Kongeliga barnen. Om Konung Rolf Gjöt-
rikfon berättas, at han fick hela Swea rike efter fin Swärfader
Konung Erik (3). Men det lär förmodeligen böra förftås om
Konung Eriks enfkylta egendom, ty felfwa Riket ärfdes af des
Broderföner Olof och Yngue. Thyra Harald Gormfons dotter i
Dannemark hade ftora gods på Fyn, Falfter och Bornholm (4).
Wendifka Prinfeffan Gunhild hade mycken egendom i Wenden,
hwaraf hennes Gemäl Konung Swen i Dannemark blifwit dga-
te (5). Sigrid Storråda hade ock ftora gods i Swerige, fom
hon förmodeligen til en ftor del ärft efter fina föräldrar; ty Ko-
nung Erik Segerfäll lär ej fåmnadt henne någon fårdeles egen-
dom, emedan det höga Par intet kunde förlikas, och hon fkilde fig
ifrån fin Herre. På detta fätt finner man, at Prinfeffor och
Furftinnor ingalunda warit utflutna ifrån at dga faftigheter. Och
det fom i fenare tider finnes anteknadt, om Konung Swerker den
förftas dotter Sophia, hwilken ärfde en del af fin Broders fa-
ftigheter i Swerige, och medförde dem fom hemgift åt fin Gemäl

Ji 3   Ko-

Konunga-magten. Konungen i Dannemark (6), bestyrker än widare hwad som om deßa fordna tider påminnes. Jag har mig nog bekant, at syster efter gamla Lagen intet ärfde med broder (7), men det som i dymål finnes stadgat, angår egenteligen enskylt folk. Kungeliga och Förstelige Personer jämnka intet altid sina rättigheter efter Bonda-lag, hwarken nu eller tilförne.

(1) Sturleson T. I. p. 45.
(2) Sturleson T. I. p. 172.
(3) Gautr. och Rolfs S. p. 206.
(4) Torfäus H. N. T. II. p. 302.
(5) Torfäus på samma ställe.
(6) Konung Waldemars Jordebok i Mon. Scanensis Vol. I. p. 36.
(7) 1 Fl. Ärfd. B. W. G. L. 2 Fl. Ärfd. B. D. G. 2.

§. 12.

Öfwerko-nungens rättighe-ter. Wi hafwe hit intil öfwerwdgat Swenska Konungens högsta rättigheter, i anseende til sina undersåtare. Det återstår, at gifwa något begrep om des höghet, i affeende på de mindre Konungar i Landet. I denna jämförelse kallades Upsala Konung Öfwerkonung. Thiodkung betyder det samma. Uti Edda berättas om Öfwerkonungarna, at de, när Landet war widsträkt, förordnade uti de aflägsna orter, Skattekonungar och Jarlar, som skulle skipa lag och förswara landet, och woro deras domar så ojäfwige, som hielfwa Öfwerkonungens (1). Man ser härutaf, at Skatte-Konungar sattes endast i början i de aflägnaste Landskapen. Sedermera gik det så långt i Swerige, at i alla Länder woro sådana Småkonungar. Tiunda, Attunda, Fierdhunda, Nerike, Södermanland, Wester-Giötland och Öster-Giötland hade alle sina egna Småkonungar uti Braut-Anunders och Ingiald Illrådas regements tid. Utom deßa mägtigare Fylkiskonungarna woro ock åtskilliga Häradskonungar (2). Hwarföre och om Småkonungarne hade haft alla inkomsterna af sina Riken, hade Öfwerkonungen haft intet, utom den heder, at de erkände honom för sin Öfwerherre, och woro närwarande wid hans hyllning; wi wete likwäl, at Braut-Anunder war en ganska mägtig

Her-

Herre. Härutaf kan man någorlunda sluta, at Öfwerkonungen
måtte nödwändigt haft sina wißa inkomster, som honom allena
woro förbehålne. Således är det en ganska naturlig tanka, at
Upsala Öde altid hörde Öfwerkonungen til, änskiönt de warit be-
lägna uti Underkonungarnas Herradöme. Widare måtte ock den
skatt, som afgick til Upsala Tempel, nödwändigt öfwerlämnas til
Öfwerkonungen. Det kan ock wara troligt, at Upsala Konung
haft magt, at påbjuda Weitslo eller gengiärd, äfwen i Underko-
nungarnas Riken, då han for igenom landet; ty Braut-Anunder
betjente sig däraf, när han låtit uprödja ödemarkerna. Af det å-
beropade stället i Edda, ser man, at Jarlarne hade samma rättig-
heter, som Fylkis-Konungarne. Och som Giöta Jarlen hade
hållt emot Konungen af Gothlands inkomster, är det nog sanno-
likt, at Småkonungarne hade likaledes uti sina Fylken hållt emot
Konungen af Landträntorna. Uti alt annat lära Underkonungarne
hafwa haft en fulkomlig sielfmyndighet. Deras domar och utslag
woro lika gällande som Öfwerkonungens, så at ingen däremot
wädja kunde. Krig, fred och förbund giorde de efter eget wälbe-
hag. Uti almänna Ledningar woro de likwäl pliktige at följa Öf-
werkonungen, hwar på man finner bewis uti Bråwalla slag, uti
hwilket många mindre Konungar efter antydan woro närwarande.
Öfwerkonungens wärdighet wistes ock därigenom, at han war be-
rättigad, at utdela Konungsliga titlar. Om Sturlaug, som af
Upsala Konung Yngue uphögdes til Underkonung, är omrördt uti
föregående Capitel: Och har man et dylikt efterdöme i Yngwar
Widförle, som hos Olof Skötkonung anhöll om Konunga namn
och wärdighet (3). Så wördad war Öfwerkonungens höghet,
och tillika i sådan helgd, at man intet finner Upsala Konungaätte
någon gång hafwa warit af Underkonungarna med härfärd oroat,
innan Ingiald med sin Laglösa tiltagsenhet utrotade all högaktning
emot Öfwerkonungen. Underkonungarne wiste annars sin undergif-
wenhet, ock igenom några smärre skyldigheter. De woro förbund-
ne at upfostra Öfwerkonungens barn, när de därom annmodades,
och war Konungen i Tiundaland, Swipdager Blinde, på den
grund fosterfader för Ingiald Illråda. I samma afseende skickade
Harald Harfager sin lilla son Håkan til Konung Athelstan i En-
geland, på det han kunde hafwa det böje at kalla honom sin Un-
der-

Konunga-magter. derkonung (4). Et annat högaktningstekn wistes ock derige-
nom af Underkonungen, at han wid tilfälle bar, eller höll Öf-
werkonungens Swärd (5). Och i denna affikt skickade Athelstan
sin wärja til Harald Harfager, med gifwen befalning åt sån-
debudet, at så snart Harald hade fattat om fästet, skulle han
förklara Konungen i Norrige för des Underkonung (6). Under-
stundom wistes andra undergifwenhets tekn, som man ser af Hå-
kan Jarl, hwilken fik Norrige i förläning af Harald Gorm-
son i Dannemark, men skickade likwäl ingen annan skatt, än sem-
tio Falkar om året (7). Hwilwa ordet Skattkonung synes för
öfrigt bewisa, at Fylkis-Konungar warit förbundna til årlig skatt,
hwilken bestod förmodeligen uti den del af Landskylderna, hwarom
kort förut är berättadt.

 (1) Edda Kungahelte.
 (2) Sturleson T. I. p. 43. synes blanda Härads Konungar med Fyl-
  kis Konungarna. Icke desto mindre säsom Fylke understundom betek-
  nar et större Land än Härad, lär Fylkis Konung i sin egenteliga bemärkelse
  betyda en något widsträltare Regent, än Härads Kung. Och af detta
  senare slaget, lära förmodeligen de sem Konungar warit, som blifwit af
  almogen bräkte på Mula Ting.
 (3) Yngwar Widförles Saga C. 4. 5. p. 12, 13.
 (4) Sturleson T. I. p. 120.
 (5) Rolf Krakes Saga C. 23. p. 53.
 (6) Sturleson T. I. p. 119.
 (7) Sturleson T. I. p. 220.

§. 13.

Här- och Sjö-konungar.   Härkonungar och Sjökonungar hafwa mycken likhet med de
nu omtalta Småkonungar. Härkonungar woro egenteligen Prin-
sar eller andre Herrar af Kungeligt blod, som foro i Wiking.
Deras underhafwande gäfwo dem straxt namn af Konung, An-
skjönt de hade intet Land at regera öfwer (1). Andre Wikingar
tilgnade sig ock Konunga namn, när de med en slags sjelfrådig-
het styrde sina underhafwande. Och härutaf kommer det stora an-
tal af Danska, Norrska och Swenska Konungar, som så ofta
nämnes, i Engelska och andra utländska Handlingar. Sådan
               war

war od ben Swenste Konung Lachiman, som sölgbe meb Konung Konunga-
Knut ben Store til Engeland, och som efter utseende war till Jarl magten.
Thorkel Sprafelägs son, hwarom tilförne är påmint. Desse Her-
rar habe inter swårt för at råka sina fiender, emeban be habe ge-
menligen inga wänner, utan hwem be hinte och mötte gaf bem
genast tilfälle at utösma sin röswanbe manbom. De woro bod
ofta så beskiebelige, at hanbelsfarare lämnabes oantastabe. Sjö-
konungar woro af samma beskaffenhet, ty be äabe sällan något
land, utan swäfwabe alt utföre som sjöfoglar på watnet. Ja wat-
net war beras egenteliga element, så at be albrig wille taga hwar-
fen mat eller hwila i något hus (2). Dod lefbe inter alle så
strängt, utan somlige äabe ansenliga riken, men sikwäl för sit sta-
biga farande til sjös, blefwo be kallabe Sjökonungar. Sålebes
ser man, at Golfe kallabes Sjökonung, och äfwen Sölwe Höge-
nes son från Niarbö, hwilken ryckte Upsala Konungarike ifrån
Eisten m. m. Näskonungar woro ock et slags Sjökonungar, Näsforo-
hwilka habe sit tilhåll wib något näs, och bdraf sabt sit namn. nungar.
De som af minbre wärbe ibfabe samma hanbtwärk, blefwo för-
mobeligen kallabe Näsewisar, och som alle besse erkiänbe ingen Näsewi-
Öfwerherre, utan sölgbe utl alt sina egna nycker, är bet lät at sar.
begripa, hwarföre oförskiämt solf blifwit kallabe näswise.

(1) Sturlefon T. I. p. 376.
(2) Sturlefon T. I. p. 40.

§. 14.

Men af bet, som i be förutgåenbe påminnelser är anbrager;
finner man, at Länregeringen ifrån urminnes tib warit i bruf
här i Norben, och bet så wäl i Dannemark som i Swerige, utl
hwilka Riken af älber warit Öfwerkonungar, och unber bem min-
bre Länragare. Deras mening torbe förbenskul wara nog grunbab,
som hålla före, at Länrätten, Jus Feudale, utsprlbt sig från wä-
ra ätter til be anbra Riken i Europa. De utl benna belen af
Lagfarenheten förekommanbe orbalag och termer, komma ock i
grunben merenbels fulkomligen öfwerens mnb Swenskan. Jag an-
för likwäl betta blott såsom en Historisk sannolikhet, och ingalunba,
som någon särbeles heber för wåra förfäber, emeban Länregeringen
Aa q är

Konunga-
magten.

är will det orimmeligaste uptåg, som nästan kan falla på en män-
niska. Den som åstundar med alfwar och sammanhang skaffa
willa, oreda och wanmakt uti en Stat, han införe allenast Län-
regeringen, och förslaget skal intet fela. Så snart en underhaf-
wande sättes i det stånd, at han lyder, om han will, lär han
förmodeligen intet lyda oftare än han will, hwilket will så myc-
ket säga, at han lyder intet. Och således uphörer förbindelse e-
mellan Rådande och Lydande, tillika med lif och själen af et Bor-
geligt samfund. Ingiald Ilråda hade fördenskul alt skäl at wa-
ra misnögd med Småkonunga wäldet, men därföre war han
intet berättigad genom bedrägeri och olag, at förgöra dem.
En klok Regering botar de brister med foglighet och lämpa,
som kunna rättas, och wänder intet up och neder på altsam-
man, ty et sådant botemedel är ofta farligare än sjelfwa sjuk-
domen. Icke destomindre fick Småkonungsregementet en obotelig
stöt under Ingiald, och ehuruwäl man finner åfwen åtskilliga
under Sigurdska slägten; woro likwäl deras lön mindre, och
de i följe däraf mindre skadeliga för det almänna.

❋ ❋ ❋ ❋ ❋ ❋ ❋ ❋ ❋ ❋ ❋ ❋ ❋ ❋ ❋

10. Capitlet.

Om

Swenska Folket i almänhet, des Fördelning, och Sam-
mankomster wid större och mindre Riksmöten.

§. 1.

Swenska
Folket i
almänhet.

Om Tyskarna berättar Tacitus, at de woro fördelte i A-
del, Fria, Trälar och Frigifna, han lägger ock til,
at de Frigifna woro uti intet anseende hos de Fria fol-
ken, men hwar Konungar regerade, uphögdes de underskundom
icke allenast öfwer de Fria, utan ock öfwer Adelen (1). At sam-
ma författning warit i wår Nord, är tilräckeliga bewis. Om
den gamla Rig eller Heimdaller berättas, at han indelt
Landets inwånare uti Adel, Bönder och trälar (2). Nithardus
en

en gammal Håfdeteknare af nionde århundrad, anför det samma
om Saxarna, at de woro deskilde uti Adelingi, Frilingi och
Lazi (3). Når Tacitus widare beskrifwer Swearnas seder, så-
ger han, at gewär och wapen uti hans tid intet woro almän-
na, utan förwarades af en egen wapnegiömmare, som war
träl (4). Man finner något tykt, uti Eigil Tunnadolges Hi-
storia, ty hans träl Tunne hade warit hans fader Anes Stat-
mästare eller Fåherde. Tacitus säger widare, at Tyskarnas trä-
lar woro merendels åkerbrukare, som betalte til sina husbönder
en wiß afgift af spannemål, kreatur eller klädet, förmodeligen
wäfnad (5). Sådane äro de, som hos oß gemenligen kallas
Landbönder, och hafwa twiswels utan warit här från urminnes
tider. Det är ock möjeligt, at deße woro fordom trälar hos
oß, fast deras omständigheter blifwit ändrade i senare tider.
Dock woro alle trälar i almänhet i blidare tilstånd än hos de
Romare, ty samma Auctor berättar tillika, at det war gauska
rart, at de med hugg, slag och bojor blefwo afstraffade, om ej
af någon hastig öfwerilning hos husbonden. Dock likwäl, om det
hände wid et sådant tilfälle, at trälen blef ihidislagen, plikades
intet därföre. Detta oaktat, war dock trälarne hos wåra förfäder
uti nog swaga wilkor. En träl, om han war gist, hade ingen
rätt til sina barn, utan de hörde Herren til, han kallades ock in-
tet man utan Riepsie, och en sådan förbindelse ansågs intet för
Äktenskap (6), nästan på samma sätt, som hos de Romare, hos
hwilka giftermål emellan trälar ej fick heta Matrimonium utan Con-
tubernium. Trälen hörde ock til sin ägare på samma sätt, som
et annat bohagsting, och kunde säljas, skänkas, bortbytas och ut-
lånas efter behag (7). Och som wåre gamle stamfäder hade äf-
wen mycken omsorg om den tilkommande werlden, trodde de, at
Oden intet tog emot trälar, om de intet woro i Herrarnas säll-
skap (8). hwarföre det ock war en sårteles nåd, at trälen sick til-
stånd at tillika med husbonden bryta halsen af sig för Ättstupan,
då de hade ßintet lust at lefwa längre. Icke destomindre woro
trälarnas wilkor, efter Herrens sinne, nu bättre, nu sämre, och
är troligt, at en träl då sörtiden lefde underslundom uti störte
wälmåga, än mången landbo i wåra tider. Den gnagande siäl-
heten war ännu intet kommen til sin högd, fast yfster woro i gång,

Aaa2 då

Swenska
Folket i
almänhet.

då som an. När en träl blef fri, kallades han frälsegifwi, och woro des omständigheter intet särdeles ansedde, som wåra gamla lagar gifwa wid handen, och Tacitus åfwen intygar.

(1) Tacitus de Moribus Germanorum. Liberti non multum supra servos sunt, raro aliquod momentum in domo, nunquam in civitate, exceptis duntaxat iis gentibus quæ regnantur, ibi enim et super ingenuos, et super nobiles ascendunt.

(2) Torfæus Series Reg. Dan. p. 271.

(3) Witherbus L. 4.

(4) Tacitus de Mor. G. L. c.

(5) Tacitus de Mor. G. Ceteris servis non in nostrum morem descriptis per familiam ministeriis utuntur. Suam quisque sedem suos penates regit, frumenti modum Dominus aut vestis ut colono injungit, & servus hactenus paret.

(6) 2 Fl. 5. §. Gipt. B. W. G. L.

(7) 3 Fl. Kiöpm. B. Up. L. 13 Fl. Kätl. B. W. G. L.

(8) Gautr. och Rolfs Saga p. 9.

§. 2.

Trälarne hörde egenteligen intet til sielfwa borgerliga samfundet, eller til Republiken, utan til sina Herrar och husbönder. Andra stycken af Rikskroppen bestod i Bönderna. Och begrep under detta namn all det fria folket, som woro tillika jordägare, och intet brukade annars hemman eller grund, ej heller buro Tignar namn, eller utmärkta hederstitlar af Jarl och Herse. Man kan sluta detta af Edda (1), ty här sättas bönder näst efter Hersar och Jarlar. Sturlesson gifwer oss samma underrättelse, när han berättar Torgny Lagmans tal til Ragwald Jarl (2), ty här sättas Bönder emot dem, som buro Tignar namn, och räknar Torgny Lagman sig sielf bland Bönderna. Böndernas wärdighet bekräftas widare af Wästgötalagen, som stadgar, at Lagman och Biskop skola wara Bondasöner (3). Man begriper således, at Böndernas anseende mark ganska stort, efter deras förmögenhet och andra omständigheter. Sedan war Ake Bonde, som hade på en gång til gäst, både Swenska och Norrska Konungen. Man har ock tilförne talt om Håkan Bonde, som tog i förswar Norr-

Bönder.

ska

sa Prinsen Olof Trygwason, emot sielfwa Konung Erik Seger: Swenska
säll, och höll uti sit hus trehundrade bewäpnade män af egit folk. Folket i
Om Tuar Bonde wet man, at des son Bose war Prins Heraude almänhet.
fosterbroder. Skoglar Toste, Erik Segersäll Swärfader, war ej
heller annat än Bonde. Och som månge af det förnämsta folket
understundom drogo sig ifrån Hofwet, och födde sig blott af sin
egendom, blefwo ock de räknade för Bönder (4). På detta sätt
blef en anständig blandning af högre och ringare, hwarigenom af-
und på den ena sidan, och föragt på den andra til landets ge-
mensamma bästa undwikas kunde.

(1) Edda uprunne nokra Konga heite.

(2) Sturlefon T. l. p. 482.

(3) 1 Fl. Tingm. B. WGl. 2 Fl. Kg. B. WGl.

(4) Adamus Bremensis Descr. Dan. C. 97. p. 63. In multis Normani
niæ vel Svediæ locis, pastores pecudum sunt etiam nobilissimi homines;
sive Patriarcharum, et labore manuum viventes.

§. 3.

Den förnämsta delen af undersåtarne utgiorde Adeln, så i Adel
de äldsta som i de nyare tider. Någre af wåra Häfdetecknare
hafwa den tanka, at wåre gamle Odalbönder, woro denna tidens
Adelsmän. Men om så wore, blifwa Bönder och Adel alt et,
twärt emot all den underrättelse man har om bessa tider. Ty icke
allenast Tacitus, utan ock Rigsmal, gör skilnad emellan de fria,
som woro Bönder, och de som woro af högre wärdighet. Man
wet ock, at Lagmännerne, som utan motsägelse, woro i anseende
til sysslorna, räknade ibland de förnämste, giorde icke destomindre
en del af Bönderna. När man nu lägger tilsamman hwad man
tilförne anmärkt af Edda, blifwer det en naturlig påföljd, at
Jarlar och Hersar äro de, som denna tiden böra anses för Adels-
män. Man har widare all anledning at hålla före, det Jarlar
och Hersar woro antingen af Kungeligt blod, eller ock med Kun-
geliga husen nära beswågrade. En Gobbrand af Nores Ätt, Ko-
nung i Gobbrandsdalen, nederlade sit Konunganamn, och lät kalla
sig Jarl, efter han wille hafwa den hedren, at wara den mäg-
tigaste af alla Jarlar (1). En annan Gobbrand af samma stam,

Aa a 3   af

Swenska
Folket i
almänhet.
Adel.

affade sig Jarlanamnet, och lät kalla sig Herse, men styrde icke bestomintre sina underhafwande som Konung, och behöllo alla des efterkommande namn af Herser (2). Konung Rollauger af Naumdalen, uti Harald Harfagers tid, öfwergaf på samma sätt sit Konunganamn, och antog Jarls titel och wärdighet (3). Så säges ock uti Norrska Hirdskrå (4), at Konungarne i Norrige förordnade Jarlar på åtskillig sätt, då de antingen giorde sina söner, bröder eller andra slägtingar til Jarlar. Det synes således nog tydeligt, at Jarlarne woro egenteligen de, som woro med Konungahusen i skylskap. Af Swenska Jarlar har man sig bekant Ragwald Jarl, Skoglar Tostes soneson, hwilken wäl, så mycket man wet, intet war af Kungeligt blod: men hans nära förbindelse med Upsala Konungahus är däraf tydelig, at Sigrid Storråda war hans sidsliga faster. Man kan härjämte påminna sig den förr andragna Harald Harfagers Förordning, som innehöll, at hans söner skulle hafwa titel af Konung, men hans dottersöner skulle wara Jarlar. Man har intet namn på många Swenska Herser, dock omtalas i Landnama en Gorm, Herse Agiarie, i Swerige, som war gift med Prinsessan Thora, Konung Eriks dotter i Upsala. Hennes son war Thorgie, som hade til äkta Prinsessan Elmu från Holmgården, Burislefs dotter (5). Och kan man härutaf finna Hersarnas besynnerliga högagtning, äfwen i Swerige. De som woro med desa hedersnamnen urskilde, om dem het det, at de hade Thignarnamn, och woro de aldeles söndrade från Bönderna, som af Lagman Thorgnps åberopade urldselse til Ragwald Jarl, inhämtas kan.

(1) Sundin Noregur. p. 7.
(1) Sundin Noregur p. 8.
(3) Sturlefon, T. I. p. 79.
(4) N. Hirskrå C. 13. p. 84. af Dolmers Uplaga.
(5) Torfäus Ser. R. D. p. 369.

§. 4

På detta sätt lär förmodeligen fordna tidens Adelskap warit inskränkt allena til Jarlar och Herser. Och har sjelfwa ordet
Adel

Adel på denna grund aldeles ingen gemenskap med Odal, som Swenska egenteligen har afseende på ägande rätt öfwer fast egendom. Då Folket i Adel däremot uti sin egenteliga betydelse syftar på något utmärkt, almänhet. betydande och förnämt. Man kan sluta det af diffilliga gamla ord, som förekomma, dels uti Nordens gamla Lagar, dels på andra ställen, såsom Adalman, äkta man, Adalkona, äkta hustru, Adalfylking, förnämsta slaktordning, Adalport, förnämsta porten, Adalting, högsta eller förnämsta Domstol (1). Uti dessa och flera dylika ord, är meningen af Adel intet särdeles lämpelig. Man måste likwäl medgifwa, at ordet Adelsman på intet ställe i wåra gamla Handlingar förekommer i den mening, som det nu brukas, Mycket mindre bör man föreställa sig, at Frälseman, så wida det skal betyda Adelsman, är et ord, som kan föras til dessa tider. Fräls efter gamla bruket, betecknar en fri man, som intet är träl, hwilket är så almänt, at det behöfwer intet bewis: och blef detta ord då först anwändt til at utmärka en Adelsman, då Rustjensten i Konung Måns Ladulåses tid wardt införd til Rytteriets förstärkande, och de blefwo kallade Frälsemän, som frälste sina gods från skatt med underhållande af en dugelig häst och karl. Men när man will skaffa sig et rätt begrep om de förna tider, böra de anses för bönder, som annars kallas Jordägande, med de åter som buro Thignarnamn, böra anses för Adel. Imedlertid bör ingen fälla på den tankan, at man här sätter för stort wärde på denna tidens Adel, när man påstår, at de woro af Kungeligt blod. Engelsmännernas Adeling, som med wårt Adel är alt et, lämpas endast på Konungabarn och deras arfwingar. Således finner man wara anmärkt uti Konung Eduars Lagar, at de allena, som woro födde af Konungar, buro namn af Adeling (2).

(1) Verelius in Indice: Ordet Adel, hwarmed öfwen bör jämföras J. Grams undersökning de Vocabulo Herremand in Act. Societ. Hafn. C. T. II. p. 269, hwar han widlyftigt utförer, at Adel och Odal äro twänne aldeles olika ord.

(2) Leges Eduardi Confessoris C. 35. Rex vero Eduardus Edgarum filium eorum secum retinuit, et pro suo nutrivit, et quia cogitabat heredem eum facere nominavit Adeling, quem nos dicimus Domicellam. Sed nos indiscrete de pluribus divimus, quia Baronum filios vocamus Domicellos; Angli vero nullum nisi natos Regum. Det är intet.

Swenska
Folket i
almänhet.

    til swårt at bestyrka detta med flera exempel, men det kan wara nog, at man hänwiser Läsaren til Du Cange uti des Glossarium, ordet Thalling.

§. 5.

Jarlar.

    Men som Jarlar och Herfar efter denna anledning utgjorde allena wår gamla Adel, förtiena de ock at blifwa något närmare förestådade. At denna wärdighet warit ifrån urminnes tider i Swerige, kan slutas af Ingialds arföl efter sin fader; ty där til woro utom Fylkis-Konungarna äfwen Jarlar och andra Märkismän inbudne. Sedan Fylkis-Konungarne woro utrotade, sattes förmodeligen Jarlar uti de afdöda Konungarnas Länder. Så gjorde åtminstone Harald Harfager i Norrige, ty af honom förordnades Jarlar uti Landskapen, dock så, at deras Län woro merendels större än Fylkis-Konungarnas warit tilförne. Tredie delen af Landskylderna anslogos til Jarlens förnödenheter, och utom des hade han tiugu mark i Weitslo. Häremot war Jarlen skyldig at draga försorg om lagens skipande, och indrifningen af Konungens inkomster, af hwad namn de wara månde, och när upbud til härfärd eller annat krig skedde, borde han inställa sig med sextio bewäpnade män (1). När Konungen intet war närwarande, war Jarlen berättigad at låta båra Fana eller märke fram för sig (2). När någon förordnades til Jarl, lät Konungen sätta honom på trapsteget fram för sit Konungasäte, och efter et lämpeligt tal, tog Konungen honom i handen, och gaf honom et Swärd och Fana (3), hwarefter Jarlen gjorde sin ed. Konung Magnus i Norrige förklarade Swen Ulfson til Jarl öfwer Danemark på följande sätt; Konungen bandt et Swärd wid hans sida, fäste Skjöld wid axelen, och Hjälm på hans hufwud, och gaf honom namn af Jarl (4). Man wet intet, om alla deßa omständigheter blifwit i Swerige i akt tagne, det är likväl troligt, at något dylikt warit ock här i bruk, åtminstone woro Jarlens inkomster något när de samma i Swerige som i Norrige, hwilket däraf inhämtes, at Jarlen hafi tredjedelen af den skat, som Gotland betalte, för sit antagande uti Swea Konunga-beskydd; ty af sextio mark lödig, som utgick af landet, hade Jarlen tiugo. De
öfri-

öfriga rättigheter, at skipa lag, wårda hushållningen, förswara
Landet, och wid alla tilfällen wara i Konungens ställe, woro ge-
menfama med alla Jarlar (5), och tilkom åfwen Jarlen den rät-
tighet, at göra förbund och sluta stillestånd, når omständigheterna
så ärdswa kunde, hwarpå man har bewis uti Ragwald Jarl i
Olof Skötkonungs Historia, hwarom handlat de tilförne.

(1) Sturlefon T. 1. p. 78.

(2) Norrska Hirdskrå C. 16. p. 106.

(3) Hirdskrå C. 15.

(4) Sturlefon T. II.

(5) Edda Kongabelle och följande.

§. 6.

Näst Jarlar woro Herfar, och om desias wårdighet under-
rättar ofs Edda, och woro de af Konungarna förordnade til Rät-
tare eller Upsynningsmän öfwer wisIa Härader. Fyra Herfar woro
gemenligen under hwar Jarl, alt efter Jarladömets storhet (1),
och lära deras inkomster förmodeligen swarat til en tredicdel mot
Jarlens, efter de woro skyldige at utrusta tiugu stridsmän, då
Jarlen skaffade sextio. Men uti Weitslo woro Jarlen och Her-
sen lika, efter Konungen besiod tiugu mark så wäl åt den ena
som den andra. Förordnandet synes billigt, ty Herfen måtte na-
turligen för sin person förtiera lika mycket som Jarlen. Herfarnas
skyldighet och rättigheter woro uti deras Lagsaga aldeles öfwerens-
stämmande med Jarlarnas. De skipade lag, wårdade hushåll-
ningen, och förswarade landet wid förefallande fiendtligheter, de
jämförIas förden:ful med Baroner i Engeland, och Grefwar i
Tyskland. Herfarnas enskylte betjenter kallades och Skrdmän el-
ler Hofmän på samma fätt, som betjeningen wid Jarlarnas och
Konungarnas Hof (2).

(1) Sturlefon T. 1. p. 78.

(2) Edda Upprunne notra Konga heite.

§. 7.

Om Jarlarnas och Herfarnas wårdigheter warit ärftelige,
hade Konungamagten haft ganska liten förmån af Sylkis-Konun-
gar.

Ewenſka garnas afſkoffande. Icke beſtomindre gifwes anledning, at denna
Kollet i wärdighet warit ärmliſtone i några ſläkter ärftelig. Således kan
alnänbet. man intet twifla, at Godbrand Jarls efterkommande ju tildgnat
Rg Jarlenamnet ſom en ärftelig tilhörighet. Wiſtgörha Jarlen
Ragwald hade twänne ſöner, hwilka bägge kallas Jarlar (1).
På ſamma ſätt war beſkaffat med Godbrand, Herſes efterkom‐
mande, ſom förr är påmint. När Olof Trygwaſon wille göra
ſin ſwåger Erling Skialgſon til Jarl, aſſlog han det, med förebå‐
rande, at alle hans förfäder warit Herſar (2). Det ſynes fördem
ful, ſom ſielfwa wärdigheten kunnat wara ärftelig hos wißa ſläg‐
ter, men at förländningarne, ſom därmed warit förknippade, likwäl
berodt på den regerandes wälbehag, anſkönt det kan wara ſan‐
wolikt, at ſonen eſomoftaſt efterfölgt ſin fader i Länet, dock utan
at han warit berättigad därtil, ſåſom til en i arf tilfallen egendom.

(1) Sturleſon T. I. p. 517.
(2) Sturleſon T. I. p. 251.

§. 8.

Hofbetie‐ Om Konungens Hof eller Hirdmän warit räknade för Adel
ning. wet jag intet. Det är troligt, at deßa ſyſlor warit efter omſtändig‐
heterna förwaltade, ſtundom af Bondeſöner, ſtundom af de för‐
nämare efter Ofwerhetens wälbehag, och wederbörandes ſkickelighet.
Huru wida Herremän, om hwilka talas uti Konung Magni La‐
Herre‐ dulåſes ſtadga (1) af år 1280 kunna föras til denna tidens Adel,
mãn. är ganſka otydeligt. Om med ordet ſkal betecknas en Härman
eller krigsman, ſom af Ofwerheten warit förländ med någon ſa‐
ſtighet, hwarutaf et wiſt antal krigsfolk ſkulle wid tilfälle utruſtas,
är ofelbart, at Jarlar och Herſar måſte nödwändigt räknas bland
Herremän. Men ſom förmodeligen flere Läntagare warit i Lan‐
det, hwilka uti deßa krigiſka tider woro förpliktade at följa Ko‐
nungen i härfärd, med mer eller mindre folk, efter Länens ſtorlek,
ſå är ſannolikt, at Herremän denna tiden intet gjordt något ſär‐
ſkildt ſtånd. Den ſom för öftrigare wil inhämta någon underrättelſe
om Herremanna wärdigheten, kan läſa J. Grams Tractat om
ordet Herremand, ehuru wäl jag intet kan neka, at det ſer ut,
ſom denna inrättning hörer til ſenare tider.

(1) Biärköa Rätten uti Bihanget p. 2.   §. 9.

De nu omtalte Herrar, som warit försedde med Tignar-   Swenska
namn, och Bönderne utgiorde fordna tidens Stånder, hwilka   Folket i
församlades, och hade at säja wid almänna Riksdagarna. Så-   almänhet.
dana sammankomster skiedde altid på wiss tid om året, wid firan- Riksda-
det af de wanliga stora offren. Dock kan man intet påstå, at   gar.
dessa sammankomster altid borde anses som Riksdagar, i synner-
het då inga Rikswårdande drender kommit at företagas. Den
Fest likwäl, som hölts om hösten, då Konung Domalder blef of-
rad, synes hafwa all liknelse af Riksdag. Men när hela offerhög-
tiden tilbraktes under supande och frässeri, och flera sådana dren-
der, som wäl intet kunna räknas för equiteliga Riksdagsmål, kan
wäl en hwilk samling på intet sätt få namn af Riksdag. Och
torde Riksdagar hafwa warit sällsynta nog, så länge Ynglinga
Slägten regerade, och menighetens förtroende försedt Ofwerheten
med all den magt, som i de tider war oumskgelig til Rikets
förswar. När Konungawal skulle skie hos Giötherna, stämdes
först fiolmänt Ting, eller en almän sammankomst af menigheten,
en förman, Hofunder utnämdes, som skulle granneligen tiärskåda
dem, som anmälte sig til walet. Och när Hofunder yttradt sig
om den, som altrabäst kunde upfylla Konungastolen, förklarade
menigheten den samma för Konung (1). Sedan Ynglinga Släg-
ten blifwit stött från Upsala Konunga Thron, blefwo Riksdagarna
blifwit mera ordenteliga. Konungarnas magt inskränktes, Bön-
dernas tiltog, och krig och frid woro egenteligen de högmål, uti
hwilka Konungen behöfde menighetens bistånd och samtycke. Stur-
leson underrättar oss härom, när han beskrifwer den märkwärdiga
Riksdag, som hölts under Olof Skötkonung. I Goi eller Fe-
bruarii Månad firades det stora frids och seger offer i Upsala,
som af Oden war instiftat (2). Hit skulle folket församlas ifrån
hela Swea wälde, och skulle då wara, Alra Swiars Ting, eller
almän Riksdag. Sammanträdet skiedde under öpen himmel, och
Bönderne eller Sweriges almoge infunno sig på mötesplatsen be-
wäpnade. Konungen satt på sin Thron, omgifwen af sin Hofbe-
tjening. På en annan bänk eller stol suto Jarlar och Lagmän,
som woro närwarande, framför Jarlarna stodo deras Hofmän,

                    Bbb 2   och

Swenska
Folket i
almänhet.

och Lagmannen hade sina huskarlar framför sig. Men rundt om-
kring stod Almogen på slätter och högder, hwarifrån de kunde hö-
ra hwad som afhandlades. Sedan Konungens ärender woro fö-
redragna, kunde äfwen andra betydande män föreställa sina på-
minnelser. Främmande Konungars Sändebud kunde ock framföra
sina Herrars angelägenheter, hwilket dock förmodeligen intet warit
almänt. När något tal blef föredraget, som war i menighetens
smak, betygade folket sit bifall med gny och wapnabrak. Sedan
är så gammal, at äfwen Tacitus talar därom, när han beskrifwer
Tyskarnas almänna sammankomster (3). Wid et sådant tilfälle
war det intet rådeligt för den Regerande, at enwisas emot Almo-
gens och Böndernas förklarade samtycke, utan hwad som då af
menigheten blifwit bewiljadt, måste anses för en fast och obrottslig
lag. Riksdagsbeslutet war då färdigt, och Riksdagen lyktades.
Och som et sådant almänt Ting blef hållet hwart år, kunde intet
ärendernas myckenhet utdraga tiden, fast sammankomsten kunde
förmodeligen efter omständigheterna på några dagar förlängas.
Protocoller, Voteringar, och mera dylikt, som nu är oumgänge-
ligt, woro då onödiga öfwerflödigheter, och en wälsinnad och af
Riket wäl förtient man, hade altid myckenheten på sin sida. Man
talade litet, skref mindre, och mente wäl, och riket war äminsto-
ne wid slutet af detta tidehwarf uti en önskelig och afundswärd
blomma.

(1) Rolf Krakes Saga C. 39. p. 65.
(2) Sturleson T. I. p. 477.
(3) Tacitus de Morib. Germ.

§. 10.

Enskylta
Riksda-
gar.

Emedan Ständerna samlades på en wiß tid om året, war
all kallelse onödig. När någon owanlig sammankomst war förhan-
den, upbådades förmodeligen menigheten genom budkaflor, som de
gamle kallade Heraur. Detta har ock til äfwentyrs warit bru-
keligt, då almogen sammankallades til almänna Ting uti Lands-
orterna. Ty utom de almänna Riksdagar, som rörde hela Riket,
woro ock enskylta samlingar, dels uti landskaperna, dels ock i stä-

Detterna, och andra mindre samfund. Til deßa mindre Riksdagar **Swenska** bör man hänföra det uti Wästgötha lagen omtalta Ting alra- **Folket i** götha. Af samma beskaffenhet war den Riksdag, som Konung **almänhet.** Olof i Björkö lät sammankalla, då Ansgarius andra gången kom hit i landet, och det då fattade beslut måtte sedan af et nytt Ting bekräftas, innan Ansgarius fik fulkomligt tilstånd at förkunna Christna läran (1). Det är i sig sjelf tydeligt, at Fylkis-Konungarna woro ofta närwarande wid deßa samlingar, och Thorgny Lagman intygar det samma, när han berättar, at fem sådana Smäherrar för sin tiltagsenhet blefwo dräpte på Mula Ting (2). Om ingen Underkomung eller annan Ämbetsman war tilstädes, sammankallades menigheten af de Tolf, som i hwar Landsort til landets almänna förwaltning woro förordnade, och på detta sätt beskrifwes hushållningen i Wärende wid S. Sigfrids ankomst. Sådana Landsting eller enskylta Riksdagar kunde wäl intet på något sätt qwälja Allherjartings Beslut, men uti andra mål hade De en fulkomlig och wadfri domrätttighet, och deras utslag gåfwo anledning til de särskilta Lagar, som uti Landsorterna woro wedertagna. De hade ock en annan och mera betydande nytta därigenom, at icke allenast onödiga drögsmål kunde undwikas, utan ock den oldgenhet afböjas, at Landskapens angelägenheter blefwo af sådant folk afgjorda, som om Ländernas rätta beskaffenhet intet woro underrättade. Och är denna försktighet så upcket angelägnare uti widsträkta riken, som det händer sällan, at en och samma hushållsförfattning kan, utan förbehåll och menighetens skada, lämpas på alla orter. Det som paßar sig i Skåne, går intet altid an wid Enaraträsk, och hushålningen i Österboten kan intet altid tjena til regel för inrätningarna wid Kalmar och Giötheborg. På detta sätt blefwo både de almänna och enskylta ärender wårdade, och Rikets wälmåga öfwertygade om författningarnas godhet.

(1) Rimbert Vita Ansgarii C. 24.
(2) Er. Benzelii Mon. Eccles. p. 6.

II. Capitlet.

Om

Almänna Landshushälningen, Lagſkipandet, och Förſwarswärket.

§. 1.

Landſka-
pens för-
delning i
Tolfter.

Efter Odens inrättning war högſta domſtolen hos de tolf Di-
ar och Drottar, ſom wårdade offren. Detta heliga tolf-
talet ſträkte ſig widare kring alla Landsorter, ſå at tolf
woro Heidreks Spekingar i Reidgothaland, tolf woro i Nämn-
den, och tolf faſta ſkulle wara wid alla Kiöp och Faſtebrefs af-
gifwande m. m. Hwart Landſkap blef ock ſedermera uti tolf ſär-
ſkilda ſtycken fördelt, af hwilka hwardera hade ſina enſkylta Tolf-
män, ſom wårdade hwar ſin Tolft. Sådan war inrätningen i
Werende wid S. Sigfrids ankomſt, ſom man npligen påmint (1).
Och har denna ſebrodnia oſelbart warit antagen på flera ſtällen;
ty man finner Tolfta Kyrka nämnd åtſkilliga gångor uti Uplands-
lagen (2). Flera ſådana Tolfter hafwa til äfwentyrs giordt et
härad eller Hundari, men dårföre kan man intet med wißhet ſä-
ga, antingen fördelningen i Tolfter eller Hundari är äldſt.

(1) Er. Benzelii Mon. Eccl. p. 6. Sielfwa orden af den gamla för-
fattaren, ſom ſkrifwit S. Sigfrids Legenda, förtiena at anföras.
Erat autem duodecim tribus in hac terra per quarum magnates ſeu no-
biles Reſpublicæ ſive leges antiquæ tum regebantur &c.

(2) 2 Fl. K. K. B. Upl. 10 Fl. Kgb. Upl.

§. 2.

Hundari
och
Härad.

Oſelbart är, at Landſkapen warit delta i Hundari iſrån ur-
minnes tider. Både Cäſar och Tacitus tala om Tyſkarnas Cen-
tumpagi, och i wår Swenſka Hiſtoria finner man, at Hundaris
inrätningen warit redan ſtadgad uti Brautanunders och Inglalds
tid, emedan ſå wäl Tiunda, ſom Attunda och Fierdhundra,
hade då redan ſina egna Konungar. Saxarne lära hafwa införde
deſſa anſtalter til Engeland, och har Konung Alfred förſt ordente-
ligen indelt Engelſka Greſſkapen uti Hundred, ſom Ingulfus och
fle-

flere Engelffe Skribenter intyga (1). Det är sannolikt, at hun- Hushål-
drade byar eller hus uti dißa ricerna giordt et Hundari. Det ning, Lag-
kan ock wara, at med ordet betecknades et så stort ftycke land, ftipning.
at hundrade bewapnade män däraf kunde upbjudas, och synes   ⁎ ⁎
detta fidfta bekräftas af Tacitus (2). Hwad som kaßades Hundari
uti öfra delen af Swerige, het Härad i de öfriga landsorterna;
och som Jornandes uti fin befkrifning om Scanzia, äfwen näm-
ner ätfkilliga Härader; kan äfwen inrätningens ålder någorlunda
däraf intagas. Wärmeland delas uti Syßel, och sedan hwar Syßel.
Syßel uti fina Härader. Den fördelning i Syßel synes wara
länd från Norrige, hwar man finner Borgesyßel, Skiesyßel och
flera. Om denna gißning medgifwes; har man anledning at tro,
det Wärmeland fådt denna indelning den tid, det ännu war fam-
manfogadt med Norrige, då den ock blifwer nog gammal.

(1) Man kan fe härom Du Cange uti det Gloßarium w. & inf. Lar.
    ordet Hundreda.

(2) Tacitus de Mor. G. Pedites ex omni jūventute dilectos ante aciem
    locant. Definitur et numerus. Centeni ex fingulis pagis funt, idque
    ipfum inter fuos vocantur.

§. 2.

Genom Folkis-Konungars och Jarlars tilsättande, blef Ri- Landffap.
ket fördelt uti Landffap och Provincier. Dißa Herrar hade wärd Lagmän.
så wäl om Lagens fkipande, som den öfriga Landshushålningen.
Lagmän lära förmodeligen blifwit inrättade, til at minfka Jarlarnas
myndighet. Kan hända, at Ingiald warit den förfte, som för-
ordnat Lagmän. Atminftone hafwa wi ingen äldre än Wiger
Spa, som lefwat under denna Konung. Han kallas likwäl inter
Lagman, utan Lagaýrkir uti Konung Birgers Företal til Up-
landelagen. Uti Förtekningen på Wäftgötha Lagmän, som är
bifogad wid gamla Wäftgötha Lagen, fäges uttryckeligen, at de
äldfte Lagmän ödr å ärien, Lumbr och Björn Kialfi woro Hed-
ningar, och lågo begrafne i högar, och är annars intet något twif-
welsmål, at deße ämbetsmän woro almänne under Sigurdffa
Slägten. Thorgny och Emund Lagmän äro bekante utaf det,
som redan är anfördt uti Olof Skötkonungs Hiftoria. Det synes
ock,

*Swenska
Folket i
almänhet.
Adel.* affade sig Jarlanamnet, och idt kalla sig Herse, men styrde icke
bestominkre sina underhafwande som Konung, och behöllo alla des
efterkommande namn af Herfar (2). Konung Rollauger af Naum-
dalen, uti Harald Harfagers tid, öfwergaf på samma sätt sit
Konunganamn, och antog Jarls titel och wärdighet (3). Så sä-
ges ock uti Norrska Hirdskrå (4), at Konungarne i Norrige för-
ordnade Jarlar på diffiligt sätt, då de antingen giorde sina söner,
bröder eller andra slägtingar til Jarlar. Det synes sådes nog
tydeligt, at Jarlarne woro egenteligen de, som woro med Konun-
gahusen i skylskap. Af Swenska Jarlar har man sig bekant
Ragwald Jarl, Skoglar Tostes soneson, hwilken wäl, så mycket
man wet, intet war af Kungeligt blod: men hans nära förbindel-
se med Upsala Konungahus är däraf tydelig, at Sigrid Storrå-
da war hans kötsliga faster. Man kan härjämte påminna sig den
förr andragna Harald Harfagers Förordning, som innehöll, at
hans söner skulle hafwa titel af Konung, men hans dottersöner
skulle wara Jarlar. Man har intet namn på många Swenska
Herfar, dock omtalas i Landnama en Germ, Herse Agiatir,
i Swerige, som war gift med Prinsessan Thora, Konung Eriks
dotter i Upsala. Hennes son war Thorgie, som hade til äkta
Prinsessan Elnia från Holmgården, Burislafs dotter (5). Och
kan man härutaf finna Herfarnas besynnerliga högaktning, äfwen
i Swerige. De som woro med deßa hedersnamnen utskilde, om
dem hel det, at de hade Thignarnamn, och woro de aldeles sön-
drade från Bönderna, som af Lagman Thorgnys åberopade utlå-
telse til Ragwald Jarl, inhämtas kan.

(1) Sundin Noregur p. 7.
(2) Sundin Noregur p. 8.
(3) Sturleson, T. I. p. 79.
(4) N. Hirkskrå C. 13. p. 84. af Dolmers Uplaga.
(5) Torfäus Ser. R. D. p. 369.

§. 4.

På detta sätt sär lär förmodeligen fordna tidens Adelskap warit
inskränkt allena til Jarlar och Herfar. Och har sielfwa ordet
Adel

Svenska Folket i allmänhet. tät smärt at beställa detta med flera exempel, men det kan wara nog, at man hänwiser Läsaren til Du Cange uti det Glossarium, artikel Ätling.

§. 5.

Jarlar. Men som Jarlar och Herrar efter denna anledning utgiorde allena wår gamla Adel, förtiena de ock at blifwa något närmare skärskådade. At denna wärdighet warit ifrån urminnes tider i Swerige, kan slutas af Ingialds exföl efter sin fader; ty des til woro utom Fylkis-Konungarna äfwen Jarlar och andre Märkismän inbudne. Sedan Fylkis-Konungarne woro utrotade, sattes förmodeligen Jarlar uti de afdöda Konungarnas Länder. Så giorde åtminstone Harald Harfager i Norrige, ty af honom förordnades Jarlar uti Landskapen, dock så, at deras Län woro merendels större än Fylkis-Konungarnas warit tilförne. Tredie delen af Landskylderna anslogos til Jarlens förnödenheter, och utom des hade han tiugu mark i Weitslo. Häremot war Jarlen skyldig at draga försorg om lagens skipande, och indrifningen af Konungens inkomster, af hwad namn de wara månde, och när upbud til härfärd eller annat krig skedde, borde han inställa sig med sextio bewäpnade män (1). När Konungen intet war närwarande, war Jarlen berättigad at låta bära Fana eller märke fram för sig (2). När någon förordnades til Jarl, lät Konungen satta honom på trappsteget fram för sit Konungasäte, och efter et sådant tal, tog Konungen honom i handen, och gaf honom et Swärd och Fana (3), hwarefter Jarlen giorde sin ed. Konung Magnus i Norrige förklarade Swen Ulfsson til Jarl öfwer Danemark på följande sätt; Konungen band et Swärd wid hans sida, fäste Skjöld wid axelen, och Hjälm på hans hufwud, och gaf honom namn af Jarl (4). Man wet intet, om alla desa omständigheter blifwit i Swerige i akt tagne, det är likwäl troligt, at något dylikt warit ock här i bruk, åtminstone woro Jarlens inkomster något när de samma i Swerige som i Norrige, hwilket däraf inhämtes, at Jarlen haft tredjedelen af den skatt, som Gotland betalte, för sit antagande uti Swea Konunga-beskydd; ty af sextio mark lödig, som utgick af landet, hade Jarlen tiugo. De blif-

öfriga rättigheter, at skipa lag, wårda hushållningen, förswara **Swenska**
landet, och wid alla tilfällen wara i Konungens ställe, woro ge- **Folket i**
mensama med alla Jarlar (5), och tilkom äfwen Jarlen den rät- **almänhet.**
tighet, at göra förbund och sluta stillestånd, när omständigheterna
så kräfwa kunde, hwarpå man har bewis uti Ragwald Jarl i
Olof Skötkonungs Historia, hwarom handlat' är tilförne.

(1) Sturleson T. L. p. 78.

(2) Norrska Hirdskrå C. 16. p. 106.

(3) Hirdskrä C. 15.

(4) Sturleson T. II.

(5) Edda Kongahelte och följande.

§. 6.

Näst Jarlar woro Herfar, och om deßas wärdighet under- **Herfar.**
rättar oß Edda, och woro de af Konungarna förordnade til Råt-
tare eller Upßyningsmän öfwer wißa Härader. Fyra Herfar woro
gemenligen under hwar Jarl, alt efter Jarladömets storhet (1),
och lära deras inkomster förmodeligen swarat til en tredjedel mot
Jarlens, efter de woro skyldige at utrusta tiugo stridsmän, då
Jarlen skaffade sextio. Men uti Weitslo woro Jarlen och Her-
sen lika, efter Konungen bestod tiugu mark så wäl åt den ena
som den andra. Förordnandet synes billigt, ty Hersen måtte na-
turligen för sin person förtära lika mycket som Jarlen. Hersarnas
skyldighet och rättigheter woro uti deras Lagsaga aldeles öfwerens-
stämmande med Jarlarnas. De skipade lag, wårdade hushål-
ningen, och förswarade landet wid förefallande fiendtligheter, de
jämföras fördenskul med Baroner i Engeland, och Grefwar i
Tyskland. Hersarnas enskylte betjenter kallades och Hirdmän el-
ler Hofmän på samma sätt, som betjeningen wid Jarlarnas och
Konungarnas Hof (2).

(1) Sturleson T. L. p. 78.

(2) Edda Uprunne nokra Konga helte.

§. 7.

Om Jarlarnas och Herfarnas wärdigheter warit ärftelige,
hade Konungamagten haft ganska liten förmån af Fylkis-Konun-
Bb b garne

Sweenska
folket i
allmänhet.

garnas afskaffande. Icke destomindre gifwes anledning, at denna
wärdighet warit åtminstone i några slägter ärftelig. Således kan
man intet twifla, at Godbrand Jarls efterkommande ju tilägnat
sig Jarlenamnet som en ärftelig tilhörighet. Wästgötha Jarlen
Ragwald hade twänne söner, hwilka bägge kallas Jarlar (1).
På samma sätt war beskaffat med Godbrand, Herses efterkom-
mande, som förr är påmint. När Olof Trygwason wille göra
sin swåger Erling Skialgson til Jarl, afslog han det, med förebä-
rande, at alle hans förfäder warit Herfar (2). Det synes förden-
skul, som sjelfwa wärdigheten kunnat wara ärftelig hos wißa ätt-
er, men at förläningarne, som därmed warit förknippade, likwäl
berodt på den regerandes wälbehag, ändsjönt det kan wara san-
nolikt, at sonen esomoftast efterfölgt sin fader i Länet, dock utan
at han warit berättigad därtil, såsom til en i arf tilfallen egendom.

(1) Sturleson T. I. p. 517.
(2) Sturkson T. I. p. 251.

§. 8.

Hofbetie-
ning.

Om Konungens Hof eller Hirdmän warit räknade för Adel
wet jag intet. Det är troligt, at deßa syslor warit efter omständig-
heterna förwaltade, stundom af Bondesöner, stundom af de för-
nämare efter Öfwerhetens wälbehag, och wederbörandes kickelighet.
Huru wida Herremän, om hwilka talas uti Konung Magni La-
duläses stadga (1) af år 1280 kunna föras til denna tidens Adel,
är ganska otydeligt. Om med ordet skal betecknas en Härman
eller krigsman, som af Öfwerheten warit förländ med någon fa-
stighet, hwarutaf et wist antal krigsfolk skulle wid tilfälle utrustas,
är ofelbart, at Jarlar och Herfar måste nödwändigt räknas bland

Herre-
män.

Herremän. Men som förmodeligen flere Låntagare warit i Lan-
det, hwilka uti deßa krigiska tider woro förpliktade at följa Ko-
nungen i härfärd, med mer eller mindre folk, efter Länens storlek,
så är sannolikt, at Herremän denna tiden intet gjordt något sär-
skildt stånd. Den som för öfrigt wil inhämta någon underrättelse
om Herremanna wärdigheten, kan läsa J. Grams Tractat om
ordet Herremand, churu wäl jag intet kan neka, at det ser ut,
som denna inrättning hörer til senare tider.

(1) Biärköa Rätten uti Bihanget p. 2.

§. 9.

§. 9.

De nu omtalte Herrar, som warit försedde med Tignarnamn, och Bönderne utgjorde fordna tidens Ständer, hwilka församlades, och hade at säja wid almänna Riksdagarna. Sådana sammankomster skjedde altid på wiß tid om året, wid strandet af de wanliga stora offren. Dock kan man intet påstå, at deßa sammankomster altid borde anses som Riksdagar, i synnerhet då inga Rikswårdande ärender kommit at företagas. Den Fest tilwäl, som hölts om hösten, då Konung Domalder blef ofrad, synes hafwa all liknelse af Riksdag. Men när hela offerhögtiden tilbraktes under supande och fråßeri, och flera sådana årender, som wäl intet kunna råknas för egenteliga Riksdagsmål, kan wäl en bylik samling på intet sått så namn af Riksdag. Och torde Riksdagar hafwa warit såtsynta nog, så länge Ynglinga Slägten regerade, och menighetens förtroende försedt Öfwerheten med all den magt, som i de tider war ovn ångelig til Rikets förswar. När Konungawal skulle skje hos Götherna, stämdes först fiollmänt Ting, eller en almän sammankomst af menigheten, en förman, Hofunder utnämdes, som skulle grannligen skjärskåda dem, som anmälte sig til walet. Och när Hofunder yttradt sig om den, som alrabåst kunde upfylla Konungastolen, förklarade menigheten den samma för Konung (1). Sedan Ynglinga Slågten blifwit stött från Upsala Konunga Thron, lära Riksdagarna blifwit mera ordenteliga. Konungarnas magt inskränktes, Böndernas tiltog, och krig och frid woro egenteligen de högmål, uti hwilka Konungen behöfde menighetens bitråde och samtycke. Snurleson underrättar oß härom, när han beskrifwer den mårkwärdiga Riksdag, som hölts under Olof Skötkoming. I Goi eller Februarii Månad firades det stora freds och seger-offer i Upsala, som af Oden war instiftat (2). Hit skulle folket församlas ifrån hela Swea wålde, och skulle då wara, Allra Swiars Ting, eller almän Riksdag. Sammanträdet skjedde under öpen himmel, och Bönderne eller Sweriges almoge infunno sig på mötesplatsen bewåpnade. Konungen satt på sin Thron, omgifwen af sin Hofbetjening. På en annan bånk eller stol suto Jarlar och Lagmän, som woro närwarande, framföre Jarlarna stodo deras Hofmän,

Bbb 2			och

Swenska Folket i almänhet. och Lagmannen hade sina huskarlar framför sig. Men rundt omkring stod Almogen på slätter och högder, hwariftån de kunde höra hwad som afhandlades. Sedan Konungens drenger woro föredragna, kunde äfwen andra betydande män föreställa sina påminnelser. Främmande Konungars Sändebud kunde ock framföra sina Herrars angelägenheter, hwilket dock förmodeligen intet warit almänt. När något slikt blef förebraget, som war i menighetens smak, betygade folket sit bifall med gny och wapnabrak. Sedan är så gammal, at äfwen Tacitus talar därom, när han beskrifwer Tyskarnas almänna sammankomster (3). Wid et sådant tillfälle war det intet rådeligit för den Regerande, at enwisas emot Almogens och Böndernas förklarade samtycke, utan hwad som då af menigheten blifwit bewiljadt, måste anses för en fast och obrotslig lag. Riksdagsbeslutet war då färdigt, och Riksdagen lyktades. Och som et sådant almänt Ting blef hållet hwart år, kunde intet drönternas mycfenhet utdraga tiden, fast sammankomsten kunde förmodeligen efter omständigheterna på några dagar förlängas. Protocoller, Voteringar, och mera dylikt, som nu är omgångeligit, woro då onödiga öfwerflödigheter, och en wälsinnad och af Riket wält förtient man, hade alltid mycfenheten på sin sida. Man talade litet, skref mindre, och mente wäl, och riket war deninstone wid slutet af detta tidehwarf uti en önskelig och asundswärd blomma.

(1) Rolf Krakes Saga C. 39. p. 66.
(2) Sturlefon T. I. p. 477.
(3) Tacitus de Morib. Germ.

§. 10.

Enskylta Riksdagar. Emedan Ständerna samlades på en wiss tid om året, war all kallelse onödig. När någon owanlig sammankomst war förhanden, upbådades förmodeligen menigheten genom budkaflor, som de gamle kallade Heraur. Detta har ock til äfwentyrs warit brukeligt, då almogen sammankallades til almänna Ting uti Landsorterna. Ty utom de almänna Riksdagar, som rörde hela Riket, woro ock enskylta samlingar, dels uti Landskaperna, dels ock i stä-

der-

derna, och andra mindre samfund. Til deßa mindre Riksdagar *Svenska* bör man hänföra det uti Wästgötha lagen omtalta Ting alra- *Folket i* görha. Af samma beskaffenhet war den Riksdag, som Konung *almänhet.* Olof i Björkö lät sammankalla, då Ansgarius andra gången kom hit i landet, och det då fattade beslut måtte sedan af et nytt Ting bekräftas, innan Ansgarius fick fulkomlige tilstånd at förkunna Christna läran (1). Det är i sig sielf tydeligt, at Fylkis-Konun- garna woro ofta närwarande wid deßa samlingar, och Thorgny Lagman intygar det samma, när han berättar, at fem sådana Småherrar för sin tiltagsenhet blefwo dränkte på Mula Ting (2). Om ingen Underkonung eller annan Ämbetsman war tilstädes, sammankallades menigheten af de Tolf, som i hwar Landsort til landets almänna förwaltning woro förordnade, och på detta sätt beskrifwes hushålningen i Werende wid S. Sigfrids ankomst. Sådana Landsting eller enskilta Riksdagar kunde wäl intet på något sätt qwälja Allherjartings Beslut, men uti andra mål hade de en fulkomlig och wadfri domrättighet, och deras utslag gåfwo anledning til de färskilta Lagar, som uti Landsorterna woro weder- tagna. De hade ock en annan och mera betydande nytta där- igenom, at icke allenast onödiga drögsmål kunte undwikas, utan ock den oldgenhet afböjas, at Landskapens angelägenheter blefwo af sådant folk afgjorda, som om Ländernas rätta beskaffenhet intet woro underrättade. Och är denna försiktighet så mycket angeläg- nare uti widsträkta riken, som det händer sällan, at en och samma hushållsförfattning kan, utan förbehåll och menighetens skada, läm- pas på alla orter. Det som paßar sig i Skåne, går intet altid an wid Enaraträsk, och hushålningen i Österboten kan intet altid tiena til regel för inrätningarna wid Kalmar och Giötheborg. På detta sätt blefwo både de almänna och enskilta ärender wårdade, och Rikets wälmåga öfwertygade om författningarnas godhet.

(1) Rimberti Vita Ansgarii C. 24.
(2) Er. Benzelii Mon. Eccles. p. 6.

II. Capitlet.
Om
Allmänna Landshushålningen, Lagskipandet, och Förswarswärket.

§. 1.

Landska-
pens för-
delning i
Tolfter.

Efter Odens inrätning war högsta domstolen hos de tolf Di-
ar och Drottar, som wårdade offren. Detta heliga tolf-
tal sträfte sig widare kring alla Landsorter, så at tolf
woro Hedrekes Spefingar i Reid-Gothaland, tolf woro i Näm-
den, och tolf fasta skulle wara wid alla Köp och Fastebrefs af-
gifwande m. m. Hwart Landskap blef ock sedermera uti tolf sär-
skilda stycken fördelt, af hwilka hwardera hade sina enskilta Tolf-
män, som wårdade hwar sin Tolft. Sådan war inrätningen i
Werende wid S. Sigfrids ankomst, som man nyligen påmint (1).
Och har denna sedwänja ofelbart warit antagen på flera ställen;
ty man finner Tolfta Kyrka nämnd åtskilliga gångor uti Uplands-
lagen (2). Flera sådana Tolfter hafwa til äfwentyrs giordt et
Härad eller Hundari, men därföre kan man intet med wißhet sä-
ga, antingen fördelningen i Tolfter eller Hundari är äldst.

(1) Er. Benzelii Mon. Eccl. p. 6. Gjelfwa orden af den gamla för-
fattaren, som skrifwit S. Sigfrids Legenda, förtiena at anföras,
Erat autem duodecim tribus in hac terra per quartam magnates seu no-
biles Respublica sive leges antiquæ tum regebantur &c.

(2) 2 Fl. K. K. B. uppå. 10 Fl. Kgb. uppå.

§. 2.

Hundari
och
Härad.

Ofelbart är, at Landskapen warit delta i Hundari ifrån ur-
minnes tider. Både Cæsar och Tacitus tala om Tyskarnas Cen-
tumpagi, och i wår Swenska Historia finner man, at Hundaris
inrätningen warit redan stadgad uti Brautanunders och Inglalds
tid, emedan så wäl Tiunda, som Attunda och Fierdhundra,
hade då redan sina egna Konungar. Saxarne idra hafwa införde
deßa anstalter til Engeland, och har Konung Alfred först ordente-
ligen indelt Engelska Grefskapen uti Hundred, som Ingulfus och
fle-

flere Engelſke Skribenter intyga (1). Det är ſannolikt, at hun-
drade byar eller hus uti ädſta tiderna giordt et Hundari. Det
kan ock wara, at med ordet betek.nades et ſå ſtort ſtycke land,
at hundrade bewåpnade män däraf kunde upbjudas, och ſynes
detta ſidſta bekräftas af Tacitus (2). Hwad ſom kallades Hundari
uti öfra delen af Swerige, het Härad i de öſtiga Landsorterna;
och ſom Jornandes uti ſin beſkrifning om Scanzia, äfwen näm-
ner åtſkilliga Härader; kan äfwen indtiningens ålder någorlunda
däraf intagas. Wärmeland delas uti Syſſel, och ſedan hwar
Syſſel uti ſina Härader. Den fördelning i Syſſel ſynes wara
land från Norrige, hwar man finner Borgeſyſſel, Skieſyſſel och
flera. Om denna giſning medgifwes; har man anledning at tro,
det Wärmeland fådt denna indelning den tid, det ännu war ſam-
manfogadt med Norrige, då den ock blifwer nog gammal.

(1) Man kan ſe Dom Du Cange uti des Gloſſarium m. & inf. Lat.
ordet Hundreda.

(2) Tacitus de Mor. G. Pedites ex omni juventute delectos ante aciem
locant. Definitur et numerus. Centeni ex ſingulis pagis ſunt, idque
ipſum inter ſuos vocantur.

§. 3.

Genom Fylkis-Konungars och Jarlars tilſättande, blef Ri-
ket fördelt uti Landſkap och Provincer. Deſſa Herrar hade wård
ſå wäl om Lagens ſkipande, ſom den öfriga Landshushållningen.
Lagmän ſåra förmodeligen blifwit inrättade, til at minſka Jarlarnas
nypndighet. Kan hända, at Ingiald warit den förſte, ſom för-
ordnat Lagmän. Atminſtone hafwa wi ingen äldre än Wiger
Spa, ſom lefwat under denna Konung. Han kallas likwäl intet
Lagman, utan Lagayrkir uti Konung Birgers Företal til Up-
landslagen. Uti Förtekningen på Wäſtgötha Lagmän, ſom är
bifogad wid gamla Wäſtgötha Lagen, ſäges uttrycklligen, at de
äldſte Lagmän wår å åtten, Lumbe och Björn Kialkt woro Hed-
ningar, och lågo begrafne i högar, och de annars intet något twif-
welsmål, at deſſe ämbetsmän woro alsändne under Sigurtſka
Slägten. Thorgny och Emund Lagmän äro bekante utaf det,
ſom redan är anfördt uti Olof Skötkonungs Hiſtoria. Det ſynes
ock,

Hußhål-
ning, Lag-
ftipning.
m. m.

ock, som Lagmans-sysslorne warit på et wißt sätt ärfteliga, ty
Lagman Thorgnys Långfedgar eller förfäder, hade warit Lagmän
uti Tiunda Land i många Konungars tid (1). Ibland Wäst-
götha Lagmän ser man, at Karl af Edswäre lämnade Lagmans-
dömet åt sin son Algot Karlson, och at Gistrug Algotson, änskiönt
omyndig, hade blifwit Lagman, om han intet sielf afsagt sig wär-
digheten, til des han kommit til mera stadga och mognare år.
Det är ock troligt, at Lagmannen haft någon förläning til belö-
ning för sit beswär, emedan där finnes stadgadt i Wästgötha La-
gen, at Lagmannen skulle hafwa Landskyld, som war sem tiog nöt
hwart sierde år af Mohärad (2). När intet Tinget hölts under
öpen himmel, församlades de Tingsökande hos Lagmannen, som
hade sin Malstufwa eller Tingsfal uti sit egit hus, som där be-
rättas om Thorgny Lagman (3). Lagmannens myndighet war
ganska stor, ty deras domar ansågos som lag. Men när någon
stridighet befanns emellan Lagarna, skulle Upsala Lag tiena til rät-
tesnöre, hwarföre ock Tiunda Lagman ansågs i det hänseende, som
Öfwer-Lagman för de andra, emedan de nödsakades at inhämta
hans utlåtelse wid sådana tilfällen. I synnerhet war Lagmans
wärdigheten därigenom betydande, at han ansågs som en Tribu-
nus plebis eller folkets förswarare; hwarföre ock, när Konungen
eller Jarlen höllo Ting med Almogen, swarade altid Lagmannen
på Böndernas wägnar (4). Så at när Lagmannen intet war
närwarande, kunde ingen almän samling hållas för Alra-Götha,
eller Swea Ting, emedan den allena hade den kraft, hwar Lag-
mannen war tilftädes (5).

(1) Sturleson T. 1. p. 478.
(2) I Gl. Tingm. B. WG. L.
(3) Sturleson T. 1. p. 481.
(4) Sturleson T. 1. p. 478.
(5) I Gl. Tingm. B. Wgl.

§. 4

Ko-
nungens
högsta
Mänind.

At Konungen så nu som tilförne, hafwer haft högsta dom-
rättigheten, förstås af sig sielf. Efter Odens inräkning woro tolf
Diar

Dlot eller Drottar, den Regerande Herrens Medhjelpare eller bi-
fittare uti rätwifans handhafwande wid förekommande twiftemål.
Härom är talt tilförne, så mycket fom behöfwes. Och fom Drot-
tarne tillika förwaltade denna tidens Präfte-ämbete, kan man
lätt förftå Tacitus, fom förmäler, at Präfterna utöfwade i fyn-
nerhet ftraffrättigheten (1). Det är troligt, at Offer-präfterne blif-
wit federmera utflutne från Konungens nämd, emedan man finner,
det Konungarne togo til bifittare de klokafte och förftåndigäfte, fom
woro at tilgå, och man kan intet förmoda, at defa egenfkaper al-
tid woro at finna uti defas Ätt. Heidrek hade utkorat tolf
Spekingar til at fkjdrfkäda och utreda alla wandamål, eller få-
dana faker, fom woro mörka och twätydiga. Likafedes hade
Olof Skötkonung utwaldt fig tolf perfoner af de wifafte, fom woro
i landet, til at beklädda des Rådsämbete (2). Efter all den un-
derrättelfe, fom man hafwer om gamla tider, har altid Konungen
efter egit bepröfwande walt fina Råd. Men Lagmän och andra
Domare waldes af almogen, och infördes federmera af den Re-
gerande uti fyflan (3).

Hofhåll-
ning, Lag-
fkipning.
m. m.

(1) Tacitus de Mor. Germ. Ceterum neque animadvertere, neque vincire,
neque verberare quidem nifi facerdotibus permiffum, non quafi in poe-
nam nec ducis juffu, fed, velut Deo imperante, quem adeffe bellanti-
bus credunt.

(2) Sturlefon T. I. p. 522.

(3) 1 Fl. Ting. B. WGL. 1 Fl. Ting. B. UpL. Tacitus intygar
äfwen, at hos Tyftarna Domare utwaldes i deras Samlingar. Eligun-
tur in iisdem conciliis et Principes, qui jura per pagos vicosque red-
dunt. Tacitus de Mor. Germ.

§. 5.

Af det fom nu är anbragt, fer man tydeligen, at många
domftolar warit i Landet. Icke deftomindre lär där hafwa wa-
rit en ganfka ftor difkilnad, emellan denna och fenare tiders rät-
tegång. Konungen har af ålder haft rättighet at bryta ftock och
oßoknir, ter är at rätta felaktiga domar. På denna grund ftad-
gas wid Gotlands undergifwenhet, at Konungens ed eller Nämd
wär allena berättigad at uphäfwa det utflag, fom Gotlands

Under-
rätter.

C c c   Nämd

Nämd hade afsagt (1). Denna höghets rätt är nästan oskiljaktig
från Konungsliga Majestäket. Men at man därföre brukat wäd-
ja från Hersen til Jarlen, eller från Häradshöfding til Lagman,
och därifrån til Konungen idr wara något, som med denna tidens
tänkesätt intet kommer öfwerens. Wi hafwe lärde af Edda, at
Jarlens utslag och dom ansågs för så rättwis och klanderfri, som
Konungens egen. På denna grund war intet wad ifrån Jarlen,
fast Konungen kunde wara obetaget, om någon besynnerlig wåld
wisat sig, at sjelf widare kjärskåda målet. Lagmännernas domar
woro så heliga, at de ansågos för Lag. Man kan således finna,
at det ej heller war wanligt, at beswära sig öfwer deras utslag.
Mycket mindre war det brukeligt, at Konungen yttrade sig endast
öfwer de mål, som warit förut af Underdomaren kjärskådade och
afdömde. Utan saken lär förmodeligen hängt så tihopa, at hwar
och en klagande kunde andraga sina kjäromål, anjingen för do-
maren i orten, eller ock inför Konungen, så framt Ofwerheten war
udrwarande. Inga mål woro afständge från Konungens egit af-
görande, när de twistande anmälte sig. Man ser det icke allenast
af den dom, som Erik Segersäll fälde uti den Danska Hroes
fak, utan ock af Olof Skötkonungs göromål, som sjelf dömde
dem, hwilka gjorde wåld på S. Sigrids släktingar (2). Lika-
ledes afsade samma Konung sjelf domen uti det twistemål, som
Emund Lagman föredrog, utan at någon dom warit fäld wid nå-
gon nedre domstol. Af Are Frode wet man, at där woro Lag-
män på Island, men intet tekn är, at twistemålen warit först
kjärskådade wid någon ringare domstol i de äldre tider, innan de
blefwo hänskutne til Lagmansrätten. Man kan fördenskul med alt
skäl tro, at Lagmansrätten äfwen hos oss i de äldsta tider, afgjorde
alla förekommande mål, utan at de woro wädjade dit, eller wåd-
jades därifrån. Den inrättning med flere suborbinerade Domsto-
lar, lär förden skul wara et nyare påfund, som hos oss leder sin
uprinnelse från Romerska och Påfwelagen. Jag kan ej heller be-
gripa, at wåra förfäders Lagskipning war därföre sämre. Man
har skäligen orsak at twifla, at et utslag är bästa rättwisare,
efter den ene Domaren dömt på et sätt, och den andre på et an-
nat. Ej heller kan jag anses för lyckfaligare därföre, at jag
måste resa et half hundrade mil, eller mer, för at så weta om
mit

mit år mit, når jag kunde annars så samma underrättelse i mit Hush.R.
hemwist. Twistemålen woro fåare, rättegången kortare, och får- ning, Lag-
därfwre intet så almänt. Det war således lättare, at så billiga firning.
och rättwisa Ambetsmän, i synnerhet då de Domhafwande waldes m. m.
af sjelfwa menigheten. Och det war mindre nödigt, at skjutfa
från den ena Domstolen til den andra, då man kunde njuta til så
mycken rätt eller ordiwisa i den lägre som högre Rätten. Man
torde altså med all tryghet kunna påstå, at fast än flera instantier
nu kunna wara nödiga, woro de likwäl under den här omtalta ti-
den, både orimmeliga och ohörda.· Denna gisning stadfästes än
wi·dare därigenom, at intet wad nämnes uti Tingmåla Balken af
Wästgöthalagen, ehuruwäl både Häradshöfdingar och Fjärdings-
höfdingar omtalas, hos hwilka mindre kjäromål afgjordes, och det
mеrendels genom förlikning. Men om den intet kunde winnas,
förwistes målet til Lagmanstinget (3). Ja uti wissa mål stod det
parterna fritt, at anmäla saken, antingen i Härads eller Lagmans-
rätten (4). Men en widlöftigare afhandling om sjelfwa rättegån-
gen, spares til nästa tidehwarf, då man undgår den slippriga un-
dersökning, huru wida det, som i wåra gamla Lagar finnes stad-
gat, kan föras til den äldre eller yngre tiden.

(1) Bihanget wid Gothlands Lag. C. 4. p. 53.
(2) E. Benzelii Mon. Eccl. p. 12.
(3) 14 Fl. Ting. B. W. Gl. 1. §. .
(4) 13 Fl. Ting. B. Wgl.

§. 6.

Rättesnöret, hwar efter domen upsattes, war dels naturliga Lagar.
Lagen och billigheten, dels wiberttagen landsfeд, dels de förr af-
fagde domar, antingen af Konungarna sjelfwa, deras Ambetsmän,
eller wid Allhärjar Ting. Sådana förr fälta utslag, förwaradеs
i minnet, och samlades sedermera tilhopa, hwaruтаf upkommo de
åtskilliga Lagar, som nästan i alla landsorter warit wedertagna.
Swerige hade sin färskilda Lagman och Lag (1). Då ock lätte-
ligen kurte hända, at stridigheter funnos emellan Lagarna, uti
hwilken händelse den upkomna twisten borte afgöras efter Upsala

Lag

Hus̃hål-
ning, Lag-
ftifning.
m. m.

Lag. Den älsta, som gjordt samling af Swenska Lagarna, är Wiger Spa, uti Ingiald Ilråbas tid, och woro Wigers Floc-kar ännu i behåll uti trettonde århundrad (2). Det är skada, at de nu äro förlorade, man hade annars kunnat så mycken up-lysning i denna tidens Historia, som man nu måste sakna. Ty ehuruwäl större delen af dessa Flockar, blifwit intykte i Uplands Lagen, är likwäl mycket uteslutet, och det som blef bibehåller, är så inblandat med nyare tilökningar, at det är omöjligt at urskilja det äldre från det nyare. Såsom Wiger lagt grund til Uplants-Lagen, så nämnes Lumber den förste, som samlat Wästgötha-Lagen. Uti hwilken Konungs tid han lefwat wet man intet; det allena är bekant, at han war Hedning, söd i Wånga, och ligger begrafwen i en hög. Hans samling kallades Lumbs Lag, hwil-ken ock war ännu i behåll i det trettonde århundrad, ty Askil Lagman, Magnus Minneskiölds son af Bidlbo, samlade tilhopa all Lumbs Lag (3), och tilökte den med flera nyttiga stadgar. Men Folke Lagman, den andre efter Askil, utslät af Wästgöta Lagen alt hwad Hedniskt war, hwarföre ock Frillobarnen uti hans tid, blefwo utstångde från arf efter sina föräldrar, hwilket alt kan inhämtas af den förtekning, som finnes wid Wästgötha Lagen. Sjelfwa förtekningen är annars intet fullständig, emedan den intet uprädnat alla de Lagmän, som warit i Wäster-Giöthland sedan Lumbers tid, utan de anföras endast, som bidragit något til La-gens sammanskrifwande och tilökning.

(1) Snarleson, T. 1. p. 478.
(2) Konung Birgers Förtal til Uplk.
(3) Bihanget til WGL. p. 97.

§. 7.

Efter en nogare gransning af Riks-Lagen eller Jus Publicum, kan intet anses för Lag, som ej grundar sig på högsta Öfwerhe-tens wilja, eller befalning. Men efter all den underrättelse man hafwer om forbna tiden, är ingen anledning, at Konungarne be-fattat sig med Wästgötha-Lagens utgifwande. Utan där säges i början af den åberopade Förtekningen, at Lagmännerne gjordt
och

och upsatt Lagen. Detta stämmer ock öfwerens med Sturlesons **Hushål-**
wittnesbörd, at det skulle wara Lag, som Lagmannen utsade (1). **ning, Lag-**
Men däraf följer intet, at den egenteligen så kallade Lagstiftande **stiftning.**
myndigheten warit hos Lagmannen. Utan när en Lagman uptänkt **m. m.**
någon nyttig inrättning, föredrogs målet för menigheten, som då
med sit samtycke stadfästade Lagmannens förslag. På samma sätt
kan en Ålderman uti en by göra förslag, och när det antages,
blifwer det en gällande förening, som wäl egenteligen intet bör
heta Lag, men har dock en fulkomlig förpliktelse, så wida den intet
är stridande emot allmänna, eller enskylta förut kungjorde stadgar.
Om nu Öfwerheten tillåter sådant, eller ock intet förklarar sit miss-
nöje däröfwer, sedan det blifwit honom bekant, hafwer inrättnin-
gen en laggill kraft, och blifwer en Lag, som de Lagfarna beteck-
na med det oldmpeliga ordet, Jus non scriptum. Och böre wi
på detta sätt föreställa oß, så wäl Wästgöta-Lagen, som de öfriga
Landskaps-Lagarna, som intet hafwa någon uttrycklig stadfästelse
af Öfwerheten. De äro sammanskrifna efter bruk och Landsed
på olika tider, til deß de ändteligen, sedan Christendomen stadga-
des, blefwo satte i den form, som de nu hafwa. Där finnas så-
ledes både äldre och nyare författningar blandade om hwarandra.
Östgötha-Lagen, Wästmanna-Lagen, Helsinge-Lagen och
Dale-Lagen, äro på detta sättet författade. Uplands-Lagen
och Södermanna-Lagen hafwa samma uprinnelse, fast de blif-
wit försedde med uttrycklig stadfästelse af Konungarna. Det kan
wara troligt, at flera Landskaper hafwa ock haft enskylta Lagar,
såsom man finner Kyrkobalken af Smålands-Lagen. Skåne-
Lagen är ock nog gammal, och är den af Ärke-Biskopen Andreas
redan i början af XIII. århundrad öfwersatt på Latin. Wikboar-
na eller Båhusläns gamla Kyrkobalk, är nyligen med Latinsk
öfwersättning utgifwen i Kjöpenhamn (2). Deße senare är af
samma beskaffenhet, som de förra, och äro snarare en berättelse
om de gamla författningar, än någon wärkelig och formelig Lag.

(1) Sturlesou, T. I. p. 478.

(2) Joh. Finndne, Norvegiæ Jus Ecclesiasticum, quod Vicensium sive
priscum vocant.

Eee 3   §. 8.

§. 8.

Hushåll-ning, Lag-stiftning. m. m. Edgång och Witnes-mål

At man fordom uti Rättegång brukat witne, och edeliga in-tygelser, kan slutas af Bihanget til Uplands-Lagen, hwilket hand-lar om Enwige. Ty här stadgas, at den, som intet infann sig på kampplatsen, skulle sedermera aldrig wara berättigad at gå ed eller aflägga witnesmål. Det som står wid slutet af detta åbero-pade Bihang, at den slagne skulle läggas i ogild åker, har gifwit anledning at tro, det detta förordnande borde hänföras til första Christendoms tiden. Men man torde kunna förstå med gildåker en ordentelig begrafningsplats, hwarifrån en, på detta sätt af da-ga tagen, borde utstängas. Hwilket edsformulär egenteligen wa-rit brukat här i Swerige, när laglig ed skulle gås, wet man ej så noga. Lundius säger wäl (1), at det lydde så: Hjelpi mik swa Freia, Thor och hin Almakte As, eller så sant mig hjelpe Freya, Thor och den store Attin. Men detta eds-formulär torde wara gjordt för ro skuld, och lär man kunna fälla samma omdöme om några flera edssätt, som hos wåra Hälsdetek-nare finnas uprepade. På Island hafwa de lagliga eder warit på detta sätt författade: Hjelpe mig så Freyer, som Niordt och den Alsmäktige As, som jag i denna sak wärja, witna eller döma skal, såsom jag wet rättast, sannast, och mäst med Lagen öfwerensstämmande wara, efter mitt yttersta förstånd (2). Och som det tillika uti gamla Skrifter omtalas, at eden borde göras wid en Ring eller Bautge, lära de gamle antingen rört wid, eller ock hållit en sådan Ring uti handen wid edens afläggande, såsom man nu lägger fingrarna på Bibeln. Och som Ringar woro fästade på dörrarna af offerhusen, som af Sigrid Storrådas Historia kan inhämtas, torde det warit en sådan, som wid dessa tilfällen blifwit brukad, när tinget hölts wid något heligt ställe, hwilket förmodeligen merendels skedt. Hu-ru wåre förfäder swurit i dageligt sällskap, lär wara lika så onö-digt at undersöka, som det intet är mödan wärdt, at underrätta efterwerlden, huru man swärjer nu förtiden. At man uti wärje-mål betient sig af glödande järn, hwilket kallades järnbörd, eller flera sådana uptåg, har man åtskilliga bewis uti gamla Lagar. Man kan dock likwäl twifla, om denna widskjeppelse warit bru-

kad

fad i wåra orter under Hedniſka tiden. Ty faſt Greferna uti ſi- Hu#håll-
na Hedniſka wilfarelſer, haft ſådana infall, följer det intet, at ning, Lag-
wåre Hedniſke förſåder warit beſmittade af ſamma dårſkap. Sna- ſlipning.
rare fan man tro, at detta gyfleri leder ſina anor i wåra orter, m. m.
från Munfarna, ſå-ſom et fraftigt medel til at bedraga en låttrogen
och mindre ſkarpſynt menighet.

(1) Lundius, Zamolxis C. 3. §. 12.
(2) Se Ulflioto-Log i Fandnurna hos Bartholin Antiquit. D. p. 375.
hialpt mer ſwa Freyr, oc Niordr oc hinn almåfti As. m. m.

§. 9.

Wi finne ſåledes, at Domare och råttegång warit i Landet Enwige.
från urminnes tider. Icke beſtominder, om Domare warit myc-
fet ſyſleſatte med twiſtiga faters afgiörande, år en annan fråga.
Efter uſtende idra de ringare i ſynnerhet hafwa tagit ſin tilflyft
til Domaren, når de anwingen blifwit föroldmpade, eller warit
oenſe med ſina grannar. De förnåmare, ſom wådja ſig mer at
följa, dn at rygta ſina begdrelſer, idra förmoteligen afgiordt måſta
delen af ſina twiſtigheter genom nåſråttm och enwige. Denna
ſed de ganſka gammal. Hos Tyſkarna war det redan in ſtadgad
wana wid Chriſti födelſe, eller under Auguſti regering (1). Om
Konung Frode i Dannemark berdttar Saro, at han giorde en
lag, at upfommande twiſtigheter ſkulle genom enwige afgöras,
och ſkulle den hafwa förlorat ſin ſat, ſom antingen blef öſwer-
wunnen, eller och wek utom ringen, ſom war ritad på marfen (2).
Man wet wål intet, om en dylif Lag warit påbuden i Swerige;
men emedan denna ſedwanan war gållande nåſtan öfweralt, år
det intet troligt, at de gamla Swear warit i detta mål förnuf-
tigare ån andra folf. Ty man har många bewis, at enwige
anſågs ingalunda för broiſlig. I ſynnerhet hade frieri rdtt ofta
ſådana påſölgder, ty når en friare fid forgen, blef antingen den
mer gynnande diſtaren, eller flickans fader uſmant til holmgång.
Sådant ſkedde, når Hiorward friade til Konung Yngues dotter
i Upſala, och hon hölt Hialmar för wårdigare at åga ſit hjerta.
Hiorwardh manie då ut Hialmar til Holmgång på Samſö, och

bdg-

bägge blefwo där på Den nederflagne, härom är talt tilförne:
När Fradmar från Geftrikeland, fick afflag uti fin anmälan hos
Kjetil Hängs dotter, utmante Framar des fader til enwige, det
ta är ock tilförne omrördt. Så wida en flicka kan intet wara
förpliktad at älfka hela mänmifkliga flägtet, kan wäl ingen enwig
wara onaturligare än den, som upkommer för et förklarat misnöje
emot en friare, när det fker på anftändigt fätt. Någon mera
billighet kan fynas wara i den händelfe, när tredje mannen tog
bort ens trolofwade brud. För en fådan omftändighet utfordrade
Starkader Storwerkfen Hergrim Halftroll, som borttagit hans
fäftemö, Ogn Alfafpreng. Holmgången fkedde wid Efca fofs på
Ed, Trollhättan til äfwentyrs. Hergrim blef flagen, och Ogn,
fom fig på tanipen, ftack fig fjelf igenom på ftället (3). Detta
hindrade likwäl intet Starkader at taga til fig fin medtäflares fon,
och gifwa honom all anftändig upfoftran. Et tydeligt bewis, at
fådane enwige förde ingen fårdeles fiendfkap med fig emellan de
täflande. Detta betygade äfwen fjämparne därigenom, at de hade
esomoftaft wänliga, och helt faksfinniga famtal med hwarandra,
innan fäktandet begyntes. Då blefwo de wilkor och förbehåll
träffade, fom funnos wara tjenliga; och detta war förmodeligen
den Holmgångelag, fom få ofta omtalas. Uti den kort förut om-
rörde enwige, läfte Framar up Holmgångelagen. När Kol Krap-
pe, fom bodde wid Göta älf, utmant Konung Harald af Naum-
Dalen, och Konungen fkickat en i fit ftälle, benämnd Hemming,
lafte Kol up Holmsgångslagen, och kaftade en päls eller fkin un-
der fötterna, innan fjämpandet begyntes (4). När famma Kol
federmera fkulle flås med Sturlauger, kommo de dagen förut öf-
werens om Holmgångsftället, och när fäktandet fkulle börjas, läfer
Kol up Holmgångs Lagen, och fätter tillika up tiugu mark filfwer,
fom öfwerwinnaren fkulle hafwa i belöning; Kol begjärde ock at
få fe Sturlaugers wärja, och när han anfåg den at wara mindre
dugelig, bad han Sturlauger fara hem, länna fina wapn, och
anfå fin brud, efter det war fkada, at en få hiderlig yngling fkul-
le fkynda til fin fördärf. Ännu mindre bitterhet wifades, när
Fradmar Kols broder fkulle hämnas fin närfkyldes död på Stur-
lauger. Ty när de bägge möttes wid Göta älf, där Kol fällt
förut, bemötte de hwarandra med egemen häflighet. Enwiget gick

lik-

likwäl för sig, sedan Frabmar, som utmanare läst up Holmgångs- Hushål-]
Lagen, och när Fradmar blifwit nyckel sårad, och på Sturlaugers ning, Lag-
anmodan bedt om lif, blefwo de wänner och fosterbröder, med stipning.
den förbindelse, at de skulle hämna hwarandras död, som samskyl- c. z.
te bröder (5). När någon tilwitte en annan feghet och brist på
mannamod, skulle brätter likaledes försonas genom slagsmål. De
twistande borde mötas på et ställe, där tre wägar stötte til sam-
man, och om den slupade, som warit förolämpad, war straffet
allenast half mansbot, om åter den andre blef fäld, böttes intet
därföre. Hände det, at den förolämpade intet infann sig på wal-
platsen, blef han förklarad för dråtlös, och utstängdes från all ed-
gång och witnesmål. Men om den, som gjordt tilwitelsen, af-
höll sig från enwiget, utropades han för nidsing, eller trerub-
bel nidkron, och blef ansed för man des wärre, enedan han sagt
det han intet kunde bestå (6). I almänhet ansågs som en fastställd
Lag, at den utmante nikom första hugget, då utmanaren imedler-
tid stod helt stilla, men kunde likwäl betäcka sig med Skjölden (7),
hwilket alt af de åberopade witnesbörd kan intagas. Det är nog
besynnerligt, at den utfordrade intet undandrog sig, änskjönt flere
motståndare infunno sig wid enwiget. Således fäktade Hjalmar
och Orwar Odd ensame emot alla tolf bröderna från Bolmsö, en-
dä förbehället war, at en allena mot en skulle fäkta i sänder.

(1) Vellejus Paterculus L. 2.
(2) Saxo L. 4. p..86.
(3) Herwarar Saga C. 1.
(4) Sturlaugs S. C. 7. p. 14.
(5) Sturlaugs S. C. 13.
(6) Bihanget wid Upsk.
(7) Werelius i des Index, ordet Holmgång.

§. 10.

Ju större denna enwigs rättighet är, ju närmare nalkas man Enwig.
det naturliga frihets tilståndet, hwar intet annat medel är, at af-
göra förekommande twistigheter, än genom slagsmål och näfrätten.
Men man måste ock medgifwa, at borgerliga samhället är desto o-
                    D d d   sub-

394 Swea Rikes Historia.

Hushåll-
ning, Lag-
stiftning
m. m.
fullkomligare. Dock kan man därföre intet påstå, at twistemåls
enwige warit aldeles obillige, där undersåtarnas frihet stadgat så-
dana förbehåll. Men at en blott förwitelse skulle föra med sig en
oundwikelig påföljd af en så blodig rättegång, är nog onaturligt.
Greker och Romare tänkte bättre, och miste den utmante ingen
ting af sit anseende, då han afhöll sig från den tilbudna kampen.
Man trodde intet hos dem, at det war heder at wara owettig
och ursinnig, och at ens heder därigenom förlorades, at en annan
war osörnuftig. Europa har således at tacka Göther och Tyskar
för denna osed, och i sanning är det intet stort at tacka före.
Det är likwäl intet swårt at begripa ordsaken til denna orimme-
lighet. Mod och dristighet woro efter wåra försäders tänkesätt de
mäst ipsande dygder, och när modet fattades, war alt annat för-
akteligt. Det war kämparnas almänna lösen: Sleyum wer al-
drey fyrir herjendum, eller aldrig skola wi fly för wåra fiender;
och detta war Hjalmars utsaga, när han med Orwar gick emot de
tolf Berserkarna på Sämsö (1). Om Gretter säges i hans Sa-
ga, at han hade intet betänkande at slås med twå eller tre, ja
äfwen wille han intet fly för fyra (2), utan förswara sig. Bland
andra lärdomar, som Palnatoke gaf åt Prins Swen O.to, war
äfwen den, at han aldrig skulle fly, änskjönt hans motståndare
woro långt starkare (3). Det är ej swårt at samla flera sådana
Berserksläror, hwilka alla bära witne, om det höga wärde man
satte på dristighet; så at en obetänksam förmätenhet wärderades al-
tid högre, än et saktmodigt upförande, när den hade minsta sken
af rädhåga. Och för den ordsak war förebrående af feghet och
fruktan, en sådan förolämpning, som utan blod intet kunde förso-
nas. Att som Öswerhetens nyndighet stadgades, och Domares
utslag blefwo mera gällande, i samma mån lär och enwigs rätte-
gången hafwa aftaget. Och kan wäl wara, at den uti Olof
Skötkonungs tid warit nog sällsont. I Dannemark blef Enwigs-
Lagen uphäfwen af Harald Swenson, wid slutet af ellofte år-
hundrad, som intygas af Saxo.

(1) Herwarar Saga C. 5. p. 69.
(2) Bartholin Ant. D. L. 1. C. 7. p. 85.
(3) Jomswikinga Saga hos Bartholin Ant. L. 1. C. 7. p. 87.

§. 11.

§. 11.

Efter alt utseende får Enwigs-Lagen något når wid samma tid hafwa uphört i Swerige, efter man intet finner något tekn, at den warit utöfwad, sedan elofte århundrad. Men uti den öfriga delen af Europa, warade denna sedwanan ganska länge, och skedde sielfwa slagsmålen merendels genom fulmäktige, som man kallade Campiones på Munke-Latin, eller Kämpare. Af det föregående kan inhämtas, at man åfwen i wåra orter hade samma seshet. Men här i Norden uphörde både det ena och andra snart nog. Och kan det förekomma besynnerligt, at man i Götiska werlden warit färdigare at aflägga twistemåls enwigen, än på andra ställen. Men ordsaken får dudock wara lätt at finna. Tilgifwenheten för Romerska Biskopsstolen war nog stor. En förutsattad tanka om Påfwens stora helighet, afmålade alla deß stadgar, som Gudomeliga Lagar, och Påfwarne hade långt förut med alt skäl utdömt deßa handgripeliga bewisen. Det fortrades tid, innan wåre aflägsne Nordmän kunde blifwa underrättade, at Påfwen war intet mer än en annan människa, och at deß titel af Helige Fader, war mer en Caracter än wärkelig Indelning.

§. 12.

Hwar och en begriper nogsamt utan någon påminnelse, at Enwigs-Lagen war et ganska uselt sätt at utröna rätwisan. Men efter tidens omständigheter hade den likwäl en annan nytta med sig som war nog betydande. Den underhöll hos det hederligare folket en slags tapperhet, som war nog angelägen til förswar emot utrikes fiender. Hela Statsförfattningen war inrättad efter krig och fälttåg. Skilnaden emellan Ciwil och Militär war en ohörd sak, och man begrep ännu intet nödwändigheten däraf, at en del af Landets inbyggare skulle wara förpliktad, at uthärda alla de swårigheter, som krig förer med sig, på det den förmögnare delen skulle hafwa så mycket bättre tilfälle, at tilbringa sin tid i orkiösa och weklighet. Här war ingen frikallad ifrån at gå i fält. Hofmän och Skalder, Lagmän och Bönder, alle woro sielfskri'ne Soldater til at förswara Landet. Uti Bråwalla slag stod Konung

Ha-

Hushål-
ning, Lag-
skipning.
m. m.
Haralds Bönder midt uti flackrordningen, och hela Hofbetieningen
dår inunder, så wål som Konung Haralds Poeter, eller Skal-
der (1). Thorgny Lagman den äldre, hade största delen i segren,
som Erik Segersäll wan öfwer sin broderson Styrbjörn. Och når
sielfwa Fruentimbret war deltagande understundom i de blodigaste
drabningar, är nog tydeligt, at andre än mindre afhöllo sig från
härfärder. Efter alt utseende bestod Konungens enskylta styrka för-
nämligast i Hofstaten. Konungarne underhöllo altid wid Hofwet
Tolf betydande Kämpar eller Berserkar, som delte sin tid emellan
Wikingsfärder, och Landets inhemska förswar. Man har hördt,
at Oden påtog sig ensam at förswara Landet för utwärtes fien-
der, hwilket ock med Öfwerhetens wanliga och dageliga Hoffolk
måtte wärkställas. Och får den författning, som Tacitus talar om,
förnämligast höra til Oden, och des närmaste efterträdares tid,
då han berättar, at gewär hos de Swenska intet brukades almän-
neligen, utan förwarades hos Konungen utaf någon af träfarna.
Hwilken inrättning likwäl efter all likneise intet räckt särdeles länge,
ty når Allmogen kom bewäpnad til Tinget, woro gewären ofel-
bart uti almänt bruk. Och wid någon yppad almän fara war
ingen fri ifrån at draga i fält, hwilket kan slutas af Helfingela-
gen, som befaller, at hwar och en, som war kommen til mogna
år, skulle hålla sig fem folkwapen, nemligen Swärd eller Yxa,
Järnhatt, Sköld, Brynja eller Musu, och Båga, med tre tolf
ter arfwa eller pilar (2).

(1) Sagobrott p. 21.
(2) 14 Hl. Ting. B. H. L.

§. 13.

Förswars-
anstalter.
Som annars Landet war med skogar, strömmar, sjöar och
sidet igenomskurit, war intet särdeles at frukta til Lands för nå-
gon fiende, om man undantager de smärre krig, som Fylkis-
konungarne sig emellan hafwa kunde. Hela upmärksamheten an-
wändes på sjöstranden och des betäkning, då man intet företog
något långwäga tåg emot nästgränsande eller aflägnare fiender.
Landet war fördenskul indelt i Skeppslag, hwilka omtalas så wäl
i Up-

I Uplands Lagen, som på andra ställen (1). Och här igenom wiste hwar man sit ställe, där han wid förefallande farligheter borde infinna sig. Wid befruktade fiendteligt anfall, utsattes Strandwärd, Byawärd och Bötawärd. Strandwärd hölls af Bönderna, och war intet tillåtet, at sätta hwarken qwinfolk eller legodrängar på wakt. Aflösningen skedde wid solens upgång. Böteswården ställdes ut på högder och utskjär, och om någon skada icke destomindre skedde, war den wakthafwande likwäl saklös; om han kunde bewisa, at han gifwit tre hårtop ifrån sig (2). Det är äfwen troligt, at man brukat wårdkasar, emedan man finner, at Håkan Haraldson inrättat sådana i Norrige (3). Wid tilfälle woro ock hästwårdar eller Ryttarewakter utsatte (4) Under waksamma och hurtiga Regenter, hade dessa anstalter den wärkan, at de intet lätteligen af fienden öfwerrumplas kunde: hwilket ock Styrbjörn fick erfara, ty anskönt han kom owäntad in i Mälaren med en mägtig här, fick han likwäl erfara et sig ganska skadeligt motstånd. Hwad som war börjat genom de wakthafwande, fick sin widare fullbordan genom budkaflar uti de aflägsnare orter. Med budkaflar war den ordning, at om hon kom östan i byn, gick hon ut i wäster, och ankom hon från söder, gick hon nort ut (5), och war samma ordning med wakthållningen. Utom dessa anförda wakter hade ock Konungarne särskilda wakter för sina egna personer, som fördeltes uti hofwudwårdir och utwerder, de förra hafwa förmodeligen stått in uti rummen, och de andre utanföre (6). Desse togos utan twifwel af Konungens Hirdswinnar eller wanliga Garde, hwilket förmodeligen war starkt nog; emedan Konung Anund Jacob lämnade af den til sin swåger Konung Olof, sprahundrade wäl bewäpnade härmän (7).

(1) 11. 12. Fl. Kg. B. Upll. 11 Fl. Kg. B. Hrlf. L. m. m.
(2) 12 Fl. Kg. B. Upll.
(3) Sturleson, T. I. p. 149.
(4) Sturleson T. I. p. 421.
(5) 1 Fl. Ting. B. Upll.
(6) Sturleson T. I. p. 261.
(7) Sturleson T. I. p. 757.

§. 14.

Wid almänna Ledingar war sådan anstalt. Styrmännerne hade sina hemwist längs åt stranderna, och hade hwar och en sin Skeppsbrygga (1). Det är ock troligt, at Styrmännen haft någon förläning til sit boställe. Åtminstone war det så inrättadt i Dannemark, och kallades där en sådan gård styrcohafne, hwilken ock gick som Man-lån i arf. Hwart skeopslag hade sin egen hamn, dit så wäl skeppsfolket som förrådet församlades (2). Fyra fartyg räknades på hwart hundari eller Härad i almänhet, men af Wästmanland utrustades allenast tvänne af häradet, och låge alla Landerna för Leding, undantagande Ålmråd och Bygden med alt det öfriga af Wäster Norland, hwars inbyggare intet betalte mer än twå biskuin Stin, gråwärk kan hända, för hwar man, som war tiuju år gammal, men däremot woro de förpliktade at förswara sig själfwa (3). Man förebär gemenligen, at almänna Ledingen war tolf hundrade farma af hela Swerige, då rär åtminstone fordrades trehundrade Härad där til. Men så många äro intet nu i sielfwa Swerige, och torde således näppeligen warit til fångs den tiden. Icke destominore är all likelse, at et så stort antal af skepp, och, kan ske större, kunde upbringas, när det behöfdes, fast de intet alla woro Ledings fartyg. Ty när Jarlar och andra märkismän, samt bönder och Wikingar, jämte Konungens egna fartyg församlades, måste Flottan blifwa nog talrik. Man har sig bekant, at ordenteliga Flottan ut Dannemark gjorde niohundrade och trettio fartyg, oaktat Skåne och Halland allena utrustade et hundrade och sjuttio (4). När Sigurd Ring tågade emot sin faderbroder Harald Hildetan, hade han twå tusende sem hundrade fartyg, i det minsta, af Swear och Norrmän (5). På detta sätt ser man nog, at Swenska sjömakten warit ganska betydande, fast man intet med säkerhet skulle kunna utsätta Ledings antalet. Ledings fartygen woro annars nog små, men de förnämares krigsskepp woro större. På Haralds fartyg, då han seglade til Bjarmaland, woro twå och sertio män (6). Andra åter woro större, såsom man finner, at Erling Skialgson for merenteld på et skepp, som förde öfwer twå hundrade (7). Uti Taciti tid eller wid Christi födelse woro de Swenske äfwen mägtige til sjös,

och

och woro deras fartyg så bygde, at de woro spetsige både åt fram **Hushål-**
och bakstammen, och bruktes inga segel utan årar allena. Årorne **ning, Lag-**
woro ej heller fåstade wid skeppen utan lösa, så at man beqwäm- **skipning.**
ligare kunde betiena sig af dem bland skjär och klippor (8). Som **m. m.**
de små fartyg·n woro nog tjenliga til landstigning och härjande,
så woro de däremot af mindre betydning uti sjöslaktningar emot
höga och stora fartyg, emedan desse då hade hela förmånen.
Hwarföre ock de förnämare woro i synnerhet angelägne om at
skaffa sig af det större slaget. Och hafwa Norrmännerne fram
för andra warit namnkunnige för skeppsbyggeri. Annars woro far-
tygen intet med så många råck försedde som nu, hwarföre man
ock behäfte dem med tält eller slagtuk, när man låg stilla, på det
folket därunder måtte hafwa skygd för illakt wäder. At desse
måste tagas neder, då man lagade sig til slags, förstås af sig sjelf.

(1) 12 Fl. Kg. B. Upll.

(2) 10 Fl. Kg. B. Upll.

(3) 7 Fl Kg. B. Hell. L.

(4) Knytlinga S. C. 32. p. 61. Man gör antalet på Danska och
    Skånska Ledingen något större än wanligt är. Men Isländska räknin-
    gen gifwer anledning där til. Det är nog bekant, at Isländarne räkna-
    de tiog, eller tolf Tiåb i hwart hundrade, så at hwar de nämna hun-
    drade, bör det öfwersättas et hundrade tingo efter wår räkning. Så-
    ledes är Skånska Ledingen efter Sagan et hundrade femtio fartyg,
    men denna sumina gör et hundrade sextio efter nu brukelig räkning.
    At Auctoren af Knytlinga Sagan, betjent sig af detta gamla räknings-
    sätt, kan och slutas af följande omständigheter: såsom när där säges,
    at Riber-Stiit utrustade ellofwa Tiåb fartyg, och Odense tio Tiåb.
    Om nu tio Tiåb eller tio gånger tio, och ellofwa Tiåb, ellofwa gån-
    ger tio efter hans räkning intet göra hundrade, måste han efter all san-
    nolikhet hafwa räknat tolf Tiåb eller tolf gånger tio i hundrade.

(5) Sagubrott p. 20.

(6) Herauds och Bosse Saga C. 6. p. 23.

(7) Sturlesön, T. I. p. 394.

(8) Taciti wittnesbörd är nog bekant. Icke destomindre förtjenar det at
    anföras, på det åfwen de, som intet läsa de gamla Auctorer, kunna
    sluta, at hwad wåra Sagor berätta om de fordna Swenska Konungar
    och deras magt, intet bör anses som dikt: ty man ser, at en Romersk
    Rikskerre, som warit Landshöfding i Nederländerna, och således nog
    i stånd at skaffa sig kunskap om wåra Nordiska stränder, likwäl för sex-
    ton

ton hundrade år sedan gifwit oß et dylikt begrep om de Swenska. La-
citi ord äro deßa, de Moribus Germanorum: Svionum hinc civitates i-
pso in oceano, præter viros armaque, claßibus valent. Forma navium
eo differt, quod utrinque prora paratam semper appulsui frontem agit,
nec velis miniftrantur, nec remos in ordinem lateribus adjungunt fo-
lorum, ut in quibusdam fluminum, et mutabile, ut res poscit, hinc
vel illinc remigium.

§. 15.

Efter den gifna anledning kan man nog finna, at man i
största haft kunde få en nog talrik krigshär tilhopa. Hwar mo-
gen man, bonde och dräng bewäpnade sig til Rikets förswar, och
sjelfwa qwinfolken luftälde sig esomoftaft i samma affikt. Efter
gifwit tekn på et eller annat sätt, infann sig hwar och en på we-
derbörlig ort, at göra fienden motftånd. Man har wäl ingen
kundskap, om man brukat några särdeles krigsöfningar til at in-
öfwa folket uti wändningar och swängningar, som nu är angelä-
get. Dock lär något dylikt äfwen hafwa warit brukeligt för ung-
domen, emedan man finner af Konung Ingialds Hiftoria, at det
war wanligit, at Prinsarne öfwade sig i Swenalek. Prinsarne
walde sig folk, för hwilka de woro anförare, och gingo emot
hwarandra, på samma sätt, som det plägade ske, när man war
i fält. Detta skedde endaft för ro skuld, men om de unge Her-
rar intet sedt något dylikt förut, skulle de swårligen hafwa fattit
på et sådant tidsfördrif. Men om än henidfningen intet warit så
särdeles ftor, har dock dageliga förfarenheten erfatt, hwad som
kunnat brifta uti exercitierna. Wid Hofwet woro allid twelf Käm-
par eller Berferkar, som alla somrar woro i härnad, ftundom
med mer och ftundom med mindre folk. Konungarne sielfwe,
Jarlar, Herfar och Bönder på egen räkning, woro likaledes alt
ftadigt i rörelse, hwarigenom folket underhölts uti en beftändig öf-
ning. Ej heller bör man föreftälla sig, at folket rufade tilhopa
som förfkräckat, utan all ordning. Wåra gamla minnesmärken gif-
wa oß helt annat begrep. När Hunahären bröt in i Reid-Gotha-
land, kommo de tågandes uti sex särskilta hopar eller fylken, i
hwart fylke woro fem tusend, och i hwart tusend tretton hundra-
de (1). Deßa Fylke likna således i anseende til ftyrkan något när
Re-

Romarnas Legioner, och om desse Hunner woro Heruler, hwarom Deldel-
ning, Lag-
tisförne, torde de wärkeligen hafwa lärdt denna inrätning af Ro-   fipning.
marna. När Olof Haraldson föll på Stiklarstad, war krigsfol-   m. m.
ket så fördelt, at Konungen stälde sig midt uti med sit Märke eller
Baner, på högra handen stulle Dag Ringson stå under sin Fa-
na, och på wänstra handen de Swenste hjelptropparne under sin
Fana. Folket deltes för öfrigt i Sweitar eller större hopar, och
hwar sweit i mindre spilingar, och kan man häraf stuta, at
lucsor warit emellan hoparna. Han gaf ock den befalning, at
så framt man förmärkte, at bondehären wore manstarkare, stul-
le Spilingarne widga sig, at hans här intet måtte blifwa öfwer-
styglad. Til fältteken, Herkuml, hade folket hwita kors på
hjelm och stjölden. Lösen eller härrop, stulle wara, Fram,
Fram Kristmän, Korsmän, Kungsmän (2). Kring Ko-
nungen war sjelfwa stjöldborgen, hwar de starkaste krigs-
män woro upstälde, och i Stjöldborgen ställtes äfwen Ko-
nungens Skalder (3). Bondehären war upstäld på samma sätt
under sit Baner, och tågade så när in til Konungens linier,
at anförarne taltes wid, ej heller stedde anfall på någondera
sidan, förr än teken wardt gifwet genom lurar och härrop. Man
ser således härutaf, och af andra flera flaktordningar, at det
war ingalunda wanligt, at upställa folket i form af en Pyra-
mid. Ej heller får denna gissning någon styrka af Sigurd Rings
flaktordning, då där säges, at han hade Swinfylket löst, ty
det kan liksä wäl betyda, at Armeen war således stäld, at hon
gjorde front på alla sidor. Tacitus har eljest gifwit anledning
til denna mening, då han säger om Tystarna, at de upstälde
sina troppar per cuneos, hwilket lär hafwa en hel annan me-
ning, och lär systa på de sindre flockarnas stälning, uti hwil-
ka de eftersta linierna woro något längre än de främsta. Och
kan man jämföra hwad, som tilsörne är påmint om Konung
Harald Hildetans sätt, at upställa flaktordningar. En kännare
torde likwäl härutaf kunna någorlunda döma, om wåre fordne
försäder warit så okunnige i krigskonsten, som man i almänhet
häller före. De här omtalte baner eller märke, buros merendels
af sanedragare. Men man finner ock, at de ställt på fyra
hjul, hwar utaf de torde förmodeligen hafwa fått sit namn,

E e e   och

Hushål-
ning, Lag-
skipning.
m. m.; och blifwit kallade Ståndare eller Standar, och et sådant Baner finnes afritadt uti Ethelreds Tractat de bello Standardii (4). Sådana böra til äfwentyrs förstås, der man finner berättadt, at märket blef nederhugget, såsom der säges om Konung Eriks och Jorunders märke uti trefningen mot Hake. At deßa fanor warit utmärkte med någon målning eller figur, kan slutas af Danska fanan, som brukades emot Engelländarna, och kallades Rafn, ty i denna, som war af hwit sidentyg, war sydd eller målad en korp, när de foro i krig, men annars brukades en slät hwit fana (5). Hwad för figur warit på Swenska fanor wet man intet.

(1) Hårwarar Saga C. 19. p. 175.

(2) Sturleson T. I. p. 163. 764.

(3) Sturleson, T. I. p. 768.

(4) Ethelreds åberopade Traktat, är tryckt uti Twysden Rer. Ang. Script. T. I. p. 339.

(5) Encomium Emmæ Reginæ hos Duchene Rer. Norman. Scriptores. p. 169. Beskrifning på denna Fanan är sådan: Erat namque eis vexillam miri portenti, quod licet credam posse esse incredibile. Lectori tamen, quia verum est, veræ inseram Lectioni. Enimvero dum esset simplicissimo, candidissimoque intextum serico, nullius figuræ in eo inserta esset imago, tempore belli semper in eo videbatur corvus, ac si intextus, in victoria suorum quasi hians ore, excutiensque alas, instabilis pedibus, et suis devictis quietissimus et toto corpore demissus. På detta sätt blifwer det en trollfana; men om saken hänger så tilhopa, som förut påmint är, kan alt begripas utan något trolleri.

§. 16.

Fästnings-
wärk. Den som påminner sig, at wåra Hedniska förfäder gjordt långwåga resor, både til Engeland, Frankrike och andra orter, måste ock naturligen falla på den tankan, at de haft något begrep om Fästningswärk. Fast man ock kan föreställa sig, at de utan denna förfarenhet kunnat af sig sjelf begripa nyttan ådraf. Om Prinseßan Thorborgs fästning eller Slott på Ulleråker är talt tilförne, och kan man ådraf sluta, at de ingalunda warit aldeles oförfarne i denna konsten. När Olof Haraldson hade gådt in i Mälaren med sin flotta, berättar Sturleson, at Olof Skötko-

nung

nung låtit draga järnkädjor öfwer Stockſund, och at et Kaſtel Huſhål-
war upbygdt öſter om ſundet (1). Hurudant detta Kaſtellet warit ning, Lag-
wet man ej ſå noga, men efter utſeende låt det hafwa warit gjordt ſtipning.
på ſamma ſätt, ſom Thorborgs fäſtning, upbyggdt af ſten, torf m. m.
och trä. Sådana woro äfwen fäſtningarna i Norrige. När Olof
Haraldſon anlade Sarpsborg, gjorde han en wall där omkring
af ſten, jord och trä, och låt utom deß gräfwa et djupt dike eller
graf utom wallen (2). Den borg eller wall, ſom fordom warit
kring ſtaden Lund, har ock efter utſeende warit af ſamma beſkaf-
fenhet. Men grafwar hafwa förmodeligen intet warit, hwarken
wid Lund, Stockſund eller wid Thorborgs ſlott på Ulleråker, utan
det låt hafwa warit en förbättring i fäſtnings bygnaden, ſom Olof
Haralsſon införde i Norden. Förutan andra förſwarswapen bru-
kades ock på ſådana fäſtningar wallſlingor och Kottelbar (3).
Man ſkaffade ſig ock godt förråd af ſten och långa ſtänger. Hwar-
före ock Sigurd Jorſala farare pålade alla näſtgränſande härader,
at hwar mansperſon ſom fylt ſina ellofwa år, ſkulle årligen föra
in til Slottet i Kongahäll fem wapnſtenar, eller ſå många fem
alnars långa ſtörar, hwilka woro ſpetſade i ena ändan (4). Hwad
ſtängerne brukades til, förſtås utan möda, och wallſlungorne ka-
ſtade ſtenar på de beklgrande, då de woro ſtörre än de med hän-
derna kunde wräkas. De omrörda Kottelvar låra intet warit
annat än et ſlags ſprutor eller något dy[ikt, hwarmed ſjudande
watten och beck utöſtes, ty annan ſlags eld omtalas intet, då ſjelf-
wa belägringen af Thorborgs fäſtning beſkrifwes (5). De belä-
grande anföllo ſådana borgar, antingen med ſtormande och upkliſ-
wande på wallen, eller ock budo de til med eld och huggande at
rifwa den neder, och när detta intet lyckades, undergräfwo de
bolwärken, och på det de under grafwandet måtte ſtå någorlunda
ſäkre för de belägrades ſkott, bredkte de ſig med ſtora ſkakar af
trä och wicior. Detta alt förökkes wid Thorborgs fäſtnings in-
tagande, ſom man ſer af det åberopade ſtället af Görriks och Rolfs
Saga. De ſkidgårdar, hwarmed Konungars och andra Herrars
hus woro omgifne, tjente förmodeligen mera til ſtängſel än befäſt-
ning. Deſſe woro ock nog allmänna.

E e 2

(1) Sturleſon T. I. p. 378.

(2)

Hushåll-
ning, Lägs
skipning.
m. m.

   (2) Sturlesön T. I. p. 445.
   (3) Gautrek och Rolfs Saga C. 21. p. 123.
   (4) Sturlesön T. II. p. 283.
   (5) Gautr. och Rolfs Saga C. 23. p. 137.

§. 17.

Sjöslag.
   Det som nu är anfördt, är väl det förnämsta, som kan på
minnas om Nordiska krigsväsendet til Lands. Rytteri brukes
intet wid något hufwudsakeligt förretagande, eller uti något orden-
teligt fältslag, man betjente sig endast af hästar wid hastiga tåg
och rörelser. När man til Sjös skulle hålla någon träfning, gick
hela styrkan och anläggningen ut på entring eller fiendtliga skeppens
bestigande, så at alt ankom på handkrafter. At det ena skeppet
måtte hafwa så mycket bättre undsätning af det andra, bundos far-
tygen gemenligen tilhopa, och hwilka som woro lösa, foro endast
omkring och oroade med skott och stenkastning. Då man hade
förrådt af stockar, wältades äfwen de neder på fienden. Detta alt
märktsdides uti sjöslaget wid Swolder, emellan de förenade Swen-
ska och Danska Flottorna emot Olof Trygwason. När någon af
de stridande intet fann rådeligt, at längre uthärda sina motstån-
dares anfall, afhöggos tågen, som höllo skeppen tilhopa, då man
fick tilfälle at draga sig utur träfningen, så framt fienden med
båtshakar eller stamliar intet hade medel at hindra undanflykten.
Då detta sätt drog sig Swen Jarl utur Näfsta striden ifrån Olof
Haraldson (1). Höfdingarne hade märke eller fana fram för sig
på fartyget, och den fana som Olof Haraldson lät föra eller stir
fram för sig, war hwit med en orm uti. Tekn til slag gafs ge-
nom härblåsning, och fälttekn, som Konung Olof äfwen här ut-
märkte sina män med, war hwita kors på hjelmarna (2).

   (1) Sturlesön T. I. p. 427.
   (2) Sturlesön T. I. p. 424.

§. 18.

Sumde
och
Wapn.
   De gewär, som wåra förfäder betjente sig utaf, ädra i de
äldsta tjderna hafwa warit til en stor del klubber och sten. De
ganw

gamla ſkfwiggar, ſom ånnu finnas, hafwa förmodeligen tjent til
ſådan förnödenhet. Man träffar ock figurerade ſtenar med håf uti,
ſom twifwels utan gjordt tjenſt för ſtridshamrar. Til ſamma
tid höra ock förmodeligen de i jorden, tid efter annan upfundne
kopparwdrjor hänföras, hwilka förwaras dels uti Antiqvitets⸗
Archivum, dels på andra ſtällen. Och gå de, om man intet be⸗
drager ſig, i ålder tilbakars långt öfwer Hiſtoriſka tiden. Når
Nores tåg öfwer Norland beſkrifwes, ſågts, at Lapparne blifwit
fruktde af des glänſande wapn. Man kan ådraf ſluta, at deras
ruſtning warit af ſtål. I Odens tid de Thors hammare ganſka
rykbar, ſåſom en beſonnerlig ſkråck för Jotarna. Den torde ock
hafwa warit en wårkelig ſtålhammare, ſom uti en ſtark hand måt⸗
te warit farlig nog. I ſynnerhet, ſom andra ſtålgewår intet wa⸗
rit ſärdeles almånna. Man kan ſluta detta af Tacitus, ſom be⸗
råttar om de Swenſka, at Konungen låt förwara gewåren under
någon af ſina trälars wård. Man betjente ſig dårföre efter om⸗
ſtåndigheten, ſoſt ån dygjårn brukades, åfwen af ſtenar och klub⸗
bor. Således låt Konung Rolf från Wäſter⸗Gjöthland, då han
årnade ſig i drabning med Grim, ſamla ſtenar i ſartygen, och
uphugga i ſkogen ſtora klubbor (1). Harald Hildetan blef ock
med en klubba dödad i Bråwalla ſlag. Men ſedan wapn af jårn
och ſtål blefwa almånnare, woro de förre allenaſt nödwapn, ſom
brukades i briſt af båttre. Huru ſedermera en wål bewåpnad
ſoldat i hela ſin ruſtning ſåg ut, kan ſlutas af Arnliot Gellina
från Jåmteland, ſom kom til Olof Haraldſon kort för Stiklar⸗
ſtads träfning. Han war förſed med god hjelm, ringbrynja, röd
ſkjöld, godt ſwård, och et långt ſpjut, på hwilket kaſtet war med
guld inlagt (2). Olof Haraldſon war ock någet når bewåpnad
på ſamma ſått, ty han hade en förgyld hjelm, hwit ſkjöld med
kors inlagt af guld, en kåſia eller yx i handen, wid ſidan hade
han et ſkarpt ſwård, på hwilket kaſten war omlindad med guld (3).
Yran har ock warit et af de wanligaſte gewår, hwilken ock långe
blifwit bibehållen, ſå at Swenſka almogen åfwen wid ſlutet af det
femtonde århundrad betjent ſig dåraf. Af det föregående kan man
ock finna, at pil och båga woro likaledes i bruk. Men at man
intet ſatte ſärdeles wårde på ſkjutande wid hufwudſakeliga träfnin⸗
gar, kan ſlutas af Telemarksboarna, ſom infynno ſig wid Brå⸗

Hushål-
ning, Lag-
fkipning.
m. m.
walla flag: ty ehuru wäl de woro ftore bågfkyttar, wille dock alle hafwa dem i efterfta lederna, fom de minft betydande (4). Den fom åftundar mera underrättelfe om de fordna Göthers gewär, kan finna den uti wåra wanliga Antiquitets Crifter. På detta fätte kan denna anwisning wara tilräckelig.

(1) Gautr. och Rolfs Saga C. 29. p. 151.

(2) Sturlefon T. I. p. 778.

(3) Sturlefon T. I. p. 776.

(4) Sagubrott p. 25.

❀ ❀ ❀ ❀ ❀ ❀ ❀ ❀ ❀ ❀ ❀ ❀ ❀ ❀ ❀ ❀

12. Capitlet.
Om
Enfkylta Hushålningen, Åkerbruket, Fifkeri, Handtwärk och Handel.

§. 1.

Enfkylta
Hushål-
ningen.
Wåra förfäders anftalter til Rikets inwärtes och utwärtes förfwar, famt andras ofredande, har man i korthet föreftält. De woro nog förfärliga, ty alla ftränder uti Europa woro utfatte för obehageliga befök af de gamla Norrman. Dat de i famma mån beflitadt fig om Landets upodling, hade ftorkan warit waraktigare. Men en ftadig idoghet har wäl aldrig warit hwarken ibland Nordens fel eller förmåner. Rikedom och wällefnad hafwer dock warit nog få begärlig här fom på andra ftällen: men fom det war wigare at taga fig förnödenhet genom röfwande, än förwärfwa fig den genom idfanhet och arbete, har det förra warit mer uti folkets fmak än det fenare. Så befkrifwer Tacitus Tyfkarna (1), och lära äfwen wåra gamle Swear i famma målning wara affkildrade. Men fom någon flags hushålning uti alla famfund är oumgängelig, få har man ock i Norden warit betänkt på näringsfäng, fom med tiden blifwit förökte. I förfta början lär Jagten warit den hufwudfake-
liga

Jagt.

ligaste delen af Nordiska hushålningen, och tår det efter utseende Fuffolta
härutaf hafwa händt, at en död mans qwarlåtenskap blifwit kul- Hushåll-
ladt arf, efter des hela rikedom bestått uti des båga och pilar. ningen.
Det är bekant åfwen af det föregående, at arf betyder en pil.
På detta sätt lefde de gamle Finnar, och Lapparne nu för tiden
äro intet komne stort längre. Jornandes gifwer annars tilkänna,
at Suetans i Scandien handlade med dyra skinwaror, som ock
ifrån dem fördts i myckenhet til de Romare (2), hwarutaf är ty-
deligt, at den slags jagt warit drifwen med nog alfwar, i synner-
het som de åfwen klädde sig sielf dármed, ty samma Auctor inty-
gar, at de lefde fattigt, men klädde sig prächtigt. Utom denna
hushålls-jagten, har man ock til tidsfördrif mycket roat sig med
jagt, hwartil man redan uti ålrsta tider betjente sig både af hun-
dar och hökar. Där talas fördenskul ofta om Weidibundar i
wåra gamla Sagor. Hök eller Falkjagt brukades i synnerhet af
det förnämare folket. När Rolf Krake besökte sin styffader Ko-
nung Adils i Upsala, kom så wäl han sielf, som hans medfölljare
resandes med hökar på axeln. Om Konung Adils hök talas ock
i Rolf Krakes Saga. Man har ock tilförene talt om Konung
Olof Skötkonungs hök, som på en morgon slog sju orrar. At
Fiskeri åfwen giordt en stor del af gamla hushålningen, förstås af Fiskeri.
sig sielf. Och är wäl Thors mete det älrsta, som omröres i wå-
ra Handlingar (3). Om nät talas i Wolsunga Sagan (4). På
stranden af Halogaland fångades en myckenhet af hwalfiskar, och
giorde man skeppståg af deras skin, men detta angår intet Swerige.

(1) Tacitus de Mor. Germ. Nec arare terram, aut exspectare annum
tam facile persuaseris, quam vocare hostes et vulnere mereri: pigrum
quin immo et iners videtur sudore acquirere, quod possit sanguine parare.
(2) Jornandes de Reb. Get. C. 3.
(3) Edda Dämisaga 42.
(4) Wolsunga Sagan C. 23. p. 37.
(5) Ottars Periplus §. 6. p. 10.

§. 2.

At Pytheas funnit åkerbruk i Thule, är tilförne påmint. Uti Åkerbruk.
Gylfes tid nämnas plogar, ty han skänkte Siland åt Gefion så-
som

Åkerbru- **kets** **Hushåll-** **ningen.** som et godt plogsland. Ibland de andra offerhögsider, som af Oden inrättades, war ock et offer för årswårten. Åkerbruket har sedermera warit, stundom i bättre, stundom i sämre håfd, alt som Öfwerheten warit mer eller mindre mon om Landets upodling. Förmodeligen har man brukat samma slags såd som nu, ty Råg-åkrar omtalas i Wosunga Sagan (1), och Korn såddes af fattigt folk i Wäster-Giöthland i Göthrifs tid (2). Lin såddes i Norrige under Olof Haraldsons regering (3). Och torde detta slags såde wara gammalt nog. De ord, hwarmed Almogen betefnar Lin, Hör nemligen eller To, synes witna om et uråldrigt bruk, åtmin-stone i några Landsorter. Hwarföre man ock finner befalt wid Christendomens införande, at Tionde borde gifwas så af Lin, Hampa, Ärter, Bönor, som af Råg och Hwete (4). Dock lämna deßa gamla Lagars ord intet så tydeliga bewis om deßa fordna tider, emedan man kan intet med säkerhet utmärka, wad denna mening uti dem influtit. Jag måste ock bekjänna, at jag har swårt för at tro, det wåre gamle Swear warit särdeles store åkermän, ehuruwäl Aramus Bremensis gifwer wid handen, at Swerige war ganska rikt på såd och Honung: ager frugibus et melle opimus säger han. Landets godhet i Upland och på flera ställen, har kunnat rikeligen belöna åfwen en slutfwig jordbrukares inöda, som man ock erfarer på många ställen i wår tid. Det blifwer dock oftebart, at de Swenske från urälsriga tider idkadt åkerbruk.

(1) Wolsunga Saga p. 56.

(2) Gautr. och Rolfs Saga p. 11.

(3) Sturleson T. I. p. 813.

(4) 6 Fl. Krist. B. Wsm. L. 14 Fl. RR. B. DSL.

§. 3.

Trägårds **skjötsel.** Men man kan intet med samma wißhet wara öfwertygad, när Trägårds-skjötsel börjat komma til wår Nord. Uti Halfdan Swartes tid i nionde århundrad talas om Gräsgård (1). Men där torde förmodeligen endast wara frågan om en fjöksträgård, hwar til, rofwor, och mera dylikt såddes. Icke destomindre fin-net

net man intet långt efter denna tiden, nemligen uti tionde århund- **Eufrlita**
rad, at äpleträn och fruktträdgårdar warit i Norden (2). Man **Dushål-**
träffar ock förbud i Wåstgötha-Lagen wara gjordt, och straff **ningen.**
utsat på dem, som ofredade Trädgårdar, uti hwilka wäxte äple,
ärter, bönor, käl och lök (3). Där utsättes ock straff på dem,
som höggo willappel i Wåstmannelagen (4). Och kan härutaf
någorlunda slutas, at goda trän warit i landet, emedan det lär
wara ofelbart, at wåra skogsäplen intet äro någon inhemsk frukt,
utan blifwit fortplantade af goda frö eller kärnar, som wid tilfälle
blifwit sådde i skogen, och där genom wanskjötsel förlorade sin
godhet.

(1) Sturleson T. I. p. 69. Annars nämnde ock Gräsgård i Hervarar
Saga C. 13. p. 135.
(2) Thorgrim Prudes Saga C. 3. p. 17. Jfr. Suhms Afhandling
om de Danskes Handel och Seplats. p. 69. Uti Gautreks och Rolfs
Saga C. 12. p. 71. nämnde ock Äplefrä.
(3) 24. Fl. Tiuf. B. Wgl.
(4) 40. Fl. B. B. Wml.

§. 4.

Med Åkerbruk är Boskapsskjötsel nära sammanbunden, och **Boskaps-**
har man från urminnes tider warit försedd med boskap i Norden. **skjötsel.**
Utom hwad Pytheas berättat om Thule, är Odens häst Sleip-
ner, och Thors bockar öfweralt, både i Fabler och Historier om-
talta. Tjurar brukades til offren. Erik och Alrik, Upsala Konun-
gar, woro nog mäne om goda hästar, och Konung Adils tillåg-
ges samma beröm, hwilket alt af det föregående kan inhämtas.
Utom des witnar ock Jornandes, at Swethans och Turingi hade
sköna hästar. Om Swinkreatur är Julgalten et godt bewis,
och om Får och Getter talas ofta i wåra gamla Handlingar.
Annars berättas, at tre hundrade får och sertio oxar förtärdes
dageligen i Rolf Krakes Hof i Ledro (1). Man torde kanske
kunna slå utaf något i antalet, men bruket blifwer icke destomin-
dre oförnekeligit. Ja man har ock haft oxar och hästar längst up
i Norrige, ty Ottar i Halogaland ägde tiugu oxar, tiugu får och
tiugu swinkreatur, utom hästar med hwilka han brukade jorden (2).

410   Swea Rikes Historia.

Höns, gäss och annan hemfogel, idt man haft til större delen då
som nu, och offrades tuppar i Ledro i stället för hökar, hwarom
Biskop Dithmar från Merseburg lämnat witnesbörd. Adamus
Bremensis berättar sördenskul, at Swerige framför andra Län-
der i Norden, war i synnerhet ryktbart för boskaps afwel. Han
säger ock, at så wäl i Swerige som Norrige på diskilliga orter,
därden det förnämsta folket i landet woro herdar, och lefde af sina
händers arbete (3). Man finner ock något uplift hos Saxo, då
han anförer, at Swenska Prinsarne Regnar och Thorald woro
af deras stjufmoder förordnade at wakta Konungens boskap, til des
de änteligen blefwo frälste från denna tunga herdelefnaden, genom
en Dansk Prinsessas tilhjelp (4). At man brukat wallhundar, in-
tygas annars på diskilliga ställen af wåra gamla Lagar (5).

(1) Bodwar Biarkes Saga.
(2) Ottars Periplus §. 6. p. 10.
(3) Adamus Bremensis de Situ Daniæ &c. C. 85. p. 60. Sveonia
    igitur est regio fertilissima, ager frugibus et melle opimus, extra quod
    pecorum foetu omnibus antefertur, opportunitate fluminum sylvarumqve
    magna, ubique peregrinis mercibus omnis regio plena.
(4) Adamus Bremensis p. 63.
(5) 24 Bl. BB. Ögl. 47. C. BB. LL.

§. 5.

Man ser således, at wåre gamle Swear hafwa använbt en
Del af sin tid til åkerbruk och boskaps-skötsel. Andra hufslögder
hafwa ej heller warit aldeles försummade. Den första wagn,
som i wåra orter omtalas, är wäl Asa-Thors, och sedan den tiden
idt wäl deras bruk warit almänt. Man finner ock, at man re-
dan i dessa urgamla tider, för de resandes beqwämlighet, brukat
at täcka wagnarna, och på en sådan tidewad wagn, blef Haldan
Swartes bröd i nionde århundrad förd til honom (1). Hwarken
plogar eller wagnar kunna beqwämligen tilredas utan äggiärn,
hwarföre ock dessa twifwels utan, warit från uråldriga tider be-
kanta. Och berättas i Hawamal, at Asarne uti Idawall anlagt
härdar, gjordt tänger och annan redskap. Om Thuar en rik
bonde i Smålund berättas, at han hade en son benämnd Smider,
    hwil-

hwilken wark så handslög, at han kunnat tilwdrka alt hwad af järn förfärdigas borde (2): Man kan bårutaf någorlunda sluta, at konften warit almän, men delad efter wanligheten emellan sämre och båttre arbetare. Dwärgarne woro dock i synnerhet namnkunnige för wapnesmide. D:ße bodde i bergen (3), hwarföre ock de gamle kallade Echo Dwergmal, efter de inbillade sig, at Dwergarne swarade. De gamle Sagorna tala om många prof på deras fnällhet. Det kan wara nog, at man här allena nämner, det namnkunniga swärdet Tirfing, hwilket Swafurlam Odens fonefon Konungen i Ryßland beställt af twånne Dwergar. Det beskrifwes så skarpt, at det skar sönder både järn och sten (4). Beskrifningen kan tälja aslag, men lämnar likwäl bewis på Dwärgarnas besynnerliga händighet.

(1) Sturlefon, T. I. p. 68. 69.
(2) Herand och Bofes Saga C. 2. p. 4.
(3) Edda Dämif. 13. bår fäget, at Dwergarne bodde i jorden och i stenar.
(4) Herwarar Saga C. 2. p. 37.

§. 6.

Det kan wara troligt, at deße nu omtalte Dwergar äro wåre äldste Bergwärksidkare. Så wida de bodde afskilde ifrån annat folk, och förmodeligen intet drifwit någon widlöftig handel; kan man hafwa anledning at tro, det de sielf tilwårkat sit järn. Myrmalm och annan järnmateria, som i wåra orter nästan öfwerallt ligger up i dagen, har kunnat gifwa dem alt tilfälle, at uröfwa sin konst. Det kan ock wara fannolikt, at Oden med sina Afar warit förfaren i Bergswärksfendet; men något fullutgande bewis kan man intet anföra om wåra Bergswärks ålder. Så mycket är ovedersägeligt, at de äro ganska gamla. Wid år 1177 for Konung Swerre från Norrige igenom Järnberaland, då ännu hedendomen öfwerallt i deßa orter war i full gäng. Om Konung Rodmar i Järnberaland är nämnde tilförne. Konung Olof Haraldson, när han med Swensk undsätning wid år 1030, for til Norrige, fortsatte resan genom Järnberaland. Härutaf kan för-

Fff 2   IHO-

Easkolia
Hushål-
ningen.

medelligen göras det slut, at Bergsbruken då redan warit ganska gamla, emedan et helt Landskap däraf fådt sit namn. Bastovius menar, at de Christne lärt wåra förfäder at drifwa Bergwärk. Denna mening torde wara sann, så wida man intet wil hålla före, at Oden och Asarne redan lagt grunden därtil. Men däraf följer intet, at denna kundskap inkommit i Swerige efter Ansgarii tid, utan de Swenske hafwa kunnat förskaffa sig denna förfarenhet i Engeland, då man ock med skäl kan påstå, at konsten är lärd af de Christna. Om Bergsmans wetenskapen af Munkarna blifwit meddelt åt wåra förfäder, wore at förnioda, at något spår där til skulle finnas uti gamla Munkelegenderna. Icke deslo mindre, om än Bergwärk warit upodlade från urälbriga tider, lär man likwäl intet ännu drifwit någon sådeles utländsk handel därmed: ty wid den händelsen har man swårt för at föreställa sig, det en så märkwärdig omständighet kunnat med tyshet aldeles gås förbi af Adamus Bremensis, som likwäl påtog sig at göra en beskrifning öfwer Swerige (1).

(1) Man bör i synnerhet härwid jämföra Justitie-Rådet Langebecks wackra Tractat om Norrska Bergwärken; här är dään ingen ting i detta ämne utkommit, som härmed kan förliknas.

§. 7.

Guldsme-
der.

Andra
huslög-
der.

Det blifwer således owiswelaktigt, at Smedje-konsten warit ganska gammal i Norden, och har den äfwen sträkt sig til de ädlare metaller. Ty Drotning Sigrid Storråda hade i sit Hof twänne Gullsmeder, som woro så wane wid at hantera gull, at de af blotta wigten kunde finna, at där war fälrd i den stora Ring, som Konung Olof Tryggwason hade skänkt henne til Fästninge gåfwa, så snart de fingo den samma i händerna (1). Man kan härutaf nogsamt finna, at flera oumgängeliga slögder och konster oftelbart måtte warit bekanta, fast de intet äro omtalte i fordna Skrifter. Qwarnar nämnas util Fjoln och Frodes tid (2). Bröbakning war almän, äfwen för sjöfarande uti åttonde århundrad (3). Tjärubränneri omtäres i Gulatingslagen, hwilken af Håkan Haraldson är utgifwen uti tionde århundrad (4). At koka salt har warit wanligt i Norrige ifrån urgamla tider (5).

Om

Om kalk warit bekant, innan de Christna började at bygga sina Enskylta större Kyrkor kan twiflas. Där säges wäl hos Sturlesen, i öf-Hushål- werfädmingen, at Konungarne i Naumdalen gjorde åt sig en hög, ningen. som war upbygd af stenar, kalk och trä. Men i Isländskan står Limi, som och betyder grenar, då meningen kan blifwa den, at högen warit gjord af stenar, grenar och stockar (6). Smör och malt nämnas, som wanliga utskylder, hwilka om Julen borde af-lämnas til Öfwerheten (7), under Swen Knutson i Norrige. Wadmal brukades i Gautes tid i Wäster-Gjöthland (8). Och är al liknelse, at det warit af folket sjelfwa förfärdigat, emedan det brukades af fattigt folk, som bodde långt bort i wilda marken, och hade intet omgänge, och mycket mindre någon handel med an-dra. Qwinfolkens mäst wanliga syslor hafwa förmodeligen warit merendels då som nu, at spinna, sy och twätwa, hwarföre ock ten och slända omtalas uti Hagbard och Signes Historia (9). Om Thora Borgarhjort från Öster-Gjöthland berättas, at hon sjelf sydt en kjortel åt sig, som war stickad med silfwer (10). Qwin-folken idra ock utombeß hafwa förrättat i almänhet alla de syslor, som nu äro Fräddare arbete, emedan man finner, at en Sigurd i Biarmaland lätit förfärdiga sina bröllops-kläder af en sin dä-karinna (11).

Ff f 3

(1) Sturlesen T. I. p. 284.
(2) Edda Dämi Saga 65. Quern Tistande nämnes och i Gervarar Saga C. 17. p. 162.
(3) Ragnar Lodbroks Saga C. 4. p. 7.
(4) Se Et. R. Suhms Afhandling om de D. Handel och Seyigts p. 73.
(5) Frithiof Stäfnes Saga C. 11. p. 36.
(6) Sturlesen T. I. p. 79. Wid är 1186 bygdes stenhus i Lisland, hwartil stenhuggare och kalk, förmodeligen också hämtades från Goth-land. Grubers Orig. Liv. §. 6.
(7) Sturlesen, T. I. p. 817.
(8) Gautr. och Rolfs Saga C. 2. p. 12. Och har man frän urmin-nes tider drifwit handel med Wadmal från Gothland, hwarföre ock Lisländarne frågade Biskop Meinhard wid är 1196, hwad Wadmal kostade på Gothland. Se Arndts gamla Lisländiska Kronik eller Gru-bers Orgines Livoniæ §. 11. p. 12. Arndt gör ock på följande sidan en

Enskilta Hushåll‑ningen.

en artig underrättning om betydelsen af ordet Wadmal. Ordet är urgammalt, och är i almänt bruk hos Almogen, och torde det lan hända wara ren Giska, ty Waate betyder Klädе, se Justenii Lexicon p. 407. Sidsta Anmärksen är förmodeligen intet annat än en wanlig Ändelse, som förekommer öfwer alt i wårt språk, som göromål, wist‑nesomål m. m.

(9) Saxo L. 7. p. 129.

(10) Ragnar Lodbroks Saga C. 5. p. 12.

(11) Herraud och Boses Saga C. 10. p. 46.

§. 8.

Städer.
Af det man nu har anfördt, är tydeligit, at wissa slögder wa‑ rit brukade hos wåra förfäder, äfwen i de älдsta tider, så at man torde kunna slå något utaf det barbari, som dem af somliga tilläg‑ ges; och lär detta blifwa ännu något tydeligare, när man tager i öfwerwägande wåra Swears och Göthers fordna handel. Utan städer kan wäl ingen särdeles handel drifwas, och där de finnas, kan man altid sluta til någon slags handel. Ingen kan twifla,

Sigtuna.
at ju städer warit i Norden från långliga tider. Sigtuna är för‑ modeligen ibland de älдsta, och är hon anlagd af Oden. I bör‑ jan war det endast et offerställe; men orten lär sedermera hafwa tiltagit uti myckenhet af folk, och de därmed förknippade rörelser. Uti Bråwalla slag war en Köpman från Sigtuna äfwen deltagan‑ de (1). Uti nionde åhundrad woro månge och förmögne Köpmän uti Birka eller Sigtuna, som Rimbertus intygar (2). Och när Inbyggarne aflämnadt hundrade mark silfwer i brandskatt til Ko‑ nung Anund, woro de Danske intet nögde med denna summa, emedan de woro försäkrade, at ingen Köpman war i staden, som ju ägde långt mer. Och på denna grund skulle åtminstone hwar Köpman i staden warit ägare af sextton hundrade lod silfwer, hwil‑ ket gifwer et tilräckeligit bewis om borgarnas förmögenhet på en tid, då ännu intet silfwer war i så särdeles öfwerflöd i Europa. Et nytt prof af folkets wälmåga wistes, då Adalbertus uti elofte åhundrad predikade i Sigtuna, ty då fick han i offer wid en Mesa siuttio mark silfwer, som gör åt minstone femhundrade Riks‑ daler Specie (3). Man har med flit på detta stället förenat

Björkö.
Björkö och Sigtuna, som re til äfwentyrs gjordt et samfund, hwar‑

hwarföre ock Rimbertus säger, at Bircenses eller Björköboarne, wid det befruktade anfallet af Konung Anund och de Danska, tagit sin tilflykt til den när intil belägna staden, som ofelbart är Sigtuna. Kan hända, at Björkö warit en köping, eller marknadsplats för Sigtuna boarna, och torde äfwen en del af Sigtuna Köpmän satt sig där neder. Det är oemotsägligt, at Adamus Bremensis talar altid om Birca, såsom en satskilt stad från Sigtuna. Han lägger ock det til, at uti Birca dtess ansenlig handel, och at där war en god hamn, som besöktes af Danska, Normän, Slaver och Semiber, utom andra Scythiska folkslag (4). Således är ganska sannolikt, at Birca eller Björkö warit en betydande ort i dessa tider. At man nu intet finner några lämningar därutaf, bewiser ingen ting. I et skogrikt land utwalde man naturligen det beqwämligaste sätt at bygga, nemligen af trä, och när en sådan ort på et eller annat sätt blifwit ödelagd, kan man intet wänta många öfwerlefwor. De som funnits på Björkö, har Hadorphen omtalt uti Företalet til Björköa Rätten. Om man wiste, hwarutaf Jac. Ziegler tagit sin berättelse, då han anför, at Björkö stad warit fordom så folkrik, at han kunnat utrusta fiorton tusende män, hade man et brydande bewis om stadens storlek; ty då borde där åtminstone hafwa warit femtio tusend inwånare. Huru wida detta kan wara troligt, lämnas til Läsarens egit eftersinnande. Imedlertid kallas Sigtuna en stor stad af Adamus Bremensis (5).

(1) Saxo L. 8. p. 145.
(2) Rimbertus Vita Anagarii C. 16.
(3) Adamus Bremensis de situ Daniæ &c. p. 62. n. 94.
(4) Adamus Br. Hist. Eccl. L. 1. C. 50. p. 15 Här berättas ock, at Björköboarne giordt många förstäkningar uti inloppet til staden, hwarigenom stgeeloden blifwet ganska beswärlig, i synnerhet för dem, som intet kjände wägen.
(5) Adamus Br. de situ D. p. 61.

§. 9.

Den nu omtalte Bremiske Munken nämner ock Telge ibland Swenska städerna, samt Skara, den han ock kallar en stor stad.

För

448   Swea Rikes Historia.

Enskilta Hushåll- ningen. Upsala. Förmodeligen hafwer Skara warit Wåstgötha Jarlarnas säte. At Ragwald Jarl bodde där, kan inhämtas af det föregående. Men Upsala öfwergår bägge deße senare i ålder, ty han är anlagd af Freyer. I början lär det endast warit en Kungsgård, som fådt en ny högaktning genom Afguda Templet. Men en Kungsgård och offerställe, så wida Öfwerheten och Regeringen har där sit wanliga säte, ombytes snart til en stad. Uti Februarii månad hölts här en årlig marknad, som warade en hel wecka, så länge hedendomen war i landet (1). **Liodhus.** Liodhus eller Lödöse nämnes uti tiounde århundrad, och war en wanlig hamn för dem som seglade i Wåsterhafwet (2). Om man kan tro Saxo, war **Kalmar.** Kalmar redan en stad uti Harald Hilderans tid, och en del af Danska Flottan tog hamn här, då han war stadd på resan til Bråwalla slag (3). Sturleson talar ock om Kalmar (4). Flera städer finner man inte nämnda uti wåra gamla Handlingar; icke deßtominder torde både Norrköping, Linköping och flera andra, wara likså gamla, och likså betydande, som de nu upråknade, fast det händt, at ingen af wåra gamla Håfdetecknare dem ihogkommit. Om Skånska städerna är talt tilförene.

(1) Sturleson T. L. p. 477.

(2) Torfeus H. N. T. II. L. 8. p. 36.

(3) Saxo L. 8. p. 145.

(4) Sturlefon T. 1. p. 693. T. II. p. 264 och på detta senare stället kallas Kalmar uttrydeligen en Kiöpstad.

§. 10.

Inländsk handel. Af det som nu är anfördt, kan man nog sluta, at handelen ingalunda warit försummad. Men oaktadt Landet warit skäligen bebodt, har där likwäl warit stora ödemarker på åtskilliga ställen. Men här finner man, at anstalter warit gjorda til de resandes beqwämlighet, som man näppeligen skulle föreställa sig. På sådana obygda trakter woro hus upbygde för de resande, hwar de kunde taga härberge både för sig och sina waror. Sådana byggningar kallades Sålohus. Wißa inkomster woro anslagna til husens underhållande, och woro de resante förbundne, at förse huset med

med,

web, fom de kunde hugga i ffogen för de wägfarande, fom kom- Enffylta
mo efter. Et fådant hus war i willa marken, på wägen emellan Hushål-
Kongahäll, och Wäster - Gjöthland Et dytikt war äfwen ningen.
upbygt på wägen, fom gick öfwer fiällen från Norrigt, in uti
Jämteland [1]. Uti detta fenare war äfwen loft eller kamrat i
andra wåningen, med fpis och andra oumgängeliga nödwändighe-
ter. Något hwar kan fe, at defa hus likna de Österländffa Ca-
ravanfera, men därföre påftår man intet, at wåre förfäder lärt
inrätningen från dem, eller at Österländffa folken fådt den ifrån
of. Således war wäl någon begwämlighet för de refande, men
fäkerheten borde de ffaffa fig fielf, hwarföre man ock, få wida det
kunde pafa fig, refte gierna uti talrikt fällffap, och kommo wif
Kiöpmän tilfamman til det Salo-hus, fom låg i Jämteland, utan at
et få manftarkt följe kunde rädda dem från at blifwa öfwerfalne.
Ty fedan de gjorde fig glada för eldbrafan, blefwo de alla neder-
gjorde utom en, fom Arnliot Gellina, hwilken utaf et tilfälle fam-
ma gång låg på winden, tog up til fig [2]. Almänna farwägen
war ock någorlunda uprödjad, fedan Konung Braut Anunder där
med gjorde en få berydande begynnelfe. Dock lär den intet warit
af de genafte; ty när Adamus Bremenfis ffal beffrifwa refan,
fom i hans tid ledde från Skåne landwägen til Sigtuna, behöf-
des en hel månad därtil, och gick den öfwer Skara därifrån til
Telge, få til Sigtuna [3].

(1) Torfäus H. N. T. II. p. 476.
(2) Sturlefon T. I. p. 659. 660.
(3) Adamus Bremenfis de Situ Daniæ p. 62. n. 94.

§. 11.

Man kan på detta fätt göra fig något begrep om Inrikes Inländff
Handeln, hwilken ock befrämjades genom de årliga marknader, fom Handel.
äfwen i fielfwa hedendomen woro bekante, hwarom ock uti nion-
de §. de påmint. Där talas wäl endaft om Upfala marknad,
men det är troligt, at fådana famlingar äfwen warit på flera ftäl-
len, faft det intet hos de gamla Häfdeteknare finnes omrördt.
Men denna handel, ehuru nyttig han ock är för inwånarnas be-

G g g   qwäm-

Enfolka
Hushål-
ningen.
qwämlighet och wälmåga, gör den likwäl landet i almänhet, hwarken rikare eller fattigare. Den utrikes handelen däremot, då den. är bygd på någon tilförlåtelig grund, är af större bätnad för et land. Och har den warit, åfwen denna tiden, uti mycken gång och drift. Man kan dock undra, huru det war möjligt, at någon utrikes handel kunnat idkas, då alla Haf woro fulla af W.kingar och sjöröfware. Men man har förmodeligen i almänhet inter rätt begrep om Wikingarnas lefnadsart, då man föreställer sig, at de u:an åtskilnad angrepo alla sjöfarande. Ty uti en sådan beskaffenhet, hade all handel warit nästan aldeles omöjlig, i synnerhet, när man drager sig til minnes, at alle, snart sagt, både ringare och förmögnare aflade sina första mandoms prof genom Wikingsfärder. Men saken lär förmodeligen wara den, at W.kingsfärdernas förnämsta systemål war egenteligen, at hindra sjöröfweri, och tjente således mera til handelens befrämjande än förqwäfjande. Många bewis har man härpå uti fordna Sagorna. När Swenske Härhöfwitsmannen Hjalmar, och Orwar Odd slutade sit förbund och fostbrödra-lag, betingades bland andra wilkor åfwen det af Hjalmar, at man under sina Wikings färder ingalunda borde röfwa bönder eller Kjöpmän, dock så, at man kunde taga utaf dem i nödfall, så mycket som til nödtorftigt uppehälle behöfdes [1]. Om Frithjof Fräkne berättas på samma sätt, at han under sina sjötåg anföll inga andra än röfware och illaka Wikingar, men bönder och Kjöpmän lät han fara i frid [2]. Om Jokul och Hwitserk berättas likaledes, at de foro i Wiking, och skaffade sig mycken egendom af Berserkar och annat illgärnings-folk, men Kjöpmän lämnades oanfäktade. Ingemund och Grim gjorde sammaledes, ty de riktade sig endast af röfware, som lågo i försåt för bönder och handlande [3]. Man torde då med all säkerhet kunna påstå, det som redan är anmärkt, at handelen hade mera förmän än skada af Wikingsfärderna. Men detta hindrar intet, at ju någre warit mindre samwetsgranne, och föröldmpat både Kjöpmän och andra. Sådant händer ock i wår tid. Icke destomindre wisar det, som nu är andragit, at det war möjligt at drifwa handel, hwilket ock är ordkneliga exempel bestyrkes.

(1) Torfæus H. N. T. I. L. 6. C. 4. p. 270.
(2) Frithjof Fräknes Saga C. 11. p. 32.
(3) Bartholin. Ant. Dan. p. 458.

§. 12.

§. 12.

Man har redan anmärkt, at alla nästgränsande folkslag dref-   Enskilta
wo handel på Björkö, Pälswärk och Skinwaror hämtades i stor   Hushåll-
                                                              ningen.
myckenhet från Bjarmaland, och drefs denna handel förnämligast Utländsk
af dem, som bodde i Norrige. At man ock ifrån Swerige farit   Handel.
til deßa orter, wisar Heraud och Boses Saga; om Bose och
Hlodwär, hwilka bägge blifwet regerande i Bjarmaland, är talt
tilförne. Uti tionde århundrad nämnes en rik man Aurgils från
Götharike, som anlände från England med mycket Kjöpmansgods
til Kongahäll, hwar han ock på et wißt sätt legde med tre mark
silfwer Skalden Halfred at göra sig följe til Wäster-Gjöthland,
och förde sem hästar det hembrakta godset [1]. Tose Gjöiha
Jarlen Walgauts son, hade länge warit utomlands och drifwit
handel, då han ock blifwit Christen [2]. Denne Tose war af
ganska förnäm slägt från Wäster-Gjöthland [3]; hwilket wisar,
at man ännu intet fallit på den däraktiga wrån, at köpenskap
och handel wanhelgar Adelskapet. Man kan på detta sättet nog-
samt finna sannolikheten af Bremiska Munkens utlåtelse, då han
säger om Swerige, at hela landet war fult af utländska waror.
Och sträkte det sig så wäl til nödwändighets, som öfwerflöds
gods. Sill och Salt hämtades från Norrige [4]. Ifrån Skå-
ne utskeppades Spannemål och mera dylikt, och war det sarmg,
som en Thorolf borttröfwat från Harald Harfager, då det kom
från Skanör, lastat med malt, hwete, win och honung m. m. [5].
Urom des besökte Skånska marknaderna af en myckenhet sarmg
från alla kanter. Om Julin i Pomern witnar Adamus Bremen-
sis, at alla Nordiska folkslag drefwo där handel. At wäre för-
sädes warit mycket bekante i Dorstadt i Nederländerna, intygar
R:mbertus. Konung Rolf Gautlefs son från Wäster-Gjöthland
uppehöll sig länge i Irland, härom är nämndt tilförne. Til Holm-
gården eller Ryßland församlades mycket folk; til at handla Gre-
kiska och andra Österländska waror, som där uti öfwerflöd köpte-
trades. Och här war det, som wådnde utskickade från Konung
Erik Emundson i Upsala, Björn Bläsida, och Salgard Serk råka-
de i en häftig twist med Hök Habrok från Norrige, angående en
med gull inwäfd kåpa eller mantel, som Habrok kjöpt til Konung

Ggg2   Ha-

Enskilta Husbål-ningen. Harald Harfager. Ty de Swenske påstodo, at som deras Ko-nung war förmer än Konungen i Norrige, så borde ock en så präktig klädning honom allena tilkomma [6]. Som påståendet war nästan löjligt, så blef ock wärkan däraf ingen annan, än at de råkade i slagsmål, hwilket likwäl intet gjorde någon förändring i handelen. Hök Habroks tänkesätt wid detta tilfälle, förtjenar at ihogkommas, ty då Salgard Serk utmante honom til enwige om Konungarnas wärdighet, swarade Hök, at det war intet an-ståndigt, at låta sin Konungs Höghet ankomma på en underså-tares större eller mindre lycka i enwige.

(1) Torfäus H. N. T. II. L. 10. C. 2. p. 476.
(2) Torfäus H. N. T. III. L. 3. C. 3. pp. p. 174.
(3) Sturlefon T. I. p. 690.
(4) Sturlefon T. I. p. 446.
(5) Torfäus H. N. T. II. p. 36.
(6) Torfäus H. N. T. II L. 1. p. 68.

§. 13.

Resor til Con-stantino-pel De Swenskas resor til Mycklagård eller Constantinopel äro ock ganska gamla. Så mycket man wet, äro de Swenske de för-ste, som gjordt Ryßarnas namn bekant i Constantinopel. Ty wid år 839 äro några Swear ditkomne, hwilka berättade, at Ryßarne woro et eget folkslag, som hade sin egen Chacan eller Kung, och så widare [1]. De blefwo ansedde som spioner, och kan wäl hända, at de woro så. Men sedermera komme wåre Nordmän uti större och bättre anseende, ty de gjorde största delen af Kejsarens Lifwakt, som kallades Barangi eller Wäringar. Grekerne sjelfwe gifwa wid handen, at Barangi woro från Thu-le [2], hwilket namn egenteligen alt ifrån Procopii tid utmärkte wår Scandiska halfö, Swerige och Norrige. Brist på inhemska minnesmärken är ordfaken, at man intet kan anföra många exem-pel af deßa resor. Dock kunna några efterdömen gifwa anledning til säkra slut. Eilif, hufwudman för Tingmännerna i England, Thorkil Sprakeligs son, for til Constantinopel efter Konung Swen Ottos död, och blef där Wäringarnas anförare [3]. Här om

de

är talt tilförne. Waldemar en af Yngwar Wildförks medföl-   **Enskylta**
jare kom med et fartyg til Myklagård efter Ingwars död wid   **Hushåll-**
år 1042 [4]. När Konung Olof Haraldson blef slagen på   **ningen.**
Stiklarstad, fick en Swensk man hans swärd Knut, och war
det sedermera alt utföre uti samma slåkt, til des det kjöptes
från des ägare, som war ibland Wäringarna, och blef up-
hängt i S:t Olofs Kyrka i Constantinopel [5]. Under Keisar
Alexius Commenus war Thor Helsing anförare för Wäringar-
na [6]. K. Harald Hårdråde i Norrige, som efter Stiklarstads
träffning tog sin tilflykt til Swerige, for ock sedan til Constan-
tinopel, och war långe ibland Wäringarna. Desa resor woro
ganska indräktiga, och långt afskilda från wåra tiders wandrin-
gar, ty de förra skaffade penningar i Landet, då desse senare ge-
menligen draga dem ut. Constantinopel war både det präkti-
gaste och rikaste Hof, som den tiden war bekant. Och Wärin-
garne woro ganska wäl lönte, så at de hemkommande Herrar
förde ansenlig egendom med sig tilbakars. En besynnerlig förmån
hade ock Wäringarne, når någon Keisare dödde, ty då tilkom
dem den aflednä Herrens klädekammar, eller Garderobe, at de
kunde tildägna sig alt hwad der fans, hwarutaf de gjorde sig an-
senlig winst [7]. Detta kallades af Wäringarna Polutaswarf,
eller klädkammare omgången [8]. Och war detta förnämligast
orsaken til den stora myckenhet af guld, silfwer, penningar och
andra dyrbara saker, som nyämnde Harald hade fördt med sig
från Grekeland, ty han hade warit tre gångor uti en sådan Po-
lutaswarf. Och ehuruwäl desa resor skiedde mera för krigstjenst
än för handel, kan man likwäl wara säker, at utaf et folkslag,
som wiste så mycken benägenhet för kjöpenskap, äfwen mycken
handel blifwit tillika idkad.

(1) Annales Bertiniani hos Duchene Rerum Francicarum Scriptores
    T. III. p. 195.

(2) Prinsesan Anna Commena uti sin Alexias L. 2. p. 53. uti Corpus
    Historiæ Byzantinæ, Venetianska uplaget, säger uttryckeligen, at Va-
    rangi woro ifrån Thule. Cinnamus, som skrifwit sin Historia efter
    Keisar Manuels död, år 1181, säger, at Barangi woro et Britan-
    niskt folk. Men man har mer orsak at tro Prinsesan Anna, som
    säg

Enskilta Hushåll- ningen.

såg bega Wäringar hwar dag wid Hofwet. Jcke behöminbre nekas intet, at ju både Engelsmän och Danska warit blandade med Thulebo- arne. Man kan annars jämföra Domprobstens O. Celsii undersök- ning om dem, som på Runstenarna omtalas, at hafwa rest til Grekeland eller Girkia, uti AＱ. Lit. Svec. 1728 p. 478. Och förekomma scherwera på samma ställe p. 452 åtskilliga Runritningar, uti hwilka nämnas många af dem, som farit til Grekeland. Och kan man äfwen därutaf sluta, at deras antal måtte hafwa warit nog stort, när man kan nödigt at stadga, at den som satt sig neder i Grekeland, intet fick ärfwa här hemma i Landet. Jngsins mans arf taker then man i Girklandi sitter 12 Kl. 2. §. Arf. B. Wgl. År 1729 fans wid Gjårsnäs i Skåne en kruka med 200 Lod silfwer uti, och ibland dem äfwen en Grekisk silfwerpenning, med åtskilliga ringar omkring, som warit buren på armen, och torde äfwen detta bewisa, at fynder warit nedsatt af en Wäring, eller någon dels efterkommande. Omskriften är mycket otydelig, men myntet är wäl af Kejsar Alexins. Penningen funnes i Lundska Academiens Mynt-Cabinet, och de skänkt dit af Landshöfding Lindenstedt.

(3) Torfäus H. N. T. III. p. 15.

(4) Jngwar Widförles Saga C. 8. p. 32.

(5) Sturleson T. II. p. 394.

(6) Sturleson T. II. p. 397.

(7) Sturleson T. II. p. 73.

(8) Den förklaring, som här är gifwen på Polutaswarf, förtjenar til äfwentyrs någon underrätning. Sjelfwa saken synes ofelbar, nemligen, at den döda Kejsarens klädekamare, med hwad däruti fanns, tilhörde Wäringarna. Men at all den döda Kejsarens egendom, eller ock sjelf- wa Skatkamaren, skulle gå på detta sätt til skjöftings, strider emot all sannolikhet. Sjelfwa ordet är icke bestämdre lika otydeligt. Til äf- wentyrs borde ordet skrifwas Polutao eller Palatio warf, och då blif- wer meningen den, som i sjelfwa §. är utsatt, och ordet blifwer en bru- ken blandning af Ryska och Swenska. Warf betyder omgång, och är almänt bekant, plati på Ryska lär wara en klädning.

§. 14.

Sjöresor.

På detta sätt hafwa wäl intet många orter warit obesökta, hwar någon winning war at hämta, det kom på et ut, antingen det war til Sjös eller Lands. Wåra förfäders dristiga tiltagsen- het gjorde, at de intet hade betänkande at inställa sig hos de wil- dajte folkslagen, och sjöresor woro de wane wid från barndomen.

De

De som inbilla sig, at de gamle intet wågade sig ut från stran- **Enfolta**
derna, efter Compaßer woro ånnu intet i bruk, åro intet under- **Hushål-**
rättade om wåra Nordiska sjöfarter. Norrmånnernas resor til **ningen.**
Island, Grönland och America, som de kallade Winland, beta-
ga alt twifwelsmål härutinnan. En Swensk man Gardar Swod- **Til**
wars son år den förste, som seglat kring Island, och sunnit, at **Island.**
det war en Ö. Landet blef ock någon tid af honom kallat Gar-
darsholm [1]. De sjöfarande woro angelägne om at sinna land,
men huru stort och widsträkt hafwet war, bekymrade dem intet.
Hwarföre ock Floke från Rogaland eller Stawanger i Norrige,
då han gaf sig på wågen til Gardarsholm, som af honom seder-
mera blef kallat Island, tog trenne korpar med sig til ledsagare.
Sedan han seglat någon tid i wilda sjöen, utsläptes den ena kor-
pen, men han tog wågen tilbakars. Den andra korpen wånde
om til fartyget igen. Men den tredje, sedan han blef lånmad i
frihet, flög rätt fram, och wiste Floke på detta sättet genaste wå-
gen til Island [2]. Detta Land blef uptäkt wid år 860. Och
här ifrån fick Grönland sina Norrlåndska inbyggare wid år 980 [3].
Lusten at uptäcka obekanta Lånder, drog Normånnerna ån wida-
re ut i wilda hafwet, sedan de bebygt Island och Grönland. An- **Grön-**
ledningen här til gaf Björn Herjulsson, hwilken, då han årnade **land.**
sig til sin fader som bodde på Grönland, blef af Nordanwåder
drifwen til et slätt och skogrikt Land. Men han bekymrade sig
intet om sin nya upfinning, utan kom åndteligen efter en beswår-
lig resa til sin fader. Efter hans död försogade sig Björn til
Erik Jarl Håkanson i Norrige. När hans resa blef här kunnig,
fick Leif Erikson lust at upsöka detta nya Landet. Han gifwer sig
dårföre-til sjös med sem och trettio mån, kommer först til et ber-
gigt, och med snö öfwerhöljt Land, dår intet gräs war at se.
Dår ifrån seglar han långer til et slätt och skogwuxit Land. Det-
ta kallade Leif Markland. Med Nordost wind öfwergisswas åfwen
deßa strander, och Leif anlånde efter twå dagar til en Ö, som
låg norr om fasta landet. Här for han widare wåster in åt et
sund, och dår strandade fartyget på grund af Ebben, då han
låt warpa sig in til fasta landet, bygde sig dår hus, och blef dår
öfwer winteren. Ingen fråst kjåndes här, och gråset rådnade al-
lenast något litet öfwer winteren. Dagarne woro ock här mera
jåmn-

Upptäckte Hushåll-ningen. Winland eller America.

jämnlånga än på Island, och solen war uppe både wid frukost och medastons tid om kortaste dagen. Win och hwete wåxte här wildt, och här utaf kallade han Landet Winland. Man kan häraf nogsamt sluta, at Leif warit långt nog neder mot söder i Amerika. Med Landets inbyggare, som Norrmännerne kallade Skrälingar, drefwo sedermera desse Grönlandsfarare handel, och hade egen nederlagsplats, där Leif Erikson upbygt sina bodar. En upkommen oenighet emellan Norrmännerna sielfwa, och andra til äfwentyrs oß obekanta ordsaker gjorde, at deßa resor ändteligen afstadnade aldeles [4]. Men ryktet om deßa nya Länder war icke destominder widå kringspridt, så at det äfwen kommit til Bremen [5]. Det kan ock wara troligt, at flere Norrmän, än de som omtalas af de gamla Håfdetecknare, begifwit sig hit, och at folkslaget Esquimaux, på Terre Neuve, äro efterkommande af de fordna Norrmän [6].

(1) Torfäus H. N. T. II. L. 2. C. 2. p. 96.
(2) Torfäus T. II. L. 2. p. 99.
(3) Are Frode C. 6. p. 32.
(4) Om Winlands upfinnande kan låsas Sturleson, Olof Tryggwasons Saga C. 104 följ. och Torfäus de Vinlandia antiqua; och gör sig denna senare Auctor mycket beswär at bewisa, det Leif war kommen til et Land, hwar solen gick up antingen klockan åtta eller klockan nio. Peringskölds öfwersättning går äfwen något när ut på det samma. Men om man rätt öfwerwägar gamla Författarens ord, kan ingen annan mening inhåmtas, än den, som är anförd. Orden äro först deßa: meira war thar jafndagri enn a Gränlandi edur Islandi. Ofwersättningen däraf bör ej blifwa annan än denna: Jämndager war där inte ra än på Grönland eller Island, och betyder, at dagarne intet wore där så olika i längden, som de wore på Grönland eller Island. Något bras wet förut, at alt som man kommer närmare til dagjämningslinien, blifwa dagarne alt mer och mer lika långa, så at under sielfwa linien äro alla dagar lika. Den andra mening som brygt uttolkaren, är i gamla språket denna: Sol hafdi thar eiktarstad oc dagmala stad um skammdagi, som är ej annat, än at solen hade eiktarställe och dagmala ställe om kortaste dagen. Dagmal betyder frukost, och Eikt swarar däremot om eftermiddagen, då meningen aldrig kan blifwa annorlunda, än at solen war uppe både om frukost och medastond tid om kortaste dagen. Och kunde denna anmärkning wara engelägen för en Grönländare, fast en annan förmodeligen intet gjordt denna påminnelse. Ostridigt är, at här intet talas hwarken om solens up- eller nedergång.

(5)

(x) Hos Adamus Bremensis förekommer detta märkeliga witnesbörd, de situ Daniæ p. 65. n. 105. Præterea unam adhuc insulam recimuit a multis repertam, in illo oceano, quæ dicitur Vinland, eo quod ibi vites sponte nascuntur, vinum optimum ferentes. Nam et fruges ibi non seminatæ abundare, non fabulosa opinione, sed certa Danorum comperimus relatione. 〔Enstaka Hushållningar.〕

(6) Jämför Mallets Introduction à l'Histoire de Dannemarc L. 4. p. 174. f.

§. 15.

De uti förra §. omtalta Länder, äro mer besökte af Nordmän, än af Swear och Göther; men man har handlat så mycket starkare på andra orter. Folkets förmögenhet intogar, at man drifwet denna handel med mycken förmån för det almänna. Och Adamus Bremensis witnar, at de Swenske fattades ingen slags rikedom, och at de aktade guld, silfwer, hästar, och rara pälswärk som ingen ting (1). De Danske och Norske woro ock i anseende til de Swenska fattige, efter samma Auctors intygande (2). Om detta har sin riktighet, måste landet åtminstone hafwa skaffat så många waror til utskipning, som kunnat något när swara emot de inkommande. Det är troligt, at de här omtalte hästar och pälswärk warit en betydande grund, hwarpå handelen hwälfst denna tiden. Så angelägen och begärlig handelswara, som timber och wirke är i wåra tider, så kan man dock twifla, om den haft så god afsättning i detta tidehwarf, emedan Europa war ännu fult af skogar öfwer alt. Wore man wiß, at wåra Bergwärk warit drefna med eftertryck, hade man där en otwifwelaktig kjälla til handelens blommande tilstånd. Silvester Giraldus witnar om Norrmännernas och Ostmännernas handel på Irland, och ser det ut, som de äfwen aflåtit gewär til detta Landets inbyggare, hwilken handel utan all twifwel warit ganska förbelaktig (3). Och då har man någon anledning at tro, det Järnbruken utan twifwel warit i gång i det nionde århundrad. Utom deß får fruktbarheten af landet warit tilräckelig för antalet af des inbyggare. Dock wåre Nordiska handel får förmodeligen altid kunna bära sig, så länge de waror, som äro umgängelige för wårt lifs uppehälle, kunna skaffas i landet, och intet behöfwa kjöpas utifrån. Ofwersedd war

〔Utgående waror.〕

Hhh

Enskilta
Hushål-
singen.
war wål inkommen, men den har förmodeligen intet warit så almån,
som den blifwit i senare tider. Underwigten i handelen torde eck
understundom wara botad genom Wikingsfärder och sjöröfweri,
hwilket fång år ganska indrågtigt, så långe man får idka det i frid.
Jag måste dock tilstå, som förr år sagt, at denna psed intet kun-
nat wara almån, emedan Köpmån, och alt hwad handel heter,
då nödwåndigt bort förswinna.

(1) Når Adamus de Situ Daniæ p. 6q. talar om de Swenska, yttrar
han sig sålunda: Nullis itaque gere dicas Sveones opibus, excepta
quam nos diligimus et adoramus superbia. Omnia enim instrumenta
vanæ gloriæ, hoc est, aurum, argentum, sonipedes regios, pelles ca-
storum et marturum, quæ nos admiratione sui dementes faciunt, illi
pro nihilo ducunt.

(2) Adamus Br. de Situ D. p. 63. har följande utlåtelse om Normla-
serna och de Danska: Sine invidia cum proximis habitant Sveonibus,
quamvis a Danis æque pauperibus non impune tentantur aliquando.
Itaque rei familiaris inopia coacti totum mundum circumeunt.

(3) Med läsarens goda tillstånd får man ock införa det witnesbörd, som
denna Engelska Auctor Sylvester Giraldus af det tolfte århundrad
låmnat hårom utl des Topographia Hiberniæ Dist. 3. C. 10, hwar
han talar om Irlåndarnas gewär och wåpn. Securibus quoque amplis
utuntur, såger han, fabrili diligentia optime Chelybatis, quas a Nor-
vegiensibus et Ostmannis, de quibus post dicetur, sunt mutuati. Se
Cambdens Anglia. Frf. 1603 p. 7,8.

§. 16.

Gull och til
Silfwer.
Det synes således ganska naturligt, at fordna handelen skjedt
til större delen genom byte af wara mot wara, och hwad som
braft, år twifwelsutan upfylt genom gull och silfwer, som ock i
det hånseende bör råknas för wara. Utl Antiquitets Archivo fin-
nas många af jorden uptagna gullringar, på hwilka åtskilliga
smårre och oformliga gullringar hänga. At desa warit brukade i
handel synes tydeligt af det intygande, som Turkiska Ministren
wid Swenska Hofwet Mechmet Effendi låmnade til Kongl. Secre-
teraren Helin 1733, då han wiste honom Archivets rariteter.
Ty han försåkrade, at de Arabiske Köpmån ån i dag båra sådan-
na ringar på armen, och anwånda dem efter omståndigheterna til
sina kjöp eller byten. Och idra sådana ringar hafwa warit al-
månna nog, emedan man finner åtskilliga utl Archivo, af 70,
100,

100, 200, och flera Ducaters wigt. Och når Gullstycken kun- *Enskilta-* nat finnas hos fattiga torpare, som man ser af Gautrek och Rolfs *Hushäll-* Saga (1), kan ådraf tagas anledning at tro, det waran wa- *ningen.* rit gångbar, och kan hända i öfwerflöd på sit sätt. Samma på- följd lär ock kunna dragas från et Danskt bruk, efter hwilket all jord war wärderad och skatlagd i gull. Penningar hafwa ock wa- rit anwända til samma behof, och är deras början i Norden både *Pennin-* owiß och gammal. Odens kopskatt och kopparpenningar, som om- *gar.* talas af Sturleson i Freyers Historia synes witna det et urgam- malt bruk. Men detta oaktat, lär man ännu intet kunna upwisa några Swenska mynt, som med säkerhet kunna sägas wara äldre än Olof Skötkonung. Man wågar likwäl intet at därför påstå, at inga warit slagna förr. Ostridigt är, at wåre gamle Norrmän haft penningar, ty om Frithiof Fräkne berättas, at han haft en pung full med penningar (2), och skänkte Harald Hårdråde wid et tilfälle en med silfwer beslagen kanna, full af silfwerpenningar. De gamlas resor och handel til de orter, hwar penningar warit länge i bruk, wisar nogsamt, at de kunnat förskaffa sig sådana saker, hwilkas nytta uti handelens idkande war ganska wig och beqwämlig. Och är således intet otroligt, at äfwen någre af wå- ra Nordiska Konungar kunnat falla på den tankan, at låta mynta penningar. Men en Historieskrifware bör mera sysselsätta sig med det, som är skedt, än med det som kunnat ske, hwarföre man ock å sidosätter alla widare gissningar i detta mål. Kan hända någon omständighet torde framdeles yppa sig, som kunde fullttyga, at det är för hastigt, at förkasta som falska alla de mynt, som kunna höra til äldre tider än Christendomens stadgade begynnelse i Norden. Det wore imedlertid önskeligt, at den, som til äfwen- tyrs kommer öfwer något gammalt och owanligt fynd, wille noga uptekna tid, tilfälle och omständigheter af upfinningen, på det han må kunna öfwertyga både sig sielf och andra, det intet bedrägeri warit därunder.

(1) Gautr. och Rolfs Saga C. 2. p. 11. Den, som annars åstundar en omständeligare underrättelse om de Gullringar, som finnas i Anti- qvitets Archivo, behagas läsa Assessor E. J. Björners afhandling därom, eller Nordiska Hjeltetryckned m. m.
(2) Frithiof Fräknes Saga C. 11. p. 36.
(3) Sturleson T. II. p. 84.

Lefnads-
sättet.

13. Capitlet.

Om

De Gamlas Lefnadssätt, Bygningar, Husgeråd, Kläder, Gästebud, Giftermål och Begrafningar.

§. 1.

Omgänge. Resor, omgänge med. främmande, och den därmed förknippade förfarenhet, samt en anständig wälefnad hafwa gemenligen den wärkan, at folkets begrep utwidgas, och willheten af klädes aldeles. Man lämnar då til Läsarens egen eftertanka, om wåra förfäder böra anses. för så grofwe och ohöfsade, såsom en del det föreställer sig. Åtminstone har en gammal Auctor wid 875 gjordt den beskrifning på Norrmännerna, at de woro sällsinte, ostadige, sällan nögde at blifwa innom sina gränsor, men där emot höflige och behagelige (1). Och synes det, som man på denna målning kan igenkjänna äfwen wåra nu warande Landsmän. Sagurna beskrifwer samma Auctor såsom ostadiga, willa och grymma. Samma anmärkning kan man göra af Tacitus, som beskrifwer Tyskarna i almänhet nästan som wildmän, de där lefde i en smutsig fattigdom, men när han kommer til Norden, afindlar han de gamla Swear, som et folk, hwilket satte wärde på egendom, och war mäktigt både til Sjös och Lands. Man kan fördenskul intet altid sluta med säkerhet från Tyskland til Swerige. At wi sedermera måste låna både wett och smak, sådant som det war, från Tyskland, flyter af andra omständigheter. När Adamus Bremensis beskrifwer de Swenskas wänliga upförande, säger han, at alla Nordiska folkslagen, men i synnerhet de Swenska, hyste en ogemen wälwilja emot främmande, så at det ansågs nästan för äreföst, at neka herberge åt en resande. Hwarföre de ock bewiste en sådan en uptänkelig wälwilja och all möjlig wänskaps berynelse, ja man anmälte äfwen honom wid bortresan til samma wälfägnad hos sina wänner (2). Om sådant alt är prof på barbari, de bet at önska, det sådant barbari aldrig måtte bliswa utrotat. I almänhet kan man wäl intet begjära stort mer af en mennifka, än höflighet, wärkelig tjenst, och wälgärningar. Man begriper likwäl utan mö-

möda, at intet alle Landets inbyggare woro så sinnade. Och träf‐   *Lefnads‐*
fade Audgils och Skalden Halfred solk, som bemötte dem med   *sättet.*
mord och försåt, hwarom man kan läsa Torsäus (3). Sådant
hör til menniskligheten, och ingen större menighet lär hitintil wara
funnen, uti hwilken gode och onde intet warit sammanblandade.

(1) Albericus Monachus Trium Fontium uti des Chronicon wid år 875.
    p. 203. Est enim (prædicta gens Normannorum) levissima et instabilis,
    nec propriis contenta terminis, gratiosa tamen quocunque venerit et affa‐
    bilis, hæc ut dixi occidentale Regnum, sicut Saxones, qui et ipsi in‐
    stabiles sed feroces sunt, orientale semper infestant.

(2) Adamus Br. de S. D. p. 60. Quamvis omnes hyperborei hospitali‐
    tate sint insignes, præcipui sunt nostri Sveones, quibus est omni probro
    gravius, hospitium negare transeuntibus ita ut certamen habeant inter
    se, quis dignus sit hospitem recipere. Cui omnia exhibent humanitatis
    jura, quot illic commorari voluerit diebus, ad amicos suos illum certatim
    per singulas dirigit mansiones. Hæc illi bona in moribus habent.

(3) Torsäus H. N. T. II. L. 10. C. 2. p. 476.

§. 2.

De, som bodde nät in til de orter, hwaräst Öfwerhetens per‐   *§no.*
soner, och annat förnämt folk hade sina säten, och de som bodde
i negden af någon stad, woro gemenligen höfligare och muntrare.
De äter, som lefde för sig sjelfwa från andra menniskors omgäng‐
ge liksom afstängde, woro naturligen något mindre uphöffade.
Desse senare, som uppehöllo sig uti willmarken, bodde antingen uti
tjäll, eller jordkulor, som woro oformligt upstaplade af stockar och
stenar. Sådana hus kallades Skala, och bodde en Elgfrode uti
en dylik koja, hwar han födde sig med röfwande på wågfarande (1).
Denne Elgfrode war likwäl af förnäm slägt från Norrige, och
broder til Thore Hundsot, som för sin storlek blef wald til Ko‐
nung på något ställe i Götha Rike. Kol Kräppe wid Götha Älf
bodde i tjäll (2) m. m. Men så litet man nu kan säga, at de
Swenske bo uti Backstugor, efter fattigt folk här understundom
hafwa sådana hemwist, så litet kan man säga om wåra gamla
förfäder, at de bodde i tält och jordkulor. Twärt om, man bru‐
kade redan uti Fjolners tid höga hus med twå wåningar. Och
sådant war Frodes hus i Dannemark, där uti han undfägnade
           Hh h 3   sin

Lefnads-
sättet.
fin Grann-Konung (3). Uti nedra wåningen war kök och andra tilred-
nings-rum, men giästerne bodde i den öfra. I almänhet bodde de för-
nämare uti ganska stora och widlyftiga hus; ty om Thor berättas,
at han bodde uti et hus, hwaruti woro några hundrade afdelta
rum (4). Detta är ßriswit i Edda, och kan således tåla något afslag.
Men som man wet, at de store Herrar hölto en ganska stor och wid-
lyftig betjening, måste nödwändigt husen swara därmot. Hwar-
före ock Sturleson kallar Thorgny Lagmans hus en stor och präk-
tig by (5). Men denna prakt lider et ganska stort afslag, när
man påminner sig, at på husen woro hwarken förstenar eller
fönster. Spisen, äfwen uti Konungarnas Hof, war midt på golf-
wet, längs åt salen, och bänkar woro på bägge sidor, hwar
giästerna sutto (6). I taket hafwer förmodeligen warit någon glugg
eller windöga, hwarigenom röken gådt ut, på samma sätt, som
det ßiedt, uti de för kort tid sedan brukade rökstufwor. Sam-
ma slut kan inhämtas af den anmärkning, som Sturleson giordt
om Sjökonungarna, at de drucko aldrig under sotad ås (7).
Detta war utan twifwel ganska ohyggeligt. Men man war
intet försedd medd större beqwämlighet uti Italien och Frankrike,
äfwen i det trettonde århundrade, utan man rökte där sina wån-
ner, lika så wäl som här. Så sällsynte, som förstenar woro
denna tiden, så rara woro ock glasfönster; och lär man intet
hafwa haft begrep härom i långliga tider. Uti Italien betiente
man sig af genomskinande stenar, hos det förnämare folket,
som man kallade Lapides speculares, men ringare folk bru-
kade hinnor och skum. Och som glasmästare intet warit at til-
gå uti Engeland, förr än uti det ottonde århundrad, lär denna
konsten långt senare kommit til Norden. En glugg eller wind-
öga har förmodeligen warit det enda, som gifwet lius i rum-
men, och lära windögorne warit täkta med en genomskienlig hin-
na, som bönderne bruka på somliga ställen ännu. Fönster- näm-
nas wäl i Frithiof Fräknes Saga i öfwersätningen (8), men
Liora, som står i Isländskan, lär likwäl intet betyda annat än
en glugg. Samma ord brukas ock wid beskrifningen af Koning
Harald Hårdrådes hus, då där talas om Einar Tambaskielfwers
mord, och lär äfwen här böra förstås en sådan glugg, som wa-
rit tillika försedd med träslucka (9). Och som där intet nämnes
mer

mer än en sådan lucka på sielfwa Koningens rådsal, lär där wa= refuabd=
rit nog brist på dager i andra hus. Den fattigdom på lius, som sådet.
war om dagen inne i husen, lär ej heller warit bättre botad om
aftnorna, utan spisen har gjordt största tjensten. Hwarföre där
ock säges i Hawamal (10), at man skulle dricka öl wid elden,
hwilket likwäl i andra omständigheter kunnat skje beqwämligare på
andra ställen. Och som Lius intet woro uti almänt bruk uti I=
talien uti 13 århundrad, utan man brukte stickor at lysa sig med,
äfwen i de hederligare borgarehusen (11), lär man förmodeligen en
lång tid intet warit bättre betjent i Norden. Icke destomindre
hafwa waxlius, kerti, warit almänna nog i ellofte århundrad, e=
medan Lagman Thores trälar i Jämtesland, under Anund Jacobs
regering, gåfwo et stort kerti til den fångne Thorodder, under det
han roade dem om Julen med Skaldqwäden (12). Man finner
ock, at lius brunno om nätterna uti Olof Haraldsons Hof (13).
Där talas ock om Skridlios eller Lyktor, dock torde det gamla
ordet snarare betyda stickor än lykta. Ehuru det må wara, wisa
dock de åberopade witnesbörd, at man här i Norden redan be=
tjent sig af lius i det ellofte århundrad.

(1) Rolf Krakes Saga C. 28. p. 64.
(2) Sturlaugers Saga p. 22.
(3) Sturleson T. L p. 14.
(4) Edda 19 Dämisagan.
(5) Sturleson T. L. p. 481.
(6) Rolf Krakes Saga C. 41. p. 98.
(7) Sturleson T. I. p. 40.
(8) Frithiof S. S. C. 5. p. 22.
(9) Sturleson T. II. p. 106.
(10) Hawamal v. 74.
(11) Åtskillige Italienske Auctorer af trettonde och fiortonde århundrad,
såsom Ricobaldo, Musso, La Flamma bewisa det, som om Italien
är andraget, och Du Cange i sit Glossarium, ordet Vitrea, lämnar un=
derrättelse om glasfönster. Här är ej tillfälle, at omständeligare om=
röra desa utländska märkwärdigheter.
(12) Sturleson T. I. p. 656.
(13) Sturleson T. I. p. 491.

§. 3.

§. 3.

Lefnads-
ſättet.
Huſens
inred-
ning.

Af de föregående Anmärkningar kan inhämtas, at hos almo-
gen finnas ännu många öfwerlefwor af det fordna lefnadsſättet.
Och har en förmögen bonde nu för tiden i många mål ſamma be-
qwämligheter, ſom de förnämſte haft fordom dags. Samma lik-
het förekommer ock i rummens inredning, och mera dylikt. Långa
bord och bänkar, i ſtället för ſtolar, långs åt borden, brukades
ock uti Konungsliga huſen, och bänkarne woro betäkte med hyende.
Förnämſta ſätet kallades ondweige (1), och får man ännu hos
bönderna ſe en dylik inrätning, och höra ſamma ord. Detta up-
lyſes mycket af de anſtalter, ſom i akt togos wid den gäſtebuds
tilredning, ſom Drotning Aſta ärnade åt ſin ſon Oloſ Haralds-
ſon. Tapeter uphängas, bänkarne tillagas, halm lägges på golf-
wet, och ſkänken (Tropizona) ſättes i ordning (2). Uti Konung
Oloſ Haraldſons hus, ſom han lät upbygga i Tronhem, war en
ſtor bidſtufwa eller ſal, och woro dörrar på bägge gaflarna,
där war ock en ſkala eller ſofkammare, uti hwilken Hoffolket låg
om nätterna, alla om hwarandra (3). I ſängarna brukades dun-
bäddar, äfwen i Harald Harfagers tid (4), och woro deſſa om-
hängde med gardiner, och hos Drotning Sigrid Storråda ſå dyr-
bara, at de öfwer alt med äkta perlor woro beſatta. På borden
lades dukar, och handkläden woro tilreds för handtwagningen (5).
Detta duktyg lär förmodeligen hafwa warit tilwärkat i landet,
men där hämtades dock utifrån underſtundom det, ſom ſkulle wa-
ra bättre och präktigare (6). Andra husgerådsſaker, ſom ſat, tal-
rikar, kålar, ſtekſpet, m. m. haſwa likaledes warit brukade af
ålder (7).

(1) Man kan jämföra Verelii Index på Ondweige.
(2) Sturleſon T. I. p. 403.
(3) Sturleſon T. I. p. 434.
(4) Sturleſon T. I. p. 102.
(5) Gautrek och Rolfs Saga C. 30. p. 175.
(6) Sturleſon T. I. p. 442.
(7) Gautr. K. Saga C. 1. p. 6. C. 30, p. 176, och om Stekſpet talas
uti Ingiald Ilrådas Hiſtoria.

§. 4.

§. 4.

Deſſa husgeråds-ſaker hafwa warit bättre hos det förnämare folket, och ſämre hos de ringare. Om Oden och hans följeſlagare ſäges, at alla deras kjäril och riding warit af guld (1). Detta kan anſes ſå ganſka twifwelaktigt, i ſynnerhet, när man påminner ſig, at det berättas af Edda. Men det är nåſtan likſå otroligt, at en ſkogsbo i Jämteland ſkulle föra ſilfwer tallrik med ſig, äfwen då han ſtrök igenom ſkogshulten. Dock berättas detta ſå omſtändeligen om Arnliot Gellina, at det kan intet dragas i twifwelsmål (2). Större delen af ſådana kjäril hafwa dock förmodeligen warit af trä, och hos de förmögnare beſlagna med gull och ſilfwer (3). Sådan war den maſur-bolla eller träkanna, ſom Harald Hårdråde ſkänkte åt en Norſk Herre, benämnd Thor (4). Men ibland andra Konung Haralds dyrbarheter, talas ock om et gullſtop, ſå ſtort ſom et männiſkohufwud. Annars betjente man ſig merendels af ſtora horn til dryckeskjäril. Sådan war Bragebägaren, och war här i landet den tiden godt förråd på ſtora och willa oxar (5), förmodeligen af ſamma ſlag, ſom ännu finnas i Polen. Om det warit brukeligt at ſäga hufwudſkålarna antingen af wänner, eller ſlagna fiender, och berjena ſig af dem til dryckeskjäril, ſom Paulus Diaconus berättar om Longobarderna, kan man hwarken jaka eller neka. Åtminſtone finnes ingen anledning därtil, i de ſkrifter, ſom annars underwiſa oſs om Nordiſka Hiſtorien.

(1) Edda 12 Dämiſage.
(2) Sturleſon, T. I. p. 659.
(3) Sturleſon, T. I. p. 88.
(4) Sturleſon, T. II. p. 84.
(5) Adamus Bremenſis de S. D. p. 63. n. 92.

§. 5.

Om wåra förſäders matredning, har man ock någon faſt ofullkomlig underrättelſe. Bröd är förmodeligen brukat ſå långt til bakars, ſom där talas om ſåd och åtewärt, då man kan med all trygghet hänföra det til Odens tid. Bröbbakning omtalas icke

Jil   deſto-

Lefnads-
sättet.

destomindre för första gången uti Ragnar Lodbroks Saga. Smör torde wara liksa gammalt, ty redan i Hordoroti tid berättas om Scytherna, at mjölken skakades i aflånga träkjäril, til des där blef smör utaf (1). Uti Nordska Handlingar nämnes en gåfwa af smör, som något rart i Jotunheim uti det sjunde eller åttonde år- hundrad (2). Ibland kjötträtter har fläsk utwestutan warit an- sedt, som en besynnerlig läckerhet, emedan det war Hjeltarnas för- nämsta föda i Walhall (3). Kjöttet förtärdes ingalunda rått, u- tan det kokades, och hade man redan under Ynglinga Slägten. also för dem, som åto rått kjött. Hwarföre och Hjalmar uti de betingningar, han gjorde med Ormar Odd, förbehöll wid lifs- straff, at ingen af sällskapet skulle så äta rådt kjött. Hästkjött åt man enbast wid offren. Om man förtärde så mycket kjött om da- gen uti Rolf Krakes Hof, som förr är beräknat, har wäl Hoffol- ket intet haft orsak at klaga öfwer matleda. Huru man intog annars maten, har man och en någorlunda beskrifning uti Starka- ders wisa, som Saxo öfwersatt på latin (4). Och war denna slagskjämpen i synnerhet förargad öfwer de många rätter, som då brukades, och at man kokade det som war stekt, och stekte det som war kokadt, så at man nog kan finna, at gubben intet warit äl- skare af ragout. Snäckor, såsom Ostron och Musslor, nämnas och här, som en ganska förargelig spis. Icke destomindre, om man lägger til, smultron, åkerbär, och andra sådana frukter, som landet alstrar utaf sig tillika med mjölk och mera dylikt, skulle för- modeligen äfwen en ynkodig maga finna någorlunda sin räkning wid fordna tidens måltider. Deras dryck war i synnerhet öl och mjöd, bägge så gamla, at man intet wet, när de först kommit i bruk, och war det uti et mjödkar, som Fiolm lyktade sit rus hos Frode i Dannemark. At mjödet skulle wara så mycket sma- keligare, och kanskie, gifwa bättre rus, lade man kryddor där- på. Sådant mjöd kallades grasadur (5). Men hwad kryddor eller gräs däruti blandades wet man intet. Win har man och betjent sig af ganska länge. Uti Starkaders åberopade qwäde förargar han sig äfwen öfwer win. Uti nionde århundrad hade man win til salu i Björkö (6), och det fartyg, som warit nå- gon tid därefter wid Skanörs marknad för Harald Harfagres räkning, war äfwen lastat med win, hwarom tilförne är omrört.

(1)

'(1) Gerodotus C. 2.
(2) Torfäo H. N. T. I. p. 314.
(3) Edda Dämlsaga 33.
(4) Saxo L' 6. p. 116.
(5) Snarlefon T. I. p. 490.
(6) Rimbertus Vita Ansgarii C. 17.

§. 6.

Såsom almogen bibehållit ganska mycket af de fordna bruk, är det ock troligt, at böndernas klädedrägt föreställer ännu den gamla moden at kläda sig. Tacitus berättar, at de förnämare af Tyskarna burit trånga kläder, och är det mycket troligt, at Göther och Franker införde denna nästan öfwer alt brukeliga korta klädedrägten. Eljest kan man säga om wåra förfäder, at de brukat både måtta och yppighet i sin klädsel. Man har tilförne talt om den gullwäfda mantel, som skulle köpas i Ryssland. Jämnländningen Arnliot Gellina war klädd i Skarlakan och gull, och war likwäl uti hwardagskläder (1). De förnämare buro kläder af Pell (2), men man wet ej så noga, hwad med pell förstås. Det är helt owist, om det war sidentyg. Sint yle kan ock därmed betecknas, och sinwaror war det ingalunda, emedan det skiljes uti tryckeligen därifrån (3). Af detta slag war det tyg, som Swenska Prinsessan Ingegärd skickade til Olof Haraldson i Norrige, och war det öfwersydt med gull, och silkesband uti, och kan wäl wara, at det warit tapeter, som Peringskiöld det öfwersatt (4). Harald Hårfagre hade en röd eller Purpur-mantel, underfodrad med hwit skin (5). Fridhjof Fräkne war klädd uti en mörkblå kiortel eller sidräck, som war omwunden med et tjockt silfwerbelte (6). Heraud från Öster-Göthland war klädd uti en röd Skarlakans räck, omgiordad med silfwerbälte, och Gullrad om hufwudet, när han inställte sig på bröllopper i Bjarmaland (7). Om hwita och gullsömmade handskar, talas äfwenwäes wid samma bröllop. Sigurd Syrs hwardags kläder war en blå räck eller kiortel, blå strumpor, höga skor tindade om benen, grå kappa och grå hatt. Men då han skulle wisa sig i sin prakt, hade han karduan stöflor, med förgylta sporrar, pells-kläder och skarlakans kappa, förgylt

Lefnads sätt.   Hjelm på hufwudet, och wärja wid sidan (8). Om deras ringar är talt något tilförne, men utom sådana som brukades i hanbel, har man dem ock til prydnad, så på fingrar, som på armarna, hwarom Björner uti sin Nordiska Hjelteprydnad har lämnat tilräckelig beskrifning.

(1) Sturleson T. I. p. 618.
(2) Sturleson T. I. p. 495.
(3) Sturleson T. I. p. 449.
(4) Sturleson T. I. p. 486.
(5) Sturleson, T. II. p. 84.
(6) Frithlof Fr. Saga C. 11. p. 36.
(7) Herand och Bose Saga C. 12. p. 35.
(8) Sturleson T. I. p. 405.

§. 7.

Tidsför-drif.   De gamlas tidsfördrif hafwa warit åtskilliga, då som nu. At brottas, och äfwen at slås för ro skuld, lär hafwa warit ganska wanligt; ty sådana lekar tildägnas Hjeltarna i Walhall (1). Af samma beskaffenhet war den proslek, som Swipdager måste undergå wid Konung Adils Hof. Man kunde då för ro skuld mista armar och ben, ja äfwen lifwet. Men man har ock haft andra tidsfördrif, som warit mindre hårda, och ibland desa hafwer jagten warit en wanlig wederqweckelse för bägge kjönen; ty Fruentimbren hade så wäl som Herrarne sina jagtfalkar (2). Alla öfningar, som gjorde mighet i kroppen, woro ock mycket älskade, hwarföre ock de förnämare woro ganska färdige uti alla sådana idrotter. Olof Haraldson berömmes för bågskjutning, simmande och mera dylikt. Olof Trygwason war så snabb, at han kunde gå utom skeppsbordet på årorne, när roddarne woro i fullt arbete; det berättas ock om honom, at han want sig at leka med tre handsaxar eller wärjor på en gång, dem han kastade på det sätt, at en war altid up i luften (3). Uti simmande war man i synnerhet förfaren, så at det war lätt at gå til botten, och up igen efter behag, och simma öfwer och under wattnet (4). Detta alt hade oförnekeligen sin stora nytta, och tjente i synnerhet til at härda

da kroppen, och förwara hälsan genom stadig rörelse. Och torde
man til åfwentyrs med skjäl kunna säga, at kroppsöfningar i wår
tid försummas förmycket, til kropparnas märkeliga förswagande.
Det lär dock wara oförnekeligt, at ock den wackraste själ i en bo-
fällig kropp, intet kan uträtta rdtt mycket. Om Tyskarna berät-
tar Tacitus, at de warit otroligt begifna på tärningsspel, så at
de ock satte up både egendom och sjelfwa friheten, när alt annat
war förspelat. Man kan tro, at samma sjuka åfwen smittat wå-
ra förfäder, emedan man finner åfwen nu i wåra orter exempel
på dem, som intet äro stort klokare. Osekbart är, at tärningar
warit bekanta i wår Nord ifrån urminnes tider, hwilka ock wa-
rit teknade på samma sätt, som nu wanligit är, så at et eller då
warit mitt emot sex, och så widare (5). Om brädspel warit bru-
kat kan man intet weta, ej heller är det afgjordt, at med de guld-
tasior, som talas om i Edda, skal förstås brickor, fast Danska
öfwersättningar det så förklarat (6). Den Skaktafel, hwar med Ulf
Jarl wille roa Konung Knut i Dannemark, har oselbart warit
Schachspel, och kan man åfwen däraf någorlunda sluta des ålder
i wår Nord (7). Dans, strängespel och sång, hafwa ock gjorde
en del af wåra förfäders tidsfördrif, men höra förnämligast til
gjästebudstroen, som nu skal beskrifwas, och deras gåtor förtjena
en särskilt undersökning.

(1) Edda Dæmisaga 35.
(2) Sturleson T. L. p. 281.
(3) Sturleson T. I. p. 311.
(4) Sturleson T. II. p. 272.
(5) Sturleson T. I. p. 529.
(6) Edda Dæmisaga 49.
(7) Sturleson T. I. p. 686.

§. 8.

Uti gjästebuden lyste egenteligen de gamlas prakt och wällef-
nad; här buro de sina Thignar kläder, och här frambures de
kräseligaste rätter, som tidens seder och smak kunde åstadkomma.
Bästa wälsägnaden skedde likwäl genom supande. Och på det

J i i j   tryc-

Lefnads-
sättet.

drycken skulle wara så mycket smakeligare, framburos dryckes-kjärilen, och skålarna begyntes af Fruentimren. Tolf sådana tjenstandar eller walkyrlor upwaktade Hjeltarna i Walhall (1). Konung Granmars dotter Hildigun började skålen, och drack Rolf Krakas minne til Konung Hjorward (2). När Ragnar Lodbrok besökte Eysten Beli i Upsala, bar Eystens dotter Ingeborg in drycksbägaren för Ragnar och sin fader (3). På samma sätt skjedde wid den traktering, hwarmed Saxarnas anförare Hengst undslugnade Britternas Konung Vortigernes i Engeland (4), tp den förras dotter upwaktade Konungen. De skålar som druckos, woro diskilliga, emedan man påminte sig både Gudar och afdöda Hjeltar, hwarföre de ock kallades minne. På det namnkunniga bröloppet, som omtalas i Herauds Saga, dracks först Thors minne, sit alla Asars, därnäst Odens, och sidst Freyrs. Wid skålarna spelades på harpor, och stycken ombyttes efter skålarna (5). En slags Gudstjenst war inneslutan uti desa skålars drickande, hwarföre man ock finner, at någre Isländare, då de wille flykta undan för Konung Olof i Norrige, hwilken twingade alla til Christendom, signade tre skålar eller minne åt Freyer, på det de skulle få god wind til Swerige, och tre åt Thor eller Oden, på det winden skulle bära tilbakars mot Island (6). När arföl skulle skje, dracks ock den aflednas skål, hwarpå sedan andra minnen följde, och blefwo både Christi och S. Michaels minne drukne uti det gästebud, som Swen Otto anställde efter sin fader Konung Harald (7). Uti Norska Hirdskrå förekommer ock O. ofs minne (8). At intet den ena skulle supa ut för den andra, då de drucko af et kjäril, war med naglar i stopet utmärkt, huru mycket hwar dricka skulle, och denna författighet har den hellge Dunstan i Engeland inrättat, hwilket ock anföres såsom et bewis af hans megna och gudaktiga insigt (9). Under desa skålars drickande gjorde de gamle ock sina heliga löften, sådant war Ingalds löfte wid Bragebägaren. På samma sätt förpliktade sig Swen Otto mot Konung Ethelred i Engeland, och Sigwald Jarl med de andra Jomswikingarna gjorde sina löften, at befria Håkan Jarl i Norrige. Understundom woro desa löften efter utseende mindre äfwentyrliga, såsom när Hjorward Berserk gjorde löfte, at han skulle äga Prinsessan Ingeborg från Upsala, fast det icke distomin-
dre

dre koftade federmera både honom, och hans elloſwa bröder lifwet, teſnads-
om hwilket alt på ſina wederbörliga ſtällen är omrördt.˙ Man låt ſätter.
dock härutaf ſå mycket, at wåre förfäder woro ganſka öminte om
hållander af hwad de ſofwat, äfwen under ſtarkaſte ruſet, och at
man kunde hafwa mera förtroende til de tiders yra dryckenſkap,
än til wårt werlds betänkſama nykterhet.

(1) Edda 31. Däniſaga.
.. (2) Sturleſon J. I. p. 48. Man ſer af detta ſället, hwad ordalag
man brukade wid detta tilfälle, och drack Hildigun på detta ſätt til
Hjerward: Allir heilir Yhîngar at Rolfs minni Krafa.˙
(3) Ragnar Lodbroks Saga C. 36. p. 19.
(4) Nennius Hiſt. Dritonum, C. 36. p. 119.
(5) Heraud och Boſeo Saga C. 17. p. 49.
(6) Torfäus H. N. T. II. p. 471..
(7) Sturleſon T. I. p. 246.
(8) Dolmer Norriſke Hirdſtrå C. 49. p. 335.
(9) Albericus wid år 962. p. 3. Angli didicerunt a Danis potationem.
.. Sanctus Dunſtanus - - ut potationem compatriotarum refrenaret, clavos
aureos vel argenteos vaſis infigi juſſit, ut dum quisque metam ſuam
cognoſceret, non plus ſubſerviente verecundia vel ipſe appeteret vel
appetere cogeret. Man ſer ännu utl gamlabags lannor ſådana nag-
lar, ſom man lallade pålar.

§. 9.

At frögden måtte blifwa ſå mycket liſligare, blef twdlſågnaden Stränge-
eſomoftaſt utblandad med ſpel och dans. Den ſom inbillar ſig, ſpel
at wåre fordne Swear föraktade muſiken för den Lekare-Rätt,
ſom förekommer utl Wäſtgötha och Öſtgötha Lagen (1), han be-
drager ſig wårkeligen. Ty med minſta efterranka begripes, at där
endaſt talas om en enda Landſtrykare, ſom med trumma och fiol
ſamlade almoſor. En ſådan uſling kan wara medömkan wärd,
men ingen kan ſälla på den tankan, at han kan wara i anſeende.
Däremot är ofelbart, at andre Muſikanter och Lekare warit höge
nog aktade, när de wid Konungarnas egne Hof woro underhållne.
Om Konung Hug'eif wet man, at han hade wid Hofwet alla
ſlags Lekare, Härpſpelare, Gigare och Fidlare, ſom de kallas i
Yng-

Ynglinga Sagan. Man kan häruताf sluta med all säkerhet, at sångkonsten ingalunda warit föraktad, hwarken i Hugleiks eller hans förfäders och efterkommandes tid. Si mycket mer som man finner, at Konung Olof Skötkonung haft ordentelig Tafelmusik; ty så snart rätterna woro på borde, kommo Lekarne eller Musikanterne in med harpor, gigor och andra instrumenter (Sångröl) (a). Om en Swensk Prins wid namn Hoier berättas, at han war ganska försaren och öfwad i all slags strängespel (3). Bose från Oster-Giöthland wiste prof af sin skickelighet på brölloppet i Warmaland, och det med sådant loford, at alle betygade, at det war ogörligt at spela bättre (4). Man har nyligen omrördt, at man inständde med musik äfwen wid Kälarnas drickande, hwilket ock wid Constantinopolitanska Hofwet warit brukeligt (5). Man är intet underrättad, hurudana de gamlas instrumenter warit, dock synes, som de något när warit de samma som nu brukas, fioler nemligen och harpor, och hafwa desta senare warit ganska stora, som både af Herauds och Wolssunga Sagan kan inhämtas. Hwilka blåsinstrumenter warit i bruk wet man intet, utom deras Ludrar, hwilka ofta omtalas, och hafwa warit et slags trompet eller horn. Man betjente sig af dem til at sammankalla folket, eller ock efter omständigheten at gifwa tekn til slagtning. At Romare och Greker haft särskilta toner eller marcher, som utmärkte hwad rörelser krigshären göra skulle, är bekänt af Aristides (6). Om något dylikt warit i Norden brukeligt, har man sig intet bekant.

Dans. Hwad som nu är påmint, kan gifwa någor begrep om den gamla sång eller spelkonsten. Om deras dansar talas uti Herauds och Boses Saga; de hafwa förmodeligen warit af samma slag, som man nu kallar springdansar, och torde de hafwa warit något i förwantskap med dem, som ännu hos bönderna på några ställen äro i bruk. Besynnerligt är, at man finner i den åberopade Heraud och Boses Saga; en dans eller stycke wara omrörde, hwilken haft den kraft, at alt, som war i rummet, dödа til knifwar och tallrikar, kom i rörelse. Et stycke, som ännu intet på alla ställen hos almogen är förswunnit, och kallas detta märkwärdiga stycke Klsdansen.

(1) Om venny Lekare Rätt kan läsas 7 Fl. Skram. B. Wgl. 18 Fl. Drap. B. Ogt.

(2)

(2) Sturleson T. I. p. 522.
(3) Saxo L. 7. p. 39.
(4) Heraud och Bose Saga C. 11. p. 50.
(5) Guldas på ordet Mafergai.
(6) Ariftides Qvintilianus de Musica L. 2. p. 71.

Hos wåra förfäder war wäl intet det tal i senare tider kallat Dorottia, rang, icke beftomindre här någon ordning i Gjäftbuden werit i akt tagen. När Konung Rolf från Wäster-Gjöthland untfägnades af Konung Erik i Upsala, sattes Rolf i högsätet hos Konungen, och så Rolfs fosterbröder. På Konungens andra sida satt Drotningen, Prinfeffan Thorborg, och sedan det öfriga Fruentimret [1]. Uti Rolf Krakes Hof i Ledro, suto Bodwar Bjarke och Hjalte på Konungens högra sida, och på wänstra sidan de tre bröderna från Swerige, Swipdager, Hwitserk och Beigad, och därnäst woro de tolf Berferkarnas säten [2]. I almänhet hades affeende så wäl på börden och tapperheten, som långwarigheten af tjensten, så at den nykomne intog gemenligen nederfta rummet wid bordet, och war det et slags straff, at blifwa flyttat längre neder ifrån sit wanliga ställe, som af Konung Knuts Hofartiklar intagas kan [3]. För fremmande war annars förnämsta stället mitt emot Konungen eller wärden, hwilket kallades på några orter andra Ondwegen [4], och på detta sätt fick Konung Hjorward sit säte hos Konung Grammar i Södermanland, och Ragwald Jarl hos Torgny Lagman.

(1) Götrik och Rolfs Saga C. 25. p. 146.
(2) Rolf Krakes Saga C. 37. p. 87.
(3) Sveno Aggonis Leges Caftrenses Canuti C. 5. p. 160.
(4) Man kan härom läsa Werelius i Anmärkningarna til Gautr. och Rolfs Saga p. 88.

Desse hit intil uptäknade seder äro sådana, at de med anständigheten ganska wäl förenas kunna. Men andra bruk af grof
Kkk   ware

Förbudt ware smak hafwa och warit wedertagna. Af denna art war utan
sättet. twifwel den sedwänja, at man, sedan kjöttet war förtärdt, roade
sig med at slå gjästerna i ansiktet med ben. Sådana tidsfördrif
woro almänna ibland Rolf Krakes Kämpar, och gick det någor-
lunda an, så länge de smärre benen woro i rörelse: men när de
större benläggarna började flyga kring dronen, war anrätningen
nog ohöfsad för Hofcavalierer. Bodwar Bjarke sem upkommen
och owan wid et så ordnadt efterspel, lekte och så grofl, at den,
han träffade, satte lifwet til [1]. Konung Rolf hade wäl åtskilli-
ga gångor betygat sit misnöje öfwer en sådan osed, men sjelfs-
wåldet hade ändå intet blifwit hämmat. På samma sätt bemötte
Starkader en af Danska Konungens spelmän, som skulle roa ho-
nom [2]. Och torde denna ostick warit länge nog öfwad på wis-
sa ställen i Norden, emedan man finner efterdöme ödraf uti Ko-
nung Knut den Storas Hofartiklar i Dannemark, hwaräst stad-
gas, at den som trenne gångor blifwit beträdd med förseelse, bor-
de sitta altanederst, och de andre kunde efter behag kasta benen
på honom [3]. Man är wäl intet underrättad, at denna sedwän-
ja warit bruklig öfweralt i Norden, men efter man anfördt det,
som til forna werldens heder tjena kan, bör man ej heller förbigå
det, som synes mindre hederligt. Man bör kjänna de gamla, bå-
de til sina fel och förmåner. Så mycket bör man likwäl erindra,
at ingen anledning är, at sådant skedt i Öfwerhetens närwaro,
utan det har warit et wanligt ras, som ibland en hop yra och
halfdruckna Hofbussar lätteligen upkomma kan.

(1) Rolf Krakes Saga C. 34. p. 78.
(2) Saxo L. 6. p. 115.
(3) Sveno Aggonis Leges Castrenses Canuti Magni C. 5. p. 161.
    Sjelfwa Auctorens ord förtjena at anföras. Si quem obstinata prae-
    sumtio ternis excessibus in obsequentem notauerit, ac resipiscere detrecta-
    verit, extremum cum omnium locendum statuerunt. Immo decreverunt,
    ut quilibet convictorum asse in eam pro arbitrio jectaret, nec quisquam
    propterea temeritatis aut petulantiae argueretur.

§. 12.

Offer- Men de gamlas gjästebud förtjena til äfwentyrs ännu en nå-
gjästebud. got omständeligare beskrifning. De högtideligaste woro wid almän-
na

na offrens firande, wid förbunds slutande, wid bröllop och wid 𝔰𝔢𝔯𝔴𝔞𝔟𝔢 graföl.　Offergillet, som firades af Blot Swen beskrifwes uti 𝔰𝔦𝔲𝔢𝔱. den Helige Eskils Lefwerne [1].　Något utförligare afmålas en så-dan blot weinlo af Sturlefon.　Man slaktade då hästar riklika med andra kreatur, blodet uptogs uti kjäril, som kallades Lant-bollar, och med blodet öfwerströks så wäl afguda beläten som sjelfwa offerhusen utan och innan.　Det som war öfwer af blodet stänktes på folket.　Spisen war midt på golfwet, öfwer hwilken kitlarna hängde, hwaruti maten kokades.　Runbt om spisen suto gjästerne, til hwilka ölet kringbars uti horn, dock med den ordning, at först draks Odens skål, därnäst Niords, så Freys, sedan Brages, och ändteligen drack man efter behag sina släktingars minne som woro lagde i högar.　Wärden började skålarna, och talade för dem. De som i synnerhet satte wärde på sin styrka och mannighet, drucko Thors skål, och gjorde hammarmärke öfwer hornet.　Ibland all maten war hästekjött det aldrghetigaste, och Offergillen hafwa wa-rit, efter utseende de aldrasmutsigaste och ohyggeligaste [2].　At man i Swerige wid desta högtider brukat win, kunde man til äfwentyrs sluta af den Helige Eskils Lefwerne; om man ej wiste, at Auctorerna til desta snacksagor, understundom förwdat omständ-ligh:terna, på det Läsaren skulle inbilla sig, at de förstodo Latin. De gjästebud, som firades wid förbunds slutande, torde hafwa warit i någon förwantskap med offer-helgderna, och stodo de ge-menligen i otta dagar, men en omständeligare beskrifning har man intet [3].

(1) E. Benzelii Mon. Eccl. p. 31.
(2) Sturlefon T. L. p. 141, 145.
(3) Adamus Bremensis H. Eccl. L. 30. C. 20. talar om den förening, som blifwit träffad emellan Konung Swen Ulsson i Dannemark, och Ärke-Biskopen Adalwardus i Bremen, hans ord äro deste　Denique sicut mos est inter barbaros ad confirmandum pactum foederis, convi-vium habebatur vicissim per octo dies.

§. 13.

Når bröllop hållas skulle, woro de största anstalter och til Bröllop. lagningar, och byggdes därtil understundom enskylta rum och salar,

Kkk 2　　　　　　　hwil-

hwilket ej war så swårt at wärkställa, där folket bodde i träshus,
och tilräckelig tilgång war på skog. På bröllopssalen i Bjarma-
land woro hundrade dörrar, men det är ej swårt at begripa, det
Historieskrifwaren behagat öka anstalterna, på det målningen skulle
blifwa så mycket grannare. Midt i gjästbudssalen stod brudsängen,
dit man upgick på trapsteg [1]. Wid Kongeliga Personers bröl-
lop, satt Konungen i högsätet, och hade Brudgummen på högra
sidan, och Bruden på den wänstra. På den sidan som brudgum-
men satt hade manfolken sina platsar, och fruentimret på andra
sidan, så at den ordning, hwarigenom karlar och fruentimmer
sitta blandade, lär wara kommen til oss, så wäl som sjelfwa ordet
Buntereyhe från Tyskland. När Skjöldemöer skulle giftas, suto
de på brudebänken med Hjelm och Brynja, samt full rustning [2].
Andra brudar hafwa warit försedde med mindre förtärlig skrud.
Lustbarheterna bestodo uti äta, supa och dansa, och det i en stä-
dig och omskiftande rörelse, så at man gick från bordet til dansen,
och därifrån til bordet igen, hwilket alt man kan sluta af beskrif-
ningen på brölloppet i Bjarmaland. Och härutinnan hafwer ock
almogen bibehållit de uråldriga bruken, ty man äter, dansar och
super om hwart annat, utan uppehåll. Det är besynnerligt, at
denna osnygga lustbarheten kunnat bibehållas, äfwen bland de för-
nämare, dåda til sex onde och suttonde århundrad: änskjönt den
obeqwämlighet och oskick följt med dessa måltids dansar, at, när
et fruentimer, som satt wid inra sidan af bordet, blef uptaget, gick
hon öfwer bordet emellan faten, at instålla sig hos sin meddansare.
Sådana bröllop warade längre och kortare efter wederbörandes
förmögenhet och omständigheter. Bröllopet i Upsala, då Konung
Rolf giftes med Konung Eriks dotter Thorborg stod in half må-
nad [3], hwarefter Konungen som wård, gjorde hederliga skjän-
ker til alla, som burne woro. Denna sidstnämde sed lär förme-
deligen warit allmän wid alla större gjästebud, ty man finner be-
wis därpå, så wäl i den måltid, hwarmed Åke i Wermeland
undfägnade Konungen i Swerige och Norrige, som i Sigrid
Storrådas gjästebud för Harald Grönske, och andra tilfällen.
Detta passar sig ock bättre med de högdragna Göthiska seder, än
de förmodeligen i senare tider upkomna brudgåfwor, hwarmed gjä-
sterne nästan på wårdshuswis betalte sin wälplägning.

[1]

(1) Herraud och Bofe Saga C. 10. p. 43.
(2) Herraud och Bofe Saga C. 2. p. 4.
(3) Gautr. och Rolfs Saga C. 25. p. 148.

§. 14.

Annars började giftermålen i fordna tagar som nu genom
frieri, så framt man intet röfwade sig huftru, och tog dem til sig
med wåld. Uti Storwirks och Starkaders flåkten war detta qwin-
no-rån näftan almänt. De beskrifwas ock som mycket grofwe och
fula kackar, och af lugen betydande flåkt: men därjämte så höge-
dragne, at de intet kunde nöja sig med andra än de förnämsta,
som woro i landet, då intet annat medel förmodeligen warit, än
at forskaffa sig huftrur med wåld. Men alle woro intet Berfer-
kar och halftroll. Alt annat hederligt folk, bar mycken höguktning
för kjönet, och skaffade sig huftrur ordenteligare. Ragnar Lod-
broks frieri til Kraka eller Aslaug är tilförne omtalt, och de efter-
dömen, som Prinsessornas och andra förnämare Jungfruers gifter-
mål uti sjelfwa Historien gifwa wid handen, öfwertyga oss om en
finare och anftändigare finak. Första anmälningen fjedde hos bru-
dens föräldrar, men dottrens egit wal gjorde gemenligen utflager.
Flickorna, som ifrån barndomen intet hördt talas om annat, än
hjeltedater och mannamod, lämpade ock merendels fit tycke dårefter,
så at dem föredrogs, hwilken gifwit de mäfta prof af tapperhet.
Således utwalde Ingeborg, Thor Herfes dotter i Norrige den
gamla Konung Gautrek från Wäfter-Gjöthland, fram för en an-
nan Konung Olof, som til åren war yngre, och til utfeendet wak-
rar. [1] Wid trolofningen gåfwos skänker åt bruden, hwilka
kallades fäftarfä, och efter den underråttelse, som Tacitus lämnat
om Tyskarna, beftodo de uti oxar, en betflader häft och wapn,
hwilket ock kommer något når öfwerens med de gåfwor, som
omtalas i Giftmåla Balken, nemligen fadel, betfel, gångare,
armakäpa och häfta. Det är troligt at de Swenska, som et
handlande folkflag, hwilket haft förråd på penningar, åfwen gifwit
penningar wid fådant rifsälle, en fed, som ännu brukas ibland al-
mogen. Och häraf är det hänt, at Bröllop på gammal Swen-
fka kallades Brudkaup eller brudfjöp. Det är man twifwel, at
detta

detta af ålder warit brukeligt hos Frankerna [2]. Sjelfwa brölloppet stod merendels hos brudens föräldrar, men understundom firades det hos brudgummen, som det skedde med Konung Gautreks giftermål. Om någon besynnerlig högtidelighet warit i bruk, då barnen föddes, wet man intet. Man öste watten på de nyföddda Swennebarnen, och gaf dem namn, hwilken sed warit brukad i sjelfwa Hedendomen, fast den icke bestomindre lär wara länd af de Christna, och torde den til öfwenigts intet wara så särdeles gammal. Den första gång denna watnösning omtalas, är wid Ragnar Lodbroks sons födelse [3]. Då barnen fådt tänder gåfwos dem skjänker af förädrarna, som kallades tandfä. Men detta och mera dylikt kan fås uti wåra wanliga Häfdetekkare och Antiqvarier.

(1) Gautr. och Rolfs Saga C. 12. p. 70.

(2) Thoromachus, uti sit Chronicon L. 4. C. 16. p. 201. yttrar sig på detta sätt öfwer Gundobaud Burgundiernas Konung, då han förlofwade Clotildis med Konung Chlodoveus. Quod ille denegare metuens, et sperans amicitiam cum Chlodovæo inire, eam se daturum spondet, Legato offerens solidum et denarium, ut mos erat Francorum, eam partibus Chlodovæi desponsauit. Denne Auctor är tryckt uti Basnage Thesaur. Mon. Ecclef. T. II.

(3) Ragnar Lodbroks Saga C. 6. p. 15.

§. 15.

At wåre föräldrar haft mycken wård om sina afdöda Hjeltar och slägtingar, är likaledes almänt bekant. Efter Odens stadgande brändes den dödas Lekamen på et bår til upbygt bål, och askan af kroppen tillika med de obrända benen upsamlades och lades i krukor, hwilka sedermera antingen sattes platt neder i jorden, eller ock, om den döde warit i något ansende, upkastades en större eller mindre hög öfwer den nedsatta krukan. Desse krukor woro merendels af ler, och en stor del se ut, som de intet warit brände, andra åter wisa tydeligen, at de warit brända, hwilket witnar, at konsten at göra lerkärl måtte warit nog gammal. Understundom finner man ofwan i dessa krukor några brunaktiga rimfor, smala som halmstrå. När dessa läggas på elden, gifwa de en stark och angenäm lukt ifrån sig, så at man däraf kan sluta,

at

at det warit en flags rökelse. Aßeßor Weßman, då han för
några år sedan war här i Skåne, och lärt upgräfwa dißilliga
gamla Ättebackar, har funnit på många ställen sådant rökwärk.
På somliga orter har man funnit grafkrukor eller Urner af därare
ämne. Sex sådana urner blefwo upgräfna på Fyen 1685 af purt
gull, och wid Bergen i Norrige är funnen en Chriftallkruka, om-
liuſad med gullträd [1]. Man träffar ock underſtundom sådana
af Metall. Sedan Yngue Frey i Swerige, och Dan i Danne-
mark blefwo satte i hög obrände, började Bränneålderen så små-
ningom at aftaga, och Högålderen kom i ſtället, hwilken ock räckte
ända in i Chriſtendomen, och är Thor, Thottiſka familiens ſtam-
fader, begrafwen i en hög wid Kiåſtinge, änſkönt han war Chri-
ſten m. m. [2]. Tidens widſkeppeliga Gudſtjenſt forbrade, at den
afledne kjäraſte och cyrbaraſte egendom ſkulle göra följe, så wäl
på bålet ſom i högen; men at detta ſträck ſig til huſtrur och an-
dra efterlefwande, är intet bewis, änſkönt Oddur Munk haft den-
na uppenbarelſe [3]. Til mera åminnelſe efter den afledna, upre-
ſtes äfwen ſtörre och mindre hällar eller ſtenar efter honom, Bau-
taſtenar kallade, i ſynnerhet når någon manlig gjärning utmärkt
den dödas lefwerne. Af deßa ſones än i dag ganſka många, ſtör-
re delen utan Runor. På det högen ſkulle wara så mycket war-
aktigare, lades ſtora ſtenar hwarftals rundt omkring och öfwer
krukan, och blef hon tillika därigenom förwarad, at hon intet måt-
te af tyngden blifwa ſönderkroſad. Men uti detta ämne är kriſ-
wit så mycket, at en widlyftigare underſökning är onödig, emedan
det kan fås öfwer alt hos alla wåra Antiquarier.

(1) Man kan ſe härom Philoſophical Transactions abbridget P. 4.
p. 161. m. m.

(2) Så wäl Sophia Brahe uti ſin Slägtebok, ſom Meßenius in Thea-
tro Nobilitatis Sveconæ, och andra, hwilka ſkrifwit Adeliga ſlåktregiſter,
komma öfwerens om denna omſtändighet. Men Thottens grafhög lår
ej wara jämnad genom plogar och år.

(3) De bewis, ſom anföras til at ſtadfäſta denna ſedwänja, äro intet ſår-
deles betydande Man beropar ſig på 43 Dämiſagan i Edda, hwardſt
berättas, at Balders huſtru Nanna lätit uphränna ſig på bålet, ſom
war tilredt åt det afledna maka; men Nanna war råd förut af ſorg,
och därefter blef hon buren på bålet. Wi hafwa därenot tydeliga prof,
åfwen af det, ſom i ſjelfwa Hiſtorien är andraget. Orſa leſes efter

*Lefnads-
sättet.*

Konung Adils, Sigrid Storråda efter Erik Segersäll, utan at deras heder bärigenom blifwit förminskad, hwilket likwäl hade warit adomöndigt, om de afwiket från en så helgad lag. Uti Egil och Esmunds Saga, och Gange Rolfs Saga förekommer wäl något dylikt. Men däraf, at någon warit så hjertklämd, at hon welat följa sin man i högen, kan intet slutas til en allmän och lagligen stadgad sedwänja. Det kan ock bjuda i wår tid, at någon tager sin död af sin makas bortgång, men man gör likwäl wår tid en oförtjent heder, om man därföre tilägnar ät allmänheten en så förtärande ömhet. Annars kan man sluta af Greps Historia, at stora skatter fordom warit nedersatte i g afhögar- na. Scheffer uti sin Upsalia antiqua. C. 18. p. 360 berättar, at i Gustaf Adolfs tid uti Ättebackarna wid Upsala, warit upfundna ät- skilliga dyrbarheter, och äfwen kärl af gull. De stora gullpenningar eller runda plåtar, som är 1674 upfunnos wid Wäd i Skåne, och äro af samma Scheffer beskrifna, torde ock wara någon tilhörighet af något gammalt grafställe. Men denna sak behöfwer förmodeligen intet, at blifwa widlöftigare bewisad.

§. 16.

*Tal efter
de döda.*

Til at än mera betyga sin högaktning för den aflednа, war det ock wedertaget, at hålla Tal wid grafwen eller högen, och bju- da honom fara wäl, samt önska lyckelig resa til Walhall; hwarfar blefwo ock understundom upfatte til den dödas drensinne. Detta alt blef i akt taget wid Konung Håkan Haraldsons död i Norrige, uti tionde århundrad under tjocka Hedendomen [1]. Man om- bytte ock kläder wid förefallande sorg efter nårskolda. Således lät Drotning Thyra i Dannemark kläda Kungshuset efter des son Knut Danast med grått kläde eller wadmal [2]. Sorgen dränktes omsider i Bragebägaren under arfölet, hwarmed den af- lednas hela Historia fulländades. Fattigt och ringa folk, som in- tet hade tilfälle, at göra sig behageliga i Walhall, hwarken genom stora bedrifter, eller rika skatter, som skulle följa dem til andra werlden, hade likwäl et annat medel at göra sig wälkomna hos Oden; emedan de störtade sig utför Ättestuperna, och således sjelf- willigt förkortade sina dagar, hwilket ock war en slags manlighet i deßa tider. Men af alt, som nu är andraget, och af den nyt- tan wärd och ömhet, som man wist mot sina aflednа wänner och slägtingar, kan man nog finna sannolikheten af et långt minne hos efterwerlden. Och som man anmärkt förut, at man, i de högti- deliga

heliga offergillen, jämte Gudarnas skålar, dämen dract sina i hög hedrade.
lagda slägtingars minne, kan man nog begripa, at så rödi afgu-ukter.
dadyrkan, som hednista widskeppelsen blefwo därigenom alt stadigt
underhålna. Hwarföre ock de förste Christne naturligen blifwit
liksom twungne at göra sig all möjelig flit at utrota minnet af alt
hwad hednist war. Hwilket ock lär wara ordsaken, hwarföre wi
nu hafwa så liten underrättelse om dem som i Ättebackarna ligga
begrafne, änskönt man wid Christendomens början haft fulkomlig
kunskap därom.

(1) Sturleson, T. I. p. 163.
(2) Olof Trygwasons Saga uti andra Tomen af Sturleson p. 468.

14. Capitlet.

Om

De Fordna Swears Wetenskaper och Witterhet.

§. 1.

Man bör ej föreställa sig, at wåre äldste förfäder warit myc- Wetenska-
ket bewandrade, antingen uti denna eller fordna tidens per.
wetenskaper, sådana som de warit hos Greker och Roma- Skrif-
re. Mycken försarenhet, och et godt naturligt wett, kunde likwäl konsten.
intet fattas hos et folk, som med handel och seglation gjordt sig
bekant kring alla stränder i Europa, och äfwen haft mycken ge-
menskap med Constantinopel, hwar wetenskaperna bibehållit sit an-
seende, då de ännu uti wästra delarna af Europa, lågo försänkte
uti et tjockt mörker. Det Skriftsätt, som warit brukeligit i Norden,
och som här allenast finnes, och på intet annat ställe i hela werl-
den, synes till en del bekräfta, hwad som nu är sagt. Men man
är ingalunda med någon säkerhet underrättad, ifrån hwad tid
Skrifkonsten i Norden, eller Runornas ålder bör hänföras. Det lär
wara utan alt twifwelsmål, at Skrifkonsten warit bekant i Swerige,
då Ansgarius wid år 829 war i Björkö, emedan han hade bref
med

L l l

450 Swea Rikes Historia,

Betrakta-
pte

med sig ifrån Konungen til Kejsar Ludovicus. Man finner ock talt om
bref från Prinseßan Ingegerd til Ragwald Jarl i Oluf Skötko-
nungs tid (1). Så at Skriftonsten torde wara mer bekant än man
i almänhet föreställer sig. Starkaders berättelse om Bråwalla slag
måste ock nödwändigit wara skrifwen, emedan så många omstän-
digheter och namn hade omöjeligen kunnat blifwa bibehållna genom
blotta minnet (2). Uti Wolsunga Sagan förekommer et kugt
Skaldeqwåde om Troll Runor; hwarom är talt tilförne. Man
torde altså med fulkomlig trygghet kunna sluta, at Skriftonsten wa-
rit bekant i Norden, i det åttonde och nionde århundrad.

(1) Sturleson T. L p. 511. Här talas om Prinsefans ritsendingum,
som wäl intet kan wara annat än bref.

(2) Detta tilstås äfwen af Assessor Brocman, uti des wackra Anmärknin-
gar til Ingwar Widsörles Saga p. 70. Man kan tillika jämföra
härmed, hwad som uti sielfwa Inledningen om Skriftonsten är anbra-
git, och des kunskap uti Norden.

§. 2.

Frågar man nu widare, hwem som lärdt wåra Nordiska
folk at skrifwa, wore det kan hända ej så orimligt, om man swa-
rade, at man wet det intet. Sådan okunnighet möter nästan hos
alla folkslag, då man söker uprinnelsen här til. Den som påstår,
at de Christne lärdt wåra förfäder Skriftonsten, frågar man billigt:
hwilka Christna? Ansgarius lär säkert intet hafwa tagit sig det
beswäret, och des utan är fulkomlig anledning, at förestådt kon-
sten förut. En äldre lärnomästare bör altså nödwändigt hafwa den
heder. Men man är därföre intet klokare, ty hwarken wet man,
af hwem eller när man i Norden blifwit underrättad om denna
hemlighet, så framt man intet wil nöja sig med det ljus, som af
Göthska Skrifter kan inhämtas. Helvetierne woro underrättade om
Skriftonsten för Christi födelse, hwilket är oemotsägeligt af Cäsars
Commentarier. Tacitus tillägger Tyskarna, som en besynnerlig för-
tjenst, at de intet brukade at skrifwa kärleks-bref. Det hade wa-
rit sänugt at berömma dem därföre, om de aldeles intet förstått
at skrifwa. Marseille är en Grekisk Colonie eller nybygge, anlagd
wäl sex hundrade år för Christi födelse, och hos gamla Gallerna
war ej heller denna konsten okunnig, emedan man wet, at de bru-
kade

kude at kasta skuldebref på bålet til den döda, i förhopning, at Wetenska-
han skulle hafwa nytta däraf i andra werlden. I Britannien har wer.
åtminstone konsten warit känd, alt sedan Romarne blifwo måstare
i landet, hwilket skedde i första århundrad efter Christi födelse.
När man nu påminner sig, at Tacitus talar om de Swenska,
såsom mägtiga til sjös, år det nog begripeligt, at de kunnat be-
söka de länder, uti hwilka skrifkonsten warit i bruk af ålder, och
således hafwa de lätteligen kunnat blifwa underwiste härutinnan uti
de aflägnaste tider. Det år oförnekeligt, at wåra Runor hafwa
mycken likhet med gamla Romerska Alphabetet, men på samma
räkning äro de ock lika med Grekiska och Galliska bokstäfwerna,
ja med sjelfwa Joniskan och Samarithanskan, ty alla deßa bok-
stäfwer idra i grunden wara alt et. Det kan då wara möjligt,
at wåra förfäder från Gallien eller Britannien lärde Skrifkonsten;
men hufwudfrågan blifwer altid den samma, nemligen når det
skedt? Af hwad som redan år påmint, har denna kundskap kun-
nat blifwa inhämtad för Christi födelse, och stort längre gå intet de
tilbakars, som göra Oden til Runornas uphofsman i wår Nord (1).

(1) Hos Sertorius Ursatus de notis Romanorum uti Grævii Thesau-
rus T. XL p. 543. finnes en gammal Inscription af denna ritning
XLA XVG. GORDIA. Ala Augusta Gordiana, uti hwilken A
har mycken likhet med Runan ᚠ ᚨ. Runorna ᛁ. ᛒ. ᚱ. ᚦ. äro å-
gonskenligen Latiniska. Några af de andra Runorna äro likare Gallernas
bokstäfwer, sådana som de finnas i en gammal Inscription uti Aringhi
Roma Subterranea p. 599, och uti Benedictinernas stora Histoire Li-
teraire de la France T. I. p. 16. Så at den som wil hålla sig wid
blotta möjligheten, kan nog finna medel at skaffa wåra förfäder bokstäf-
wer, utan at beswära Munkarna därmed.

§. 3.

Men det blifwer ännu swårare at begripa, hwarföre de Christne
Munkar, om de lärt oß at skrifwa Runor, intet lärt oß mer än
sexton, då Romerska Alphabetet war likwäl mycket rikare. Run-
stafwarne öfwertyga oß, at wåre förfäder intet haft flera, emedan
uti gyllene talet eller Cyclus Lunæ de sexton förste äro ratta Runor,
men de tre sidsta däreinot äro dubbla, eller sammansatta, som e-
gentligen intet hafwa något ljud. Deßutan har man ock all an-

led-

Wetenska- ledning at fråga, hwarföre wåra Nordiska folkslag begynt sit A b c
pet. med F, då Romarne började sit med A. Och om wåre förfäder
fått sina Runstafwar af Munkarna, har man fullkomligt skjäl at
tro, det de litet det, som Munkarne wiste och sjelfwe brukade,
nemligen at börja bagräkningen med A. B. C. och så widare.
Detta skedde likwäl intet, utan wåre fordne Swear och Göther
började bagräkningen med F. B. D. m. m. Naturliga påföljden bliswer då den, at ingen anledning är, at Runorna eller wåra gamla bokstäfwer leda sin uprinnelse från Munkarna. Biskopen i Maynz Rabanus Maurus, som dödde 856, då ännu ingen Christendom war stadgad, hwarken i Dannemark eller Swerige, beskrifwer Runorna, och gifwer dem til en del samma namn, som de haft i Norden, ⊬ kallar han Eben, þ Thorn, ⊬ Fech, ✳ Hagel, | His, ⌐ Lagu, Ψ Man, ✝ Nor, ⋂ Sur (1). Hwem ser intet, at desa namn äro brutna af wåra fordne Göthiska Ån, Thor, Så, Hagel, Is, Laugur, Madur, Naut och Ur. At Rabanus gifwer flera Characterer än Runorna warit, gör wäl intet stort til saken, emedan man finner, at den, som lärt honom desa bokstäfwer, welat utmärka Runor för hela Romerska Alphabetet. Det bliswer icke destomindre oförnekeligt, at Rabanus Maurus haft begrep om Runor, och gifwet dem samma namn som de hade i Norden, när ännu ingen Christendom war rotad här, och Jrland ännu intet war bebodt. Ingen lär fördenskull kunna med skjäl satta den tankan, at Runor och deras namn är en upfinning af någon Jsländsk Runamästare, som någon til äfwentyrs annars kunnat föreställa sig. Ej heller är någon sannolikhet, at de hafwa någon förbindelse med Christendomen i Norden. Således til följe af hwad som nu är andraget, torde man med alt skjäl kunna tro, at Venantius Fortunatus werkeligen ment wåra Göthiska Runor, när han nämner Barbara Runa (2).

(1) Rabanus Maurus de inventione Lingvarum uti Goldasti Rerum
Alamanicar. Scriptores T. II. p. 93.
(2) Venantii Fortunati vers är almänt bekant.
     Barbara fraxineis scalpatur Runa tabellis,
     Quodque Papyrus agit, Virgula plana valet.
Man har orsak at tro, det Venantius här ment Runor, eller de bokstäfwer, som wärkeligen warit så kallade. Och efter de andeligas slut, lär med
                                     Bar-

Barbarus, intet annat funnat förstås än en Hedning. Wid denna hän- delsen borde det förswenskas, en Hedniff Runa, eller sådana bokstäfwer, som hos Hedningarna woro i bruk. Medgifwes denna uttolkning, bör man intet söka desa Runor, hwarken uti Italien, Frankrike eller Spani- en, ej heller uti en stor del af Tyskland. Kan ock hända, at Barba- rus har samma betydelse här som på et annat ställe hos samma Auctor, L. 9. C. 1. då han talar til Konung Chilperic på detta sätt:

Chilperice potens, si interpres Barbarus adsit.
Adjutor fortis, hoc quoque nomen habet.

Här gifwer Venantius tillsänna, at Chilperic på barbariska språket betyder Adjutor fortis, och det är ren Swenska nemligen, Hjel- perik, sammansatt af Hjelpa adjutare, och til potens, fortis. J. G. Eccard de origine Germanorum §. 88. p. 191, leder detta ordet af Toskan, hwilket ock går an, .efter språken äro uti grunden et och det samma, men ingen kan neka, at ju Swenskan uttrycker både menin- gen och ordet helt tydeligen.

§. 4.

Af alt detta, som hit in til är anmärkt, lär wara ganska sannolikt, at wåre Nordiske Göther warit underrättade i skriftkon- sten förr än Christendomen kom til Norden. Men af alt, som man ännu kunnat anföra, kan man ingalunda sluta, när Runor- ne kommit i bruk hos wåra förfäder. Men wil man sätta tro til wåra Göthiska häfder, förswinner alt twifwelsmål, emedan O- den blifwer då deras upfinnare, eller åtminstone den som infört deras bruk i Göthiska Norden. Runa Capitule säger det tydeli- gen. Men när författaren til desa rim lefwat, wet man likwäl intet, om man intet wil tro, at de komma från Oden. Detta understår jag mig likwäl hwarken at jaka eller neka. Så mycket lär wara oförnekeligit, at Auctoren lefwat för Semunder, och wa- rit Hedning. Medgifwes detta, så följer witare, at man i Heden- domen haft öfwer alt den mening, at Runornas ursprung bör le- das ifrån denna märkeliga mannen, då de ingalunda kunna anses för nya. När man nu tillika påminner sig, at Snurleson wit- nar, at Oden gjorde en del af sina gyckelkonster med Runor, fin- ner man, at både Fabler och Historier stämma öfwerens om de- ras ålder, och lära de på den räkning ingalunda kommit hit med Christendomen. Men härutaf följer intet, at konsten warit färde- les allmän, utan torde den wara hållen som en hemlighet ibland de förnämare i Landet, til des den så sindningom alt mer och mer blifwit utwidgad (1).   R l l 3   (1)

Wettenska-
per.

(1) Om wåra Runstenars ålder bör man ock bör göra någon påminnel-
se, fast deras witnesbörd uti Historien meredels kan umbäras. De
gå förmodeligen alt för långt i sin högaktning för Runstenarna, som
inbilla sig, at man på dem finner undermälen af krigståg, som skiedt
ifrån Swerige innan Sodom och Gomorra blifwit förstörde. Detta är
nog så swårt at tro, som det är obegripeligit, huru man kunnat falla
på en sådan mening. Om man genom någon likhet i namn för läf
at göra sådana afsprång, kan jag intet se, hwarföre man intet påstått,
at Rom fått sit namn från Raumo i Finland. Men denna förklarings-
de smaken är nog ombytt i senare tider. Och nu är man åter af den
tankan, at alla Runstenar äro mycket yngre än Christendomen eller det
niionde århundrad. Detta wil jag intet bestrida, men allenast göra den
påminnelse, at det kan hända intet är tillräckeligt, at af blotta förstek-
net, som finnes på stenarna, strart göra denna slutsats. Wattenösnin-
gen, som skedde wid wåra förfäders namngifning åt nyfödda barn,
lär visserbart wara land af de Christna, men brukades icke destominnre
uti mörkaste Hedendomen. Liksa kan det wara händt med korstekurt.
Sielfwa Hedningarna hafwa kunnat fådt högaktning för denna figur,
utan at de warit underwista i Christendomen, wår de sadt, at man til-
ägnat så mycken kraft åt detta tekuet, och brukade det så ofta. Hos
Sararne i Engeland, sättes kors på åkrar och ängar til påminnelse om
bönestunderna, som man finner af Vita Willehadi uti Basnage The-
saur. Manum. Eccl. T. II. p. 107. På mynt, wid döpelsen, och nästan
alla andra, både andeliga och werldsliga förrättningar brukades kors.
De Swenske äro et efterapande folkslag, som gierna härmar utländska
seder, fast det pakar sig litet nog understundom. Utom des wet man
af S. Sigfrids Historia, at de nyligen omwända Christna ansågo det
för en besynnerlig förmon, när dem blef lofgifwet, at sätta kors wid de
dödas grafwar, ändskönt de intet warit döpte. Er. Benzelii Mon. Eccl.
p. 7. Det kan så wara troligt, at efterkommanderne låtit ingräfwa
kors på sina förfäders eller bekantas Runstenar, ändskönt de intet warit
där tilförge, i hopp, at någon förmån, för den döda, därutinnan skul-
le ligga förborgad. Ändvist kan uti widskepeliga tider blifwa mycket
ansedt, fast det i sig sielf är wel dårskap. Åtminstone torde en sådan
figur inhuggen på en Hednings Runsten, hafwa lika mycken wärkan
som en Siälemässa. Men en widlyftigare undersökning i detta ämne
hör intet hit, emedan, som redan påmint är, gamla Historien lider in-
gen ting, antingen Runstenarna anses för gamla eller nya.

§. 5.

Ars och
dagräk-
ning.

     Någon kunskap om solens gång och årets längd, åra ock
wåre Hedniske förfäder hafwa haft. Deras stora Fester, som fi-
rades på wissa tider om året, synas bewisa denna kundskapen.

De

De som bodde långt afsides, hade intet kunnat infinna sig wid ꝳetrusta de högtideliga offren, och de dårmed förenade Rikstagar, om de rcc. intet hade haft någon wiß afnidening på året at råtta sig efter. Utom des finner man bewis hårpå af de gamla Hedniska inbyg⸗ garna på Jsland. De råknade nemligen uti året fyra dagar på det fierde hundrade, eller trehundrade sextio fyra dagar om året (1). Ty efter Jsländska råkningen gå 120 på hwart hundrade. Desa dagar deltes widare i twå Mißere eller twå halfår, 52 wekor och tolf månader, trettio dagar i hwar månad, då i denna må⸗ nads råkningen fyra dagar öfwerskjuta. De måckte likwåll snart nog, at denna råkning war felaktig, emedan deras första sommar⸗ dag på detta sått gick alt längre och längre tilbaka in uti wåren. En benämnd Thorsten Swart gaf då det råder, at de hwart siu⸗ ende år om sommaren skulle lågga til en hel wecka eller siu dagar. Förslaget wann bifall, och Lagman Thorkel Måne och andre, som hade mera insikt beslöto, at året skulle framdeles bestå af 365 da⸗ gar, om det intet war Laupår, kottår, men af 366 om det war Laupår, hwilket hände hwart fierde år. Denna skottdagen jämka⸗ des på det sått, at hwart siunde år skulle hafwa femtio tre wekor, men om twå Laupår infölle innom et tal af siu år, skulle det sjer⸗ te året hafwa femtio tre wekor.

(1) Detta alt år tagit af Are Frode C. 4. p. 20. (.

§. 6.

Sålunda beskrifwer Are Frode de gamla Hedningars års⸗ mätning på Jsland, och ehuruwäl med skottdagens insätande en uppenbar misräkning och willereda förmärkes, som kan hända sy⸗ ter af något skrif-fel (1), blifwer det icke destomindre otroligt, at wåre hedniske förfäder, innan Christendomen kom til Norden, haft något begrep både om Sol årets storlek, och skottdagens nödwän⸗ dighet, så framt man inat wille blanda årsåderna. At deße förd⸗ ne Jsländare råknat allenast 364 dagar om året, kan flyta der⸗ utaf, at de intet haft fulkomligt begrep om den hos Prästerna bru⸗ kade årsråkningen, utan följde et sådant dagatal, som uti almänna åren warit brukeligt. Ty man kan sluta af det föregående, et sem eller sex år i rad warit af 364 dagar, och således lika långa,

456   Svea Rikes Historia.

Weckoräk-
ner.

eller som Åre det uttrycket jämnlånga. Hwilket ock år ordsaken,
hwarföre år uti wåra gamla Lagar kallas Jamlonga (2), så at
når man skulle råkna år och dag efter Lagen, borde man endast
hafwa affeende på de jämlånga åren, hwilka bestodo af femtio twå
weckor, eller 364 dagar, och intet på dem, som innehöllo femtio
tre weckor, eller 371 dagar. Och at detta förslag, som gafs af
Thorsten, intet war ohördt eller nytt, kan dåraf intagas, at Åre
fåger, at alle waknade dårwid, hwilket på gamla Isländskan be-
tyder, at de påminte sig det (3). Denna fottweckan, som hwart
sette eller siunde år inföll, skulle insåttas om sommaren. Något
når på samma sått war wedertaget hos de gamla Angler, hwilka
bodde i södra delarna af wår Nord, såsom i Holsten och Sles-
wig. m. m. Ty når de skulle jåmnka sina år med inskjutning af
en månad, insattes denna midnad wid intrådet af sommaren (4).
Årets långd af 365 dagar och laupåret eller skottåret, synes gifwa
tillkånna, at de gamle Normån wårkeligen haft någon kunskap
om Calendarium Julianum, åndskönt de med skottdagens insåtning
haft en annan wana, eller iuttåtning. Det blifwer imedlertid oför-
nekeligt, at weckoråkningen warit bruklig i sjelfwa Hedendomen.
Och år det på den grund troligt, at de namn, hwarmed wi åf-
wen nu betekne dagarna, hafwa warit de samma af ålder. Dessa
namn komma wål mycket öfwerens med de Romares, men dår
år likwål någon skilnad, ty Fredag torde snarare böra hänledas
från Freyer än Frigga, och Laugur, hwaraf Lögerdagen fådt
namn, swarar snarare emot Neptunus ån Saturnus. Om da-
garnas namn borde förskrifwas från Munkarna, har man ordsak
at föreställa sig, at de nåmnt dem efter det, som i Christna för-
samlingen war måst brukeligt, och kallat dem den första, andra
dagen m. m. såsom de Christna sade i almånhet, prima et secun-
da feria &c.

(1) Åt den, som afskrifwit Åres wårk, utaf okunnighet försedt sig, år oför-
    nekeligt; ty når står p. 26. at VII. år samman jamnnlong, eller
    at sju år i rad åro lika långa, hwilket år omöjligt når hwart siunde
    år, som han sagt förut, skulle ökas med en wcka.
(2) Ordet Jamnlanga för år, förekommer ofta i wåra gamla Lagar, så-
    som 8 Fl. Wb. B. Upsl. 18 Fl. Wb. B. Upsl. 10 Fl. K. B.
    Wgl. 14 Fl. Arf. B. Wgl. 22 C. Arf. B. Fl. Och uti 15 C. 4. §.
    B. B. Fl. står Jamnlanga året m. m.

(3)

(3) At wakna, på gamla Isländska, wemotsägeligen har denna betydelsen, 〈**Beträffar-per.**〉 kan slutas af Sturle on T. I. p. 702: här talas om Olof Harald-son, som frågade Raud om sin ålder, och när Raud berättat sina år dra, sågs om Konung Olof, tha waknadi Kongar wid theira års begata, då påmiute sig Konungen båggre deras ålder.

(4) Beda de ratione temporum C. 13.

§. 7.

Af det föregående har man sedt, at tolf månader woro på 〈**månader.**〉 året. Namnen på dessa månader hafwa warit olika uti olika Landsorter. Efter Edda war Gormånad eller slaktemånaden förste månaden i året, den 2 Frermånad, eller första kjöldsmå-nad. 3 Haustmånad eller sidsta månaden i hösten. 4 Thormå-nad som war första wintermånad. 5 Goimånad. 6 Einmånad eller sista månaden i winteren. 7 Gaukamånad. 8 Eggelden. 9 Solmånad. 10 Silmånad, eller då man bodde uti skogshusen, hwilka lågo för sig sjelf, at där wårda boskapen. 11 Hegannir eller Höanden. 12 Kornskurdar eller Skjörde tiden (1). Hos Anglerna, eller de som bodde uti södra delen af wår Nord woro åter andra namn. Giuli swarade emot Januarius. 2 Solmå-nad, hwilket Beda menar skal betyda kakemånaden, efter de då bakade och offrade kakor åt sina Gudar. 3 Rehdmånad, hwil-ken han menar hafwa fådt namn af en Gudinna, som heter Rehda, fast den snarare torde hafwa fådt sit namn af redskapen, som då gjordes färdiga til wårbruket. 4 Eostar månad, samma namn som Carolus Magnus sedermera gaf åt Aprilmånad, och hwarutaf man ännu uti Tyskland kallar Påsken Ostern. Beda säger, at namnet är taget af en Gudinna Eostre, hwilken i sonnerhet dyr-kades denna tiden om året (2). 5 Trimilchi, efter korna då mjölkades tre gångor om dagen, hwilket Beda anmärker som et stort bewis på detta Länders frukibarhet. 6 Lida, 7 Lida, och Sola namnen därutaf flyta, emedan dessa månader woro i sonner-het blida. Dock kan wäl wara, at namnet bör snarare ledas från Lid, högd eller Backe, emedan solen då war uti sin högd. 8 Weid eller Wenden inånad, och skal wenden betyda ogräs 9 Haleg eller heligmånad. 10 Winterfyllet eller fullmånan, ifrån hwilken Winteren börjades. 11 Blotmånad eller offermånaden. 12 Gju-

Wattuko- ll eller Julmånad, och således har både December och Januarius
pet. hetat Julmånad. Och skal namnet Gjuli egenteligen wara taget
därutaf, at solen då wänder tilbaka ifrån södra wändcirkeln. Be-
da torde til äfwentyrs hafwa rätt, ehuru wäl man annars tror,
at månaden därutaf blifwit så kallad, efter Hedniska Julfesten då
inföll. Men om detta passar sig med Anglarnas årsräkning: är
det likwäl oskickligt, at Julen i andra Landskaper finnes på en
annan tid, nemligen uti Goi eller Februarius. Dessa woro
de tolf månader uti wanliga åren, men då Anglernas skåttår in-
föll, som bestod af tretton månader, lades en månad til, hwilken
ock kallades Lida, och kallades året för samma orbsak Triliði.
De andra namn, som warit och ännu äro i bruk på åtskilliga
orter, går man förbi tils widare, emedan det är owist, huru wi-
da de med skäl kunna föras til denna tiden.

(1) Jon. Gams Schediasma de ratione Anni solaris secundum rudem
observationem veterum Paganorum in Islandia p. 115. Men det
torde wara angeläget at äfwen införa sielfwa stället af Edda, emedan
man afwiket ifrån den öfwersätning och förklaring, som Gam gifwit,
på det Läsaren må sielf kunna döma, hurumida man träffat meningen
rätt eller ej. Wintersbordet af Edda lyder så. Fraa Jasabägri er
haust, til thes er sol setst i Ryktarstad. Tha er weitr til Jasn-
daguro. Tha er war til Garbaga. Tha er sumar til Jafnd-
gure. Haustmaanadr heitie sin nästi fyr watr. Syrsti weitri
heitie Goermaandr. Thaa er Frer maandr. Thaa er Haust-
maanadr. Thaa er Thorn. Thaa Golmaanadr. Thaa Einma-
anadr. Thaa Gaukmaanadr, oc Saadtyd. Thaa Eggiyd oc
Steektyd. Thaa er Solmaanadr oc Selmaanadr. Thaa era
Grannir. Thaa er Kornskurdar maanader. Någon öfwersätning
torde här wara mindre nödig, ty innehållet är klart: nemligen, at
hösten börjas om höstdagjämningen, och warar til des solen går neder
i Eiktarstad, eller tydeligare, til den kortaste dagen. Härifrån räk-
nas winteren til wårdagjämningen, då börjas wåren, och warar til
Garbagen eller längsta dagen, då sommaren tager wid, och räcker til
höstdagjämningen. När det säges, at Goermånad är första månaden i
winteren, kan det intet förklaras på annat sätt, än at denne månad,
är den förste månaden i året. Det är bekant, at man fordom kallade
winter, det wi nu kalla år. Och när det säges, at höstmånaden är den
första månaden för winteren, tages winter för årstid och intet för år.
Hwilket äfwen däraf är tydeligt, at höstmånaden sättes näst eller
näst för Thorsmånad. Frer månad, som är den andra månaden i
året, torde betyda det, som i sielfwa § är anmärkt, enevän Frai be-
tydet

tober skarp, bitter. Werelina in Indice. Hwarföre Bam förklarat Wetenska-
deβa annorlunda, lär somma härutaf, at då årstiderna admnas i Eb- per.
da, talas ock om höstmånaden, hwar af han trott, at den sommit
näst för Goormånad. Men rätta meningen torde likwäl wara den,
som här är uptagen.

§. 8.

Deβa tolf månader deltes i twå mißere eller halfwa år, Årets för-
winter nemligen och sommar. Wintermånader kallades de, uti delning i
hwilka natten war längre än dagen, och sommaren utgjorde den sommar
öfriga tiden, uti hwilken dagarne woro längre än natten (1). och win-
Winteren börjades wid höstdagjämningen, och warade til dagjäm- ter.
ningen om wåren, då sommaren börjades. Detta bör dock intet
så förstås, at winteren tog sin begynnelse wid själfwa dagjämnin-
gen. Utan man ansåg hela September såsom dagjämning, och
nästa fulmånan i October war winterens rätta början, hwarutaf
ock månaden kallades winterfyllet. Men som Ny och fullmåne in-
tet falla in på samma dag, det ena året som det andra, sattes
winterens början den 14 October eller Calixti dag. Hwarföre
man ock finner i gamla Kalendarier denna dagen wara kallad
winternatt (2), och sommaren börjades den 14 April eller Tibur-
tii dag. Denna anmärkning lär förmodeligen hafwa sin uprinnel-
se från själfwa Hedendomen, emedan det är något, som intet har
någon synnerlig gemenskap med de Christnas fester. Torfäus an-
för, at winteren begyntes på den fredag, som är näst för S:t
Lucas eller den 18 October, och sommaren på Thorsdagen näst
för S:t Måns eller den 16 April (3). Men som detta ankom-
mer på Söndags bokstafwen, hwarom wåre fordne förfäder warit
mycket litet bekomrade, när de med jämna dagar och wekor af-
mätte åren, kan denna sedwänja intet hänföras til denna urgamla
tiden, utan til Christendomens stadgande i Norden. Efter deβa
grunder blifwer det aldeles intet swårt, at utsätta de gamlas mid-
sommar och midwinter. Ty midsommaren, som är midt uti gamla
sommaren, infaller den 14 Junii efter gamla stylen, och midwin-
teren den 13 December eller gamla Lucia, nemligen uti de jämn-
långa åren, som bestodo af 52 wekor, men med någon skilnad
uti föröknings åren, som innehöllo 53 wekor (4).

Rmm 2   (1)

Betraka-
per.

(1) Beda de ratione temporum C. 13.

(2) Torfäus H. N. T. II. L. 2. C. 11. p. 125.

(3) Man har intet welat följa nya stolen uti deßa anmärkningar, på det man så mycket bättre må kunna betiena sig af de gamla Kalendarier. Eljest lär adgot hwar kunna utan möda begripa, på hwad grund man astsafat midsommar och midwinter. Wanliga året bestod af 364 dagar, af hwilka halfwa delen hörde til winteren, och den andra hälften til sommaren. En och sextio dagar dela således så wäl sommar som win- ter, uti twå lika delar, och midsommar och midwinter så se tydeliga ställe hwar de böra utsättas.

(4) Wormii Fasti Danici p. 144.

§. 9.

Runstaf-
war.

Denna årördning war utsatt på de gamlas Runstafwar, och på deßa finner man egenteligen först en räkning på sjelfwa da- garna i året, sedan det så kallade Gyllene talet eller Månans Cir- kel, och ändteligen åtskilliga tekn, hwarigenom wißa märkwärdiga dagar utwisas. Första dagen i året utmärktes med ƿ, den andra med Ⴖ den tredje med þ, den fierde med ⱪ, den femte med R, den siette med ⱶ, och den sjunde med ⚹, då man sedermera fort- far på samma sätt twå och femtio gångor, eller så många gångor, som wekor dro i året. Den sista dagen, som öfwerskjuter weko- talet utmärkes åter igen med ƿ, så at första och sista dagen i året altid äro teknade med en och samma bokstaf. Men detta sis- sta kan intet lämpas på de urgamla Hedniska tider, emedan man i de wanliga åren intet räknade mer än 364 dagar, och på den räkning måste de gamlas år börjas med ƿ och lyktas med ⚹, utan är denna ändring då först skedd, när Runstafwen inrätta- des til alla delar efter Julianska Kalendern. Så framt wåre fordne Swear intet warit mådne om at weta, på hwilka dagar nytändningar inföllo, kunde den ena raden på Runstafwen wara tilräckelig at afmäta tiden, så framt wißa tekn därjämte utsatt, när deras årliga fester firas stulle. Och Olaus Magnus sä- ger, at man på de älsta Runstafwar intet haft mer än denna raden (1). Det kan wara, at han wärkeligen sedt sådana. Men som man wet af Tacitus, at de gamle Tyskar med mycken granlagenhet aktat på Ny och fullmåne (2); är troligt, at deßa må-

månans förändringar intet warit utlämnade, såsom man ock finner
dem på alla Runstafwar, så wida mig är bekant. I denna
afsikt sättes Måne-Cirkelen, eller Gyllenetalet inunder de Runor,
hwarmed dagarna betecknades. Det är bekant, at efter nitton
års förlopp infaller Nymånen på samma dagar i året. Detta
talet af nitton utsättas med följande Runor. ᛒ1. ᚾ2. ᚦ3. ᚠ4
ᚱ5. ᚢ6. ᚥ7. ᚼ8. ᛁ9. ᛘ10. ᚼ11. ᛏ12. ᛒ13. ᚱ14. ᚤ15. ᛗ16.
ᛏ17. ᚥ18. ᚦ19. Deße stafwar ställes så igenom alla månader-
na på Runstafwen, at de swarade emot de dagar, på hwilka
Nyer börjades, så at när man allenast wiste hwilket tal, som
året utgjorde uti Måne-Cirkelen, kunde man genast se hwad dag
Nymånan inföll hela året igenom. Om det war första året af
Måne-Cirkelen utmärkte Runan ᛒ dagen af Nymånaden. Uti
det andra året betecknades Nymåne genom ᚾ och så widare. För
denna ordsak kallades ock Runstafwar Primstafwar, ty Prim
betyder Nymåne. Den tredie raden, som förekommer öfwer
dagraden, utwisar nu på Runstafwerna sänings och skjördetiden,
helgedagar, större och mindre fester, samt de högtideliga gudstje-
nestbuds dagar, och mera dylikt, och idra en del af de märken,
som äfwen nu förekomma, warit brukade i sjelfwa Hedendomen.
Olaus Magnus intygar, hwilket ock är oemotsägeligt, at sjelf-
wa almogen warit så förfaren i Runstafwen, at de icke allenast
förstådt utwisa Söndagar och Helgedagar, utan ock Ny och Ne-
dan hela året igenom. Hwilken kunskap likwäl nu för tiden gan-
ska mycket aftagit, sedan man genom wåra almänna Almanachor
kan mycket lättare winna samma ändamål.

(1) Olaus Magnus Hist. L. 1. C. 34. Jämförd med Wormii Fasti
    Danii L. 1. C. 8.

(2) Tacitus de moribus Germanor. Coeunt, nisi qui? fortuitum et subi-
    tum inciderit, certis diebus, cum aut inchoatur Luna aut impletur,
    nam agendis rebus hoc auspicatissimum initium credunt. Nec dierum
    numerum ut nos sed noctium computant.

§. 10.

Förmodeligen är tydeligt, af hwad som nu är andraget, at
man i Göthiska Norden haft något begrep om årets rätta längd,
Mmm3   och

Wetenfta- och månans til- och aftagande. Men bårutaf följer ingalunda, at
per. wåre äldste förfäder haft någon Mathematisk kunskap i desa saker,
ty en del af desa anmärkningar kunna göras af en eftertänksam
bonde. Sjelfwa skuggan, som råttar sig efter solens rörelse, kan
genom någon förfarenhet utwisa idugsta dagen, och så widare.
Men troligast är, at denna kunskap kommit in med vågon resande,
ja, kan hända med sjelfwa Oden, då aldeles ingen Mathesis be-
höfwes därtil, utan et godt naturligt begrep och minne uträttar
altsamman. Uti dagens afmätning har ännu warit någre korst,
emedan den aldeles skjedt på bondewis, då des delar afgjordes ge-
nom Dagward, som almogen på några ställen kallar Dagre,
Middag, Midafton, Qwäll, Midnat och Otta. Men at utmärka
desa dygners förändringar uti mörkt och mulit wäder, lär warit
nog swårt, då man haft brist på Ur och timglas, hwarmed Nor-
den, efter utseende denna tiden ingalunda warit försedd. Icke desto-
mindre finner man exempel på dem, som kunnat utstaka dagens
Fridande, fast hwarken Sol, Måne eller Stjernor syntes på him-
melen. Den Swenska Mannen Raud, som satt sig neder i östra
Dalarna, hade en son, som het Sigurd, hwilken haft denna
Kunskap, och wist prof därutaf för Konung Olof Haraldson (1).
Det är skada, at Sturleson, som lämnat os denna underrättelse,
intet gifwet någon omständwelig beskrifning på detta rön. At man
fordom räknat nätter och intet dagar, som nu är brukeligt, och
at natten började dygnet, på samma sätt, som de gamle Galler
och Tyskarne brukade, är almänt bekant. Hwarföre man ock i
wår tid kallar Juleafton, Nyårsafton, och så widare, intet den
afton, som faller in på Jul och Nyårsdagen, utan den föregående.
Den längsta natten kallades Modernatten hos Anglerna (2), för-
modeligen därföre, at hon i anseende til sin långa längd kunde an-
ses för moder för de andra nätterna. I Norrige kallades längsta
natten Höko-natt, som inföll tre dagar för Juleafton, och då höls
Julen, innan denna fest blef flyttad af Håkan Haraldson på sam-
ma tid, som de Christne firade Christi födel'e (3). Fast man fin-
ner, at fordna Julen på andra orter warit firad och hållen på
annan tid om året.

(1) Sturleson T. I. p. 140.

(2) Beda de Ratione temporum. C. 13. p. 81. säger, at Möbranatten
inföll

infalt VIII Kal. Jan; eller sielfwa Juledagen, och är hans mening, at Wetenffa.
namnet bör ledas från några gamla widsteppelser, som den tiden i alt
togut. Det är möjligt, at han bedragit sig, men det kan ock wara, at
han har rätt, då ock namnet bör striswas Wödranatten. Men om det
har sin riktighet, at längsta natten infalt Juldagen, har Beda haft en
besynnerlig Almanach.

(3) Sturleson T. 1. p. 140. Sielfwa orden, utaf hwilka denna me-
ning är tagen, förtiena någon förklaring, och böra anföras: En Ädur
war Jolchald haft Hökonatt, that war mido wetrar, Nott och
haldin thriggia natta Jol. Peringsköld har öfwersatt det sålunda:
„Men tilförne höllo de Jul Hökanatt, och stod då Julen öfwer tre
„nätter,„ Men denna mening lär intel kunna tagas af sielfwa orden.
Alt är tydeligt undantagande thriggia natta Jol. Men at forstå det-
ta bör man påminna sig, hwad som är påmint i sielfwa §: at natten
gick för dagen. Första natt Jul blifwer således natten för Juldagen,
andra natt Jul måste då blifwa andra dagen för Juldagen, och thrig-
gia natt Jul, tredie natten för Jul. Om man wile tro, at thriggia
natt Jul skulle betyda tredie dag Jul, borde man tillika föreställa sig,
at längsta natten eller midwinter natten kunde falla in på tredie Julda-
gen, hwilket intel wäl går an. Däremot kommer denna räkning när-
mare in til Gregorianska Kalendern, som utsätter längsta natten den 21
December. Och wisar denna anmärkning, at wåre gamle Norrmän
haft en annan grund, hwarefter de utsatat längsta natten, än den,
som kan hämtas af Julianska Kalendern, fast man intet wet, hwaruti
den bestod. Det sagt an är andraget, bekräftas än widare af en gam-
mal Knutsaf, som Werelius infört i Anmärkningarna til Hervarar
Sagan p. 56; ty hornet, som utmärker supe och glädjedagarna, utsät-
tes alraförst på tredie dagen för Jule afton. Ordet Hökenatt lär be-
tyda längsta natten, utaf Auka eller Hauka, som betecknar föröka, och
af Hauka uti gamla Skrifter är det samma som Auke, kan slutas af
Brages vers hos Sturleson T. 1. p. 6. hwaräst uti några exemplar står
Auka, och uti andra Hauka.

§. 11.

Wåra förfäders räkningssätt har ock, så wida os är bekant, Räknings
warit ganska enfaldigt. Til at utmärka talen eller Numren, bru- konst.
kades Runorna, så at Ⱶ betydde et, Ⴖ twå, Þ tre, Ⱨ fyra, Ⱪ
fem, ⱴ sex och så widare til nitton, såsom man finner af Gyllene-
talet. Man wet intet, om de haft flera Characterer eller Ziphror.
Större summor har man utsatt med wanliga ord. Det är såle-
des tgonstenligt, at de haft et skilldt sätt at räkna, som de in-
tet kunnat fådt, hwarken från Greker eller Remare. Grekerne
bru

Weitraste- brukade wål sina bokstäfwer som tal, men på et helt annat fått.
ver. Ty A betydde et, och B twå och så widare til J, som betefnade
tio. K utmärfte hos Grekerna tiugo, då det uti Göthiska råk-
nekonsten betydde sex, m. m. Romarne brukade dåremot sina egna
och bekanta Figurer, hwilka ock finnas i Kalendarierna antagna
til at uttrycka Gyllenetalet. Hwarföre ock, om wåre förfäder in-
tet haft sina egna Characterer förut, kan man wara öfwertygad,
at de emottagit det råknings sått, som Munkarne brukade, hwilket
war det Romerska. Af det, som redan år nämnt, at året efter
Isländska råkningen, bestod af tre hundrade och fyra dagar, som
i wår råkning gör 364, år ögonskenligt, at de gamlas hundrade
giorde i wåra tal et hundrade tiugo. De tal, som woro under
och emellan hundrade, råknades genom Tig, som betyder en De-
cas eller antal af tio, såsom niotig, riotig, ellofwatig, hwilka
swarar emot nittio, hundrade och hundrade tio (1). De tal, som
woro emellan Tigen, råknades först med halfwa tig, såsom half-
ferrig. På detta sått såges om första Biskopen på Hollum, at
han war wetterr mindr än halfferroger, eller et år mindre än
trettio sem, som gör 34 (2). De andre talen åkes eller minska-
des efter wanligheten. Uti enkla talen råknades merendels til tolf,
och de tal, som woro emellan tolf och tiugo, åkes med tillägg af
de enkla, såsom tolf och twå för fjorton (3). Tiugo kallades tut
tug eller twå tig, och så widare. Hos bönderna på några ställen
år ännu i bruk at råkna genom Sneser eller Tjog, såsom fyra
sneser, fyra tjog, eller qvarte-Vingr, som Fransosen jåger. Och
torde detta råknings sått wara ganska gammalt. Men det kan
wara nog, at man gifwet något begrep om de gamlas råknekonst.
Genom Christendomen blef wedertaget at råkna på det nu bruke-
liga sättet, fast ån hos almogen och i almånna lefwernet ånnu
finnes qwarlefwor af fordna råkningen. Man kan se hårom Wo-
relius i Anmårkningarna til Herwarar Sagan 18 Capitlet och
168 sid. f.

(1) Knytlinga Sagan C. 32. p. 62.
(2) Are Frode C. 10. p. 68.
(3) Herwarar Saga C. 18. p. 167.

§. 12.

§. 12.

Man tillſkrifwer äfwen wåra Göther någon ſlags kunſkap i Stjernkonſten, ſålunda nemligen, at de wetat och kunnat nämna wiſſa ſtjernor, och döma därutaf, ſå wäl huru natten led, ſom iſrån hwad wäderſtreck windarne bläſte. Uti lilla Rimkrönikan ſäges, at Thor warit bildad på det ſätt, at han i handen höll Sjuſtiernorna och Karlawagnen. Dock wet man intet, hwari från denna berättelſen är tagen. Icke deſtomindre är Karlwagnen et gammalt namn på ſtora Björnen, Urſa Major, och är bekant, at äfwen de fordne Greker kallat denna Conſtellation för wagn. Twänne andra ſtiernor kallade de gamle Thiaſſes ögon, en annan kallades Orwendils tå (1). Wintergatan och Friggeräck torde ock wara öfwerlefwor af de fordna tider. Men denna Bätsmans Aſtronomien förtienar ingen widare förklaring. Här är för öfrigit ingen anledning, at de gamle gjordt någon ſkilnad på fiſtjernor eller Planeter, ej heller hafwa de haft något bekymmer, antingen Månan löſte af ſig ſjelf, eller han fick ſit ſken annorſtädes ifrån. Detta och mera dylikt woro ſaker, ſom intet ſyſſelſatte deras up märkſamhet på något ſätt.

(1) Edda Dämſaga 53. 56.

§. 13.

Men Läkarekonſten är en wetenſkap eller förfarenhet, ſom på närmare afſtånd rörer wår ſammanlefnad, och hafwa wåre förſäder wärkeligen haft något begrep dårom. Qwinnokjönet winnlade ſig i ſynnerhet om denna behändighet. Den älſta man finner wara berömd i detta mål är Joun, Brages huſtru, ſom war i följe med Aſarna, då de kommo til wår Nord. Hennes äplen äro namnkunniga ſåſom de, hwilka hade en beſynnerlig kraft at bibehålla häſſan, hwarföre det ock berättas, at då hon wart bortröfwad af Thiaſſe Jotun, blefwo Aſarne genaſt förfallne och ſkröpelige (1). Det är ſkada, at man intet wet ſammanblandnin gen af deſſa härliga äplen. De gamlas Seid, ſom man menar hafwa warit et ſlags ſökning, war förkiippad med ganſka myc ken widſkeppelſe, och föll äfwen denna tillägning på Fruentim

Nn   rens

466   Swea Rikes Historia.

Wetenska-
ers. rens lott. Man detta tjente mer til at göra ondt än godt,
och torde snarare hafwa warit et slags förgift än läkemedel.
Ingen del af Medicinen synes likwäl wara mera nödwändig, än
konsten at läka sår, hos et folk, som war alt stadigt uti krig och
härfärder. Och ehuru wäl man wet, at månge blifwit botade,
de man dock ingalunda underrättad om medlen. Så mycket de
likwäl bekant, at man twättade såren med warmt watten, och be-
tjente sig både af knifwar och tänger wid sådana tilfällen. Man
gaf de sårade at dricka en soppa af lök och andra krydder, hwilka
woro kokade uti en stengryta (2). På detta sätt wårdade en hu-
stru eller Läkarinna (Läkerin) de sårade, som kommo ifrån Stik-
larstads träfning, innan hon förbant dem. Det torde ock förtjena
at nämnas, det Läkarinnan böd til at utröna, hwar de qudste ha-
de djupa och farliga sår, därigenom, at hon gaf dem dricka af den
förr omtalta Löksoppan, och gjorde sedan af luktens sina gissningar.
Kan ock hända, at man brukte grädda til at läka sår, emedan
gräda betyder läka. Om såren woro besynnerligen stora, söm-
mades de tilsamman med tråd, efter omständigheterna (3). I al-
mänhet woro alle Härförare ganska mycket förfarne i Läkarekonsten.
Icke destomindre woro Qinfolken i synnerhet berömda därföre, och
deras anseende i detta mål hafwer bibehållit sig ganska länge i Nor-
den, såsom ock den ryktbare Paracelsus försäkrar, at han i Stock-
holm warit bekant med et förnämt Fruentimmer, som med en
dryck botade alla slags sår, utom benbrott, och det med en så ha-
stig werkan, at såret altid läktes, då den sjuka tagit in tre gån-
gor af drycken (4). Flera sådana, och i synnerhet sympathetiska
curer, som af Qwinnokjönet woro förrättade, omtalas ock på an-
dra ställen (5). Så at det, som i wåre tider händt, synes göra
de gamlas berättelser ännu mera trowärdiga.

(1) Edda Dämisaga 52.
(2) Sturleson T. I. p. 874.
(3) Gautrek och Rolfs Saga C 31. p. 200. jfr. Rolf Krakes Saga
      C. 21. p. 47.
(4) Detta Theophrasti Paracelsi witnesbörd finnes infört af J. Gram,
      uti Köpenhamska Sällskapets Skrifter, T IIII. p. 244.
(5) Åtskilliga Utländska Doctorers witnesmål i denna saken finnas införda
      uti J. Bilbergs Disputation de Magnetismis rerum Thes. 6. hållen
      i Upsala 1683.

                                                § 14.

§. 14.

Detta alt witnar nogsamt om någon slags kunskap, men ännu har man intet kunnat skaffa bewis, på sådant, som i wåra tider kallas lärdom. Dock torde de gamlas kunskap om jorden, någorlunda förtjena detta namn, emedan den warit widsträkt nog, i anseende til de tiderna. Wåra förfäders widlyftiga resor, måste nödwändigt hafwa utwidgat deras kunskap i denna delen. At de mente det jorden war kringfluten, kan slutas af det gamla ordstäf: Laugur är Landabälte, eller at hafwet innefattar jorden, som en gjördel. Jorden war i deras tanka rund, hwaröre de ock kallade henne Heims Kringla, eller jordenes krets. Gamla werldens trenne större delar kallades Norder Halfu, Wäster Halfu och Suder Halfu. Norder Halfu war Europa, Wäster Halfu Africa, och Suder eller Austur Halfu war Asien. Nordur Halfu och Wäster Halfu skildes från hwarandra genom Midjardar Sjäf eller Medelhafwet, hwilket sträkte sig från Norsasund eller Fretum Gaditanum, in til Jorsala Land eller Palästina (1). Ifrån Midjardar Sjäf gick en stor hafsbotn til Swarta Hafwet, och på Norra sidon om detta haf war Swithjod hin mikla eller kalda, Scythia Magna, belägit. Den Södra delen af Africa war i deras tanka obebodd för solhetans skull, och desta negder kallades Bläland (2), förmodeligen därföre, at hwad som war upbrukat, bygdes af Swarta Morianer. De gamle nämna ock et annat Land, som de kallade stora Serkland Men om des belägenhet är man ej noga underrättad. Någre äro af den tanka, at Circassien härmed betekuas. Men emedan Swithjod hin mikla war där belägit, torde China snarare här med förstås, hwars gamle inbyggare Seres til äfwentyrs gifwit anledning til namnet. Asien ansågs, som warande mit i werlden, och des södra delar berömmas för fruktbarhet på Gull och Ginstenar eller Juweler. Gränsen emellan Europa och Asia war Swarta Hafwet och Tanais, som kallades Wanaqwisl. Men uti Europa woro wåre förfäder i synnerhet bewandrade, och gåfwo de orterna namn, som woro noq wildne efter Nordiska språket. Rossland kallades Gardarike eller Holmgården, hwilket senare kommer nog öfwerens med Cholmogorod. Understundom nämnes det ock Risaland; söd-

Rnn2   ra

(margin notes:) Wetenska-per. Geogra-phie eller Jordbe-skrifning.

Betrakte- ra stranden af Östersjön war inbegripet under Windland eller de
ter. Winders land. Den öfriga delen af Tyskland kallades Saxland,
dock torde til äfwentyrs Holsten allena warit här med betcknadt,
fast der sedermera blifwit lämpat på hela Tyskland. At de haft
en omständelig underrättelse om Norrige och Dannemark, är min-
dre underligit. Deras beständiga härfärder och långwariga wi-
stande i Engeland, gjorde dem nästan aldeles hemma i deßa
negder. London kallade de Lunrunaborg, Southwark Sud-
wirke, Cantelbury Cantaraborg, York Jorwik, och så wi-
dare. Dublin, Waterford, Lunmerik på Irland äro antingen
upbygde eller åtminstone förnyade af Normän (3). Frankrike
hette efter wåra fäders språk Walland (4), eller Gualland, förmodeli-
gen af de gamla Galler, hwilket somt intyga, at detta namn är
i wåra orter ganska gammalt. Rouen uti Normandie kallades
Ruda. Den Norra delen af Europa, såsom Färöarne, Island
och Grönland äro först uptäkte af Normän. Om America eller
Windland det goda, är talt tilförne. Hwad begrep wåre fäder
haft om Norra och Östra delen af Europa, kan slutas af Sam-
son Fagres Saga 13 Capitlet. Här säges, at Glesiewall låg
öster om Risoland, intet långt därifrån war Jothunheim, och än
längre bort Swalbard, som låg upmot Grönlands obygder. Uti
Swalbard woro många slags folk, och lefde man där ganska län-
ge ända til 200 år. Där war ock annat slags folk, som skal haf-
wa warit ganska dumt, hwarföre de ock sades hafwa Fiällmanna
wett. På en hafsud eller skage bodde åter et annat slags folk,
som de kallade Småmöjor, deße lefde intet längre än femton år
och aflade barn, när de woro sju år gamla. Och war så godt
så råd på troll och spöken i Jotunheim, at de strart woro tilreds
med sin upwakning, så snart de blefwo anmodade. Härom är talt
tilförne. Berättelsen torde uti det wäsentesliga hafwa något at be-
tyda, men för öfrigt är den nog i förwanskap med de Sagor,
som annars kringföras, at roa barn med.

(1) Edda uti Företalet 3 Capitlet.
(2) Sturleson C. 1. T. I. p. 1.
(3) Siluester Giraldus i Chorographia Hibernia C. 43. p. 750.
Camdens Uplag.
(4) Sturleson T. I. p. 391.

§. 15.

§. 15.

Men det är tid, at wi ock öfwerwåga de gamlas tänkesätt, wetenska-
uti mera afskilda eller abstracta ämnen. De slogos, handlade, å- per.
to och brukade om hwartannat, men de tänkte ock understundom. Naturs-
Jorden och djuren gifwa tillräckeligt föremål til betraktelser, och kunnighet
om deßas jämförelse gjorde de sina anmärkningar på detta sätt. Physica.
eller
Det föll dem ganska besynnerligt, at jorden och djuren hade sam-
ma egenskaper, döde, i många afseende, men woro dock olika uti
wäsendet, hätte. Då man söker på högsta fjällen, och i djupaste
dalarna finner man watten, likaledes träffar man blod hos djuren
så wäl i hufwud som i fötterna. Jorden bär blomster och gräs,
som falla af hwart år, på samma sätt wäxa hår och fjädrar på
djuren, hwilka fällas hwart år. Såsom ben äro i djurens krop-
par, så äro berg och stenar i jorden. Härutaf gjorde wåre
gamle företrädare den uträkning, at jorden på sit sätt war lefwan-
de. Och som jorden war ganska gammal, och födde alt som lef-
wande war, och alt sedermera förwandlades til jord, gjorde de
widare den slutsats, at djur och människor hade sit ursprung ur
jorden, hwarföre de ock med sina slägtlinier räknade altid på slu-
tet i jorden. Af sina gamla förfäder hade de widare lärdt, at
himla ljusen hade sedan många hundrade år gått ojämnt, så at
det ena gick hastigare, det andra långsamare. Härutaf gjordes
den påföljd, at någon måtte nödwändigt wara, som styrer dem,
och utmärker deras gång. Et sådant wäsendes magt borde förden-
skul wara ganska stor. Och emedan det rådde öfwer det hufwud-
sakeligaste, måste det ofelbart wara til, innan himlaljusen fingo sin
warelse. Widare efter detta wäsende styrde rörelsen af himlaljus-
sen, härstade det ock öfwer solsken, dagg, jordens gröda, wind,
wäder och hafsens strömmar. Wid denna tankeledning har man
intet gjort annat än öfwersatt på tydeligare Swenska, det som de
gamle på sit språk tillförne utfördt, på det Läsaren må härutaf
kunna finna, huru de sammanbundet med sielfwa grund-
meningarna (1). Når de widare wille utransaka altings ursprung,
sade de, at den största af alla Gudar war Allfader, som lefwer i
alla åldrar, och styrer alting både smått och stort. Denne Allfa-
der skapade himmel och jord, luften och alla des delar. Han gior-
de

Nnn 3

Wetenska-
per.
de od menniſkan, od gaf henom anda, ſom ſkulle lefwa utan åter-
wåndo, od aldrig förſwinna eller förgås, faſt kroppen uplöſtes til
jord eller brunne til aſka. Od ſkulle alle wdlartade menniſkor
wara med honom ſielf uti Gimle eller Ljuſens boningar, men illakt
folk fara til Hell, od wdrifrån til Niſelheim (2). Här tyſtnar
den fordna Philoſophien, od det ſom följer år en blandning af
förnufts ſlut od gammal ſägen, ſom uti Fabler od Dåmiſagor
år inſnårde.

(1) Edda i Företalet C. 3.
(2) Edda Dåmiſaga. 1.

§. 16.

Werldens
od menni-
ſkjans
Skapelſe.
Den, ſom behagar öfwerwåga denna förnufts ſlutning, lår
förmodelligen finna något ſammanhang dåruti, od kan hånda
ſtörre, ån man borde wånta ifrån ſå afſtångda folkſlag. Men
wåre gamle Göther ſtadnade inter hår med ſin eftertanka, utan
de wille utgrunda ſåttet af werldens början, od beſkaffenheten af
det, ſom gått förut. Dock hår inwekla de ſig i ſågen od gåtor,
ſom wi wårkeligen inter rått förſtå, od de förmodeligen ej heller
begripit. Fornſagor od förnufts ſlut åro ſammanblandade, hwil-
ka göra en aldeles oſammanhångande bygning. Något bör likwål
anföras, ſom kan låmna uplysning om deras tånke- od taleſått.
Tiden eller År war för werldens ſkapelſe (1), od war utſtråkt en
ſtor rymnd eller vacuum, ginunga gap. Utom detta ginunga
gap war afgrunden eller Niſelheim, od Muspelsheim. Från af-
grunden utflöt alt ſtadigt kjöld od annat ondt i Ginungagapet,
od från Muspelsheim, ſom låg åt ſöder, eld od ljus. Når
ſtrömmarne kommo långt bort i Norden, ſtadnade det ſlytande
wåſendet od warde is, hwilken ſmåltes ſedan af ljuſet, ſom utflöt
från Muspelsheim. Af de droppar, ſom föllo från ſmålta iſen,
blef et wåſende uti menniſko likneleſe, ſom kallades Yme. Denne
ſwettades under det han ſof, od föddes då under hans wånſtra
arm en man od huſtru, od af fötterna likaledes, od hårutaf haf-
wa Rimthuſsarne ſin uprinnelſe, et illakt od argt ſlåkte (2).
Men detta wildjur ſkulle nödwåndigt hafwa någon föda, dårtil
ſkaffades fram en ko, af hwars mjölk Yme nårde ſig. Koen ſkaf-
fade

fade fig föda därigenom, at hon ftekade de frufna ftenarna. Då Weienffa-
hände det widunder, at en man upkom af ftenen, hwilken het ret.
Bure. Bure födde Bore, och han war fader åt Oden, Wiler
och We (3). Min Bores söner dräpa Yme, och rann få myc-
ket blod af Ymes får, at hela Rimtußa- flägtet fördränktes, un-
dantagande Bergelmer och hans huftru, hwilka räddade fig på
en båt. Bergelmer blef således en ny ftamfader för den fenare
Rimtußa Arten. Men Bores söner togo Ymes kropp, och kaffa-
de den i ginunga gap, och ffapade af hans hufwud himmelen, af
benraglet jorden, af bloden fjöar och ftrömmar. Af tänder och
benpiporna, fedan de blefwo kroßade, wart grus och fand, och
af fjöttet backar och berg. Men af de gniftror och eldsdelar,
fom utflutit från Muspelsheim, giorde Bores söner fol och ftjer-
nor til at uplyfa werlden (4). Sedan ffapade de af twänne trä,
fom lågo wid hafsftranden, man och qwinna, Affur och Em-
bla, Oden gaf dem lif, Wiler gaf wett och rörelfe, We utfeende
fyn och hörfel. Och af deßa är federmera rätta mennifko flägtet
fortplantadt (5).

(1) Denna beffaffenhet utrydes i Wolufpe 3. v. på detta fätt.

Ar war alda, tha er Ymer bygde.
Wara fandur ne får, nic fwalar une,
Jord fanns åfa, nic up himen,
Gap war Ginunga, enn gras hwerge.

„Tid eller år war då, adr Ymer bygde, fjö eller fand fans intet, -
„eller boningar där omfring, jorden war intet til ej heller, eller hialen
„ofwan. Alt war en tom rymud eller Ginungagap, och wäxter wore
„ingenftäds.„

(2) Edda 4 Dämifaga.
(3) Edda 5 Dämifaga.
(4) Edda 6 Dämifaga.
(5) Edda 7 Dämifaga.

§. 17.

Af deßa ofatta Fabler finner man likwäl någorfunda, hwad
de gamle Nordiffe inbyggarne ment om werldens uprinnelfe: näm-
ligen at materien warit til längt för werldenes ffapelfe, och at
fjöld

Wetenſka-
pct.
kjöld och hetta warit de ämne ordſaker, hwar utaf alt haft ſit urſprung. Man finner ock några ſpår af Moſis berättelſe em Skapelſen och ſyndafloden, men ſå förwände, at de omöjligen kunna wara lånte af de Chriſtna, utan ſynas hafwa en urgammal grund uti deras äldſta förfäders ſägen. Man träffar ock här twå oliKa urämnen, nemligen ljus och mörker, ſom uprinnelſe til godt och ondt, hwilket är gamla Oſterländſka Philoſophien om Oromasdes och Arimanus. De grader, ſom man här finner bland Gudarna, ſåſom Allfader, Bure, Bore och Bores ſöner, Oden Wiler och We, hafwa ock mycken gemenſkap med de gamla Gnoſtiſka Æones, ſå at alt ſynes wiſa, det wäre ſtamfäder hafwa hämtat all ſin kunſkap från Oſterlanden, hwarigenom wåra fordna Hiſtorieſkares berättelſer få äter en ny grad af ſannolikhet, då de leda från den ſenare Oden och Aſarna, icke allenaſt Göthiſka folkets fordna urſprung, utan ock deras konſter, wetenſkaper, fabler och witſkeppelſer. Uti deſſa nu omrörda Dämiſagor och gåtor, har man intet bjudet til at utreda de gamla ordens etymologiſka urſprung, emedan bemödandet blifwer ganſka äfwenterligt, ty en del af deſſa orden äro dels ſå urgamla, dels kan hända af Skrifwarna förwändne, at egenteliga betydelſen måſte nödwändigt blifwa ganſka mörk. För ſamma ordſak har man ſunnit betänkeligit, at öfwerſätta Thuſar genom Troll, och utom deſſ ſynes ordet hafwa närmare ſlyldſkap med de gamla Tuſci, Italiens fordna inbyggare, än med det nu i bruk warande ordet Chaße, ſom ſkal betyda en warg m. m.

§. 18.

Moral
eller
Sedolära.
Detta kan wara nog til at wiſa wåra förfäders begrep om alla tings början och uphof. När frågan blifwer om deras Gudalåra, ſkola ännu några af deras fabler uprepas. Men på detta ſtället bör man i ſynnerhet komma ihog deras tankar i Moralen. Så wäl hårutinnan ſom i det öfriga finnes, blandning af fornſagor, och någon ſlags eftertonka. Til de förra kunna hänföras deras begrep om förbudna leder i ägtenſkapsmål. At giftas med ſina ſoſtrar war intet lofgifwit hos Aſarna (1). Likaledes war det emot deras grundmening ir, at taga til ägta ſina döttrar,
ſom

som man kan sluta af det tilförne är berättat uti Konung Adils *Detcusta-* Historia, om Drotning Yrsa, som war Konung Hälges dotter *rer.* från Ledro. Men för öfrigt njöt man i deßa mål en fullkomlig frihet. Et inbördes samtycke gjorde ägtenskapet, och et dylikt samtycke uplöste det. Skade war gift med Niord, men sinnelagen kommo intet öfwerens, hon öfwergaf därföre sin man, och gifte sig med Oden, och Niord trodde sig intet wara förolämpad därigenom. Samma frihet gjälde äfwen uti antalet af hustrur. Tycke och förmögenhet war den enda regel, som härutinnan rådfrågades. Och har man så mycket mera skjäl at tro Adamus Bremensis i detta mål (2), som Tacitus intygar, at hos de förnämare af Tyskarna anslgs för hederligt, at hafwa flera hustrur (3). Otrohet i ägtenskap straffades gemenligen til lifwet, dock så, at mannen war berättigad at efter behag brifca brottet (4). Ingen skilnad gjordes på ägta och naturliga barn, utan alle woro lika berättigade til arf. Icke destomindre, om någon besonnerlig olikhet war på mödernet, kunde det wid tilfälle blifwa i akt taget, såsom man finner af det föregående om Konung Olof Skötkonungs barn. Man har wäl intet exempel, at man här i Swerige utkastat nyfödda barn, denna osed lär likwäl intet hafwa warit ohörd äfwen i wåra öwer, ty det är oemotsägeligit, at denna omänskligket warit inrotad på Island (5). Dock lär en sådan wana endast hafwa warit hos fattigt folk, för hwilka barn warit och blifwer en tunga uti ewärteliga tider, så länge inga andra författningar tagas. Imedlertid är saknaden för det almänna den samma, antingen barnen förgås genom manskjötsel och fattigdom, eller genom utkastning. At man öfte wattn på de upfödda barnen är nämndt tilförne. Den inbilning följde understundom därmed, at et så wattnbestänkt barn intet skulle falla i fält (6). Efter Hedniska grundsatserna war det likwäl snarare en förmän än olycka, at lykta sina dagar på et sådant sätt.

(1) Sturleson T. 1. p. 4.

(2) Adamus Bremensis de situ Daniæ C. 85. In sola Mulierum copia modum nesciunt, (Sveones). Quisque secundam facultatem virium suarum, duas aut tres vel amplius simul habet, divites aut Principes absque numero. Nam et filios ex tali conjunctione genitos habent Legitimos.

O o o (3)

(3) **Tacitus** de moribus Germanorum. Quamquam severa illic matri-
monis, nec ullam morum partem magis laudaveris, nam prope soli Bar-
barorum singulis uxoribus contenti sunt, exceptis admodum paucis, qui
non libidine, sed ob nobilitarem pluribus nuptiis ambiuntur.

(4) **Adamus Br.** de situ D. C. 85.

(5) **Are Frode** C. 7. p. 46. **Sturleson** T. I. p. 436.

(6) **Runa Capitule** v. 21.

§. 19.

Uti andra grundsanningar af sedoläran, tänkte de på samma
sätt, som annat hederligt folk. Man har tillförne anbragt några
gamla reglor i detta ämne på 70 sidan. För sammanhanget kan
man ock här anföra några: när någon lider, borde man taga del
i hans lidande, göra sina owänner godt, och aldrig fägna sig,
när det går illa, utan altid wara mån om godt namn och ryk-
te (1). Denna ömhet om godt namn och rykte, ja ock efter dö-
den, uttryckte de på et nog besynnerligt sätt, när de sade: fänaden
dör, släktingar dö, wänner dö, man dör ock sielf, men et dör in-
tet, nemligen minnet och omdömet öfwer den afsomnade (2). Til
munterhet och flit påminte man sålunda: arla eller bittida skal den
stiga up, som tänker winna en annars förmögenhet, en liggande
warg fägnar sig sällan af rof, och en sofwande man får sällan
seger.   Den som wil förwärfwa egendom, bör stiga bittida up,
och börja sit arbete med förstånd, den försummar mycket, som
sofwer om morgonen, ty munterhet är halfgjord gärning. Huru
litet man ensam kan uträtta något, utmärkte man med detta ord-
språk: Unger war jag fordom, för ensam och för will, men trodde
mig lycksalig, då jag fann en annan, man är mans gamman.
Alla dessa anmärkningar äro tagna af Hawamal, som ifrån bör-
jan til slut är upfyld med dylika wäl betänkta påminnelser. Dessa
och flere sådana wisor sungos uti wåra förfäders gjästebud och
samqwäm, hwarutaf et hederligt tänkesätt fortplantades i ungdo-
men.   Hwarföre man ock i sjelfwa Historien funnit många efter-
dömen på et moget och bepröfwat wett, och en mera förnuftig
männistkokärlek, än man af dessa tider annars kunnat wänta. Här-
igenom dämpades ock någorlunda den annars blodtörstiga Religio-
nen, hwarföre ock Adamus Bremensis witnar om de Swenska,
at

at de utan möda skulle kunna förmås til Christendomen, om de ej ẃetraffa
af egennyttiga Lärare förargades (3). Man lärde Moralen i de
tider at lefwa därefter, och intet til at prata därom, hwilket miß-
bruk ofta flyter af det Systematiska Idrosåtet, då man är mera
bekymrad om at uplysa förståndet, än at förbättra wiljan. I al-
mänhet är wäl ingen ting, som mer uphöjer de gamlas sedolära,
än deras ogemena beredwißighet emot främmande, hwilket wisar
ögonskenligen, at deras Moral bestod mer i wärk än uti ord. U-
tom hwad tilförne härom de påmint, afiämnar och Hawamal et
öfwertygande witnesbörd om denna tjenstfärdighet, då wälwilja
mot främmande intager första rummet ibland des sedoldrande re-
glor, och det med et slags frögderop: war nögd tu glada gifware,
gidster komma in; hwarefter sedermera föreskrifwes, at den resan-
de borde betjenas med wärma, watn, mat och annan förnöden-
het (4).

(1) Hawamal v. 114.

(2) Hawamal v. 64.

(3) Adamus Bremensis de Situ Daniæ C. 85. p. 60. Et profecto facile
sermone ad nostram fidem persuaderentur, nisi quod mali Doctores,
dum sua quærunt, non quæ JEsu Christi, scandalizant eos, qui salua-
ri possent.

(4) Hawamal v. 2.

§. 20.

Såsom medel at skärpa eftertankan, roade man sig och med Gåtor.
gåtor, och som deßa woro nog inweklade, kunde intet utan besyn-
nerligt eftersinnande uplösas. När Gester sade til Heldrek, at
han på sin resa haft wäg öfwer, wäg under, och wäg på alla
sidor, torde en mindre man wid sådant, intet strapt hafwa begri-
pet, at Gester farit öfwer en bro, och at foglarne flugit öfwer
och omkring honom. Likaledes fordrades någon erfarenhet til at
weta, det skogsripor skulle förstås med de lekare, som fara landet
igenom, och hafwa hwit skjöld om hösten, och swart om som-
maren. Ej heller skulle det wara så lätt at begripa, hwad det
månde wara, som war swartare än en korp, hårdare än et horn,
hwitare än et äggskal, och rättare än en stäng, fast Heidrek strapt

gis-

Wetnsta-
pet.
gißade, at det war en swart Agatsten som låg i solstenet. En hel
hop af sådana gåtor förekomma uti Hervarar Saga, hwilka al-
la fordra en slags qwickhet til uplösning. De gamlas ordspråk
woro ock understundom artiga nog, såsom: Mörg eru Konge
eiro, Konungen har många öron, fall er farar heil, fall betyder
lycka för en resande, och mera dylikt, som i de gamlas skrifter före-
kommer, hwilket alt innefattar både qwickhet, smak och eftertanka.

(1) Hervarar Saga C. 15.

§. 21.

Skald-
konst.
  Men härom skulle man blifwa än mera öfwertygad, om man
rätt förstod nu förtiden deras fordna Skaldskap eller Poesie.
Skalderne woro egenteligen innehafware af all den gamla Nordi-
ska wisheten. Skalderne förwarade icke allenast wåra förfäders
Gudaläro, utan ock deras moral och fornsagor, och deras qwä-
den bibehöllo från glömskan, icke allenast fordna tidens dårskaper
och fabler, utan ock de gamla Hieltars minneswärda gjerningar
och utmärkta bedrifter. Denna Skaldkonst inkom med Oden och
Asarna, och des bruk blef ändteligen så gynnat och diktat, at
man äfwen i dagligt tal, då något besynnerligt skulle företagas,
yttrade sina tankar på vers. Verserne woro, som de gamla Gre-
kers och Romares, utan rimstut, och man war ännu intet kom-
men i den tankan, at någon prydelighet låg därutinnan förborgad,
at man lyktade raderna med lika liudande ord. En besynnerlig
takt och wigt i orden, och stundom kortare och stundom längre ra-
der skilde Skaldskaper från wanliga och brukeliga talet. Man fin-
ner likwäl en ganska stor åtskilnad emellan de sånger, som man
på stånden wid förefallande omständigheter utsade, och de, som af
Skalderna efter längre betänkande upsattes. De förra äro äfwen
nu nog lätta at förstå, men de senare äro däremot ganska inwek-
lade, åtminstone för oß och wåra tider. Bägge slagen förekomma
ofta uti wåra gamla Skrifter. Och som det altid är en tygd eller
förtjenst at tala så, at Läsaren eller åhöraren kan utan alt för
djupsinnigt begrundande, begripa, hwad som säges, skulle man snart
kunna falla på den tankan, at de okonstlade Skaldeqwäden woro
af större wärde, än sjelfwa Skaldernas utprä!ade konststycer.

Det

Det är ock oemotsägeligt, at de i hast författade versar äro *Wetenska-* understundom med smak och styrka sammansatte. Til bewis will *pet.* man anföra början af det gamla Bjalkemal, som Thormod Kolbrunar Skald sjöng om morgonen för Stiklarstads träsning (1):

Dagur er upkommen	Dagen är uprunnen
Dynia hana fiadrar,	Dåna Tuppars fiådrar,
Maler wilmögom	Mål är för wålminta
At winna erfidi.	At winna arfwode.
Waki ec a wakl	Waken up, ja waken
Wina bofud	Wåuners hufwud
Alle einr egtu	Alle de förnämste
Adils unsinnar.	Af Konungens Bußar.
Har hin bardgreipi	Har den handfaste
Hrolfur skiotandt	Rolfur skjutande
Arrom goder menn,	Män af godan slägt,
Theim er ecke flya.	De som aldrig flykta.
Wecka ec ydur at wini	Er jag wacker ej til wiin
Ne at wife runum	Eller Flickors skemtan
Heldur weck ec ydur at	Helre er jag wacker til
Haurdum Hildarleiki.	Hårda Bardalekar.

Den som kan finna smak i annat, än hwad som går på Rim, torde finna af detta lilla prof, at de gamlas hwardags versar woro ingalunda osatta. Men när man skal döma om rätta Skaldernas arbeten, blifwer ombdömet något-wanskeligare, emedan det är swårt at dömma om det, man intet rätt förstår. Om så är, at de inbillat sig, at et konstigt mörker ökte behaget eller wigten af deras sånger, hafwa de intet hast förmodeligen i alla delar den finaste smaken. Dock bör man intet wara för hastig med et sådant utslag. Så mycket är oemotsägeligt, at te woro tupekt rike på tilsuser eller Epitheta, och woro somliga artiga nog. såsom, när de kallade pilar, slaktningars hagel, hagel orusta, stora wågor himingglassa, eller sådana som kallte på himmelen, Dagen jordens och ljusets son, Daggen stjernas swett, Gräs jordenes hår eller fiådrar, Ögon ansiktes ljus, glante och stjernor, och mera dylikt, som man kan

st

Wetenska-
pet.

se af andra delen i Edda. PJ lika ljudande ord eller Synony-
ma hade de et ganska stort förråd. Til bewis wil man endast
nämna, at Skalderne hade til det minsta 126 särskilta namn på
Oden, likalades brukades innemot trettio särskilta ord til at betek-
na en regerande Herre och Härförare. m. m.   Detta alt gjorde
wärkeligen en likhet i verserna, men och därjämte någon swårighet
för åhöraren om han intet fulkomligen war wan wid Skaldernas språk.
Otydeligheten förökades än mera därigenom, at Skalderne kastade or-
den om hwarandra, utan at fråga efter, om de hade sammanhang
med de näst föregående eller ej, förmodeligen i afsikt at bibehålla den
påbegonta takten.   Til bewis will man endast anföra en vers af
Skalden Sigwater, uti hwilken orden äro tydeliga nog, men me-
ningen är icke desto mindre mörk, i anseende til den omrörda om-
kastning.   Versen är denna:

> Oß hafa Augu ethest
> Jslandsk Konan wisat
> Brattan stig at baugi
> Biartum langt en swordo.

Wil man behålla samma ordning, blifwa orden deßa och mening-
en ingen.   „Oß hafwa ögon deßa Jsländska hustru wisat bran-
„tan wäg til ringen klara langt och swarta" (2).   Meningen måste
likwäl wara, at denna Jsländska hustruns swarta ögon hafwa wist
oß branta och långa wägen til den lysande ringen, eller guller.
Den som hade tid och tilfälle, at skaffa en fulkomlig Ordebok på
gamla språket, som wi wärkeligen ännu sakna, skulle gifwa en stor
hjelpreda til at förstå de gamlas skrifter.   Imedlertid torde detta
som nu är påmint, kunna gifwa något ljus uti kunskapen om wå-
ra fordna Göthers Skaldskap.

    (1) Sturleson T. I. p. 791.
    (2) Man kan så läsa denna Sigwaters vers hos Werelius uti Anmärk-
        ningarna til Härwarar Sagan p. 164.

§. 22.

    Skaldernas insigt och konst förökte deras anseende, hwarföre
och de förnämste Herrar i landet hade dem altid omkring sig.   Ef-
ter

ter det Skaldatal, som förekommer wid slutet af Sturlesons Wetenska- wärk, är Starkader den äldste af alla, hwars sånger då ännu per. woro uti friskt minne. Men som åtskillige Starkader omtalas uti Historien, måste man oselbart medgifwa, at en del af de Skalde- qwäden, som ännu äro i behåll, ingalunda kunna tilägnas ärden Starkader, som lefwat under Sigurd Ring, och biwistat Brå- walla slag. Uti Gautreks och Rolfs Saga förekomma åtskilliga wisor, som äro gjorde af den Starkader, hwilken lefwat uti Swenska Konungarnas Eriks och Ulriks tid, och således några hundrade år för Sigurd Ring. Man har ej heller någon anled- ning at föreställa sig, det alla andra qwäden, som uti Sagorna förekomma, äro därföre yngre än Ragnar Lodbrok, fast än där säges, uti det nu åberopade Skaldatal, at Starkader lefwat un- der den förr omtalta Konungen. Ty här lår egenteligen wara frågan om de werfar, som af sjelfwa Skalderna woro författade, men intet om dem, som utan mycket betänkande i hast sammanfat- tes, utan deßa torde wara så gamla, som sjelfwa Auctorerne, åt hwilka de tilägnas. Och på denna grund torde man med alt skäl kunna påstå, at det gamla Biarkemål, af hwilket man nyligen an- fördt början, är upsat uti Rolf Krakes tid, och således kort efter Konung Adils regering. Hawamal, Woluspa, Runacapitule, som äro stycken af Sämunders Edda, pläga gemenligen tilskrifwas åt Oden, emedan han sjelf införes där talande. Men detta bewis är wäl intet särdeles bindande. Icke deßmindre idra de wara äldre än Sämunder, och upsatte i sjelfwa Hedendomen. Efter utseende äro deßa qwäden af det slag, uti hwilka man mer beställat sig om tydeligheten än om konsten, och äro de således intet så inbundne som sjelfwa Skaldernas arbeten. Men därföre kunna de wara lika gamla. Så länge utländska wetenskaperna ännu intet brutit in uti wår Göthiska Nord, har språket kunnat wara sig aldeles likt uti många hundrade år. Det är imedlertid oförnekeligt, at Skaldkonsten och Forngödren warit mycket äldre än Starkader. Om Epikarna säger Tacitus, at de sjönge, när de skulle gå i fält; och har man prof af en sådan sålksång, når Gißor på Angantyrs wägnar utmante Hunnerna. Denna är kort, och kan således anföras:

Så

Silfur er ydar Sylfe,
Sorgur er ydar Wiser
Gnäfur ydar Gunnfani
Gramur er ydar Odin.

„Er slaktordning är bruten, er anförare är feg, er fana är på
„fallet, och Oden är eder hätst" (1). Jornandes säger ock om
Götherna, at de hade versar, hwarutinnan deras förfäders bedrif=
ter woro upräknade. Detta alt bekräftar Sturlesons utsaga, då
han försäkrar, at Skaldkonsten kommit in med Oden, hwilket alt
gifwer fulkomlig anledning at tro, det många af de äfwen nu be=
warade versar, äro äldre än Ragnar Lodbrok.

(1) Herwarar Sagan C. 19. p. 174. Man har gådt något ifrån We=
    relii öfwersätning, som förklarat Gunnfani med Konung: men som
    Gonfanon är et gammalt Franskt ord, och således i nära skyldskap
    med Swenskan, hwilket betyder Fana, lär det wara tryggare, at äf=
    wen här behålla samma bemärkelse.

§. 23.

At Konungar och andre förnämme Herrar hade Skalder uti
sina Hof, förhindrade intet, at ju Herrarne sjelfwa woro äfwen
försatne i konsten, och gjorde sig heder utaf at wara Skalder. Så=
ledes wet man, at Ragnar Lodbrok, des söner och Gemål Aslaug
woro berömde för Skaldskap. Och är det ingen ringa heder för
förnämt folk, när de, uti den witterhet och lärdom, som gäller
uti deras tid, hafwa så mycken insigt som någon annan. Här=
med ökte Ragnar Lodbrok sina Hjeltedater, och Ragnars Gemål
Aslaug, om hon är författare af det dödsqwäde öfwer Ragnar,
som finnes uti Sagan, hwilket är troligt, har upräknat et warak=
tigare minne åt sin Herre, än alt det öfriga, som både Sago=
och Sladderskrifware til hans åminnelse upsördt. Ingen af wåra
Swenska Konungar har likwäl haft större antal af Skalder uti
sit Hof än Eisten Beli; ty här uppehöllo sig Brage den Gamle,
Erpur, Grundi, Kalf, Refur, Orm, Owald, Flein och Rogn=
wald. Några Skaldqwäden finnas ännu uti gamla Skrifter,
som hafwa namn af Brage; men som samma namn warit brukat
ibland Asarna, och sedermera twiswelsutan ofta förnyat, blifwer
Det

bet wanffeligt at utfätta, antingen beßa fånger, böra hänföras til Wetenffa
Brage, som lefde under Eiften, eller til någon ddre. Man har rer.
tilförne omrördt, at Skalden Erpur fråkfte fit lif därigenom, at
han författade en Skaldeffrift öfwer Konung Saur på Håga. I
fådant anseende war ännu Skaldkonften, at lifsftraff därigenom
kunde förfonas. Skalden Hjarne gör ännu en större figur i
Danffa Hiftorien, emedan han ffal blifwit uphögd på fielfwa Ko-
nunga Thronen, för den grafffrift han upfatt öfwer en Frode.
Om berättelsen är riktig, måfte denna händelsen hafwa tildraget
fig uti något Folke eller litet Hårad; et lappri rike kunde allena
blifwa en wärdig belöning för en ömkelig vers. Så mycket kan
med all trogahet flutas härutaf, at Skalder worit i Norden in-
nan Island ficf inbyggare, få at man får will, utan twifwel, om
man nibillar fig, at hela Nordens Hiftoria leder fin uprinnelfe
ifrån Island. At däremot många af de Nordiffa Skaldewäden
blifwit fixttade til Island, och där dro förwarade, då de förkom-
mit i fit rätta fädernes land, är både begripeligt och troligt: men
detta är i hielfwa Inledningen tilförne omrördt. De efterföljande
Konungar i Swerige hafwa ock haft fina Hof-Poeter och Skal-
der. Hos Erik Refilfon war Alf, hos Styrbjörn Ulf Sulo Jarl,
denna Herrens Skald, och förnämfta rådgifware. Uti Erik Se-
gerfälls Hof, uppehöll fig Skalden Thorwald Hialtefon. Gun-
laug Rafn och Ottar woro hos Olof Skötkonung, och uti Anund
Jacobs förtrolighet woro Skalderne Sigwater och Ottar. Så
at man härutaf nogfamt märker, at wåre forbne Konungar diffat
wett och witterhet, få för egen ro, fom efterkommandernas under-
rättelse. Hwarföre ock den, fom owäldigt will och kan dömma,
lär utan fwårighet kunna finna, at man intet bör förkafta gamla
Hiftorien, för brift af famtida witnesbörd. Dißa dro utan wiß-
wel af ftor betydenhet, men få wida gamla berättelser uplifwas
och fortplantas i fenare ffrifter, kan den anfes, fom någorlunda
botad, änffjönt de albradlöfta ffrifter och tideböcker aldels för-
fwunnit.

15. Capitlet.

Om

De Gamla Swears Gudalära och Gudstjenst.

§. 1.

Gamla Swears, Guda-
lära. Af det föregående har man funnit, at wåre gamle förfäder erkiändt et Alsmägtigt Wäsende, hwilket de kallade Alfader. Han war icke allenast uphofsman til himmel, jord och luft, och alt hwad dårutti finnes, utan ock til mannifkians odödeliga siäl. Han lefwer ock i alla tider, samt styrer sit Rike, så til störe som mindre delar. Således hafwa de gamle oförnekeligen haft begrep, så wäl om Skapelsen, som om Guds försyn, hwarutaf widare följer belöning, och straff efter detta lifwet, som de trodde wara beredt de mannifkorna, antingen i Gimle eller Nifelheim. Ockrat deßa tankar, som någorlunda afmåla högsta wäsendets egenskaper, kan man dock likwäl intet märka, at de trodt materien eller urämnet wara skapat, ej h:ller Nifelheim och Gimle, utan de hafwa anset deßa ställen, som delar af den oändeliga rymden. Och churuwäl de derjämbt Alfader för altings uphofsman, hafwa de dock trodt, at den nu warande werldsbygnaden, borde tilfkrifwas Oden, Wiler och We, Bores söner. Innan den nu wasande werlden war fkapad, woro Rimtußarna, som leda sit ursprung från Yme. Utaf honom härstammade Jotar. Thaßar och Dwergar, som bo i bergen (2). Men rätta mannifkoslägtet leder sin härkomst från Askur och Embla. Gullåldren, Aurea ætas, war den första tiden, hwilken blef förskiämd genom qwinnor, som kommo från Jotunheim (3).

(1) Edda Dämifaga. 3.
(2) Œdda Dämifaga. 13.
(3) Edda Dämifaga. 12.

§. 2.

Så snart man medgifwer wißa grader eller ordning ar bland Gudar, är ingen ting, som hindrar, at ju deras antal kan blifwa

gans-

ganſka ſtort. Hwarföre man ock finner hos wåra förfäder en tal-
rik flock af ſådana ſpöken, hwilka dels leda ſin härkomſt ſrån O-
den dels woro med honom i ſörwandtſkap och ſörbindelſe.
Oden tildägnas 26 ſöner, af hwilka Baldur, Thor, Brage,
Hermod, Skjöld, Serning, Sigge och Tyr kunna anſes,
ſom de förnämſte (1). De andre Aſar, ſom ſörökte Gudahopen
woro Freyer, Widar, Wale, Höd, Ullur, Häner och Sor-
ſate. Loke war af Jota Ätt, men räknades icke deſtomindre bland
Aſarna, ehuruwäl han war mäſt namnkunnig för Jubragd och
Ogerningar (2). Men Gudaſkaran war ännu intet ſulkomlig,
utan en hel rad med qwinsolk, war ock uptagen i denna räkning:
ſåſom Frigga, Laga, ſom wördades, ſåſom den där i ſynnerhet
war förſaren uti kräſeligheter, Eir war kunnig i Läkarekonſten,
Geſion war Jungſru, och dyrkades i ſynnerhet af dem, ſom döde
de ogiſta, Fulla war ock Jungſru, Friggas hemliga råd och kam-
marpiga. Freya war den förnämſta näſt Frigga, hennes dotter
het Hnos, och war berömd för owanlig ſkönhet, Siofn war
ſyſleſatt at leda manniſkors hjertan til kärlek. Lofn åkallades i
kärlekoſaker, när något ſärdeles motſtånd yppades. War beſkya-
de deras förſeelſe, ſom bruto ed och löſten, Wor war tilrets
uti hemliga anläggningar, Syn war dörwakterſka, och hindrade
dem at gå in, hwilkas närwaro war onödig. Lyn aſſärdades til
deras tjenſt, ſom Frigga i ſynnerhet tagit uti ſin wård, Snorra
war qwick och artig, men Gna war Freyas bådbärerſka (3).
Utom deſſa war åter et annat följe, ſom kallades Nornor, hwil-
ka i ſynnerhet woro ſatte öfwer manniſkiors öden, och woro de
antingen tre eller af tre ſlag, Wrd, Warande och Skuld. Af
deſſa woro ſomliga goda, ſom beredde goda, andra illaka, ſom
ſkapade onda ögon åt manniſkiorna (4). Men där war ännu et
annat ſlags pack, ſom kallades Alfwar, af hwilka ſemliga woro
hwita, och kallades Liosalfwar, och andra ſwarta, hwilka nämn-
des Dockalfwar. m. m.

(1) Edda 2 Delen.
(2) Dämiſaga 27.
(3) Dämiſaga 30.
(4) Dämiſaga 15.

Guda-
läre-

§. 3.

På detta sätt war denna sabberbetjening stor nog, men in-
galunda tillräckelig; hwarföre ock nya Gudar tillskapades efter om-
ständigheterna, när någon trodde sig hafwa mindre bistånd af de
för omtalta. Om Konung Erik Emundson i Upsala berättas, at
han haft en enskylt afgud, som kallades Lyter, hwars bitrdde han
i synnerhet åtitade (1). Uti nionde århundrad, förr än Ansgarius
andra gången kom til Björkö, blef en af de aflidna Swenska
Konungar wid namn Erik uptagen bland Gudarna, och et en-
skylt Tempel upättat til hans dyrkande (2). Håkan Lada Jarl
från Norrige, hade ock et enskylt Familie-Troll, som han bewiste
besynnerlig wördnad, utom den öfriga Gudamenigheten, nemligen
Thorgerd Hårgabrud, och des syster Irpa, nwänne täcka sjä-
lar, hwilka han ock gjorde sig bewågna genom sin egen sons blod,
under den wanskeliga tedningen, som han höll med Jomswikin-
garna (3). Utom des hade man inqwarterat Gudar i skogar,
berg, lundar, sjöar och alla elementer. Necken war Herre i watt-
net, Blåkulla skulle hålla honom sälskap, på det han intet mätte
ledsna uti sina fuktiga boningar, och de gamlas widsktdgdade Sjörå
hafwa förmodeligen warit sysselsatta med betjeningen. Älår eller
Ägi Forniothers son, hade ock den äran, at wara räfnad bland
Gudarna, som hade sina säten i wattnet, då hans bröder imedler-
tid, Kare och Loge, delt de andra förrättningarna sig emellan,
ty den senare regerade i elden, och den förre herskade i wädret (4).
Alt war således uti fulkomlig ordning eller oordning, och ingen
ända war på skräck och dåringsfager.

(1) Torfäns H. N. T. II. L. 1. C. 39. p. 70.
(2) Rimbertus Vita Ansgarii C. 23.
(3) Torfäus H. N. T. II. L. 8. C. 15. p. 315.
(4) Sundin Noregur.

§. 4.

Men Nordens äldste Inbyggare hafwa dock ingalunda warit
besmittade med alla desa dårskaper. Det begrep, de gjorde sig om
Alfa-

Alfader, gör hela den andra Gudahopen onödig, och nästan orimmelig.
När Allfader skapat och regerade hela werlden, måste nödwändigt
alla de andre Gudarne blifwit sysslolöse, så framt de intet skola an-
ses som tjenstandar. Och har förmodeligen läran om Englarna
gifwet mycken anledning til de många Gudar, som man dyrkat i
werlden. Det kan ock wara troligt, at de gamlas Gudalära in-
tet warit så orimmelig, innan Oden inkom. Men denne Gyckel-
makare förwände alting, han inbillade det enfaldiga folket, at han
war Allfader, och at han war Oden, werldenes skapare, ehuru-
wäl sjelfwa Eddas Sagor utmärka en tydelig skilnad emellan den
gamla Oden och den senare; ty den förre war Bores son, och
den senare Frealafs son. Den förre war endast den tredje ifrån
den första, men Oden Frealafs son, hade en ganska lång rad af
Försäder. Och än större olikhet war emellan Oden och Allfader.
Detta oaktadt har likwäl den senare Odens intagande wäsende
aldeles förtjusat et lättroget folk, som kunde ock uti sin enfaldig-
het någorlunda ursäktas, emedan de funno sig lyckeliga under
hans spira. Den som gör en annan lyckelig, synes nästan wara
berättigad til den lilla belöning, at blifwa trodd i det han säger.
Men Oden war intet missundsam om sin ära, utan han delade
den gjerna med sina trogna följeslagare. Innan Oden kom hit,
hade de fordne Jotar dyrkat Thor som Gud. Det kan wäl wa-
ra, at härmed förstås den rätta Guden, som kan sägas låta hö-
ra sin röst i åskedundret. Men denne gamle Thor blef nu förblan-
dad med Asa Thor, och all de gamlas Gudalära omskapades al-
deles; ty icke allenast Asarne, utan ock annat märkwerdigt folk
wardt uptaget i Gudarnas skra. Dock likwäl med den skilnad,
at, såsom Oden war förman för de andra, så fick ock han det
förnämsta stället ibland dessa nyskapade gudomligheter. Man har
tillförne anmärkt, at hela Odens Statslära syftade på, at göra
folket stridbart och tappert. Fördenskul uphögde han sig i synner-
het til beskyddare för dem, som uti denna tidsens hjeltebragder gjor-
de sig namnkunniga. Men med alla de Guda-egenskaper, som O-
den sig tildgnade, måste han likwäl dö; hwilket är ganska män-
nistligt, och ingalunda röjer någon Gudomlighet. Det war då
angeläget, at inbilla folket, det hans kropps förgängelse intet war
någon wärkelig död, utan endast en resa til Gudarnas hem eller

sit

Guda-lära. fit fordna Åsgård. Här wäntade Oden til sig uti Walhall, eller de dödas sal, alla dem, som blefwo slagna i fält. Desse kallades Einherjar, och blefwo undfägnade hwar dag med fläsk, öl och mjöd, denna tidens förnämsta kräseligheter (1). Dock som at blott äta och dricka, är wäl et magert och fattigt tidsfördrif, bibehöllo Einherjarne samma synne i Walhall, som de haft på jorden: nemligen, de klädde sig dageligen i full rustning, och slogos inbördes hela dagen, då de intet åto och plägade sig (2). Men at intet Walhall skulle til alla delar se ut som et munkekloster, skedde betjeningen af Jungfruer, som kallades Walkyrior. Desse omb2ade börden och inburo rätterna (3). Desse sändes ock ut til alla flaktningar, at bjuda gäster til Oden, de nemligen, som i flaget fala skulle, hwarjämte dem ock war updraget, at befrämja fegren för de winnande.

(1) Edda Dämisaga. 33.
(2) Edda Dämisaga. 35.
(3) Edda Dämisaga. 31.

§. 5.

Sedan Oden på detta sätt förbehållit åt sig sjelf den hiskeligaste och fördärande delen af menniskans egenskaper, lämnade han de öfriga angelägenheterna under de andra Gudarnas wård och styrsel. Åsa Thor blef wördad näst Oden, som den starkaste af Gudarna, hans Hammar, Gördel och Jernhandskar woro i synnerhet förskräckelige för deras fiender. Baldur dyrkades såsom renhets, wältalighets och barmhertighets Guden (1). Niord åkallades som wädergud, hwarföre ock Sjöfarare och Jägare woro honom i synnerhet undergifne. Frey war Herre öfwer rägn och folskin, hwarföre man ock blotade åt honom för Jordenes gröda. Tyr åkallades af Krigshjeltar, såsom den mycket kunde bidraga til fegren. Brage war wältalighets och Skaldskaps Gud. Heimdaller hade fått waksamheten på sin lott: han sof intet, hans ögon woro så goda, at han kunde se lika klart både natt och dag, och öronen så skarpa, at han kunde höra, huru gräset wäxer, och war han fördensskull satt til wäktare öfwer Bifrost eller rägnbågen,

gen, hwilken war wägen til himmelen. Ullur Thors slosson åkallades i enwige. m. m. Frigga Odens gemål war rådande öfwer
männistiornas öden. Freya dyrkades i älstog, och hennes wagn
war förspänd med kattor, men därföre war hon intet mindre krigsälskande än de öfriga, utan henne tilkom halfwa delen af dem,
som blefwo slagne i fält, då den andra hälsten hörde Oden til (2).

(1) Edda Dämisaga 20.
(2) Edda Dämisaga 32.

§. 6.

Det är ej swärt at begripa, det deßa Herras domsagor
woro nog blandade med hwarandra; men regeringen blef därigenom intet ordigare. Dikter och Fabler hånga sällan ihop på annat sätt. Därutinnan stämma de likwäl öfwerens, at alla utom
Loke ansågos för wälgörande. Men han däremot war arg och
illak, och i synnerhet förfaren i swek och bedrägeri (1). Loke war
fader til Fenrisulfwen, Midgardsormen och Hell, som är döden. Och som Gudarne wiste, at deßa ungar stulle gifwa anledning til mycket ondt, blef Fenrisulfwen bunden wid en stenklippa,
Midgardsormen kastad i hafwet, och Hell i Nifelheim eller afgrunden, hwar hon fick på sin lott alla dem, som dödde af sjukdom
och ålder (2). Loke war inledertid orsak til Baldurs död, och
hindrade äfwen, at han intet kunde efter döden, på Gudarnas
begäran komma tilbaka. Han försökte ock Thor med åtskilliga
försök och swek, och lät honom kämpa med Midgardsormen och
ålderdomen. Men Loke som warit stuld til Baldurs död, blef til
straff fastbunden wid tre spetsiga klippor, och en giftig orm hängd
öfwer hans hufwud, som utgjöt etter på honom, och när det föll
på Lokes ansikte, anståkades han så däraf, at jorden skalf och
bäfwade (3).

(1) Edda Dämisaga 47.
(2) Edda 28 Dämisaga.
(3) Edda Dämisaga 47.

§. 7.

Men omsider, efter många tiders förlopp, nalkades werldens
undergång, som de gamle kallade Gudarnas dom eller Ragnarok.

Guda
lära.

Raynarock, eller
werldens
undergång.

Guda-
lära

ter. Denna förändring börjades med en faselig winter, då snö
och yrwäder rasade från alla werldens kanter, och warade win-
teren uti fulla tre år, utan någon emellankommande sommar. Där
efter följde andra tre år, då krig och örlig grade öfwer hela jor-
den, med sådan bitterhet, at fördärfwar intet skonade barnen, ej
heller barnen fördräwarna. Sol och måne förlorade då sit skjen,
och stjernorna föllo neder af himmelen. Genom Jordbäfningar,
som då upkommo, rämnade bergen, och Fenrisulfwen lösta med
Loke blefwo löse, Midgardsormen gick då up på landet, och
hafwet swallade öfwer på alla sidor. Då kom ock skeppet Nagel-
fare i fart, som är bygt af döda menniskjors naglar, för hwilken
orsak det anfågs för en helig nödwändighet, at ingen skulle då
med oskurna naglar, til den ändan, at detta faseliga fartyg måtte
sent blifwa färdigt. Fenrisulfwen for då omkring med gapande
mund, så at öfra käften stod i himmelen, men den nedra på jor-
den, och eld flög utaf ögon och näsa. På sidan af ulfwen går
Midgardsormen, som fräs och sprutar gift ifrån sig öfwer hela
luften. Under detta buller öpnade sig himmelen, och Muspels-
söner anförde af Surtur, rida fram med blanka swärd, som lysa
som solen. På slätten Wigrider förena de sig med Fenrisulfwen,
Midgardsormen, Loke, hela Rimthussa slägtet, och alla Hels sö-
ner. Imedlertid hade Heimdaller blåst i sit horn, och sammankal-
lade Gudarna til strids. Oden går emot Fenrisulfwen, Thor
mot Midgardsormen, Freyr mot Surtur, och Tyr emot hunden,
som stått bunden wid Gnlparhell. Freyr faller mot Surtur,
Tyr och hunden stupa bägge, Thor gör ända på Midgardsormen,
går sedan nio steg tilbaka, och faller neder död, af det myckna
gift, som ormen utkastadt, Heimdaller och Loke fäkta emot hwar-
andra, och blifwa hwarannans bane. Oden upswälges af Fenris-
ulfwen, och dör således, men då stiger Widar fram i wargens
gap och sliter honom i stycken, hwarefter Surtur kastar eld rundt
om sig, och bränner up hela jorden (1).

(1) Edda 48 Dämisaga.

§. 8.

Denna lågan sträkte sig likwäl intet til himmelen, ej heller
til Narstrond, utan i det förras salat, som äro bygde af Gull,
lef-

lefwa gode och fedige månniffor utan bekymmer; men uli Nor- Guda-
ftrond plågas alla menedare och mordwargar af Nidhogger och lära.
andra giftiga ormar. Imedlertid fluter jorden up ur af hafwet,
marken blifwer grön på nytt, åkrar båra fåd utan at wara fåd-
de, Widar och Wile lefwa och bo på Ida-wall. Dit komma
ock Thors- föner, Mod och Magne, famt Baldur och Höder,
förloßade från Hell eller döden. Men af twänne öfwerblefna män-
niffior, Lif och Leifthrafer, fortplantas på nytt månnifkoflåktet och
upfyller jorden (1). Uti deßa fabler innefattas de gamlas Guda-
lära, få framt fådana Sagor kunna förtjena et få hederligt namn.
Man träffar här åtfkilliga urgamla fanningar, om fjälarnas odö-
delighet, upftåndelfen, werldenes undergång genom eld, de godas
föreftående lyckfalighet, efter den nu warande jordens förftöring,
och de ondas ftraff och plågor. Befynnerligt år, at hwarken O-
den eller de andra folkfedfande Gudar omtalas efter Ragnarroker.
Men Baldur omtalas fåfom uprockt utur döden, fom för fin
godhet warit i fynnerhet rykbar ibland Afarna. Man kan fluta
bårutaf, at Walhalls fårnöjelfer och Krigshjeltarnas Lyckfalighet
flutas ändteligen uti werldens ändalykt, men en ftilla och menlös
nygd fulle dock lefwa efter altings undergång, hwilken låra genom
alla Odens gyckelwärk likwål intet kunnat aldeles utrotas. Man
låmnar för öfrigt åt hwar och ens tycke, at med andra betraf-
telfer utreda fammanhanget af deßa ofammanhångande berättelfer.
Mycket kunde ofelbart anföras med mycken fannolikhet; men det
år wid detta tillfälle nog, at man gifwit i korthet något begrep
om wåra förfåders helgade Fabler.   Sjelfwa Gudstjenften bör
ock nu med några ord ihogkommas.

(1) Edda Dämifaga 49.

§. 9.

At dyrka Gudarna med en ren wördnad och obefläckat lef- Guda-
werne, har intet warit frukten, hwarken af wåra förfåders eller tjenft.
andra Hedningars Gudalära; ånfkjönt Gimle och himmelen egen-
teligen anfågs för ofkyldighetens belöning och hemwift. En fådan
nygd krdfwer et befwårligt twång af wåra oregerliga böjelfer; det
år långt lättare at befåka Tempel, och göra offer, ån at afffilda
Q q q   fig

Guda-
lära.
sig sina behageliga witluster. Man utwalde således äfwen i Nor-
den det forra, såsom mindre beswärligt, och när någon heder och
wärkelig dygd bewistes i allmänna lefwernet, war det mer en wiss-
kan af wana och annan eftertanka, än en frukt af Gudatjenstien.
Offren hafwa därföre warit i full gång ifrån de afsidgnaste tider.
Man giorde offer åt Thor, innan Oden kom til Norden, men
under honom blefwo de ordenteligare, och under Dngne Frey än
mera högtideliga, sedan Upsala Tempel war inrättat. Til offer
brukades alla slags djur, såsom oxar, får, hästar. m. m. (1).
Når den hårda årswäxten plågade landet i Domalders tid, offrades
första hösten oxar, den andra Mänskor, och den tredje Konungen
sielf. Man finner häraf, at då stora landsplågor rasade, kulle
de förnämste i landet blifwa Gudarnas offer, hwarföre ock i Rad-
Giälaland wid et dylikt tilfälle wardt fastställdt, at den förnämste
ynglving, som war i den negden, borde upoffras til försoning för
folket (2). Uti andra omständigheter kunde fång ar och utländnin-
gar göra tilspillo. Och hade man ännare åt Olof Haraldsons
kundebud en dylik heders bewisning i Jämteland, då de kommo
dit, at på Konungens wädanar i Norrige utkräfwa skatten (3).
Denna ogudaktiga Gudstrukan war i gång under hedniska tiden,
ända til des Christna läran kunde få öfwerhanden; ty Adamus
Bremensis intygar, at mänskor offrades i Upsala ännu uti hans
tid. Så at denna omänskliga gudaktighet war bibehållen uti
wårt Nord, sedan den war aflagd både i Dannemark och Norrige.

(1) Vita S. Eskilli uti Bengelii Mon. Ecclef. p. 31.

(2) Hetwarar S. C. 11. p. 125. Jfr. Gautr. och Rolfs Saga
C. 7. p. 34.

(3) Sturlefon T. I. p. 614.

§. 10.

Dessa djur offrades utan åtskilnad, så väl til den ena, som
til den andra Guden, dock woro understundom wissa djur förbehåll-
ne åt wissa Gudar, och war Julgalten egenteligen helgad åt Freya,
som man kan se af Hetwarar Saran. Et r Gudes min kärd
war det Thor egenteligen, som Normännerna förvinade med mån-
                                                                    nis-

nisjobloð (1). Men i anledning af wåra förfäders grundmeningar, Saba-
skulle man snarare tro, at denna grufweliga helgedom tilhörde läre.
Frey, emedan det sjedde merendels til årswäxtens befrämjande.
Adamus Bremensis intygar likwäl, at man i pest och hungers
nöð i synnerhet åkallade Thor. Wið djurs offrande utwaldes ge-
menligen nio af hwart slag wið de stora Blotfester, som hwart
nionde år strådes. Intet qwinkön, utan mankön allena ansågs
för wårdigt at sjänkas åt Gudarna (2); och år troligt, at frun-
timret intet warit misspnt öfwer manfolkets företräde i denna om-
ständighet. I Dannemark gick man än längre með sit heliga ra-
seri, emedan man uti Lebro offrade hwart nionde år nio och nio-
tio människor, 99 hästar, 99 huncar, och 99 tuppar, i brist af
hökar (3). Det war hiskeligit, at wara Gudfruktig i sådana tider.

(1) Dudo de moribus Normaunorum, hos Dudjene Rer. Norman.
Scriptores p. 61.
(2) Adamus Bremensis de Situ D. &c. C. 93. p. 61. Sacrificium tale
est, ex omni animante, quod masculinum est, novem capita offerun-
tur etc. Wið Gothlands-Lagen C. 1. p. 48. anföres, at Gutarne
offrade så wäl söttrar som söner. Det är möjeligit, at Auctoren til
denna berättelse f bragit sig, emedan Munken Adams berättelse sones
aldrics ojäfwig, dock kan wäl wara, at et stridigt bruk warit gällan-
de på Gothland, ty uti orimmeligheter gäller ingen regel.
(3) Ditmarus Merseburgensis L. 1. p. 12.

§. 11.

I början förrättades offren på wissa därtil helgade platsar, Offerstäl-
som med plank eller stägårdar woro omständigte. Man kallade len och
dem Wi eller We, hwilket ord egentligen betyder Helig. Och Tempel.
härutaf ledes det ordalag, at den kallades Warg i Weum, som
så förbrutit sig, at han icke en gång war fri och säker om sit lif
på sådana helgade örter. Af detta ordet Wi, har Wisby på
Gothland fått sit namn, Odenswi på Jön, och Wiborg på
Jutland. m. m. Sådana ställen nämnkes ock understundom Ha-
gar, och sådan war Balturs hage på Segnsyke i Norrige (1).
De woro så högaktade, at ingen understod sig på et sådant ställe
at föroämpa någon. Gemenligen utwalde man här til högder,
lundar och hult (2). Och hade merendels alla menigheter sina
Q q q 2 en-

Guba-
Ura.

enstolta offerställen. Så mycket man wet, har Oden warit den
förste, hwilken i wåra orter upbygt Offerhus eller Tempel, som
de gamle kallade Hof. Sedan anlades Upsala Tempel af Freyer,
och äro utan twifwel flera sådana upbygde på andra ställen i riket,
emedan man tilförne berättat, at Håkan Jarl förstört et dylikt i
Wäster-Göthland, som warit helgat åt hundrade Gudar. Men
Upsala Tempel war likwäl det ansenligaste och prägtigaste, åtmin-
stone i Swerige, då de tilförne beskrifwit. Jumala Tempel i
Bjarmaland war ock ganska rikt. Sturleson gifwer en omstän-
delig berättelse dårom. Men efter alt utseende hafwa flera afguda-
hus warit i Upsala, än det gamla och namnkunniga, som Freyer
lårit uprefa. Åtminstone hade Frey et enskilt Hof eller Tempel,
hwaruti det beskte dyrkades, som blef uptaget af det hög uti ni-
onde århundrad (3). Om Konung Eriks Tempel är talt i före-
gående tredje §. Sättet at förrätta deßa heliga kärskuper war
olika. Wid Upsala uti ellofte århundrad, dränkte man först of-
ferdjuren, sedan uphångdes de i den heliga lunden, som war wid
Templet, och har en Christen en gång råknat twå och sjutio mån-
niskjor och hundar, som dår warit uphångde (4). Då offerkrea-
turen slaktades, beströdos Gudarnas beläten och såten med en del
af blodet, med en del öfwerströks wäggarne af offerhuset, både u-
tan och innan, och en del stänktes på folket (5). Man hedrade
ock Gudarna understundom på et annat sått, man smorde, torkade
och bakade Gudarnas beläten framför spisen, och år denna under-
liga Gudstjenst idkad i Baldurs hage i Norrige (6). Uti oför-
nuftiga dårakiigheter, kan et gykleri wara så godt som et annat.

(1) Frithiof Fråknes Saga C. 1. p. 1.
(2) Bihanget wid Gothlands L. p. 48.
(3) Bartholin Ant. Dan. L. 2. C. 5. p. 335. af Olof Tryggwasons S.
(4) Adamus Br. de situ Daniæ &c.
(5) Sturleson T. I. p. 141.
(6) Frithiof Fråknes Saga C. 4. p. 27.

§. 12.

Präster.　　Uti äldsta tiderna förrättades offren af de högsta domhafwan-
de i landet, som man har sig bekant, så wäl om Thor af For-
nio-

niothers Ätt, som om Oden och hans Drottar. Sedan hdra de
regerande hafwa updragit denna förrätning åt andra mindre bety-
dande personer. Understundom har man ock lämnat desa heliga
syslor åt Fruentimmer. När Freys bildte wardt uptaget ut hö-
gen, utwaldes en ung och wacker flicka, at wara föreståndersska för
Templet och des hela betjening. Hon ansågs och kallades för
Freys Hustru. Och offrade man icke allenast åt Frey för god
årswäxt, utan man utbad sig åfwen Gudarnas närwaro util
de högtideliga gjästebud, som i samma afsigt tillagades. Wid
sådana resor satt Frey och hans hustru på en wagn, och betjen-
terna gingo bredwid, och ledde hästarna. Under en sådan resa
hände det en gång, at träheläldtet blef sönderslaget, då en wid
namn Gunnar tog uppå sig Freys skrud, och fann föreståndersskan
sig nog så wäl wid at wara dennas hustru, som at wara gift
wid trähheläldtet (1). Det i förra §. omtorde bakande och smörjan-
de af Gudabelåtern, som brukades i Baldurs hage, förredttades af
Fruentimmer (2). Konung Alfs dotter i Alfhem war på sam-
ma sätt syslosatt med offren, som där i Landet förwaltades (3).
Så at hwad Tacitus anfördt om qwinnokjönets högaktning hos
Tysskarna, at de wördades såsom något Gudommeligt, synes haf-
wa warit på samma sätt i akt tagit hos wåra förfäder. Den
seden, at på wagnar kringföra Gudarna, och emottaga dem
med gjästebud, är så urgammal, at åfwen Tacitus talar där-
om, då han berättar, at Gudinnan Hertbus eller Hertha for
ifrån sin heliga Lund, som war på en Ö, uti en täkt wagn,
som drogs af koer, och förordsakades frögd och glädjedagar hos
alla, hwar hon behagade utwälja härberge (4).

(1) Olof Trygwasons Saga hos Bartolin Ant. Dan. L. 2. C. 5.
P. 335.

(2) Friljof Fräknes Saga C. 9. p. 27.

(3) Herwarar Saga C. 1. Werelii Anmärkningar härwid p. 30, at Qwin-
nokjönet förbemält förrättade desa endeliga syslor, efter det skedde til
Freyas tjenst, får ej allid rumm hafwa rum.

(4) Tacitus de Mor. Germ. Man kan annars härwid jämföra den Dan-
ska afhandling, som kallas Herthebal wid Leyre, och utkom i Sjöpen-
hamn 1745.

Qqq 3   §. 13.

§. 13.

Guda-
lära
Högtider
eller
Fester.

Man har tilförne påmint, at Oden inrättade tre högtideliga offerfester, som skulle firas hwart år. Om hösten nemligen, offrades för et lyckeligt år, om midwinteren för årswäxten, och om sommaren för seger och lycka i fält. Denne Odens inrättning, blef som andra hans stadgar, almänneligen wedertagen. U.em andra bibehöll Sigurd Thorson på Biarkö i Norrige, samma sedwänja, ty innan han wardt Christen, höll han hwart år tre blothögtider, den första om winternatten, den andra om midwinteren, och den tredje om sommaren. Och sedan han afstådt från Hedendomen, firade han icke destomindre tre högtideliga gjästebud, nemligen Winabod om hösten, Julabod om winteren, och tredje gjästabudet om Påsktiden (1). I anledning af det, som förr är påmint om årets fördelningar synes tydeligt, at första offret är firadt i September wid första winternatten; det andra om midwinteren, som faller in wid längsta natten, och den tredje festen emot sommaren. Alt detta är ingen särdeles swårighet underkastadt. Men när man finner, at Julen firades i Februarii månad, eller Goi (2), och at denna festen sammanfogas med midwinters offret, blifwer intet sammanhang i hela gamla årsräkningen. Det är ofötnekeligt, at Hufwudblotn, eller stora offret firades i Swerige uti Göjemånad wid Upsala, och skulle då alt folket församlas dit utur hela riket, emedan då höls alla Sweas Ting, eller almännelig Riksdag, man offrade då för frid och seger (3). Och är Distingen i Upsala en ännu warande åminnelse af fordna sedwänjan. Men til äfwentyrs war Julen då länge sedan förbi (4). Icke destomindre war Julen i wist hänseende den mäst betydande helgen om året. Man offrade, man åt, man roade sig på alla uptänkeliga sätt, och warade dessa fräste och lekedagar, ända ifrån den 21 December, til den trettonde Januarii (5). På hwilken tid den stora offerfest firades, som inföll hwart nionde år, wet man intet, men då skulle äfwen alla Landets inbyggare inställa sig, och med adskillige offer och skjänker betyga sin andakt, så at de Christna woro nödsakade, at med penningar lösa sig ifrån, at begå denna högtid (6).

(1) Sturleson T. I. p. 575.
(2) Herwarar Saga C. 14.

                                    (3)

(3) Sturlefon T. I. p. 476.

(4) Det kan dubteligen nu för tiden wara of lika mycket, antingen de
gamle Swear firade sin Jul i December eller Februarius. Dock torde
följande Anmärkningar förtjena at öfwerwägas. Sturlefon säger T. I.
p. 110. at Hedniska Julen firades Hölnatten, hwilken efter alt utseende
är sidnasta natten, hwar om i förra Capitlet 10. §. är talt. Midwin-
ters offret anställdes för årewäxten, men offret i Göie månad war in-
rättat för sieb och seger. Hwarutaf man förmodeligen kan sluta, at
midwinters och Göiemånads bloth ingalunda war et och det samma.
Sturlefon säger och intet, at offret i Goi inföll om Julen, han berät-
tar twärtom, at Ragwald Jarl for intet från Wäster-Göthland, för
än Julen war förbi T. I. p. 4-9. Men det oaktadt, war han icke
bestomindre tilstädes på Upsala Ting, och på första dagen. Så at när
är all liknelse, at Göiemånads högtideligbet bör aldeles intet til Julen.
Och torde författaren af Hermarar Sagan i detta målet hafwa bedra-
get sig, så fromt man intet wil tro, at Julen firades i Ridgothaland
på en annan tid, än i östra Norden warit brukeligt. Bedaa berättelse
är tilförne omrörd, hwilken och stämmer öfwerens med Julens firande
i December. Men som redan nämnde är, det kan dubteligen göra et
lika mycket, antingen Julofet beswärabe wåra förfäder uti December,
eller någon annan månab. Det som är påmint to de kunna gifwa an-
ledning til noggre eftertanke i denna saken, så wida det kan synas
wara möban wärdt.

(5) Werelius i Anmärkn. til Hervarar Saga p. 56.
(6) Adamus Bremensis de situ Daniæ. C. 94. p. 62.

§. 14.

Efter alt utseende äro desta större och almänna offren egente-
Gudarne i almänhet betecknates. De små offren, som tilhörde
sig öarnäs i hela Landet, til både större och mindre samfund. Och
som Thor, Oden och Freyer woro de förnämste ibland Swenska
Gudarna, så war och förnämligast Upsala Tempel åt dem in-
wigt (1). Wid offren gjorde man och sina spådomar, stundom
på et, och stundom på et annat sätt, man betjente sig och af an-
dra medel til at utforska tilkommande ting, och hade twifwels utan
samma förmän då som nu; man gissade stundom rätt och stundom
galit, det förra kom man ihog, det senare bortglömdes. Detta
och mera dylikt finner man allestädes uti wåra wanliga fornsökare
eller

Guda-
Idra.
eller Antiquarier. Här har man allenast bordt meddela et kort be-
grep om wåra förfäders fordna GudaIdra och wittskeppelser. Man
har ock med flit utelämnat all jämförelse, emellan wåra hedniska
Afgudar, och andra folkslags så kallade Gudomligheter. Man kan
finna likhet emellan en människa och et oskäligt kreatur: man kan
därföre utan mycken möda, om så behagas, förlikna Jupiter med
Thor, Oden med Mercurius, och så widare. Men här är intet
egentliga frågan, hwad wi nu för tiden kunna göra oß för
meningar om de gamlas Gudstjenst, utan hwad de gamle Hed-
ningar sjelf trodt, och då går man säkraste wägen, när man föl-
jer de gamlas berättelser, utan annan förklaring, än den sjelfwa
orten medgifwa. Något rätt sammanhang kan så mycket mindre
wäntas, såsom intet oförnuftigt kan hänga rätt tilhopa. Med all
den möda och spitsfundiga förklaringar, som Greker och Romare
frambrakt til at pryda sin hedniska Gudstjenst, hänger den dock
tilhopa som God dag och Yxskaft. Huru kan man då begära nå-
got redigare sammanhang uti Göthiska sablerna, och den därutaf
flytande Gudstjensten. Den som kan inbilla sig, at en träklotts
är en Gud, kan med samma fog inbilla sig, at han sjelf är en
häst. Och uti sådana omständigheter blifwer påföljden oundwike-
lig, at när den gapande och undrande hopen häpnar och ryser,
måste den tänkande och förståndigare delen därminstone i sit sinne le
där åt, och begabba altsammans.

(1) Det är en almän sägen, at Thors, Odens och Friggas belåten woro
upsatte och dyrkades uti Upsala Tempel. Adamus Bremensis de situ
Dan. &c. C. 92. p. 61. Säger tydeligt, at deße tre woro Thor, O-
den och Fricco, och kan wäl ingen, som förstår aldrig så litet Latin,
falla på den tankan, at Fricco war qwinfull. Men likheten emellan
Fricco och Frigga har gjort, at Auctoren til Rimkrönikan omskapat
Fricco, hwarutaf sedermera, alla senare Häfdetecknare följt samma be-
rättelse, åastjönt den är aldeles stridande med Adami utsaga.

§. 15.

Härutaf finner man ock många prof utaf dem uti Göthiska
Norden, hwilka föraktat all den hedniska Gudstjensten, och aldrig
åkallat, hwarken den ena eller andra afguden, utan haft all sin
lit til sig sjelf, och til sin egen Mandom. När Gauka Thor och
Afar-

Afarfafte blefwo tilfrågade af Konung Olof Haraldfon, hwad tro de hade, fwarade de, at de woro hwarken Hedningar eller Chrift- ne, och at de aldrig trodt på någon annan än fig fielf (1). Sam- ma fwar gaf Atenliot Gellina från Jämtland, når han på fanima fätt tilfrågades af famma Konung (2). Om Rolf Krake i Danne- mark och hans Kjåmpar berättas likaledes, at de aldrig offrat Gudarna, men fatt all fin förtröftan på fin egen kraft och ftyrka. Efter nu warande talefätt, borde med att fål deße fallas Athe- fter. När fådane Gudaföraktare woro måktiga, förlorade lagen då fom nu fin wärkan emot dem, annars blef et fådant upföran- de belfrat med landsflyktighet. Ty Hjalte hade blifwit dömd i landsflyktighet, efter han på Tinget i Jsland, fjungit en förklenlig wifa om Gudarna (3). I almänhet kan det wäl intet falla på andra än barn och tokar, at förlita fig på fig fjelf. Den måfte wara mycket fortfont, fom kan inbilla fig, at hans öde ankommer til alla delar på honom fjelf. Man kan dock intet förtänka dem, fom intet kunde fåftu fit förtroende på tiflöfa trådelåten. Den fam- me eftertanka, fom uprödfer föraft för almänna och wedertagna dårkaper, nädfte ock uprödfa wördnad för et högre wåfende, fom i fin magt och wishet innnefattar hela werlden. Man träffar ock i Hednifka Norden många fådaua, hwilka föraktat afgudarna, men icke deftominere dyrkat och åkallat den råtta Guden, hela werldens Skapare. Sådan tros bekånnelfe gaf Thorkel Jngemunds- fon på Jsland, når den mordifke Biskopen Thangbrand wille för- må honom at taga emot Chriftendomen. Han yttrar fig då, at han intet wille hafwa annan tro, än den Thorften och Thor hans fofterfader hade haft, hwilka trodde på den, fom hade fkapat fo- len (4). Lagmannen på Jsland Thorkil Måne, fom för fedighet och obefläckat lefwerne, warit i fynnerhet wördad hos fina Lands- män, lät båra fig ut i folfkenet, når han fkulle dö, och befalte fig uti den Gudens hånder, fom folen fkapat hade (5). När Harald Harfager gjorde fit löfte om hela Norriges underläggande, fwor han wid den Gud, fom honom fkapat, och ftyrer hela werlden (6). Man fer hårutaf, at hwarken den grofwa afgudadyrkan, eller den öfwer alt antagna willoläran om Oden, och flere fådana hjelplöfa Gudar, kunnat döfwa den inwärtes öfwertygelfen, om en almänt hårfkande Gud. Så at, når menigheten, och de fom hade annars

Rr för-

Guda-
lära.
förmån däraf, blotade åt afgudar, uptyfte likwäl de förnuftigare
sig til det högre wäsendet, som endast med förnuft och eftertanka
kan fattas.

(1) Sturlefon T. I. p. 758.
(2) Sturlefon T. L p. 779.
(3) Are Frode p. 38. Oddur Munk, Olof Trygwasons Saga
C. 37. P. 137.
(4) Wangdäla C. 44.
(5) Landnama hos Bartholin. Ant. Dan. L. 1. p. 84.
(6) Sturlefon T. L p. 76.

16. Capitlet.
Om
Christna Religionens börjen och fortplantande
i Swerige.

§. 1.

Christna
Religio-
nens
uphof.
Sedan de förnämare och mäst uplyste i Landet, begripet tår-
skapen, af Hedniska Gudstiensten, måste nödwändigt af-
gudadyrkan i samma mån aftaga, och wägen til Christen-
domen blifwa jämnare. Om det intet wore förmätet, at döma
om den Alsmägtiga Gudens alwisa hushållning, skulle man kun-
na tycka, at sådant folk, som bibehållit sit förnuft obesmittat, un-
der et så alundne fördärf, hade förtjent längesedan at blifwa bend-
bat med et tilräckeligare ljus, om rätta saligghets wägen. Sedan
man lärdt at kjenna den rätta Guden, såsom sin Skapare och up-
pehållare, kulle man då intet så lära at kjenna honom såsom sin
Frälsare och saliggörare? Begärelsen at utgrunda denna hemlighet,
kan wara förlåtelig, men dristiga omdömen böra wara långt bor-
ta. Man bör ej tadla en klok mans gjöromål, innan man wet
dess hela plan och anläggning. Et barn uptager med tacksamhet
utaf sin fader, när det undfår någon förmån, men frågar intet
hwarföre det intet skjedt förr, utan de förnögt i sin öfwertygelse,
at

at fadren förstår det bättre. Jag kan ej tro, at man wanhedrar wårt förnuft, när man förlifnar det wid et barns begrep, i jämförelse med den Gudomeliga wisheten. Det kan wara lofligt, at wilja weta all ting, men det är såfängt at inbilla sig, det man wet det. Wi erkänne därföre med wördnad Guds nåd, som i sinom tid behagat låta Christendomens ljus upgå uti wårt fäderneslannd, och när wi med fult alfwar beflita oss at följa det, blifwer intet myckeu tid öfwer, som kan anwändas på onödiga spörsmål. En ärlig man är i synnerhet mån om, at fulgöra sin egen skyldighet, han måstrar mycket litet andras gärningar, ty det angår honom intet, och än mindre Guds göromål, ty han förstår dem intet.

§. 2.

Man påminnar därföre all undersökning, hwarföre Christendomen först i det ellofte århundrad kom til någon stadga i Swerige. Det pahar sig bättre at efterföka, när Christna läran först blifwit bekant i wår Nord. Uti äldsta församlingen war man wärkeligen i den tankan, at Apostlarna förkunnat Evangelium för hela werlden, och skal Apostelen Andreas hafwa predikat för Scytherna, hwilken mening äfwen warit antagen af Origenes, uti tredje århundrad (1). Philippus skal ock hafwa förkunnat Evangelium för Scytherna, och gifwit anledning, at et beldte, som warit uprättat åt Mars, där blifwit sönderslaget (2). Uti en gammal resebeskrifning om S. Thomas berättas likaledes, at Apostlarne delt sig emellan den då bekanta werlden (3). Den, som därföre wil tro, at Christna läran då blifwet bekant äfwen uti Swerige, kan wärkeligen hafwa någon anledning til sin tanka, hwilken jag likwäl hwarken wil bekräfta eller wederlägga. Theodoretus uti femte århundrad säger, at Christna läran warit, genom Fiskare och Tullförwaltare kringspridd ibland alla folkslag, och äfwen hos Cimbrer och Tyskar (4). Men om man ock aldeles å sido sätter dessa wittnesbörd, blifwer det likwäl oemotfägeligt, at wåre gamle förfäder intet kunnat wara okunnige om Christendomen, långt förr än Ansgarius kom hit. De utländske Göther woro redan uti femte århundrad omwände til Christna läran, och en Konung från

Rrr 2   Sweri-

(marginal notes, right side)

Christna Religionens neus uphof.

Äldsta Christendom i Norden.

500   Swea Rikes Historia.

Christna
Religio-
nens
uphof.

Swerige, eller Scantzia, benämnd Rolf, öfwergaf sit rike här i Norden, och blef qwar hos Ostgötharnas Konung Theodericus, som då war regerande i Italien (5). Handel och krig, som wåra Nordiska folk förde med Engeland, Gallien, och flera Länder, hwar Christna Religionen warit rotad, redan uti andra åthinbrad, måste nödwändigt hafwa gifwet någon kundskap om Christendomen. Wattnösningen eller Hedniska döpet, samt sielfwa korsteknet, torde ock hårigenom blifwit bekant i Norden. Thors kamp med Midgards ormen, läran om Ragnarroker eller yttersta domen, och mera dylikt, torde ock innehålla några qwarlefwor, dels af Judiska, dels af Christna läran, som genom resande Köpmän, och äfwen genom fångar kunnat wara inhämtad (6).

(1) Eusebius H. Ec. L. 1. C. 2.

(2) Abdiae Vitæ Apostolor. L. 10. §. 2.

(3) Itinerarium Thomæ Apostoli sti Gabrieli Codex apocryph. N. T' T. I. p. 819.

(4) Theodoretus de curandis Græcorum affectibus, serm. 9.

(5) Jornandes de Reb. Get. C. 3.

(6) Rimbertus Vit. Ansgarii C. 10. berättar, at då Ansgarius första gången kom til Björkö, war där et stort antal af Christna fångar. Det som annars berättas om en Auddus, som man wolat göra til Methoden, och hwilken skolat under Domalder predikat Evangelium i Swerige, har man wid detta tilfälle intet kunnat anföra. Epiphanius talar om denna Audåns Hæres. 70. p. m. 336 och säger, at han rest til det innersta af Gothien, εἰς τὰ ἐσωτατα τῆς Γοθίας. Men at här med intet kan förstås Swerige, kan slutas af den ort därefter upkomna förföljelsen, ty de som då förföljdes, flydde undan til Thrakien, Antiochien och Euphrates. Så at det blifwer bgwstkenligt, at Epiphanius här intet kunnat mena någon annan Guthia, än där utländske Götherna en tiden bodde, hwilket war i negden af Swarta och Caspiska hafwet.

§. 3.

Willi-
brods
ankomst.

Men ännu hade ingen, så mycket man med säkerhet wet, påtagit sig någon resa til Norden, i tanka at omwända wåra Hedniska förfäder. Willibrodus Biskopen i Utrecht lär altså efter alt utseende hafwa warit den förste, hwilken uti et sådant ärende an-

anländt til wåra orter. Om honom år man tilförläteligen unter- **Chriſta Religionens uphof.**
råttad, at han reſt til de Danſka folkſlagen, i afſigt at förmå dem
til antagande af Chriſtendomen. Men ſom hans reſa intet war
ſårdeles lyckelig, år det allena beråttat, at han kommit til en af de
Danſka Konungar, ſom hetat Ougendus, hos hwilken han lik-
wål intet kunnat uträtta. Willibrod wånde fördenſkul tilbaka
hwarifrån han war kommen, men tog likwål med ſig trettio ſtyc-
ken ynglingar, ſom han uplårde i Chriſtendomen, och låt döpa (1).
Denna reſa lår wara ſkied wid år 650, och war ſå wål han,
ſom hans ellofwa medhjelpare ifrån Engeland (2). Man beråttar
wål om dem, at de omwåndt många til Chriſtendomen, men det
rimmar ſig intet rått wål med den underråttelſe, ſom man nu
anfördt, och af Alcuin år författad. Hwar denne Ougentus
regerat, wet man på intet ſått, nannet låt wara Håkan, hwil-
ket efter Danſka mundarten plågat utſågas Hågen. Det torde
hafwa warit någon Folkiskonung, ſom antingen bodt i Danne-
mark, eller uti de til Dannemark mot Norden nåſtgrånsſante lån-
der, ty alla deſa tre Nordiſka riken kallades utl medeltiden med
et gemensamt namn, ſtundom Dacia och ſtundom Normannia.
Efter all likneſſe hafwa Sigurd Ring, och Harald Hildetan rege-
rat, då Willibrod kom ni Norden. Sigurd Ring kallas ock Hå-
kan Ring, ſå wål af Saxo, ſom utl lilla Rimkrönikan, men dår-
före kan man intet med wiſhet påſtå, at han warit denna Ougen-
dus. Alcuin beråttar, at denna Håkan warit grymmare ån nå-
got wilddjur. Men hwaruti denna grymhet beſtådt, nåmner han
intet; utan ſåger trodrom, at han bemötte de utſkickade med all
heder. Det kan då wara troligt, at han enbaſt dårföre fått en
ſå ſwår beſkylning, efter han intet warit ſtrapt tilreds, at öfwer-
gifwa ſin förra Gudstjenſt. Den ſom år ſå mycket ſårrig, at ta-
ga emot all ny Religion, ſom en Romerſk utſkickade förkunnar,
kan nåſtan likſå gierna blifwa wid den gamla.

(1) Alcuinus Vita Villebrodi C. 9. Men detta wittnesbörd lår til åf-
wentyrs förtjena at anföras: Cum apud Radbodum vir Dei ſe fructi-
ficare non poſſe ſentiret, ad ferociſſimos Danorum populos iter Evangeli-
zandi convertit. Ibi tum regnabat Ougendus, homo omni fera crudelior,
et omni lapide durior, qui tamen jubente Deo, veritatis preconem ho-
norifice tractabat. Quem dum obduratum moribus et idololatria de-

502   -   Swea Rikes Historia,

Christna
Religio-
nens
uphof.

ditum, et nullam melioris vitæ spem habentem offendit, acceptis cum
viginta ejusdem Patriæ pueris, ad electos a Deo populos Regni Fran-
corum reverti festinavit.

(2) Jämför Joh. Molleri Isagoge ad Hist. Cersonei. Cimbr. P. 2.
L. 2. C. 19.

§. 4.

Ehuruwäl Willebrods förrättning uti Göthiska Norden inte
giordt något besynnerligt, undlaggades likwäl Christna läran alt
mer och mer, uti de närgränsande länder, sedan Keisar Caro-
lus Magnus företagit sig, at aldeles twinga Saxarna. Bre-
men war redan anlagd wid år 788, och den Helige Willehad
förordnad där til Biskop, hwilken förkunnade Evangelium så wäl
för Saxarna, som för de folkslagen, hwilka bodde Norr om
Elbströmmen. Men ingen anledning är, at hans Apostoliska
omsorg stråkt sig til Swerige. Nägden kring Hollsten och Gles-
wig, har utan twifwel gifwet honom så tilräckeligt arbete, at han
inte kunnat besatta sig med mer aflägsna orter. Hans eftertr-
dare uti Biskops-ämbetet för Ansgarius, wårdade sin anförtrod-
da hjord på samma sätt, och så wäl Swerige som Dannemark,
saknade en lång tid Christna lärare. Andteligen anförtrodde Päf-
wen Paschalis 1 åt Arke-Biskopen Ebbo i Reims, och Mun-
ken Halitgarius, som sedermera blef Biskop i Cambrai, at uti
wår Nord fortplanta Christendomen. Arke-Biskopen Ebbo, hade
ifrån det alranedrigaste, emedan han war född af livegna fördl-
drar, brakt sig up til Arke-Biskops wårdigheten, i sonnerhet ge-
nom den nåd han stod uti hos Keisaren Ludovicus Pius. Den-
na nåd wedergälde han på det sätt, at han uphetsade sönerna
emot sin fader, och war en af de förnämste uprorsmän uti Kei-
sar Ludwigs afsättande. Af en sådan arbetare kan man inte wän-
ta någon särdeles nytta i Herrans wingård. Man wet ej heller,
hwad han giort utom det, at där säges i almänhet, at han om-
wändt diskilliga (1). Hans wårkeliga förtienster uti detta måter,
lära dock hafwa warit ganska ringa, emedan han förliknas med
Willibrod (2).

(1) Slodoardus H. E. L. 2. C. 19. Rimbertius V. Ansgarii C. 12.

(2)

(2) *Adamus Bremensis* H. Eccl. L. 1. C. 16. Ecce quod longo tempore Villebrodum et Ebbonem aliosque voluisse legimus, nec potuisse, nunc Ansgarium et potuisse et voluisse miramur.

Christna Religionens uphof.

§. 5.

Ansgarius.

Ändteligen ankommo sändingebud från Swerige til Keisar Ludwig, som ibland annat gåfwo tilkiänna, at månge här i landet åstundade at emottaga Christna läran, och at Konungen sielf gierna wille tillåta, at Christna Präster skulle få inkomma, allenast man måtte få förståndiga Lärare. Keisaren lät då kalla til sig Munken Ansgarius från Corwei-Closter, och updrog honom den hedrande, och tillika farliga syslan, at förkunna Evangelium för de Swenska (1). Ansgarius war dänn hos Danska Prinsen Harald, hwilken warit utdrifwen från Dannemark, och hade låtit döpa sig i Maints år 826. Harald hade dårpå rest tilbakars, och sådt någon förläning af Keisaren wid Elbströmmen. På Keisarens bud infinner sig Ansgarius, samt påtager sig utan widlyftigt betänkande denna nya förläning. Til sin medhjelpare utwalde han en annan Munk wid namn Withmarus. Keisaren lät sörse dessa andeliga utskickade med hederliga gåfwor, som skulle anwändas hos de betydande här i Landet. Men denna försiktighet war fåfäng; Ansgarius och Withmar hade stigit om bord på et Köpmans fartyg, och råkade ut för sjöröfware, hwarigenom de til at rädda sit lif, blefwo twungne at öfwergifwa altsammau, och kommo med största swårighet wacande til lands. Denna olyckan afskräckte likwäl intet Ansgarius, utan han fortsatte den öfriga resan til fots, fast än wägen war både lång och beswärlig (1).

(1) *Rimbertus* V. Ansgarii C. 8.

§. 6.

Så snart Ansgarius ankom til Björkö, blef han mycket wäl emottagen af Konung Björn. Tilstånd at predika, blef honom lämnat, och hwem som wille, fick frihet at taga emot Cristna Läran. De Christna fångar, som där woro i stort antal, kunde ock betjena sig af de nyligen ankomna Lärare, så at ingen ting blef förment, hwarigenom Christendomen kunde blifwa fortplantad.

Ibland

Christna
Religionens
uphof.

Ibland åtskilliga andra, som wid detta tillfälle låto döpa sig, war
åfwen Hergarius, som war en af Konungens råd och befalnings-
hafwande i Björkö. Man kan twifla, om Christendomen på nå-
got ställe i werlden blifwit hederligare börjad. De Swenske an-
höllo sielfwe om Lärare, och när de ankommo, erhöllo de icke al-
lenast en fulkomlig frihet at förkunna Guds ord, och betjena sig af-
wen sielfwa sångarna med HERrans Nattward, utan hwem som
wille, fick tilstånd at antaga Christendomen. Detta alt hade wa-
rit omöjligt, om ej en slags högaktning för Christna Läran, hade
warit rotad i Landet. Det enda, som synes underligt är, at wå-
re nykomne Lärare efter et halft års obehindrat wistande på orten,
foro likwäl bägge härifrån, och låto således de nyligen omwän-
da enskylt draga försorg om det öfriga. En ren nit om Christen-
domens utwidgande, synes hafwa fordrat en större wård, och me-
ra nitälskande ömhet (1).

(1) Rimbertus V. Ansgarii C. 10. kallar Konungen, til hwilken Ans-
garius kom, Bern, och hos Adamus Bremensis H. E. L. 1. C. 16.
heter han Björn. Uti Officia propria Patronorom Regni Sveciæ,
hwilken bok är öfwersed af Cardinalen Bellarminus 1606, och tryckt
i Cöln 1702, kallas han Björn 2, så at intet skäl är at ombyta
namnet til Bell. Efter Langfedga tal hos Erik Benzelius i anmärk-
ningarna til Wastovius p. 81, och hos Torfæus Ser. Reg. Den.
p. 362 är Björn på Häga, wärkeligen den andra Björn som reserat
i Swerige, och synes således den almänt wedertagna meningen, at Ans-
garius predikat i Björkö, då Konung Björn på Häga war rådande i
Swerige, mycket wäl kunna hafwa bestånd. Dock nekas intet, at det
kan och wara troligt, at denne Herre intet warit Öfwerkonung i
Swerige, utan en af Underkonungarna, på hwilka denna til åfwenrörs
warit godt förråd.

§. 7.

Ansga-
rius,
Ärke-Bi-
stop i
Ham-
burg.

År 829 lät Ansgarius hafwa rest til Swerige. När han
kom tilbaka, och hade tillika bref med sig ifrån Konung Björn
til Keisaren, blef han för sit andeliga beswär förordnad til Ärke-
Biskop i Hamburg. Denna stad war anlagd af Keisar Carolus
Magnus wid år 811, och Ansgarius war således den första Är-
ke-Biskop här på orten wid år 831. Efter Keisarens bref borde
Ansgarii Ärke-Biskopsdöme innefatta alt hwad, som låg Norr
om

om Esdströmmen, hwilket ock kallades med et almänt namn Nord-albingia (1). Men at detta förordnade skulle wara så mycket mera giällande, inhämtades äfwen Påfwens Gregorii IV. stad-fästelse (2). Den nödwändiga Ärke-Biskops-Skruden Pallium, och Biskopsmössan blefwo honom likaledes af samma Påfweliga bewågenhet förunte. Twå omständigheter, som woro helt ange-lågna til Evangelii kraftiga förkunnande. Wigselen förrättades af Drogo Ärke-Biskopen i Mets, som hade til medhjelpare Ärke-Biskopen Ebbo från Reims, Hatto från Trier, och Otgar från Maynts, hwilka alle, jämte Biskoparna Heligand och Willerik, som tilförne hade dragit försorg om Nordalbingiens andeliga för-nödenhet, togo del i denna heliga förrättning. Och på detta sätt war nu Ansgarius en wyrdig Ståthållare öfwer et af de största Stift, som warit i Europa, och war en andelig Regent öfwer Länder, som hwarken han eller sjelfwa Påfwen och Keisaren wiste, at de woro til, emedan hans magt sträkte sig icke allenast öfwer Swerige, Dannemark och Norrige, utan ock til Färö, Island och Grönland.

(1) Mycken twist är om dessa åretal, hwilket ock i et wist hänseende kan wara så lika mycket. De äldre Historieskrifware alsätta intet wist år-tal, när Ansgarius reste til Swerige, och de nyare dro oense om al-la åren, som dro emellan 828 och 832. Jfr. Mollers Cimbria Literata T. III. Artikeln Ansgarius § 7. p. 13. Uti Benedictinernas Histoire Literaire de la France T. IV. p. 634 alsättes samma år, som man här följt. Samma owisshet är om året, när Ansgarins blef Är-ke-Biskop. Af Rimbertus C. 11, 12. wet man, at Ebbo dänu war uti ansende, men denne myndige Prelat blef affatt 834, sedan han året förut hade med flera andeliga sider aflagt Keisar Ludwig des Keiserliga Höghet. Och därföre kan man med fullkomlig säkerhet sluta, at Ansgarius blifwit Biskop, innan den oroen kommit i full rå-relse. Man kan därföre hänföra Hamburgiska Ärke-Biskopsdömet til året 830, 31 eller 32; och större granlagenhet behöfs intet på detta ställe.

(2). Ludovici Pii bref, om Hamburgiska Ärke-Biskopsdömets inrättan-de, är dateradt uti Achen 1d. Mai 834. Holstenska Hof-Predikanten Philip Cäsar, har år 1642 utgifwit sin Triapostolatus Septentrionis, och första gången låtit tryckt detta Keiserliga förordnande. Och ehuru wäl jag intet ärnar inlåta mig uti någon twist om riktigheten af detta Document, borde jag dock kunna med all trygghet påstå, at det al-drig kunnat komma sådant från Keiserliga Cancelliet, som det nu fin-nes. Här säges nemligen, at Evangelii ljus war redan upgånget, icke

S ſ ſ

alle-

Christna Religionens uphof.

allenast i Danmark, Swerige och Norrige, utan od uti Terra Gronlandon, Hellingalandon, Islandon och Scridevindon. Den måste wara litet förfaren, som kan inbilla sig, at Island och Grönland warit redan bebuate, då Ansgarius som til Swerige. Gregorii IV, bekräftelse på Kejsarens förordnande, uprättar samma Länder, och förtjenar således samma anmärkning. Flera påminnelser förbigås.

§. 8.

Gautbert den förste Biskop i Öfwer-Swerige.

Om man endast warit mån om Christna lärans fortplantande, hade man förmodeligen kunnat umbära den anstalt, at förordna Öfwer-Biskop uti Länder, där nu hwarken war Biskop eller Präst. Men som man wille tillika stadfästa det Påfweliga enwäldet; war det nödigt, at Guds ord skulle förkunnas under en myndig Prelats inseende, som kunde hindra, at inga farliga grundmeningar måtte tillika blifwa utsädde. Man wille wäl, at Hedningarna skulle förmås at tro på rätta Guden, men de borde tillika wänjas at mera tro på människor. Dock det som hit intil war skjedt i Swerige, war allenast en ringa början, som snart skulle förqwäfvas. Det war då angeläget, at någon ny lärare skulle utses, som kunde draga wård om denna späda plantering. En af Arke-Biskop Ebbos slägtingar, med samma Ebbos och Ansgarii gemensamma öfwerläggning, blef då förordnad til Biskop i Swerige. Sålunda blef Gautbertus, hwilken kallades Simon, wid sin Biskopswigning den förste Swenske Öfwerherde (1). Denne Gautbert fick wid sit anländande til Björkö, åtnjuta samma bewägenhet, som Ansgarius kunnat ägna sig utaf. Honom blef tillåtet, at hålla offenteliga predikningar, ja en almän kyrka blef ock af honom inwigd, hwilken är den första man wetat utaf i wår Swenska werld. Herigarius hade wäl tilförne låtit uprätta en Kyrka på sin egen grund, men kan förmodeligen intet anses för annat än et Capel (2).

(1) Rimbertus V. Ansgarii C. 12, 13.
(2) Rimbertus C. 13.

§. 9.

Förföljelse emot Christna Prästerna.

Hit intil hade wåre förfäder betygat en fullkomlig wälwilja emot Christendomen. Men en obekant omständighet, kan hända, wår

wår nya Biſkops, eller hans medhjelpares förſeelſe och öfwerilning **Chriſtna**
gjorde upror ibland folket. Man plundrade huſet, där de nykom- **Religio-**
ne Läraca bodde, en af Gautberts ſläktingar Nithard blef ihjäl- **nens**
ſlagen, men Gautbert ſjelf, och alle de andre blefwo ſångſlade och **upböf.**
drefne ut landet. Man har anledning at tro, det denna upred- **Herigo-**
ning intet ſkedt för Chriſtendomens ſkuld, ty hwarken war Ko- **rius.**
nungen därutinnan deltagande, ej heller blef Heregarius på något
ſätt förſölgd, för ſin nyligen antagna Religion, utan han bodde
uti all trygghet, och behöfde ingalunda dölja, at han war Chri-
ſten (1). Et tydeligt bewis gaf han därpå wid et tilfälle, då en
almän ſammankomſt war på ſtället, och man upbygt löſhyddor på
marken för de förſamlades bеgwämlighet. Hedningarne begynte
då at förſmäda och begabba Herigarius, därföre at han afwiket
från de fordna Gudarnas tjenſt. Men han hade intet betänkande
wid at förklara den fordna Gudstjenſten för oförnuftig, och be-
kjänna därjämte Chriſtus för den ende alsmägtige Guden. Uti ſin
öfwertygelſe gick han och ſå långt, at han wågade ſtälla folkets
afgudalära, och ſin tro på et beſynnerligt prof. Man kunde utan
ſwårighet ſe förut, at regn ſkulle komma innan kort. Han an-
modade då Hedningarna, at de ſkulle antopa ſina Gudar, at de
intet ſkulle bliſwa wåte af rägnet, han wille däremot åkalla Chri-
ſtus, och war förſäkrad, at intet rägn ſkulle falla på honom.
Förſöket blef emottaget, Hedningarne blefwo öfwerſtrömmade af
rägnet, men på Herigarius och en liten gåſſe, ſom han hade med
ſig, kom ingen droppa en gång. Så berättas denna beſynnerliga
händelſe af Rimberius. Det är nog bekant, at uti denna tidens
legender förekomma diſſidiga underwärk, ſom äro nog otroliga.
Icke deſtomindre går man til äfwentyrs alt för långt, om man
nekar alt utan ringaſte granſkning. Guds undergörande nåd är
intet bunden, hwarken til en eller annan tid; och en rätt Chriſtens
tro, då den alfwarlig är, kan efter Guds nådiga förſyn uträtta
mycket. Det ſynes billigt, när man tror för ſyn ſkuld, och är
Chriſten, endaſt för at wara på modet, at icke allenaſt under-
wärk, utan ock all annan wälſignelſe afſtadnar. Men det är ej
det enda förunderliga, ſom berättas om Herigarius. Wid et an-
nat tilfälle, då han länge warit ſjuk af wärk, och Hedningarne
rådte honom, at han til ſin hälſas återwinnande, ſkulle offra åt

S ſ ſ 2 Gu-

Christna Religionens uphof.

Gudarna, och deßa onödiga förmaningar intet uphörde, lät han bära sig uti sin Kyrka, och efter en innerlig bön til Gud om sin hälsa, steg han up, och gick aldeles frisk därifrån i många tilwarandes påseende. Sådant kunde intet annat än wärka högaktning för Christna läran. Et nytt tilfälle yppade sig til samma ändamåls winnande, när den Biltoge Konung Anund med en Dansk här kom för Björkö, och hotade så wäl denna orten, som den när intil belägna staden, med en oundwikelig fördärbelse. Konungen war borta, och uti et så oförmodeligt anfall, kunde man intet wänta någon undsättning. Hedningarne togo då sin wanliga tilflygt til sina kraftlösa offer. När därmed intet uträttades, tilbödo de brandskat af hundrade mark silfwer åt Konung Anund. Detta senare tilbud war wiktigare hos Konungen än alla offren; men hans folk ansåg denna summa såsom alt för liten, och giorde sig färdiga at anfalla staden, änskjönt penningarne woro betalte. Uti denna beställning giorde man än större löften och offer til Gudarna. Herigarius tog då tilfället i akt, och föreställde dem fåfängan af alt sit hedniska gockelwärk, emedan de förlorat sina penningar, och oaktat alla sina offer, woro ännu uti samma fara. Han bad dem därföre, at de skulle tro på den Alsmägtige Guden, som han tjenar, och bor i himmelen, då det wore möjligt, at de kunde blifwa frälste. Det war i sådana omständigheter mer angeläget för Hedningarna at behålla sin egendom, än twista om Gudstjensten; hwarföre de ock lofwade, at gjerna wilja göra alt, hwad Herigarius åstundade. Utgången blef ock den, at Anund ändrade sit beslut, och wille ingalunda förgöra sina Landsmän, utan lämnade staden oanfäktad. Men til at förmå sit folk til samma tankar, föreslog han, at man skulle genom lottkastning rådfråga Gudarna, huruwida det wore rådeligt at angripa de Swenska, då Lotten föll, som förr är berättat (2).

(1) Rimbertus C. 15.
(2) Rimbertus C. 16.

§. 10.

Alt detta öfwertygar oß, at Christendomen intet warit förfölgd, änskjönt man affärdat så snöpligen Gautbert och hans föl-
je-

jnſlagare. Twärt om måſte wördnaden för Chriſtna Läran hafwa anſenligen tiltaget, ſå wida det har ſin riktighet, ſom i förra §. är andraget. Man kan nedgifwa, at berättelſen kan tåla twifwelsmål. Följande påminnelſer torde likwäl kunna göras i detta mål. De underwärk, ſom här omtalas, tilſkrifwas intet någon inſnidig och egennyttig Munk, ſom welat förmå folk til ſjälemäſſor eller andra andeliga näringsſång. De ſke intet uti någon hemlig wrå, utan i alt folks åſyn, och uti ingen annan afſigt, än til at förſwaga hedniſka öfwertygelſen om afgudaläran, och bewiſa Chriſtna Religionens trowärdighet. När man läſer om S. David, at han hänge ſina wantar på ſolſtrålarna, har man ſwårt för at hålla ſig från löje, ty amingen denna helgedom legat på ſophögen, eller hänge i luften, war det för Chriſtna Religionen alt det ſamma. Det paſſar ſig intet med ämnets wärdighet, at göra mirakel för ro ſtul. Om Rimbertus för öfriget welat roa ſin Läſare med oſanningar, hade det warit nypfet lämpligare, at tilſkrifwa ſådana underwärk åt Anſgarius, eller åt någon annan predikande Munk. Det gör han likwäl intet, utan berättar ſaken, ſom han hördt af ſamtida och åſyna witnen: och jag wet litet, huru wi nu kunna wara befogade, at draga en händelſe i twifwelsmål, ſom ojäfwige åſkådare bekräfta, då berättelſen bittet är ſälunda. Jag har för god tanka om min läſare, för at tro, det någon af dem lät neka möjeligheten af underwärk, och underliga händelſer. Så miſtroende och otroende, ſom wår tid är, inbillar man ſig likwäl, at hafwa förnuft, och den måſte oſelbart hafwa fått nypfet mindre än en ſyſterlott däraf, ſom tror, at han begriper alt, hwad ſom åfwen nu händer. Wi följe altſå med et ſkäligt förtroende Rimberti berättelſe, och då böra wi påminna oſ tillika, at alt det, ſom nu är omtalt, tiltragit ſig, ſedan alla Chriſtne Lärare woro afwiſte, emedan man uti hela ſin år, efter Gauberts utdrifning intet haft någon Chriſten Lärare. Men efter denna tidens förlop ankom ifrån Anſgarius Eremiten Erimbertus, hwilken icke allenaſt med all framgång förkunnade Guds ord, utan ock betjente Herigarius uti ſit prtærſta.

§. 11.

Anſgarius hade imedlertid warit öfwerhopad med mycket bekymmer. Utom hans dageliga bemödande, til at omwända de Danſka

Chriſtna Religionens uphof.

Samburge och Bremens Biſtopar ſka döme förenade.

Christna
Religio-
nens
utbol.

sta och Slafwerna til Christendom, infann sig äfwen wid år 845 en stor swärm af ströswande Norrmän sör Hamburg, som sörstörde staden, och nödgade Ansgarius at flykta därifrån. Hans Arke-Bistops wärdighet blef sörtensfull snart nog ösweränna stad, och han sielf sörsatt uti ytterstu fattigdom, til des en Fru begåfwade honom med en liten gård, som het Ramsola, belägen i Bistopsdömet Werden, ntet långt srån Hamburg. Men Bistop Luderic i Bremen emottog wår hederliga flykting på et långt annat sätt, emedan han dref bort honom srån Bremen, dit Ansgarius uti sit wådeliga tilstånd tagit sin tilflykt. Och bör denna Luderic således ingalunda sörglömmas, såsom et wärdigt exempel af denna tidens andeliga säder. Ansgarius wiste sig uti alt detta ganska tålig, och blef intet långt dårefter, nemligen år 848 eller 850, efter sin misgynnares Luderics död, äfwen Bistop i Bremen, så at detta Bistopsdöme blef med Hamburgska Arke-Bistopsstolen til ewärdeliga tider sörknippat, efter inhämtat samtycke af Påfwen i Rom, som utföll år 858. Men imedlertid sörsummade intet Ansgarius, at med all flit besrämja Christendomen i Dannemark, och blef en Konung Erik där omwänd, och en Kyrka i Slesewig uprättad. Hwarefter han åter påminte sig den upgångna Christendomen i Swerige; och sedan Gautbertus wägrat at taga del härutinnan, sattade han sielf det sörslag, at begifwa sig hit.

§. 12.

Ansgarius
kommer
2 gången
til Björkö.

På det alt måtte aflöpa så mycket örkeligare, antog Ansgarius wärdigheten af K. Ludvigs Sändningebud, och fik tillika bref med sig srån Konung Erik i Dannemark, til en Swensk Konung benämnd Olof, som den tiden hade sit säte i Björkö. När Ansgarius andra gången ankom til denna orten, war Herigarius död, och äfwen en stor del af hans förra bekanta. En ny oreda war ock upkommen genom en bedragare, som sörebar sig hafwa haft uppenbarelse af Gudarna, at de wäl tilläto, at flere Gudar måtte wördas, men de Christnas GUD kunde de intet emottaga uti sit sällskap. Efter denna anledning blef en af de aflidna Swenska Konungar, som hetat Erik, sörklarad sör Gud,

samt

famt Tempel och Prdfter til hans heder inwigde, hwarom tilförne   Chriftna
dr ndmnt. Denna hdndelfe hade fd förwillat och uptört allas   Religio-
finnen wid Ansgarii ankomft, at hans gamle wdnner rådde ho-   urbof.
nom, det han i ftörfta haft borde begifwa fig ddrifrdn. Som
Budffap frdn en frdmmande Konung funde han wdl förmoda fig
en fulfomlig fdferhet, och hans upriftiga nit funde ej heller tilldta
en få haftig bortgång. Han begynte ddrföre fin förrdtning med at
bjuda Konungen til gdfl. Konung Olof gjorde ingen fwårighet
at infinna fig hos denna npa Lararen; emedan han war underrdt-
tad förut, genom Konung Erifs uifficfade, få wdl fom genom
Ansgarii gamla medhållare om hans drende. Måltiden hade med
fig anftdndiga gåfwor för Konungen, och under fådana anftalter
föredrog Ansgarius fin anfofning om tilftdnd, at förfunna Evan-
gelium. Konungen war ganffa bendgen, men förflarade lifwdl,
at han uti detta målet funde intet förordna af egit bewdg; utan
borde nian Törft genom lottfaftning rådfråga Gudarna, och fedan
Lotten utfallit til hans förmdn, ffulle man widare wid et almdnt
möte inbdmta menighetens bifall (1). Ddrpå föredrog Konung
Olof faken för fit Råd, då man förrdttade lottfaftningen. Men
ndr famma drende blef framhaft för menigheten, upfom en ganffa
hdfug trdta, fom warade til des dndteligen en gammal och wyrdig
man fteg up, och föreftdlte den förfamlade mocfenheten, at fedan
månge fommit i förfarenhet, at de Chriftnas GUD war ganffa
mdgtig, och man ofta hade rönt hans kraftiga hjelp, och månge
farit til Dorftadt i affigt, at ddr widare blifwa underrdttade om
hans dyrfan, borde man ingalunda förmena deßa nyligen anfom-
na, at underwifa folfet utl denna ldran, emedan det war ddraf-
tigt, at med många farligheter föfa utomlands, det man funde
utan befwdr och dfwentyr drnd, då man war hemma. Hdrige-
nom ftatnade oenigheten, och famtyfet blef almdnt. Ansgarius
mdtte lifwdl afwafta et annat få fallat Rifsdags beflut, fom på
en annan ort i landet ffulle faftRdlas, innan han fif fulfomligt
tilftdnd at predifa. Men ndr ocf det utfallet efter önffan, lämna-
de Konungen dr wår Arke-Biffop en oinffrdnft frihet, at upbyg-
ga Kyrfor, tilfdtta Prdfter, ldra och ldta döpa alla dem, fom fig
ddrtil beqwdma wille (2).

(1)

Christna
Religio-
nens
uj;of.

(1) Örnhjelm har, uti sin Historia Ecclesiastica L. 1. C. 17. p. 50, et långt och wackert Tal, som Ansgarius wid detta tilfälle hållit för Ko-nungen, och åtskilliga andra hafwa följt honom. Den, som således å-stundar weta, hwad Ansgarius kunnat säga wid detta tilfälle, kan få sin åstundan förnögd, så framt han intet finner tjenligare, at sjelf up-sätta et Tal för Ansgarius. Men wil man weta, hwad Ansgarius war-keligen sagt, blifwer det något wanskeligare, emedan Rimbertus intet tala därom, och andra minnesmärken i detta ämne äro ej at tilgå.

(2) Rimbertus V. Ansgarii C. 23, 24, 25.

§. 13.

Eribert
Swenst
Biskop.

Efter en sådan tilstädjelse, förordnade Ansgarius Biskop Gautberts släktinge Eribert, til at wårda det andeliga Herda-åmbetet i Swerige. Men han sjelf, efter wäl förrättadt ärende, wände tilbakars; sedan Konungen lämnat plats til Kyrka, och han sjelf köpt et hus til Erimberts widare förnödenhet. Sweriges forona Biskop Gautbert skickade ock kort därefter en Dansk man

Arnsfrid.

til Swerige wid namn Arnsfrid, hwilken af Arke-Biskop Ebbo war upfostrad i Christna läran. Denne aflöste Erimbert, men ef-ter några år for Arnsfrid åter hårifrån, då han fått höra, at

Rimbert.

Biskop Gautbert war död. Då ankom Rimbert til Björkö, hwilken äfwen war til börden en Dansk. Härutaf kan man finna, at Ansgarius, sedan sin sista resa, warit mycket mån om at underhålla Christna läran uti wår Nord. Men efter utseende har det warit brist på redeliga och Gudsfruktiga män, som wille påtaga sig deßa wanskeliga sysslor. Skörden war således stor, men arbetarne woro få, och Ansgarii Stift war så widlyftigt, at det är intet underligt, at han intet kunde uppehålla sig länge på hwart ställe.

§. 14.

Man kan intet med wißhet utmärka året, när Ansgarius kom andra gången til Swerige. Förmodeligen lär det warit e-mellan 850 och 860; men det är långt wißare, at han warit en hederlig man och uprichtig lärare. Doch war hwarken han eller de andre denna tidens predikanter på något sätt at jämföra med Apostlarna. Deße utförde sit åmbete med et uprichtigt och okonst-

lat

lat förkunnande af himmelska sanningarna. De undergörande gåf‑   Christna
wor, hwarmed de äfwen woro förseode, föröfade folkets upmärk‑   Religio‑
famhet, och således befrämjade Hedningarnas omwändelse (1). Men   nens
uti Ansgarii förrättningar lyste en hel hop med månnijskliga försik‑   arbof.
tighets reglor, som man intet med skäl kan lasta, efter affigten
war god. Han öpnade sig allestädes wägen genom gåfwor och
skänker hos Konungar och andra förnäma Herrar, och wiste så‑
ledes, at han aktade hwarken rikedom eller förinögenhet emot den
förmån, at kunna befrämja Christendomens utbredande. Han
lämnade et oemotsägeligt prof därpå, när han förorenade Präster
här i Swerige, och på andra ställen bland Hedningarna. En af
hans förnämsta förmaningar war, at Prästerne ingen ting skulle
begjära af de Nykristna, utan udra sig af sina händers wärk, och
wara nögde med måttelig kläda och föda. Merendels försedde
han dem sielf med större delen af deßa förnödenheter, och skaffade
hwad mera kunde behöfwas, at påkosta uti gåfwor och förärin‑
gar (2). Enkor, fattiga och fader̈lösa försörgde han, och fångar
köpte han fria. Jag skulle tro, at det är lofgifwit at berömma
et så Christeligt upförande, äfwen då, när ingen därnär at efter‑
sölja honom. Uti Evangelii förkunnande har han twifwelsutan
sölgt de grundsatser, som den tiden almänt woro gjällande i för‑
samlingen, och är hans lära hafwa warit i många mål mida af‑
skild från senare tidens ofatta tilökningar. Man kan sluta det af
hans sista bön, som han gjorde på sin sotesäng. Han återrodde
sin själs angelägenhet, hwarken til Jungfru Maria, Petrus eller
Paulus, utan sade: HERre war mig nådelig efter din barm‑
hertighet, HERre war mig arme syndare nådig, uti di‑
na händer befaller jag min anda, du hafwer förlöst mig,
HERre Sanningenes GUD. Och under deßa suckningar af.om‑
nade han uti Bremen år 865 (3).

(1) Rimbertus Vita Ansgarii C. 28.
(2) Rimbertus C. 29.
(3) Adamus Bremensis H. E. L. 1. C. 31.

§. 15.

Utaf Ansgarii Lefwerne, som af Rimbertus är författat, är   Anega‑
större delen af det, som nu är anfördt, upteknat. Några andre   rius
Ttt   haf‑   helig.

Christna
Religio-
nens
uphof.
hafwa ännu wittare till hans förtjenster, och H. Wolther åfwen be‑
rättat, at Upsala och Lunda Domkyrkor, äro af Ansgarius uprät‑
tade. Denna underrättelse har intet annat fel, än at hon är o‑
sann. Efter döden är Ansgarius införd uti de Heligas antal, och
uprkad nästan så om en Sydes‑Gud för Norden; man wet lik‑
wäl intet, hwilken Påfwe har bewist honom denna heder. Den
fjerde Februarii firades hans åminnelse i Swerige, och kallades
han på samma sätt, som man annars bör kalla den Helige An‑
da (1). Men i Lund war den tredje i samma månad helgad til
hans dreminne (2), hwilken dag ock war hans dödsdag. Ham‑
burgarne däremot firade hans åminnelse twänne gångor om året,
den tredje Februarii och nionde September (3), så at efterwerlden
har haft uti långwarigt minne, denna uprigtiga Lärarens trogna
tjenster och bemödande om Christendomens fortplantning i Norden.

(1) Offi ia Propria Patronorum Regni Sveciæ. Ibland andra Legender
förekommer ock här en wers, som så lyder:

Ansgari Pater Optime
Errantes nos in devio
Reduc tuo Juuamine
Servans in Christi gremio.

Samma Psalm eller Hymnus läses ock uti Oernhielms uplag af Vita
Ansgarii p. 271. Dock med den lilla skilnad, at hos Oernhielm
står uti följante werser:

Svecis et Danis gratia
Donum fideinqe prædicans,

så uti deßa Officia står; Danis et Svecis &c.

(2) Breviarium Lundense.

(3) Man kan härutinnan jämföra Mollers Cimbria Litterata T. 3. hwar
en utförlig berättelse om Ansgarius förekommer.

§. 16.

Rimber‑
tus.
Ansgarius hade kort för sin död försäkrat, at Rimbertus
war wärdigare at wara Arke‑Biskop, än han sjelf war wärdig
til Sub‑Diaconus (1). Rimbertus blef ock med enhälligt mal för‑
ordnad til Arke‑Biskop i Hamburg och Bremen. Han war ifrån
Flandern, och bör således intet förblandas med den förr omtalta
Rim‑

Rimbertus, som war ifrån Dannemark. Hans bekommer om
Evangelii fortplantande i Norden berömmes mycket. De här up-
rättade församlingar blefwo icke allenast af honom med Lärare för-
sedde, utan han har ock sielf besökt de myligen omwända Christna.
Under sin resa til Swerige, skal han åtskilliga gånger hafwa på
et underbart sätt stillat wädret, och skaffat en blind sin syn igen,
då han beströk honom med den heliga Olian, och meddelte ho-
nom Confirmationen (2). Det berättas ock, det han omwändt
och döpt en Swensk Konung (3). Man gör sig likwäl et fåfängt
beswär, at skaffa namn på denna Herren. Men så framt det har
sin riktighet, kan man nog finna, at Christendomen blifwit ansen-
ligen utwidgad under den tiden Rimbertus lefte. Man har sig
likwäl intet bekant, om Rimbertus eller hans förträdare förkun-
nat Guds ord på något annat ställe i Swerige än Björkö. Dock
som här samlades mycket folk, så wäl för handelen, som för al-
männa möten, hwilka här under tiden blifwit hållne, kunte Chri-
stendomen lätteligen utspridas til andra orter i Riket. Nordiska
Församlingen nytjade intet längre denna upbyggeliga Biskopens
wård, än til år 888, då han afsomnade. Han hafwer som sin
förträdare haft mycken ömhet om fattiga, och til Christna fångars
lösen anwände han äfwen sielfwa Kyrkans heliga kärl, och an-
nan dyrbar egendom. Den, som har lust at blifwa underrättad
om Rimberti öfriga underwärk, och andra omständigheter, kan lä-
sa hans Lefwerne och Adamus Bremensis. Underwärk och up-
penbarelser blifwa nu almänna och wanliga omständigheter hos
wåra Nordiska lärare. Den som kan tro dem, wil jag intet be-
taga sin öfwertygelse, och den som wil neka dem, ärnar jag intet
träta med. Det är imellertid oförnekeligt, at okunnigheten tiltog,
Christendomen förminskades, och konster, widskeppelse, samt dikter
blefwo nödwändiga egenskaper, til at bibehålla et lutande anseende.

(1) Vita Rimberti C. 11.
(2) Vita Rimberti C. 21.
(3) Appendix ad Hist. Archiepisc. Bremensium p. 116. af Gabriel
Upsal.

§. 17.

Wåra Nordiska folkslag hade sin goda del uti de öfweralt til-
tagande oredor. Frankiska rikets rätta styrka föll med Carolus
Ttt2 Ma-

Chriſtna
Religio⸗
nens
upbof.

Magnus. Anſeendet war ännu qwar under Ludovicus Pius, men under deß efterträdare förſwann ſåledes både magt och hög⸗ agtning, at icke allenaſt alla Europeiſka ſtrander woro upfylte med ſtröfwande Norrmänn, utan man töute ock deras obehageliga be⸗ ſök långt in uti landet, ſå i Frankrike ſom i Tyſkland, ſå at he⸗ la Norden ſynnes wara uprörd emot den öſtiga delen af Europa. Det war då intet ſå mycket underligt, at niten til at utſprida Chriſtna Religionen ſtaknade, i ſynnerhet hos ſådant folk, ſom hel⸗ re wille anſes för at wilja wara martyrer, än at warat. Och oaktat man af alt, hwad hit intil är anfördt, nogſamt finner, det Chriſta läran, åtminſtone i Swerige, inret haft något ſärdeles motſtånd; ſaknade man likwäl en lång tid Chriſtna präſter. Det är oförnekeligt, at man har intet bewis, at Ärke⸗Biſkoparne Adalger, Hoger, och Reginward på något ſätt wår⸗ dat ſig om Chriſtna Förſamlingen i Swerige. Men Bremiſke

Unni.

Ärke⸗Biſkopen Unni, Reginwards efterträdare, ſynes hafwa haft et renare upſåt, och ſom han fördenſkul ſjelf til Björkö, alla ſar⸗ liabeter oaktat, och upwäkte där Chriſtendomen likſom på nytt. Swerige hade då inter haft någon Chriſten Lärare uti ſjutio år, undantagande den korta tid, Rimbertus ſig här uppehållit. Unni dödde ock i Björkö år 936, kroppen blef där begrafwen, men hufwudet fördes til Bremen, och nedſattes uti S. Pehrs Kyrka fram för altaret. En Koning Ring har wid denna tiden tillika med ſina ſöner Erik och Emund, regerat i Björkö, och hade han til företrädare en Anund, Björn och Oluf (1). Där ſäges ock om Unni, at han predikat Guds ord uti all Danſka Länderna, hwar af man ock har ſkjälig anledning at tro, det han äfwen wa⸗ rit i Skåne.

(1) Adamus Bremenſis H. F. L. 1. C. 50. 51. Albertus Krangius Metropolis L. 3. p. 63. Johan Moller Cimbria Litt. T. III. p. 6. påſkir, at Adalgarius ſkikat Präſter til Swerige, och det i anledning af Adami Bremenſie egna ord, ſom efter Mollers tanka endaſt ne⸗ kar, at han ſkikat någon Biſkop til Swerige. Adami ord äro likwäl deſſa, C. 50. Quo, Bircam, poſt obitum Ansgarii annis Lxx nemo Paſtor auſus eſt perringere, præter ſolum, ut legimus, Rimbertum. Det lär wara ſwårt at bewiſa, det Doctor på detta ſtället betyder Bi⸗ ſkop. Efter et gammalt rykte ſkal Adalgarius hafwa warit til Hamilien en Meinsdorph.

§. 18.

§. 18.

Efter Unni fick Norden uti Adaldagus, en aldeles Poli-
tisk Ärke-Biskop. Til sin sidgt skal han hafwa warit en Meyen-
dorf. Säkert är, at han war af förnäm härkomst, och wistades
merendels altid wid Keisar Ottos 1, och hans söners Hof. Uti
54 år föreftod han Ärke-Biskopsdömet i Bremen, och skaffade sit
Stift stora förmäner genom frikallelse från all werldslig Domstol,
et i sig sielf nog orimmeligt privilegium, men likwäl aldeles uti
tidens och Påswiska Clereciets smak. Dock likwäl har han intet
aldeles wanskött de andeliga skyldigheter af sit Biskopsämbete. Uti
Dannemark tilsatte han åtskilliga Biskopar, såsom Harald i Sles-
wig, Lisdag i Ribe, och Reimbrand i Arhus, åt hwilka han ock
updrog wården af Kyrkorna uti Fyn, Seland och Skåne, och
nämnas nu för första gången Christna Församlingar i Skåne (1).
Utom deß förordnade han ock flera Biskopar i Dannemark, som
intet hade något wist stift at föreftå, utan arbetade på Christen-
domen, alt som tid och omständigheterna wille tillåta. Utaf deßa
alla är likwäl Biskop Lifdag i Ribe i synnerhet namnkunnig,
emedan han äfwen predikat för de Swenska och Norska (2). An-
nars förordnade Adaldag til Biskop i Swerige en Dansk Adels-
man Odinkar den äldre, som skal hafwa warit en helig man,
och mycket flitig i sin anförtrodda sysla. Denna Odinkar har
ock predikat för Skåningarna, och skal han hafwa warit til sin
sidgt af Hwidarna (3). Uti Swerige regerade den tid en Emund
Eriksson, twiswelsutan i Björkö, ty Upsala Konungar frågade
Munkarne intet efter som aldeles otrogna (4). Och torde detta
wara den Emund Slemme, som omtalas wid Gräntsskätningen
emellan Swerige och Dannemark.

Christna
Religio-
nens
upphof.
Adalda-
gus.

(1) Adamus Bremensis H. E. L. 2. C. 2.
(2) Adamus Bremensis L. 2. C. 16.
(3) Adamus Bremensis L. 2. C. 26. Jfr. Pontoppidan Annales Ec-
    clesiastici, T. I. p. 149.
(4) At detta är intet en grundlös beskylning, kan slutas af Adamus B.
    hwilken uti sin H. E. L. 1. C. 51. har denna märkwärdiga utlåtelse:
    Sicut enim inutile est, acta non credentium scrutari, ita impium ar-
    bitramur eorum præterire salutem, qui primum crediderunt, & per
    quos crediderunt.

Ttt 3   §. 19.

§. 19.

Christna
Religio-
nens
uphof.
Libentius.

Adaldagus dödde 988, och hade Libentius til sin efterträdare, som warit en ganska bygglig man, emedan Fruntimmer fick sällan se honom; och om detta har sin riktighet, lär han hafwa predikat för dem i mörkret. Et annat bewis på hans Christendom war, at han war mycket blek, emedan man däraf borde sluta, at han fastade mycket. Det war ock en af hans besynnerliga dygder, at han for sällan til Hofs. Den som intet wil tro, at detta alt är beröm, lämnar jag gjerna uti sin näning, men för deßa eginska-per, uphöjes han af Adamus Bremensis (1). Man har intet många prof på des arbetande i HERrans wingård bland Hed-ningarna. Det är möjligt, at han intet stort kunnat uträtta, ty först ledo de Christna stor förföljelse i Dannemark under Swen Otto, sedan kom Erik Segersäll, som war Hedning, med hela Swenska krigshären til Dannemark, och ändteligen härjade Asca-männerne grufweligen, både i Bremen och på andra ställen. Et rykte har annars warit, at Erik Segersäll blifwit döpt, tillika med et stort antal af Swenska krigsfolket, genom Biskop Poppo i Sleswig, sedan Biskopen förut burit i blotta händerna et glödan-de jern, til at bewisa Christna lärans trowärdighet. Men denna Historia berättas af Häfdetecknarna på så olika sätt, at man sta-nar uti ganska stor owißhet, åtminstone om detta underwärk sked-de inför Konung Erik Segersäll. Desutan är inter spår hos Göthiska Skribenter, at Erik Segersäll warit Christen. Wore man förwißad, at berättelsen kommit ifrån Konung Swen Ulfson i Dannemark, wore man intet befogad at draga den i twifwels-mål; men omständigheterna synas strida däremot, hwarföre man ock lämnar utförandet af Poppos underwärk til dem, som skrifwa Danska Historien (2). Det torde dock hafwa sin riktighet, at månge Christne Lärare följde med Konung Erik, då han wände tilbaka från sin Danska förrätning. Samma frihet hade de förre Lärarne åtnjutit hos Konungarna i Björkö, änskjönt de sjelfwe blefwo icke destominder uti sina förra willfarelser (3). Wid slutet af Libentii tid, blef en Folquardus ordinerad til Biskop i Wenden, men när han därifrån blifwit fördrifwen, har han sedermera för-kunnat Guds ord i Swerige eller Norrige, och kort därefter dödde
Li-

Libentius 1013 (4). Annars har wid denna tid en Prins eller Konung från Swerige, wid namn Gulring, blifwit upammad i Christna läran af Biskop Erpo i Wenden, och så förkofrat sig, at han blifwit därsamungstädes Diaconus, men sedermera har han öfwergifwit sit Prästerskap, och farit tilbaka til Norden, hwar han hos sit folk blifwit regerande (5).

Christna Religionens uphof.

(1) Adamus Bremensis L. 2. C. 20.

(2) När Adamus Br. L. 2. C. 26. beropar sig på Konung Swens witnesbörd, säger han intet mer, än at Konung Erik war Hedning, och regerade både i Swerige och Danmemark. Men när han talar om Poppos underwärk, som han skal hafwa gjordt för Konungen i Swerige, säger han, det berättas, ajunt, hwilket endast witnar om et rykte. Uti 27 Capitlet säges likwäl, efter Konung Swens utsaga, at Konung Erik sedermera skal hafwa affallet från Christendomen. Men det är ofelbart, at wår Bremiske Munk intet har altid med en granlaga aktsamhet författat sin Historia. Det är möjligt, at, då Adamus kommit fram med denna berättelsen, som warit Konungen aldeles obekant, han då swarat, at Konung Erik då måtte hafwa fallit tilbaka til Hedendomen, hwilket Historieskrifwaren sälunda uptaget, som en owillkorlig utlåtelse.

(3) Adamus Br. H. E. L. 2. C. 27.

(4) Adamus Br. H. E. L. 2. C 32.

(5) Ditmarus Merleburgensis L. 7. p. 95. Här säges, at denne Konung war ifrån Scythien. At man denna tid understundom kallat de Swenske Scyther, är bekant af Adamus Bremensis, som säger, at Arke-Biskop Unni dödde i Scythien, ehuruwäl han omständeligen beskrifwit des död, i Björkö. Man behöfwer intet länge söka efter anledningen här til, emedan likheten emellan Swithiod och Scythia är så stor, at nästan ingen skilnad röjes. At en Konung Ring utaf Norrska Konungablodet i början af elloste århundrad, haft et litet rike i Swerige, är tilförne påmint uti Konung Olof Skjötkonungs Historia, och war des son Dag Ringson, äfwen deltagande i Stiklarstads träffning, på Olof Haraldsons wägnar.

§. 20.

Man har hit in til uti korthet föredragit, hwad Hamburgiske Ärke-Biskoparne uträttat i Swerige, til Christna lärans fortplantande, in til början af elloste århundrad. Men man har likwäl all ordsak at tro, det Christendomen ännu stådt på ganska swaga.

Christendomens början i Wäster-Göthland.

Christna
Religio-
nens
uphof.

ga sätter. När man undantager, hwad som skedt wid Ansgarii första ankomst til Swerige, kan man intet nämna en enda Swensk, som warit Christen, och omwänd af Hamburgska Biskops-sätets utskickade. Dock wore det förmätet at påstå, det alle de lärare, som säges hafwa kommit hit, gjordt aldeles intet. Icke pestomindre ser det ut, som Christna Läran hade sent eller aldrig blifwit befästad i Swerige, om inge andre befattat sig med des förkunnande, utom dem, som warit afsirdade ifrån detta andeliga Herrar, hwilka Påfwen förlänt med Monopolium af Christendomen i Norden. Försynen betjente sig därföre af andra utwägar, til detta ändamålets winnande. Norrske Prinsen Olof Trygwason, som i sin späda barndom warit i Swerige uti Erik Segersälls tid, hade under sina widlyftiga resor fådt smak för Christna Läran i Grekeland, och ändteligen blifwit döpt på en af Sorlingiska öarna wid Engeland; hwarefter han år 995 kom til Norrige. Det hör intet hit at förklara, hwarken huru han fick enwäldet i Norrige, eller hwad medel han brukade, til at förmå sina undersåtare til Christendomen. Det war hans wilja, at alle skulle låta döpa sig, motsdgelse och drögsmål woro lika brotsliga: ja, utsökta och omänniskliga straff woro genast tilreds öfwer de motsträfwiga. På detta sätt blef Norrige Christnad, nästan i alla sina Landsändar. Wästgöta Jarlen Ragwald Ulfson, Konung Olof Skötkonungs systerbarn, friade til Olof Trygwasons syster Ingeborg. Man föreställer sig nogsamt, at ja-ord kunde intet gifwas med andra wilkor, utan så framt Jarlen wille taga emot Christendomen, och äfwen befrämja den hos sina underhafwande. Ragwald war straxt färdig, låt döpa sig, och alla sina följeslagare, bröllopet beseglade Christendomen. Det gick fort at blifwa Christen, i sådana omständigheter. När Jarlen tillika med sin unga brud tog afsked af Konung Olof Trygwason, följde honom åtskillige Christne Lärare, som skulle predika för Wästgötharna (1). Detta skjedde år 1000 efter Christi födelse, och blef Christna Religionen aldraförst rotfast i Wäster-Göthland, ty hwad som tilförne skedt i Björkö, war efter utseende, så godt som intet.

(1) Sturleson T. I. p. 353.

§. 21.

§. 21.

På detta sätt war Christna Religionen inkommen i sielfwa Konunga Familien. Det drögde intet länge, för än den giorde än widare framsteg. Eric Jarl Håkanson från Norrige, som hade tillika med sin broder Swen Jarl uppehållit sig i Swerige hos Olof Skötkonung, giorde löfte i Swölderslag, at han skulle blifwa Christen, så framt han måtte segra på Olof Trygwason. Segren wants, och Eric Jarl höll sit löfte. Des broder Swen, som war Olof Skötkonungs måg, följde samma efterdöme. Det är då troligt, at Olof Skötkonung intet länge dröjt, innan han ock antaget Christendomen. Efter wåra gamla Legender skal Konung Olof hafwa begärt af Konung Mildred i Engeland, at så någon tilförlåtelig Lärare, då han nog wore sinnad at antaga Christna Religionen; hwarpå den helige Sigfrid, Arke-Biskopen i Pork, påtagit sig denna långa resan. Man gör denna berättelse för mycken heder, om man kallar den en Saga; ty den är intet annat än en dum Fabel. Så mycket är wist, at Konung Olof blef Christen, och at en Engelsman förrättade döpelsen (1), hwilken Isländarne kalla Jon Sigurd, och Legenderna S. Sigfrid (2). Jon Sigurd hade tilförne warit Hof-Biskop hos Olof Trygwason. Om han efter Norrska Konungens fall rest tilbaka til Engeland, och därifrån blifwit efterskrifwen af Olof Skötkonung, kunna wåra inhemska berättelser så wida komma öfwerens, med Isländska Handlingarna. Men hwarken war han Biskop i Pork, ej eller war någon Konung i Engeland wid namn Mildred, och ingen liknelse är, at Konung Ethelred giordt Konung Olof denna tjensten. Han kunde så samma förmån af sin egen styfsader Swen Otto, Konungen i Dannemark, som redan war mera mägtig, och gällande i Engeland, än Ethelred sielf. Efter en gammal Dagbok har Olof Skötkonung blifwit döpt år 1008 (3), hwilken räkning kommer ganska wäl öfwerens med andra omständigheter, och är det ganska troligt, at det skedt wid Husby i Wäster-Göthland, hwilket så wäl af gammal sägen, som andra omständigheter bekräftas (4).

Christna Religionens uphof.

S. Sigfrid.

(1) Så wäl Officia propria Patronorum R. S. som alla gamla Legender komma öfwerens, at S. Sigfrid war ifrån Engeland. At Olof

Christna
Religio-
nens
uphof.

Trygwasons Hof-Biskop, Jon Sigurd kommit til Swerige, lår wara
ormotsägeligt. Olof Trygwasons Saga p. 165. At han warit
Engelsman, kan slutas af Aramus Bremensis H. E. L. 2. C. 27.
hwar han försäkrar, at Olof Trygwasons Biskop eller Prest, Johannes
war ifrå Engeland. At man i Norrige och öfwer på andra ställen
kallat dem Jon, som annars hetat Johannes, lår intet behöfwa något
bewis.

(2) At Jon Sigurd är en och samma person med S. Sigfrid, torde
förmodeligen blifwa tydeligt af hans Historia, som Isländske Munken
Gunlaug författat, hwars innehåll är detta: at Jon Sigurd blef ef-
ter slaget wid Swölder anmodad, at komma til Swerige, och arbeta
på Hedningarnas omwändelse, hwarpå han först döpte Konungen sielf,
och sedan uti twå års tid farit i kring landet, och omwändt många til
Christendomen. På tredje året efter hans hitkomst, hafwa några Hei-
tar sammangaddat sig emot Christendomen, hwarpå Jon Sigurd farit
til Sigtuna, och med rimliga förestälningar förmått dem, at afstå ifrån
sit påbegynta försåt, at på nytt upwäcka afgudadyrkan, wid hwilket til-
fälle han ock förebrådt wara föräldrar den swåra förföljelsen, som de
ansådt mot de Christna wid Wexior. Ändteligen, då han blifwit
gammal, har han begifwit sig til Wärend och där dödt. Torfäus
H. N. T. II. C. 51. p. 459. Af det lilla som är berättat, kan man
ogsamt finna, at samma öde tillägges här åt Jon Sigurd, som an-
nard tillägnas åt S. Sigfrid. Han döpte Konungen, predikade seder-
mera i landet, rundt omkring; han talar om förföljelsen i Wåghö,
och slutade sina dagar i Werende, hwar Wåghö är belägen. Man ser
härutaf, at Gunlaug upsatt berättelsen, som han funnit den, fast han
intet wetat hwarken reda på Wåghö eller Werende. Och behöfwer
man intet med Torfäus söka Werend uti Vernon i Frankrike, eller
på någon annan utländsk ort. Torfäus har ansedt som en afgiord sak,
at S. Sigfrid warit Biskop i York. Men detta är wackeligen falskt.
För öfrige är Gunlaug i anseende til sin ålder likså trowärdig, som
någon af wåra Legendskrifware; ty han dödde 1219, och S. Sigfrids
Legenda är ådgut när skrifwen wid samma tid. Erik Benzelius.
woteras til Wastovius p. 77, och Prolegom. til M. Euclel. p. 1,
Uti Officia propria Patr. R. S. säges intet, at S. Sigfrid war Biskop
i York, där berättas endast, at han war Episcopus Anglus och det
har sin riktighet, där nämnes ei heller, at Konungen i Engeland hwar-
ken hetat Ethelred eller Mildred. Ärke-Biskop E. Benzelius uti
sit Utkast til Swenska Historien p. 165 har långe sedan giort denna
påminnelse, at Sigfrid aldrig warit Ärke-Biskop i York. Uti S.
Sigfrids Legender talas ock om den stora wänskap, som warit emellan
Konung Olof i Swerige, och Ethelred i Engeland. Men den är neg
så obegripelig. Intet bewis är, at Konung Olof warit wenga tid gwån
med sin styffader Swen Otto. Twärt om, man har suarare ursfak at
tro, det Konungen i Swerige warit sin styffader behielpelig, som war
                                                              Ethel-

Ethelredi affwända siade. Om någon Engelsk Herre, som hette
Mildred, och warit af förnäm eller Kungelig ätt, förmår Jon Si-
gurd at fara til Swerige, lände äfwen Legenderna i den puncten da
något witsord; åtminstone är det säkert, at Mildred warit et bekant
namn i Engeland, och finnes hos Bromton p 741 af Lwyobens epi-
tag en Mildreda nämnd, som warit i ära skyldskap med Ercombert,
Konungen i Kent.

(3) Diarium Minoritarum p. 6. Här står wäl 1108, men det måtte wa-
ra förskrifwit. Ericus Olai L. 2. p. 31. anför samma årtal, som
felaktigt. Uti Officia propria Pat. R. S. säges, at Sigfrid kom til
Swerige wid år 1000, hwilket kommer någ öfwerens med det årtal,
som här är utsatt.

(4) Bihanget til Wästgötha-Lagen p. 91. Reynolphi Biskops-Krö-
nica utl C. Benzelii Mon. E. p. 72. m. m.

När Konung Olof Skötkonung blef Christnad eller Skird, som
man då talade, döptes äfwen det då närwarande Kungelliga huset,
tillika med en stor del af krigshären (1). Med denna krigshär kan
wäl intet annat förstås än Konungens wanliga lifwakt, som wa-
rit talrik nog. Tidernas omständigheter lära hafwa fordrat en så-
dan försiktighet, annars wet man intet af något krig i deßa orter.
Men innan Sigfrid kom til Konung Olof i Wäster-Göthland,
hade han warit i Wärende i Småland, och där omwändt ganska
många ifrån Hedendomen. Han updrog försorgen om denna för-
samling åt sina slägtingar, Unaman, Winaman och Sunaman,
som warit honom följaktige från Engeland. Men under Sigfrids
frånwaro hos Konungen, skedde en upresning i Smäland emot
deßa nya Lärare. Gunnar Gröpe Gewikeson war anförare för
de uprorista, och gick pran så långt, at deßa tre Lärare blefwo
mördade, halshuggne, och deras hufwud kastade i sjöen, som lig-
ger bredewid Wigsjö. Så snart S. Sigfrid blef underrättad om
sina slägtingars dråp, skyndar han tilbaka til Wärende, och Ko-
nungen följde efter med tiläckeligt antal af folk. De, som hade
del i brottet, blefwo då straffade med trebubbla böter, och årligt
arbete til Wegsjö Korkas upbyggande. S. Sigfrid fortfor då
alt framgent uti sit losliga arbete, at utsprida Christna lärans kän-
nedom, så wäl i Småland som på andra orter, och mötte honom

U u u 2   och

Unaman
Wina-
man
Suna-
man.

Christna Religionens uphof. och hans medarbetare intet något widare hinder, än hwad inwå-
narnas tilgifwenhet för sin inrotade gamla wilfarelse kunde åstad-
komma.

(1) Legenda S. Sigfridi in Mon. Eccl. E. Benzelii p. 8. följ.

§. 23.

Sigfrid finner sina slåktin- gars huf- wud. Men innan Konung Oluf kom neder til Småland, berättas
en ganska underlig händelse wara skedd; som har all behagelighet
af en wäl sammanfatt Munke-Legenda. Då S. Sigfrid en af-
ton går wid sjön helt bekymrad öfwer sina slåktingars olycka, ser
han trenne lius lysa på watnet. Ode kommer då flytande en
trädbytta, hwaruti des slåktingars trenne hufwuden warit med ste-
nar nedsänkte. Sigfrid skyndar sig at taga emot denna kära pant
af sina olyckeliga medarbetare, och när han öpnar locket, har han,
uti sin bedröfwelse bedt GUD om hämd. Det ena hufwudet
swarade då genast, det skal blifwa hämnat, det andra frå-
gade när, och det tredje sade, på barns barn. Man kan intet
så mycket förtänka desa listlösa hufwuden, om de bortgjömt sin
Christendom; men af en så helig man, som S. Sigfrid, hade
man sig at wänta långt andra betraktelser wid et sådant tilfälle,
än hämndgirighet. At göra Historien så mycket wakrare, har man
sedermera med en upbygglig tilökning förbättrat den samma, och
försäkrat, at alla de slåkter, hwilkas förfäder haft del uti detta
mord, altid warit fattiga och olyckeliga (1). Man nämner här
stundom Ul-Jarar, och stundom Stralar. Wil man sätta tro
til wåra Adeliga slåktregister; idra Ulfsparrar på fäderne, och
Trollar på möderne, äfwen leda sin uprinnelse från Gunnar Grö-
pe. Desa slåkter hafwa lyst uti de största heders-tjenster, som i
Swerige kunna bekläbas. De andra twänne Familier äro wäl
intet eldeles så namnkunniga. Men man tänker understundom
underligt i de landsändar, som äro långt aflägsna från hofwet;
ty man inbillar sig, då och då, at man ock kan wara lyckelig,
änskjönt man hwarken innehafwer högsta Numren på Rangordnin-
gen, ej eller är öfwer den samma. Annars berättar Messenius,
at Gunnar Gröpe blifwit landsflyktig, och dödde i Blekingen.

(1)

(1) Johannes Magnus Hist. Sveog. L. 17. Hwad annars detta förun-
derliga underwärt angår, så förekommer det så wäl uti Othels Proprin
PP. R. S. som uti S. Sigfrids Legender. Men til at bewisa et så
owanlat mirafel, behöfwas omständeligare bewis, än de som kunna
hämtas af Anmärkningar, hwilka äro författade twå hundrade år ef-
ter, at en så märkelig händelse sig tildragit.

Christna Religionens upphof.

§. 24.

At Christendomen måtte med så mycket större alfwar befästas
i Swerige, ankommo ock utom S. Sigfrid åtskilliga andra Lä-
rare från Engeland, såsom Grimkil, Rodolf, Bernard, S. Askil,
S. Dawid och Wolfred. Denne Bernard bör intet förblandas
med den Bernard, som blifwit förste Biskop i Skåne (1). Wolfred
predikade med mycken nit, och kan hända med förmycken herrlig-
het. Sedan han omwändt ganska många, ankommer han ock til
en ort, hwar et Afgudabeläte war upstält. Sjelfwa Afguden,
som här dyrkades, kallades Thorstan. Uti sin ifwer förimdbar
han icke allenast sjelfwa bilden, utan han tager ock til en yxa,
och hugger den i stycken. Denna gjerning upretade således det
församlade folket, at de utan betänkande anfalla den ifriga Predi-
kanten, och mörda honom på stället (2). Om meningen war god,
war likwäl hetan oförsiktig, ja äfwen otidig. Afguden bör först
tagas ur hjertat, och kan man sedan utan fara bemöta honom ef-
ter behag. S. Askil inkom med S. Sigfrid, och skal hafwa wa-
rit med honom i skyldskap. Af honom förordnades han til Bi-
skop i öfriga Swerige eller Nordanskog. Han skal hafwa om-
wändt många Hedningar, och blifwit omsider ihjälslagen uti Ko-
nung Inges tid, af Bloth-Swen, då han måtte warit utgammal.
Såsom Askil predikade för Sörmeländningarna i synnerhet, så
har S. Dawid förkunnat Guds ord för Wästmanländningarna (3).
Om denna mannens helighet har man wisslat så mycket mindre,
som han kunnat berjena sig af solstrålarna, at hänga sina handskar
på, et upbyggeligit underwärk i synnerhet, som ingen mer än des
egen ordng såg det, och han sjelf intet wiste därutaf (4). Men
härigenom borde han wäl förliknas med S:t Brita från Skot-
land, om hwilken et dylikt sårtekn berättas (5). Hwad Grimkil,
Rodolf och Bernard uträttat, wet man intet. Deße woro likwäl

S. Askil,
S. Dawid,
Wolfred.

Christna   intet de ända läware, som i Olof Skötkonungs tid utsädde Chri-
Religio-   stendomen i Swerige. Unwan, som följde Libentius uti Ärkebiskops-
nens   dömet, och dödde 1029, har ock bidragit til Hedningarnas om-
uphof.   wändelse, och är af honom Thurger förordnad, at wara den första
Thurgot.   Biskop i Skara (6), och lär han hafwa döpt Arf-Prinsarna
           Anund och Emund, Konung Olof Skötkonungs söner. Konung
           Olofs gemål lär ock wid samma tid antagit Christna läran. Man
           kan ej sluta annet af Bremiska Munkens berättelse. Danske Bi-
           skopen i Ribe, Odinkar den yngre, har ock wid tilfälle förkunnat
           Guds ord i Swerige. Denne war en ganska märkelig man, af
           Danska Konungahuset, åtminstone på möderne. Hans fader war
           Toke Jarl i Wendsyßel, hwilken warit ganska rik och ägt, snart
           sagt, tredie delen af Wendsyßel. Et prof af en besynnerlig Guds-
           fruktan wiste Odinkar därigenom, at han under Långfastan lät en
           af sina präster hwar annan dag piska sig (7).

   (1) Adamus Bremensis H. E. L. 2. C. 40. Jfr. E. Benzelius An-
       märk. til Wastovius p. 19.
   (2) Adamus B. L. 2. C. 44.
   (3) Vita S. Eschilli uti E. Benzelii Mon. Eccl. p. 29.
   (4) Officia Propria P. P. R. S. den 15. Julii p. 21.
   (5) Cogitosus de S. Brigida Virgine Scota, uti Bashage Thef. M. Eccl.
       T. I. p. 148.
   (6) Adamus Br. L. 2. C. 41.
   (7) Adamus Br. L. 2. C. 26, 34. och Adami Scholiastes n. 31.

§. 25.

Christen-   Man finner härutaf, at man uti Konung Olof Skötkonungs
domen   tid, med fulkomligt alfwar sökt at utsprida Christendomen hos
predikas   wåra förfäder. Det kan förekomma besynnerligt, at här intet
utan   brukades någon wåldsamhet, til at förmå undersåtarna at låta dö-
twång.   pa sig. Uti Norrige predikades Evangelium under mord och
           brand, och det war et Statsbrott at intet wara Christen. Och
           ehuruwäl til en del samma Lärare förkunnade Christendomen i
           Swerige, som warit i Norrige, blefwo dock inga sådana steg
           tagna. Det är fördenskul troligt, at denna tidsens Präster in-
                                                                      tet

tet warit ordsak til en sådan måtta och lindrighet. Ja man
kan ock twisla, om sielfwa Konungen haft någon del däruti. Så
mycket wet man, at Konung Olof Skötkonung haft i sinnet, at
utföra et nog dristigt förslag, nemligen at förstöra afgudatemplet i
Upsala, hwarästt hedniska Gudstjensten idkades med alla sina grufs
weligheter och widskeppelser, under det at Christl Evangelium pre=
dikades i negden rundt omkring. Hemligheten, som war nöd=
wändig til utförandet af et sådant förslag, lär intet blifwit fuls
komligen i akt tagen, utan Hedningarna fingo kunskap därom,
då en sådan förening blef träffad emellan dem och Konung O=
lof, at Konungen skulle stå fritt, at wälja sig hwilken ort ho=
nom behagade i riket, och där utöfwa sin Christna Gudstjenst,
och at hwem som wille skulle hafwa frihet at emottaga samma
lära, men ingen wåldsamhet borde utöfwas emot Hedningarna,
til at bringa dem ifrån sin fordna Gudstjenst (1). Man kan
sluta härutaf, at hwarken Konungen eller Prästerna wågade sig,
at gripa til sådana medel. Man kan ock härutaf finna, det wäre
Hedniske försåder, oaktat sin andeliga blindhet, likwäl uti andra
mål tänkt ganska grundligt och wäl. Et förnuftigare steg kan
wäl intet tagas i sådana omständigheter. Barn kunna genom aga
förmås til skickelighet, men at genom förföljelser, plågor och straff
omwända folk til Christendom, är så mycket orimmeligare, som
Christendom utan frihet och öfwertygelse är ingen Christendom.
På detta sätt bibehölls almänna säkerheten, när Lagen hägnade
både Christna och Hedningar. Denna öfwerenskommelse hade ock
en annan wärkan, at Konungen, som intet wäl kunde wara nå=
warande uti Upsala, där alla hedniska wederstyggelser utöfwades,
på gamla wiset, utwalde sit wanliga wistande i Wäster-Göthland,
hwar Christendomen, sedan Ragwald Jarls omwändande, gjorde
förmodeligen större framsteg än på andra ställen. Men därföre
woro intet Hedningarna afstängde, hwarken ifrån Konungens per=
son, ej heller ifrån tjenster och förläningar. Man kan sluta det af
hwad som uti sielfwa Olof Skötkonungs Historia är berättat,
emedan Konungens trognaste Råd, Arwid, Thorwid och Frigwid
woro oförnekeligen Hedningar.

(1) Adamus Bremensis H. E. L. 2. C. 41.

§. 26.

Christna
Religio-
nens
uphof.
Libentius
A. B. i
Bremen.

Godeskalk.

Uti et sådant tilstånd slutade Konung Olof sin wandel, och
Anund Jacob antog så wäl Riksstyrelsen, som Christendomens
lagliga wård och befrämjande. Då Konung Anund regerade,
blef Libentius den Andre Biskop i Bremen. Han war Unwans
efterträdare, och dödde år 1032. Och ehuruwäl de Angelske Lä-
rare hade efter utseende bidraget det aldramästa til Christna Lärans
beforbrande i Norden, woro de ändå nödsakade at erkänna Bre-
miska Arke-Biskopens öfwerwälde, så at S. Sigfrid måtte förso-
ga sig til Arke-Biskopen Libentius (1). Thurgot, förste Biskopen
i Skara, begaf sig öfwen til Bremen, och dödde där af spetälska,
en siukdom, som gifwit anledning til mycket förklenliga tankar om
denna tidens andeliga fäder: fast det är möjeligt, at man gör dem
orätt. Uti Thurgots ställe förordnades en Munk från Ramsola,
benämnd Godeskalk til Biskop i Skara af Libentius. Men Liben-
tii efterträdare Herman, som förestod stiftet allenast uti tre års
tid, och Bezelinus Alebrand, som dödde 1043, giorde mycket litet
til Christendomens utwidgande i Swerige. Icke destominbre för-
öktes Christna Församlingen rätt mycket under Konung Anund,
dock niöto Hedniske inbyggarne oförkränkt sina fordna och urgamla
rättigheter. Man ser det af Jarlen Walgauter, en af de ifrigaste
hedendomens förfäktare, hwilken war rådande förmodeligen i sielf-
wa Wäster-Göthland (2). Hans son Ulfwe Jarl, som blifwit
omwänd under sina utländska resor, förmådde honom ändteligen
med många böner at besöka Konung Olof Haraldson i Norrige,
hwar han ock efter et träckt motstånd i början, blef likwäl under
en påkommen siukdom så rörd, at han öfwergaf sina Hedniska will-
farelser, och med uprikigt hjerta antog Christendomen (3). Så
at man ock kan räkna Olof den Helige ibland dem, som hulpit til,
at alt mer och mer befästa Christendomen i Swerige. Dock haf-
wa förmodeligen de förr omtalte Sigfrid, Askil och Dawid giordt
det mästa.

(1) Adamus Bremensis H. E. L. 2. C. 46.
(2) Sturleson T. I. p. 690.
(3) Torfäus H. N. T. III. p. 174. I

§. 27.

§. 27.

Något når på samma tid, som Emund Olofson blef Konung
i Swerige, tog Ärke-Biskop Adelbert emot Kyrko-Regementet i
Bremen. En ganska myndig och tiltagsen Prälat, som i sjelfwa
början råkade i twist med alla Nordiska Konungarna, och hade
så ner genom sin tiltagsenhet lärdt dem at begripa, hwad rättig-
heter dem tilhörde som Öfwerhet, och at afsäga sig Bremiska Her-
rarnas öfwerwälde. Med Konung Swen Estridson i Dannemark
råkade Adalbert i twist för Konungens Gemål, Guda eller Gun-
hild. Efter Canoniska Lagen skulle hon wara för när i slägt med
Konung Swen. Hon war antingen Swen Jarls, eller Konung
Amund Jacobs dotter, och hwilken slägt-linea man antager, blifwer
hon Konung Swens syskonebarns dotter, hwilket ägtenskap war
efter denna tidens konstiga tänkesätt, et ganska syndigt giftermål,
som intet kunde eller borde tålas (1). Adalbert hotar därföre Ko-
nung Swen med bansatning, och Konungen hotar Ärke-Biskopen
tilbaka med swärd och brand (2). Med samma dristighet upförte
Adalbert sig emot Konung Harald Hårdråde i Norrige. Han
förebrår honom såsom et groft brott, at han låtit wiga Biskopar
i Frankrike och Engeland, hwilken rättighet likwäl tilhörde honom
allena, som Ärke-Biskop. Men Konungen i Norrige affärdade
Adalberts myndiga beskilning med ganska kort swar, nemligen
at Konungen intet wiste af någon annan Ärke-Biskop, eller annan
regerande Herre i Norrige än Harald allena (3). Detta ansågs
för et ganska högfärdigt och oförskeligt swar, liksom ingen annan
war lofgifwit at wara högfärdig i dessa tider, än Biskoparna. På
detta sätt hade Adalbert blifwit owäse med Konungarna i Danne-
mark och Norrige. Det är troligt, at Konung Emund föranlå-
ten af et så brinsligt upförande, fått lust at förlåsa sig och sit land
ifrån en så herrskande andakt, och undandraga sig en så sträng
tuktande fader. Han wille hafwa en Ärkebiskop hemma i landet,
och här til utsåg han en Swensk man, förmodeligen, som het
Osmund. Uti dess yngre år hade S. Sigfrid skickat denna Osmund
til Bremen, at där i Skolan underrättas i bokwett, och denna
tidsens lärdom. Här förkofrade han sig med sådan framgång, at
han nästan blef så högfärdig, som Ärke-Biskopen sjelf. Emund

Christna
Religio-
nens
uphof.
Adalbert
Ä. B. i
Bremen.

Osmund
Ä. B. i
Skara.

Y y y   fann

Christna
Religio-
nens
uphof.

fann således uti Osmund en wärdig person, at sätta emot den
upblåste Påfwen i Bremen. Men det war ej så lätt wärkställdt.
Med Christna läran hade Konung Emund och de öfrige Christne
emottaglt en andelig underdånighet under Påfwen i Rom, hwar-
ifrån alla andeliga wärdigheter ledde sit ursprung. Detta war en
af denna tidens wigtigaste trosartiklar. Osmund for fördenskul til
Rom, til at härifrån utwärka sig et önskeligt utslag på sin och sin
Konungs ansökning. Men i Rom förstod man andeliga regerings-
konsten bättre, än at låta en ny omwänd Konung winna sin åstun-
dan, som redan i första början wågat at sätta sig up emot en
Arke-Biskop. Osmund måtte därföre resa ifrån Rom med oför-
rättat ärende. Men i Polen träffade han ändteligen en Biskop,
som wigde honom. När han då kom tilbaka til Swerige, upför-
de han sig i alla delar, som en fullmyndig öfwerman för Swen-
ska församlingen; och lät bära korset för sig, som en af Öfwerhet-
den i Rom lagligen tillsatt Arke-Biskop (+). Detta kunde intet
annat än rätshaga den högdragna Bremiska Prelaten. Han af-

Adal-
ward.

sände därföre sina utskickade til Konung Emund, at afböja denna
förargelsen. Ibland de Bremiska Sändebuden, förde Adalward
ordet, såsom förordnad Biskop öfwer Swenska Församlingen.
Det förebars ock, at denne nye Arke-Biskop meddelte falska läro-
satser åt de nykristna. Hwilket ock torde wara sant efter tidens
lärosätt, emedan han förmodeligen lärde dem, at det war ingen
trosartikel at lyda Arke-Biskopen i Bremen. Men de Bremiske
sändebuden woro i början intet lyckeligare i Swerige, än Osmund
warit i Rom. De blefwo uti största korthet afwiste. Och om
intet Stenkil warit wid Hofwet, hade de utan twifwel blifwet
med än mera wanheder affärdade. Men denne Herren, som kan
hända, hade redan sina förslag på Kronan, och begrep, at Arke-
Biskopens, och de andeligas ynnest, kunde i framtiden blifwa ho-
nem fördelaktig, lindrade sändebudens förtret genom wackra Fjän-
kor, och förfordrade dem til Drotning Guda, som då lefde i stilt-
het på sina gods; sedan hon, som en lydig dotter, skilt sig wid
sin Gemål Konung Swen i Dannemark. Här blefwo Adalberts
utskickade emottagne som män, hwilka warit nedsände från him-
melen, och Drotning Guda öfwerlämnade åt dem ansenliga gåf-
wor wid afresan, för Arke-Biskopen af Bremen.

(s)

(1) Efter den flägtlinia, som Œ. Benzelius låtit trycka uti Anmärknin‐ garna til Wastovius p. 78. war Guds, Anund Jacobs dotter; sielf‐ wa skyldskaps leden finnes utsat därsammastädes p. 32. Efter Stur‐ lesons T. 2. p. 104. het Konung Swens Gemål Gunhild, och war Swen Jarls dotter från Norrige. Af det föregående har man hördt, at Swen Jarls Fru war Holmfrid Olof Skötkonungs dotter, då slätskapsleden blifwer den samma.

(2) Adamus Bremensis L. 3. C. 12.

(3) Adamus Bremensis L. 3. C. 19.

(4) Adamus Bremensis H. E. C. 15.

§. 28.

Det är omöjligt at finna någon förargelse emot GUD och Christendomen, uti alt hwad Konung Emund hit in til giorde emot Erke‐Biskopen i Bremen. Man dömde helt annorlunda där‐ om uti Adalberts Hof, och alle gamle Historieskrifware utropa Konung Emund för en illak och ond Konung. Adamus Bre‐ mensis gifwer honom denna titel, och lägger äfwen til, at han frågade mycket litet efter Christna läran, efter han hade hos sig och gynnade Biskop Osmund. Uti Hervara Sagan säges, at de Swenske höllo illa Christendomen uti denna Konungens tid. I almänhet kallas han Emund Slemme, hwilket alt synes hafwa et ursprung, nemligen hans twistighet med Erke‐Biskop Adalbert; ty annars wet man intet, hwad ondt han giordt, och rör‐ lägnin‐ gen mellan Swerige och Dannemark, som han eljest lastas före, hörer hwarken til honom eller til denna tiden. Det är ock swärt at begripa, med hwad skjäl den kan sägas intet fråga efter Christ‐ na läran, som wille nödwändigt hafwa en Erke‐Biskop närwa‐ rande, som således kunde bättre hafwa insende öfwer Christendo‐ mens fortplantande, än Erke‐Biskopen i Bremen kunde göra, om han då warit aldrig så wäl sinnad. Men som redan sagt är, man hade helt andra tankar i Klostren. Synden war så stor, at den kräfde nödwändigt Guds straff, hwarföre ock, när Konun‐ gens son Anund blef slagen i Kvänland, och misswäxt tillika inföll, ansågs det, som et otwekligt bewis om Guds hämd för en sådan ogjärning (1). Det wärsta war, at brottet war oförsätligt; ty ändskönt man skickade sedermera bud til Bremen, fick Biskop

Christna Religio‐ nens uphof.

Konung Emund Ossons upföran‐ de, i an‐ sende til Christen‐ domen.

X x x 3   Adal‐

Christna
Religio-
nens
upbof.

Adalward tilbakars, och låfwade båttring, anfågs Konung Emund
likwål, som en lika stor syndare. Christendomen blef ock utspred i
Wermeland och hos Stridfinnarna af Adalward, men det oaktat
heter det likwål, at Christna Religionen wårdslösades helt och hål-
lit denna tiden. Man har större anledning at tro, at en ny om-
wånd Konung, som tråffade så mycket hinder uti utöfningen af
sina Konungsliga råttigheter för Christendomen skul, måtte hafwa
haft mycken wård om Christna Låran, efter han inte låt fara alt
ihop, och intet gick tilbaka til hedniska Gudstjensten, som ånnu
war i sin fullkomliga blomma hos Upswearna.

(1) Adamus Bremensis H. E. L. 3. C. 17.

§. 29.

Af andra omståndigheter kan man ock sluta, det Christendo-
men war i dagelig tillwåxt. Sigfrid, Eskil och Dawid woro ån-
nu i lifwet, som man kan sluta af deras Legender, så wida de
förtjena at wara trodde. Gotskalk, som war förordnad til Bi-
skop i Skara efter Thurgot, gjorde wål ingen ting, efter han för-
modeligen aldrig kommit hit, utan blef i sin begwåmlighet i Bre-
men. Men dåremot har Adalward wist en större och nyttigare
nitålskan. Han hade förwårfwat sig en sådan högagtning hos al-
mogen, at folksen och rågn trodde redda sig efter hans böner och
anordningar (1). Och med et sådant anseende, kan man noga be-
gripa, at han hos menigheten kunnat uträtta hwad han wille.
Adalward dödde hår i Swerige, och fick til eftertrådare en Acill-
nus, hwilken likwål roade sig i Cöln, och låt Swenska Försam-
lingen skjöta sig sjelf. Uti Helsingland blef ock förkunnat Evan-
gelium. Dock torde det wara skjedt efter Emunds död, då det
intet egenteligen hör hit. Men af alla Swerlges Lårare, har för-
modeligen S. Sigfrid, Eskil och Dawid gjort det måsta, hwarfö-
re de ock blifwit uptagne ibland Swerigis heliga Patroner. Sig-
frids åminnelse firades den 15 Februarii, Eskils den 12 Junii,
och Dawids den 15 Julii. Når de dödde wet man intet, men
det år bekant, at S. Sigfrid wårdade sig i synnerhet om För-
samlingen i Werende. Han ligger begrafwen i Wexiö, och wid
Wåstgötha-Lagen år denna anmårkning influten, nemligen, at
Helg-

Adal-
ward.
B. i Ska-
ra.

Acillnus
B. i Ska-
ra.

Helgbir Ängler toko wldher fjäl hans, ok förbo hänna til Paradis, ok är then sali är slika arwudis lön skal uptaka, sum han tok. Det är troligt, at han warit en ärlig man, som uti stillhet förrättat sin syssla, hwarföre han ock mycket litet omtalas i Bremiska Handlingarna. Uti hans Legenda säges, at Sigfrid förordnat en Biskop Eoxxinus, eller Sewerinus i Upsala. Men om detta har sin riktighet, kan man med skjäl kalla honom en Biskop in partibus infidelium, ty här lär han ingen ting hafwa uträttat. Annars kan det wara en onödig fråga, om S. Sigfrid bör räknas ibland Skara Biskopar. Ofelbart är, at han intet anslags för Biskop i Skara, medan han lefde. Af den gamla förtekning på Christna Biskopar i Swerige, som finnes wid Wästgötha-Lagen, är denna omständighet tagen. Men den bewiser intet mer, at Sigfrid war Biskop i Skara, än den kan intaga, det Unni war där Biskop. Wil man följa denna förtekning, war Asmund den förste af Skara Biskopar. Det är ganska troligt, at denne Asmund är den nyligen omtalte Oshmund, som gaf anledning til så mycken oreda uti Konung Emunds tid. Men emedan man wil lämna honom rum ibland Skara Biskopar, bliwer han dock ingalunda den förste, ty Thurgot war oförnekeligen för honom. Efter Asmund nämnes en Biskop i Skara, som hetat Stensinder, uti förtekningen wid Wästgötha-Lagen. Biskop Brynolf kallar honom Stenfrid (1). Dennę man är intet ihogkommen uti Bremiska Handlingar, och kan man således nogsamt finna, at han intet warit lagligen förordnad Biskop. Icke desmindre kan wara troligt, at han til en del dragit wård om Biskopssysslorna, innan Adalward kommit hit, och således blifwit räknad bland Biskoparna. Efter Brynolfs witnesbörd, har Stenfrid warit en ganska märkelig man. Men däremot anses Adalward för ingen ting af B. Brynolf. Det kan wara medan wärt at höra hans omdöme.

Halward gamle kom ther nest,
Han slet sin tid, som han kunde best.
Intet kan man om honom skrifwa,
Hwad han låt i sin tid bedrifwa.
Honom war på thet sista döden i twänom,
Ty blef han död, som flere för honom.

Af hwad, som förr är påmint, synes som man bör hysa helt andra

dra

(marginal notes:) Christna Religions uphof. Severinus B. i Upsala. Stenfrid B. i Skara.

Chriſtna
Religio-
nens
uphof.

Dra tankar om honom.· Förmodeligen har Adalward warit i ſom-
nerhet mån om at befrämja Chriſtendomen, och det bör anſes för
ingen ting hos en Påfwelig Biſkop. Men efter man talt om dem,
ſom wårdat Evangelii lära uti Swerige, bör man intet förgäta
wår ſtormägtiga Prålat, Ärke-Biſkop Adalbert i Bremen. Se-
dan ſpektan började blifwa honom widrig, fick han en haſtig luſt at
ſtälla almänna Viſitationer uti hela ſit Stift, då han ock hade i
ſinnet at beſöka Swerige. Men denna förflugna luſten förſwan
ſnart. Han war annars en iftig förſäktare af ſin Kyrkas werld-
ſliga förmåner, och kaffade Bremiſka Biſkopsſtolen öfwer twå
tuſend hemman (minſi) (3). Han hade ock i ſinnet at göra ſit
ſäte til Patriarchat. Deſſa och flera widlyftiga förſlag, ſtadnade
dock likwäl aldeles utaf, och han dödde i Bremen 1072. Man
wiſte ock at tala om äſkiſliga bedröfwliga förebådelſer af hans
död, ſom i wår tid kunna ſynas löjliga. Kyrkan ſwettades och
gret, ſwin och hundar gingo in i Kyrkorna, och margar ock ug-
lor tjöto utan för ſtaden, hwilket alt wår gode Adam med mycken
hädenhet berättar.

(1) Er. Benzelii Mon. Eccl. p. 72.
(2) Adamus Br. Deſcr. Daniæ. At man må kunna jämföra Adami
Bremenſis utlåtelſe om Adalward med Biſkop Brynolfs omdöme,
ſan det wara tjenligt, at Adami egna ord införas: Tertium epiſco-
pum Gothorum, ordinavit noſter metropolitanus Adalvardum Seniorem,
vere laudabilem virum. Qui deinde ad Barbaros perveniens, ſicut do-
cuit ita vixit. Nam ſanſte vivendo ac bene docendo magnam gentilium
multitudinem ad Chriſtianam convertit fidem. Qui etiam virtutum
claruit miraculis, ita ut poſcentibus in neceſſitate Barbaris imbrem de
coelo faceret deſcendere et denuo ſerenitatem venire, et alia, quæ hac-
tenus quæruntur a Doctoribus. Is autem vir memorabilis in Gothia
permanens nomen Domini JEſu conſtanter omnibus prædicauit. Ibi-
demque poſt multos Agones, quos pro Chriſto libenter ſuſtinuit, vi-
ctricem terræ carnem tradidit, ſpiritus coelum petiit Laurentius.

(3) Adamus Bremenſis H. E. L. 4. C. 38.

§. 30.

Chriſtna
Lärans
beſkaffen-
het.

Genom hwilka Lärare Chriſtna Läran blifwit utſådd i wåre
Nord under Sigurdſka ſlägten, har man kortligen igenomgått.
Det återſtår, at uti lika korthet andraga beſkaffenheten af Chriſtna
Lä-

Lären uti deſſa tider, ſå wida det kan hafwa någon gemenſkap *Chriſtna*
med Swerige, och Göthiſka Länderna.　Hufwudartiklarna om *Religio-*
TreEnigheten, Chriſti Förtjenſt och andra ſådana grundſanningar *nens*
hafwa altid warit förebragna på et och ſamma ſätt.　Döpelſen *upphof.*
förrättades gemenligen under öpen himmel uti rinnande watn, uti
hwilket den nedſteg, ſom döpas ſkulle.　Så ſäger Gwaldo om
Danſka Prinſen Harald, då Keiſar Ludovicus Pius förmanade
honom at taga emot dopet:

Cœpit adhortari, ſuſcepto nomine Chriſti,
Fonte perennis aquæ Lavacrum novitatis inire.

Widare ſäges om ſamma Prins, när han blef döpt:

Tandem mollitus divino numine Danus
Credidit, et liquidas ſonris deſcendit in undas.

Därföre ſäges ock om Olof Skötkonung wid Wäſtgötha-Lagen,
at han blef döpt i en källa wid Huſaby.　Efter fulbordad döpelſe
ifördes den ny Chriſtne i hwita kläder, af den ſom ſtådt fadder (1).
Och härutaf torde det hafwa händt, at Hedningarne kallade wår
Frälſare hwita Chriſt.　Merendels förrättades Döpelſen ſtraxt,
når någon antog Chriſtendomen.　Men underſtundom tog man en-
daſt emot Korsteknet, ſom ock i den äldre förſamlingen warit bru-
keligt.　Härigenom woro deſſe nykriſtne, eller Catechumeni beredtil-
gade at wara närwarande wid Gudstjenſten.　Men Döpelſen up-
ſköts til det ſiſta af liſstiden, på det man måtte komma så mycket
met ren och ſkjär til andra werlden (2).　Det anſågs då ſör en
förmån at dö med ſina hwita Chriſtnings-kläder, hwilket de gam-
k kallade dö i hwita wadum (3).　HERrans Natward utdel-
tes under bröd och win, ſå wäl åt Lekmän ſom Klerker.　Man
kan finna det af en hederlig Frus, wid namn Friburg, upföran-
de.　Hon hade blifwit omwänd til Chriſtendomen wid Ansgarii
förſta ankomſt til Björkö.　Ty efter hon hade hört, at Natwar-
den war et af de Chriſtnas förnämſta ſalighets medel, lät hon un-
der en ſin ſjukdom, emedan ingen präſt war tilſtädes, kjöpa win
åt ſig, ſom man ſkulle uti det ytterſta gifwa henne til widerqwec-
kelſe, och trodde ſtyrka (4).　Chriſti krops och blods närwaro uti
Natwarden, trodde man i anledning af ſjelfwa inſtiftelſe orden,
utan någon widare förklaring, och den twiſt, ſom yppades emel-
lan

536   Swea Rikes Historia

Christna Religio- nens uphof. lan Pascasius, Ratbertus och Ratramnus, något när wid sam- ma tid, som Ansgarius första gången kom til Swerige, eller 830, hade ännu intet gjordt någon ändring uti gamla troesbekännelsen.

(1) Ewaldo V. Ansgarii C. 12.
Quem Cæsar niueis, ut mos est, induit albis,
Et pater in Lavacri natalibus exstitit illi.

(2) Rimbertus V. Ansgirii C. 21.

(3) At detta ordalag, hwilket ofta förekommer, så wäl på Runstenar, som uti Isländska Skrifter, intet bör annorlunda förstås än som sagt är, kan slutas af Snarlefon T. I. p. 3. 8, hwarest berättas, at Kiar- ton och Bulli woro uti Konung Olof Trygwasons Hof uptsägnade, Medan their woro i hwita wadum. Man kan här wid jämföra Canc. R. Jhres Difp. de mortuis in hvita vadum §. 5. p. 6. hwar flere witnesbörd sätta denna saken utom all twifwelsmål. Här anföres och p. 10. et sista af Olof Trygwasons S. P. 2. p 155. hwarutaf bewises, at äfwen Syrtorne, då de inwigdes, wore klädde med hwitt, i hwita wadum.

(4) Rimbertus V. Ansg. C. 17.

§. 31.

wittkfep- reifer. Men uti andra mål woro ganska många onödiga tilsatser in- komna, dels af enfaldighet, dels ock af illistighet, til at stadga det oinskränkta Påfweliga enwäldet, som nu introdades alt mer och mer. Alla drömar, som en widtmenande man kunde hafwa, ansågos för gudomeliga uppenbarelser. Ansgarii lefwerne är upfyldt med såda- na märkwärdigheter. Christna Församlingen hade i alla tider haft en sällig fasa för ewiga fördömelsen, men nu började man at bäst- wa äfwen för Skärdselden (1). De heligas aflefwor woro redan i så stor högaktning, at när Hamburg blef skröflat, bårgade den helige Ansgarius ingen ting mer, än sådana förmultnade hälgedo- mar (2). De afdöde helgon åkallades utstan på samma sätt, som man tilbeder GUD sjelf (3). Dock lät Ansgarius i detta mål hafwa brukat en nödwändig försiktighet, och lärt Hedningar- na, at tilbedja Christus sjelf. Men däremot rågnade underwärk på alla kanter. Det, som hände i Björkö efter Gautberts utdrif- ning, är af et så besynnerligt slag, at det förtjenar at anföras. En förnäm mans son hade warit med, när Biskopens hus plun- dra-

drabes, och taglt en bok bdrifcån. Efter utfeenbe lår bet hafwa Chriſtna
warit en Måßebok, ty beras Bibliotheker woro intet i aluidnhet Religio‐
förfebba meb annat förråb. Så ſnart benna bok kom i huſet, ræns
olyckades alting, boſkapen ſtörtabe, folket bördt, ſå at facten i upbof.
ſtörſta ångſt gick bort til en af be hebniſka Prdſter och frågabe,
hwilken af Gubarna wore honom ſå oblib. Han fick til ſwar,
at alle andre Gubar woro honom benågne, men be Chriſtnas
GUD war allena förtörnab, efter något, ſom honom war helgat,
fanns uti huſet. Efter mycket grunbanbe begrep Gubben åndtcli‐
gen, at bet måtte wara ben af bes ſon borttröffwabe boken. Han
tog då benna farliga helgebomen, och labe ben wib en ajårbsgårb,
efter ingen unberſtob ſig at taga emot honom (4). Når en röb
Skrift kunbe injaga en ſåban högaktning, hwab borbe man då ic‐
ke hyſa för wörtnab för be anbeliga ſielfwa, ſom meb ſarana ſa‐
ker bageligen omgingo. Til at ån wibare beſåſta hos be Chriſtna
benna wibſkerpeliga wörbnab för Prdſteſtånbet, införbe man ec‐
bet hemliga ſkriftermålet, til följe hwarutaf ſynbernas förlåtelſe war
bunben wib et omſtånbeligt uprepanbe af ens begångna, och årna‐
be förſrelſer (5). På betta ſått blefwo be anbelige unberrållate
om alt, hwab ſom i hela lanbet förehates, och hwar en wet, hu‐
ru betybanbe en ſåban kunbſkap år hos regerungsſiuka månniſkor

(1) Rimbertus V. A. C. 2.
(2) Rimbertus C. 14.
(3) Rimbertus C. 2.
(4) Rimbertus C. 15.
(5) Rimbertus C. 3.

§. 32.

Når ſåbana meningar utſpribbe ſig alt mer och mer, kan Saſta.
man något ndr ſluta, huru ſielfwa utöfningen af Chriſtna ldrau
warit beſkaffab. Det nöbwånbiga dåmpanbet af wåra willa be‐
gibeelſer och wållnſtiga egenkjårlek lår intet hafwa warit be grunb‐
ſatſur, ſom måſt påyrkabes. Men en ſlags Metaphoriſk faſts,
almoſor åt ſattigu, gåfwor til Kyrkor och anbeliga, meb mera
byklikt, ſkulle erſåtta briſten af förſakelſen. Man har bewis på en

D p p ſåt

Christna
Religio-
nens
uphof.

sådan fastas anställande, sedan Swenska krigshären kommit tilba-
ka från Curland, hwarom är talt tilförne. Man anställde först en
sju dagars fasta til tacksamhets tekn mot GUD för härfärdens
lyckeliga utgång, och när fyratio dagar därefter woro förbigångna,
anställde man åter en ny fasta, som skulle wara uti fyratio dygn.
Denna helighet, som fastan förde med sig, bestod endast i afhål-
lande från kjötträtter (1). Det nu omtalta Curländska tåg gaf
ock anledning til en annan Christendoms utöfning, nemligen Almo-
sor åt fattiga. Den nyligen omtalta Fruen Friborg gjorde ock den
förfatning, at all hennes egendom efter des död skulle utdelas bland
fattiga. Men som där funnos inga fattiga i Björkö, reste hennes
dotter til Dorstadt, at där utdelna sina almosor (2). Där gifs
wäl ingen mera namnkunnig egenskap, än at understödja nödlidande.
Förnuftet medgifwer, och Christendomen kräfwer denna dygd.
Men et rent hierta, afskådande af egen kärlek, och sin wiljas un-
derkastande under Guds nådiga wälbehag, äro dsen beroende
omständigheter af en Christelig lefnad. Men huru desa dygder af
wåra första Christendoms predikanter äro påyrkade, därom har
man inga uttryckeliga wittnesbörd.

(1) Rimbertius V. Ansg. C. 27.

(2) Rimbertius C. 17. Man skulle snart kunna falla på den tankan, at
inga fattige den tiden woro i Swerige, emedan sjelfwa orden äro desse:
Et quia hic minus pauperes inveniuntur. Men pauperes bör utan twif-
wel förklaras med tiggare, hwilka förmodeligen uti hedendomen woro
oförde eller fälspute.

§. 33.

Kyrkor.

Med sjelfwa Christna läran inkom äfwen bruket at hafwa
Kyrkor. Herigars Kyrka i Björkö är wäl den äldsta af alla,
som i wåra orter omtalas, fast det kan wara sannolikt, at hon
snarare bör anses för et Capell. Men det är ännå blifwa den
äldsta, som warit i Norden, emedan Kyrkan i Sleswich, som de
den äldsta i Dannemark, intet blifwit bygd förr än Ansgarius
kommit från Björkö (1). Däremot lär Kyrkan i Sleswich wa-
ra den första, som haft klockor (2). När Ansgarius andra gån-
gen war i Björkö, blef en offentelig Kyrka där inwigd, och prä-
stegård äfwen anslagen (3). Men af hwad som redan är anfördt,
kan

fan man nog märfa, at denna morgonrodna snart förfwunnit, och at både Kyrkobygnad och ·helswa Christendomen i Swerige afftadnat til des S. Sigfrid ankom. Då blef ändteligen Christna Religionen rorad hos oß för ewärdeliga tider. Det blef då en af S. Sigfrids första befommer, at uprätta Kyrkor. Den första, som af denna Läraren inwigdes, war wid Husaby Kind i Wäster-Göthland (4). Tre andra Kyrkor med sina kyrkogårdar blefwo ock helgade af samma Lärare i Wäster-Göthland: F.iggerew nemligen, eller Frigaräker, Gyrum och Agnistad (5). I Husaby war Biskops eller Domkyrka, til des Skara kyrka blef upbygd. Kyrkan i Östrabo eller Wärjo, är af samma ålder. Wil man tro S. Sigfrids Legenda, är stället til Östrabokyrka genom Gudomelig uppenbarelse utstakat, innan S. Sigfrid reste til Wäster-Göthland (6). Lunds Domkyrka täflar med deßa om åldern, ty man wet, at grundwalen är lagd af Konung Swen Otto i Dannemark; och som denne Herren dödde 1014, kan man nå-gerlunda därutaf finna denna Kyrkans ålder. Under Emund O-loßon giordes början til Skara Domkyrka utaf Biskop Åsmund, och Biskopsbol tillades af Almänningen wid Skara, på en plats, som då kallades Mildeshed, och nu Lullos Mildesmaden (7). När Konung Olof Haraldson flyktade til Roßland, blef en förnäm Gothländning wid namn Ormica af honom omwänd til Christen-domen, hwilken ock lät bygga sig en Kyrka, eller Bynakus uti Åkergarn (8). Något därefter lät Botar af Akubäck uprätta en Kyrka i Kolstad, men när Hedningarna i landet henne upbrunnit, anlade han en annan wid sielfwa Blothstället uti Wy, hwilken ha-de fått samma öde, som den förra, om ej Botar satt sig sielf på Kyrkan, och sagt, at de äfwen skulle bränna up honom sielf, om de wille bränna hans Kyrka. På detta sätt blefwo Kyr-kor på åtskilliga ställen i landet uprättade. Hwar det intet war lämpeligit at uprätta Kyrkor, upreste helgade och inwigda kors, wid wägarna, wid hwilka folket kunde göra sin andakt (9), och finnas ännu många, både torp och andra orter, som af sådana kors fått sina namn. Det är ock troligt, at de Kors som sättas wid grafwar, haft samma uprinnelse, och har S. Sigfrid tilldrit, at et sådant kors nästte upresas wid en ny omwänds grafställe, hwilken aßonniat, innan han blifwit döpt (10).

Christna
Religionens
uphof.

Men det som här nu är andragit, kan til åfwentyrs någorlunda göra tilfyllest. En utförligare · och grundeligare berättelse om Christendomen i Swerige, får man uti Swea Rikes Kyrko-Historia, som Doctor Ol. Celsius författat.

(1) Rimbertus V. Anegarii C. 21.

(2) Rimbertus C. 28.

(3) Rimbertus C. 25.

(4) Legenda S. Sighridi uti Benz. Mon. Eccl. p. 25.·

(5) Bihanget wid Wåstgötha-Lagen p. 95.

(6) Legenda S. Sigfridi i Benzelii Mon. p. 5.

(7) Bihanget wid Wästg. L. p. 95. Spegels Biskops Chrön. p. 271. Biskop Brynolf uti sin Chron. kallar orten Walleohed.

(8) Bihanget til Gothlands-Lagen p. 10.

(9) Vita S. Villehaldi uti Jac. Basnage Mon. Ecclesiastica T. II. p. 107. Detta witnesbörd förtjenar at anföras: Sic mos est Saxonicæ gentis, quod in nonnullis nobilium bonorumque hominum prædiam (prædiis) non ecclesiam sed signæ crucis signum Domo (Domino) dicatum, cum magno honore almum, in alto erectam, ad commodam diuinæ orationis sedulitatem solent habere. Denne helige Wille-had war född år 700, och. döde 786.

(10) Legenda S. Sigfridi hos Benzelius p. 7.

❋ ❋ ❋ ❋ ❋ ❖ ❋ ❋ ❋ ❋ ❋ ❋ ❋ ❖ ❋ ❋ ❋

17. Capitlet.

Om

De Utflyttningar, som skedt ifrån Norden.

§. 1.

Utflyttningar.

När man drager sig til minnes, hwad som förr i sjelfwa Historien är anfört, har man nog kunnat märka, at wå-ra Göthiska Länder warit bebodda af et oroligt folkslag, som nästan aldrig osture warit hemma, än då de ej kunnat wara borta. Åra och wåder hafwa warit deras mäst närande föda, och en stilla och lyckelig känad, då den warit afskild från blodiga idrotter, ansågs som en orklös wekflighet, hwarigenom ingen heder
och

och åra förwärfwas kunde. Det är då intet underligt, om wåre Utflytnin= gamle Thulebcar warit beswärlige grannar för alla når intil lig= gar. gande Landskap: men at stora utflytningar och talrika folkhopar gådt härifrån til andra åfwen aflägna Länder, har synts så otro= ligt för många, at de ock dragit i twifwelsmål, hwad hos tro= wärdiga Historieskrifware finnes antecknat. Norrige och Swerige kallas af Jornandes Officina gentium, och Vagina nationum, eller et land, hwarifrån många folkslag leda sin uprinnelse. Men man är strapt tilreds med den lagom höftiga påminnelsen, at Jornan= des sagt osanning. Man kan intet föreställa sig, huru det warit möjligt, at Norden kunnat alstra så mycket folk: så mycket mer, som nu warande folkfnumren utur gifwer anledning at tro, det forr= na folkrikheten kunnat wara tilräckelig, til et så ymnogt utflytran= de. Med samma sannolikhet kan man bestrida, at en Swensk krigshär någonsin warit på andra sidan om Alpern, och at en Konung från Swerige, wid Swarta Hafwet, slagits med Turkar och Tattare. Norden har i alla tider warit rik på otreliga san= ningar. Den som annars behagar påminna sig den otroliga swärm af Nortman, som i nionde och tionde århundrad öfwerströmmade wåftra negden af Europa, torde förmodeligen utan möda begripa, at wår Nord i fordna tider kunnat meddela åt andra Landskap långt flera folkhopar, än de önskat, och warit belåtna med. Det är för öfrigt ganska owist, huru starkt wår Nord warit bebod i gamla tider. När Konungar och annat förnämt folk bodde i Ha= logaland och Trunsen, och Bjarmer, samt Jotunheims boar ut= giorde betydande Konunga=Riken, måtte nödwändigt utsender af Norra Scandien hafwa warit långt annorlunda än nu. At mån= ga ställen i södra orterna warit fordom upbrukade, som nu ligga öde, är oemotsägeligt, emedan man uti willa skogar finner sam= manhopade stenrösior. Det är möjligt, at desa ödesmål skiedt i senare tider, men det är ock möjligt, at desa minnesmärken äro af en urgammal ålder. Et friskt och muntert folk under en sund himmel, förökar sig gemenligen ganska starkt. Utomdes har folk= mängden kunnat få en ansenlig tilökning genom andra wandrande slåkten. Detta har wärkeligen händt med Oden och hans talrika följe, såsom ock med Herulerna; kan ock hafwa händt flera gån= gor, fast wåra magra och fattiga berättelser om äldsta tiden ingen

ung

Utsotnin-
gar.
ting därom öfwerlämnat til efterwerlden. Det är ej möran wärdt,
at bekymra sig, huru et så stort antal af inbyggare kunnat få til-
räckeligt uppehälle. Fiske, jagt, något åkerbruk och röfweri hafwa
kunnat wara tilräckeliga näringsfäng i almänhet, och wår härda
är och alt för dyr tid infallit, hafwa twifwelsutan åtskilliga sam-
fund genom utflytningar sökt sin räddning. Man förmodar, at
det intet behöfs at påminna, det de ifrån Norden då och då ut-
gångna folkslag, intet warit så manstarka uti sin första utflytning,
som de blifwit sedermera, då de nalkats Romerska Rikets gränt-
for; sådant förstår sig af sig sjelf.

§. 2.

Man håller således före, at Jornandes och de andra Häfde-
tecknare böra äga et skjäligt witsord, när de underrätta oss om de
fordna utråg, som skiedt ifrån Göthiska Norden. Jag tror likwäl,
at Olaus Magnus uti sin Charta Gothica, och de som honom
efterföljt, gådt alt för långt med sina uträkningar, då de leda all
den ophyra, som beswärat werlden, ifrån wåra orter. Ty utom
Göther, Danskar, Gepiter, Longobarder, Cimbrer, Franker, Nore-
männer och flera, anförer han ock Sauropeder, Massageter, Hun-
ner, Amazoner, Parther, Turcilinger, Awarer, Heruler, Swe-
wer, Thaiphaler, Daci, Slawer, Rugier, Alaner, Sember,
Avoni eller Lifländare, Pictir, Egyper, Caiber, Cimmeril, Bul-
garer, Lithauer, Getuler, m. m. hwilka alla, efter hans tanka,
haft sin uprinnelse från Scandinavien (1). Säkrast hade det wa-
rit, om han låtit Noachs ark stadna på Dofrafiäll, ty då hade
det warit med et arbete giordt, och hela männistkliga slägtet hade
då bort wordu wår Nord, sååm sit ädsta fädernesland. Et så-
dant bekymmer hade ock kan hända lönt mödan för en så Patrio-
tisk Historieskrifware. Men intet är det mödan wärdt, at granska,
hwad anledning Olaus Magnus haft til detta widlyftiga för-
wantskaper. Några få påminnelser kunna göra tilfyllest. At Hun-
nerne härstamma från Swerige, Dannemark eller Norrige, de
like den minsta anledning af gamla Skrifter. Jornandes berät-
tar wäl, at Göthernas Konung Philmer drifwit ifrån sig några
trollkonor, som Göthterne kallat Aliruner, och at dessa hafwa
blan-

blandat sig uti ödemarkerna med de orena andarna, af hwilket Ußföta in-
gar,
omgånge Hunnerne hafe sin uprinnelse (2). Men denna tjäring-
saga behöfwer ingen wederlägning. Så mycket torde likwäl wara
sant, at deßa föreresna qwinfolk blifwit vptagna af Hunnerna,
hwilket ock til åfwenuprs gifwit anledning til de Swenska namn,
som funnos bland Hunniska Prinsarua; såsom Valamer, Attila,
Octar, Roe. m. m. Men häcutaf nekar man intet, at ju detta
strölwande slükte åfwen strökt sina wittlyftiga swäjningar också til
wåra orter. Herulerne hafwa ock utan twifwel bot i Thule, eller
Scandien. Deras gamla stambygd har likwäl intet warit här,
utan de äro komne hit ifrån främmande orter, under sina egna
Konungar och Höfdingar: hwarföre ock de utländske Herulerne,
som bodde i negden af Böinen och Ungern, då de hade förlorat
sin Konung, sände bud til Norden, och hämtade sig Konung från
Thule (3). Procopius synes gifwa wid handen, at Seirer och
Alaner woro ock Göthiska folkslag (4). Men däraf följer ingalun-
da, at de gådt ut ifrån Swerige eller Scandien, ty felt af sam-
ma stam hafwa utan twifwel warit på samma orter, hwilkas för-
fäder aldrig sedt Swerige. Och samma omdöme bör man fälla
om Swewerna. Åtminstone finner man ingerstädes hos någon
gammal Historieskrifware, at de utsägat ifrån Scandinawien. Ty
at Tacitus och flera Romerska Häfdeteknare, innefattat Swerige
innom Swewiens fordna gränsor, bör ingalunda afgöra twisten;
ärminstone bewisar Lucani utlåtelse ingen ting (5). Gißningen om
Amazonerna grundar sig på Jornandis fawurit mening, at alt
hwad som finnes antcknat om Scyther och Gother, bör lämpas på
Götherna, som utgådt från Scantzien. m. m. Uti hela denna un-
derßökningen, är ingen fråga om blotta möjeligheter. När någon
trowärdig Auctor, som kunnat hafwa kunskap om wåra Nordiska
utflytningar, underwisar oß om en sådan omständighet, synes man
hafwa fog och orsak at påstå det samma: men annars är det för-
sikrigare, at innehålla med sådana utlåtelser, som hwila endast på
lösa infall, och nyligen tilwedkade gißningar. Man har dndå ord-
sak at frukta, det Läsaren ledsnar wid de talrika utläg, som fjedt
ifrån wåra kalla bygder.

<hr>
(1) Olai Gothi Charta Gothica, kan läsas utl Peringskölds Anmärk-
ningar, til Vita Theoderici Reg. Oshogothorum p. 422.

(2

Uthålla-
bar.

(2) Jornandes de rebus Geticis C. 24.

(3) Procopius de bello Gothico L. 2.

(4) Procopius de bello Gothico L. 1.

(5) Luceni vers är almänt bekant:

Fundit ab extremo flavos Aquilone Svevos
Albis et indomitum Rheni caput.

Här står intet, at Svewerne från ytterfta Norden satt sig neder wid Elbe och Rhenströmmen, utan at desse strömmar utgutit Swewerne från ytterfta Norden: så at Poeten förbinder ytterfta Norden med Elben, då hwarken Swerige eller Norrige kan förstås med denna Nord.

§. 3.

Göther.

At Götherne gått ut ifrån wår Nordiffa halfö, har warit en almänt wedertagen mening ifrån uråldriga tider. De, som i nyare tidehwarfwet behagat twifla därom, wilja fullkafta gamla Häfdeteknures tydeliga witnesbörd, med möjligen uptänkta gisningar. Jornandes, som war i skoltskap eller swägerskap med Konungsliga flägten hos Götherna, och ifrån Secreterare hos Alanernas Konung, blef Biskop i Ravenna år efter Christi födelse 552 (1), har gifwit of en omständelig beskrifning om Göthernas uttåg ifrån wåra orter. Dennas berättelse är intet annat, än et kort sammandrag af Caessiodori Historia Gothica. Caessiodorus lefde under Oftgöthernas Konung Theodericus, och war Consul eller Borgmästare i Rom år 513. Det kan då förekomma en eftertänksam läsare nog besynnerligt, at nyare Historieskrifware, af fpurtande och aktiontte århundrad, kunna inbilla sig, at bättre weta Göthernas ursprung, än en fornäm och lärd man, som lefde mer än tusend år förut, och omgicks dagligen med Götherna. Man kan då wara öfwertygad, at Caessiodori witnesbörd i detta mål måfte wara mera bindande, än någon nya uptåg, som intet bewisa annat än författarnas driftighet. Äldre Häfdeteknare hafwa utomdes intagat det fumma; emedan Jornandes beropar sig tillika på Historieskrifwaren Ablabius, och Göthernas egna. Skaldeqwäden i denna märkwärdighet (2). Man finner ock hos Jornandes en långt omständeligare beskrifning på wår Nord, än någon Latinsk eller Greckisk Skrivent tilförne upsatt. Hwarifrån kulle wäl denna wara hämtad, om ej ifrån Götherna, och huru skulle de kunnat

läm-

Utan någon närmare underrättelse om Swerige och Norrige, om
de intet warit ifrån beßa orter, och ikkut tillika någon handel och
omgånge med sin fordna stambygd. Hwad kulle och förmåt Gö-
therna, at angifwa Skantzien för sit urgamla fädernesland, om det
intet warit sant. Därmed kunde de på intet sätt sätta sig i hög-
aktning hos Greker och Romare, som hade så ganska ringa tanka
om wår Nord. Utan om de wilat kryta af härkomst, hade det
paßat sig bättre, om de sagt sig wara Attläggar af gamla Ecy-
therna och Tropanerna, hwilkas anseende uti fordna werlden war
ganska högt aktadt. Jornandes har wäl blandat tilhopa Göther
med Geter och Scyther: men hwem ser intet at detta är hans
egen hypothes, som han intet kunt af Götherna sielfwa. Det för-
ra behåller fördenskul sin sidforliga trowärdighet, då det senare
lämnas åtminstone, som en aldeles obewist sak, om den intet bör
hållas för ogrundad, hwilket ikke wara det säkraste. Ty änskönt
det är troligt, at Göther, Scyther och Geter, äro i grunden et
och samma folkslag, blifwer det ändå en nästan orimmelig slutsats,
at de senare leda sin uprinnelse från Swerige, då det twärt om
bör snarare medgifwas, at de Swenska härstamma ifrån dem.
Annars bör man intet förarga sig så mycket öfwer Jornandes,
som giorde Göther och Gether til et och det samma, emedan det
war uti hans tid en nästan almänt härskande mening (3).

(1) Jornandes de Reb. Get. C. 50.

(2) Jornandes de R. G. C. 4.

(3) Utom Jornandes har Procopius, Hieronymus, Orosius, Fl.
Vopiscus, Spartianus, och flere andre haft samma tanka, at Getæ
och Gothi warit et Regs folk. Man kan se här om Philippus Clu-
verius Germania antiqua L. 3. C. 39. p. 626. Man kan och jäm-
föra Stiernhielms Anti-Cluverius; och at säja sanningen, kan det
göra oß lika mycket, antingen Getæ göra et folk eller ej med Göther-
na, det är nog, om man kan bewisa, det Götherne, som intaget Rom,
m. m. uttågat från Swerige.

§. 4.

Man torde eljest med wördnad kunna förbigå, så wäl Tanna-
us, som Tomyris och sielfwa Amazonerna, och däremot endast
hålla sig wid Götherna, som under sin Konung Berich (1) giorde

Z 11   sin

Utflytnin- ſin förſta utflytning från Scandien. Detta ‑uttåg war intet ſå
gar. manſtarkt, at ju Norden kunde tåla en ‑ſådan förminſkning, eme‑
dan det ſkedde allenaſt med trenne fartyg (2). Sin förſta hwila
togo Götherne i Gothiſcanzien, därifrån anlände de til Ulmerug* er‑
na, ſom blefwo fördrefna från ſina hemwiſt, hwarefter Wande*
lerne, Ulmerugernas grannar blefwo underkufwade. Genom deſſa
framſteg blefwo utan twifwel månge af deras hemmawarande Lands‑
män föranlåtne, at förena ſig med de utgående: emedan Götherne
woro förökte til en ganſka ſtor myckenhet, då de under ſin ſamte
Konung Filmer Gadaricſhon utwidgade ſig ännu mer, och aftå‑
gade til Oum. Spalerne blefwo då öfwerwundne, hwarigenom
Götherne öpnade ſig wågen til Swarta Hafwet. Det är ej ſå
lätt at utreda, hwad med deſſa gamla, och kanſkie förbråkade
namn, ſkal betecknas. Om man wil hålla före, at Götherne tagit
wågen öfwer Skåne och Bornholm til Rygen, därifrån til Po*
mern, Brandeburg, Preußen och Pålen, är det ofelbart, at detta
tåg kan mycket wäl förenas med Jornandis beſkrifning. Och efter
denna wägwiſareshafwa Ulmerugerne bodt på Rygen, Wandalerne
i Pomern och Brandeburg, Spalerne i Preußen och Pålen. Men
en granlaga underſökning i detta mål är här intet nödig. Det
gör tilfyllest, at Jornandes med ſå många omſtändigheter beſkrif*
wit Göthernas uttåg och förſta härfärder, at där är intet den
miſta anledning at draga des berättelſe i twifwelsmål, i ſynnerhet
ſom han haft tilförlåteliga ledſagare.

(1) Höf‑Cantzleren v. Dalin S. R. Hiſt. T. I. p. 295 läſar Strid,
Bp Erik, hwilket paſar ſig ganſka wäl med gamla ſpråket, ty Bär
betyder boning, by eller hus, och Rik är et gammalt Swenſkt namn.

(2) Jornandes de R. G. C. 17.

(3) Några nyare äfwen af wåra Swenſka Häfbetecknare göra deſſa förſt
uttågande Göther til Finnar. Men denna giſsning har ingen ſtyrka,
hwarken af Jornandes, eller af gamla ſpråket, hwars öfwerlefwor än‑
nu igenkännas. Ulmerugerna gör man til inbyggarne i Holmgården,
Cholmogorod. Detta kan wara både möjligt och troligt, om man
allenaſt kunde föreſtälla ſig, at tre Göthiſka fartyg kunnat bortdrifwa
alla inwånarne i Holmgården. Men det kan wara ſannolikt, at ſbyg*
gare blifwit förſkräckt af några förre fartyg, ifrån hwilka wälbewäp*
nade ſtridsmän alt ſtädige gjordt landgång. Strahlenberg N. O. T.
von Europa und Aſia p. 9c, ſtadfäſter förra giſsningen med ordet Ulme‑
rugiens betydelſe, ty han förmenar, at det är ſammanſatt af Ulima,
ſom

som på Essuilla betesnar et Utland, och Augigorod, som Narwa skal

kallas af Ryssarna. Men sådana anmärkningar bewisa intet rätt mycket; ty om Etymologiska uträkningar skola gälla, är det lika lätt at leta Ulmerugien från Holmen Rygen. En annan swårighet yppar sig wid denna uya förbättring, ty Wandalerne göras til Wender eller Slauer, som de wärkeligen intet woro. Jag har mig nog bekant, at man gör Berichs flotta starkare, än den hos Jornandes finnes utsatt. Men när man läser gamla Auctorer, bör man wara angelägen at förklara hwad de sagt, och intet, hwad de intet sagt.

§. 5.

När detta första utbrott skjedt från Norden wet man intet. Men om Gapt, som är stamfader för Amaliska Konungahuset warit deltagare däruti, som är troligt, kan man til äfwentyrs så något ljus i denna omständighet. Där äro fjorton leder emellan Gapt och Theoderik, som regerade i Italien wid år 500 (1). Räknar man tre personer på hwart hundrade år, har Gapt lefwat något når wid Christi födelse. Denna tideräkning efter lederna synes få en ny styrka därigenom, at Ostro Gotha är afskild från Theoderik genom nio leder, då han bort lefwa wid år 200: hwilket han ock förmodeligen gjorde, emedan han förde krig med Philippus, som blef Romersk Keisare år 244 (2). Man bör ock intet förbigå, at denna Amaliska slägten war i et så wördat anseende hos Götherna, at de kallades Anses (3), hwilket ord Jornandes säger betyda Semideus eller halfgud. Med samma högakt-ning ansågos Asarne i Swerige, hwilka inkommit med Oden: och är skilnaden emellan Jornandis Anses, och Odens Asar så liten, at den kan anses som en blott olikhet i mundarten eller Dialecten.

(1) Jornandes C. 14. Denna Stamtafla förtienar at anföras. 1 Gapt. 2 Halmal. 3 Augis. 4 Amala. 5 Hisarn. 6 Ostro Gotha. 7 Uuilt. 8 Athal. 9 Achiulf. 10 Wuldulf. 11 Walerawans. 12 Winitharius. 13 Wandalirius. 14 Theodemir. 15 Theoderik. Så mycket jag kan begripa, äro alla dessa namnen Swenska. Ga betyder aftning, upmärksamhet, däraf Sommer ordet gapa. Halmal kan wara sammansat af Halla, hela, och Mal, då det betyder Lagmål. Angis är Ange eller Åke. Amala tiltala. Hisarn idrubryala. Man får igen alla dessa orden i Werelii Lexicon. Ostra är et Swenskt gammalt nams, som ännu är i bruk hos almogen, dimunitione

3 j j 2   sione

Ueftmania-
gar.

kone i Skåne. Uti Unile förekommer ändelsen ild, hwilken i gamla namnen är nog wanlig, såsom Ulfhild och Gunild. m. m. Desse höra till qwinkiönet, men ändelsen på ilde slutar mankönts namn, såsom Steinilder, Ulfhildr. Hwad stafwelsen Un beträffar, så är den intet owanlig uti början af Swenska namn, såsom Unulf, Unwider m. m. Wereling i Anmärkningarna til Hervaud och Bosei S. p. 121. Athal och Adal är alt et. Ach i Ulf är sammansatt af Api och Ulf, bägge almänt bekanta namn. Wulbulf torde wara Waldulf eller den wäldige Ulf. Walerawena låter alldels lika med Wal Rafa, eller en korp, som upphåller sig wid orter, hwar slictslag hålles. Winithar synes komma af Win, mån. Ter eller Tar är en wanlig ändelse uti åtskilliga andra namn, såsom Hialmter, Wigmunter och flera. Wandalir torde reat af betyda en Wandaler, och kunde han på samma sätt fådt detta namn, som Upsala Konungen Wanlander, hwilken blifwet så kallad, efter modren war ifrån Wanahem eller Wanaland. Theodemir och Thiodrik behöfwa ingen förklaring, ty stamordet är Thiod folk. Man kan twifla med skäl, om alla dessa namn kunna ledas med samma lätthet ifrån något annat språk, så at äfwen denna omständighet synes intyga, at de nuländste Göther warit af samma tungomål och slägte, som wåre indemiste.

(2) Jornandes de R. G. C. 16.

(3) Jornandes C. 13. Til widare bestyrkande, at Anses och Åsar warit et och samma ord, torde följande Anmärkningar kunna bidraga. Uti åtskilliga Swenska ord finer man, at bokstafwen R, framför en Consonant tillägges och fråntages, utan at ändra ordets betydelse. Således är Land och Lad alt et, hwarföre man ock läser Gautalad för Gautaland, uti Karls och Grims Rim. p. 6. uti Björners Saguslod, likaledes står Lad för Land i Hervarar Sagan p. 70. Af samma beskaffenhet är Wåda och Wånda, Wadamal och Wandamal, Frank och Frak, Frankaland och Frakland, Sturleson T. II. p. 460, Rif och Ring, hwarföre ock hos Sturleson T. I. p. 20. säges, at Ring warit den förste, som tagit Titel af Konung, då uti andra skrifter samma Herre kallas Rik. Prof. Th. S. Bayer har ock uti sin undersökning de Varægis gjordt samma påminnelse, och anför til bewis Ingur och Iggur, Ragnwald och Ragwald, m. m. Acta Petropolitan. T. IV. p. 311. O. Rudbek har äfwen uti sin Atlantica giordt en dylik påminnelse, och anför til exempel, Lacka, Danken, Agathir, Angantyr, Inge och Igge, Laccobardi och Langobardi, m. m. Slutmeningen blifwer förderfskul sådan, at Anses och Åsar torde wara et och samma ord.

§. 6.

De gjorda påminnelser kunna til äfwentyrs fullinga, at de Göther, som uti tredje, fierde, femte och följande århundrad på

å många fått befordrat Romerffa Riket, wärkeligen utgått ifrån Urfigtuin-
Skandien. Man medgifwer likwäl, at många andra folkslag för-   gar.
blandat sig med dem, och således föröfft myckenh:ten, at Götherne
kunnat blifwa förfärlige för sjelfwa Romarna. Man nekar där-
före intet, at Göther haft sina hemwist på flera ställen än i Swerige,
ej heller påstår man, at alle Göther hafe sin äldsta stambygd i
wår Nord. Om man anser för afgjordt, at Swear och Göther
inkommit med Oden, måste man tillika nödwändigt hålla före, at
Götherne wärkeligen warit i Ryßland, Preußen, Tyßland och
Dannemark, för än de kommo til Swerige; ty denna wägen tog
Oden, då han ifrån stora Swerige eller Scythien förfogade sig
til Norden. Detta alt är ingalunda stridande med Jornandes;
han nämner intet hwarifrån Göthcrne i almänhet leda sin första
ursprung, utan berättar allenast, at de segrande Göther, som öf-
werdnba kaßat Romerßa herrawälde i wästra delen af Europa,
gjordt sit uttåg från Scanzien. Cluverius och Prätorius (1)
med flera andra påstå, at Göthcrne haft sin äldsta och rätta bo-
ning uti Preußen. Förnämsta anledningen tages af Pytheas,
som trodt at Guttones, et tyßt folkslag, bodde wid en hafswik,
som kallades Mentonomum, och sträkte sig i längden sextusende
stadier, och kunde man därifrån komma til Ön Abalum, hwar
Bernsten eller Electrum upkastades utur hafwet (2). Härutaf slu-
tar Cluverius, at Göthcrna bodt i Preußen, hwilken ort har
ymnogt förråd på Bernsten. Men Cluverius blandar ihop, och
anser wißa omständigheter för aldeles afgjorda, som hwarken äro
bewista, eller kunna bewisas. Den hafswik, som Pytheas om-
rör, ffal wara Frische-Haff; men som storleken intet paßar sig,
ombyter han sextusend stadier til sexhundrade, och tildgnar denna
widden intet til hafwet, utan til landet, som Guthones bebodde.
Med sådana tilökningar och ändringar kan man så en Häfdetek-
nare at säga hwad man behagar. Sedan sola deßa Guthones
nödwändigt wara de samme som Göthcrne. Man frågar med
alt skjäl, hwaruaf han wet det. Åtminstone gör namnens likhet
intet til saken. Likheten emellan Getd och Gothi är ganßa stor,
men därföre äro deße efter Cluverii egna grundmeningar, aldeles
ffilda folkslag. De Swenffe kallas Ruotzi af Finnarna, och
Rpßarne kallas Rhos af Grekerna. Daci bodde nort om Do-
3 I I 3   nau-

Utstytnin-
gar.

nauströmmen i öfra Ungern; de Danske kallas ock Daci utaf
många Hásoetekvare m. m. Men intet skäl är derföre at inbilla
sig, at deßa folkslag hafwa enahanda stam närmare än i Noach.
Desutan säger intet Pytheas, at Guttones boddt, der Bärnsten
samlades, hwilket är hufwudskjälet, hwarpå hela Cluverii byg-
ning hwilar, utan at Bernstensorten hetat Abalum. Det torde
altid wara mycket sannolikare, at med denna stora hafswiken bör
förstås Cattigat, och Guttones blifwa de gamle Jothar eller Gjö-
tar, Nordens älbste inbyggare. Men jag wet intet, om det lönar
mödan, at med så mycken granlagenhet utgrunda Pytheas berät-
telse, hwilken förmodeligen beror på lösa rykten, och är desutan
både mörk och orydelig. Har den sin riktighet, är det oftebart,
at Guttones hwarken äro Jotar eller Preußare, ty hwarken de
förre eller de senare woro af Tysk härkomst. Dock kan det wara
möjligt, at någre Tyskar satt sig neder på wästra stranderna af
Scantzien, och äfwen i Danska Öarna, hwarutaf Pytheas giorde
sin uträkning. Men hwilken mening som antages, är der likwäl
ingen stridighet emellan Jornandes och de äldre Historieskrifware.
Huru Pytheas skal egenteligen förstås, wet man intet. Tacitus
nämner inga Gjöther i Norden eller i Preußen. Switones och
Sitones som de mäst betydande folkslagen, nämnas enbast i wåra
orter, och de andre äro förbigångne, på samma sätt som man nu
talar om Swerige, utan at omröra landets öfriga fördelningar.
Tacitus har ock gådt förbi de Danska, men derföre kan man in-
galunda påstå, at Dannemark warit utan inbyggare och enskylta
Regenter. Han har oftebart haft mycken kunskap om Tyskland
och des grannar, men intet har han förmodeligen wetat alt, och
det kan hända, at han intet upteknat alt hwad han wetat. Ta-
citus nämner likwäl Gothini och Gothones såsom boende i Tysk-
land, förmodeligen emot Slesien och Lausitz. Men man bör
tillika påminna sig det Tacitus säger, det Gothini intet woro Ty-
skar (3), utan snarare Galler eller Celter. Denna omständighet
synes bekräfta äfwen wåra Nordiska Sagor, som berätta, at O-
den med sina Gjöther någon tid warit i Tyskland, och der läm-
nat sina söner til Regenter, hwarigenom Gjöthiska språket blifwit
stadgadt i den negden, och federmera alt mer och mer sig utwidgat.
Den som annars har tillfälle at jämföra gamla Gjöthiskan med

Cel-

Celtiskan, skal uti twiswel finna en ganska stor likhet emellan Uslotnin-språken. Men denna undersökning spares til andra eller annat til-gar. Ptolomäus säter Gud uti Scandien, han säger ock, at Gothones bodt i Preußen, hwilket ganska wäl kommer öfwerens med Jornandes, som berätar, at Götherne sedan de utdragit från Scandien, lämnat en stor del af sina Landsmän i Preußen, då den öfrige swärmen fortsatte resan til Swarta Hafwet. I al-mänhet är denna idrda twisten nog förunderlig. Gothini hafwa bodt i Tyskland, Gotd i Swerige, Gothones i negden af Polen och Preußen. Men härunaf wet man intet, hwarifrån de Göther kommit, som intagit Rom. Den enda Auctor, som sagt, at deße Landwinnare eller Landsförbärfware brutit up ifrån Pomern och Preußen är Jornandes, detta bör man tro: men när samma Historieskrifware berätar, at deße Göther först tågat ut från Swerige, bör han intet äga witjord. En sådan Despotismus i Historien måste jag bekänna, är nog besynnerlig.

(1) Philippus Cluverius uti sin Germania antiqua L. 3. C. 34. p. 625. har gjordt en midlostig undersökning om Götherna, och tilägnat dem de Preußen. Matthäus Prätorius uti sin Orbis Gothicus arbetar i samma ämne: af den fårra kan man lära mycket, men uti den senare är alt fult med de driftigaste gißningar. Hwad någre Historieware i detta ämne bragat upgifwa, är til större delen intet annat, än et up-repande af deßa Herrars infall.

(2) Pytheas udtelse finnes hos Plinius L. 37. C. 2. och förtjenar at införas: Pytheas credidit, Guttonibus Germaniæ genti, æcioli æstuarium Oceani Mentonomon nomine, spatio stadiorum sex millium, ab hoc diei navigatione insulam abeße Abalum, illo vere fluctibus advehi (electrum) et eße concreti maris purgamentum, incolas pro ligno ad ignem uti eo, proximisque Teutonis vendere: Om Oceanus här skal betyda stora hafwet, kan man intet rätt kalla Friische haff för en wik däraf, emedan detta är en wik af Österßiön, och tutet af stora haf-wet. Men Cattegat är osörnekeligen en wik af hafwet. När Pytheas widare säger, at Bernsten upkastades bit, illo, är naturligast, at illo swarar til Abalum, och så hår Prätorius tagit meningen. Det kan och wara möjeligt, at illo softar på æstuarium, då meningen blifwer långt annorlunda. Således är Pytheas twetydig, och des udtelse be-wiser ingen ting, änskönt man wille metgifwa, det Bernsten endast samlits til någon myckenhet i Preußen. At Preußen en förtiden är rikast på denna waran, är utan alt twifwelsmål; men härutaf följer intet, at ja andra orter wid Österßiön annat tilförene hafwa warit lika pmnoga häruppå. Wid Falsterbo i Skåne samlas änn ansenlig myc-

ken-

Uhrsintainingar.

· senbet härutaf, som i smärre stycken. År 1665 blef funnit i graf-
warna wid Kiöpenhamn et stycke Bernsten af 40 ann. och 1681
wid Calleboderne bär sammastädes et dylikt stycke, som wägde 50
unts; år 1687 upgrofs på Amager från et diup af 20 fot et annat
stycke Bernsten af 13 och et halft unts wigt. Olig. Jacobäus Museum
Regium p. 38. Hwem kan då wara förwißad, at deßa orter i fordna
tider intet warit så wäl försedda med Bernsten. som skiolfwa Preußen
i wår tid. Romarnes och Grekernas begiärlighet til denna wara har
funnat uttömma deßa orters förråd, hwaraf från urminnes tider stark
handel warit drifwen: då Preußen, sedan mera afsidget, längre kun-
nat behålla sina skatter. De gamla guld och silfwergrufwor i Spanien,
äro nu efter utseende uttömda, men därföre twiflar man intet, at
de ju warit mycket rika i fordna dagar.

(3) Tacitus de moribus Germanorum. Gothinos Gallica, Osos Pannoni-
cæ Lingua coarguit, non eße Germanos. Om nu deße Giöther eller
Gothini intet warit af samma slägte som de äldste Tyskarne; huru
kan man då föreställa sig, at Tyskland warit deras rätta stambygd.
På hwilken grund äfwen Hartknochs gisslning uti M. och N. Preus-
sen förfaller, som menar, at deras äldsta fäderneßland bör sökas i
Pomern.

§. 7.

Man påstår fördenskul, at Giötherne gådt ut ifrån Swerige
efter det lär wara sant, men intet. därföre, at någon särdeles he-
der därigenom tillskyndas wåra Nordiska orter. At stundom se-
gra och slundom lida nederlag, är så almänt, icke allenast för de
Swenska, utan ock för andra Europeiska folkslag, at jag intet
kan begripa, det någon särdeles heder består däruti. Det torde
ock til äfwentyrs wara hederligt at segra på Romare, då de an-
fördes af en Scipio, Pompejus och Cæsar, men at underkufwa
Romare, som intet woro Romare, då de styrdes af usla och wek-
liga Regenter, kan wäl wara fördelaktigt, men hedren blifwer
måttelig. Man sätter då aldeles å sido, antingen Giötherna ut-
tåg warit hedrande eller ej; och söker dem allenast något litet, til
des de ändteligen skaffat sig fasta hemwist i Romerska Länderna.
Om Giötherna Konung Ostro-Gotha är nämnt tilförne, han
war redan så mägtig, at han wågade sig i uppenbart krig med
Keisar Philippus. Sedan denna Keisare wardt död år 249, in-
föllo Giötherne under sin anförare Cnifa, med en här af 70000
man

man i Thracien. Keisar Dxli son blef först slagen ur fältet, och
Philippopolis intagen, hwar alle inwånarne unge och gamle til et
antal af 100000 månnißor blefwo nedersablade. När Keisaren
sielf omsider med sielfwa Romerßa styrkan ankom, och Götherne
sßdit ganßa mycket, och begärde allenast, at i frid så draga sig
tilbaka, wille Keisar Decius betiena sig af tilfället, och aldeles ut-
rota deßa farliga grannar; men Göthernas förtwiflade förswar
förändrade alt, Keisar Decius med sin son blef på platsen, och
ßtörre delen af Krigshären undergick samma öde. Under Galli-
enus, som blef Keisare år 260, angrepo Götherne Romerßa Ri-
ket med än ßtörre häftighet. Då blef Diana Tempel i Ephesus
i grund förßtördt, och de ußa öfwerlefwor af Troja aldeles öf-
werända kastade, Bithynien, Thracien och andra Landßaper blef-
wo ock grufweligen utplundrade, så at Götherne bewißte i sielfwa
wärket, at de med skäl kallades Barbarer. Litet därefter härjade
Götherne på nytt Bithynien tillika med Pontus och Cappadocien.
Detta segrande ßtröfweri blef dock hämmadt af Keisar Claudius,
som blef regerande 268. De fortfgro at ödelägga alt hwad de
öfwerkommo, och hade intågat i Öfra Moesien med en här af
320000 man, sammansatt af alla de sdjur, som Nordens wild-
marker innefattade. Men Romerßa wäldet war nu uti wärdiga
händer, och Götherne ledo et grufweligt nederlag, så at 300000
blefwo dels fångna dels nedergiorde. En så grufwelig förlust ha-
de bordt fälla modet på annat folk; men Götherne som föraktade
lifwet, och hade därjämte en ourßäckelig åkd til rof och byte, blef-
wo därföre intet modstulne, utan oroade nu som förr Romerßa
gräntsorna under Aurelianus, fast med lagom fördel. Sielfwa
Göthißa Fruentimbren woro som soldater deltagande i de blodiga-
ste fältßlag: hwarföre ock tio ßycken Göthißa qwinfolk, som i full
rustning och manskläder blifwit til fånga tagna, fördes äfwen uti
Aureliani Triumph, som utom deß lyßte af twå fångna Keisare
och den berömda Zenobia från Palmyra (1). Götherne blefwo
således efter deßa och flere fruktlösa försök något fredligare, och
lämnade hielptroppar til de Romare såsom förenade och bundsför-
wanter, hwaruraf Romerßke Keisarne hade mycken fördel. Då
Constantinus Magnus hade uphögt det gamla Byzantium til den
andra Romerßa Rikets hufwudstad under namn af Constantino-

Utflyttnin-
gar.

pel, regerade Ararik och Aorik hos Götherna. Efter deras död
kom Geberik til regeringen, hwilken underkufwade Wandalerna,
sedan deras Konung Wisumar blifwit slagen. Efter Geberik blef
Hermanrik af Amaliska slägten Götbernas Konung (2). Denne
Herre lämnade väl Romarna i fred; men däremot underkufwade
han alla folkslag, som hade sina boställen i Öster, Wäster och
Norr omkring Götherna. Herulernas Konung Alarik blef neder-
lagd wid Mäotiska träsket, och mot Öster gick förmodeligen hans
rikes gränts til och öfwer Wolga (3). Alla Slawiska folken så
som Wender (Wenedi) Antes och Slawini, tillika med Östierne
blefwo ock denna mägtige Herren underdånige, så at hans Herra-
wälde innefattade Polen, Preußen, Lifland, Ryßland och andra
kringliggande länder in mot Swarta Hafwet. Denne store Her-
manrik war icke allenast namnkunnig genom sina segrar, utan ock
genom sin mångåriga lifstid, ty han dödde uti sit hundrade och
tionde år. Men han hade så när lefwat för länge, emedan de
förfärlige Hunner då först började wisa sig på Wästra sidan af
Mäotiska Träsket, och döden räddade des förwärfwade dra för et
äfwentyreligt försök emot en otalig stock af förtwiflade röfware.
Efter Hermanriks död nämnes först skilnaden emellan Ostrogothi
och Wisigothi. De förre måtte til en stor del erkänna Hunner-
nas öfwerwälde; men de senare blefwo emottagne af Keisar Walens
år 376, och boningsplatsar utsedde för dem i Thracien. Man
inbillar sig gemenligen, at deßa namn böra utydas genom Östgö-
thar och Wästgöthar, til hwilken mening äfwen Jornandes gifwit
anledning, men som han förut anmärkt, at det är owist, antingen
Ostrogothi fådt sit namn af Konung Ostrogotha eller af öster (4):
måste nödwändigt samma owißhet äfwen röra Wisigothernas namn.
Så mycket är säkert, at beßa namn wid denna tid näppeligen
warit almänt bekanta, emedan Ammianus Marcellinus kallar
dem Gruthungi, som Jornandes nämnt Ostrogothå, och Wi-
sigotherna Terwingi (5).

(1) Vopiscus in Aureliano C. 34.

(2) Alla deßa Konungars namn äro ren Swenska, eller Göthiska. Ararik
är sammansat af ar, är lycka och rik som betyder Regerande och
mägtig. Det är almänt, at man gaf, i synnerhet åt de Regerande,
namn af lycklig betydning. Aorik är det samma som Oirik eller Eirik.

Ge-

Geberik är efter utseende ihopsatt af Giafa, lyda, böe, och Rik. Geberiks fader het Hilderik. Fader-Fadren Ouida, och Farfars-Fadren Nidada. Jornandes C. 22. Helderik torde wara all et med Heidrik, hwilket namn är nog bekant i wåra Sagor, och betyder Heidrek klar och molnfri, hwarföre ock Heidreks himmel, klar himmel, förekommer i Hawamal v. 76. Owe och Owedår et gammalt Swenskt namn, och en af fordna Konungarna i Nerke har hetadt Nibud. German-rik är krigsfolkets anförare. Det wore besynnerligt, om all denna likhet i namnen skulle härflyta af en blott händelse.

(3) Jornandes C. 23. At Hermanriks wälde sträkt sig til Wolga, är kan hända en blott gissning, hwilken likwäl torde hafwa någon stöd af Jornandes, som ibland de öfwerwundna folkslagen åfwen upräknar Athaul. At Wolga strömmen af Turkarna kallas Athal, är nämndt tilförne. Keisar Constantinus Porphyrogeneta uti sin beskrifning om dessa orter kallar honom Atel, så at namnet är nog gammalt.

(4) Jornandes C. 14. Des ord förtjena at anföras: Pars eorum (Gothó-rum) qui orientalem plagam tenebant, eisque præerat Ostrogotha, in-certum vero ab ipsius nomine an a loco orientali dicti sunt Ostrogothi. Om Ostrogothas mördade minne gjordt, at de Göther som af Konun-gar regerades, låtit kalla sig Ostrogothi, torde til åfwentyrs de andre, hwilka styrdes af härförare blifwit kallade Wisigothi, ty Wisir eller Wise på gammal Swenska betyder anförare. Det får annars wara oförnekeligt, at en stor del af Ostrogothi efter Hermanriks död bodt lika långt i wäster som Wisigothi. Men denna gisning lämnas til Läsarens egit gunstiga omprövande; saken är för öfrigt af intet sär-deles wärde.

(5) Ammianus Marcelinus L. 31. C. 8. följ. Gruthungi torde wara det samma, som Jornandes kallar Fœderati eller Bundsförwanter. Grub är et swenskt ord, som betyder försäkran eller förbund. 6 Cap. Kunga. B. L. L. Men hwad Terwingi skal betyda, lämnas åt andras utredande.

§. 8.

På det Wästgötharne måtte så mycket lättare blifwa emot-tagne af Keisar Walens, lofwade de at emottaga Ariansta läran, hwarigenom så wäl de, som Östgötharne och Gepiderne blefwo besmittade af samma wilfarelse. Det war dem mera angeläget, at komma i någon säkerhet emot Hunnernas skröfwande segerwin-ningar, än at träta i Religionsmål. Wästgötharne foro då med Keisarens goda minne i otalig myckenhet öfwer Donouströmmen, och Thracien blef dem anwist til boning (1). Men twänne Ro-

Aaaa 2   mer-

merſka Länherrars oförnuftiga egennytta och gemena ſudlhet fördärf-
wade all den förmån, ſom Walens annars hade kunnat wänta
af Götherna: ty igenom deras anſtalter blefwo Götherne bragte
uti ſtörſta trångmål för nödtorftigt lifsuppehälle, ſå at de nödſa-
kades at ſälja alt för at uppehålla lifwet. Såſom detta förtryck
intet fick någon ända, grepo de ändteligen til wapn under ſin Höf-
dinge Fritigern, och togo ſåledes för intet, hwad de tilförne med
en omänntklig dyrhet warit twungne at kaffa ſig. Sedan upro-
ret war börjadt, förhärjades alt utan åtſkilnad. Den nedrig ſin-
nade Lupicinus, ſom med ſin girighet gifwit anledning til owäſen-
det, böd wäl til at ſtyra wåld med wåld: men ſom han war
bättre pränglare än General, blef han ſnart afwiſt. Andre Ro-
merſke Fältherrar blefwo därefter anbefalte at afſtyra och dämpa
detta buller. Men ſom de intet hufwudſakeligt emot Götherna
kunde uträtta, ankommer ock Keiſaren ſjelf med hela Romerſka
magten. Det kom då til en hufwudträffning intet långt från A-
drianopel, uti hwilken Fritigern med ſina Göther wan en ſå fullkom-
lig ſeger, at Romarne ſedan Canniſka ſlaget intet lidit ſå ſtort ne-
derlag. (2). Keiſar Walens blef upbränd i en liten koja, dit han
flyktat från ſlaget, och miſta delen af Höfdingarna blefwo lig-
gande på platſen. Sedan Walens på ſå ändteligt ſätt omkom-
mit, gjorde Keiſar Gratianus fred med Wäſtgötharna, hwilken
ock af Theodoſius blef ſtadfäſtad och bibehållen. Efter Fritigern
hade Athanarik fådt walder hos Wäſtgötharna. Denne dödde uti
Conſtantinopel, och Keiſar Theodoſius gick ſjelf i ſorgſtäle fram
för deß lik. Sedan Theodoſius warde död, fördeltes Romerſka Ri-
ket emellan des twänne ſöner Arcadius och Honorius, och under
deſſa wekliga Prinſar förwandlades den förfärliga Romerſka mag-
ten, och liknade mer et ſtort benragel, än en wärkelig kropp. Gunſt-
lingar wäldade alt, och alt wanſkjöttes. Wäſtgötharne ſaknade
ock ſina wanliga ſkänker eller ſubſidier, ſom de altid äſkutet.
Under denna willan utwaldes Alarik til Konung öfwer Wäſtgö-
tharna. Han war af Balthiſka ſläkter, den mäſt anſedda näſt
Amalerna (3). Denne Herren föreſtäller ſina Landsmän, at det
wore hederligare at en gång kaffa ſig ſjelf et eget Rike, än at al-
tid lefwa af andras barmhertighet. Hwarpå han mangrant bry-
ter up med ſina Göther, och tågar genom Pannonien och Sir-
mium

mium til Italien. Keisar Honorius war då Regerande öfwer wästra Keisaredömet, om den kan sägas regera, som regerades sjelf af Faworiter. Så länge des Swärfader Stilico lefde, war där ännu någon styrka qwar, emedan han war ofördneckeligen en god härförare, slug minister, och kan hända ärlig karl, så mycket nemligen en ogräntsad äregirighet kunde tillåta. Stilico war intet nögd at wara Keisarens Swärfader, och at wärkeligen regera, han wille ock blifwa antagen til med-regent. Detta up'är inflöt uti alla hans anläggningar, och hans enskylta upförande afmättes efter samma afsigter. Romerska folket woro dels Christne dels Hedningar. Keisaren war Christen, därföre borde wäl Stilico wara äfwen sådan, men som detta oaktadt många betydande personer och slägter woro Hedningar, war Stilicons son Eucherius Hedning. Såsom detta alt war intet tilräckeligt at fränja des afsigter, anstälde han åtskilliga oroligheter i Riket, och är det ganska sannolikt, och en nästan öfweralt wedertagen tanka, at Stilico sjelf förmådt Alarik at tåga in i Italien. Men Alariks framsteg woro ändå intet betydande så länge Stilico lefde: men så snart Stilico på Keisarens befalning war mördad år 408, blefwo Göthernas wapn mera förfärliga, och Alarik belägrade Rom. Han förmåddes icke destomindre at uphäfwa belägringen emot betalning af 5000 marker Guld, 30000 marker Silfwer, 4000 Silkesklädningar, 3000 purpurfärgade Skinn, och 3000 marker Peppar. Honorius bekräftade öfwerenskommelsen, men gjorde likwäl åtskilliga utstuderade inwändningar wid fullgörandet af några andra artiklar, som betingades wid samma tilfälle. Detta förorsakade, at Alarik instängde Rom på nytt, han wiste dock en foglighet, som man näppeligen skulle förmoda. Han förestälde Keisaren, at det wore betänkeligt, at utsätta Romerska Rikets hufwudstad för en oundwikelig undergång; emedan Keisaren intet war i den belägenhet, at han kunde skaffa undsättning. Den swage Honorius begrep hwarken hwad han kunde, eller hwad han borde göra, utwalde förderfligt krig, då han kunnat få en skjälig och fördelaktig frid. Ty Alarik hade förpliktadt sig, at förswara Rom emot alla des fiender, i fall de af honom föreslagna billiga wilkor blefwo emottagna. Som alla wilkor förkastades, belägrade Alarik Rom för alfwar, och staden blef [illegible] en kort tid twungen at öpna portarna för

Ulſpinia-gar. Göthiſka Konungen. Alarik gjorde då ſit intåg i Rom med et ganſka litet följe af krigsfolk, förmådde ock Romarna, at upſåga ſin trohetsplikt emot Honorius, och wålja Attalus til Keiſare, ſom då war Stådthållare i Rom. Alarik wiſte ſåledes i ſielfwa wårket, at han anſåg det för hederligare at kunna tilſåtta Keiſare ån at warat. Den nya Keiſaren war intet mera wård ſin höga wårdighet ån Honorius, hwarföre ock Alarik någon tid dårefter afklådde honom ſin Keiſerliga Purpur, och war bered at ingå en ſkålig förening med Honorius. Alt liknade ſig til fred, men någon fiendtlighet, ſom Honorii folk utöfwade på Götherna under ſielfwa fredshandlingen, afbröt alla rådplågningar, och Alarik belågrade och intog Rom med ſtorm d. 24 Aug. år 410. At för-må ſina underhafwande til ſå mycket ſtörre hurtighet, hade Alarik låmnat Götherna frihet at plundra, alt hwad ſom fants i Staden. Men han hade tillika gifwit den befalning, at ingen borde neder-gbras, ſom intet gjorde motſtånd och war bewåpnad, och de i ſynnerhet ſkonas ſom tagit ſin tilflygt til Kyrkor, hwarom han åf-wen låmnat inbyggarna kunſkap. Det ſiſta förbehåll blef til alla delar upfyldt, men det öfriga efterlefdes med mindre aktſamhet. Alarik ſielf behöll likwål ſå wid detta tilfålle, ſom eljeſt ſit jåm-na och rådiga ſinne, hwarföre ock Honorii Syſter Placidia, ſom tillika med otaliga andra blifwit til fånga tagen, bemöttes med all den wördnad, ſom des höga wårdighet krafwa kunde. Oaktadt Alarik på detta ſått blifwit måſtare i landet genom Roms eröfring: fattade han likwål det beſlut, at ſåtta ſig med ſina Göther neder i Africa. Men han dödde kort efter Roms eröfring, och blef be-grafwen med dyrbara ſkatter i Calabrien mit uti ſtrömmen Bu-ſento, ifrån hwilken Götherne låtit leda warnet, til des Alarikslik med den medföljande ſkatt blefwit nedſatt i jorden, då ſtröm-men fick ſit ſötra lopp, och alla ſlafwarne, ſom til detta arbete blifwit brukade, blefwo af daga tagne. Efter Alarik utwaldes des Swåger Athaulf til Göthernas Konung, hwilken öfwergaf Italien, och bemåſtrade ſig en ſtor del af ſödra Gallien. Uti Narbonne giſte han ſig med Honorii fångna ſyſter Placidia år 414, wid hwilken högtideligget, Attalus, ſom tilförne warit Ro-merſk Keiſare, ſöng brudſången. Dårefter tågade han in uti Spanien, hwaråſt Götherne bibehöllo ſit wålde til år 713, då de af Maurerna blefwo öfwerwundne (4).	(1)

(1) Ammianus Marcellinus L. 31. C. 11.

(2) Ammianus Marcellinus L. 31. C. 28, 29.

(3) Jornandes de R. G. C. 29. säger, at Balth på Göthiska språket be-
tyder driftig. Ordet har mycken likhet med det äfwen nu på wist sätt
brukeliga Båld, som betefnar stor och hurtig.

(4) Det öfriga af denna §. är tagit af Ammianus Marcellinus, Jor-
nandes, Zosimus, Zozomenus, Olympiodorus hos Photius och flera.

§. 9.

Således woro Wästgöytharne komna til någon, fast orolig ro,
och utgjorde et särskilt Konunga-Rike, när Ostgötharne woro än-
nu under Hunnernas wålde. De lydde icke desto mindre sina egna
Konungar, ehuruwäl Hunnernas Regenter woro Öfwerkonungar.
Tre bröder förde Regeringen hos Ostgötharna, Walamir, Theo-
demir och Widimir, då den store werldsförstöraren Attila regera-
de öfwer Hunnerna, och war Walamir tillika med Ardarik, Ge-
pidernas Konung i synnerhet utl Attilas förtroende, då däremot
de andre småkonungar woro enbast räknade som betjänter (1).
Efter Attilas död är 453 klingrade sig denna förskräliga öfwer-
magten; och Ostgötharne bibehöllo sin frihet, så wäl emot Attilas
söner, som emot andra nästgränsande folkslag: så at man däraf
kan sluta, at det war Attila och intet Hunnerne, som warit Öf-
werherrat. Efter inhämtadt tillstånd från Constantinopolitanska
Hofwet, satte Götherne sig neder i Pannonien, och deras trenne
Samkonungar bibehöllo genom råd och enighet sit förra anseende,
icke allenast hos Barbarerna, utan och hos Grekiska Keisarna.
Men då de wanliga skjänker, som Götherne plägade undfå, sak-
nades, grepo de åter til wapn och skjöflade Illyrien. Där war
då intet annat råd för Grekerna, än at köpa sig frid: De drägliga
subsidier betaltes, och Theodemirs son Theoderik blef gifwen som
gislan til Keisar Leo i Constantinopel. Denna omständighet gaf
anledning til alt det ogemena och wälförtjenta beröm, hwarigenom
Theoderik sedermera lyste fram för alla samtida Regenter. Tap-
perhet, rådighet och ståndaktighet at uthärda alla krigs swårigheter,
ja äfwen at wara ärlig karl, åtminstone emot de sina, och sit
egit folk hade han kunnat idra hemma: men at så en upstädad

smak

Utsigtsin- smak, tänka redigt och tala wäl, war något, som denna tid ndstan
gar. intet kunde idkas utan hos Grekerna (2). På detta sätt erhöllo
Grekerne någon säkerhet och lugn i anseende til Götherna, men
desse woro imedlertid uti beständiga krig emot de nästgränsande
Barbarer, Scirer, Hunner, Sarmater, Swewer och andra,
hwilka alle lärde af kadelig erfarenhet, at det war lättare at för-
lämpa Götherna än at öfwerwinna dem. Imedlertid war den
unge Theoderik alt stadigt i Constantinopel uti sio års tid, efter
hwilkas förlopp han uti sit adertonde år blef återsänd af Keisar
Leo til sin fader Theodemir. Constantinopolitanska lefnaden hade
intet förqwaft hos unga Prinsen gamla Göthiska arten, utan så
snart han hemkom, angrep han på egen räkning en Sarmatisk
Prins, som kort förut hade wunnit en betydande seger på de Ro-
mare. Fälttåget lyckades och Theoderik kom med seger tilbaka til
sin Fader. Men intet byte kunde förslå för Götherna, emedan
wärjan war deras endaste näringssäng: hwarföre ock när intet för-
deles mer war at winna hos de nästgränsande Barbarer, ansållö
de ändteligen sielfwa Grekerna, under hwilket uplopp Theodemir
med sin son Theoderik giorde stora och förödrsweliga framsteg uti
Jllyrien, Thessalien och andra länder. Grekiske Keisaren blef där-
före nödsakad nu som förr at köpa sig fred. Kort därefter dödde
Theodemir, och Theoderik blef sin faders efterträdare. Zeno war
då Keisare i Constantinopel, hwilken så snart han fick weta, at
Theoderik war Konung hos Götherna, inkallade han honom til
Constantinopel, hwardst denna Göthiske Prinsen blef med all he-
der och drebetygelse emottagen. Triumph hedren blef honom på
Keisarens kostnad förordnad, Consuls wärdighet updragen, hwil-
ken af sielfwa Keisarna esomoftast bekläddes, och en Ridderlig dre-
stod wardt til Theoderiks heder upręst utan för slottet. Detta alt
hade kunnat til åsia delar förnöja en annan Prins, men Theode-
rik ledsnade snart wid denna hederliga sysslöshet, som ock i sielfwa
wärket intet annat war än en förnäm sidtia. Han tilböd sig för-
denskul at utdrifwa Turcilingiernas och Rugiernas Konung Odoa-
cer från Italien, hwilken litet förut hade öfwerändra kastat Wäster-
ländska Keisaredömet. När Zeno därtil gifwit sit bifall, ryndar
Theoderik til Italien, Odoacer blef öfwerwunnen, och Götherne
blefwo härskare öfwer hela Italien och Sicilien, hwarjämte de äf-
wen

men bibehölls sig uti besittning af Pannonien, Illyricum, Rhetien, Swewien och en stor del af södra Gallien: så at Theoderik war en af de mägtigaste Konungar, som den tid woro i Europa. Dock wördade han Österländska Keisaredömet med en undergifwenhet, som likwäl intet förswagade des oinskränkta wälde öfwer sina länder (3). Sedan han kommit til rolig besitning af Italien, kunde deßa länder sägna sig af et lugn, som de en lång tid saknat. Ingen ofredades, oskuld och rättwisa gynnades, konster och wettenskaper skyddades, bygd och förnienst uppöktes och brukades, hwar den fants, och Romarne woro långt lyckeligare under en Göthisk Prins, än de tilförne warit under sina inföbda härskare. Det war redan nog i Grekernas smak, at förfölja folk för Religionen, och Arianerne hade utmärkt sig med nog strängbet emot de renläriga, hwilka äter bemötte dem wid tillfälle med samma ifwer. Men Theoderik war en af de första som begrep, at ingen bör twingas at tro: hwarföre ock både Catholiker och Judar under Arianska Konungen kunde sägna sig af en fulkomlig säkerhet (4). Med et ord, Theoderik giorde Östgötharna lyckeliga och ansedda, och när han dödde år 526, lades grunden til deras fall, emedan Östgötharnas wälde i Italien gick aldeles öfwerända år 568: så at förfarenheten wisar, at Rikens och menighetets wälgång ankommer esomoftast på en enda människa (5).

(1) Jornandes C. 38.

(2) Ennodius i sin Panegyricus yttrar sig på samma sätt om Grekland. Educavit te in gremio civilitatis Græcia.

(3) Man kan göra denna slutfats af Theoderiks bref til Keisar Anastasius, uti hwilket han begär, at Keisaren med sit bifall behagade bekräfta det wal, hwarigenom Felix blifwit utsed til Consul i Rom. Slutmeningen i brefwet är denna: Acquo ideo vos, qui utrisque Reipublicæ bonis indiscrete potestis gratia delectari, jungite favorem, adunate sententiam, amborum judicio dignus est eligi, qui tantis fascibus meretur augeri. Cassiodorus L. 7. Ep. 1.

(4) Theoderiks ord äro märkwärdiga uti det förordning, hwarigenom han tillät Judarna i Genua at förnya sin Synagoga: Religionem imperare non possumus, quia nemo cogitur, ut credat invitus. Cassiodorus L. 2. Ep. 28.

(5) Til at undwika widlyftighet wil man här til slut beropa sig på Hr. Alchers Lefwernes-beskrifning öfwer Theoderik den store, förswenskad

af

Uplysnin-
gar.

af Hr. Valtinson och utgifwen i Götheborg 1765. Joh. Cochläi Vita
Theoderici Regis med Peringskiölds anmärkningar, H. C. v. Dalin
Sw. R. Hist. 1. D. C. 10.

§. 10.

Utom deßa Wäst- och Östgöthar war äfwen en stor mycken-
het af samma folkslag, som Jornandes kallar Gothi minores,
hwilka bodde i Moesien, närde sig förnämligast af boskaps-afwel,
och woro, kan hända, långt ypckeligare i sin fattigdom, än de an-
dre uti sin oroliga storhet (1). Hos deßa war Ulphilas Biskop,
hwars öfwersätning förmenas ännu wara i behåll, och är i wåra
tider med mycken omsorg granskad och förklarad. Deßa Göther
hafwa länge bodt i Moesien, och torde til ässwentyrs ännu några
öfwerlefwor af dem wara qwar i negden af Swarta Hafwet.
Annars undergick Latinska språket en stor förändring genom Gö-
thernas inbrott, och är det ofelbart, at Italienskan upkommit af
den blandning, som härigenom förordsakades. Den som har nå-
gon insigt i Italienskan, och har tillika någon kundskap i wåra
Nordiska tungomål, träffar nästan ord i hwart rad, som de ren
Swenska. Man har ock anledning at tro, at där warit gemen-
skap emellan de uttågande Göther, och dem, som blefwo qwar i
wår Nordiska stambygd. Wid år 1680 blef i en trädgård på
Norremalm upgräfwen en Erskruka, uti hwilken, utom förbrända
ben, en af Alariks penningar war förwarad (2). Jornandes
berättar, at en Konung från Scantzien wid namn Rodulph öf-
wergifwit sit fädernesrike, och försogat sig til Konung Theoderik i
Italien (3).

(1) Jornandes R. G. C. 51.
(2) På åtsidan af detta mynt stod ALAREICO GOTHORVM MAXVMO,
och på fränsidan HERCVLEI ROMANO. Man kan se härom Pering-
skiölds anmärkningar til Vita Theoderici Regis p. 261.
(3) När Jornandes C. 3. upräknar de folkslag, som bodde i Scantzien,
och efter alt utseende i södra delen däruti, förekomma ibland andra
äfwen Grochirauni, hos hwilka denne Rudolf war Konung. Så skri-
wes ordet uti Gammoneti uplag af Casstodorus år 1610. Andre,
som intet begripet hwad deßa stelle wara för folk, hafwa sönderdelt or-
det uti Grochi och Rannii. Men denna söndring torde wara mindre
nödig. Åtminstone är skilnaden emellan Grocher och Gartäfer så il-
len,

ten, at man kan bästa skäl at tro, at det är et och samma namn. Ursprunlig
sertäser kallad i Konung Waldemars Jordebok et Härad i Själat, ser.
som man nu efter senare Danska mundarten kallar Harsager. Och om
denna gisning antoget, synes tydligt nog, hwar denne Rudolf haft
sit Lonvagarike.

§. II.

Samma Häfdetecknare, som underrättat os, at Götherne ut- Gepider.
gått ifrån wår Nord, lämnar ock en omständelig berättelse om
Gepidernas ursprung. Desse woro Göther och utgingo från
Scanzien under Berichs anförande. Men efter de woro något
sensärdigare, blefwo de af de andra kallade Gepidd (1). Det de
troligt, at desse dömt annorlunda om sit upförande, hwarföre de
ock behöllo detta annars föraktteliga namnet, och afsöndrade sig til-
lika från de öfriga Götherna. Så at, när de andre fortsatte sin
resa til negden af Swarta Hafwet, blefwo Gepiderne tilbaka på
en Ö, som Welzelströmmen gör wid sit utlopp i Hafwet. Här
bodde de en lång tid, til des deras Konung Fastida började ut-
widga sina gräntsor. Denne Herre underlade sig åtskilliga smärre
folkslag, och förswagade Burgundierna genom et grufweligt neder-
lag. Lyckan ökade modet, och Fastida affärdade Bodskap til Gö-
thernas Konung Ostragotha, hwilla skulle föreställa, at som Ge-
piderne bodde förträngt, wordo de nödsakade, at se sig om något
mera utrymme, hwarföre de anhöllo, at Ostrogotha wille lämna
dem land, hwar de kunde bo med mera beqwämlighet, och om
det nekades, woro de twungne at skaffa sig rum med wärjan i
handen. Ostrogotha beswarade denna Gipidiska höslighet med all
lämpa, och försäkrade, at han hade afsky för et sådant krig, eme-
dan Götherne ansågo Gepiderne för bröder och slägtingar, men
för öfrigt hade han intet land at mista. Fastida, som förmodeli-
gen wäntat et sådant swar, war strax tilreds med sin krigshär,
Götherne woro ock särdige, hwarföre det ock genast kom til en
ganska blodig träffning, som warade til des mörkret dristde de stri-
dande. Men förlusten war så stor på Gepidernas sida, at Fasti-
da i största hast drog sig tilbaka, och Götherne förnögde med sin
wundna förmån, lämnade Gepiderna en obehindrad återfärd, utan
at widare oroa dem i sina gjdmslot. Wid Hunnernas inbrott i

Uffptala- Europa blefwo Gepiderna, tillika med många andra folkslag,
.sar. Hunniska wäldet underdånige, dock så, at de icke deſtominder hyl-
de ſina egna Konungar. Men efter Attilas död, war Gepidernas
Konung Arbarik den förſte, ſom förloſſade ſina underhafwande
från Hunniſka Herradömet, och med ſegrande wapn förſwarade
Gepidernas frihet emot Attilas ſöner (2). Sedermera förjagades
Hunnerne från Dacien, då Gepiderne med Keiſar Marciani goda
minne ſäfte där ſina boningar, och ätnjöto tillika af Grekiſka Hof-
wet ärliga ſubſidier. Oſtgöthernas Konung Theoderik ſkickade et
ſtort antal Gepider til Gallien (3), dock hade Gepiderne icke deſto-
mindre ſina egna Konungar, til des de af Longobardernas Konung
Alboin blefwo aldeles utödde (4). Denne Alboin intog ſeder-
mera öſta delen af Italien, kort efter Oſtgötharnas utrotande.

(1) Jornandes R. G. C. 17. ſäger, at Gepiderne ſått ſit namn af gam-
   la Göthiſka ordet Gepanta, ſom bringer trög och lat. Uti Swen-
   ſkan har Gapande ſamma bemärkelſe.

(2) Jornandes C. 50.

(3) Casſiodorus L. 5. Ep. 10.

(4) Paulus Diaconus de Rebus geſtis Longobardorum L. 1. C. 27.

§. 12.

Longo-   Longobarderne nämnas för förſta gången, då Tiberius Edſar
barder. några år efter Chriſti födelſe med Romerſka krigshären tågade
igenom til Elbſtrömmen i Tyſkland (1). At detta folkſlag bodde
norr om Elben intpgar Strabo (2), och torde de någet när haf-
wa innehaft ſamma boningsplatſer, då Tacitus ſkrifwit ſin berät-
telſe om Germanien. Han berömmer dem ock met för mandom,
än folkrikhet. Men ingen af deſſa Hiſtorieſkrifware har omrört,
hwarifrån Longobarderne haft ſin förſta uprinnelſe, ej heller har nå-
gon af deſſa förefatt ſig, at författa Longobardernas Hiſtoria.
När Paulus Warnefridi, ſom år 774 blef fången med ſiſta
Longobardernas Konung, lade handen wid en omſtändelig berättel-
ſe om Longobardernas öden, nämner han ſtrax i början af ſit
werk de Rebus geſtis Longobardorum, at detta folkſlag leder ſin
uprinnelſe från Scandinavien (3). Man kan med ſkäl fråga,
hwarifrån han kunnat hämta underrättelſe om en ſå urgammal
                                                              om

omständighet. På någon äldre Historieskrifware beropar han sig Uthsoknin= wäl intet, men därföre är man berättigad at påstå, det han gar. welat förleda sin läsare med updiktade osanningar. Det är troligt, at han författat sin Historia antingen efter gammal sägn, som hos sielfwa Longobarderna warit antagen, eller efter fordna skrifter och documenter. Sagan kan wara falsk, kan ock wara sann, och det blifwer osörnekeligt, at Paulus Diaconus, som war sielf en Longobarder, och dageligen omgicks med folk af samma släkte, måste nödwändigt wara mera i stånd at dömma om Sagans trowär= dighet, än en tusende års yngre Historieskrifware, som i detta mål wet naturligen intet mer, än hwad han skal idra af denna Paulus eller någon annan gammal hälsbeteknare. Det är ock säkert, at Paulus Diaconus intet warit den förste, som hämtat Longobar= derna ifrån wår Nord. Prosper uti femte århundrad har sagt det samma (4), hwilkens intygande synes dga det witsord, hware= mot intet med skäl låte kunna inwändas? Det är ock osörnekeligt, at grunden til en del af Pauli Diaconi berättelser warit skrifwen långt förut. Ty uti förctalet til Longobardernas Lagar har Konung Rotharis låtit inflyta en förtekning på Longobardernas Konungar, som aldeles stämmer öfwerens med denna Historieskrifwarens be= rättelse. Det kan ock förtjena, at ihogkommas, det Paulus Dia= conus haft mycken kunskap om wår Nord, den han fått af Folk, som warit här i landet. Han har warit underrättad om Finnar= nes eller Lapparnas skidlöpande och deras Lappmuddar, han har haft kunskap om Mosköström eller Maström (5). Ja man kan ock säga, at han i några mål wetat mer, än någon Norrman eller Swensk i wår tid; ty han hade sig ock bekant, at de husof= ware hade sin hwila uti en bergsfula här i Norden. Om jag intet bedrager mig, kan man af detta alt sluta, det någon större gemenskap warit den tiden emellan Swenska Norden och Italien, än man sig almänt föreställer. Och torde det ännu wara twis= welaktigt, om de gamla Runstenar, på hwilka Longobarda=Land nämnes, intet warit upresta til åminnelse af de tider, då Lon= gobarderne ännu woro Herrar i Italien.

(1) Vellejus Pöterculus L. 2. C. 106.
(2) Strabo Geogr. L. 7.
(3) Paulus Diaconus eller Warnefridi De R. G. Longobardorum
L. 1. C. 2. Bbbb 3 (4)

Uplysnin-
gar.

(4) Prosper Aquitanus in Chronico. Post Christum natum 382 Longobardi ab extremis Germaniæ finibus, oceanique protinus littore, Scandiaque insula magna egressi et nonnullarum sedium avidi Ibone et Ajone Ducibus Vandalos primum vicerunt.

(5) Paulus Diaconus L. 1. C. 5. talar om Scritobinni eller Lapparna: Hi a saliendo juxta linguam barbaram etymologiam ducunt, saltibus enim utentes arte quadam ligno incurvo ad arcus similitudinem feras insequuntur. Om Lappmudhar yttrar han sig på samma ställe som följer: Apud hos est animal, non satis absimile cervo, de cujus ego corio, ut fuerat pilis hispidum, vestem in modum tunicæ genu tenus aptatam conspexi, qua, ut relatum est, Scritobinni utuntur. Om Mæsostrøm talar han i sjette Capitlet, och kallar den umbilicus maris. At han intet haft sin underrättelse af lösa rykten, utan af folk, som wär-keligen warit här i landet, kan man se af 2 Capitlet, där han talar om Scandinavia. Hæc ergo insula, sicut retulerunt nobis, qui eam lu-straverunt, non tam in mari est posita, quam marinis fluctibus prop-ter planitiem marginum terris ambientibus circumfusa. Detta torde öfwertyga os, at Paulus Diaconus warit mer underrättad om de Nordiska saker, än man annars kan hända sig föreställer.

§. 13.

Man torde således böra medgifwa, at Longobarderne i första början gådt ut från Scandinawien, efter Longobarderne sjelfwa haft samma öfwertygelse. Men däruraf är ingalunda afgjordt, at detta folk warit Göther til sin stam och uprinnelse. Deras äldsta Konungars namn kunna gifwa anledning til en annan tan-ka. Uti K. Rotharis företal til Longobardernas Lagar upräknas desa Konungar således: 1 Agemund, 2 Lamisso, 3 Leth, 4 Childehor, 5 Godehoc, 6 Classo, 7. Tato, 8 Wacho, 9 Wal-ter, 10 Aldoin, 11 Alboin. m. m. Om man undantager första namnet, som synes wara Swenskt, afgå de andre så långt ifrån Göthiskan, at de intet wäl kunna ledas därifrån: då däremot Göthernas äldsta Konunga-namn utan minsta bekymmer kunna hämtas ifrån Swenska stam-ord. Man har sig bekant, hwarifrån Lamisso ärnådt sit namn: ty efter han blef funnen i en dam eller sjö, som på Longobardernas tungomål het Lame, är han blefwen så kallad (1). Som nu en liten sjö på Finska heter Lami, kan man til äfwentyrs med någon sannolikhet sluta, at detta folk warit Finnar, i synnerhet, som äfwen de andra namnen komma när-

närmare öfwerens med Finskan än med Swenskan (2). Denna Ui-stoelnin-gisning synes ock däraf kunna bestyrkas, emedan folkslaget kallades gar. tillförne Winuli eller Finnar, och namnet Longobard skal wara gifwit dem af Oden (3).

(1) Paulus Diaconus L. 1. C. 1c. Er quia eum de pristino, que eorum lingua Lama dicitur, abstulit, Lamissio eidem nomen imposuit. At La-mi på Finska betyder inis, kan man lära af Juslenius.

(2) Man wil allenast til bewis jämföra några of desta namn med Finskan. Leth kommer öfwerens med Lethi löf, Childebioc kan wara samman-sat af Childo giants och Goki ihälig, innefattande. Gudehoc kan ledas af Cude eller Cuda näfwa: Finnarne bruka intet G. Dasso kan kom-ma af Taiwoas himmel. Finnarne bruka nu förtiden hwarken D. eller F. Tato kommer öfwerens med Tähti stjerna, Wacho med Waaca wigtskäl. m. m. Sedan Longobarderne mer och mer utwidgat sit wälde, och flyttadt längre i söder, har detta språket förmodeligen som andra tungomål blifwit på många sätt utblandat, och således mera oegentligt. Hanats har Procopius giordt den påminnelse Vandalicorum L. 3. at Göther eller Ostgöther, Wandaler, Wästgöther, och Gepider woro et slags folk. Paulus Diaconus Historia Miscella L. 14. C. 2. gör samma anmärkning, Gothi, säger han, Hypogothi, Gepides et Van-dali nomen tantum mutantes et nihil aliud, unaque lingua utentes. Om Longobarderne warit af samma tungomål och slägte, är troligt, at hwarken Procopius eller Paulus dem förbigådt i denna släkt-räkning. Ty hwad denne senare widare påminner, at Longobarderne utgådt från Gepiderna, torde snarare syfta på en politisk söndring än någon för-wantskap.

(3) Paulus Diaconus L. 1. C. 8. Här berättas, at Oden, då han såg Winilernas qwinfolk, som på Freas inrådande hade utslaget sitt hår öfwer ansiktet, frågade hwad det wore för Longobardare eller Lång-skägg-ige. För Odens answarde har då detta senare namnet kommit mer i bruk än det föregående. Paulus säger, at Bard på deras språk betyder skägg, hwilket ock kommer öfwerens med nu warande Finnars Parti, hwaraf Lyskaraas Barth förmodeligen leder sin uprinnelse. Om namnet wore Göbhist, skulle man eljest kunna tro, at det är samman-satt af Bard wörja, hwarföre ock Oden bland andra tjonnemärken, som honom tilläggas i Edda, kallas äfwen Langbarder, efter han bru-kade långt swärd.

§. 14

Under Ibo och Aios anförande gingo Longobarderne ur Scan-dinawien. Sin första hwila togo de i Scoringa, därifrån drogo

de

Utflotnin-
gar. de igenom Alpiternas landsändar til Mouringa, och sedan til
Golanda. Om Golanda skal betyda Gothland, och Scoringa
wore förskresswit för Sconingia eller Skåne, blifwer tåget nog be-
gripeligt, emedan de då farit genom Asbohärad til Möre i Små-
land, och däriftrån til Gothland. Därefter satte Winuli eller
Longobarderne sig neder någon tid uti Antaib, Bantaib och Bur-
gundaib. Wår wägwisare Paulus Warnefridi, som leder oß
igenom deßa obekanta länder, wiste sielf intet hwar de wore belåg-
ne, utan idkmnar oß Sagan, som han den af Longobarderna be-
kommit. Denna okunnighet kan til äfwentyrs förlåtas, och Läsa-
ren behagade sielf med egna gißningar upfolla hwad som brister,
så framt de äro oumgiängeliga. Efter deßa härförares död hafwa
Longobarderne förordnat Ajos son eller dålagg Agilmund til Konung.
Hans efterträdare följde efter hwarandra i den ordning, som för-
ra paragraphen utwisar, och war Alboin den ellofte i ordningen,
i synnerhet namnkunnig; emedan han wid år 567 flyttade Longo-
bardernas magt och herrawälde til Italien, hwaräst de bibehöllo
sit regemente til år 773, då Longobardernas sista Konung De-
siderius af Carolus Magnus blef til fånga tagen, och Longobar-
dernas rike öfwerända kastat (1). Namnet är nu allenast i behåll
uti öfra delen af Italien, som af des fordna innehafware ännu
kallas Lombardie (2).

(1) Den, som wil hafwa en utförlig underrättelse om Longobardernas
Historia, kan söka den samma hos Paulus Warnefridi eller Diaco-
nus de Rebus gestis Longobardorum. På detta ställe kan det wara
nog, som redan är anfördt.

(2) En gammal Auctor, som författat en Historia om det heliga kriget,
och warit sielf deltagande uti förßta tåget, gör alldå ßilnad emellan
Longobardi och Lombardi. Denna Historia är träff uti Mabillon
Museum Italicum T. I. P. 1. p. 140. Hwartil denna ßilnad beßtår
är swårt at säga. Til slut bör man göra den påminnelse, at Prosper
och Paulus synes wara ßribande med hwarandra, hwad tiden af deras
utgång beträffar, ty om den ßedde wid år 382, har det intet kunnat
händt i Odins tid, som Paulus Diaconus wid handen gifwer. Om
Prospers tideråkning är riktig, synes det troligare, at Winuli efter sin
utgång ifrån Scandinawien hopfogat sig med de gamla Longobarder,
som bodde i Tyßland, och således blifwit federmera under deras namn
mera bekanta. Dock kunna Prospers ord äfwen på annat sätt förkla-
ras nemligen, at Longobarderne wid år 382 öfwerwunnit Wandalerna,
sedan de långt förut tågat at ifrå Scanßien.

§. 15.

§. 15.

Det lär wara oförnekeligt, at Cimbrerne bodt i Jutland och Holsten, hwarföre ock Ptolomäus kallar denna negden Cherso- nesus Cimbrica. Genom hafwets öfwerflödande, som fördränkt en stor del af deras land, blefwo de förantädne at se sig om efter tryggare boningsplatsar (1). De förbundo sig fördenskul med sina grannar Teutonerna, och swäfwade wida i kring så i Tyskland, som Gallien. I brist af sådra hemwist förskaffade de sig et rikt byte, emedan de sköflade och plundrade hwar de foro fram. Änd- teligen anlända Cimbrerne med sina förbunds-bröder i negden af Italien. Härifrån afskickades budskap til Romerska Rådet med begäran, at dem måtte lämnas något land at bo uti. Romarne woro mer wane at taga än skänka bort Länder; Cimbrerne er- höllo fördenskul intet synnerligt swar på sin ansökning, hwarföre de ock satte sig före, at tilägna sig med wåld, det de intet uti godo kunde winna. Den ena Romerska krigshären gick förlorad efter den andra, och man bäfwade redan i Rom, där man in- tet känt någon förskräckelse sedan Hannibals tid. Men ännu war intet tiden kommen, at Romerska makten skulle swikta för Barba- rer, och C. Marius genom sina segrar gjorde ända på Roms fruktan och Cimbrernas hot. Cimbriska nederlaget skjedde hundra- de år för Christi födelse. Och torde de til äfwentyrs upbrutit från Norden något när wid samma tid, som Oden infunnit sig i Göthiska negden. Wil man följa den anledning som synes flyta af wåra Göthiska Handlingar, bör man hålla före, at Cimbrer warit Jotar eller Finnar. Denna gissning kan wäl intet med fullygande skäl bestyrkas, icke destomindre lär det namn, hwarmed Cimbrerne betecknade sighafwet, *Morimarusa* nemligen, wara en Finska (2). Och på den grund borde Cimbriska namnet icke alle- nast tilkomma inbyggarna i Jutland och Holsten, utan ock dem, som bodt längre up i Norden (3). Men wid detta tilfälle, lär förmodeligen frågan wara endast om de orter, hwarifrån Cim- brerne började sit uttåg: och då bör man efter alt utseende stadna inom Danska Rikets fordna och nu warande gränsor, hwar hafwet lämnat både uti senare och äldre tider oförnekeliga bewis af sit wåldsamma öfwerflödande (4). Man är likwäl långt ifrån

den

Utflytnin- gar. Cimbrer.

den tankan at bosätta sig, ret Cimbershamn i Skåne bibehållit åminnelsen af Cimbriska utflytningen; ty denna mening, som endast stöder sig på en flyktig likhet i namnen, synes endast wara framsiktild at roa barn, och barnlika Fornsökare.

(1) Florus L. 9. C. 3. beskrifver en stor del af hwad i denna §. är anfördt, hans witnesbörd förtjenar således at anföras: Cimbri, Teutoni atque Tigurini, ab extremis Galliæ profugi cum terras eorum inundasset Oceanus, novas sedes toto orbe quærebant. Exclusique Gallia et Hispania, cum in Italiam remigarent, misere Legatos in castra Silenè, inde ad Senatum petentes, ut Martius populus aliquid sibi terra daret quasi stipendium, ceterum, vt vellet, manibus atque armis eorum uteretur. Strabo L. 7. witnar och, at de antågande Cimbrer bodt på en halfö, och af hafvets flödande blifvit nödsakade, at wända sig til nya boställen. Men Strabo anser denna berättelse för ogrundad, efter han hade sig intet bekant något annat flygande af hafvet, än det dagliga Ebb och Flod. Men om et sådant flödande är här aldeles ingen fråga.

(2) Plinius L. 4. C. 13. Septentrionalis oceanus, Amalchium eum Hecatæus appellat - - Philemon Morimarusam a Cimbris vocari, hoc est mortuum mare, usque ad Promontorium Rubeas. Ran är härutaf, at Morimarusa betyder döda hafvet. På finska är Meri haf, och Marras betyder stel, eller en som är när döden. Juvenis Pricer. Til ättermäre torde och Rubeas wara finska, emedan Rupeus betyder något, som hänger fast.

(3) Plutarchus in Mario säger, at där warit et träsk, at Cimmerierne eller Cimbrerne, som han menar warit et slags folk, hafva bodt uti et sjogmurst land, som ligat mästa innunder Polen. Och på den grund måste en del af Cimbrerna nödwändigt hafva bodt magre i Norr än Jutland. Plinius på det åberopade stället, sedan han nämnt Sinus Codanus, talar widare om twå andra stora hafswikar Chlylypenius och Lagnus, af hwilken denne senare gick intil Cimbrernas land. Det är synes således på finska och Gothniska Wiken. Men det är ej är, at förmoda sig i nödvösam förklaring af Plinii Geographiska begrep omkring Norrd. Ty hwarken hade han mycken kunskap om desa aflägsna länder, ej heller bör man därföre neka, at Cimbrerne gådt ut från Jutland och Holsten, fast än den öfriga Norden warit bebodd af samma folkslag.

(4) När Pomponius Mela L. 3. C. 3. beskrifver Sinus Codanus, säger han, at hafvet, som stör emellan öarna, lifnade mer dar än sund. Man torde fördenskul med skäl hålla före, at hafvet sedan mycket nedbrutit en stor del af de yttersta stränderna, på de intil hafvet liggande öar och Landskap. Och at detta wärkeligen skedt, kan slutes af det rön, som blef för en tid sedan giordt mid Landskrona, då man

såse

som icta af Bot, El och Hafrikkag i sielfwa hafwet. Ofuerste Straa- Utskrifue-
senfelte Bref uti Dissputationen de Fundamentis Chronologiæ Svia-Goth. 142.
p. 7). Hafwuti infrättningar hafwa warit duna wedlösamare på wästra
sidan af Jutland. Ty wid år 1300, 1532, 1646, och i synnerhet de
1634, m. m. bortskjöldet en ganska widlyftig tract af Schleswig, som
denne Herer förtälit i hafwet. Danckwerth Beschreib. Schleswig und
Holst. p, 146. Då finner man ofta spår till sådana hafwets inbrott
ganska långt in i landet. Eccard de origine German. L. 1. §. 80.
p. 176 berättar, at då man wid Herrenhausen skulle grafwa till war-
nets ledande, fann man en af hafwetsgorna nedfäld skog i jorden; med
topparna af träen wände mot sud-rest. ec. Ed at man kan nog fara,
at det war möieligt, at de gamle inwånare lande af en sådan plotsa
blifwa föranlåtne, at söka sig treggare boställer.

§. 16.

Franckerne omtalas för första gången under Keisar Valeria- Francker.
nus. Deras namn war således almänt bekant mit uti tredje år-
hundrad efter Christi födelse (1). Deras hemwist war då emellan
Rhen och Elbströmmen mot Norden, och innefattades flera folk-
slag under detta enwidnna namn, såsom Salii, Chauci, Cherusci,
Skambri, Brutteri (2). Sallerne hafwa dock förmodligen wa-
rit de, som egentligen kallades Francker (3), och lär namnet se-
dermera äfwen blifwit lämpadt på alla dem, som giswit sig i nå-
ra förbindelse med Franckerna. De, som äro af den tankan, at
desa folkslag blifwit egentligen så kallade, efter de i synnerhet före-
nade sig til frihetens bibehållande emot de Romare, taga all sin
anledning af ordet Franck eller Fri. Men intet tekn är, at desa
woro mer ömma om frihetens förswar än de andre Tyskar, hwil-
ka alla wid tillfälle gåfwo oförnekeliga bewis af deras ogensamhet
för friheten. Den kan ock anses för oafgjordt, om ordet i desa
gamla tider betydt fri. Det torde altså wara troagast, at Salii
warit egentligen de, som kallade sig Francker. Som nu hwarken
Salier eller Francker nämnas ibland Tyskarna hos de Historieskrif-
ware, som äro äldre än tredje århundrad; synes det naturligt, at
detta folk af ålder intet bodt i Tyskland, utan kommit annorstädes
ifrån. J denna punct komma ock alle gamle Häfdetekrare öfwerens,
fast de äro stridige om ställen, hwarifrån de böra hämtas. J så-
dan wissedvighet hafwa någre farit til Troya, och där sökt Fran-

Uthsätties ternas stamfader (4). Greogorius Turonensis förkortar denna
ger.. wägen, när han inqwarterar dem i Pannonien. Men så framt
Thoromachus Episcopus är den samme som Gregorius, har
han märkeligen haft den först nämde meningen, fast han af byg-
samhet, kan hända, uti sina Annales Francorum gådt medelwägen.
Eljest är gißningen om Frankernas ursprung ifrån Troja så wac-
ker, at den hwarken bör eller behöfwer wederläggas. Prosper
Aquitanus har i sit Chronicon beskrifwit, at Priamus regerat hos
Frankerna † Keisar Theodosii tid, och tär hela Historien om Tro-
janerna, såsom Frankernas förfäder bliswit tillskapad af detta nam-
net. Men det som redan sagt är, förtjenar widare upmärksam-
het, at alle de gamle Historieskrifware komma därutinnan öfwer-
ens, at Frankerne intet bodt af ålder i Tyskland; och efter denna
anledning torde Göthiska Norden bliswa det beqwämligaste ställe,
hwarifrån de böra hänföras. Eumenius, som är äldre än alle
Frankiska Skribenterne, och lefwadt i herde århundrad, talar om
Frankernas stambygd, som war uti Barbariets ytterste stränder,
dit aldrig Romarne med sina wapen komme (5). På denna grund
kan man wäl aldrig med någon tilförlåtelighet påstå, det Franker-
nas äldsta säte warit emellan Rhen och Elbströmmen. Ty Ro-
mare woro redan uti Augusti tid komne til Elben. Leibniz
har utaf en gammal Poet, som lefwat i början af nionde århun-
drad bewist, at det då war et gammalt rykte ibland Frankerna,
at de woro komne ifrån Norrmännerna. Freculphus Biskopen af
Lisieux i Normandie af samma århundrad, säger man omsiwep, at
Frankernas äldsta Fädernesland war i Scanjen, och at där än
nu war et land, som kallades Francia (6). När man nu jäm-
för deßa witnesbörd med den anmärkning, som förekommer hos
Geographus Ravennas, torde Frankernas gamla fädernesbygd
bliswa wärdig nog. Denna Författarens egna ord böra öfwerwä-
gas och pröfwas. Quarta ut hora nostis Normannorum est Pa-
triæ, quæ est Dania eb aliquis, cujus ad frontem Albis vec Pa-
tria Albis, Mauringania certissime antiquis dicebatur, in qua Patria
Albis per multos annos Francorum Linea remorata est. Leib-
niz har öfwersatt detta stället sålunda: é la quatrieme heure de
la nuit est la Patrie ou Region des Norrmans, que les Anciens
appelloient la Danie, en devant de la quelle est la Region de
                                                          F El-

l' Elbe, que les anciens appelloient la Mauringanie, et e' est dans lt ßytätr; eene Region de l' Elbe; ou la ligne des François a eu sa demeure ꝛar. durant plusieurs années. Wid denna öfwersätning bör först märz kas, at där står intet, at Normannia kallades Dania af de gam- la, utan af några ab aliquis. Här synes således göras skilnad emellan Dania eller Dannemark, som kallades så af alla, och den Dania som kallades å af några. På denna grund lär den egenteliga Normannien eller Norrige här böra förstås, hwilken tillika med Swerige betecknades understundom med namnet Dania. Sedan anser Leibnitz för en afgiord sak, at Albis eller Patria Albis måtte nödwändigt flyta på Elbströmmen och landet där om- kring: då det kan så wäl betyda Södra sidan af Elben, som den Norra, i hwilken händelse han ingalunda winner sit syftemål, som är at bewisa, det Frankerne fordom bodt i Hollsten och Jutland. Men som gamle Aucloren intet talar om någon ström, utan om et land, hwar Frankerne bodt, bör man följa hans egna ord, och söka efter et land, som låg frammanför Norrige, och kan froa- ra emot Patria Albis. Och då pasar sig Aisheim både med nam- net och beldgenheten: ty det är tillförne bewist och almänt bekant, at det fordna Aisheim låg emellan Götha älf och Romälswen. Wi- dare säger wår Rawenniste Jordbeskrifware, at de gamle kallade annars denna tracten Maurigania. Herr Leibnitz menar, at Pomerens namn torde hafwa behållit något af gamla Mauringa- vien. Ehuru stor olikheten är emellan namnen af Pomeren och Mauriganien, torde glösningen kunna ィ , om de andra om- ständigheter woro lämpeliga. Men i Norrige har man intet spårt at träffa liktiudande namn med Mauригania; ty Nord- möre och Sunmöre äro almänt bekanta Landskaper. Sentles son talar utomdes ock om Wästmaurl (7), utom Morlande, Marstrand, Mark och flera dylika, som alla i denna negden förekomma. Man torde ock kunna här få igen det gamla Fran- cia, som Freculphus omtalar, ty Fräkne Härad i Bohuslän är bekant, och Frököarne i Norrige omtalas af Sturlesön (8). Af alt detta torde man hafwa fulkomlig anledning at tro, det Fräkne eller Frankboarne giordt fordomdags någon utflytning til Tyskland, och de således äro de rätte stamfäder för de namn- kunniga Franker, som i senare tider bemäktigar sig Gollen, och således gifwit både namn och begynnelse til Frankrike.

Historia.
ser.

(1) Vopiscus in Aureliano C. 3.

(2) Se Cluverius Germanie antiqua. L. 3. C. 10.

(3) Ammianus Marcellinus L. 17. C. 17. Quibus paratis, petit primos omnium Francos, eos videlicet, quos consuetudo Salios appellavit. Här nämner han Salierna, såsom de, hwilka egenteligen kallades Franker.

(4) Joacius af semte århundrad frän Lamego i Spanien torde wara den förste som sager, at Frankerne woro frän Troja. Se des Collegio Historica uti Basnage Thesaur. Maniment. Ecclesiasticorum T. 2 p. 166. Thoromachus Episcopus uti sit Chronicon L. 1. C. 4. har samma dikt p. 196 hos Basnage. Fredegarius af siextonde århundrad berättar det samma, och Trithemius Abbotes i Würzburg uti sin bok de Origine Francorum lämnar en omständelig berättelse om denna fabel, beropandes sig på en gammal Auctor Hunibaldus, som efter någrade swarten lefwat före eller efter Christi födelse. Hururu den Basnage bemöt til at bewisa, det Thoromachus Episcopus intet är någon annan än Gregorius Turonensis; ty Turomachus strefs underskundom för Turonensis. Jfr. J. A. Fabricius Biblioth. Latina med. & infime Latinitatis T. 6. p. 748.

(5) Eumenius Panegyricus ad Constantinum Augustum. C. 6. Qui rursus loquar Intimas Franciæ nationes, non jam ab his locis, quæ olim Romani invaserant, sed a propriis ex origine sua sedibus, atque ab ultimis Barbariæ litoribus avulsas, et in desertis Galliæ Regionibus collocatas, ut pacem Romani imperii cultu juvarent, et arma defecta. Cluverius anser denna dikta witzesbörd, men hänwisar sig för öfrigt intet härutaf, emedan det de upprebarligen skribande emot hans egen mening, som sätter det fordna Francien emellan Elben och Rhenströmarne. Men B. G. Struvius uti sin Reichs Historie p. 3. §. 4. har väl begripet, at Eumenius har afsende på längt aflägnare länder. Han yttrar sig förbestal om A. Turnebi mening, som satt Francerna i Elsae, på detta sätt: "Gabrianus Turnebus will se aus „Schonen herleiten, indem er sich einbildet, es wären die Franci eben ···„diejenige, welche der Ptolomäus in dieser Insul Chirabos nennet. „Daher habe man auch von ihnen zu sagen pflegen, sie wären von „denen entlegensten Ufern des barbarischen Landes gleichsam abgerissen „worden".

(6) Frecuilphus Lisoviensis Episcopus In Chronicis affirmant eos de Scentzia insula, quæ vagina est gentium, exordium habuisse, de qua Gothi et ceteræ nationes Theotiscæ exierunt, quod et idioma linguæ eorum testatur. Est enim In eadem insula regio, quæ, ut ferunt, adhuc Francia vocatur. Den Poet, som Hr. Leibnitz uti sin afhandling de l'Origine des François beropar sig på, är Ernolbus Nigellus, hwaraf anföres de sljande:

Hic Populus porro, veteri cognomine Dahi
Ante vocabantur æ vocinantur adhuc.
Nori quoque Francisco dicuntur nomine Menni
Veloces, agiles, armigerique nimis,
Ipse quidem populus late permotus haberur
Lintre dapes quærens, incolit atque mare,
Pulch:r adeß forte, cultuque, statuque decorus
Unde genus Francis adfore fama refert,

(7) Starkson T. I. p. 58.
(8) Starkson T. I. p. 725.

§ 17.

Huruwida denna undersökning winner Franska Antiquarien-
nas befall, wet jag intet: men med Leibnitzens hypothese woro de
intet nögde. D. Tournemine giorde dissilliga inwändningar där-
mot, och höll före ibland annat, at Linea Francorum, som före-
kommer hos Geographus Rawennas, kunde så wäl betekna Fran-
kernas gränser, som Frankernas försäber (1). Förklaringen sy-
nes wäl något twungen, men efter den här framgisna tillämpning,
afgår ingen ting af satsens riktighet; antingen den ena eller andra
uttolkning antages. D. Germon har i synnerhet angripet den
Rawenniska Jordbeskrifwarens trowärdighet (2). Bland annat
förekastar han honom, at han war en Göthe, lisom den omstän-
digheten uti et sådant mål fulle förringa hans anseende. Men den
mening man här antaget, grundar sig intet blott på den Rawen-
niska Häfdetekmarens utsaga: utan är med flera skribenters wit-
nesbörd stadfästad. Man kunde då til äfwentyrs med all billighet
anse Frankernas äldsta utgång ifrån Göthiska Norden, såsom den
sannolikaste mening, som förmodelfen kan uppgifwas. At de sede-
mera bodt emellan Elben och Rhenströmmen medgifwes gjärna.
Isculphus har annars uti des nyligen åberopade witnesbörd an-
märkt, at sielfwa språkets lister synes stadga hans utsaga, och em
jag intet bedrager mig, är sielfwa ordet Stak eller Frank rätt
Göthiska, och betyder häftig, tapper (3), fust ordet nu mera för-
lorat sin gamla bemärkelse, och betecknar Fräck eller oförskämd.
De gamle Franske Skribenter yttra sig på samma sätt om nam-
net (4). Men at Frank nu betyder fri, lär däruraf wara hänt-
                                              et.

at Franckerne, då de satte sig neder i Gallien, en lång tid woro frie för skatter och utlagor. Anser man widare Francka Printzernas namn, som är det enda man nu har qwar af äldsta språket, skal man ock utan swårighet finna, at de äro alldeles Swenska. Sunon och Marcomir äro de, som hos Franckerna regerat näst efter Priamus. Sône och Siume äro almänt bekanta namn hos almogen. Markmader och Warcomir torde wara et och det samma. Chlodowäus kallas Ludouin hos Cassiodorus, och ibland wåra fordna Göthiska Konungar träffar man ock en, som heter Slodwer. Chilperik betydde hjelperik på Franstiska, hwarom de talt tilförne. En af Chlodowdi söner het Chram. Gram är et gammalt Swenskt namn, som ock brukades ofta af Skalderna til at beteckna Konung och härsörare. Det wore intet swårt, at anföra flera sådana likljudande namn, men de gås förbi til at undwika widtystighet.

(1) Leibnitzens swar på Pere Tournemines inkast, finnes merendels sammantryckt med des Essay sur l'origine des François.

(2) Et utdrag af Pere Germons observations historiques et critiques sur l'origine de la Nation Françoise, finnes tryckt uti 23 Tomen af P. Daniels Histoire de France, med Griffets tilökningar.

(3) Man wil allenast beropa sig på disstilliga namnkunniga män, hwilka alle för sin tapperhet blifwit kallade Grål eller Gråtne, såsom Brode Gråtne, Ale Gråtne, Frithiof Gråtne. m. m.

(4) Sigebert från Gembloures eller Gemblacensis i början af sit Chronicon har följande utlåtelse. Valentinianus, (Francos) attica lingua interpretatur feroces. Sigebert bedrager sig afselbart, när han inbillar sig, at Valentianus gifwit Franckerna sit namn, men han intygar likwäl, at ordet betekuat en hurtig eller tapper man. Herr Achery uti des Spicilegium T. 10. har insört en skrift de Castro Ambasiæ, uti hwilken denna utlåtelse finnes: Sicambri hæc audientes cæsos Alanos omnino deleverunt. Romani Attica lingua tunc eos Francos, id est, feroces eos appellaverunt, diuque atrib uto liberi vixerunt. Jacobus de Vitriaco hos Martenne T. 3. Anecdotorum säger, at Francos betydde på Latin, bellicosus, armis exercitatus, Se Du Cange Dictionar. T. III. p. 643 af Benedictinernas uplag. Libanius wittnar, utom des, at Franckerne först blifwit kallade Fracti, af Grekiska Φρακτος, som betyder brudnad. Jfr. P. Germon sur l'origine de la Nation Françoise. C. 4.

§. 18.

§. 18.

Åtskillige orter finnas i Norden, som synas hafwa fådt namn Åtskilliga af Burgundierna. Bornholm kallas beständigt hos Sturleson orter. Burgundarholm, och hos samma Historieskrifware nämnes Bur- Burgun- gundar i Norrige (1). Flera orter i Norden hafwa ock olika dier. namn. Agathias witnar ock, at Burgundierne woro et Göthiskt folkslag (2). Men dessa anledningar äro otilräckeliga bewis, at de wandrande Burgundier, som gifwit namn åt Bourgogne Frankrike, hafwa sin uprinnelse från Scandien: i synnerhet, som jag intet funnit någon gammal Häfdeteknare, som det fullrygat. Samma ombö- me bör man, kan hända, fälla om Wandalerna. Göther woro Wanda- de, eller af Göthisk stam. De hafwa ock kan hända gifwit namn ler. åt Wendsyssel på Jutland. Men emedan hos de gamla ingen underrättelse finnes, at de gådt ut ifrån Scandinavien, lämnar man denna undersökning til andras utredande. Om Saxarna Saxar. kunde man säga det samma, men här förekommer den skilnad, at Saxarnas äldste Historieskrifware Witikindus af nionde århun- drad gjorde den påminnelse, at några i hans tid woro af den tan- kan, at Saxarnas äldsta hemwist warit hos de Danska och Nor- männerna (3), och at de woro hölleds aniände til Tyskland. Den- na mening synes ock stadfästas därigenom, at Tacitus intet näm- ner några Saxar i Tyskland. Den äldste Häfdeteknare, som ta- lat om detta folkslag, är Ptolomäus af andra århundrad. Här utaf torde man kunna taga den sannolika gisning, at de sedan Tacitii tid ankommit til Holsten, hwarifrån de sedermera utwid- gat sina gräntser längre åt söder, och intaget de länder, som de nu innehafwa. Ty utom Holsten eller Chersonesus Cimbrica woro de intet komne, när Ptolomäus upsatte sin jordbeskrifning. Så mycket lär wara onekeligt, at gamla Saxiska språket, hwars öf- werlefwor ännu igenfinnas uti gamla namn, til alla delar kom- mer öfwerens med det fordna Swenska eller Göthiska (4).

---

(1) Stucksöm T. I. p. 725.

(2) Agathias L. 1. Jfr. Cluverius Germ. Antiq. L. 3. C. 33. p. 642.

(3) Witikindus annales Saxonum L. 1. p. 2. af Reineccii uplag. Nam per hæc re veria opinio est, aliis arbitrantibus de Danis Normannisque originem duxisse Saxones. Pro certo autem novimus, Saxones his re-

Uiflolnin-
gar.

regionibus nauibus aduectos, et loco primum applicuiſſe, qui usque hodie nuncupatur Hadolaum. Hadersleben ut förstben.

(4) Wed och Wid betyder ſkog, på Swenſka, och äro Tiweden och Holweden, nu Holmåden, bekanta ſkogar i Swerige. Myrkwider betyder en ſtor och mörk ſkog; hwarföre ock en ſkog i Hulſetuland, Holſten, kallas Myrkwidur i Olof Trygwaſons Saga. Bihanget til Snorleſons T. 2. p. 419. På ſamma ſått träffar man en ſtor ſkog i Böhmen wara kallad Miriquidui af Saxarna hos Dithmarus Merſeburgenſis L. 6. C. 62. och Miriwidu en dylik wid Trajectam L. 7. p. 112. Uti Skåne kallas många byar? namn på Lof, ſåſom Götherslef Mon. Scan. T. 2. p. 18. Boreslef p. 75. Herklef p. 87. m. m. På ſamma ſått nämnes deſſlikes orter i Saxen hos Dithmarus ſom ella åſwed på lvre, ſåſom Wallieleue p. 10. Hukedleue p. 45. Mimmileue p. 87. Uti en by i Saxen, ſom het Redmereleue hade Biſkop Dithmar en gård p. 68. Rutmerslef, nu Remmalöf är en by i Harlagers härad i Skåne. Mon. ſe. p. 146. Alſtivi de en ort i Saxen, Dithmar. p. 8. och många byar i Skåne heta Alſtad. Heſtinge hos Dithm. p. 109 låter ſom ren Swenſka. Capungum p. 8. ſyns wara det ſamma, ſom de gamlas Kaupung. Runeberg i Thyringen förekommer hos Witikindus L. 1. p. 4. Runeberga och Runebergs härad äro bekanta i Skåne. Sjelfwa Thyringen har många likljudande orter i Swerige, ſåſom Turinge i Söderminland, Tyringe i Skåne och mera dylikt. Det wore beſynnerligt, om hela denna likhet borde tillſkriwas en blott händelſe.)

§. 19.

Angler.

Wid år 449 foro Saxarne i förbund och ſållſkap med Anglerna öfwer til Britannien. Deſſas öden äro almänt bekanta; nemligen at de inkommo på Britannernas Konung Wortigernis anmodan. Horo och Hengſt Angloſaxarnas anförare togo Britannerna på det ſått i förſwar, at de på ſlutet gjorde ſig ſkeſwa til Herrar i Landet, och är det almänt kunnigt, at Britannien ſedermera af Anglerna wardt kallat Engeland. Af det ſom i förra § är anmärkt, bodde Saxarne i ſtörre tilet i Holſten, och borde man härutof kunna ſluta, at Anglerne warit deras grannar, efter tv warit hwarandra ſöljaktige til Britannien. Denna ſannolika giöning bekräftas til alla delar af Beda, ſom berättar, at Anglerne, hwilka ſedermera ſatt ſig neder i Engeland, bodde tilförne emellan Jutarnas och Saxarnas land (1). På denna grund bodde Anglerne i Schleswig, och är Angeln ånnu rykbar å deſſa orter,

orter, såsom Anglernas forbna fäbernesland. Icke beftominbre är Uffinin-
föga troligt, at den lilla trakten kunnat utfända så ftora folkho- bar.
par, at et helt Konungarike dåraf fådt ſit namn. Man hafwer
då en ſkjälig anlebning at tro, det Anglet bodt på flera ſtällen
än i Angeln. Norrmannen Orhar ifrån Halogaland i nionde år-
hundrad år wäl något yngre än Beda; men har förmodeligen
haft någon tillförläteligare underrättelse, emedan han warit ſjelf i
deſſa orter. När denne gjorde ſin refa til Sleswig eller Herthum,
ſäger han ſig hafwa reſt förbi Gothland, Sillende och åtſkilliga
andra öar, och i deſſa länder bodde Anglerne, ſäger han, innan
de komnio til Engeland (2). At hos Orhar med Gothland för-
ſtås Skåne och med Sillende Seland, är aldeles intet twifwelemål.
Man kan med tilförlåtelig grund hålla före, at ſåſom Angeln i Slet-
wig behållet minnet af de gamla Angler, ſå är åfwen Engel-
holm och Engelloſta, et minnesmärke af ſamma folkſlag m. m.
I minſtone låt man med all ſäkerhet påſtå, det ſå wäl Saxarne
ſom Anglerne wara et ſlags folk, med Göthiſka Nordens inbygga-
re, emedan ſå wäl Hors ſom Hengſt, och de andre Anglo-
Saxoniſke Konungarne, leda all ſin uprinnelſe ifrån Oern, på
ſamma ſätt, ſom de Danſke och Swenſke Konungahuſen. Utom
des är gamla Anglo-Saxoniſka ſpråket ſå öfwerensſtämmande
med Göthiſkan, at näſtan Uten eller ingen ſkilnad kan förmärkas.
Detta damme kan intet utföras här, icke beſtominbre wil man i an-
märkningarne til et litet prof häraf införa den wyrdige Bedas ut-
låtelſe, ſom han haft på ſit ytterſta (3). At uti Engilſka ſpråket
nu förtiden finnes nyckän Swenſka inblandad, torde til en del
böra hänföras til Norrmännernas långwariga wiſtande i Engeland.

(1) Beda Hiſt. Eccl. Anglorum L. 1. C. 15. Advenerant autem de
tribus Germaniæ populis fortioribus, id eſt de Saxonibus, Anglis, Vi-
tis - - Porro de Anglis, hoc eſt de illa Patria, quæ Anglia dicitur,
et ab eo tempore uſque hodie manere deſertus inter Provincias Vitarum
et Saxonum perhibetur. Cluwerius G. A. L. 3. C. 23. p. 605.
ſätter Jutland i ſtället för Witland, hwilket är aldeles oriktigt, ty Jut-
och Witland blifwa ändå et och ſamma folkſlag. Ethelwerd Saxo
har ſamma utlåtelſe am Angelns beliggenhet, ſom Beda. Anglia ve-
rus lita eſt inter Saxones et Gothos, habent oppidum capitale, quod
ſermone Saxonico Slefrik, ſecundum vero Danos Heitby.

(2) Ottare periplus §. 11. p. 16. Sim wäs on ſhat Storbord Got-
land,

Utflytnin-
gar.
land, Sillende, and Jglanda fela. On thám Landom tardodon
Engle ár hi hither on Land comon. Af detta witnesbörd ár ty-
deligt, at Raglerne bodde uti Skáne, Edland och pá de andra Dan-
ska Öerna. Bußáus har öfwerfatt, on them Landom, detta landet,
men det ár tydeligt, at det bör heta: I deßa láder.

(3) Denna Bedas utlátelse finnes hos Simeon Dunelmensis de
Dunelmensi Ecclesia L. 1. C. 15: p. 8. Simeons ord lyda så. Nam
er (Beda) runc hoc Anglico carmine componens, multum com-
punctus aiebat: For thám neodfáre nennig wyrtheð thanfes
snotea thonne him thearf, Sytoge higgene ár his heonen gange,
hwat his gaste godea odde yveles, áfter deathe heonen demed wurde.
Quod ita Latine fonat: Ante necessarium exitum prudentior quam opus
fuerit nemo exiftit ad cogitandam: videlicet antequam hinc pro-
ficiscatur anima, quid boni vel mali egerit, qualiter post exitum judi-
canda fuerit. Några anmärkningar torde sätta faka i mera lius:
Neodfáre, nödfárd, en fárd eller resa, som man gör af nöd eller twång,
mot sin wilja: Nennig, ingen. Wurtheð, wárdar, Thansee, såldes.
Snotea, swoter qwid, klok. Snotra at mål står i Hawamal. Sy-
toge, sartyg. Higgens, hygga på gammal Swenska ár betänka, hog-
gen, bekullram. Heonen hin, hádan. Gange, gáng. Hwet, hwad:
Sie, hans Ooste, gast, anda, Uueles, ilbel. Aefter dead, efter
döden, Demed wurde, dömt warder.

§. 20.

Norr-
män.
Alla deßa hit intil upräknade, förmenta eller wärkeliga ut-
flytningar från Norden hwas blifwa trowärdiga genom Norrmän-
nernas yra swärmande, som uti nionde och följande árhundrad öf-
werfälte som gräshoppar nästan alla stränder uti wästra delen
af Europa. Deße Norrmän kallas underftundom Dani eller Daci,
underftundom Norrmanni, och underftundom utmärkas de med
andra namn. Jag skulle anse det för en wärkelig heder för wåra
förtna Landsmän, om man med skäl kunde påstå, at de warit
bittlöse i deßa omänskligheter. Men jag måste med sorargelse til-
stå, at de Swenske likså wäl som Danske och Norrske warit del-
tagande i deßa hiskeliga utdåd. Så wäl de Danske som Swen-
ske kallades Norrmanni af Frankernas Hiftorieskrifware (1). At
Norrmännerne kallades underftundom Daci eller Dani tillhyggar
ingalunda, at de woro til större delen Danske: ty det ár sått at
bewisa, det Dacia i denna tidens skrifter underftundom intet bety-
der Dannemark (2). Utom deß nämnas Swear och Göther ut-
tryc-

trycktligen tillika med de Danſka och Norriſka ſåſom de, hwilka uti **Hiſtorie-**
nionde århundrad med ſina anfall beſwårade Engeland (3). På **gar.**
wåra Runſtenar omtalas diſtelige, ſom omkommet i Wäſter-wiking,
hwilket med all ſannolikhet bör kämpas på Norrmännernas ſtröf-
werier (4). När man ock drager ſig til minnes, hwad ſom fört
i Anſgarii lefwerne är påmint, at, wid hans förſta ankomſt til
Swerige et ſtort antal af Chriſtna fångar war i Biörkö, kan
man ock ſluta, at deſſe warit bortförde från Friſland, Engeland,
Frankerike och andra de wäſter beldgnå Chriſtna orter. Då ännu
war ingen Chriſtendom rotad, hwarken i Dannemark, Norrige
eller Norra delen af Tyſkland. Det låt ſåledes wara ſulitpgadt
mer än man önſkade, at man med ſamma ſog ſätter de Swenſka
ibland deſſa röfware-ſlockar, ſom man nämner Dannemarks och
Norriges forona inbyggare. Men hwilket af deſſa folkſlag i detta
mål bör hafwa främſta rummet, ſårunar man gierna til andras
afgörande, och måſte jag bekijdnna, at jag intet ännu är fullkom-
ligen uplyſt, antingen röfwaren, mordbrännaren eller mördaren bör
gå främſt: Men kan intet neka, at under Norrmännernas ſtröf-
wande förundrtes då och då en utmärkt tapperhet, om man ſå
behagar kalla det. Men en naken tapperhet utan heder, utan dra,
utan Chriſtendom och medlidande, beledfagad med grymhet och
fwålhet, är en tapperhet, ſom paſſar ſig båtre på wargar än män-
niſkor. Den råtta och berömwärda tapperheten har i ſölje med
ſig långt andra egenſkaper.

(1) **Eginhardus** Vita Caroli Magni; *Dani* ſiquidem et *Sveones*, quos *Norrmannos* vocamus, et ſeptentrionale littus et omnes in eo inſulae
tenent. Chronicon de Pipono ad Ludovicum VII, Dani Srevique,
quos Theotiſci Norrmannos vocant. Chronicon **Magdeburgenſe** Mſc.
ut S. Germaino **Bibliotrf** N. 972. Dani ſiquidem et Sveones,
quos Norrmannos vocantur --- Dani et Sveanes ceteresque trans Da-
niam populi ab Hiſtoricis Francorum omnes vocantur Norrmanni. Det-
ſe wittnesbörd hunna läſas hos Du Cange, ordet Normanni, och de
det mycket litt at införa denn ſeras uſagor, ſom beſtyrka det ſamma.
Det är beſynnerligt, at Cluwerins G. A. L. 3. C 41. p. 667,
ſäger icke betänkeligen at det är falſkt, at de Swenſke någonſin äro kal-
lade Norrmanni, Altſom Eginhard och de andre gamle Auctorer in-
tet ſielfwe wetat, hwad de ment, då de nämde ordet Norrman.

(2) Dudo Decanus S. Quintini de moribus et alii Ducum Normanniæ
L. 1. p. 62. hos Duchesne Rerum Norrmannicarum Scriptores. Et

Wäsgötsin-
gar.

nemque ibi (Scanza) tractus quam plurimus Alaniæ, Brusque nimium
copiosus Daciæ, atque meatus multum profusus Getiæ. Quarum Daciæ
exstat medioxima in modum coronæ instarque ciuitatis præmagnis al-
pibus emunita. Man finer ock, at denne Munk welat wara wälte-
lig och skrifwa latin med mycken granlåt, hwarföre han giordt af De-
niæ, Dacia, af Haland Alania, af Götha-rike eller Swerige Getia,
så at han aldeles begrafwit sin Jordbeskrifning uti et pråland inter.
Jdt destomindre när han säger, at Dacia war omgifwen med höga
berg, såsom med en mur eller krants, kan ingen hwar begripa, at det
egenteligen så kallade Dannemark här ingalunda kan menas, utan be-
skrifningen pasar sig endast på Norrige, så framt han med Getia för-
stådt Swerige. Jtrån detta af Dubo anmärkta Dacia ledde Rolf eller
Robert första Hertigen i Normandie sin ursprinelse, och han war man
twifwelsmål från Norrige. Således lär wara owiswelaktigt, at på
detta stället med Dacia ingalunda kan menas Dannemark. Saken lär
förmodeligen wara den, at Dania eller Dacia i denna tidens skrifter
betyder i allmänhet alla dessa tre Nordiska Riken, och at man af andra
omständigheter än af namnet bör sluta, at där egäntl talas om Dan-
nemark. De Frankiske och Engeliske Skribenter äro likså litet at för-
tänka därföre, som de gamle Romare, som af Götae kallat hela
wår Nord Scandia eller Scandinavia.

(3) Bromtons Chronicon p. 802. Cujus (Ethelwolfi) temporibus om-
nipotens Deus crudelissimas gentes emisit, quæ nec ætati nec sexui par-
cebant, scilicet Dacos cum Gothis Norvegenses cum Suethedis,
Vandalos cum Fresis. När Simeon Dunelmensis de Gestis Regum
Anglorum wid år 851 p. 120 talar om detta Ethelwolfs krig, näm-
ner han likwäl rubast Dani, hwilket bekräftar den i närföregående an-
märkning gjorda påminnelse, at Dani war et almänt namn, hwar
med understundom alla Nordiska folken betecknades.

(4) Uti Edewara socka i Wästergöthland finnes en sådan Runristning:
Tuli sati stain thensi eptir Gie son sin harda guban Trek, sa
war tuber i wester wagum i wikingu. Peringskiöld note ad vitam
Theoderici p. 481. m. m.

§. 21.

Man lär altså med all sannolikhet kunna påstå, at Normän-
nerne rasade ut från dessa tre Nordiska Riken. De foro uti mån-
ga och särskilta stockar under åtskilliga anförare, och churuwäl de
hade warit nog beswärlige tilförne, yttrade sig likwäl deras raseri
förnämligast efter Carl den Stores död. Om något annat än en
omättelig begärelse til rof upläggat dem til detta förmislade upsö-
kande, wet man intet. Frankiska Rikets söndring, och de rege-
ran-

randes matta författningar gåfwo utan twifwel luft åt begärelsen. Uthwertes De började sit ströfwande på Franska kusterna år 813, då gar. Frisland plundrades. Det ringa motstånd, som Normännerne wid detta tilfälle erfarit, lockade ut ifrån Norden ännu talrikare hopar, och emellan 840 och 850 förhärjades Rouen, och alt som war beläget på bägge sidorna af Seineströmmen långt in uti landet, och det åtskilliga gångor. Nantes och Bourdeaux hade samma öde, och nästan hwart år blef märkwärdigt genom ny förödelse. Anjou, Touraine och en del af Guienne plundrades och upbrändes år 853. Twå år därefter förstördes Orleans, och Paris blef intaget och upbrändt 857. År 861 blef Paris andra gången upbrändt af Normännerna, och K. Carl måtte med 5000 mark silfwer försona dem. Men som andra härar ofredade andra orter, blef åter en ny skatt af 4000 mark til Normännerna utbetalt år 869. De följande åren besöktes Franska Länderna med samma öfwerwåld, och 880 blef Turnai och alt det öfriga, som war beläget wid strömmen Scelde i grund förstördt och ödelagt. Året därpå upbrändes Cambrai, Arras, Amiens, Corbei och alt som war i negden af Sommen. År 882 undergick Achen, Trier, Cöln och alla slott, byar och städer där i granskapet samma öde (1). Som detta förfarande hwarken afstadnade eller hämmas kunde, köpte ändteligen K. Carloman sig fred med 12000 mark silfwer år 883. Men fugnet blef därföre intet desto långwarigare, då sjönt tolf års fred eller stillestånd war betingad wid Cattens betalande (2). Ty Konungen dödde samma år, och Normännerne föreburo, at de endast ingådt förbund och stillestånd med K. Carloman, hwarföre och des efterträdare borde undergå samma wilkor, om han wille njuta frukten af den betingade freden. Denna inwändning war wäl intet skäliga öfwertygande för förnuftet, men hade warit kraftig nog at öpna statkammaren, om något warit i förråd. Men som penningar intet kunde skaffas, började gran med samma häftighet som förr. Alla orter sattes efter wanligheten under härjande och sköfling, och Normännerne kommo nu tredje gången, år 887, före Paris med en här af trettio tusende man. Staden war ändtligen nu uti bättre förswarsstånd, eller inbyggarne mindre sege än de förra gångorne; emedan de belägrande med all sin hetta och slughet ingen ting uträtta kunde. Men

N

så litet som Norrmännerne uträttade emot staden, så litet uträtta-
de Hertig Henrik emot Norrmännerna. Han ankom med en tal-
rik krigshär, sammandragen både utur Tyssland och Frankrike:
men de belägrande hade besäst sit läger med fördolda gropar rundt
omkring, så at när Hertigen wille angripa dem, blef han icke al-
lenast sielf på platsen, utan ock de öfrige med manspillan affärda-
de. Paris blef således inspärrad som tilförne. Men som Norr-
männerne wille intet fruktlöst förnöta en tid, som i deras tycke
funde bättre anwändas på rån och brand, drogo de sina fartyg
förbi staten, och foro således strömmarne upföre, då Burgundien
och Lottringen sköflades. På detta sätt war norra delen af Fran-
kerike underkastad en sammanhängande och nästan oupphörlig wåld-
samhet. Men de södra delar woro därföre intet oansäktade, utan
en annan swärm af samma folkslag foro genom sundet wid Gi-
braltar, och utöswade samma onänniskighet Rhonströmmen up-
före, wid hwilket tilfälle äfwen Italien besöktes, då Pisa, Luna
och andra orter måste röna en lika grufwelig medfart. Det som
är anmärkt kan upwäcka en billig fasa, men denna äfså, då man
drager sig til minnes, at Norrmännerne under sit röfwande, ne-
dergiorde tillika alt, som förekom. Präster och lekmän, män och
qwinnor, ynglingar och barn mördades utan åtskilnad (3), och
de som hade den olyckan at undslippa döden, bortfördes hopetals
i fångenskap och trälbom. Biskopar och Präster blefwo nederslab-
lade under Gudstjänstens förrättande, och altaren öfwerstänktes
med de dödas blod, och någre munkar wilja likwäl inbilla oß,
at Jungfru Marias lintyg, och Sanct Mårtens benragel war en
beswanerlig stäck för Norrmännerna. Utaf alt detta kan man nog
märka, at Norrmännerne woro icke allenast utom sina gränsfor,
utan ock på ei wist sätt utom sin natur. Ty ehuruwäl de intet
satte mycket wärde på lifwet, så at de intet särdeles trodde sig för-
olämpa någon, då lifwet afhändes: woro de likwäl intet omänniss-
lige, som af det föregående kan inhämtas. Kan hända, at Carl
den Stores förhållande emot Saxarna, som intet war stort blida-
re, tjente deßa äfwentyrare til et olyckeligt efterdöme.

    (1) Man kan se härom interá Auctoris gesta Norrmannorum in Francia
     ab anno 837 ad annum 896 hos Duchene RR. N. SS. p. 1. följ.
    (2) Regino Prumensis Chronicon wid år 884.

                                                (3)

(3) Den upligen åberopae incertus auctor wid år 883. Normanni in-
terea non cessant captivare atque interficere Populum Christianum, at-
que ecclesias subruere, destructis moeniis et villis crematis. Per exim
plateas jacebant cadavera Clericorum et Laicorum nobilium ac mulierum,
juvenum et lactentium. Non erat via vel locus, quo non jacerent mor-
tui, et erat tribulatio omnibus et dolor.

§. 22.

Man kan nog begripa, at et sådant framfarande intet kunde
aflöpa utan motstånd, hwarföre och Normännerne understundom
med stor förlust blefwo affärdade. Det märkeligaste nederlag ledo
de af Kejsar Arnolph wid år 891, då en otalig hop Norrmän blef
på platsen. Men detta afskräkte dem ingalunda från wilgare ströf-
wande, ty deras förnämsta afsigt war rof och byte. Ändteligen
ankommer och Rolf Ragwald Möra Jarls son från Norrige, af
Swenska Konungens Gores ätt genom des son Heiter. Naturen
syntes hafwa danat denna til något högre än at wara röfware,
änskjönt des första ungdoms år uti Wikingsfärder woro tilbrakta.
När Rolf en gång ifrån en resa i Österskön hade anländt til Wi-
ken i Norrige, och där ufter Wikinga sed klutit slakta boskap wid
stranden, utan annat tilstånd och rättighet, än den, at han behöf-
de förfriskning; rådde han i största ondo hos Konung Harald
Hårfager, som då war Öfwerkonung i Norrige. Harald hade
wid hårdt straf förbudit alt strandhugg och rån inwemlands, och
til Rolfs lycka eller olycka, war Konungen wid samma tilfälle sjelf
närwarande i Wiken. Konung Harald låter då upbjuda almänt
ting, på hwilket Rolf för ewärdeliga tider blef förklarad lands-
flyktig (1). Ingen ting kunde blidka Konungens upretade sinne,
Rolfs fader Ragwald Jarl war af Konungens förwognaste rådu-
ner; men hwarken wänskap eller förböner kunde unbandraga ho-
nom sit rättmätiga straff. Man giorde ännu lagar i Norden
för at lefwa ådtrefter. Rolf, som på detta sått blef beröfwad
sit rätta Fädernesland, wardt nödsakad genom mod och mandom
förwärfwa sig et nytt. Men som han intet hade tilräckeligt folk
at företaga et så wigtigt wärf, tog han sin första tilflykt til
Skåne, hwar han til äfwentyrs hade gods och wänner (2).
Här församlades til honom en hop ungt och öfwerdådigt folk, som
under en så ansedd Höfdinge war hågat at försöka sin lycka.

Ssss   Med

Utsbytnin-
gar.

Med denna förstärkning for Rolf til Engeland, därifrån til Fris-
land, och ändteligen, sedan han giordt sig mästare af Rouen och
kringliggande negden, plundrade han med et oupphörligt härjande
alla närstgräntsande orter i Frankerike, och alt bäfvade för hans
segrande röfveri. Carl den enfaldige war då Konung i Fran-
kerike, men om han än warit mindre enfaldig, hade hans magt
warit icke bestomindre alt för swag, til at emotstå en så talrik
swärm af fremlingar, som anfördes af en Höfdinge, som före-
nade uti sin person så wäl et oförskräkt mod, som en mångårig
förfarenhet i krigswetenskapen; man blef då föranledten at med
freds underhandling förbinda sig en så farlig motståndare. Hela
landet kring Rouen blef honom updraget, som et ärfteligt Län af
Konungen i Frankerike, hwilket ock alt sedan är kalladt Norrman-
die. Giftermål med K. Carls dotter Gisla befästade freden,
hwilken än mera styrktes genom Christna Religionen, som an-
togs af Rolf och större delen af des underhaffvande. Denna
fred och förbund blef slutadt år 912, då K. Carl och Rolf
möttes wid S:t Clair, och Rolf hyllade Konungen genom sina
händers läggande emellan Konungens händer. Man sökte wäl at
förmå Rolf at falla på knä för Konungen och kyssa hans fot,
men där til wille Rolf på intet sätt beqwäma sig. Dock ändte-
ligen efter mycket prut, anmodade Rolf en af sina Officerare at
i des ställe åfwen fullgöra denna Ceremonien. Hwaruppå den
owige Norrmannen stiger fram, tager Konungens fot och rycker
Konungen baklänges öfwerända (3). På detta sätt war nu alt
fulbordat, som af Rolf åstundades. Christendomen allena återr-
stod, men hans döpelse blef kort därefter af Biskopen i Rouen
förrättad, och Hertig Robert, K. Hugo Capets Faderfader,
uptog Rolf af dopet, och gaf honom sit namn, och Rolf blef
således med namn af Robert den första Hertig i Norrmandie.
Härigenom fick Frankerike en beständig fred för alla Nordiska
ströfverier, fast Riket hade icke bestomindre noa oldgenhet af det-
ta Herrskap, i synnerhet sedan Rolfs ätteläggar blifwit Konun-
gar i Engeland, och tillika genom giftermål kommit i besutning
af stora Landskap i Frankerike.

(1) Sturleson T. I. p. 99. Pontanus har annars giordt tisksiliga på-
minnelser, hwarigenom han wil bewisa, at Rolf war wärkeligen en
Dansk

Danſk man. Så wål deſſa ſom ſwaren dårpå funna låſas hos Torfåus Utſlytnin-
H. N. T. II. p. 83 och 89. Och det år för öfrigt utan twifwelemål, ſår-
at han war ifrån Norrige.

(2) Dubo L. 2. p. 71. hos Duchene: Rollo moraxi non volens in Dacia,
propter Regem diffidens ſui, Scanzam inſulam cum ſex navibus eſt in-
greſſus. Guilielmus Gemmeticenſis Hiſtoria Morrmannorum L. 2. C. 3.
brukar ſamma ord ſom Dubo, och ſåledes gör ſamma berättelſe.

(3) Dubo L. 2. p. 84.

§. 23.

Såſom Norrmandie i Frankerike utan twifwel fådt namn af
Norrmånnerna; så hafwa och åſtilliga utländſke håfdereknare ſalis
på den tankan, at Holland fådt ſit namn af Holland, och Zeeland
af Seland i Dannemark (1). Otwifwelaktigt år, at deſſa namn
intet warit bekanta innan Norrmånnerne började beſwåra deſſa
orter med ſina beſök. Det år almänt kunnogt, at deſſa länder
uti åldſta tiden gjorde en del af Belgium, ſedan kallades de Ba-
tawia, och under Frankernas Regering innefattades de uri Friſla
eller Frisland. Uti Brdwalla ſlag hade Harald Hildetan åfwen
Friſiſka troppar, och kan wål wara, at redan den tiden Danſkt
eller Götiſkt folk bebodt ſjökanten af Holland och Seland. Åtmin-
ſtone träffar man åtſkilliga orters namn, ſom ſynas wara aldeles
Swenſka, hwilka och warit i bruk, innan Norrmånnerne uti nionde
århundrad började beſöka deſſa ſtränder. Man kan och lätteligen
föreſtålla ſig, at Norrmånnerne intet idmnat Nederländſka kuſterne
oanfäktade, når de alt ſtadigt landſtego och plundrade Frankerike.
At 837 landſtego Norrmånnerne på den Wallacra (2), hwarefter
de ſedermera toga beandſtast of Dorſtadt, och beſidtigade ſig en
ſtor del af Frisland 846. Sex år derefter kommo Norrmånner-
ne med en flotta af 250 ſartyg till Frisland. At 882 fick Norr-
manniſke Konungen Godofrid hela Frisland i förländning af K.
Carl, hwilket land och en annan Norrman wid namn Rörik til-
förne haft i beſitning (3). Så at man kan hafwa mycken anled-
ning, at de npart namn, hwarmed denne negden nu betecknas, och
tilförne intet warit i bruk, torde med alt ſkål tillſkrifwas Norrmån-
nerna.

Eeee2 (1)

(1) Philip von Zesen uti sin beskrifning öfwer Amsterdam yttrar sig på detta sätt p. 7. "Die übrigen (Niederländische Provincien) haben von „andern völkern, welche sie nach der Zeit eingenommen, andere namen „bekommen, und so scheint Holland vom Dänischen Lande Halland, „wie auch Zeeland von gleich also benahmter Dänische insel durch die „Dänen und Mohren, als sie sich dieser der Betauer gegenden bemäch-„tiget, und dieselben bewohnt, genennet". Samma Auctor berättar wi-dare p. 11. et Harlem efter Borhorns gisning skal wara det samma som Jarlhem. Pontoppidan uti gesta Danorum extra Daniem T II. p. 428. har inrykt samma witnesbörd. Janus Dousa uti sin Anna-les Hollandiæ L. I. p. 67. medgifwer d'iwen, at namnet kommer ifrån Norrmännerna, hwarwid han beropar sig ock på Mannius och Junius, hwilka bägge warit af den tankan, at Hollands namn blifwit länt från Norden. Barre de Baumarchais uti sin lettres sur la Hol-lande ancienne et moderne P. 7. p. 7. yttrar sig sålunda uti detta mål: Le savant von Loon croit que ce furent des peuples memes, qui le lui donnerent. Il est vrai, c'etoit l'usage des peuplades septentrionales de ce siecle-là, et que pour conserver le souvenir des lieux, qu' elles avoient quittés, elles en faisoient porter le nom à ceux ou elles etoient. Man kan härwid, om så behagas, jämföra hwad som är påmint uti Monumenta Scanensia Vol. I. p. 47. hwaräst andra Auctorer anföras, som haft samma mening.

(2) Incertus Auctor hos Duchesne Rer. Norm. Scriptores p. I. anno Domini 837 Northmanni in insula, quæ Vallacra dicitur, multos trucidarunt, et aliquamdiu ibi commorantes, censu exacto ad Doro-staden pervenerunt. Här wid kan märkas, at en by här i Skåne har ännu samma namn och heter Wallåkra, intet långt ifrån Landskrona. Med den Wallacra betecknas ofelbart Walchern i Zeland.

(3) Incertus Auctor p. 4. anno 882. Godofredus Rex Norrmannorum ad eum (Carolum) exiit, cui Imperator Regnum Fresonum, quod olim Rorichus Rex Northmannus tenuerat, dedit, conjugemque ei dedit Gislam filiam Lotharii Regis.

§. 24.

Men Engelsmännerne woro nästan ännu mer anfäktade af Norrmännernas öfwerflödande, och en ouphörlig ström af dessa ohemula gäster utfogade landet uti några hundrade år, til des ändteligen de Danske under K. Swen Otto och Knut den Rika blef-wo aldeles Herrar i landet. Ifwar Widfadme, Harald Hilde-tan, Sigurd Ring, Ragnar Lodbrok woro äfwen rådande öfwer en stor del af England, hwar om på sit behöriga ställe är talt

tilförne. Engelske Historieskrifware gifwa sjelfwe wid handen, at U.
K. Alfreds moder war af Göthisk släkt, af den nemligen, som
warit regerande på den Wight (1). Om med deßa Göther böra
förstås wåra Swenska Göther, som är troligt, har man et nott
bewis på Swenska släktåg til Engeland. En af Oftangliska Ko-
nungarna benämd Uffa, skal hafwa gifwit namn åt en ort i
Swerige, som hetat Upsala (2). Om detta har sin riktighet, torde
åfwen denna Herren hafwa warit från Swerige. Det är likwäl
onödigt, at med en omständelig berättelse utföra deßa förbande
rörelser, emedan man kan intet altid med tilförlåtelig wißhet utsät-
ta, huru stor del wåre Swenske förfäder därntinnan haft, utom hwad
som npl. är nämndt, och tilförene är omrört om K. Rolf från Wäster-
Göthland, Eilp Jarl utl Swen Ottos tjenst, och Swenske Konungen
Lachiman, som war i följe med Konung Knut. Härutaf har det
utan twifwel händt, at Engelska språket är aldeles upfylt med
Swenska och Danska ord, och at många städers och byars namn
äro de samma i Engeland, som i Swerige och Dannemark.
Beda Venerabilis ligger begrafwen i Gyrwe i Durham, och
Gurwe war fordom en namnkunnig ort på Seland (3). Risby
och Holmby äro ryktbare ställen i K. Carl Stuarts olyckeliga
Historia, och byar af samma namn finnas dnnu i Skåne. Raby
och Stanthorp blefwo af K. Knut lagde under Durhamns Biskops-
döme (4). Många byar hafwa lika namn i Swerige och Dan-
nemark. Åtskiliga orter heta Kirkeby i Engeland. Landskapet York
fördelas i Ricthpar, och i Småland är Rydingen almänt bekant.
Likaledes war Upsala i Engeland en gård eller by, som idg til
Baßdals Closter (5). Andra orters namn idra ock wara tagna
från Norden. Blekingstone noter om Orford synes wisa, at
Biekingsboar där fordom satt sig neder [6], mid mera twikt,
som hwar en sielf kan upleta, efter den gifna anledning. Wåre
gamle förfäder hafwa ej heller försummat at besöka Skotland: men
som landet war mindre fruktbart, och där war således mindre at
winna, är åminnelsen af deras härfärder til detta rike mindre al-
män och munumenterna fåare. Samma ordsak torde hafwa wa-
rit, at Normännerne förde sig åfwen mera fridsamt up på Ir-
land, och berätar Giraldus, at folk som kommit ifrån Norrwe-
ga och andra de Norden beskana där tillika med Oftmanni up-

Uplysnin-
gar.
bygt Dublin (7), Waterford, Limmerik och andra städer. Och
torde med Ostmänner förstås de Swenske, såsom boende på östra
sidan om Norrige. Men at wara fredlig på främmande orter,
war wäl understundom et naturligt twång för Norrmän, därföre
de ock wid tilfälle dfwen här farit fram med mord och brand.
Man har tilförne talt om K. Rolfs öden och upförande i Irland,
och federmera har en Germund eller Turgesius wid år 838 med
et grufweligit härjande fördört landet [8]. Den som annars är
hågad at inhämta mera uplysning om Norrländarnas och de
Danskas förhållande uti Britannien, Irland och nästgränsande
orter, kan läsa Biskop Pontoppidans Gesta Danorum extra
Daniam.

(1) Alfred war född 849. Om hans möderne gifwer Asser Menevensis
följande underrättelse uti sin bok de Reb. gestis Alfredi Regis p. 11.
Mater quoque ejusdem Regis Osburgh nominabatur, religiosa nimium foe-
mina nobilis ingenio, nobilis et genere, quæ erat filia Oslac famosi Pincernæ
Ethelvulfi Regis, qui Oslac Gothus erat natione, ortus enim erat de Gothis
et Indis, och i de följande raderna säger han, at Oslacs förfäder wa-
rit ägare af den Weeta. At här med Gothus betecknas et annat folk
än de Danska, torde kunna slutas därutaf, at Asser på följande sidan
talar om och nämner de Danska, och sedan gör skilnad emellan Go-
thus och Danus. Hos denna tidens Historieskrifware göres ock distinction
emellan Göther och Danskar på det sätt, at desse senare sägas härstam-
ma ifrå de förra. Således yttrar sig Wilhelmus Gemmeticensis de
Ducibus Normanniæ L. 1. C. 4. Originem tamen e Gothis noscuntur
ducere Dani. At Asser här sammanfogar Gothi och Jubl, går intet
beinda annat, än at Gothi woro et långt afslaget folkslag. Wid detta
tilfälle har man beropat sig på de Auctorer, som förekomma i Cambdens
samling af Anglica &c. Frankfurt 1603 fol.

(2) Til denna gisning gifwes anledning af Albericus trium fontium Mo-
nachus wid år 616, p. 47. orden äro desa: Anno DCXVI obiit Rex
Edilbertus Cantuariensis Christianus, super ceteros Regulos potentior
tertius in ordine. Quartus in ordine potentior dictus est Redivaldus ori-
entalium anglorum Rex, filius Tirill, filii Uffa, ab isto dictus est civitas
Usala (Upsala) Uffi sula in Svecia. Wid detta witnesbörd bör mär-
kas, at Usala utan twifwel stådt i handskrefna boken, och Upsala här
wara tillagt af Leibnitz, såsom en förklaring. Denna Konungalängd
finnes ock hos Bromton p. 741, hwar Uffa, Ticulus och Redwal-
dus nämnas med samma omständigheter, som hos Albericus, men an-
märkningen om Usala och Swerige är utelemnad. Det kan ock wara,
at denna annotation warit insat i brädden af någon, som läst Albericus,
och

och således blifwet sedermera insiskad i skrifwa tertie. Skulle åter på Upsala-
minnelsen wara kommen ifrån Albericus sielf, kan wäl ingen annan
slutmening däraf hämtas, än at Uffe warit från en ort i Swerige,
som til hans åminnelse blifwit kallad Urala, eller Uffala. Ty at Upsa-
la stad i Upland af honom fådt namn, eller af honom warit bygt,
synes strida med all sannolikhet.

(3) Om Bedas begrafnings-ställe kan läsas Simeon Dunelmensis p. 8.

(4) Cambdens Britannia.

(5) Uti Monasticum Anglicanum. p. 840 omtalas Agnes de Upsala, och
Villa de Upsala, ex qua dans boccatus terre cum rosto et croso et o-
mnibus pertinentiis suis dedit Vilhelmus de Percy monialibus Besedalen-
sibus.   Jämför Eric Benzelius in notis ad Vastovium p. 26.

(6) Birkingstone äfwen uti Philosophical Transactions abbridged af
Lowthorp T. II. p. 395.

(7) Silwester Giraldus Topographia Hibernie Distinct. P. 3. C. 43.
Detta bör likwäl intet så förstås, at Ostmännerna alraförst upbygt
Dublin och de flera städer, utan at de uprättade dem, sedan de warit
öderlagde eller förfalne.

(8) Giraldus Topogr. Hib. P. 3. C. 37. In hujus vero Feliudii Regis
tempore, Norvegienses in magna classa Hibernica littora anno 838 ap-
pulerunt, qui et manu forti terram occupantes et gentili furore debac-
chantes, ecclesias fere omnes destruxerunt, horum autem Dux Turgesius
vocatur &c,

§. 25.

Men ehuru man budit til at minska de föreburna uttåg, som Wareger,
skjedt ifrån Scandinawien; torde dock läsaren förlora en del af sit
bendägna tålamod, om man alt för länge härmed uppehåller.   Man
utber sig likwäl ännu någon minskning af otålighet, til des man
äfwen fådt lämna någon kunskap om Waregerna, hwilka icke al-
lenast warit härskande en lång tid i Ryssland, utan ock lagt grun-
den til detta Rikets widsträckta wälde.   Ryssland hade uti forbna
tider et långt annat utseende, än nu.   Folket war mera wildt, lan-
det mindre upbrukat.   Til bewis af det senare will man allenast
beropa sig på Keisar Constantinus Porphyrogeneta, som wid
948 uti instructionen för sin son Keisar Romanus förfäkrar, at
hwarken får, hästar, eller oxar woro den tiden til fångs uti Rys-
land, utan skulle köpas utifrån (1).   Utom denna enfaldighet wo-
ro de ock mycket af sina grannar anfäktade, och hafwa Wareger-

Ursпотnin-
gar.

ne i synnerhet en lång tid warit Herrar i landet emot Norr och
Wäster, då Chasarerne mot Söder plågade dem med skatt och
träldom. Uti så wanskeliga omständigheter upkom ock ibland de
Ryska Förstarna en willrådig oenighet, til des ändteligen några
Ryssar, som warit i tjenst hos Waregerna, förmådde de twistiga
Herrarna, at wid år 862, begjära trenne bröder, Rurik, Sinaus
och Thruwor från Waregerna til Öfwerherrar. Detta förslag kun-
de ock så mycket lättare wärkställas, som staden Nowogrods gam-
le inbyggare hade sin uprinnelse från Waregerna. Härigenom kom
Ryska Riket til mera stadga, Ryssarne sjelfwe genom Waregernas
tilhjelp afskuddade sig det utländska Herrawäldet, och utwidgade
sin magt och gräntfor, så at de blifwit omsider förfärlige för alla
sina grannar (2). Alle Ryssarnas Storförstar och Konungar le-
da sit ursprung från Waregen Rurik, til des ändteligen gamla
Ryska Konungaslägten aldeles utsloknade med Czar Feodor Iwano-
wits som dödde 1597; dock föra ännu diskilliga förnäma Ryska
Familier sina anor til Rurik, som sin äldsta stamfader (3).

(1) Constantinus Porphyrogeneta de administrando imperio ad Impera-
torem Romanum filiam. Jämför Bayer Geographia Russiæ vicina-
rumqve Regionum, i Acta Petropolitana T. IX. p. 401.

(2) Detta alt är tagit af det Utdrag af Chronicon Kioviense, som Ryska
Munken Theodosius eller Nestor i tolfte århundrad författadt, och
är tryckt uti Gerh. Frid. Müllers Samlung Rußischer Geschichte
T. I. p. 9, 10. Det är skada, at man dänn intet behagat meddela
almänheten et fullkomligt uplag af denna gamla Häfdetecknare, så at man
kunde så kjänna honom i hela sin widd. Professor Müllers utdrag är
icke allenast ofullkomligt utan ock inwecklat, och illa öfwersatt, hwilket
senare Herr Müller sjelf gifwer tilkjänna uti femte Bandet af Samlung
Rußl. Gesch. p. 7. Man kulle ock förmodeligen hafwa fådt mera ljus
i detta ämne, om intet samma H. Müllers arbete de originibus
gentis et nominis Rußorum, som utkom 1749, blifwit af Höga Weder-
börande förbudit och indragit. Jfr. Büschings Neue Erdbeschreibung
T. I. P. 2. p. 639.

(3) Utaf de Ryska Familier, som leda sit ursprung från Waregerna ge-
nom Rurich, wil jag allenast nämna Furstarna Worrotinski, Repnin och
Dolgoruki. Hos von Hawen uti des Efterrättninger om det Rußiske
Rike P. 2. C. 13. p. 374. följande, upräknas icke allenast desse utan ock
många flera, hwilka alle skola wara af Waregisk härkomst från Rurik.

§. 26.

§. 26.

Efter den mening, som här i Swerige är wedertagen, woro utskjutninbeße Wareger oförnekeligen Swenske (1). Men denna mening lär icke intet komma öfwerens med den nu härskande smaken i Ryßland, hwarföre ock Profeßor Müller påstår, at med Wareger förstås sjöfarare. Efter denna anledning anförer han Swenska, Danska, Norrska och Engelska Wareger: men når frågan blifwer, ifrån hwilka Wareger Rurik härstammar, påstår han, at de wark Preußare, fast han uti första bandet af sina Samlingar hållit före, det Waregerne warit förnämligast från Norrige (2). Profeßor T. S. Bayer wil bewisa, at Ryska Förstliga huset warit af Kongeliga Danska Sköldunga släktet (3). Baron Herberstein håller åter före, at deße Wareger kommit från Wagrien i Holsten (4). Denna sista mening torde man kunna med läsarens goda minne förbigå med stillatigande. Men hwad beträffar Herrar Profeßorerna från Petersburg, så wågar jag, utan förmätenhet at påstå, at de skrifwit det de aldrig ment. Den som kjänner Bayers grundeliga lärdom, är nog öfwertygad, at denne man intet kunnat anse en sak för afgiord, som aldrig kan bewisas; ty det är och blifwer en ren omöjlighet, at fulltyga, det Rurik warit af Sköldungarna, åtminstone af alt, hwad hit intil är gjordt almänt af Nestors skrifter; och om något tydeligt wittnesbörd i detta mål warit funnit hos denna Kiowska Munken, kan man wara försäkrad, at det länge sedan warit framsat i dagen. Det är ock ganska swårt at bewisa, det H. Müllers mening ingalunda kan bestå med det han sjelf upgifwit af Theodosius eller Nestor. När Nestor uprätnar Ryßlands gamla inbyggare, nämner han Ruß eller Ryßar, Tschud eller Finnar, Lib eller Lißländare, och dubteligen Pruß eller Preußare. Sedan säger han, at deßas grannar warit Waregerna, utaf hwilka Österßön blifwit kallad Warezkoi More, eller Waregißka hafwet. Uti anmärkningen til detta stället, säger Müller, at Wareger intet betydde annat än Seefahrende Leute eller sjöfarande (5). Han medgifwer ock, at deße Wareger warit komne från Norden, men i synnerhet från Norrige. Detta alt paßar sig likwäl intet med Nestors utlåtelse. Ty först säger han, at Waregerne woro grannar med Ryßarna och de andra här up-

Ffff   rät-

Uplysnin-
gar.   räknade folkslag. Huru kan man nu säga, at sjöfarande äro gran-
nar; ty på den grund blefwo Engeländare, Holländare, Franso-
ser, m. m ja sjelfwa Americanerne, och hela människliga slägtet,
kan hända, grannar med Ingermanland och Petersburg. Sedan
om Waregerne äro Norrmän, från Norrige, nemligen, huru kan
då Östersjön wara kallad efter dem Waregiska hafwet. Det är
wanligt at gifwa haf namn af folk, som bebo des strander, men
intet af folkslag, som äro därifrån aflägsna. Jag hyser för mycken
högaktning för H. Müller, än jag kan tro, det han intet begriplit
felande sammanhanget af en sådan mening. Dock kan denna gis-
ning, ehuru besynnerlig den ock förekommer så något skin: ty fast
än efter Nestors utlåtelse intet annat Land än Swerige kan för-
stås med Waregernas land, är det ändå sannolikt, at, (såsom
Norrske, Danske och Swenske äro i grunden et slags folk, det kan
hafwa händt, at Danske och Norrske, som wistats wid Ryska
Hafwet, blifwit kallade Wareger, fast Swearne egenteligen nam-
net tilhörde. Men huru det med Preussiska Waregerna är beskaf-
fat, hwilken gissning H. Müller sedermera andragit, har man swå-
rare at begripa. Nestor försäkrar på det nyligen åberopade stället,
at Preussen räknades til Ryssland i forna tider: huru kan wäl
någon på den räkning säga, at Rysslands grannar äro Preussare,
så wida de giorde en del af Ryssland. Kan wäl någon besynner-
ligare utlåtelse gifwas, än om man wille säga, det Selandsfararr-
ne äro grannar af Dannemark. Men en så uplyst man som ty-
deligen, at så swäfwande gissningar intet kunde winna Läsarens
förtroende, han bestyrker därföre sin utlåtelse med historiskt witnes-
börd, af en gammal saga, som är bibehållen i Ryska Krönikan.
Pr. Müller anför wäl intet orden af denna tidebok, men det är
likwäl intet swårt at finna, det här syftas på Strypanala Kniga,
hwilken berättar om Rurich, at han warit en Churfursta, Eur-
förste i Preussen, af Keisar Augusti Ätt (6). Efter wår lärde
Professor torde säga något, så har ock sagt något, det är Läsarens
sak, at taga all möjelig upbyggelse därutaf, men så länge man
intet behagar omskrifwa Nestors Chronicon eller ock gifwa en an-
nan öfwersättning, uti hwilken man får läsa både hwad Nestor
har skrifwit, och hwad han intet har skrifwit, blifwer wäl den san-
nolikaste mening, at Waregerne äro Swear.

(1) Verelius i anmärkningarna til Herwara Sagan, Rudbecks Atlan-Ustytnin-Uca T. I. p. 518, bofwa länge fedan funnit, at Waregerne warit gar. Swear. Detta åmar år widare utförde af Prof. A. Moller de Vare-gia Suab 1731. Algot Scarin de originibus priscæ genris Varegorum Abo 1734, och Ufctor E. J. Björner de Varegis Heroibus Scandia-nis et primis Russiæ Dynastis Stockholm 1743. Jfr. sea Dalin Swea R. Historia 1. D. p. 537.

(2) Müller Samlung Russischer Geschichte T. I. p. 4. går den påmin-nelse, at Wareg beyder siösarande, hår efter har han denna utdelse: "Jch fan wohl leiden, daß man diese nach Rußland getommene Ware-"ger aus denen Nordischen Ländern und besondere von denen Norwe-"gischen Königen ableitet".- Sedermera har han funnit tienligt, at yttra sig på annat sätt uti Saml. R. G. T. V. p. 385. der han går besa Rysta Wareger til Preußare.

(3) E. G. Bayer Origines Russicæ uti Acta Petropol. T. VIII. p. 410. Usar eorum (Olai Magni, Rudbeckii, et Peringskjöldii) auctoritate, ut ostendam hanc Augustam Russiæ domum ultra Ruricham Skiöldun-gis inseri, et genealogiam probabilem produci usque ad Christum natum.

(4) Herberstein Rerum Muscoviarum Commentarii p. 3.

(5) At man med så mycket mera tydelighet må finna sammanhanget af denna slutsats, år nödigt at sielfwa orden anföras af Utdraget, som Mül-ler af Restors Chronicon uti Saml. R. G. T. I. p. 3. "Rußland ist "mit seinen angreisenden ländern von Japhets nachtommen bevölfert, "und sind in denen alten zeiten die einwohner von solgenden Provinzien "als Rus, Tschud, Murom, Mordua, Jam, Litwa, Simegol, Kors, "Setgola, Lib, Leth, und Truß dahin gerechnet worden. Jhre Nach-"baren die Wareger, von welchen die Ostse den nahmen Waretschloi-"more empfangen, waren nebst denen übrigen von gleicher abtunst".

(6) Emedan, så wilba mig år befant, Stepanaja Kniga intet år giord al-mda, wil man anföra des utdelse af H. Bayer afhandling de Vare-gis Acta Petropolitam. T. IIII. p. 275. Ex Prussia scribit aliquem Char-filira et Magnum Ducem Rurichum nomine accimen off. &c. Det blifwer således tydeligt, at denne öfteropade gamle Auctor, som Bayer åfwen wisar, strifwit fedan år 1612, då hwar en utan swårighet begri-per, huru stort des witsord fan wara i denna omständighet, och huru litet denna berättelse fan anses för gammal. Eljest har Bayer så ty-delgen uti den anmuda afhandling bewist, at Waregerne intet dro Preuß-sare, at an mera ingen enoldiig fan fasta på den tanten, så at samma Professor uti sina Origines Russicæ Act. Petrop. T. VIII. p. 406 anser för en afgjord sak, at Waregerne warit Scandinavier, Normän och Danssa. Hans tydeligare yttrar han sig de Varegis p. 283. Ajo Va-regos Ruthenicorum Scriptorum fuisse ex Scandinavia Danisque homines nobiles socios in bello et stipendiarios milites Russorum, Regum Satellites, liminum custodes, rebus etiam civilibus et Magistratibus admotos, ab

iis deinde in univerſum omnes Svedos, Gothlandos, Norrmannos, Danos dictos fuiſſe Varegos.

§. 27.

De i den näſt föregående paragraph gjorda påminnelſer, at med Wareger de Swenſke egenteligen böra förſtås, beſtyrkas ock genom andra omſtändigheter. Efter Ryßarnas egen bekiännelſe war Storförſten Jaroſlaus Gemål en Waregiſk Prinſeßa, och det är utan alt twifwelsmål, at denne Herre war gift med Konung Olof Stötkonungs dotter, Prinſeßan Ingegerd (1). Likaledes omtalas uti Ryſka Chroniten Waregen Jacob, Prinſeßans broder, faſt man intet funnit tjenligt at inrycka denna omſtändighet uti utdraget af Neſtors Krönika (2). Deßa twänne witnesbörd wiſa utan motſäjelſe, at Ryßarnas Wareger äro oförnekeligen wåre fordne Swear, och ännu är intet et enda ſtälle af gamla Ryſka Hiſtorien bragt i ljuſet, ſom med ſamma tydelighet gifwer tilkjänna, at namnet ſträkt ſig til Norrmän och Danſka, ehuruväl det kan wara troligt, at både Danſke och Norrmän kunnat wara Waregerna föliaktige, och blifwit för ſpråkets likhet räknade ibland dem. Öfwerwägar man ock andra händelſer, ſkal man äfwen finna, at Ryſka och Swenſka Hiſtorien, hwad Waregerna beträffar, komma ganſka wäl öfwerens. Ryſka Krönikorna gifwa wid handen, at Tſchud, Finnarne, Slawonerne och Kriwitſarne wid år 859 betalt ſkatt til Waregerna, nemligen en Hermelin eller hwit Ekorreſkin för hwar mansperſon (3). Om Upſala Konung Erik Emundſon wet man, at han uti ſina yngre år lagt under ſig Finland, Eſtland och Curland, och ſträkt ſit wälde äfwen öfwer andra mot öſter belägna länder. Detta paßar ſig ock ganſka wäl med tidsräkningen, ty uti Inledningen ſ. 24 är wiſt, at K. Erik Emundſon dödde år 884. Man finner ſåledes af Swenſka Hiſtorien, det Swearne warit rådande i Ryßland och andra näſtgränſande orter kort för Ruriks ankomſt til Nowogrod. Jämför man widare tilſtåndet uti de andra Göthiſka Riken, kan man nog ſe, at et ſådant ſätttäg wid denna tid intet blifwet förtaget hwarken af Norrige eller Dannemark. Norrige war ännu fördelt i ſina ſmå Konungariken, och wid år 860 började förſt Harald Harfager at twinga under ſig de andra Småkungarna i Norrige. Han hade

ſilu

ſådel hwarken tid eller tilfälle at oroa Ryßland. Under K. Gorm, uthgtalas
ſom då regerade i Dannemark, war hela Danſka ſtyrkan wänd mot **cas.**
Engeland, och andra åt wäſter belägna länder. En enda förrädning
från Dannemark mot Curland berättas wara ſkjed i denna tid, men
den war olyckelig, ſom man ſer af Rimbertus Vita Ansgarii. Om-
ſtändigheterna häruthaf äro anförda, när Ansgarii Leſwerne uprepa-
des, och har man tillika af Rimbertus wid ſamma tilfälle påmint, at
Curländarne den tiden woro Swenſka Kronan ſkattſkyllige. De Swen-
ſkas anſeende i Ryßland kan ock däruthaf intagas, at Swenſke män
warit brukade i ſändningebud til Keiſaren i Conſtantinopel, ifrån
regerande Herrar i Ryßland wid år 839 (4). Och war det förſta
gången ſom namnet Ryß eller Ros finnes wara nämnt, uti alla de
ſkrifter, ſom nu äro at tilgå. Kan ock hända, at Nowogrods boar-
ne, och de under dem lydande folkſlag, aldrig tilförne warit bekanta
under detta namn, hwilket efter alt utſeende är tagit af ordet Ruotz
eller Ruotzi, hwarmed Finnarne uti alla tider utmärkt de Swen-
ſka (5). Afwen denna ſiſta påminnelſen är ingalunda ſtridande med
de gamla Ryßars egen bekännelſe; emedan de förebära, at Waregen
Rurik förſt kallat deßa Slauer Ros (6). Ty anſkjönt man ſedt, at
de Swenſke förſt gjort namnet bekant i Conſtantinopel, kan det ändå
wara ſäkert, om deſſe Nowogrodſke Slawer ſjelf kallat ſig ſå, för än
Rurik blifwet regerande. När man nu lägger alt tilſamman, ſynes
ofelbart, at Waregerne warit de Swenſke. Men därföre kan man
intet ſäga, antingen Rurik warit af Ynglinga ſläkten, eller af någon
annat Kungeligt hus, hwarpå i fordna tider warit godt förråd i
Swerige. Det är nog, at man bewiſt, det Rurik warit Swenſk.
Och läraswäl intet många i Ryßland twiſtat på denna ſanning, innan
tidernas omſkiften förwandlat Hiſtorien til en Politiſk wetenſkap, där
alt bör wridas efter Politiſka, faſt i ſig ſjelf ganſka onödiga afſigter.
Atminſtone har Archimandriten Cyprianus från Nowogrod intet
warit af annan tanka, när han år 1613 inför Hertig Carl Philip
i Wiborg d. 28 Auguſti förklarade, det Nowogrod, ſom tilförne
haft uti Rurik en Swenſk Prins til Öfwerherre, utan Muſkows til-
hjelp, ſkulle ock nu kunna underhålla ſin egen Förſte utan någon an-
nans biträde (7).

(1) Samling Ruſſ. Geſch. T. 1. p. 119. Här talas om Prinſeſſan Inge-
    gerds giftermål med Jaroſlaw, och noten här wid lyder ſå: "Im-
    Kuo

Ⅾⅰⅼⅼⅴⅰⅼⅴ
ⅰⅼⅴⅰⅼⅴⅰ

„Ruſſiſchen, Juris Jaroſlaw Wlabimirik, woven es auch in deren
„Ruſſiſchen Geſchichtbüchern heiſſet, daß er eine Waregiſche Prinßeſin
„ꜱꜱ Gemahlin gehabt.

(2) L. S. Bayer de Varegis Act. Petrop. T. IIII. p. 291. Ruſſici
annales ſub Jaroſlao *Jacobum Varagum* celebrant. Is ſine dubio Inge-
gerdis Reginæ frater, Olai Regis filius fuit.

(3) Bayer de Varegis p. 304. Scriptores Ruſſi teſtantur ad an. Chr. 859.
Cruder, (ſeu Eſtones et Finnos) Slavonos et Kriviczos Varegis tributa
ſoluiſſe pro qualibet viro po *bieloi vieverini*, hwilka Ryſka ord förklaras
ſedermera med hwita Ekorrſkin.

(4) Den oſta nämnde flitige och lärde Bayer har förſt upgräft denna om-
ſtändighet utur ſina gamla gjömſtor, anſiänt den habe kunnat wara
bekant längt förut. Annales Bertiniani hos Duchene Rerum Francica-
rum Scriptores T. III. p. 195 har bewarat för eſterwerlden denna märk-
wärdighet wid år 839. Miſit cum iis (Theophilus Imperator Conſtan-
tinopolitanus) quosdam, qui ſe, id eſt gentem ſuam Rhos vocari dicebant,
quos Rex illorum Chacanus vocabulo ad ſe amicitiæ ſicut aſſerebant,
cauſſæ direxerat, petens per memoratam epiſtolam, quatenus benignitate
Imperatoris redeundi facultatem atque auxilium per imperium ſuum
totum habere poſſent - - quorum adventus cauſſam Imperator diligen-
tius inveſtigans, comperit eos gentis eſſe Sveonum, Exploratores potius
Regni illius noſtrique, quam amicitiæ petitores ratus &c.

(5) Detta är widlyftigare underſökt uti en Diſputation, hållen i Lund
1714 de origine et nomine gentis Ruſſorum, och har ſedermera den
lärde Büſching uti ſin Erdbeſchreibung T. I. Vol. 2. p. 610 ſamma me-
ning, at Ryſſa namnet är tagit af de Swenſkas namn, hans ord äro
deſa: "Die Finnen nennen noch heut zu tage die Schweden aus einer
„unbekanten urſache Ruſſen - - Solcher geſtalt ſind die Wareger von den
„Slawen Ruſſen genennet worden, und weil dieſe jenen unterthänig ge-
„weſen, ſo haben ſie ſich auch mit dem namen der Ruſſen belegen laſſen,
„wie die Gallier den namen der Franker.

(6) Man måſte äfwen i detta mål beropa ſig på Bayer uti des Origines
Ruſſicæ Acta Petropolitana T. VIII. p. 395. Ruſſi contendunt circa
Michaelis Imperatoris tempora Rurichum Rempublicam primum conſti-
tuiſſe, nomenque parti cuidam Slavorum indidiſſe, ut nuncuparentur Ruſſi.

(7) Denna Archimandritens utlåtelſe fortienar, at införas utur Joh. Wi-
deſindi Krigs-Hiſtoria 8 Bok 7 C. p. 511. The Nowgårdſke kun-
na bewiſa af ſin Hiſtoria, at de hafwa haft iſtån Swerige en Stor-
förſte benämnad Rurich, några hundrade år för än Nowgården blef twun-
gen under Muſkov, och förmente, at de wore mägtige nog, at underhål-
la en Storförſte för ſig ſielfwa.

§. 18.

§. 28.

Hwad hit intil är anfört, synes wara bygt på nog tilförlå-
telig grund. Men går man längre och frågar, hwarutaf det kom-
mit, at Ryßarne kallat de Swenska Wareger, swaras upriktigt,
at man wet det intet. Större delen af wåra Swenska Häfdetek-
nare förmena, at namnet bör ledas ifrån ordet Warg, som på
gamla språket betydde en röfware. Det är likwäl föga troligt,
at wåre förfäder sielfwe kallade sig röfware. Man medgifwer
gierna, at månge Swear i fordna tider idkat detta handtwärk.
Men man war förmodeligen i många mål sinnad då som nu, man
wille troifwels utan helre wara sielm än heta så. För denna ord-
sak har ock Profeßor Moller uti sin nämnda afhandling de Va-
regia hållit före, at namnet kommit från Finnarna, hos hwilka
Waras betyder en tiuf och röfware. Müller söker ursprung til
namnet ifrån Franktiska ordet Warec, droit de Varec, som
swarar emot wrak på Swenska. Och på denna fasta botten byg-
ger han sin Historiska grundmening, at Wareger betyda siöfaran-
de. Bayer menar, at ordet Wåring gifwit anledning til nam-
net, och gißningen kan wara sannolik. Hof-Cancelleren v. Dalin
håller före, at Waregerna blifwit så kallade af Swerige, emedan
Ryßarne intet wäl kunnat utsäga twådne Consonanter, så at det
i stället för Swerige blifwit Warge. Med hwad låtthet sådant
skier af Ryßarna, kan man ej så noga weta; men nu för tiden
äro många ord hos Ryßarna brukeliga, som börjas på s, och w.
Hr. v. Dalin gifwer dock anledning til en annan gißning, som
synes troligare, nemligen at Waregerne fådt sit namn af Finska
eller Lapska ordet Wariberg. Men det är en wanskelig möda, at
wilja utgrunda ordens egenteliga ursprung, då man hwarken har
sig bekant deras rätta betydelse eller anledning. Det är förden-
skul onödigt, at öka antalet af gißningar med nya försök, och kan
så snart Warghamn, Warggata och Wargsund på Åland hafwa
gifwet anledning til namnet, som något annat. Det är nog at
man wet, det Swearne blifwit kallade Wareger, och det synes wa-
ra fullt ogat, änskiönt man är okunnig om ordets rätta betydelse.
Samma willrådighet möter wid ordet Ruoß. Om man wore
förfäktad, at de gamle Finnar talt Ebräiska, skulle man snart kun-

Rr

Uthflytnin- na tro, det Finnarne kallat wåra förfäder Ruotzi eller löpare af
gar.   Ruß. Titelen är lämpelig nog på et folk, som aldrig war stilla.
            Och äro Ryßarne eller Rhos til äfwentyrs för samma ordsak skul
            af Grekerna kallade Dromitæ, hwilket ock betyder löpare (2).

            Men det är förmodeligen tid at sluta wår Historiska undersökning
            om Swearnes fordna Utflytningar. Det är möjeligt, at Afhand-
            lingen kan synas några Läsare för lång, andra åter för kort. Til
            at förböja bägge, anhålles tjensteligen, at de förre behagade
            springa öfwer wißa Artiklar, och de senare täckas sjelfwa lägga
            til hwad som fattas; smaken är olika efter tider och omständighe-
            ter. Och om det i fordna dagar war hederligt, at wandra och
            flytta alt jämt af och til, lär det förmodeligen nu för tiden wara
            nyttigare för det almänna, at blifwa qwar i landet, i synnerhet,
            om Gudsfruktan föder dygdighet, dygdigheten idoghet, och idogheten
            wälmåga för de hemmawarande.

            (1) von Dalin Sw. Rikes Historia T. I. p. 303.
            (2) Jämför Bayer Origines Russicæ Acta Petropolitana T. VIII. p. 404.

Rättelser.

Rättelser.

Sid.
445. 14 §. 18 r. bem, l. ben.
452. 23 r. Irland, l. Island.
457. anm. Thenna, l. Therra.
467. 21 r. Bidland, l. Bidland.
475. 20 §. 3 r. de utelemnadt.
476. 21 §. 18 r. ständen, l. stunden.
483. 7. r. Häner, l. Häner.
     29 r. ögon, l. öden.
487. 7 §. 2 r. Rainarofer, l. Ragnarofer.
493. 8 r. Gabaras, l. Gubeat.

Sid.
500. 6 §. 12 r. en, l. ben.
525. 24 §. 18 r. öfriga, l. öfre.
543. 18 r. samma, l. många.
     26 r. Gother, l. Geter.
546. 23 r. mista, l. minsta.
550. 8 r. Gjöthar, l. Gjøtar.
     20 r. Swithonen, l. Swionen.
565. 25 r. Mastrom, l. Malström.
566. 13 §. 8 r. Childerthur, l. Childebec.
573. 33 r. Frälöarae, l. Frälöarae.
     35 r. Frälae, l. Frälne.

Exemplaret kostar 18 Dal. Kopparmynt.

www.ingramcontent.com/pod-product-compliance
Lightning Source LLC
Chambersburg PA
CBHW021931110726
47901CB00003B/798